Moon Notes

HANNA
BERGMANN

Night of Lies

Moon Notes

Klimaneutral
Druckprodukt
ClimatePartner.com/53248-2011-1002

Dieses Buch wurde klimaneutral produziert. Dadurch fördern wir anerkannte Nachhaltigkeitsprojekte auf der ganzen Welt. Erfahre mehr über die Projekte, die wir unterstützen, und begleite uns auf unserem Weg unter www.oetinger.de

FSC
www.fsc.org
MIX
Papier aus verantwortungsvollen Quellen
FSC® C014496

Originalausgabe
1. Auflage

Dieses Buch wurde vermittelt von der Literaturagentur
erzähl:perspektive, München (www.erzaehlperspektive.de)
© Covergestaltung: Zero Werbeagentur, unter Verwendung
von shutterstock.com: © PT Images/ © eva_mask
© Klappen- und Innengestaltung: FAVORITBUERO, München,
unter Verwendung von shutterstock.com: © eva_mask
Satz: Sabine Conrad, Bad Nauheim
Druck und Bindung: GGP Media GmbH,
Karl-Marx-Straße 24, 07381 Pößneck, Deutschland
Printed 2022
ISBN: 978-3-96976-005-5

www.moon-notes.de

Für mich

Playlist

Son Lux – Resurrection
Like Lovers – Fall
Dua Lipa – Don't Start Now
Warren Zevon – My Shit's Fucked Up
Cari Cari – Mazuka
Cari Cari – Anaana
Neil Young – Hey Hey, My My
Bell Witch – The Moment (Outro)
Oasis – Bag It Up
Cari Cari – Nothing's Older Than Yesterday
Kasabian – British Legion
R.E.M. – Überlin
Ex:Re – Crushing
Oasis – She's Electric
AnnenMayKantereit – Schon krass
Giant Rooks – Watershed
The Smiths – Bigmouth Strikes Again
Mark Ronson, Miley Cyrus – Nothing Breaks Like a Heart
Billie Eilish – Ocean Eyes
Anna F. – Friedberg
Cari Cari – Summer Sun
Zwischenzeit – Nichts zu sagen
alt-J, ADP, Hex, Paigey Cakey – Adeline
The Dandy Warhols – Not If You Were
The Last Junkie On Earth

Prolog

Willkommen, du miese kleine Ratte.

Willkommen am einzigen Ort, den du dir lieber nicht ausgesucht hättest. Vielleicht gratulierst du dir noch, weil du zwischen all den Felsen und Wäldern endlich so etwas wie Zivilisation gefunden hast. Aber leider muss ich dich enttäuschen. Auch wenn alles danach aussieht mit seinen netten kleinen Zimmern, den majestätisch aufragenden Zinnen und dem glatt spiegelnden See, wirst du hier keine Erholung finden.

Dieser Ort ist wie eine fleischfressende Pflanze: verlockend schön und absolut tödlich. Wenn du dich hier erst einmal niedergelassen hast, ist es schon zu spät. Schnapp – und die Falle geht zu. Schnapp – und das Opfer stirbt einen langsamen, qualvollen Tod. Mach dir keine Illusionen: Die Falle wurde längst ausgelöst. Nur dass du es wahrscheinlich erst merkst, wenn es schon zu spät ist.

Vermutlich denkst du, du kannst dich hier nun in aller Ruhe einnisten, deine schmutzigen kleinen Nagerhände nach allem ausstrecken, was eigentlich uns gehört: unseren Freundschaften, unseren Ritualen, unseren Geheimnissen. Dabei weißt du noch gar nicht, was es heißt, eine von uns zu sein. Und wenn du es wüsstest, würdest du sofort deine Koffer packen und für immer verschwinden.

Aber das wird nicht passieren. Du wirst dich hier schnell einleben, das verspreche ich dir. Elm Castle findet immer einen Weg, seine Bewohner in den Abgrund zu ziehen.

Kapitel 1

Glaubte man der Broschüre, die mir Mom während der Autofahrt in die Hand gedrückt hatte, so war dieses Schloss der reinste Albtraum. Ein Steingebilde, so aufgebläht und gigantisch, wie es sich nur ein einsamer Milliardär ausdenken konnte. Und so unübersehbar, dass man bei seinem Anblick den Kopf in den Nacken legen musste und atemlos nach Luft rang. Besonders wenn man fortan in diesem Monstrum leben sollte. So wie ich.

Elm Castle wirkte auf den ersten Blick wie das Life Goal einer jeden Hobbyprinzessin: steile Zinnen, die in den Himmel ragten, niedliche Erker, aus denen man das bekrönte Köpfchen hinausstrecken konnte, und drum herum ein verwunschener Märchenwald. Die Wahrheit jedoch war, dass dieses nicht einmal hundert Jahre alte Schloss der Knechtung unerwünschter Jugendlicher diente. Vielleicht herrschte in seinem Inneren deswegen diese Friedhofsstimmung.

Das einzige Geräusch, das die Stille durchbrach, waren unsere Schritte. Drei Paar schlurfender Straßenschuhe und ein Paar messerscharfer High Heels auf kaltem Stein. Die Frau, die mit klackernden Absätzen vor Mom und mir herlief, hatte sich uns als Denise vorgestellt. Nun gab sie dem Schüler, dem sie mein Gepäck aufgedrängt hatte, mit einem Nicken zu verstehen, dass er es auf mein neues Zimmer bringen sollte, und er dampfte keuchend ab. Sie dagegen drosselte trotz des engen Rocks, der ihr die Gedärme abschnüren musste, nicht einmal das Tempo und textete uns, während wir uns durch die Gänge des Schlosses schoben, pausenlos mit irgendwelchen *superwichtigen* Informationen zu.

»Elm Castle ist natürlich kein richtiges Schloss«, sagte sie gerade. »Wie alle Schlösser in Nordamerika. Der Architekt hat sich zwar an einer mittelalterlichen Burg orientiert, aber das ist so, als würde man ein weißes Blatt ankokeln und als alte Schatzkarte verkaufen: Auf den ersten Blick fällt man darauf rein, aber beim zweiten erkennt man die billige Kopie.«

So einstudiert, wie das klang, musste es Denise schon einige Male zum Besten gegeben haben. Vermutlich, um den langen Weg zum Büro der Direktorin zu überbrücken.

»Ich mag's trotzdem«, seufzte Denise und warf mir über die Schulter ein Zwinkern zu, ohne darauf zu achten, dass Mom und ich kaum hinter ihr herkamen. »Übrigens, Annabelle, am besten gleich vorweg: Die Schüler kommen normalerweise zu mir, wenn sie ein Problem haben oder jemanden zum Reden brauchen. Vielleicht weil ich dem Aussehen nach eine von euch sein könnte.« Sie lachte schrill auf. »Spaß beiseite. Das ist natürlich mein Job hier. Aufzupassen, dass es euch gut geht und ihr keine Dummheiten macht. Also, sollte dich mal der Schuh drücken, dann komm einfach vorbei. Ein bisschen reden kann oft Wunder wirken.«

Ich warf Mom einen wütenden Blick zu. Hatte sie den Internatfuzzis etwa erzählt, weshalb sie mich für den Rest des Schuljahres hierher verbannt hatte, oder war das nur eine hohle Phrase von Denise gewesen?

Mom wich meinem Blick aus, indem sie übermäßiges Interesse an Denise' Ausführungen heuchelte.

»Die meisten Schüler kommen erst in den nächsten Tagen aus den Sommerferien zurück«, fuhr Denise mit einem Blick über ihre Schulter fort. »Ein paar wenige haben den Sommer zwar hier im Internat verbracht, aber die kommen kaum von ihren Spielekonsolen weg. Fürs Erste solltest du also deine Ruhe haben, Annabelle.«

Wenn sie meinen Namen noch ein einziges Mal wiederholte, würde ich ausrasten. »Was ist dein Job noch gleich?«, fragte ich mit zuckersüßer Stimme. »Nanny?«

Denise' Schritte verlangsamten sich kaum merklich. »Ich bin Pädagogin«, sagte sie. Sie versuchte, freundlich zu klingen, aber ich hörte ihr genau an, dass ich sie in ihrer Ehre verletzt hatte.

»Wolltest du ursprünglich Lehrerin werden?«

Nun wurde Denise' Nacken steif wie ein Brett. Ich hatte wohl einen wunden Punkt getroffen. Mom bemerkte es ebenfalls.

»Sie können sich gar nicht vorstellen, wie sehr sich Annabelle gefreut hat hierherzukommen«, sagte sie und warf mir ein kleines, giftiges Lächeln zu. »Am liebsten wäre sie schon ein paar Tage früher angereist.«

»Jaaa«, erwiderte ich und lächelte nicht minder giftig zurück. »Mein Therapeut hat mir dringend geraten, meinem schlechten häuslichen Umfeld zu entfliehen.« Bevor Mom mich zerfleischen konnte, wechselte ich das Thema.

»Wo sind eigentlich die Ulmen? Man sollte meinen, hier müsste es davon nur so wimmeln, wenn das Schloss schon Elm Castle heißt. Wäre Pine Castle nicht deutlich passender gewesen?« Ich dachte an die endlosen Reihen aus Kiefern, die wir mit dem Auto durchquert hatten, ehe wir über den Wipfeln die ersten Zinnen hatten ausmachen können. Der Westen North

Carolinas war nicht nur für die Blue Ridge Mountains bekannt, sondern auch für seine ausgedehnten grünen oder herbstlich orange-roten Wälder. Ulmen hatten hier sicher nichts zu suchen.

Denise machte ein Gesicht, als hätte ich sie persönlich angegriffen. Vermutlich hatte sie noch immer an der Pädagoginnensache zu knabbern. »Die Lieblingsbäume des Schloss-Erbauers waren Ulmen«, sagte sie und räusperte sich. »Besser gesagt: die seiner Mutter. Deswegen hat er einige um das Schloss herum anpflanzen lassen, aber alle außer einer sind eingegangen. Die letzte steht am See auf dem Schlossgelände. Wenn du mal daran vorbeikommst, wird sie dir sicher gleich auffallen.«

Ehe ich noch weitere Fragen stellen konnte, die Mom beschämten, kamen wir vor einer dicken Tür aus Eichenholz zum Stehen. Daneben prangte ein Namensschild mit geschwungenen Lettern: *Dr. Phillis Bitterfield – Schuldirektorin*. Denise klopfte gegen das dunkle Holz. Als nach ein paar Sekunden eine gedämpfte Antwort erklang, steckte Denise ihren Kopf durch die Tür.

»Direktorin Bitterfield, Annabelle Leanne Stirling und ihre Mutter sind eingetroffen.«

Ich verzog das Gesicht, eine unwillkürliche Reaktion auf meinen Namen. *Annabelle Leanne Stirling*. Darunter stellte man sich eine zarte Blondine mit Puppengesicht vor, die sich die Zehennägel rosa lackierte und den ganzen Tag mit ihren Freundinnen shoppen ging. Das Problem an der Sache war, dass ich die Hälfte dieses Klischees leider erfüllte, nämlich was das Äußere anging. Mit meiner zierlichen Figur, den blonden Löckchen und meinen veilchenblauen Augen hätte ich ohne Probleme den Rauschgoldengel beim Krippenspiel mimen können. Und ich *hasste* es. Doch so was wie Haarefärben und Piercings kam leider nicht infrage – Mom hatte mir schon früh angedroht, mich sonst zu meiner Tante auf ihre Farm in Colorado zu schicken. Um wenigstens über eine Sache Kontrolle ausüben zu können, hatte ich meinen Freunden eingeschärft, mich bei der Kurzform meines Zweitnamens zu nennen: Leah. Einfach nur Leah. Auf meinen Geburtsnamen reagierte ich nur bei offiziellen Angelegenheiten wie dieser hier.

»Treten Sie ein, Ms Stirling«, drang es nun hinter der Eichenholztür hervor.

Mom zupfte an meiner Bluse herum, als hätte sie Angst, ich könnte einen schlechten Eindruck hinterlassen. »Ich bleib besser draußen«, sagte sie. »Ab jetzt musst du deine Sachen allein regeln.«

Ich warf ihr nur einen bösen Blick zu, drehte mich auf dem Absatz um und folgte Denise in Ms Bitterfields Büro. Die Person, die hinter dem massiven Schreibtisch voller akkurat aufgestapelter Bücher und säuberlich zurechtgelegter Papiere auf mich wartete, sah mir mit starrem Blick entgegen. Sie hatte etwas von einer jahrtausendealten Reliquie, die mit hoher Wahrscheinlichkeit für die Keuschheit Marias stand. Ms Bitterfield war … grau. Anders ließ sie sich nicht beschreiben. Ihre Haare waren grau, ihre Augen waren grau, ihr Jackett war grau, und bestimmt trug sie auch graue Unterwäsche. Alles an ihr wirkte spitz und kantig, ihre Nase, ihre Wangenknochen, der Dutt auf ihrem Kopf. Alles saß perfekt an seinem Platz.

Alles außer mir. Mir war nämlich gerade ein altes Hustenbonbon aus den übergroßen Taschen des Blazers gerutscht, den Mom mir aufgezwungen hatte. Ich kroch am Boden umher, um es wieder aufzusammeln.

»Annabelle«, murmelte Denise, die sich neben meinem Stuhl aufgestellt hatte, »setz dich hin.«

Trotz meiner Faszination für den makellos sauberen Holzboden kam ich ihrer Aufforderung nach. Als ich aufsah, hatte

Ms Bitterfield ihre Lippen zu einem schmalen Lächeln zusammengepresst. Es sollte vermutlich herzlich aussehen, wirkte aber, als unterdrücke sie einen gewaltigen Furz. Ich nahm ihre ausgestreckte Hand, ihr Griff war überraschend stark.

»Guten Tag, Ms Stirling«, sagte sie und klang dabei wie die Nachrichtensprecherin von Fox News. »Ich hoffe, Sie hatten eine angenehme Anreise.«

Unwillkürlich sackte meine Laune noch weiter in den Keller. Die ganze Fahrt über vom Osten in den Westen North Carolinas hatten Mom und ich uns gestritten. Mom hatte mich darauf hingewiesen, dass ich nach den letzten Wochen froh sein konnte, dass sie mich nicht in ein radikales Erziehungscamp schickte, und ich hatte erwidert, dass sie und ihr Internat mich am Arsch lecken konnten. Es war in Schreien und Heulen ausgeartet, aber Mom kannte keine Gnade und hatte kein einziges Mal an einer Raststätte gehalten, auch dann nicht, als ich damit drohte, ihr ins Auto zu pinkeln – vielleicht aus Angst, dass ich es irgendwie schaffte abzuhauen. Dabei gab es keinen Ort mehr, an den ich mich flüchten konnte. Nur wenn ich die Augen schloss und ein, zwei Sekunden herumspann, gab es einen Ausweg. Dann riss ich von zu Hause aus und begann ein neues Leben, zusammen mit meinem Vater. Vielleicht lebte er auf einer Ranch in Texas mit Pferden und einem Country Club. Vielleicht ging er auf Tour mit seiner Band, und ich könnte in einem Campingbus schlafen und die beste Zeit meines Lebens haben. Vielleicht hatte er eine neue Familie und ich eine kleine Schwester, die ich lieben und unter meine Fittiche nehmen würde. Doch dafür hätte ich erst einmal wissen müssen, wo er sich überhaupt aufhielt.

»Die Zeit verging wie im Flug«, sagte ich und lächelte schwach.

Diese Antwort schien Ms Bitterfield zufriedenzustellen. Als

Denise sah, dass ich mich wenigstens in Anwesenheit der Chefin benehmen konnte, verabschiedete sie sich, um meiner Mom, die draußen wartete, einen Kaffee zu machen.

»Übernachtet Ihre Mutter in einem der Gästezimmer, oder macht sie sich gleich heute wieder auf den Weg?« Ms Bitterfield schien einem strengen Gesprächsprotokoll zu folgen.

Als ich leicht den Kopf schüttelte, zeigten ihre grauen Augen einen zufriedenen Ausdruck. »Sie meinte, sie wirft mich lieber direkt ins kalte Wasser«, sagte ich und konnte den bissigen Ton in meiner Stimme nicht verhindern. »Außerdem muss sie morgen wieder arbeiten.«

»Ich sehe schon, ihr Stundenplan ist relativ voll.« Die Bitterfield schnaubte über ihren eigenen schlechten Witz. »Ich möchte Sie und Ihre Mutter nicht länger als nötig aufhalten, beginnen wir also gleich mit dem Papierkram.«

Insgesamt sechs Mal setzte ich meine krakelige Unterschrift unter irgendeine Art von Vertrag. Eine Bestätigung, dass ich meinen Zimmerschlüssel erhalten hatte und mir im Klaren war, dass ich einen neuen bezahlen musste, sollte er mir abhandenkommen. Die Schulordnung, die sich in der jahrhundertealten Tradition der Schule sicherlich nicht ein einziger Schüler durchgelesen hatte. Dann irgendeine Datenschutzeinverständniserklärung. Und den Rest schaute ich schon gar nicht mehr genau an.

»Frühstück gibt es von sechs Uhr dreißig bis sieben Uhr fünfundvierzig«, sagte Ms Bitterfield. »Der Unterricht beginnt um Punkt acht Uhr. Sollten Sie eine Frühaufsteherin sein, können Sie schon vor dem Frühstück an einem unserer zahlreichen Sportkurse oder an einer Meditationsklasse teilnehmen.«

Meine Augenbrauen wanderten nach oben. Zahlreiche Sportkurse? Vor sechs Uhr dreißig?

Ms Bitterfield lächelte wissend, während sie mir eine Broschüre in die Hand drückte. »Für alle anderen gibt es natürlich ein erweitertes Angebot nach Schulschluss um sechzehn Uhr.«

Lustlos blätterte ich mich durch die Seiten. Qigong, Hatha Yoga, Gymnastik – bei der Laufklasse blieb ich hängen. »Muss man eine Prüfung bestehen, um bei denen teilzunehmen?«, fragte ich und schob der Bitterfield den aufgeschlagenen Prospekt über den Tisch zu. Sie runzelte die Stirn und rückte ihre Brille so weit vor, dass sie ihr fast von der Nase fiel. »Nicht dass ich wüsste. Laufen Sie etwa?«

Ich zuckte die Schultern. »Ein bisschen. Hin und wieder.«

Um meine Gedanken zu töten.

Die Bitterfield musterte mich eingehend, dann lächelte sie schmallippig. »Für die Spätaufsteher gibt es auch noch einen Lauftreff am frühen Abend. Den führt allerdings Lawrence McAllister an.«

Ich runzelte die Stirn. »Gibt es ein Problem mit ihm?«

Ihr grimmiges Lächeln vertiefte sich. »Ganz und gar nicht. Nur sollten Sie sich darüber im Klaren sein, dass diese Gruppe nichts für Hobbysprinter ist.«

Bevor ich nachhaken konnte, ratterte Ms Bitterfield weitere Fakten herunter. Die einstündige Mittagspause lag jahrgangsweise um ein paar Minuten versetzt. Am Wochenende konnte man einen Nachmittag in der nahe gelegenen Kleinstadt verbringen. Das Büro des Hausmeisters war zugleich eine Art Minikiosk, an dem man sich Kaffee und Süßigkeiten holen konnte. Bisher klang das gar nicht so schlecht. Bis zum nächsten Satz.

»Der Wald ist tabu«, sagte die Bitterfield. Mehr sagte sie nicht. Sie sah mich nur mahnend an.

Ich stieß einen halb entrüsteten, halb überraschten Laut aus. »Das gesamte Gelände um das Internat besteht aus Wald!« Als ob sie das nicht selbst wüsste.

Wie in Zeitlupe hob die Bitterfield eine Augenbraue. »Sollten Ihnen die Sportanlagen und das mehrere Hektar große Gelände rund um den See nicht reichen, kann ich Ihnen leider auch nicht helfen, Ms Stirling.«

Hatte ich mich zuvor gewundert, wie sehr sie sich um die Freizeit ihrer Schützlinge sorgte, wurde mir nun langsam klar, warum es so viele verschiedene Angebote gab – man konnte in dieser Pampa nichts anderes unternehmen, als irgendwelche Bastelworkshops zu besuchen oder sich die Seele aus dem Leib zu meditieren.

»Warum?«, fragte ich harsch. »Das muss doch einen Grund haben.«

»Den hat es.« Ms Bitterfields Stimme klang eisig. »Ihre Sicherheit, Ms Stirling. Als das Internat eröffnet wurde, gab es diese Regelung noch nicht. Aber aufgrund der Größe und Unüberschaubarkeit des Geländes verirrten sich immer wieder Schüler. Irgendwann wurde uns das Risiko zu groß, weil sich durch den Wald eine mehrere Meilen lange Schlucht schneidet, die man erst erkennt, wenn man direkt davorsteht. Außerdem halten sich in den Wäldern von North Carolina immer noch Schwarzbären auf.«

»Ähm …« Ich spürte, wie sich meine Stirn in skeptische Falten zog. »Ist es nicht ein wenig … seltsam, ein Internat inmitten eines Waldes zu gründen, der von keinem Schüler betreten werden darf?«

»Elm Castle steht nicht nur für hervorragende schulische Bildung, sondern auch für Diskretion und Privatsphäre. Und diese Privatsphäre erreichen wir nur durch Abschottung. Dementsprechend ist die Antwort: Nein. Ich finde das nicht seltsam.« Damit setzte die Bitterfield einen Schlussstrich unter die Unterhaltung. Ihre Stimme ließ keinerlei Gefühlsregung erkennen. Ganz anders als ihre langen, dünnen Finger, die sich um einen Briefbeschwerer krallten, als wolle sie mir damit gleich den Schädel einschlagen.

Ein lautes Klopfen an der Tür ließ mich zusammenzucken. Nur einen Atemzug später schwang die schwere Eichenholztür unheilvoll knarzend auf, und das puterrote Gesicht einer schnaufenden Schülerin tauchte dahinter auf. Ihre kinnlangen roten Haare standen in alle Richtungen ab.

»Guten Tag, Ms Griffith«, sagte die Bitterfield ungerührt.

»Entschuldigen … Sie … Ms … Bitterfield«, presste Ms Griffith hervor, die aussah, als wäre sie nicht einen Tag älter als ich. Und als leide sie unter akuter Atemnot. Für den Bruchteil einer Sekunde blitzten ihre Augen in meine Richtung, dann wandte sie ihre Aufmerksamkeit wieder der Direktorin zu. »Ma'am, er ist schon wieder … Ich dachte, er …«

Entweder keuchte sie dieses unverständliche Zeug, weil sie so schnell gerannt war, oder sie brachte vor Aufregung keinen geraden Satz mehr zustande. Vermutliches beides. Ich kapierte nichts von dem, was sie dort von sich gab. Die Bitterfield dagegen schien ganz genau zu verstehen. Sie erhob sich und drückte dem rothaarigen Mädchen meine Zimmerschlüssel in die Hand. »Sie begleiten Ms Stirling auf ihr Zimmer.«

»Aber … Ms … Bitterfield.« Das Mädchen strich sich die roten Haare aus der verschwitzten Stirn. »Das geht jetzt nicht. Ich muss mithelfen, ihn zu suchen.«

Die Bitterfield stand stocksteif hinter ihrem Ungetüm von Schreibtisch. »Ms Griffith, ich habe mich klar ausgedrückt. Ich kann Sie in diesem Zustand nicht gebrauchen. Beruhigen Sie sich und erklären Sie mir die Lage, dann begleiten Sie Ms Stirling und stellen sie ihrer Mitbewohnerin vor.«

Das Mädchen warf einen fassungslosen Blick auf die große goldene Zahl an dem braunen Schlüsselanhänger. »Ma'am, das ist Carter Bonhams Zimmer.«

Die Bitterfield bedachte sie mit einem eisigen Blick. »Ganz genau.«

Ohne Umschweife bedeutete sie mir aufzustehen. »Ms Stirling, wir haben einen kleinen Notfall. Warten Sie bitte einfach draußen vor der Tür auf Ms Griffith.«

Meine Neugier war geweckt. »Ist es etwas Schlimmes? Scheint ja nicht zum ersten Mal zu passieren.«

Sie schenkte mir ein freudloses Lächeln. »Nichts Schlimmes, aber in der Tat ein wiederholtes Vorkommnis.« Sie legte mir eine Hand auf den Rücken und schob mich mit resoluten Schritten aus der noch immer geöffneten Tür. Nur einen Atemzug später fiel diese mit einem endgültigen Klicken hinter mir ins Schloss.

Kapitel 2

Als ich meinen Blick von der Tür löste, sah mich Mom aus ihren Rehaugen so fragend an, dass ich ihr am liebsten ins Gesicht geschrien hätte. Immerhin war sie es, die mich dazu verdammt hatte, fortan hier vor mich hin zu rotten. Angeblich war es zu meinem Besten, sie wollte mir »den Abstand geben, den ich brauchte«. Dabei wussten wir beide, dass es bei dieser Verbannung nicht um mich ging. Es ging allein um sie. Schließlich hatte *sie* mich aufgegeben. Und *sie* hatte beschlossen, dass sie die Verantwortung für mich nicht länger tragen konnte und wollte. Dass ich mein Zuhause und meine Freunde vermissen würde, spielte dabei keine Rolle für sie.

»Na, so was.« Mom versuchte sich an einem schwachen Lächeln. »Sieht so aus, als wäre Ms Bitterfields Terminkalender eng getaktet. Das Mädchen, das eben hineingestürmt ist, konnte es ja kaum abwarten.«

Ich antwortete nicht, also versuchte sie es auf einem anderen Weg. »Hat dir Ms Bitterfield schon gesagt, wo dein Zimmer ist?«

Sie trat von einem Bein aufs andere und strich sich eine Haarsträhne hinters Ohr. Entweder wollte sie diesen Ort so

In ihren Augen lag ein so flehender Ausdruck, dass ich es nicht übers Herz brachte, den Blick abzuwenden. Ich nickte knapp und rang mich zu einem halbherzigen Lächeln durch. Dann kam Mom auf mich zu, zog mich in ihre Arme, und ich ließ es stocksteif über mich ergehen.

»Bis bald, mein Mädchen«, flüsterte sie, und einen Moment lang war ich versucht, heulend in ihrer Umarmung zusammenzubrechen. Doch dann war dieser Moment auch schon wieder vorbei, und Mom winkte mir noch ein letztes Mal zu, bevor sie um die nächste Ecke verschwand.

Denise bedachte mich mit einem Lächeln, das wohl aufmunternd sein sollte, aber einfach nur künstlich wirkte. »Dann bringe ich dich zu deinem Zimmer«, flötete sie. »Du bist sicher schon wahnsinnig neugierig.«

Bevor ich ihr mitteilen konnte, dass alles, worauf ich hinfieberte, meine baldige Abreise war, ging die Tür zu Ms Bitterfields Büro auf.

»Das macht Ms Griffith schon«, sagte ich und deutete auf das rothaarige Mädchen, das mit einer Miene wie sieben Tage Regenwetter aus dem Büro hinausschlurfte.

War das Erleichterung auf Denise' Gesicht?

»Großartig«, zwitscherte sie, während Ms Griffith aussah, als wolle sie mir vor lauter Freude gleich ins Gesicht kotzen. »Wie lieb von dir, Hartlyn. Siehst du, Annabelle, so schnell geht das hier auf Elm Castle. Kaum angekommen und schon den ersten Kontakt geknüpft. Ich bin mir sicher, ihr werdet euch blendend verstehen.«

Das bezweifelte ich, wenn ich mir Hartlyn so ansah. Ihr Gesicht war merkwürdig verquollen, und auch ohne große empathische Fähigkeiten entging mir nicht, dass sie Besseres zu tun hatte, als mein Kindermädchen zu spielen. Als sie sich wortlos in Bewegung setzte, wirkte es eher, als ob sie vor mir weglief.

»Okay«, rief ich ihr hinterher. »Ich folge dir dann einfach mal.«

Hartlyn drehte sich noch nicht einmal um.

Eine Weile fragte ich mich, ob sie mich einfach abhängen wollte. Wir fegten durch die Gänge, als hätte sie Angst, von jemandem aufgehalten zu werden. Dabei war das ganze Schloss wie ausgestorben, die Einzige, die sie verfolgte, war ich. Und allmählich fragte ich mich, ob ich nicht einfach damit aufhören und mich auf irgendeinem Teppich zusammenrollen sollte.

Alles an dem rothaarigen Mädchen wirkte gehetzt, nervös. Als ob das Gespräch mit der Bitterfield sie noch einmal zusätzlich aufgewühlt hätte. Ich hätte sie ja gern darauf angesprochen, aber dafür fehlte mir trotz meiner neu ausgebildeten Läuferlunge der Atem. Erst viel zu spät begriff ich, dass das hier wohl eine Führung sein sollte, denn zwischendurch ließ Hartlyn vereinzelte Wörter fallen: »Aufenthaltsraum.« »Speisesaal.« »Bibliothek.« Doch es klang mehr wie: »Verpiss dich.« »Du nicht auch noch.« »Hau ab.« Vermutlich erwartete sie, dass ich mich nach diesen ausführlichen Erläuterungen einigermaßen orientieren konnte, doch vor meinen Augen verschwamm alles zu einem gewaltigen Brei aus Farben, Gerüchen und Verwirrtheit.

»Ich bin übrigens Leah«, brachte ich irgendwann hervor, als sich mein Sauerstoffvorrat langsam wieder auffüllte.

Zuerst glaubte ich, Hartlyn habe mich nicht gehört, doch dann warf sie mir einen knappen Blick zu und nickte. Nach diesem intensiven Moment ging es sofort weiter in ein Treppenhaus, das noch gewaltiger war als die anderen, die wir bisher durchquert hatten.

Zum ersten Mal ließ sich Hartlyn zu einem vollen Satz hinreißen. »Im ersten Stock wohnen die Fünftklässler, im zweiten die Sechstklässler und so weiter, die Zimmer der Elftklässler befinden sich also im siebten Stock.«

Entsetzt riss ich die Augen auf. Ich war schon jetzt vollkommen außer Atem, und nun sollte ich auch noch sieben ganze Stockwerke hinaufkraxeln?

»Auf der linken Gangseite wohnen immer die Jungs«, erklärte mir Hartlyn unbeeindruckt, während sie in zügigem Tempo die Treppen hinaufstieg, »auf der rechten die Mädchen. Selbstverständlich sind die beiden Trakte durch das Treppenhaus voneinander getrennt.«

Selbstverständlich.

Ab der vierten Etage konnte ich nicht mehr, meine Raucherlunge siegte über meine Läuferlunge. Ich blieb schnaufend an die Wand gelehnt stehen und wartete darauf, dass Hartlyn es bemerkte, doch sie lief unbeirrt weiter. Also beschloss ich, mir eine kleine Pause zu genehmigen. Ich blieb stehen und kramte in meiner Hosentasche, um mein Handy rauszuholen und Junis zu schreiben – aber da stand Hartlyn auch schon wieder vor mir.

»Hättest du nicht etwas sagen können?«

Ich warf ihr ein charmantes Lächeln zu. »Entschuldige, aber ich hatte einen Wadenkrampf. Musst du heute noch irgendwo hin, oder warum hetzen wir hier durch, als würde uns Ms Bitterfield höchstpersönlich verfolgen?«

Hartlyn verengte die Augen. »Ich habe darauf genauso wenig Lust wie du. Wieso kommst du nicht einfach mit, damit ich dir endlich dein Zimmer zeigen kann?«

Ich seufzte und schlug mir dramatisch den Handrücken gegen die Stirn. »Meine körperlichen Grenzen. Außerdem kann ich mich kaum konzentrieren bei der Frage, die mir die ganze Zeit durch den Kopf schwirrt.«

»Und die wäre?« Hartlyn stemmte entnervt die Hände in die Hüften.

Ich schenkte ihr ein schmales Lächeln. »Was macht eine

Hartlyn Griffith an einem Ferientag vollkommen aufgelöst im Büro der Direktorin?«

»Geht dich nichts an.« Die Antwort kam schnell und hart.

»Ach ja? Ms Bitterfield hat von einem *wiederholten Vorkommnis* gesprochen. Sollte ich da nicht lieber aus Sicherheitsgründen wieder nach Hause geschickt werden? Auch wenn das natürlich unglaublich schade wäre.«

Hartlyn sah aus, als würde sie gleich an die Decke gehen. »Hat dir schon mal jemand gesagt, dass du unglaublich anstrengend bist?« Sie wischte sich grob die Haare glatt, die wie Zitteraale von ihrem Kopf abstanden.

»Jeden Tag«, erwiderte ich. »Was glaubst du, warum mich meine Mutter wohl hierher verbannt hat, Ms Griffith?«

Hartlyns Gesicht wurde zornesrot. »Weiter«, befahl sie. »Sonst muss ich Ms Bitterfield berichten, wie unkooperativ du dich gezeigt hast.«

Ich seufzte und löste mich von der Wand. »Ich wäre dir sehr verbunden, wenn wir ein etwas mäßigeres Tempo anschlagen könnten. Dabei lässt es sich besser reden.«

»Dann musst du dich wohl mit dir selbst unterhalten«, sagte Hartlyn und drehte sich auf dem Absatz um.

Wow. Sie schien wirklich bei bester Laune zu sein. Wieder preschte sie voran, wieder verlor ich sie. Glücklicherweise sah ich ihren roten Schopf noch rechtzeitig in einem Korridor verschwinden, bevor ich eine Treppe zu viel nehmen konnte.

»Das ist der Flur für die Mädchen unseres Jahrgangs«, erklärte Hartlyn, als ich zu ihr aufgeschlossen hatte, und machte eine halbherzige Geste in den Flur hinein.

»Ich sehe schon, hier herrscht strikte Geschlechtertrennung«, sagte ich trocken. »Lass mich raten – Jungsbesuch ist strengstens untersagt?«

»Interessant, was dich am meisten beschäftigt«, fauchte

Hartlyn. »Madame könnte ja nach dem Weg zu den Waschräumen fragen oder ob es eine Hausaufgabenbetreuung gibt, aber nein, das Einzige, was sie wissen will, ist, ob Jungs mit auf die Zimmer dürfen.«

Ich verkniff mir ein Augenrollen und streckte die Hand aus. »Na komm schon, gib mir den Schlüssel, und du bist entlassen. Dann kannst du weiter deinen geheimnisvollen Unternehmungen nachgehen.«

Hartlyn schüttelte den Kopf. »Ich bringe dich bis ins Zimmer.«

»Eeeins. Dreeei«, las ich übertrieben langsam vom Schlüsselbund ab und deutete auf eine Tür, die ebendiese Zahlen trug. »Ich glaube, den Weg finde ich.«

»Ich habe Ms Bitterfield versprochen, dich deiner Zimmernachbarin vorzustellen, also tue ich das auch.«

»Bezahlt sie dich für deine Loyalität, oder warum freust du dich nicht einfach, dass du mich jetzt los bist?«

Hartlyn schürzte die Lippen. »Glaub mir, du wirst mir noch dankbar sein, wenn deine erste Begegnung mit Carter Bonham nicht allein stattfindet.«

Sie blieb vor dem Zimmer mit der Nummer 13 stehen und klopfte, ohne zu zögern, gegen die Tür. Niemand öffnete.

»Sieht so aus, als wäre meine Mitbewohnerin nicht da«, wies ich sie auf das Offensichtliche hin.

Hartlyn schnaubte. »Glaub mir, sie *ist* da.«

Ich blinzelte zu ihr hinüber. Stocksteif und mit wütender Miene starrte sie auf die verschlossene Tür.

»Warum verwenden wir nicht einfach den schönen goldenen Schlüssel in deiner Hand?«, fragte ich.

»Weil.« Sie stieß bei jedem weiteren Wort mit der Faust gegen die Tür. »Sie. Lernen. Muss. Zu. Öffnen. Wenn. Jemand. Was. Von. Ihr. Will.«

Wow, da schien jemand einige Aggressionen angestaut zu haben. Sanft nahm ich ihr den Schlüssel aus der Hand. »Keine Sorge«, sagte ich. »Ich bin diejenige, die die Carter-Erziehungsregeln bricht, nicht du.«

Hartlyn sah mich nicht einmal an, als ich die Tür mit einem leisen Klicken aufschloss und ins Zimmer trat. Das Erste, was mir auffiel, war der Geruch. Er war viel zu steril für den Raum einer Teenagerin. Das Zweite war der Dschungel aus Pflanzen, der die ganze linke Zimmerseite bevölkerte. Es hätte mich nicht gewundert, wenn im nächsten Moment eine Vogelspinne daraus hervorgesprungen wäre, so tropisch war die Atmosphäre des kleinen Waldes.

Das Dritte, was mir ins Auge fiel, war eine lebensgroße Puppe auf dem Bett meiner Mitbewohnerin. Als sie kurz blinzelte, fuhr ich erschrocken zusammen.

Shit! Wie konnte ein Mensch nur so reglos dasitzen?

Mit klopfendem Herzen betrachtete ich das Mädchen, mit dem ich die nächsten Monate zusammenwohnen würde. Ihre dunklen Dreads hingen ihr wie zur Tarnung ins Gesicht, doch sie verbargen weder ihre intensiv funkelnden Augen noch die olivbraune Haut oder ihre geschwungenen Lippen. Letztere presste sie nun missmutig zusammen. Das war also Carter Bonham. Interessant.

»Hallo, Carter«, sagte Hartlyn sichtlich pikiert.

»Hi«, sagte ich und grinste grimmig.

Carter sagte nichts.

Ich warf einen Blick auf meine Seite des Zimmers. Ein schlichter Schreibtisch, leere Regale, ein Kleiderschrank und ein Bett warteten auf mich. Mein Gepäck, bestehend aus einer Reisetasche und meinem Ukulelekoffer, kauerte schüchtern neben dem Fußende. Wie nett von meinem Pagen, alles hier hoch in den tausendsten Stock zu bringen. Vermutlich hatte sein Besuch Carter erst vorgewarnt, dass sie eine neue Mitbewohnerin bekam.

»Carter«, zog Hartlyn ihre Mission bis zum Ende durch, »das ist deine neue Mitbewohnerin. Sie nennt sich Leah.«

»Sie nennt sich Leah.« Ich verdrehte die Augen und warf Carter einen Blick zu, der sagte: *Hör nicht auf die Irre.* »Das klingt ja, als wäre ich eine Dragqueen und hätte mir einen Künstlernamen verpasst.«

»Wir wissen ja wohl beide, dass du in Wirklichkeit nicht Leah heißt«, pampte Hartlyn zurück.

»Ach so?«, fragte ich. »Hast du das bei meiner Passkontrolle herausgefunden?«

Hartlyn schnappte nach Luft und schien an ihrer Wut beinahe zu ersticken.

»Okay. Ich habe meine Aufgabe erfüllt. Jetzt gehe ich.«

»Das war keine Beleidigung«, stellte ich richtig. »Man wird sich ja wohl noch wundern dürfen.«

Hartlyn winkte ab. »Ich wünsche euch viel Spaß zu zweit. Hoffentlich arrangiert ihr euch so weit miteinander, dass keine von euch stirbt.«

Ich lächelte in Carters Richtung. »Also, bisher verspüre ich große Sympathie.« Carter starrte ausdruckslos durch mich hindurch.

»Warum wundert mich das nicht?« Hartlyn wandte sich ab. »Wenn es Probleme gibt: Klopf einfach an der Nummer sechzehn. Die Schlange mit Menschen, die etwas von mir wollen, hält sich in Grenzen, alle sind noch bei ihren Familien.«

»Alle, abgesehen von uns«, erwiderte ich trocken und machte eine Bewegung, die Carter, Hartlyn und mich in einem Kreis aus Losern zusammenschloss.

»Gibt Schlimmeres.« Hartlyn griff nach der Klinke. »Das Wichtigste steht noch mal auf dem Zettel auf deinem Schreibtisch. Essenszeiten, Stundenplan und so weiter. Ich bin deine offizielle Ansprechpartnerin.«

»Bist du so was wie die Vertrauensschülerin aus Harry Potter?«

»Das nennt sich Jahrgangssprecherin.«

»Ah. Ein großes Amt. Daher kennst du also die Kopie meines Ausweises?«

»Mach dich nicht über mich lustig, Annabelle. Deine Unsicherheit kannst du damit nicht kompensieren.«

Ich grinste dreckig. »Wie recht du hast. Weil ja ganz offensichtlich nur ich etwas kompensiere. Ganz viel Spaß bei deinen ehrwürdigen Jahrgangssprecherinnenpflichten wünsche ich dir.«

»Danke.«

Die Tür schlug zu. Nun war ich mit Carter allein. Noch immer hatte sie keinen Ton gesagt und saß missmutig auf ihrem Bett, vor sich ein dickes Notizbuch. So schlimm war sie doch nicht. Hartlyn hatte wirklich übertrieben. Dieses Mädchen wollte einfach nur seine verdammte Ruhe, und die gönnte ich ihr. Zumindest vorerst.

Ich verschwand in die Waschräume und machte mich frisch. Als ich wiederkam, hatte sich Carter Bonham um keinen Millimeter bewegt. Nur ihr T-Shirt war leicht verrutscht und offenbarte ein helles Tattoo an der Taille. Es zeigte eine Spinne mit gekrümmten Beinen, die so lebendig aussah, als wollte sie ihr gleich die Rippen hinaufkrabbeln. Ich unterdrückte ein Schaudern und öffnete meine Reisetasche, um zumindest das Nötigste schon mal auszupacken. Mit jeder Faser meines Körpers spürte ich, wie mich Carters Blick verkohlte. Er brannte sich in meinen Nacken, als wolle sie mich in Flammen aufgehen lassen. Schließlich hielt ich es nicht mehr aus und wandte mich um, um die Situation zu entschärfen.

»Vergiss ihn am besten sofort wieder«, sagte ich und machte ein paar vorsichtige Schritte in Richtung ihres begrünten Betts. »Meinen Namen, meine ich. Sag einfach Leah zu mir.« Ich streckte ihr die Hand hin, doch Carter sah mich nicht einmal an. Ein paar dunkle Strähnen fielen ihr vor die Augen.

»Ich deute dein Schweigen so, dass du eine friedliche Koexistenz wünschst«, sagte ich und zuckte die Schultern. »Daran bin ich auch sehr interessiert. Allerdings wäre es mir lieb, wenn du mich noch über ein paar Sachverhalte in diesem Internat aufklären könntest.«

Das Mädchen auf dem Bett rührte sich nicht. Großer Gott, hatten denn hier alle einen an der Waffel?

»Wie läuft das hier ab?«, fragte ich. »Lassen sie einen in Ruhe, oder muss man einer der komischen AGs beitreten?«

Keine Antwort. Ich sah nur, wie sich ihre Finger um das Notizbuch vor ihr verkrampften. Mein Gott, sie hätte auch aus einem Exorzistenfilm stammen können.

»Ich erwarte nicht von dir, dass wir beste Freundinnen werden, aber ist es nicht ein bisschen creepy, wenn wir so gar nicht miteinander reden?«

Anscheinend fand sie das nicht. Sie schlug ihre Haare zur Seite, sodass ich nun volle Sicht auf ihre Augen hatte. Sie waren von einem durchdringenden, matschigen Grün. Ein dunkler Kreis zog sich um ihre Iris, der die Intensität ihres Blicks nur noch verstärkte. Sie sah aus wie eine Wildkatze. Eine Wildkatze, bereit zum Sprung.

Als sie ihren Rücken mit einer fließenden, Angst einflößenden Bewegung aus ihrer an die Wand gelehnten Position aufrichtete, musste ich den Impuls, zurückzuweichen, gewaltsam niederkämpfen. Mein Herz klopfte gegen jede Vernunft wie wild in meiner Brust.

»So«, schnurrte sie gefährlich leise. »Leah heißt du, ja?«

Ich antwortete nicht, zu hypnotisiert war ich von ihren grünen Augen.

»Dann hör mal schön zu, Leah«, fuhr sie fort, ohne den Blick von mir zu wenden. »Gleich morgen wirst du zu Denise gehen und ihr sagen, dass du umziehen willst. Sonst wird es unangenehm, das verspreche ich dir.«

»Kein Grund, aggressiv zu werden.« Scheiße, war das ein Zittern in meiner Stimme? Ich hob die Hände. »Das war lediglich ein Versuch, höfliche Konversation zu betreiben. Du weißt schon, das macht man normalerweise so, wenn man sich kennenlernt. *Wie heißt du? Ach, Leah, was für ein schöner Name! Möchtest du mit mir zum Mittagessen gehen, damit ich dich meinen tausend Freunden vorstellen kann?*«

Blitzschnell sprang Carter vom Bett auf, und ebenso schnell stolperte ich zurück. Sie baute sich vor mir auf, jede Pore ihres Körpers schien Ablehnung zu versprühen. »Siehst du das?«

Ihre Hand schoss vor. Reflexartig zuckte ich zusammen, erkannte jedoch bereits nach wenigen Atemzügen, dass sie mir nur ein Foto unter die Nase hielt, das sie wohl aus ihrem Notizbuch gezogen hatte. Darauf war ein Mädchen mit schwarzen Haaren und blasser Haut zu sehen, dessen dunkle Augen ein wenig traurig blickten, obwohl sie lächelte.

»Das ist meine ehemalige Mitbewohnerin. Skylar hieß sie. Weißt du, was mit ihr passiert ist?«

Carter kam immer näher, und ich wich zurück, bis ich die Wand in meinem Rücken spürte. Schließlich war sie mir so nah, dass ihre Lippen beinahe mein Ohr berührten.

»Sie ist gestorben«, flüsterte sie, und sämtliche Haare an meinem Körper stellten sich auf. »Eines Nachts ist sie verschwunden und nie wiedergekommen. Willst du, dass dir das Gleiche passiert?«

Da spürte ich etwas Kaltes an meinem Arm. Als ich hinabblickte, erkannte ich, dass es sich dabei um eine verrostete Messerklinge handelte, die meine Haut gestreift hatte. Ihre Spitze zeigte direkt auf meine Eingeweide.

Mein Herz schlug mir bis zum Hals, und ich spürte meine Schlagader pulsieren. »Hör auf damit«, brachte ich schließlich hervor. »Denkst du, ich will nach dieser Nummer auch nur eine Sekunde länger mit dir in diesem Zimmer verbringen?«

Ein bitteres Lächeln erschien auf Carters Gesicht. »Das musst du wohl oder übel. Alle anderen Zimmer sind belegt.«

»Entscheide dich mal«, fauchte ich sie an. »Soll ich nun ausziehen oder nicht?«

Das Messer kam meiner Bauchdecke immer näher. Es wirkte nicht besonders scharf, aber auch eine stumpfe Klinge war dazu in der Lage, großes Unheil anzurichten.

»Ich fürchte, so kurz vor Denise' Dienstschluss können sie kein neues Zimmer organisieren«, gurrte Carter. »Und diese Nacht lasse ich dich in Ruhe. Aber für jede weitere wirst du bitter büßen.«

Sie stieß mich von sich, sodass ich mit dem Rücken hart gegen die Wand schlug, und huschte in der Zeit, in der ich zu begreifen versuchte, was passiert war, zur Tür. Sie drückte die Klinke hinunter und lächelte mich eiskalt an. »Bis später, Mitbewohnerin. Denk an meine Worte.«

Dann verschwand sie auf den Gang.

Kapitel 3

Meine erste Amtshandlung war es, Junis anzurufen. Junis, meinen besten Freund, der so viel ruhiger und besonnener war als ich und immer wusste, was zu tun war. Alles in mir drängte darauf, seine beruhigende Stimme zu hören, mir versichern zu lassen, dass es nicht so schlimm war, wie es schien. Schließlich reagierten die Menschen in meiner Gegenwart des Öfteren über, oder etwa nicht? Vielleicht hatte ich einfach nur mal wieder diese unsichtbare Linie überschritten, die ich aus irgendeinem Grund nie sah.

Ich wartete ungeduldig bis zum zehnten Tuten, dann legte ich auf und betätigte den Button für Sprachnachrichten.

»Junis«, sagte ich und versuchte das Zittern in meiner Stimme zu verbergen. »Hier sind alle vollkommen durchgeknallt.« Dann erzählte ich von der grauen Bitterfield, von Denise und ihrer falschen Freundlichkeit, von Hartlyn Griffith, mit der ich es mir schon am ersten Tag verscherzt hatte, und von Carter Bonham, die mich nicht einmal kennenlernen wollte, bevor sie mich mit einem Messer bedrohte.

Am Ende dauerte die Sprachnachricht fünfzehn Minuten, doch ich fühlte mich nicht so erleichtert, wie ich es mir gewünscht hätte. Es war, als hätte ich mit einer Wand geredet. Normalerweise trafen Junis und ich uns jeden Tag, und wenn ich ihn mit meinen Problemen vollheulte, konnte ich ihm seine Meinung direkt an den Augen ablesen. Heute aber fühlte es sich an, als hätte ich eine Brieftaube losgeschickt und müsste zwei Wochen auf Antwort warten. Und zu allem Überfluss begann auch noch mein Magen, mir mit wütendem Brummen mitzuteilen, dass er sich gleich selbst verdauen würde, wenn ich nicht bald etwas zu essen auftrieb.

Ich schleuderte den hässlichen Blazer aus Moms Kleiderschrank von mir, schlüpfte aus der unbequemen Bluse und der Jeans und sprang in eine Jogginghose und ein altes Band-T-Shirt von *Sum 41*. Das Adrenalin, das noch vor wenigen Momenten in kraftvollen Strömen durch meinen Körper gepumpt worden war, war mittlerweile verschwunden. Selbst die rasende Wut, die mich in Momenten der Hilflosigkeit befiel, war mittlerweile wie weggewischt. Ich war einfach nur noch müde. Und so stattete ich den Waschräumen einen kurzen Besuch ab und versackte dann mit einer Folge *Sons of Anarchy* in meinen Kissen. Carter hatte sich seit ihrem Abgang nicht mehr blicken lassen. Einerseits war ich grenzenlos erleichtert deswegen, andererseits wuchs meine Angst, dass sie wiederauftauchen konnte, mit jeder Minute.

Vermutlich wäre nun der richtige Zeitpunkt gewesen, um Denise suchen zu gehen. Oder im Speisesaal nach irgendwas Essbarem Ausschau zu halten. Ich hätte mir auch einfach meine Laufschuhe anziehen und mir diese beschissenen Gefühle aus dem Körper laufen können. Doch mir fehlte die Kraft dazu. Für heute hatte ich genug geleistet.

Ein paar Minuten später rief Junis zurück, und wir quatschten, während ich aus dem Fenster über meinem Bett der Sonne beim Untergehen zusah.

»Leg dich nicht mit dieser blöden Kuh an«, sagte er, »ich

kenne Menschen wie sie. Die sind so durchgeknallt, dass sie vor nichts zurückschrecken.«

Ich wollte widersprechen, aber Junis unterbrach mich. »Tu mir den Gefallen und hör wenigstens dieses eine Mal auf mich. Schwärz sie bei der Direktorin an, sorg dafür, dass sie bestraft wird oder sogar fliegt, aber mach bloß nicht den Fehler, dich mit ihr auf einen Krieg einzulassen.«

Ich verdrehte die Augen, obwohl ich wusste, dass er recht hatte. Gleichzeitig überwältigte mich ein so starkes Gefühl von Heimweh, dass mir mit einem Mal ganz schwer ums Herz wurde. Ich war noch nie so weit von zu Hause weg gewesen. Schon gar nicht mit der Aussicht, so lange nicht mehr zurückzukommen. Und Junis, mein lieber Junis, war mit einem Mal ganz fern, obwohl ich seine Stimme an meinem Ohr hörte. Würde er ohne mich zurechtkommen? Würde *ich* ohne *ihn* zurechtkommen?

Junis schien die gleichen Sorgen zu haben. »Mach keinen Unsinn, Leah, okay? Lass einfach alles sein, was ich nicht auch tun würde.«

»Na toll«, knurrte ich. »Darf ich dann überhaupt noch irgendwas machen?«

Ich hörte ihn am anderen Ende der Leitung lachen. Irgendwann legten wir auf, und ich fühlte mich wieder ganz allein und müde. Carter war noch immer nicht zurückgekehrt, und ich beschloss, nicht einzuschlafen, bevor sie wiederauftauchte.

Diese eine Nacht würde ich noch durchhalten. Und dann würde ich Mom anrufen und erzählen, in was für eine kranke Anstalt sie mich da entsendet hatte. Mein Blick huschte vom Handybildschirm immer wieder zur Tür, aus Angst, Carter könnte jeden Augenblick durch sie hindurchbrechen, doch bald wurden mir die Lider schwer, und schließlich fielen mir die Augen zu.

Erst viele Stunden später riss ich sie wieder auf. Ich hatte geträumt – mal wieder. Seit es passiert war, verfolgten mich die Schatten bis in meinen Schlaf. In dieser Nacht jedoch hatte sich der Albtraum nicht in meinem Kopf eingenistet – er stand am Fußende meines Betts und starrte auf mich herab.

Einen Herzschlag lang glaubte ich, meine letzte Stunde hätte geschlagen, denn es fühlte sich an, als würde jemand eine eiskalte Klinge in meinen Bauch jagen. Dabei war es nur der Schreck. Und mein Herz, das so wild in meiner Brust rumpelte, dass ich fürchtete, der Schatten könnte es hören.

Der Schatten.

Er stand reglos vor meinem Bett. Ein dunkler Schemen, der ebenso gut das Abbild der Baumwipfel hätte sein können, das vom Mondlicht gegen die Wand gezeichnet wurde. Wäre da nicht das schwere Atmen gewesen, das von ihm ausging.

In meiner Kehle staute sich ein Schrei, doch er schaffte es nicht heraus. Atemlos starrte ich auf die Gestalt. Obwohl ihr Gesicht nicht mehr als ein schwarzes Loch war, wusste ich genau, wer sich dort über mich beugte. Wie lange hatte sie mich schon beim Schlafen beobachtet? Reichte ihr ihre Drohung nicht mehr aus? Wollte sie mir gleich die nächste Abreibung verpassen? Ich wagte nicht, mich zu bewegen, aus Angst davor, was sie tun würde, wenn sie bemerkte, dass ich wach war. Oder wusste sie es längst?

Es fühlte sich an, als verstriche ein ganzes Jahrzehnt, ehe Carter sich endlich regte. Vor Schreck hätte ich beinahe aufgeschrien, doch sie bewegte sich nicht auf mich zu, sondern von mir weg. Kurz darauf hörte ich ihr Bettzeug rascheln und nur wenige Minuten später grunzende Atemzüge: Sie war eingeschlafen.

Danach bekam ich kein Auge mehr zu. Ich wartete darauf, dass Carter erneut über mir auftauchen würde, doch alles blieb gespenstisch still. Als sich das Schwarz der Nacht etwas lichtete, fasste ich mir schließlich ein Herz und streckte meine Zehen zum Bettrand hinaus. Ich lauschte auf Carters Atemzüge, die weiterhin regelmäßig gingen. Das Aufsetzen meiner Fersen auf dem Boden kostete mich mehr Mut als der Sprung vom Fünfmeterbrett, damals in der vierten Klasse. Als es schließlich geschafft war, war der Rest nicht mehr so schwer. Ich richtete mich auf und huschte zu meiner Reisetasche. Nie war ich so glücklich gewesen, ihren Reißverschluss nicht wieder verschlossen zu haben. Das unangenehme Ratschen hätte mir in der nächtlichen Stille den Angstschweiß auf die Stirn getrieben.

So leise ich konnte, raffte ich ein paar Klamotten zusammen – inklusive meiner bequemsten Laufschuhe und meines ausgeleiertsten Sport-BHs, den ich ohnehin zu jedem Anlass trug –, ehe ich mich wieder aufrichtete, in Carters Richtung blinzelte und ein Geräusch auszumachen versuchte. Nichts. Kein Schnarchen. Kein Rascheln. Kein Atmen!

Wie von der Tarantel gestochen, flüchtete ich zur Tür und hastete auf den Gang. Als ich mich mit pochendem Herzen an die Wand lehnte, fragte ich mich, was falsch mit mir war. Das da drin war ein Mädchen, keine Serienkillerin. Und doch war ich vor ihr davongerannt wie ein ängstliches Mäuschen. Wenn das so weiterlief, konnte ich mich ganz schnell von der Vorstellung der ach so coolen Leah verabschieden.

Nachdem ich ein paarmal tief durchgeatmet hatte, nahm ich meine Umgebung zum ersten Mal richtig wahr. Ein schummriges Licht verlieh dem Gang Konturen und ließ ihn aussehen, als verlöre er sich in der Unendlichkeit. Ein Bewegungsmelder hatte das Licht ausgelöst, als ich aus der Tür herausgeplatzt war, und beleuchtete schwach den Weg zu den Waschräumen. Alles schlief noch. Es fühlte sich an, als sei ich der einzige Mensch auf der Welt.

Bedröppelt stand ich auf dem Gang und wusste nicht, was ich mit mir anfangen sollte. Duschen gehen und danach durchs Schloss streifen, bis es Zeit fürs Frühstück war? Schon jetzt bei meiner Mutter durchklingeln und ihr den unerfreulichsten Wecker ihres Lebens bescheren?

Seufzend starrte ich auf meine nackten Füße und meine Schienbeine, die von oben bis unten mit blauen Flecken übersät waren. Dann fiel mein Blick auf das Bündel, das an meinen Fingern baumelte, und ich fasste einen Entschluss: Ich würde laufen gehen. Meine Gedanken frei machen. So lange rennen, bis ich diesen Höllenschlund hinter mir gelassen hatte. Und danach würde ich meine Mutter anrufen und ihr klarmachen, dass sie mich wieder abholen musste, wenn ihr das Leben ihres einzigen Kindes lieb war.

Nach einem kurzen Besuch im Waschraum machte ich mich auf den Weg. Die Stofftasche mit den Klamotten und den Badutensilien ließ ich für später dort hängen.

Das Schloss wirkte seltsam verlassen, als ich meinen Weg durch das Treppenhaus begann. Von Anfang an war mir aufgefallen, wie leer es hier drin war. Nun jedoch kam es mir vor, als habe man dem Ort seine Seele geraubt.

Ich irrte umher, bis ich schließlich auf ein Gemälde traf, das ich bereits auf dem Hinweg gesehen hatte. Es zeigte einen großen, hässlichen Hund in Livree. Unmöglich, sich dieses Bild nicht zu merken. Ab da war es ein Kinderspiel, den Weg zum Ausgang zu finden. Ich folgte den schwach beleuchteten Gängen und gelangte schließlich ins Foyer, das still und dunkel dalag wie eine Katze auf der Lauer. Ich blickte auf die dicken Türflügel, die sich wie stumme Wächter vor mir erhoben, und fragte mich zum ersten Mal, was wohl dahinter auf mich warten würde. Noch war die Sonne nicht aufgegangen, und der gruselige Wald umrundete das Internat, als wolle er ihm die Luft abschnüren. Wollte ich wirklich dort raus? Nachdem ich einige Male unruhig auf der Stelle getreten war, beschloss ich, dass ich wollte.

Zu meiner Überraschung öffneten sich die Türen ohne den leisesten Widerstand – ich hatte befürchtet, dass sie über Nacht verschlossen blieben. Nun konnte ich nur hoffen, dass ich sie auch von außen wieder aufkriegte.

Einen Moment lang atmete ich die dunkelblaue Morgenluft ein, die mir kühl und frisch entgegenströmte, dann stieß ich sie wieder aus, versetzte mich in einen gemächlichen Trab und lief geradewegs in das Morgengrauen hinein.

Zuerst trafen meine Schuhe auf Kies, dann auf groben Stein, schließlich auf einen unebenen Weg aus Gras und Erde, der unter meinen Schritten federte. Vom Weg aus sah ich die silberne Fläche des Sees schimmern, über den sich der Schatten der Ulme beugte. Sie sah aus wie eine einsame Witwe im Schatten des Waldes, der sich erst in einigem Abstand zu ihr entfächerte.

Obwohl hinter den gigantischen Baumriesen kein Sonnenaufgang zu erkennen war, erwachte der Tag langsam zum Leben. Die Farbe kehrte in kühlen Tönen zurück, legte sich wie eine Decke über das Gras und gab mir das Gefühl, mich zu jagen. Ich wollte schneller sein als sie.

Meine Schritte beschleunigten sich, mein Atem wurde gleichmäßiger. Das hier war es, wofür ich mich selbst im Morgengrauen, ohne zu murren, aus dem Haus stahl. Dieses Gefühl von Freiheit, von ineinandergreifenden Gelenken und arbeitenden Muskeln. Es gab mir die Gewissheit, dass ich mein Leben im Griff hatte. Dass ich ausbrechen konnte, wann immer ich es wollte. Ohne zurückzublicken.

Der Pfad passte sich den Konturen des Waldrands an und schlängelte sich in sicherem Abstand an den Nadelbäumen vorbei, als fürchte auch er, von Ms Bitterfield bestraft zu werden, wenn er sich zu nah an den Wald heranwagte. Die Bäume wirkten in der Morgendämmerung so schwarz, als saugten sie die schwindende Dunkelheit in sich auf. Immer wieder warf ich einen Blick zu ihnen hinüber, doch ich war zu sehr darauf konzentriert, die Luft gleichmäßig in meine Lungenflügel ein- und aus ihnen ausströmen zu lassen, um mich durch ihre seltsame Erscheinung beunruhigen zu lassen. Alles, was zählte, war der nächste Schritt, der nächste Atemzug.

Der Wald verschwamm in meinen Augenwinkeln zu einem einzigen dunklen Klecks. Ich wischte an ihm vorbei, zwang meine Gedanken, bei mir zu bleiben und nicht wie rastlose Geister in die Finsternis zwischen den Bäumen zu schwirren.

Brave Leah, zischte eine gemeine kleine Stimme in meinem Kopf. *Nur einen Tag im Internat, und schon hältst du dich an die Regeln. Hast du etwa Angst vor dem Wald, Kleines?* Natürlich hatte ich die nicht, aber Lust, im Halbdunkel über Wurzeln und Äste zu stolpern, nur weil ich mir mal wieder etwas beweisen wollte, hatte ich ebenso wenig. Trotzdem konnte ich nicht verhindern, dass mein Blick immer wieder zu der dunklen Mauer zu meiner Linken zuckte.

Lass den Scheiß, ermahnte ich mich. *Konzentrier dich auf deine Atmung.* Die Sonne hing nun wie eine halb reife Orange am Himmel und tauchte die Umgebung in helles Licht. Lächerlich. Was sollte schon passieren, wenn ich ein kleines bisschen vom Weg abwich? Mich würde sicherlich kein räudiges Horrorfilmmonster aus dem Unterholz angreifen, nur weil ich ein bisschen Waldluft schnupperte.

Ich warf einen Blick nach rechts, dann einen nach links und verließ mit weiten Schritten den Weg, um auf den Wald zuzusteuern, der wie ein Ungetüm aus Nadeln und Ästen auf mich wartete. *Hallo, Monster*, dachte ich.

Dann verschluckte es mich, umschlang mich mit seinem

Körper aus vielen Tausend Beinen und senkte seine grünen Zähne in mich. Es tat so gut, dass mir ein Jauchzen entwich und ich mein Tempo so stark beschleunigte, dass vom Waldrand schon nach wenigen Augenblicken nichts mehr zu sehen war. Fast wünschte ich mir, die Bitterfield könnte mich nun sehen, wie ich in ihrem gefährlichen Wald herumsprang.

Ich sprintete zwischen den Stämmen hindurch, als wäre der Teufel hinter mir her. Meine Lungen brannten, doch ich genoss es – es war, als pustete der Wind durch meinen ganzen Körper, fegte alle meine Sorgen aus mir heraus. Meine Schritte wurden immer länger, meine Atmung schneller, und ich riskierte einen kurzen Blick zur Seite, um die unzähligen Stämme an mir vorbeifliegen zu sehen – doch da war nichts als verwischtes Braun und Grün und aufblitzende Lichtreflexe. Als ich meinen Kopf wieder umwandte, wurde ich jäh von den Füßen gerissen. Erst im Fallen wurde mir klar, dass ich gegen irgendetwas gestoßen sein musste.

Bereits im nächsten Moment presste mir der Aufprall auf dem Boden die Luft aus den Lungen. Ächzend lag ich da und versuchte zu begreifen, wie ich von einem Moment auf den anderen niedergestreckt am Boden liegen konnte. Ich blinzelte nach oben, doch alles, was ich sah, waren die dunklen Wipfel der Bäume, die über mir schaukelten, als berieten sie, was sie mit mir tun sollten. Benommen stützte ich mich mit der Hand am Boden ab, um mich aufzurappeln, doch als ein Schatten auf mich fiel, froren meine Bewegungen ein.

Jemand beugte sich über mich. Ein rothaariger Junge. Er sah freundlich aus. Sein Gesicht hätte sogar ziemlich attraktiv sein können. Wäre da nicht seine blau-grün angelaufene Nase gewesen, die abgeknickt wie eine Fahne nach links abstand.

Etwas Nasses fiel auf mein Gesicht. Wie in Trance ließ ich meine Finger zu der Stelle gleiten, an der es aufgekommen war.

Als ich sie mir vor die Augen hielt, sah ich, dass sie rot waren. Rot von dem Blut, das sein gesamtes Gesicht besudelte.

Ich schrie auf und sprang wie eine Katze auf die Beine. Am ganzen Körper zitternd, presste ich mich gegen den Stamm eines Baums. Mein Herz pumpte auf Hochtouren, und ich konnte meinen Blick nicht von dem Koloss wenden, der sich schwer schnaufend vor mir aufgebaut hatte. Er war riesig. Ich musste gegen seine gigantische Brust gelaufen sein.

»Tu mir nichts«, keuchte ich, doch er schien meine Worte nicht einmal zu hören. Stattdessen taumelte er wie ein Betrunkener auf mich zu.

»Verschwinde!« Seine tiefe Stimme war ganz schwer vor Schmerz. Er streckte die Arme nach mir aus, als wollte er mich fangen. Ich schrie und versuchte mich wegducken – doch er packte mich an den Schultern und schüttelte mich so heftig, dass mir die Zähne klapperten. »Verschwinde, bevor sie dich kriegen!« Seine Augen waren so weit aufgerissen, dass ich die geplatzten Adern in seinen Augäpfeln sehen konnte. Sie schienen mich verschlingen, schienen mich hypnotisieren zu wollen.

Ich wimmerte und griff nach seinen Händen, um die Erschütterungen abzumildern, um mich zu befreien – doch da stieß er mich mit aller Gewalt von sich. Ich prallte gegen den Baum, mein Nacken knackte, und alles in meinem Schädel drehte sich, dann hörte ich seine gewaltigen Schritte, die sich durch das Unterholz kämpften und es einfach platt walzten. Im nächsten Moment verschwand er auch schon zwischen den Bäumen und war weg. Als wäre er nie da gewesen. Als hätte ich ihn mir nur eingebildet. Doch sein Blut auf meiner Haut war noch immer da. Es lief mir quälend langsam die Schläfen hinab.

Kapitel 4

»Hallo, Heart.«

Mit einem unangenehmen Knall ließ ich mein Tablett auf den Platz ihr gegenüber fallen. Hartlyn Griffith blickte zuerst irritiert, dann voller Abscheu drein. Ihr rotes Haar lag heute adrett frisiert am Kopf, doch die dunklen Ringe unter ihren Augen zeigten, dass sie ebenso wie ich nicht viel geschlafen haben konnte.

»Wie siehst du denn aus?«, zischte sie und verzog ihren Mund zu einer abfälligen Grimasse. Ihre kringellockige Sitznachbarin tat es ihr gleich.

Nach dem Vorfall im Wald hatte ich mir nicht die Mühe gemacht zu duschen, geschweige denn vernünftige Klamotten anzuziehen. Mein T-Shirt hing ebenso verschwitzt an mir herab wie mein Haar, die Schuhe waren dreckverkrustet. Nur das Blut hatte ich mir vom Gesicht gewaschen, um nicht auszusehen wie die Hauptdarstellerin eines Horrorfilms. Doch letztendlich war ich nicht hier, um die Misswahlen zu gewinnen. Ich war hier, um mich abzureagieren – und Hartlyn Griffith war das perfekte Opfer dafür.

»Das geht dich einen feuchten Dreck an, Ms Weasley!«,

polterte ich und schlug die Hände mit einem lauten Knall auf den Tisch. »Hölle, wie abgebrüht muss man sein, um mich ohne schlechtes Gewissen dieser Psychopathin Carter auszuliefern?!«

Die Tassen klapperten lautstark auf den Untertellern, doch Hartlyn saß blass und stocksteif an ihrem Platz. »Ich habe keine Ahnung, wovon du redest«, presste sie hervor.

»Ach ja?« Ich lachte freudlos auf. »Dann hast du mich also nur zum Spaß vor Carter gewarnt, bevor du mich mit ihr allein gelassen hast?«

Tief in meinem Inneren war mir klar, dass nicht Hartlyn die Schuld für meine Situation trug, schließlich war sie nur die Botin gewesen. Doch es tat so gut, dieser selbstgerechten Streberin mit dem Stock im Arsch gehörig die Meinung zu geigen, um meine Wut und Angst irgendwo loszuwerden. Das, was ich erlebt hatte, war so was von abgefreakt. Nicht nur die Sache mit Carter und ihrem Messer, sondern auch meine Horrorbegegnung mit diesem Jungen. Und allmählich kam mir der Verdacht, dass Hartlyn auch damit etwas zu tun hatte. *Ich muss mithelfen, ihn zu suchen*, hatte sie im Büro der Bitterfield gesagt.

»Carter ist ein schwieriger Mensch«, setzte Hartlyn an.

»Carter ist KRANK!« Meine Stimme hallte durch den Speisesaal, als hätte ich mir ein Megafon an die Lippen gehalten. Scheiße. Aus den Augenwinkeln bemerkte ich, wie die wenigen Schüler, die sich im Speisesaal aufhielten, ihre Nahrungsaufnahme unterbrachen, um in einer Mischung aus Neugierde und Abneigung zu uns herüberzublicken.

»Geht das auch ein bisschen leiser?«, zischte Hartlyn. Dann beugte sie sich näher zu mir herüber und schlug einen belehrenden Ton an. »Annabelle. Nur weil Carter seltsame Verhaltensweisen an den Tag legt, hat sie es noch lange nicht verdient, dass du so über sie redest.«

Der Zorn überkam mich wie eine Welle. »Dann quartier *du* dich doch bei ihr ein, wenn du so scharf darauf bist, in der Nacht abgestochen zu werden!«

Hartlyn blieb der Mund offen stehen. Erst nach einigen Sekunden besann sie sich und klappte Ober- und Unterkiefer wieder zusammen. »Mir war von Anfang an klar, dass das nicht gut gehen würde«, sagte sie und durchbohrte mich mit ihren blassblauen Augen. »Du bist nicht gerade eine ... dezente Person, und dass es zwischen dir und Carter krachen würde, war offensichtlich. Trotzdem. Vielleicht hat man es dir an deiner Schule nicht beigebracht, aber Konflikte löst man nicht durch falsche Anschuldigungen.«

Fassungslos starrte ich sie an. Selbst das letzte Hintergrundgemurmel war nun verstummt. Sämtliche Schüler hatten ihre volle Aufmerksamkeit der Leah-Stirling-Show gewidmet. »Dass ich nicht zu eurer versnobten Internatselite auf Arsch-Zusammenkneif-Castle gehöre, will ich nicht bestreiten«, presste ich mit letzter Selbstbeherrschung hervor. »Aber dass du mir unterstellst, ich würde mir hier etwas ausdenken, während *du* mich wissentlich mit einer Irren allein gelassen hast, das geht zu weit!«

Nun erhob sich Hartlyn ebenfalls. »Erstens«, sagte sie und fixierte mich mit ihrem kalten Blick, »ist es nicht meine Entscheidung, wie die Zimmer aufgeteilt werden. Und zweitens solltest du jetzt schleunigst verschwinden, bevor du dich noch mehr blamierst. Du müffelst.«

Ohne nachzudenken, griff ich nach dem Saftglas auf meinem Tablett und schüttete den Inhalt in Hartlyns selbstgefälliges Gesicht. Noch in derselben Sekunde wusste ich, dass ich einen Fehler begangen hatte. Grapefruitfarbene Tropfen rannen aus Hartlyns Haaren und kamen mit einem leisen *Plock* auf dem Tisch auf. Es war ein beängstigender Anblick. Das Schweigen in meinem Rücken war ein anderes als zuvor. Es war verurteilend. *Scheiße.* Ich klaubte ein paar Servietten vom Tisch und machte Anstalten, Hartlyn trocken zu tupfen. Diese starrte mich aus entsetzten, stummen Augen an, und ich nutzte die kurze Stille, um ihren Mund von dem klebrigen Saft zu reinigen, doch eine schrille Stimme ließ mich mitten in der Bewegung zusammenzucken.

»Finger weg!«

Shit – nun schaltete sich auch noch Hartlyns Sitznachbarin ein. Ich biss die Zähne zusammen und beobachtete, wie sie sich bedrohlich wie eine Kobra aufrichtete. Ihre Kringellocken wippten wütend, besonders als sie mich am Handgelenk packte.

»Lass Hartlyn in Ruhe!«, fauchte sie. »Die Arme hat in letzter Zeit wirklich genug durchmachen müssen.«

Einen Moment lang erwog ich, mich zu entschuldigen, schließlich war ich selbst nicht einverstanden mit meinem Verhalten. Doch der Klammergriff des Mädchens war mir so unerträglich, dass ich mich zischend losriss und, so erhaben es ging, aus dem Speisesaal flüchtete.

Erst als ich mich so weit entfernt hatte, dass kein Geschirrklappern mehr zu hören war, atmete ich durch und lehnte mich mit geschlossenen Augen gegen die Wand. Wie hatte es an meinem ersten Tag derart eskalieren können?

»Hallo, Annabelle.«

Ich fuhr herum und starrte in ein erstaunlich gut aussehendes Gesicht, dessen Mund ein selbstsicheres Lächeln umspielte. Es gehörte einem Jungen, dessen kastanienbraunes Haar einen rötlichen Schimmer besaß. Er musste etwa in meinem Alter sein.

Nur mit Mühe unterdrückte ich ein Stöhnen. Dass er mir nachlief und meinen verfluchten Namen kannte, bedeutete wohl, dass er der Unterhaltung zwischen Hartlyn und mir gelauscht hatte – wie wohl jeder hier. Aber ich hatte genug von unerfreulichen Gesprächen.

»Hallo«, sagte ich in einem Ton, der nicht missverstehen ließ, dass es keine Begrüßung, sondern ein Abschied war. Ich wandte mich ab. Nichts wie weg hier! Meine Schritte beschleunigten sich, als ich hörte, dass er mir folgte.

»Hey!«, rief er. »Ich will mich doch nur vorstellen.«

Na klar. Als ob er sich nicht selbst hätte denken können, dass jetzt der denkbar schlechteste Zeitpunkt war.

»Vielleicht bei der nächsten Gelegenheit, wenn ich mich meiner Sportklamotten entledigt habe«, knurrte ich über meine Schulter.

Er lachte. »Liebend gern, aber ich muss zugeben, das geht selbst mir ein wenig zu schnell!«

Mein Gott. Ich war kurz davor, mir eine Facepalm zu verpassen. Dieses verdammte Internat brachte mich noch um! Ich hatte die Bekanntschaft eines Kontrollfreaks gemacht, die Begegnung mit einer Wahnsinnigen überlebt, war auf einen verwirrten, blutigen Jungen gestoßen, und nun drängte sich auch noch ein Narzisst auf. Wer kam als Nächstes?

Ich schnaubte und bog um die nächste Ecke. Verdammt. Ich hatte gedacht, mich langsam orientieren zu können, aber dieser Gang sah aus wie alle anderen. Kurzerhand bog ich nach links ab.

»Wenn du zu den Schlafkorridoren willst, geht's da lang«, rief er. Als ich meine Route stur fortsetzte, schloss Mr Fuchshaar mit breitem Grinsen zu mir auf. »Ich zeig dir den Weg, wenn du willst.«

»Eigentlich nicht, nein.«

»Komm schon. Renn doch nicht in dein Unglück.«

Zu spät, dachte ich, *ich bin längst am Ziel angekommen.*

Abrupt blieb ich stehen und funkelte ihn an. »Gibt es eigentlich einen Grund, warum du mich verfolgst, oder ist dir nur langweilig?«

Fuchshaar hob defensiv die Hände. »Ich habe lediglich die Gelegenheit beim Schopfe ergriffen, um mich einer vielversprechenden neuen Schülerin vorzustellen.«

»Vielversprechend?«

Er grinste. »Vielleicht ist es dir noch nicht aufgefallen, aber der Laden hier ist ein bisschen verstaubt. Die herzhafte Geste, mit der du Hartlyn den Saft ins Gesicht geschüttet hast, war geradezu erfrischend.«

»Danke«, knurrte ich. »Schön, dass es zu eurer Belustigung beigetragen hat, der Demütigung einer Mitschülerin zuzusehen.« Im Gegensatz zu ihm war ich nicht besonders begeistert von meiner Aktion. Meine Kurzschlusshandlungen hatten mich in der Vergangenheit schon öfter in Teufels Küche gebracht – die letzte sogar geradewegs hierher.

»Entspann dich.« Fuchshaar zwinkerte. »Es war doch nur Hartlyn. Insgeheim hat sich jeder hier gewünscht, dass ihr mal jemand den Marsch bläst.«

»Ich dachte, sie wäre eure Jahrgangssprecherin. Heißt das nicht, dass sie zumindest ein bisschen beliebt ist?«

»Oder dass sonst niemand Bock auf den Job hat. Hartlyn ist für den Posten wie gemacht. Vielleicht konntest du dir schon ein Bild von ihrer Überkorrektheit machen.«

»Mehr oder weniger.« Ich hatte keine Lust, die ganze Situation vor ihm auszubreiten. Das würde ich schon in aller Ausführlichkeit vor Mom machen müssen, wenn ich sie nachher anrief.

Fuchshaar trat von einem Bein aufs andere. Sein Lächeln wirkte beinahe nervös. »Und?«, fragte er. »Soll ich dich jetzt zum Korridor der Elftklässlerinnen begleiten?«

Ich seufzte. »Von mir aus. Aber nur, wenn du mir verrätst, woher du meine Stufe kennst.«

»Flurfunk. Außerdem bist du die einzige neue Schülerin in unserem Jahrgang, da kommt man nicht so leicht durcheinander.«

»Was ist das denn für ein mieses Wachstum?«, fragte ich fassungslos. »Da hatte selbst unsere verschrumpelte Kirchengemeinde mehr Zugänge.«

»Es gibt strenge Kriterien.«

»Oh, wenn die Schüler aus dem unteren Mittelstand kommen und möglichst mittelmäßige Noten mitbringen sollen, dann bin ich die perfekte Kandidatin. Gibt es Pluspunkte bei einer hohen Zahl an Fehltagen?«

Fuchshaar schenkte mir ein schiefes Grinsen. »Wie es aussieht, hast du sie mit deinem Charme einfach umgehauen.«

»Ja. Durch den bloßen Schwung meiner Unterschrift«, erwiderte ich trocken.

»Was meinst du damit?«

Ich seufzte. »Ich hatte kein Vorgespräch oder so was. Meine Mom hat mir den Platz besorgt, und schwups, war ich hier.«

Fuchshaar runzelte die Stirn. »Hm, so läuft das hier normalerweise nicht. Die Plätze sind streng limitiert. Ich habe zwei Aufnahmetests und ein Vorstellungsgespräch gebraucht, damit sie mich angenommen haben.«

Skeptisch hob ich eine Augenbraue. »Wie wahrscheinlich ist es, dass sie ihre Aufnahmebedingungen drastisch gelockert haben?«

»Kommt auf die Summe an, schätze ich.«

»Sehr witzig. Ich weiß nicht mal, wie meine Mom die Schulgebühren finanzieren will.«

»Wieso bist du dann hier?«

»Ganz ehrlich? Ich habe keine Ahnung.« Natürlich wusste ich, warum mich Mom Hals über Kopf von zu Hause wegverfrachtet hatte. Warum es allerdings ausgerechnet Elm Castle sein musste, war mir bis heute nicht klar. Die offizielle Begründung lautete, dass mir das Internat hoffentlich die Flausen austreiben würde.

»Du siehst nicht so aus, als würdest du dich sonderlich darüber freuen«, stellte Fuchshaar fest.

Ich folgte ihm durch einen Gang, der mir entfernt bekannt vorkam. »Ich find's scheiße«, sagte ich offen. »Aber wenn ich daheim geblieben wäre, wäre es nicht besser gewesen.«

»Darf ich fragen, warum?«

»Darfst du nicht.«

Ich spürte, dass Fuchshaar innerlich zusammenzuckte. Meine Worte hatten einen rüden Schlussstrich unter unser neckisches Geplänkel gezogen.

»Sorry«, sagte ich. »Aber momentan bin ich einfach nicht sonderlich aufgeschlossen für Themen, die mit meiner Vergangenheit zu tun haben.«

Seufzend fuhr er sich durchs Haar. »Keine Sorge«, sagte er. »Du wirst schnell sehen, dass hier alle in Ordnung sind. Etwas gewöhnungsbedürftig, ja, aber wirklich in Ordnung.«

Misstrauisch runzelte ich die Stirn. »Die kommen wahrscheinlich alle noch aus den Sommerferien, oder?«

Er lachte empört auf. »Na, hör mal, die besten Leute sind alle hiergeblieben«, sagte er und deutete auf sich.

Oh Gott. Ich gab ein resigniertes Grunzen von mir. »Wenn du das sagst. Vermutlich passe ich dann doch ganz gut hierher. Auch wenn ich den Eindruck habe, dass sie mich nur angenommen haben, um ein Gegenstück für Carter Bonham zu haben.«

In seinen Augen blitzte ein interessiertes Funkeln auf. »Es ist also wahr? Du teilst dir ein Zimmer mit Carter?«

»Richtig gehört.« Ich fragte mich, ob sie wohl schon auf mich wartete.

»Und ... wie läuft es bisher?«

»Wundervoll«, sagte ich und warf ihm ein saures Grinsen zu. »Hast du das etwa nicht mitbekommen, als ich es eben durch den Speisesaal geschrien habe?«

Fuchshaar schwieg eine Weile. »Carter hatte es nicht leicht«, sagte er schließlich. »In all den Jahren, die sie hier ist, hatte sie nur eine einzige Freundin. Und die war eines Tages wie vom Erdboden verschluckt.«

Ich hatte sofort das Bild des blassen schwarzhaarigen Mädchens auf Carters Foto vor Augen.

Eines Nachts ist sie verschwunden und nie wiedergekommen. Willst du, dass dir das Gleiche passiert?

Ich musste schlucken. »Erzähl mir mehr davon«, bat ich.

Ein seltsamer Ton schlich sich in Fuchshaars Stimme, als er die nächsten Worte sprach. »Skylars Bett war eines Morgens einfach leer. Vollkommen unberührt, als hätte niemand darin geschlafen. Dafür war der ganze Boden mit Tannennadeln und schlammverschmierten Schuhabdrücken verdreckt, als hätte sich jemand den Weg durch den Wald gebahnt, um sie sich direkt aus dem Zimmer zu packen. Man hat die Polizei informiert und den Wald mit Spürhunden durchforstet. Die Hunde haben zwar mehrere Male angeschlagen, aber sie haben Skylar nicht gefunden. In der Zwischenzeit hatte es geregnet, was die Spurensuche natürlich erschwert hat.« Er verzog das Gesicht. »Danach sind keine Hinweise oder so mehr aufgetaucht. Sie war erst fünfzehn.«

»*War?* Du glaubst also, dass sie tot ist.«

Er zuckte mit den Schultern. »Viel mehr Optionen gibt es nicht, oder? Der Typ fürs Weglaufen war sie nicht. Und ein Lösegelderpresser hätte sich längst gemeldet.«

»Das heißt, ein Fremder ist ins Internat eingedrungen, hat eine Schülerin entführt, und die einzige Sicherheitsmaßnahme, die getroffen wurde, ist, dass niemand mehr in den Wald darf?«

Meine Stimme wurde mit jedem Ton ungläubiger. »In meiner Heimatstadt hätten die Eltern geklagt, bis das Internat dichtgemacht hätte.«

»Glaub mir, das haben sie auch versucht. Aber Elm Castle hat einflussreiche Unterstützer. Die Eltern der meisten Schüler hier sind wichtige Menschen. Wirtschaftsmagnaten, Politiker, sogar Monarchen anderer Länder.«

»Und warum haben diese wichtigen Menschen nicht dafür gesorgt, dass ihr Nachwuchs besseren Schutz genießt?«

»Haben sie doch. Es gibt ein Alarmsystem, zahlreiche Kameras und sogar einen Internatsdetektiv. Er ist der Freund von Denise.«

Ich lachte schnaubend auf. »Toller Detektiv! Ich konnte heute Morgen kurz nach fünf einfach nach draußen spazieren, ohne dass mich irgendjemand aufgehalten hätte. Müsste bei dem nicht ein Alarm losgehen, sobald jemand zu dieser frühen Stunde das Schloss verlässt?«

Fuchshaar runzelte die Stirn. »Was hast du morgens um fünf draußen zu suchen?«

»Nicht dass es dich was angehen würde, aber ich laufe«, sagte ich und wies auf mein Outfit, das wenig Raum für Interpretationen bot.

»Um fünf Uhr morgens?«

»Offensichtlich«, knurrte ich. »Du hast mir meine Frage noch nicht beantwortet.«

Fuchshaar seufzte. »Erstens beginnen einige Sportkurse ziemlich früh morgens, manche finden draußen statt. Und zweitens können wir es nicht riskieren, dass er zurückkommt und dann vor verschlossenen Türen steht.«

»Dass *wer* zurückkommt?« Langsam riss mir der Geduldsfaden. Musste sich hier jeder so kryptisch ausdrücken wie eine Wahrsagerin auf dem Jahrmarkt?

»Rune. Hartlyns Bruder. Er ist mal wieder abgehauen.«

»Moment, du sagst …« In meinem Kopf ratterte es, und verstörend lebendige Bilder tauchten vor meinem geistigen Auge auf. *Rote Haare. Ein blutiges Gesicht. Hände, die nach mir griffen und mich schüttelten …*

»Es ist nicht das erste Mal. Seit ein paar Monaten ist er am Durchdrehen. Er ist eigentlich ein ganz normaler Typ, aber irgendwas ist mit ihm passiert.«

In meinem Kopf wirbelten die Gedanken in einem wirren Chaos durcheinander. Zur Hölle, konnte es sein, dass ich vorhin Hartlyns Bruder in die Arme gelaufen war?

Ich muss mithelfen, ihn zu suchen, hallte ihre Stimme in meinem Kopf wider. Oh, Shit. Das würde verdammt noch mal erklären, warum sie so aufgelöst ins Büro der Bitterfield gestürmt war.

»Rune ist mittlerweile kaum noch ansprechbar«, fuhr Fuchshaar fort. »Er ist in seiner eigenen Gedankenwelt versunken. Nicht einmal seine Schwester dringt zu ihm durch. Und dann verschwindet er. Es ist jetzt schon das vierte Mal, dass er einfach abhaut.«

Es traf mich wie ein Fausthieb in die Magengrube. Vor wenigen Minuten hatte ich Hartlyn noch angepampt und ihr Saft ins Gesicht geschüttet. Wahrscheinlich hatte sie vor Sorge um ihren Bruder die ganze Nacht kein Auge zugetan. Dafür würde ich in der Hölle landen.

»Kommt Rune immer von allein wieder zurück?«, fragte ich und kniff die Augen zusammen, um einen klaren Kopf zu bewahren. Schlechtes Gewissen hin oder her, erst mal musste ich herausfinden, was hier vor sich ging.

»Bis jetzt schon. Am Anfang war er nur über Nacht verschwunden, aber mit jedem Mal wurde es länger. Hartlyn ist am Durchdrehen. Ihre Eltern wollen einen Psychiater schicken, aber anscheinend steht es auf ihrer Prioritätenliste nicht hoch genug, denn bisher ist nichts passiert.« Fuchshaar stieß einen abfälligen Laut aus.

»Und dann findest du es ernsthaft lustig, dass ich sie vor versammelter Mannschaft fertigmache?«, fauchte ich ihn an. »Verdammt, ich wusste nichts davon!«

Er zuckte die Schultern. »Sie hat es verdient. Und vielleicht lenkt sie die Wut auf dich ein wenig ab, bis Rune wieder da ist.«

»Wow. Du denkst wirklich nicht weit.«

»Komm schon.« Er grinste. »Für diese Vorstellung hätte ich sogar bezahlt.«

»Du bist wahrscheinlich einer dieser Typen, die sich Videos von Kindern anschauen, die auf die Fresse fliegen, und dabei herzhaft lachen.«

»Woher weißt du das?«

Ich stöhnte und griff mir an den Kopf. Er trieb mich jetzt schon in den Wahnsinn. Ob er wohl immer noch lachen würde, wenn er wüsste, wem ich vor weniger als einer Dreiviertelstunde begegnet war?

»Er ist übrigens auch mein Cousin«, sagte er nun etwas leiser.

Sein Tonfall, unter einer Schicht aus gespielter Lässigkeit beinahe verletzlich, verursachte mir Gänsehaut. »Und das sagst du erst jetzt?!«

»Ich wusste nicht, dass das so wichtig ist.« Fuchshaar sah mich schräg von der Seite an.

»Fuchshaar …«, sagte ich.

»Wer ist Fuchshaar?«

»Du. Das bist du. Fuchshaar, ich bin deinem Cousin begegnet. Ich bin mitten im Wald beim Laufen über ihn gestolpert. Er wirkte ganz aufgelöst und hat mich angebrüllt, ich solle verschwinden. Und dann war er auch schon weg.«

Fuchshaars Gesicht nahm die Farbe der Wand an, seine Gesichtszüge entgleisten. Vorbei war es mit der Fassade. Hatte er eben noch so cool getan, merkte ich nun ganz deutlich, dass Runes Abwesenheit nicht spurlos an ihm vorübergegangen war. Das kleine Theater heute Morgen hatte womöglich mehr ihn als Hartlyn von seinen Sorgen abgelenkt.

»Bist du dir sicher?«, brachte er hervor. »Du verarschst mich nicht, oder?«

»Denkst du, ich bin so skrupellos? Natürlich sage ich die Wahrheit!«

Er seufzte. »Okay. Was hat er gesagt? Wollte er Hilfe?«

»Nein. Er hat mich nur an den Schultern gepackt und gebrüllt, ich solle verschwinden, bevor *sie* mich kriegen.«

»Sie?«

Ich zuckte hilflos mit den Schultern. »Keine Ahnung, wen er gemeint hat, ich habe niemanden gesehen. Aber er hat im Gesicht geblutet. Es sah aus, als wäre er zusammengeschlagen worden. Er wirkte verdammt aufgelöst.«

Fuchshaar fixierte mich eindringlich. »Du musst das der Bitterfield erzählen. Sie hat eine private Sicherheitsfirma in den Wald geschickt, um ihn zu suchen. Die brauchen alle Informationen, die sie kriegen können.«

Ich nickte schwach. »Scheint so, als müssten wir die Route ändern.«

Als wir den Weg zu Ms Bitterfields Büro einschlugen, herrschte zum ersten Mal längere Stille zwischen uns, lediglich unsere Schritte hallten durch die Gänge. Schließlich erreichten wir die dicke Eichenholztür zu ihrem Büro.

»Da sind wir«, sagte Fuchshaar unnötigerweise.

Ich nickte. »Willst du mit reinkommen?« Nicht dass ich seinen Beistand benötigt hätte, aber an seiner Stelle hätte es mich brennend interessiert, ob die Bitterfield nun neue Maßnahmen ergriff. Zum Beispiel, endlich mal die Polizei zu rufen.

»Nein, lass mal. Sollten irgendwelche neuen Erkenntnisse auftauchen, kannst du mir ja davon berichten.«

»Okay.« Ich nickte. »Dann geh ich mal rein.«

»Alles klar.« Er vergrub die Hände in den Taschen. »Wenn du magst, kannst du beim Abendessen bei uns sitzen.«

»Wer ist *uns*?«

»Ein paar Freunde und ich. Im Laufe des Abends trudeln die ersten Wiederankömmlinge ein, unter anderem mein bester Freund Lawrence.«

Lawrence, Lawrence … Ich brauchte einige Momente, bis ich den Namen einordnen konnte. »Der Chef des Laufteams?«

»Ja, genau.«

»Mal sehen. Ich schau vorbei, wenn mich Carter bis dahin nicht mit irgendeiner Pflanze vergiftet hat.«

»Cool.« Er wandte sich ab.

»Hey«, rief ich ihm hinterher, »wie heißt du eigentlich?«

»Fuchshaar.«

Ich musste grinsen und wollte mich schon abwenden, aber da drehte er sich kurz vor der nächsten Ecke noch mal um.

»Ich bin Jasper«, sagte er. »War schön, dich kennenzulernen, Annabelle.«

Bevor ich ihn über meinen Namen belehren konnte, war er auch schon davonspaziert. Seltsamer Typ. Ich mochte ihn.

Kapitel 5

Denise bearbeitete mich nun schon seit einer ganzen Weile. Wahrscheinlich dachte sie, sie kommuniziere auf Augenhöhe mit mir, wie sie mir dort in ihrem senfgelben Ohrensessel gegenübersaß. Stattdessen kam es mir vor, als hielte sie mich für komplett senil.

»Bist du dir ganz sicher, Annabelle?«, fragte sie nun schon zum hundertsten Mal und sah mir eindringlich in die Augen. »Willst du wirklich behaupten, du hättest Rune Griffith gesehen?«

Ich beugte mich vor, sodass ein unangenehm kleiner Abstand zwischen uns entstand, und sagte mit einem giftigen Lächeln: »Ich behaupte es nicht nur, es *war* so. Rune ist quasi in mich hineingerannt.«

Mein Duft nach abgekühltem Angstschweiß schien Denise wohl in die Nase zu steigen, denn sie lehnte sich zurück und streckte sich nach der Thermoskanne aus, die auf dem Schreibtisch hinter ihr stand. Das rosafarbene Zeug, das in ihre fast noch volle Tasse sprudelte, stank nach flüssigen Gummibärchen mit einer Tonne Aroma. Angeblich war es Tee. Und mal wieder war ich froh, das Zeug nicht angerührt zu haben, seit Denise mich in dem Zwillingsexemplar ihres Sessels in ihrem übermäßig kuscheligen Büro geparkt hatte.

Nachdem Denise einen Schluck genommen hatte, schenkte sie mir ein nachsichtiges Lächeln. »Weißt du, Annabelle, es gibt einige junge Menschen da draußen, die viel zu wenig Aufmerksamkeit von ihren Eltern bekommen.«

»*Okay* …«, sagte ich gedehnt und spürte, wie sich eine steile Falte in meine Stirn bohrte. Worauf auch immer sie jetzt hinauswollte …

»Das kann frustrierend sein.« Denise gab ein mitleidiges Schnauben von sich. »Einerseits möchte man sich von seinen Eltern abkapseln und unabhängig sein. Andererseits benötigt man dringend ihre Anerkennung, um sich in Ruhe entfalten zu können.«

Noch immer hatte ich keinen Schimmer, was Denise mit ihrem dämlichen Pädagoginnengequatsche bezweckte, aber in einem hatte sie recht: Wenn mir meine Mutter nicht ständig das Gefühl gegeben hätte, eine tickende Zeitbombe zu sein, wäre ich wahrscheinlich ein in mir ruhender, Ghandi-gleicher Teenager geworden.

»Und wenn Jugendliche nicht die Aufmerksamkeit bekommen, die sie verdienen«, fuhr Denise fort und machte lächelnd eine Handbewegung, als schlösse sich nun der Kreis, »kann es sein, dass sie sich Muster angewöhnen, die ihnen ebendiese Aufmerksamkeit zurückbringen.«

Aha. Daher wehte also der Wind. »Muster wie Lügen erzählen zum Beispiel?«, fragte ich frostig.

»Annabelle, ich möchte dir nichts unterstellen. Nur sichergehen.« Der Ton in ihrer Stimme war so künstlich anbiedernd, dass selbst ihr Gummibären-Tee dagegen wie natürliches Quellwasser wirkte.

Ich hätte es wissen sollen.

»Natürlich«, schnaubte ich und funkelte sie an. »Wer's glaubt, wird selig! Was soll das hier? Ich habe meine Aussagen bereits vor Ms Bitterfield gemacht, warum werde ich nun einem weiteren Verhör unterzogen?«

»Das ist kein Verhör«, stellte Denise klar und verzog empört ihre sorgsam geschminkten Lippen. »Wir möchten uns nur vergewissern, dass du okay bist.«

»Bin ich. Darf ich jetzt gehen?«

Sie seufzte. »Hör mal, Annabelle. Wir wissen, du hast bereits in der Vergangenheit einige … Schwierigkeiten gehabt. Vielleicht ist es nun an der Zeit, sich einer anderen Person anzuvertrauen.«

»Danke«, sagte ich und erhob mich aus meinem Sessel, »aber es gibt nichts anzuvertrauen. Mir geht es gut, und danke der Nachfrage: Ich bin keine zwanghafte Lügnerin.«

Denise stand ebenfalls auf und hob beschwichtigend die Hände. »Das hat niemand gesagt. Bleib doch noch hier, ich würde mich gern ein bisschen ausführlicher mit dir unterhalten.«

Aber ich war schon auf dem Weg zur Tür. Bevor ich sie öffnete, blieb ich noch einmal stehen und drehte mich zu Denise um.

»Dieser Junge, Rune. Sorgt lieber dafür, dass er gefunden wird und so schnell wie möglich in psychologische Behandlung kommt. Ach, und noch ein Vorschlag: Schickt Carter Bonham doch gleich mit.«

Denise' Miene fiel in sich zusammen, sie wirkte nun vollkommen verwirrt. »Carter Bonham?«, krächzte sie.

Ich griff nach der Klinke und ließ meine Hand darauf ruhen. »Wenn ihr nicht einmal den blassesten Schimmer habt, was mit diesem Mädchen nicht stimmt, dann hat euer Schulsystem echt versagt.«

Denise schüttelte den Kopf, die blauen Augen weit aufgerissen. »Ich weiß nicht, wovon du sprichst.«

»Von Skylar«, half ich ihr mit scharfer Stimme auf die Sprünge.

Denise schwieg betroffen, und ich studierte ihr Gesicht. Die unterschiedlichsten Gefühlsregungen huschten darüber. Sie wollte sie hinter einer professionellen Miene verstecken, doch die stärkste von ihnen konnte sie nicht beiseitewischen: Angst. Ich erkannte sie in Denise' geweiteten Pupillen. »Woher weißt du von Skylar Avery?«, hauchte sie nach einer kleinen Pause.

»Die Frage ist eher: Warum weiß ich *nichts* von ihr? Wäre es nicht die Pflicht der Schule gewesen, meine Mutter darüber zu informieren?«

Denise schüttelte den Kopf, als sei es vollkommen abwegig, ihr so etwas vorzuwerfen. »Das ist fast zwei Jahre her.«

»Und trotzdem riegelt ihr den Wald ab, als ob ihr die Schüler vor etwas schützen müsstet. Es besteht also noch Gefahr?«

»Annabelle.« Denise schien gewaltige Mühe zu haben, sich zusammenzureißen. »Die Sicherheitsmaßnahmen haben wir nicht wegen Skylar getroffen. Der Wald war schon vorher verbotene Zone, weil sich einige Schüler darin verirrt und sogar verletzt haben – sowohl unsere Versicherung als auch die Eltern waren sich einig, dass das Risiko zu groß ist.«

Als sie mein grimmiges Gesicht sah, zog sie den rechten Mundwinkel zum hilflosen Versuch eines Lächelns nach oben. »Aber es gibt Ausnahmen. Mal angenommen, du willst dich einer der Laufgruppen anschließen: Unter diesen Bedingungen könntest du auf einer festgesteckten Route deine Runden durch den Wald ziehen. Nur mit den anderen natürlich.«

Aha, interessant. Ich verschränkte die Arme.

»Also alles halb so wild, dass eine Schülerin mitten in der Nacht aus ihrem Bett entführt wurde – und dass ihre traumatisierte Mitbewohnerin noch immer alleine in ihrem Zimmer hockt?!«

Denise seufzte tief. »Zum einen ist nicht klar, ob Skylar entführt wurde oder einfach davongelaufen ist. Und zum anderen … zum anderen hat Carter Skylars Verschwinden leider nicht besonders gut verkraftet. Seit dieser Nacht vor zwei Jahren hat sie das Internat kaum noch verlassen. Manchmal glaube ich, sie wartet immer noch darauf, dass Skylar endlich zurückkommt.«

Ein Kälteschauer kribbelte meinen Rücken hinab. Carter hatte sich also zu einer Art Mahnwache verpflichtet, statt das einzig Logische zu tun und sich möglichst schnell aus dem Staub zu machen. Das klang ja beinahe, als ob sie wirklich an Skylar gehangen hätte. Oder als ob sie sich für etwas bestrafen wollte …

»Carter wirkt auf mich ziemlich gestört«, sagte ich. »Vielleicht sollte man sich mal lieber mit *ihr* unterhalten als mit mir. Ach, und wo wir gerade dabei sind«, ich schenkte ihr ein schmallippiges Lächeln, »ich will das Zimmer wechseln. Carter und ich kommen nicht besonders gut miteinander klar.«

Eine leichte Untertreibung. Aber irgendwie hatte ich Angst, dass Carter sich an mir rächte, wenn ich sie bei Denise verpetzte. Und solange ich nicht die Gewissheit hatte, dass mich Mom vor Einbruch der Dunkelheit abholte, würde ich dieses Risiko unter keinen Umständen eingehen.

Denise schüttelte ärgerlich den Kopf, als sei sie es leid, sich von einer Schülerin diktieren zu lassen, was sie zu tun und zu lassen hatte. »So funktioniert das nicht, Annabelle. Nur weil sie noch größere Probleme hat als du, bist du damit nicht automatisch entlassen. Außerdem haben wir kein Zimmer frei. Versucht eure Differenzen zu klären, als fast Erwachsene müsstet ihr dazu doch in der Lage sein.«

Ich stieß ein empörtes Lachen aus und schüttelte den Kopf. »Ihr lasst Carter also zwei Jahre allein vor sich hin brüten und steckt dann einfach die Neue mit ins Zimmer, damit sie das Problem für euch regelt? Würdest du auch ein Kaninchen in den Käfig einer tollwütigen Bestie werfen und ihm raten, sie sollen sich doch einfach anfreunden?«

»Annabelle.« Denise' Stimme hatte einen drohenden Unterton angenommen, und die Wellen auf ihrer Stirn nahmen eine besorgniserregende Höhe an. »Das Thema ist durch. Es gibt kein neues Zimmer. Aber wenn ihr Hilfe braucht, die Zwistigkeiten zwischen euch zu klären, seid ihr natürlich herzlich willkommen in meiner Schülersprechstunde.«

Wir lieferten uns ein stummes Blickduell. Mit verengten Augen versuchte ich ihr klarzumachen, wohin sie sich ihre Schülersprechstunde stecken konnte. »Ich geh jetzt«, sagte ich, ohne mich einen Zentimeter zu rühren. »Oder willst du noch etwas wissen? Ob ich auch gern klaue, zum Beispiel?«

Etwas in ihrem Blick verschloss sich. Da war nicht mehr die überbesorgte Denise mit den Plüschsesseln und ihrem ekelhaften Sorgentee. Ihr Gesicht zeigte nur noch kühle Professionalität. »Nein, das war alles«, sagte sie.

Ich zog die Tür auf und trat auf den Gang. Doch bevor ich sie wieder schließen konnte, ließ mich Denise' Stimme noch einmal innehalten. »Ach, und, Annabelle.« Sie stand auf und näherte sich mir, trat aber nicht auf den Gang hinaus. Stattdessen schob sie ihren Kopf nach vorn, sodass ihre Lippen nur noch wenige Zentimeter von meinem Ohr entfernt waren. »Ich habe von dem Vorfall heute im Speisesaal gehört«, sagte sie leise, so leise, dass es niemand außer mir hören konnte. »Dieses Mal lasse ich es dir noch durchgehen, aber nächstes Mal wird Direktorin Bitterfield davon erfahren. Und glaub mir, dann bleibt es nicht bei einer Verwarnung wie heute wegen des unerlaubten Betretens des Waldes.«

Da war sie also, die wahre Denise.

Ich lächelte ihr dreist ins Gesicht. »Oh. Schmeißt ihr mich dann etwa raus? Wie schade.«

Bevor Denise antworten konnte, hatte ich mich umgedreht und war hinter der nächsten Biegung verschwunden.

Während es am anderen Ende der Leitung tutete, lief ich den grasigen Weg Richtung See entlang und zählte meine Schritte.

Zweihundertvierunddreißig, zweihundertfünfunddreißig, zweihundertsechsunddreißig, zweihundert… Ach, fuck! Mein pochendes Herz versaute mir ständig den Rhythmus. Obwohl ich den Anruf bei Mom die ganze Zeit als erlösenden Ausweg betrachtet hatte, war mir nur allzu bewusst, dass es nicht so einfach werden würde, wie ich es mir wünschte. Mir vorzustellen, wie meine Mutter mit wehenden Fahnen heraneilte, um ihr einziges Kind aus den Fängen dieses Schlosses zu befreien, war nur eine Taktik meines Gehirns gewesen, um mich durchhalten zu lassen. Aber ich kannte Mom. Das mit den wehenden Fahnen würde nichts werden.

Trotzdem war ich erleichtert, als sie nach dem ungefähr hundertsten Läuten schließlich abhob.

»Mom«, sagte ich und gab mir alle Mühe, wie das liebste Kind auf Erden zu klingen. Doch es verfehlte seinen Zweck, denn Moms Antwort trug nicht einen Hauch mütterlicher Zuneigung in sich.

»Willst du dich beschweren?«, fragte sie. Im Hintergrund hörte ich Telefone klingeln und das aufgeregte Klappern von Tastaturen. Mom hatte ihre Stressstimme aufgelegt, wie so oft, wenn ich sie in der Arbeit anrief.

»Ja«, sagte ich ohne Umschweife und mit deutlich weniger liebem Kind in der Stimme. »Hol mich sofort von hier weg. Auf diesem Schloss sind alle geistesgestört.«

Ich hörte Mom durch die Leitung schnauben und das Telefon von einem Ohr zum anderen wechseln. Vermutlich klemmte sie es sich gerade unters Kinn, während sie parallel an irgendetwas bastelte. »Und du bist natürlich die einzig Normale dort, hm? Was tun sie? Etwa lernen, statt sich mit ihren Drogen nehmenden Freunden zu verabreden?«

Eine ungeheure Wut kämpfte sich in mir hoch, doch ich wollte sie nicht die Kontrolle übernehmen lassen, damit Mom nicht sofort wieder auflegte. »Nein«, brachte ich zwischen zusammengebissenen Zähnen hervor. »Sie lernen nicht, und Freunde haben sie auch nicht. Und wenn doch, dann verschwinden die.«

Stille am anderen Ende der Leitung. Dann: »Ich habe jetzt wirklich keine Zeit für kryptische Andeutungen. Sprich Klartext, oder ruf mich nach Feierabend noch mal an.«

»Okay.« Ich schnaubte. »Du wolltest es so. Dann eben ohne Vorgeplänkel: Meine Mitbewohnerin hat mich mit einem Messer bedroht. Sie droht mir, mich abzustechen, wenn ich nicht vor dieser Nacht das Zimmer wechsle.«

Einen Moment lang waren nur die gedämpften Stimmen ihrer Kollegen zu hören. Ich glaubte schon, Mom habe den Hörer einfach zur Seite gelegt, doch dann atmete sie lautstark aus. »Etwas Besseres ist dir nicht eingefallen?«

Ich wollte protestieren, doch sie unterbrach mich.

»Leah. Ich werde dich sicher nicht gleich an deinem ersten Tag von Elm Castle nehmen, nur weil es dir dort nicht gefällt. Ich habe deine Lügen satt.«

»Aber es ist wahr«, beteuerte ich und spürte Panik meinen Hals hinaufkriechen. »Ich wollte mich mit ihr unterhalten, und dann springt sie auf und fuchtelt mit einer Klinge herum. Die ist gemeingefährlich! Und Denise weigert sich, mich das Zimmer wechseln zu lassen.«

»Komm schon, Leah. Deine Geschichte ist lächerlich. Dieses ganze Telefonat ist lächerlich.«

Ich war kurz davor, mir die prinzessinnenblonden Haare zu raufen, die Mom so liebte. »Zur Hölle. Was muss ich tun, damit du mir glaubst?«, schrie ich in den Hörer.

Moms Stimme wurde hart. »Bis dahin ist es noch ein weiter Weg. Im Moment muss ich davon ausgehen, dass jedes deiner Worte gelogen sein könnte.«

Ich riss die Augen auf und schnappte nach Luft. Mein Blick glitt über den sonnigen Himmel und den schimmernden See, die Ulme, die sich darüberbeugte, doch alles, was ich sah, war mein Untergang. »Das meinst du nicht ernst?«, keuchte ich.

»Du tust ja so, als sei das vollkommen abwegig«, sagte Mom, und ich konnte ihr anhören, dass sie bald auflegen würde. »Dabei hast du mich die ganzen letzten Monate an der Nase herumgeführt. Mein Vertrauen ist weg, Leah. Sieh Elm Castle als Chance, es dir wieder zu erarbeiten.«

Vor meinen Augen flimmerte es, und in mir tobte ein Sturm aus Panik, Zorn und Verzweiflung. »Das kannst du nicht tun!«, schrie ich. »Hier ist auch ein Junge abgehauen, dem ich heute Morgen im Wald begegnet bin. Er war blutüberströmt und hat mich an den Schultern gepackt!«

Und ein Alien hat versucht, mich zu entführen. Ich wusste, wie abwegig meine Geschichte klang, doch ich konnte mein Mundwerk nicht halten. Alles, was ich wollte, war, dass sie mir glaubte und mich von hier wegholte. Dass sie meine Verzweiflung spürte. Doch stattdessen trieb ich sie immer weiter von mir. Wenn ich jetzt noch die Story über die verschwundene Skylar Avery auspackte, würde sie vermutlich für den Rest des Schuljahrs meine Anrufe blocken.

»Ich glaube, es ist besser, wenn ich jetzt auflege.«

»Nein!«, sagte ich aufgebracht. »Ich bin noch nicht fertig.«

Ich war beim See angelangt, über dessen Ufer die dicht geästete Ulme ihr Blätterdach aufspannte, doch als aus der Richtung des Schlosses ein freudiges Hupen erklang, drehte ich mich um. Eine ganze Karawane Autos parkte auf dem Kiesplatz vor Elm Castle. Um sie herum hatten sich lauter Eltern versammelt, die ihre Kinder in dieses Gefängnis aus Stein verfrachteten, um sie für den Rest des Jahres loszuwerden, genauso wie meine Mom es mit ihrer Problemtochter gemacht hatte. Eine Welle aus Traurigkeit und Wut überrollte mich. In der Ferne sah ich, wie sich Menschen umarmten, Lachen und Stimmengewirr drangen zu mir herüber.

Heiße Tränen brannten in meinen Augen, und ich wischte sie mir rüde mit dem Handrücken vom Gesicht. Noch immer trug ich mein ekliges Sportzeug und kam mir vor wie der letzte Dreck gegen diese steinreichen Internatszöglinge. Ich musste für sie einen wahrhaft herrlichen Anblick abgeben.

»Doch, Leah, wir sind fertig. Zumindest für heute.«

»Du schuldest mir noch eine Antwort! Wie zur Hölle konnte ich in dieser Snobhöhle landen, wenn wir nicht mal das Geld haben, um uns ein vernünftiges Auto zu leisten? Und *ich* habe nicht die Noten für ein Stipendium.«

Moms Stimme verdunkelte sich um einige Nuancen, als sie antwortete. »Nicht in diesem Ton! Und hör auf, hinter allem eine Verschwörung zu sehen, Leah. Dave hat Kontakte. Ihm haben wir es zu verdanken, dass du auf diese Schule gehen darfst.«

Ich schnaubte. »Dein Macker hat vielleicht Kontakte zu seiner Lieblingspizzeria, aber sicher nicht zu dieser Bitterfield.« Hier war etwas ganz gewaltig faul. Wenn meiner Mom keine bessere Ausrede einfiel, als ihren Versagerfreund als einflussreichen Mann zu verkaufen, musste sie ziemlich verzweifelt sein.

»Rede nicht so über Dave!«, fauchte Mom.

Danach eskalierte es vollkommen. Wir schrien, wir brüllten uns an, und als ich das Handy voller Wucht ins nasse Ufergras pfefferte, wusste ich, dass Mom mich heute Abend ganz sicher nicht abholen würde. Ich konnte schon froh sein, wenn sie mich hier nicht versauern ließ, bis ich genauso ein Freak war wie diese Carter. Aber sollte sie mich ruhig hierlassen. Selbst wenn in diesem Moment Skylar Averys Entführer höchstpersönlich aus dem Wald geplatzt wäre, um mich zu verschleppen, wäre ich lieber ihm freiwillig gefolgt, als noch ein einziges Wort mit der Frau zu wechseln, die sich meine Mutter schimpfte.

Erst nachdem ich mich wieder einigermaßen beruhigt hatte, lief ich zurück zum Eingangsportal des Schlosses, vor dem sich eine ganze Horde winkender Eltern positioniert hatte, die bald wieder in ihren überteuerten Autos davonfahren würden.

Die Gänge waren nun deutlich belebter als in meinen ersten Stunden im Schloss. Plötzlich tauchten überall Teenager mit einem fetten Grinsen, sonnengebräunter Haut und maßgeschneiderten Klamotten auf, die sich begeistert auf die Schultern klopften oder in die Arme fielen. Es war mehr als offensichtlich, dass ich der einzige Neuzugang war.

Ich versuchte die neugierigen Blicke der anderen Schüler zu ignorieren und schlängelte mich an ihnen und ihren gigantischen Reisetaschen vorbei, die ringsherum den Weg blockierten. Ich hatte keinen Bock zu reden, ich hatte keinen Bock, mich vorzustellen, und ganz sicher hatte ich keinen Bock darauf, dass sie meine geröteten Augen sahen.

Was ich jetzt brauchte, war mein Bett. Mein Bett und irgendeine Serie auf Netflix. Ich konnte nur hoffen, dass Carter sich irgendwo anders herumtrieb. Vielleicht am Set eines Horrorfilms.

Ich quetschte mich an einem Vater vorbei, der mehrere Taschen auf seinen Armen bugsierte, ignorierte die zwei schnatternden Schülerinnen neben ihm und erkämpfte mir nach einem kurzen Abstecher ins verlassene Zimmer, um meine Laufschuhe abzulegen, frische Unterwäsche aus der Reisetasche zu klauben und mein Handy auf dem Bett abzuwerfen, meinen Weg zu den Waschräumen. Mein Duschzeug hatte ich heute Morgen im Waschraum hängen lassen.

Alles in mir ächzte danach, mich unter die warme Brause zu stellen und für ein paar herrliche Minuten keine Menschenseele sehen zu müssen. Ich suchte mir die hinterste Kabine aus, befreite mich von meinen ekligen Sportklamotten und stellte mich unter die Dusche. Als das perfekt temperierte Wasser auf mich herabprasselte, konnte ich ein Seufzen nicht unterdrücken. Ich ließ mir mehr Zeit als nötig, gönnte meinen Haaren sogar eine Kur und rasierte mir die Beine, ehe ich das Wasser wieder abstellte, mich trocken rubbelte und in meine Unterwäsche schlüpfte.

Nachdem ich einen letzten Blick in die Kabine geworfen hatte, schlang ich mir das Handtuch um den Körper und trat auf den Gang. Er war verlassen, doch aus den Zimmern hörte ich aufgeregtes Kichern. Sah so aus, als wären Carter, Hartlyn und ich mittlerweile nicht mehr die einzigen Bewohnerinnen. Apropos Hartlyn. Ich überlegte, ob ich im angezogenen Zustand bei ihr vorbeischauen sollte, um mich zu entschuldigen. Doch je näher ich Carters und meinem Zimmer kam, desto stärker war der Drang, das auf später zu verschieben. Zuerst einmal musste ich mich erholen – mir etwas Gemütliches anziehen, in der Kaffeeküche nebenan Tee kochen und mich danach in die Decke mummeln.

Ein Lächeln schlich sich auf meine Lippen – das erste seit bestimmt vierundzwanzig Stunden. Ein guter Plan. Genau so würde ich es machen. Beherzt griff ich nach der Klinke zu Carters und meinem Zimmer – und stellte fest, dass die Tür abgeschlossen war.

Okay …

Ein Anflug von Nervosität prickelte durch meine Adern. Ich

konnte mich nicht daran erinnern, die Tür verriegelt zu haben, als ich ins Bad gegangen war. War Carter in der Zwischenzeit etwa wieder nach Hause gekommen? Vielleicht hatte sie nur etwas abgelegt und dabei bemerkt, dass ihr heiß geliebtes Refugium die ganze Zeit offen gestanden hatte.

Ich begann in meiner Duschtasche zu wühlen. Und je länger ich suchte, desto verzweifelter wurde ich. Fuck! Kein Schlüssel. Hieß das, ich musste mit nichts als meinem Handtuch hier draußen warten, bis Carter von ihrem Ausflug wiederkam?

Als ich mich zum Schlüsselloch hinabbeugte und hindurchspähte, begriff ich, dass es noch schlimmer um mich stand, als ich geglaubt hatte.

Von wegen Ausflug. Carters Schlüssel steckte von innen.

Kapitel 6

Kurz glaubte ich, er wäre gekommen. Der Moment, in dem ich als heulendes Bündel auf dem Korridor zusammenbrechen und nicht wieder aufstehen würde. In dem ich einfach aufgeben würde. Aber wie ich dort vor dieser abgeschlossenen Tür stand, *meiner* Tür mit der Unglückszahl 13, kämpfte sich neben der Verzweiflung noch ein anderes Gefühl hinauf: Wut. Zunächst drückte ich sie jedoch nieder.

»Carter! Kannst du bitte aufmachen?«

Vermutlich lachte sich dieses verdammte Miststück hinter der Tür einen Ast, während ich halb nackt hier draußen stand.

»Carter!«, wiederholte ich, lauter diesmal. Immer noch keine Reaktion.

Obwohl ich nur mein Handtuch und Unterwäsche trug, wurde mir zunehmend heißer. Meine Atmung beschleunigte sich, und eine bohrende Unruhe ergriff von mir Besitz. Was tat ich nur an diesem Ort, an dem mich niemand haben wollte?

»Mach sofort die Tür auf«, verlangte ich und trat näher ans Schlüsselloch, damit sie mich auch richtig verstand. »Du miese Hexe. Oder ich sorge dafür, dass Denise dich zu einer Privataudienz in ihrem kuscheligen Büro einlädt!«

War das hinter der Tür etwa ein diabolisches Kichern gewesen? Diese blöde Kuh versuchte noch nicht einmal zu verschleiern, dass sie mich mit voller Absicht ausgeschlossen hatte! Meine Wut wuchs ins Unermessliche. Wie von selbst versetzte ich der Tür einen brutalen Tritt.

»Mach auf, du Schlange!«

Mittlerweile war es mir verdammt egal, ob man mich hörte oder sah.

»Na los!«, brüllte ich und trat erneut mit den nackten Fußsohlen gegen die Tür. »Soll ich hier alles zusammenbrüllen, bis die Bitterfield kommt? Also, *ich* habe kein Problem damit!« Doch wie es aussah, waren Carter jegliche Konsequenzen scheißegal, die Tür blieb zu. *Rums. Rums. Rums.*

Mit jedem Tritt wurde meine Wut größer. Ich hasste Carter. Ich hasste dieses verfickte Schloss. Ich hasste Mom, die mir das antat. Und vor allem hasste ich mich.

Und dann war da auf einmal eine federleichte Berührung an meiner Schulter. Ich fuhr herum und starrte in ein freundliches Gesicht, dessen blaue Augen mich neugierig musterten.

»Hallo«, sagte das Mädchen.

Ich war zu überrascht, um mich an meine Wut zu erinnern. Zu verdutzt, um ihre Hand abzuschütteln, die auf meinem Oberarm lag. Vielleicht lag es an ihrem Lächeln. Es wirkte so ungetrübt, so unvoreingenommen, dass ich ganz misstrauisch wurde. Sie hatte aber schon mitbekommen, dass ich hier auf dem Gang randalierte, oder?

Je länger ich sie betrachtete, desto größer wurde mein Argwohn – sie erinnerte mich an jemanden. Erst als mein Blick über ihre zierliche Figur, ihr hellblondes Haar und die von dichten Wimpern umrahmten Augen geglitten war, wurde mir klar, an wen. Ich schluckte. Hätte sie nicht in einer kurzen rosafarbenen Bluse und weißen Shorts gesteckt, wäre sie glatt als mein

Spiegelbild durchgegangen. Das puppenhafte Gesicht mit den tiefen Grübchen, ihre kleine Stupsnase und selbst die fein geschwungenen Augenbrauen wiesen eine entsetzliche Ähnlichkeit mit meiner eigenen Erscheinung auf. Nur dass ich mich niemals in diese Art Klamotten gezwängt hätte.

Das Mädchen schien nicht halb so verdutzt zu sein wie ich. Sie grinste mich mit strahlend weißen Zähnen und rosa geschminkten Lippen an. Neben ihr stand ein Karton, aus dem der Zipfel einer Tagesdecke hervorlugte. Anscheinend kam sie gerade aus den Sommerferien wieder. Es wunderte mich, dass noch keine andere meiner zukünftigen Mitschülerinnen auf mich aufmerksam geworden war. Vermutlich waren bei dem sonnigen Wetter alle draußen und verschoben das Einräumen auf später.

Mit einem Stirnrunzeln zog ich das Handtuch enger um mich. »Hallo«, erwiderte ich lahm.

»Ich bin Mareesa«, sagte das Mädchen, unbeeindruckt von meiner Aufmachung. »Aber alle nennen mich Reese. Gibt es einen Grund, warum du gegen Carters Tür trittst?«

»Ja«, sagte ich und versuchte meine Irritation über Reese' Erscheinung durch ein Räuspern zu überspielen. »Das ist jetzt auch meine Tür.«

Aus Reese' Mund platzte schrilles Gelächter, doch schon im nächsten Moment presste sie sich eine Hand davor. »Sie haben dich wirklich bei Carter einquartiert? Das hätte ich ihnen nicht zugetraut.«

»Ich. Auch. Nicht.« Mit jedem Wort versetzte ich der Tür einen weiteren Tritt.

Aus den Augenwinkeln sah ich, wie jemand den Kopf aus einer Tür streckte und ihn schnell wieder zurückzog. Vermutlich kannte nun bald das ganze Internat die Geschichte von der Neuen, die halb nackt auf dem Flur wütete.

»Was ist passiert?«, erkundigte sich Reese.

»Carter hat mich ausgesperrt – ihr Schlüssel steckt von innen.«

»Oh Mann.« Reese seufzte. »Das Traurige daran ist, dass es mich nicht überrascht. Kopf hoch, das war noch eine der harmloseren Sachen, die sie sich geleistet hat.«

Ich hob die Augenbrauen. »Hat sie ihre vorherigen Mitbewohnerinnen auch vergrault?«

Reese schüttelte den Kopf. »Seit ihre letzte Mitbewohnerin … gegangen ist, haben sie nicht mehr gewagt, jemanden bei ihr einzuquartieren. Sie hat klargemacht, dass sie niemanden bei sich dulden wird.«

»Und wie kommen sie dann auf die Idee, ausgerechnet mich zu ihr zu packen?«

»Nun«, sie zuckte mit den Schultern, »ich fürchte, sie haben kein Bett mehr frei. Anscheinend bist du außer der Reihe mit reingequetscht worden, und sie sehen keinen anderen Weg, als dich zu Carter zu stecken.«

»In einem riesigen Schloss, in dem es sicher viele Hundert Zimmer gibt?«

»Vielleicht hast du es noch nicht gemerkt«, lachte Reese, »aber Flexibilität ist hier ein Fremdwort. Seit Gründung des Internats gibt es die gleichen verstaubten Regeln, und eine lautet eben, dass die Mädchen und Jungen eines Jahrgangs ihre Zimmer im gleichen Stockwerk haben.«

»Na toll.« Ich stieß einen frustrierten Seufzer aus. »Das heißt, ich werde bis zum Ende des Schuljahrs auf dem Flur wohnen?«

»Vielleicht nur ein paar Wochen«, ermunterte mich Reese und grinste. »Keine Sorge, ich höre mich mal um – vielleicht kennt jemand den ultimativen Trick, um Denise rumzukriegen.«

»Das wäre echt die Rettung.«

Reese hob den Karton und nickte nach rechts. »Komm doch

mit zu mir. Meine Mitbewohnerin Shawna kommt erst in ein paar Wochen wieder.« Sie verzog das Gesicht. »Schwierige Scheidungsgeschichte bei ihren Eltern.«

Oh, toll. Noch ein gebranntes Kind auf diesem Schloss. Diese Shawna tat mir jetzt schon leid.

»Dann wird sie sich sicher freuen, wenn sie zurückkommt und merkt, dass eine Fremde in ihrem Bett geschlafen hat«, erwiderte ich seufzend.

Reese lächelte mich beruhigend an. »Mach dir keinen Stress, Leah. Wir sind hier nicht so.«

»Du kennst meinen Namen?«

»Natürlich. Nur einen Schritt ins Schloss, und schon ist man über alle Neuigkeiten im Bilde.«

Warum wunderte mich das nicht? Ich folgte Reese zu einer Tür am Ende des Ganges, die bereits einen Spaltbreit geöffnet war. Anscheinend war es nicht die erste Wagenladung, die Reese nach oben transportierte.

»Hilft dir niemand beim Schleppen?«, fragte ich.

»Doch, mein Dad. Aber das war der letzte Karton, und er ist schon wieder weg.«

Ein Glück. Ich konnte darauf verzichten, nun auch noch die Elternschaft mit meinem Anblick zu beglücken.

Reese machte eine einladende Bewegung mit den Fingern, die sie unter der Last des Kartons noch bewegen konnte. »Hereinspaziert. Ich hoffe, dich stört das Chaos nicht.«

Ich grinste. »Solange du keine Tausend Pflanzen besitzt, ganz sicher nicht.«

»Was?«

Ich winkte ab. »War nur ein Scherz.«

Als ich eintrat, wehte mir der Duft frisch gewaschener Wäsche entgegen. Ohne dass ich es wollte, sog ich ihn ein. Er erinnerte mich an zu Hause. Er sagte: *Ich habe mein Leben im Griff.*

Doch der Geruch rückte angesichts des riesigen Schreibtischs, der einen Großteil der rechten Zimmerhälfte in Anspruch nahm, schnell beiseite. Er war aus dunklem Kirschholz, das edel glänzte.

»Dad hat ihn mir zum fünfzehnten Geburtstag geschenkt«, sagte Reese, die meinen Blick wohl bemerkt hatte. Als ich mich umdrehte, stellte sie gerade den Karton ab und stemmte die Hände in die Hüften. »Seitdem wollte ich ihn nirgendwo zurücklassen. Er ist mein Ein und Alles.«

»Bist du eine Möbelfetischistin?«, fragte ich.

Reese grinste. »Ich schreibe. Seit ich denken kann, will ich Schriftstellerin werden.«

»So wie Joanne K. Rowling?«

Sie verdrehte die Augen. »Wieso ist das immer der erste Vergleich, der den Leuten einfällt? Es gibt noch so viel mehr tolle Autorinnen und Autoren.«

»Ähm, okay. Dann wie … Michelle Obama?«

Sie lachte auf. »Dann doch eher wie Rowling, ich habe nicht vor, eine Autobiografie zu schreiben. Aber ja, im Grunde hast du recht. Wie eine Schriftstellerin, die Bücher veröffentlicht und davon leben kann.«

»Oh, wow.« Ich fächelte mir Luft zu. »Du musst mir unbedingt etwas von dir zu lesen geben, sobald du etwas fertig hast. Also, nur wenn du willst. Ich liebe Bücher. Aber das mit dem Davon-Leben ist heutzutage vermutlich schwer, oder?«

»Kommt drauf an, wie, wo und was du veröffentlichst.« Sie zwinkerte. »Du kannst auch einfach dein Ding als Selfpublisherin ohne Verlag machen und über Nacht mit deiner Erotikreihe berühmt werden.«

»Klingt ein wenig sehr nach American Dream.«

»Jaaa …« Sie verdrehte die Augen. »*Über Nacht* war vielleicht ein wenig übertrieben. Aber eigentlich kannst du ganz gut Geld mit dem Schreiben machen, wenn du den Markt kennst und weißt, was die Leute lesen wollen.«

»Und du weißt, was sie lesen wollen?«

Ihr Grinsen wurde blasser. »Ich arbeite daran. Momentan schreibe ich aber eher zum Spaß. Das Manuskript, an dem ich aktuell sitze, soll nie veröffentlicht werden.«

»Das klingt sehr mysteriös«, sagte ich. »Kommen zu viele pulsierende Penisse drin vor?«

Reese bewarf mich mit einem Kissen. »Wenn du dich auch nur ein bisschen auskennen würdest, wüsstest du, dass es für den Markt eigentlich nie genug pulsierende Penisse geben kann.«

Ich hob eine Augenbraue. »Du machst mich neugierig. Sollte es tatsächlich mein nie gekannter Traum sein, Schriftstellerin zu werden?«

Reese brach in Gelächter aus. »Wenn man sich dein jetziges Outfit ansieht, ist es zumindest keine verwunderliche Vorstellung.« Sie begann in einer Reisetasche zu wühlen. »Apropos Outfit: Trägst du lieber Röcke oder Kleider?«

»Weder noch«, sagte ich. »Am liebsten Jogginghosen.«

Reese hob die Brauen. »Ich meine, im Alltag.«

»Da auch.«

Im nächsten Moment traf mich etwas gegen die Schläfe. Kurz darauf schon wieder. Ich hielt mein Handtuch zusammen, damit Reese nicht gleich die volle Ladung Leah zu Gesicht bekam, und hob die Klamotten vom Boden auf. Zumindest glaubte ich, dass es Klamotten waren. Es konnten ebenso gut Spitzentischdeckchen oder Puppenkleidung sein.

»Was ist das?«, fragte ich.

»Dein Outfit für heute«, klärte mich Reese auf.

Ich presste die Zähne zusammen und hielt, nachdem ich mein Handtuch verknotet hatte, den Stoff von mir, als handle es sich dabei um eine ansteckende Geschlechtskrankheit. Reese hatte mir ein blassrosa Top mit liniengradem Ausschnitt zugeworfen. Bei dem Stück daneben handelte es sich um eine knappe Shorts in deutlich intensiverem Pink.

»Das kann ich unmöglich anziehen«, brachte ich hervor. »Hast du auch etwas ... Schwärzeres?«

Reese leerte den Inhalt der Reisetasche vor mir aus. Mein Blick huschte über den Haufen aus Klamotten, verzweifelt hielt ich Ausschau nach etwas, das auch nur den Anflug von Grau zeigte – doch Fehlanzeige.

»Seltsam.« Reese legte die Stirn in Falten. »Ich hätte schwören können, wir haben den gleichen Geschmack.«

Vielleicht weil wir optisch genauso gut Schwestern hätten sein können. Ihr Kleiderschrank musste meinem niedlichen Typ grauenhaft gut stehen, doch ich würde mich in so einem Zeug niemals wohlfühlen. Solange sich Carter jedoch mit meinen Klamotten einschloss, hatte ich keine Wahl.

»Okay«, seufzte ich. »Kleide mich ein. Aber sei nicht allzu grausam, bitte.«

Reese zog eine beleidigte Schnute. »Das klingt, als würde ich dich foltern.« Sie ließ ihren Blick fachmännisch zuerst über mein Gesicht, dann über meinen Körper gleiten und wühlte anschließend aufgeregt in ihrem Kleiderhaufen herum. Zuerst warf sie mir ein weißes Top und kurz darauf eine rosafarbene Culotte herüber. Skeptisch nahm ich sie in Augenschein.

»Probier sie an«, rief Reese, die schon wieder den Kleiderhaufen umgrub. »Wie sollen wir sonst sehen, ob dir die Klamotten stehen?«

Für mich bestand kein großer Unterschied darin, ob mir der Kram jetzt zwei Nummern zu groß oder eine Nummer zu klein war. Es war eine Wahl zwischen lauter Übeln in Fliedertönen. Seufzend ließ ich mein Handtuch zu Boden gleiten und schlüpfte in Reese' Sachen. Sie passten erstaunlich gut. Die Culotte schmiegte sich weich an meine Beine, und das Top saß weder zu eng noch zu locker. Hätte ich nicht so dämlich damit ausgesehen, wäre ich vielleicht sogar freiwillig damit herumgelaufen.

»Wow.« Reese grinste verzückt. »Das steht dir ziemlich gut. Hast du nicht Lust, als Kleiderpuppe für mich zu arbeiten? Dann könnte ich endlich mal überprüfen, ob meine Shorts am Arsch wirklich so kastig aussehen.«

»Träum weiter«, sagte ich. »Erstens lasse ich mich sicher nicht in der Öffentlichkeit in so einem Aufzug sehen, und zweitens kannst du hier in der Pampa lange nach einem Laden suchen.«

»Du wärst überrascht, wie groß das Angebot in Aurora ist. Es hat nur dreißigtausend Einwohner, aber eine ganze Ladenmeile.«

»Aurora?«

»Ja, die nächstgelegene Stadt. Es gibt jedes Wochenende einen Kleinbus, der einen für Besorgungen hinbringt. Man muss sich nur vorher in die Liste eintragen.«

Ach ja, da war ja noch was. »Haben die da auch normale Klamotten?«

Reese, die gerade dabei war, die ausgeschütteten Kleider in den leeren Schrank einzusortieren, runzelte die Stirn. »Kommt drauf an, was du unter normal verstehst.«

»T-Shirts, die sich außerhalb des Regenbogenspektrums halten, normale Jeans halt … Aber eigentlich gehe ich davon aus, dass mich Carter bis zum Wochenende wieder in mein Zimmer lässt. Das muss sie, da drin sind mein Handy und alle meine Sachen.«

Reese hielt in ihren Bewegungen inne. »Du solltest nachher unbedingt zu Ms Bitterfield gehen und dich beschweren.«

Ich seufzte. »Lieber nicht. Ich war heute schon wegen einer anderen Sache bei ihr. Die nimmt mir diese Geschichte nicht ab, wenn ich schon wieder bei ihr antanze.«

»Komm schon, Leah. Du willst doch nicht ernsthaft bei Carter wohnen bleiben. Sie hasst andere Menschen. Das hat sie gerade doch wohl bewiesen.«

Ich zuckte die Schultern. »Solange es kein freies Bett gibt, muss ich wohl einfach mit ihr auskommen.«

Reese seufzte. »Ich kann mir das nicht weiter anhören. Wir sorgen dafür, dass du so schnell wie möglich deine Sachen wiederbekommst, und dann pennst du hier, bis Shawna wieder da ist.«

»Das kannst du unmöglich ernst meinen«, sagte ich. »Wir kennen uns seit zehn Sekunden.«

»Und wie ich das ernst meine. Denkst du, ich lasse zu, dass Carter wieder ihr volles Programm abzieht?«

Ihr volles Programm? Schien so, als sei Carter sogar noch schlimmer, als ich geahnt hatte. Ich schloss die Augen. »Du schmeißt mich aber sofort raus, wenn ich dir auf die Nerven gehe, okay?«

»Sei nicht albern, Leah.«

»Ich mein's ernst. Das ist dein Zimmer, und wenn ich da noch so einen Parasiten wohnen hätte, würde ich einen Anfall kriegen.«

Reese schüttelte ungläubig den Kopf. »Du bist wirklich seltsam. Freu dich doch einfach, dass du an jemanden geraten bist, der Menschen offenbar lieber mag als du.«

Ich musste grinsen. »Okay. Ich akzeptiere.«

»Ich weiß nicht, wie es dir geht«, sagte Reese und warf sich auf ihr Bett, »aber ich habe keinen Bock, zum Mittagessen zu gehen. Da unten ist es mir in den ersten Tagen vor Schulbeginn zu wuselig. Mein Dad hat mir Muffins und ein paar Sandwiches eingepackt, damit sollten wir bis zum Abendessen überleben können.«

»Klingt gut«, erwiderte ich. Nach dem Vorfall mit Hartlyn

heute Morgen verspürte ich wirklich nicht das Bedürfnis, mich einer Meute tuschelnder Schüler zu stellen. Das würde noch bald genug kommen.

»Mit der Picknickdecke auf die Wiese?« Reese hob fragend die Augenbrauen.

Ich sah aus dem Fenster hinaus, die Sonnenstrahlen tanzten über mein Gesicht. »Es ist so ein herrlicher Tag«, sagte ich. »Lass uns eine Runde Netflix bingen.«

Kapitel 7

Mein herzzerreißendes Gähnen hallte durch die Gänge. Bis vor wenigen Minuten hatte ich noch selig geschlafen, war mitten in einer Folge *Haus des Geldes* auf Reese' Bett eingepennt. Hätte mein Magen nicht so laut geknurrt, wäre ich sicherlich erst am nächsten Morgen wieder aufgewacht, nun allerdings trieb mich mein Hunger dem aufgeregten Summen entgegen, das aus Richtung des Speisesaals drang.

»Mein Gott, Leah, wenn man dir so zuhört, könnte man meinen, du hättest seit Wochen nicht geschlafen.«

Reese lief beschwingt neben mir her, während ich es kaum fertigbrachte, die Füße vom Boden zu heben. Mit jeder Sekunde wurde ich langsamer. Während Reese die Aussicht darauf hatte, ihre Freunde nach Wochen der Trennung wieder in die Arme schließen zu können, fühlte ich mich, als sei ich auf dem Weg zu meiner eigenen Hinrichtung.

»Wundert dich das?«, gab ich müde zurück. »Eins muss man Carter lassen: Sie ist alles andere als einschläfernd.«

»Das ist das Netteste, was je über sie gesagt wurde.«

Ich grinste, doch in meinen Eingeweiden tobte ein Schwarm Hornissen. Schließlich hatte ich keine Ahnung, wie die Internatsschüler reagieren würden, wenn der Rüpel vom Morgen, der ihre Jahrgangssprecherin zusammengestaucht hatte, als gepuderte Rose wiederauftauchte. Ich sah aus wie Reese' verdammter Klon: Die rosafarbene Culotte umwehte meine Beine, das weiße Top schmiegte sich an meine Annabelle-hafte Figur, und um dem Ganzen wortwörtlich die Krone aufzusetzen, hatte Reese mich dazu überredet, meine frisch getrockneten Goldlöckchen offen zu tragen – damit den anderen die Kinnlade runterfiel, wenn wir im Doppelpack aufkreuzten, wie sie sagte. Reese und ich sahen aus wie Hanni und Nanni in der Glamour-Edition. Und obwohl ich verdammten Schiss davor hatte, meinen anderen Mitschülern erneut unter die Augen zu treten, musste ich zugeben, dass ich mich jetzt schon auf ihr verwundertes Glotzen freute, wenn sie uns zusammen sahen.

Als wir den Speisesaal betraten, ging leider kein Raunen durch die Reihen, wie es in einem Highschool-Film nach dem obligatorischen Umstyling der Fall gewesen wäre. Trotzdem spürte ich unzählige Blicke auf mir liegen. Selbst als wir Minuten später unsere Tabletts mit Spiegeleiern, Kartoffelecken, Salat und Tee beladen hatten, bemerkte ich, wie ein Mädchen ungeniert mit dem Finger auf mich zeigte.

Reese beachtete sie nicht und zog mich zu einem Tisch, an dem sich bereits eine Gruppe von Schülern niedergelassen hatte, die uns erwartungsvoll entgegenblickten. Eine schwarzhaarige Schönheit und ein nicht minder gut aussehender blonder Kerl im Hemd sprangen auf, um Reese in die Arme zu schließen. Normalerweise hätte ich mich gefragt, wie *awkward* es wäre, ihnen die Hand zu geben, ihnen nur zuzunicken oder sie zu umarmen, doch mein Blick wurde unwillkürlich zu dem feixenden Jungen gezogen, der ebenfalls am Tisch saß. *Oh.* Jasper grinste mich herausfordernd an.

Ich pustete mir eine nervige Strähne aus dem Gesicht und

beäugte ihn mit spöttisch gehobenem Mundwinkel, während ich mich zu seiner Linken niederließ. »Hi, Fuchshaar.«

»Annabelle, bist du das?« In gespieltem Erstaunen riss Jasper die Augen auf und fasste sich mit der Hand an die Brust. »Ohne den Schweißgeruch und die verschwitzten Haare hätte ich dich beinahe nicht erkannt.«

Ich verpasste ihm einen Schlag gegen den Oberarm. »Nenn mich Leah. Und verdammt, hat man dir nicht beigebracht, dass man Menschen nicht nach ihrem Äußeren beurteilt?«

»Mach ich auch nicht«, antwortete Jasper. »Ich beurteile Menschen grundsätzlich nach ihrem Geruch. Apropos Schweiß«, er deutete auf den Jungen neben sich, »das ist Lawrence. Vermutlich wird es dich als morgendliche Joggerin interessieren, dass er die Laufmannschaft anführt.«

»*Eine* der Laufmannschaften«, korrigierte ihn Lawrence. »Morgens um fünf wirst du mich sicher nicht draußen rumrennen sehen, mein Schlaf ist mir zu heilig.«

»Ich hab schon gehört«, sagte ich. »Ms Bitterfield hat mich sogar vor deinem Tempo gewarnt.«

Etwas wie ein Grinsen schlich sich auf Lawrence' ernste Züge. »Gewarnt?«

»Sie meinte, deine Gruppe sei nichts für Hobbysprinter.«

Lawrence' Grinsen vertiefte sich. »Ah, zu dieser Taktik greift sie jetzt also.«

Taktik? Fragend sah ich die beiden an.

Jasper nickte Lawrence anerkennend zu und erklärte mir dann: »Die Bitterfield würde es nie zugeben, aber sie setzt große Hoffnungen auf Wren. Sein Team will dieses Jahr bei einem der großen Marathons mitmachen.«

»Oh.« Mir schwante, was die Bitterfield mit ihrer Warnung beabsichtigt hatte. »Und wahrscheinlich käme ihr da eine Neue ungelegen, die das Team verlangsamt.«

»Hundert Punkte.«

»Wren hat ein Stipendium«, sagte Jasper. »Er ist der Einzige von uns, der wirklich schlau genug für diese Schule ist. Und einer der wenigen, denen es erlaubt ist, jemanden durch den Wald zu navigieren.«

Ach ja. Mir fiel wieder ein, was Denise über die Sondergenehmigung der Laufgruppe gesagt hatte. Und vermutlich hätte ich mich nicht weiter dafür interessiert – hätte Wren Jasper in diesem Moment nicht eine eindeutige Geste gemacht, die Klappe zu halten. Meine Neugierde war geweckt.

»Das muss cool sein«, sagte ich und lehnte mich lächelnd in seine Richtung. »Im Gegensatz zu uns bist du also frei wie ein Vogel.«

»Nicht wirklich«, sagte Wren und stocherte mit finsterer Miene in seinem Essen herum. Na super. Grumpy Cat hatte es also auch auf dieses Internat der Psychosen geschafft.

Ich seufzte und ließ meinen Blick zu Reese wandern, die sich rechts von mir niedergelassen hatte. Sie war längst von dem blonden Jungen in Beschlag genommen worden, der sie zusammen mit dem schwarzhaarigen Mädchen begrüßt hatte. Als Einziger am Tisch trug er kein T-Shirt, sondern ein luftiges Sommerhemd. Bildete ich mir das ein, oder erröteten Reese' Wangen ein kleines bisschen? Die blauen Augen des Jungen blitzten, als er sie herausfordernd angrinste und eine Kopfbewegung in meine Richtung machte.

»Sag mal, Reese, wie konntest du uns all die Jahre verheimlichen, dass du eine Schwester hast? Als einzige Entschuldigung lasse ich gelten, wenn sie von deinen Eltern in einem Turm gefangen gehalten wurde.«

Reese legte mir einen Arm um die Schultern und zwinkerte mir zu. »Ein heikles Thema«, sagte sie. »Dad wollte lange nicht, dass wir uns ins Gehege kommen. In der Vergangenheit hat es zwischen uns ordentlich geknallt. So ist das bei Zwillingen halt. Äußerlich identisch, innerlich wie Tag und Nacht.«

Seine Stirn zog sich in skeptische Falten, was ihn nicht einen Hauch unattraktiver machte. Er sah aus, als befinde er sich gerade in einem Shooting für irgendein Männerparfüm. »Glaub mir, Reese«, sagte er, »und wenn hier hundert Mädchen rumlaufen, die so aussehen wie du: Dich würde ich immer erkennen.«

»Ach ja?« Sie lehnte sich vor. »Und woran?«

Der Junge setzte gerade zu einer Antwort an, da schaltete sich die dunkelhaarige Schönheit ein. »Wenn du und Leah miteinander verwandt seid, Reese, dann sind Magnus und ich es auch«, sagte sie und schnaubte verächtlich. Ihr Haar fiel ihr in einem glatten, seidigen Vorhang über die rundlichen Schultern und stand in einem starken Kontrast zu ihrem schneidenden Blick.

Reese lächelte nachsichtig, als sie sich zu ihr beugte. »Du und Magnus *seid* Geschwister, meine liebe Ellie.«

»*Stief*geschwister, herzallerliebste Reese. Wie sonst erklärst du dir, dass Magnus aussieht wie ein Schwede aus dem Bilderbuch und ich um hundert Prozent besser Spanisch spreche als er?«

Reese stieß die Luft aus, doch in ihren Augen blitzte es belustigt, als sie sich an mich wandte. »Darf ich vorstellen? Magnus Lindquist und Estella Garcia. Ihre Eltern lieben sich, und Magnus und Ellie tun es im Grunde auch, wenn auch auf eine andere Weise.«

Ellie verzog das Gesicht und gab ein Würgen von sich. »Bitte, Mareesa. Drück es nie wieder so aus.«

Beinahe hätte ich gelacht, so angeekelt sah Ellie aus. Doch schon im nächsten Moment hatten sich ihre dunklen Augen auf mich gerichtet. »Wie auch immer«, sagte sie mit einem schmalen Lächeln. »Jeder hier weiß, dass du Annabelle Leanne Stirling bist. Die Neue, auf die sich nun alle stürzen werden, nachdem jahrelang kein Frischfleisch mehr angeliefert wurde.«

Magnus hob gespielt überrascht die Augenbrauen. »Das bist *du*? Ich habe von einer Furie im Outfit einer Obdachlosen gehört, aber ich dachte nicht …«

»Jep, das bin ich«, sagte ich. »Normalerweise meide ich die Farbe Rosa. Und eigentlich alles, was in Reese' Kleiderschrank hängt.«

»Hey!«, empörte sich Reese. »Ich kann nichts dafür, dass du keinen Geschmack hast.«

»Du klingst wie meine Mom. Sie versucht seit Jahren, mir *vernünftige Kleidung* anzudrehen.«

»Heißt das, wir haben deinen normalen Stil heute Morgen schon kennengelernt?«, schaltete sich Jasper ein. Er kam aus dem Grinsen gar nicht mehr heraus.

»Natürlich«, sagte ich. »Eigentlich ist es nur ein Outfit. Ich geh morgens damit joggen, im Laufe des Tages kann es an mir auslüften, und nachts schlafe ich. Nackt natürlich. Spart eine Menge Kleidung und Nerven.«

Auf Jaspers Gesichtszügen wechselten sich Ekel, Unglauben und Belustigung miteinander ab.

»Krieg dich wieder ein«, sagte ich. »Natürlich schlafe ich nicht nackt.« Bildete ich mir das ein, oder huschte ein Anflug von Enttäuschung über sein Gesicht? »Normalerweise zumindest«, fügte ich hinzu. »Aber wenn mir Reese nicht eines ihrer Satin-Nachthemden leiht, werde ich das heute Nacht wohl müssen.«

Die Augenbrauen in der Runde gingen nach oben. Also erzählte ich ihnen alles. Zwischendurch brach ein empörtes Lachen aus einem von ihnen heraus, doch alles in allem wirkten sie nicht besonders überrascht.

»Carter setzt eben immer noch einen drauf«, sagte Jasper. »Aber du hast Glück. Wren kann dir helfen.«

»Kann Wren nicht«, sagte Wren.

»Ach, komm schon.« Reese lächelte ihn bittend an. »Leah ist gerade mal einen Tag da, und Psycho-Carter hat sie bereits von all ihren Sachen getrennt. Wenn du ihr nicht hilfst, geht sie an ihrem ersten Schultag ohne Uniform und Bücher in die Klasse.«

Wren warf ihr einen entnervten Blick zu. »Leah kann sich im Direktorat beschweren.«

»Kann Leah nicht«, sagte ich. »Die haben mich vom ersten Tag an als zwanghafte Lügnerin abgestempelt. Außerdem würde Carter das sicher nicht gefallen.«

Wren seufzte. »Sie ist nur ein Mädchen. Auf ihr Getue musst du nicht hereinfallen.«

Knisternde Wut fraß sich in meinen Bauch. »Dafür, dass sie *nur ein Mädchen* ist, war sie ganz schön überzeugend«, pampte ich und bohrte meine Gabel wütend in die Ofenkartoffel auf meinem Teller. »Aber du toller Kerl hast uns natürlich gleich durchschaut: Wir haben nur darüber diskutiert, wer das schönere Make-up hat, und uns anschließend quiekend mit Kissen beworfen.«

Wren schüttelte den Kopf und fasste sich an die Stirn. »Ich wollte nur sagen, dass Carter nicht so schlimm ist, wie ihr sie darstellt. Sie ist einfach nur ein Mädchen, das in der Vergangenheit viel Scheiße erlebt hat.«

»Und deswegen hat sie das Recht, Leah das Leben zur Hölle zu machen?«, warf Reese ihm vor.

Wrens Augen lagen dunkel und unergründlich auf ihr. »Nein. Aber ihr gebt euch auch nicht gerade Mühe, euch in sie hineinzuversetzen. Vielleicht steckt hinter ihrem Verhalten mehr, als ihr denkt.«

»Ja, Heimtücke und Missgunst«, sagte Reese.

Wren schüttelte den Kopf. »Sie hat Angst, Reese. Ihr habt doch gesehen, wie sehr sie sich verändert hat, nachdem Skylar verschwunden ist. Sie leidet wirklich.«

»Verändert?«, fragte ich. »Wie war sie denn früher?«

»Normal«, sagte Reese und zuckte mit den Schultern. »Sie hat schon immer lieber gezeichnet als Menschen getroffen, aber eigentlich war sie ganz in Ordnung. Auch wenn man nicht viel von ihr mitbekommen hat, sie hing ja immer nur mit Skylar rum. Und als Skylar verschwunden ist, hat sie sich in sich zurückgezogen.«

Ich verstand einfach nicht, warum dieses Internat es nicht hinbekam, Psychotherapeuten an Land zu ziehen. Oder waren die alle an Carter gescheitert?

»Das klingt, als bräuchte sie Hilfe«, sagte ich. »Warum kümmert sich niemand um sie?«

»Man war sich einig, dass es nichts bringt, sie zu bedrängen«, antwortete Jasper. »Das mit Skylar ist zwei Jahre her. Damals gab es natürlich das volle Programm: Therapeuten, Hilfsprogramme et cetera. Aber Carter hat sich dadurch nur immer mehr zurückgezogen. Ihr einziger Wunsch war, dass sie im Internat bleiben darf. Anscheinend kommt sie mit ihren Eltern gar nicht klar.«

Oder mit sonst jemandem. Ich seufzte. »Tut mir echt leid für sie«, sagte ich und meinte es zu meiner Überraschung auch so, »aber möglicherweise wühlt Carter in genau diesem Moment in meinen Sachen herum. Mein Handy und mein Laptop sind in ihrem Zimmer, wie alles, was ich besitze. Wie soll ich jetzt zu Hause anrufen? Oder zum Unterricht gehen, ohne die verdammten Bücher?«

Die Zeit mit Reese hatte mich abgelenkt und aufgemuntert, aber nun vermisste ich vor allem die Möglichkeit, mit Junis zu schreiben. Außerdem war es mir, als hätte mir Carter meine

Identität geklaut, indem sie sich zusammen mit meinen Klamotten einschloss.

Wren musterte mich lange, dann seufzte er. »In Ordnung. Wenn du willst, rede ich mit ihr.«

Ich stützte resigniert den Kopf in die Hand. »Und warum sollte Carter ausgerechnet auf dich hören?«

Zum ersten Mal sah ich Wren direkt in die Augen. In ihnen lag eine Ernsthaftigkeit, die nicht zu einem siebzehnjährigen Teenager passte. »Sie … vertraut mir«, sagte er schließlich.

Ich runzelte die Stirn, hielt mich aber mit meinen Fragen zurück. Wren wirkte wie jemand, mit dem man es sich leicht verscherzen konnte. Und aus irgendeinem Grund wollte ich das auf gar keinen Fall. »Gut. Dann … danke«, sagte ich.

Er nickte nur und wandte seinen dunklen Blick wieder ab.

»Vielleicht kannst du sie mit der Aussicht auf ein paar freie Tage bestechen«, sagte Reese. »Bis Shawna wieder da ist, wohnt Leah nämlich bei mir. Und wenn man Shawnas Nachricht von heute glauben kann«, sie zückte ihr Handy und las ab, »tobt gerade der *fucking Wahnsinn* bei ihnen zu Hause. Shawnas Mutter hat sich seit Tagen in ihr Schlafzimmer eingeschlossen, und ihr Vater weint ununterbrochen. Sie traut sich nicht, die beiden allein zu lassen, deswegen glaube ich kaum, dass sie so bald wiederauftaucht.«

Ellie schürzte die Lippen. »Das mit dem Zimmertausch«, sagte sie und tippte unbeeindruckt von Reese' tragischer Erzählung auf ihrem Handy herum, »ist das überhaupt erlaubt?«

Reese bedachte sie mit einem spöttischen Lächeln und zog an einer imaginären Zigarette. »Seit wann scherst *du* dich denn um die Regeln?«

Ellies Miene verdüsterte sich. Sie warf mir einen kalten Blick zu, als sei ich ein Eindringling, der ihre gesunde Ordnung zerstört hatte.

»Was Denise nicht weiß, macht sie nicht heiß«, sagte Reese nun an mich gewandt. »Wir achten einfach darauf, dass sie von unserer neuen Zimmereinteilung nichts mitbekommt.«

»Macht sie so was wie abendliche Rundgänge?«, fragte ich.

»Das hat sie Direktorin Bitterfield ausgeredet. Sie ist der Meinung, dass wir nur Verantwortung lernen, wenn man uns auch wie Erwachsene behandelt und nicht wie kleine Kinder, die ständig kontrolliert werden müssen.«

Ich hob die Augenbrauen. Nie hätte ich gedacht, dass ich eines Tages mit Denise' Erziehungsansichten d'accord gehen würde.

Das weitere Abendessen verlief ziemlich entspannt. Reese fragte die anderen nach ihren Ferien aus. Die Stiefgeschwister hatten Magnus' schwedische Verwandtschaft besucht, Wren hatte zu Hause im Laden seiner Eltern ausgeholfen, und Jasper jammerte, dass es auf dem Internat so langweilig gewesen war, dass er nur gezockt und sich mit Hartlyn gestritten hatte.

»Sie war unerträglich«, sagte er, und sein Grinsen verrutschte.

Sofort musste ich wieder an Rune denken, der noch immer unentdeckt im Wald herumstreunte. Ich fragte mich, wann seine psychischen Auffälligkeiten wohl begonnen hatten.

Allmählich leerten sich die Tabletts und die Speisehalle, und auch unsere Runde löste sich langsam auf. Als sich Wren erhob und seinen Stuhl zurückschob, musste ich schlucken. Er war bestimmt über einen Meter neunzig groß. Halleluja, kein Wunder, dass er der Leader der Laufgruppe war. Diesen langen Beinen kam doch niemand hinterher. Auch die anderen machten sich auf den Weg zur Tablettabgabe.

»Geh schon mal vor«, sagte ich zu Reese. »Ich klaue mir noch ein Dessert, damit ich heute Abend über die Runden komme.«

»Immer diese Zuckerjunkies«, erwiderte Reese grinsend und

winkte mir noch einmal kurz zu, bevor sie mit Wren und den Stiefgeschwistern aus dem Speisesaal verschwand. Gerade als Jasper Anstalten machte, ihnen hinterherzudackeln, fing ich ihn ab.

Ich konnte in seinen Augen lesen, dass er ebenfalls nur getrödelt hatte, um mit mir allein zu reden. Gemeinsam schlenderten wir aus der Tür.

»Sag mal, Leah«, in seinen Augen lag nun ein ernster, beinahe besorgter Ausdruck, »ich habe mich gefragt ...«

»... wie es mit der Bitterfield lief?« Seufzend schüttelte ich den Kopf. »Ich kann sie nicht einschätzen. Sic hat sich alles notiert, und sie wird die Infos wohl auch an die Sicherheitsmenschen weitergeben, die nach Rune suchen. Allerdings hat Denise danach auf einem Gespräch bestanden und mich behandelt wie eine Bekloppte. Oder wie ein Mädchen mit Aufmerksamkeitsdefizit, das gerne mal ein paar Lügen erzählt.«

»Du denkst also, sie glauben dir nicht?«

Ich zuckte mit den Schultern. »Es hat sich zumindest so angefühlt. Wahrscheinlich denken sie, ich habe durch Hartlyn mitbekommen, dass Rune abgehauen ist, und mir dann meine eigene kleine Geschichte zusammengesponnen.«

Wenn ich ehrlich war, hörte sie sich auch genauso an. Ein blutender Rune, der mich anschrie, ich solle weglaufen, bevor *sie* mich erwischten. Das klang, als sei es einem Teenagerhirn mit Vorliebe für Horrorfilme entsprungen. Ich sah in Jaspers Augen, dass auch er kurz überlegte, ob an Denise' Vermutung nicht etwas dran sein konnte. Dann klärte sich sein Blick, und er lächelte mich resigniert an.

»So oder so, es ändert nichts. Wenn sie jemanden nach ihm suchen schicken, ist das schon gut.«

»Ja«, sagte ich. »Es ist trotzdem scheiße für dich und Hartlyn.«

Er zuckte mit den Schultern. »Alles, was ich tun kann, ist, den Sicherheitsleuten meine Hilfe bei der Suche anzubieten.«

»Wenn du willst, komme ich auch gern mit. Ich hab eh nichts zu tun. Dank Carter kann ich nicht einmal am Handy gammeln.«

»Leb du dich hier erst mal ein. Es reicht schon, dass dein erster Tag auf Elm Castle so dramatisch verlaufen ist.«

»Das Angebot steht«, sagte ich.

»Gut zu wissen.«

Wir schlenderten in Richtung Treppenhaus, das zu den Schlafkorridoren führte. Dabei kamen uns neben Schülern vereinzelt Erwachsene entgegen. Eine Frau um die vierzig mit braunen Korkenzieherlocken lächelte uns herzlich an.

»Hallo, Ms Evergreen«, sagte Jasper. »Schönen Urlaub gehabt?«

Ms Evergreen blieb stehen. Sie trug ein geblümtes Kleid, das ihr beinahe bis zu den Knöcheln reichte, und einen bunten Seidenschal, der ihre Schultern bedeckte. »Ich will mich nicht beklagen«, sagte sie, »aber ein Campingurlaub, bei dem es nur regnet, ist weniger Urlaub als Überlebenskampf. Vor allem ein Kampf gegen die Langeweile. Irgendwann hatten wir die Gesellschaftsspiele satt und haben dann nur noch im Schlafsack gelegen und gelesen.«

Ich musste grinsen. »Eigentlich klingt das ziemlich gut«, sagte ich und dachte an mein Bücherregal zu Hause. In der Eile des Aufbruchs war ich nicht mal auf die Idee gekommen, meine Lieblingsromane in die Reisetasche zu werfen. Dabei hätten mir vertraute Worte jetzt sicher geholfen.

Ms Evergreens graue Augen trafen auf meine, und die Fältchen um ihre Augenwinkel vertieften sich. »Du musst Annabelle sein«, sagte sie. »Wie schön. Ich bin übrigens deine Klassenlehrerin.«

Ich hatte keinen Nerv, sie zu korrigieren, was meinen Namen anging, und rang mir ein Lächeln ab. »Klassenlehrerin? Ich dachte, wir hätten nur Kurse?«

Ms Evergreen schüttelte den Kopf. »Hier auf Elm Castle sind die Jahrgänge so klein, dass sie zumindest in den Hauptfächern zusammen unterrichtet werden. Die Wahlfächer könnt ihr wie gewohnt in Kursen besuchen.«

»Ach so.« Überrascht hob ich die Augenbrauen. Hoffentlich mochte ich meine Klasse. Doch zumindest Ms Evergreen schien schon einmal sympathisch zu sein. »Dann beginnt übermorgen wohl der Ernst des Lebens«, fügte ich hinzu.

Sie lachte und setzte ihren Weg fort. »Oh ja, das verspreche ich dir«, rief sie und verschwand hinter der nächsten Ecke.

»Sie ist nett«, sagte ich.

Jasper gab ein zustimmendes Murmeln von sich. »Sie unterrichtet Englisch und Geschichte. Ich wünschte, alle Lehrer hier wären wie sie. Die meisten sind allerdings ganz schöne Käuze.«

»Von der alten Schule, hm?«

»Kann man wohl sagen. Übrigens, wo wir schon dabei sind, über den Beginn des neuen Schuljahrs zu sprechen: Ich gratuliere, du bist herzlich eingeladen.«

»Wozu?«

Er grinste. »Es ist Tradition, dass die Schüler aus den höheren Stufen eine Party zum Schuljahresbeginn schmeißen. Immer am Abend vor dem ersten Unterrichtstag.«

»Also morgen Nacht?«, fragte ich. »Habt ihr hier einen Hobbykeller oder so?«

Jasper verdrehte die Augen. »Denkst du wirklich, die Lehrer wissen Bescheid? Wir reden hier nicht von einem gemütlichen Beisammensein mit Cola und Chips.«

»Es gibt keine Chips?«, fragte ich entsetzt.

»Doch, natürlich auch.« Jasper konnte sich ein Grinsen nicht verkneifen. »Aber die Party findet draußen statt. Und ich würde mich freuen, wenn du kommst.«

Ein Schmunzeln stahl sich auf meine Lippen. »Oh, so eine Wilde bin ich aber nicht. Ich will lieber ausgeschlafen sein für meinen ersten Schultag.«

»Ach, komm schon, Leah. Ich halte dir auch eine zuckerfreie Diätlimo bereit. Und um zweiundzwanzig Uhr eskortiere ich dich brav zum Schloss zurück.«

Gleichzeitig brachen wir in Gelächter aus. »Natürlich komme ich«, sagte ich. »Aber was ist mit dir? Denkst du, es ist eine gute Idee, wenn du ausgerechnet jetzt Party machst?«

»Was soll ich denn sonst tun – auf meinem Bett liegen und weinen? Außer Rune zu suchen, kann ich nichts machen. Vielleicht sieht er ja sogar die Lichter und findet so seinen Weg zu uns.«

»Die Lichter?« Ich runzelte die Stirn. »Wo zur Hölle findet die Party genau statt?«

Auf Jaspers Gesicht erschien ein seltsamer Ausdruck. Dann sagte er mit ungewöhnlich dunkler Stimme: »Im Wald.«

Kapitel 8

Zurück in Reese' Zimmer, wurde ich beinahe von einem Berg aus Chipstüten, Twizzlers und Oreo-Packungen erschlagen, die sich auf ihrem Bett stapelten.

»Womit habe ich das denn verdient?«, fragte ich und dachte an mein Alibi-Dessert, das ich natürlich vergessen hatte mitzubringen.

Reese warf mir mit einem Grinsen ein Kissen gegen den Bauch. »Bezieh doch nicht immer alles auf dich. Zufälligerweise hatte ich eine Riesenlust, mich mit ungesundem Zeug vollzustopfen und unseren Serienmarathon fortzusetzen.«

Mein Blick wanderte zu Reese' opulentem Schreibtisch, und Schuldgefühle stiegen in mir auf. »Ich will aber nicht, dass du denkst, du müsstest meine Freizeitunterhaltung spielen. Wahrscheinlich stellst du gerade all deine Gewohnheiten für mich auf den Kopf.«

Auch Reese' Blick verirrte sich nun zu ihrem geliebten Ungetüm. »Sei nicht albern«, sagte sie. »Ich wünschte, ich würde zu diesen disziplinierten Autorinnen gehören, die sich jeden Tag hinsetzen und ihr Wortsoll runtertippen. Aber irgendwie kann ich nur schreiben, wenn ich es gerade fühle.«

»Und gerade fühlst du es nicht?«

Sie lächelte. »Nein. Wahrscheinlich geht es mir aktuell einfach zu gut.«

Ich bohrte nicht weiter nach, um die Stimmung nicht zu versauen. Stattdessen sprang ich mit einem gewaltigen Hüpfer auf Reese' Bett, sodass die Chipstüten knirschten, und fläzte mich in einer Position, in der ich auch fünf Stunden Serienmarathon überdauern würde, auf das Bett.

»So lasset die Spiele beginnen!«

Nach viereinhalb Stunden dürftigen Schlafs und jeder Menge Insiderwissen, wie man in eine Banknotendruckerei einbrach (jap, wir hatten uns die ganze erste Staffel von *Haus des Geldes* gegeben!), trat ich mit benebelter Birne ins Freie. Sofort legte sich die kühle Morgenluft um mich und versprach mir, dass es ein guter Tag werden würde. Zum ersten Mal seit langer Zeit hatte ich nichts geträumt, und von irren Carters, die mich im Schlaf beobachteten, war ich auch nicht tyrannisiert worden. Was – so traurig es war – schon ein ziemlicher Erfolg war.

Um dem Ruf meines noch warmen Bettes nicht doch noch nachzugeben, fackelte ich nicht lang und begann meine Runden zu laufen – diesmal allerdings in weitem Abstand vom Wald. Ich steuerte auf den See zu, der wie ein dunkler Spiegel inmitten der Landschaft lag. Vereinzelte Ringe zogen sich über seine Oberfläche, doch ansonsten war er so glatt, als wäre er aus Glas gegossen worden. Die Ulme des Schloss-Erbauers warf einen dunklen Schatten über das Wasser, und abgesehen vom Quaken der Frösche und dem Wind, der hin und wieder durch das Schilf fuhr, war es merkwürdig still. So still, dass ich die verzweifelten Rufe, die aus dem Wald drangen, in aller Klarheit hören konnte. Beim ersten Mal lief mir eine kalte Gänsehaut über Arme und Beine, und ich schrak so sehr zusammen, dass ich glaubte, mein Herz müsse gleich stehen bleiben. Doch als sich die Rufe erneut erhoben, erkannte ich, dass es Hartlyns und Jaspers Stimmen waren, die geisterhaft aus dem tiefen Geäst zu mir herüberhallten.

Rune, dachte ich. *Sie suchen dich.*

Anscheinend hatten die beiden Ms Bitterfields Erlaubnis erhalten, die Sicherheitsleute beim Durchkämmen des Waldes zu begleiten. Einerseits fand ich es ihnen gegenüber fair, andererseits kam mir der Umgang der Schule mit der ganzen Situation noch immer mehr als seltsam vor. Jede andere Schule hätte panisch die Polizei informiert, wenn ein Schüler wiederholt über Nacht im Wald verschwunden wäre. Dieses Internat jedoch versuchte, alles unter Verschluss zu halten.

Nachdem ich den See einmal umrundet hatte, verzog ich mich zurück ins Schloss, duschte und ging danach mit Reese zum Frühstück. Wie erwartet, war von Jasper weit und breit nichts zu sehen, genauso wenig wie von Wren. Nur Ellie und Magnus erwarteten uns mit dampfenden Kaffeetassen und goldbraunem Toast am selben Tisch, an dem wir schon gestern gesessen hatten. Magnus grinste uns schelmisch an und schien ziemlich gut gelaunt, Ellie dagegen wirkte nicht sonderlich begeistert, als wir uns setzten. War sie immer so drauf, oder konnte sie mich schlichtweg nicht leiden? Auch heute sah sie wieder blendend aus. Sie hatte ihre dunklen Augen mit violettem Lidschatten umrahmt, der ihrer kühlen Schönheit den letzten Schliff verlieh. Selbst in dem schlichten Overall, den sie trug, kamen ihre Rundungen perfekt zur Geltung. Ich dagegen hatte mich in dieselben Klamotten wie gestern geworfen und mir nicht einmal die Mühe gemacht, so etwas wie eine Frisur zustande zu bringen. Vielleicht weil mein Organismus so sehr nach Kaffee lechzte, dass er zu nichts Komplizierterem in der Lage war. Dazu zählte so früh auch sprechen.

Während es Ellie – die missmutig vor sich auf den Teller starrte, als lese sie darin ihre düstere Zukunft – ebenso zu gehen schien, plätscherte das Gespräch zwischen Magnus und Reese fröhlich vor sich hin. Natürlich kannten sie nur ein Thema: die Party heute Nacht.

»Ich hoffe, diese Idioten kriegen es wenigstens diesmal hin, den Mund zu halten«, sagte Magnus und beugte sich verschwörerisch in Reese' Richtung. Seine eisblauen Augen funkelten so intensiv, dass mir stellvertretend für Reese gleich ganz schwindelig wurde. »Wer auch immer die Petze vom letzten Jahr ist, diesmal wird sie die Party hoffentlich nicht in die Luft gehen lassen.« Er grinste. »Zumindest nicht, bevor ich mindestens ein Mal mit dir tanzen konnte.«

Dabei versuchte er spielerisch, nach Reese' Hand zu greifen, aber sie zog sie im letzten Moment weg und schüttelte den Kopf.

»Wer sagt, dass ich mit dir tanzen würde?«

Magnus hob seine perfekt geschwungenen Brauen und sah dabei so unglaublich gut aus, dass man glauben konnte, er hätte genau diesen Gesichtsausdruck für einen Film eingeübt. Und mein Gott, er hätte auch glatt als Schauspieler durchgehen können. Mal wieder trug er statt des obligatorischen T-Shirts ein schickes Hemd, auf dem sich heute orange Tiger auf blauem Untergrund balgten. An vielen Leuten hätte es lächerlich gewirkt, doch an ihm sah es aus, als hätte es ihm ein Designer direkt auf den Leib geschneidert.

»Es ist nur eine Frage der Zeit, bis du einknicken wirst«, erklärte er Reese. »Denk nur an die ganzen Lichter, die romantische Atmosphäre im Wald ... Du und ich und die Nacht – das wird gefährlich.«

»Schön, dass du für alle hörbar den Ort unserer Party herumposaunst!«, pampte Ellie und versetzte Magnus einen Stoß in die Seite. »Schrei ruhig noch lauter, damit wir uns die Party auch dieses Jahr abschminken können – es sei denn, du bist schon zu sehr damit beschäftigt, dich vor Reese mit deinem Gesülze zu blamieren.«

Magnus tätschelte seiner Stiefschwester die Schulter, und ich bekam spontan Angst, sie könnte ihm die Hand abbeißen. »Beruhig dich mal, Ellielein. Ich dachte, die Tage in Malmö hätten dich ein wenig runtergeholt.«

»Hätten sie sicher«, zischte Ellie. »Wenn du nicht mitgekommen wärst.«

Obwohl ich Ellie erst einen Tag kannte, fiel mir auf, dass sie heute ganz besonders übellaunig war. Auch Reese schien dies nicht entgangen zu sein. Sie beugte sich weiter in Ellies Richtung, ihre Stimme nahm einen beinahe geheimniskrämerischen Ton an.

»Kommt Wren heute eigentlich zur Party?«

Ellie schnaubte. »Ach komm, hör auf damit.«

»Los, sag schon.«

»Woher soll ich das wissen?«, knurrte Ellie. »Du tust so, als würde ich andauernd mit ihm rumhängen, dabei hält er sich von mir genauso fern wie von euch auch. Außerdem weißt du genau, dass ihm die Party zu blöd sein wird.«

Ihre Worte trieften nur so vor Ablehnung, doch in ihren Augen bemerkte ich ein enttäuschtes Funkeln.

So ist das also, dachte ich. *Ellie und Lawrence.* Damit hatte ich nicht gerechnet. Ob Ellies Gefühle auf Gegenseitigkeit beruhten?

Was Reese und Magnus anging, musste ich mir diese Frage nicht stellen. Jeder konnte sehen, wie angetan Magnus von Reese war. Sein attraktives Gesicht mit der braunen Haut und den hellen Augen leuchtete geradezu, wenn er sich mit Reese unterhielt, und er gab sich gehörige Mühe, ihr zu gefallen. Ich fragte mich, woher Reese die Kraft nahm, sich zurückzuhalten. Wenn sein engelsgleiches Aussehen sie noch nicht überzeugen konnte, dann doch sicher sein charmantes Auftreten oder die Art, wie er sie ansah. Er war gar nicht mein Typ, aber selbst ich verliebte mich beinahe ein kleines bisschen in ihn. Bestimmt rannten ihm die Mädels scharenweise hinterher.

Als wir uns auf den Weg zurück in unser Zimmer machten, sprach ich Reese darauf an. »Du schläfst mit ihm, hm?«

Reese zuckte zusammen. »Von wem redest du?«

»Ach, komm schon«, sagte ich. »Dieses Theater kannst du dir sparen. Jeder sieht, dass du und Magnus euch am liebsten die Kleider vom Leib reißen würdet.«

Ihre Wangen färbten sich leicht rosa. »Ach, das«, sagte sie. »Magnus ist zu jeder so.«

»Na sicher«, antwortete ich spöttisch. »Wie soll er überhaupt mit anderen Mädchen in Kontakt treten, wenn er nur dich anschaut?«

»Du verstehst das nicht«, murmelte Reese.

»Dann klär mich auf.«

Sie seufzte. »Vielleicht bemüht sich Magnus im Moment um mich. Aber ich bin nur seine nächste Trophäe. In den letzten Jahren hat er sich ganz schön herumgetrieben. Sobald er mit der einen fertig war, hat er sie abgeschossen und sich der nächsten zugewandt. Wie er das geschafft hat, kannst du dir vorstellen.«

Oh ja. Wahrscheinlich musste er nur eine kurze Kopfbewegung in Richtung seines Zimmers machen, und schon lag die Nächste in seinem Bett. Trotzdem glaubte ich nicht, dass Reese für ihn nur die nächste Ablenkung war. »Ihr seid im gleichen Freundeskreis«, sagte ich. »Für eine bloße Trophäe wäre mir das an seiner Stelle ein wenig zu riskant.«

Wieder seufzte Reese. »Ich glaube auch nicht, dass er mit der Absicht an eine Frau herangeht, sie bei der nächsten Gelegenheit wieder loszuwerden. Er ist verliebt, zumindest denkt er das jedes Mal. Er macht das nicht aus Boshaftigkeit, aber seine Gefühle kommen und gehen wie Regenschauer. Jetzt hat er sich an mir festgebissen, aber wenn er mich einmal hat, ist sein Jagdtrieb befriedigt, und er wird mich nie wieder anschauen.«

Ich schnaubte. »Jagdtrieb, dass ich nicht lache. Das ist einfach nur ein Arschloch-Move.«

Als ich Reese von der Seite einen Blick zuwarf, merkte ich, wie sich ihre Kiefermuskeln anspannten. »Ich weiß. Aber ich kenne ihn schon so lange. Er ist im Grunde seines Herzens echt ein guter Kerl.«

»Was denkst du, wie solche Typen immer mit ihrer Masche durchkommen?«, sagte ich und konnte nicht verhindern, dass sich ein wütender Ton in meine Stimme schlich. Solche wie Magnus hatte ich zur Genüge kennengelernt. Sie wussten, wie sie Menschen manipulieren mussten, sodass selbst die Opfer sie in Schutz nahmen.

»Leah«, sagte Reese, »ich hab keine Lust, darüber zu reden, okay? Ich werde einfach versuchen, mich von ihm fernzuhalten, und warten, bis meine Gefühle wieder verebbt sind. Mehr kann ich nicht tun. Er ist mir als Freund einfach zu wichtig.«

Ich kannte solche Sätze bereits. Einige meiner Freundinnen hatten sie in der Vergangenheit gesagt und sich am Ende nie daran gehalten. Dennoch nickte ich. »Du wirst schon wissen, was du tust.«

»Genau wie du, meine liebe Leah. Denkst du, ich bin auf den Nachtischtrick von gestern reingefallen?«

»Das war kein Trick, das war … nur ein Vorwand.«

»Um mit Jasper allein zu reden.« Jetzt grinste Reese. Der verletzte Ausdruck auf ihrem Gesicht war verflogen.

Nun befand ich mich in der Bredouille. Entweder erzählte ich ihr von meiner Begegnung mit Rune im Wald, worauf ich keine Lust hatte, oder ich ließ mir etwas einfallen, weswegen ich ausgerechnet mit Jasper hatte reden wollen.

Aber Reese dachte sich schon ihren Teil. »Er ist süß, oder?«, fragte sie. »Und einfach ein richtig guter Kerl. Seit der Mittelstufe ist er unser Klassenclown, auch wenn er in den letzten Jahren ein wenig ruhiger geworden ist.«

Mir wurde heiß, und ich wandte den Blick ab, damit Reese meine roten Wangen nicht bemerkte. Schließlich wollte ich doch nichts von Jasper. Zumindest nicht wirklich. »Ich mag ihn«, sagte ich, »wenn auch nicht auf die Weise, die du dir vorstellst.«

»Na sicher. Warum solltest du auch etwas von einem netten, klugen und witzigen Kerl wollen, in den sämtliche meiner Freundinnen mindestens ein Mal verliebt waren?«

»Mindestens ein Mal?«

»Zwischen der fünften und der elften Klasse passieren eine Menge Veränderungen. Vor allem körperliche.« Sie grinste. »Stell es dir vor wie in Quarantäne. Irgendwann ist das Angebot an zur Verfügung stehenden Kerlen einfach ausgeschöpft.«

»Klingt ja wahnsinnig romantisch«, sagte ich. Ich stellte mir vor, wie ein Paar seinen Kindern später erzählte: *Tja, und am Ende waren nur noch wir übrig.*

»Du musst zugeben, das Angebot hier ist nicht besonders schlecht«, sagte Reese.

Ich zuckte mit den Schultern. »Ein freigiebiger Schwede, ein wortkarger Läufer, ein sarkastischer Rotschopf und ein Irrer, der im Wald herumprescht. Man hat sich auf jeden Fall Mühe gegeben, Vielfalt in die Schlossmauern zu bringen.«

Reese' Lächeln fiel in sich zusammen. »Du weißt von Rune?«

Verdammt.

»Es war schwer, es nicht herauszufinden. Erst durch Hartlyn, später durch Jasper.«

Sie sog tief die Luft ein, dann stieß sie sie wieder aus. »Rune ist echt ein netter Kerl. Aber in den letzten Monaten hatte er … Schwierigkeiten. Irgendwann ist er nicht einmal mehr zum Essen heruntergekommen.«

»Klingt ein wenig wie ein männlicher Carter. Hat er zufällig auch seinen Mitbewohner ausgesperrt?«

Reese lächelte schwach. »Nein. Der ist freiwillig ausgezogen.«

Ich seufzte. »Einerseits fühlt es sich falsch an, heute Abend zu dieser Party zu gehen, andererseits wüsste ich nicht, wie wir Rune helfen könnten, wenn sie nicht stattfinden würde.«

»Geht mir genauso.« Reese biss die Zähne zusammen. »Seine Familie tut mir echt leid. Aber verdammt, ich will, dass das Schuljahr erinnerungswürdig wird. Das wird meine erste Oberstufenparty, und ich weiß nicht, wie viele es noch geben wird, wenn es so weitergeht.«

»Wenn sie Rune morgen immer noch nicht gefunden haben, können wir ja vorschlagen, eine erweiterte Suchaktion mit allen älteren Schülern zu starten«, sagte ich mehr aus schlechtem Gewissen als aus wahrem Engagement.

Reese nickte etwas zu enthusiastisch. »Das klingt gut. Wie ich Ms Evergreen kenne, wird sie Feuer und Flamme sein und sich bei der Schulleitung dafür engagieren.«

Den Rest des Wegs legten wir schweigend zurück. Erst als wir uns der Zimmertür näherten und ich sah, was davor auf dem Boden deponiert lag, entfuhr mir ein überraschter Laut. »Meine Tasche!«

Sofort stürzte ich mich auf meine Sachen, wühlte darin herum und prüfte, ob auch ja nichts fehlte. Mein Handy und mein Laptop waren unordentlich, aber unbeschädigt in die Reisetasche gestopft worden und hatten sogar noch Akku. Erleichtert drückte ich mir den Laptop an die Brust und schloss die Augen. »Endlich bist du wieder bei mir.«

Reese, die über mich gebeugt stand, gab ein amüsiertes Glucksen von sich. »Wren hat ganze Arbeit geleistet«, sagte sie. »Auf ihn ist eben doch Verlass.«

Ich blickte zu ihr auf und nahm mir vor, Reese in einem ruhigeren Moment zu fragen, was es mit dieser Sache zwischen Wren und Carter auf sich hatte.

Reese half mir, mein Zeug ins Zimmer zu schleppen – hieß, ich nahm die Tasche, sie meinen Ukulelekoffer –, dann warf ich mich auf mein Bett, steckte die Ladekabel in meine Geräte und überprüfte meine Nachrichten. Junis hatte mir eine zwanzigminütige Sprachnachricht geschickt. Sofort stöpselte ich die Kopfhörer ein und hörte sie mir an. Natürlich ging es um seine neueste Flamme – Adam. Soweit ich es einschätzen konnte, tat er Junis ganz gut, zumindest besser als all die Typen davor. Vielleicht lag es daran, dass Adam der erste Mann war, den Junis außerhalb von Brice' Dunstkreis datete. Ich wünschte ihm von Herzen, dass Adam sich im Gegensatz zu den anderen Typen nicht als kompletter Arsch herausstellte. Er hatte es verdient nach all der Scheiße. Außerdem berichtete Junis, dass seine Grandma es sich in den Kopf gesetzt hatte, Ski fahren zu lernen. Mit fünfundsiebzig. An der Ostküste. Oh Mann, Grannie Rose. Ich mochte sie. Anrufe hatte ich keine. Mom schien sich also mit unserer Situation abgefunden zu haben. Gut so. Solange sie mich nicht anrief, um sich dafür zu entschuldigen, dass sie mich für verrückt erklärt hatte, brauchte ich auch nichts von ihr zu hören.

Schließlich schaltete ich den Bildschirm aus und wandte mich Reese zu, die ebenfalls auf dem Bett lag und durch die Instagram-Timeline scrollte. Als sie meinen Blick bemerkte, legte sie ihr Handy seufzend beiseite.

»Sonne?«, fragte sie.

»Sonne«, sagte ich.

Nachdem wir an Ellies Zimmertür geklopft und uns am Schulkiosk Wassereis geholt hatten, wanderten wir unter der heißen Mittagssonne über das Internatsgelände. Kaum außer Sichtweite, zündete sich Ellie eine Kippe an, und gemeinsam drehten wir eine Runde um den See. Immer wieder schielte ich sehnsüchtig in Richtung der Zigarette, und Ellie bemerkte es natürlich. Sie verdrehte die Augen und bot mir die offene Schachtel an, was Reese mit einem tadelnden Schnalzen quittierte.

»Sorry, ich hab nicht daran gedacht, dass es deine Klamotten sind, die ich zuqualme«, sagte ich und starrte wehmütig auf die unangezündete Zigarette zwischen meinen Fingern. In der Aufregung hatte ich ganz vergessen, mich umzuziehen.

»Ach, Leah. Kleidung kann man waschen. Eine Lunge nicht.«

Reese klang so sehr wie meine Mutter, dass ich in Gelächter ausbrach. Bildete ich mir das nur ein, oder war da in Ellies Mundwinkeln ebenfalls ein kleines Zucken gewesen? Doch vermutlich litt sie lediglich an einer kleinen Nervenstörung, so, wie ich sie kannte.

Das Lachen und Kreischen der anderen Schüler, die sich in Badekleidung am See tummelten, drang sogar bis ans gegenüberliegende Ufer. Es begleitete uns wie eine fröhliche Hintergrundmusik, während wir in einer deutlich ruhigeren Ecke unser Lager aufschlugen. Ich streckte mein Gesicht der Sonne entgegen und genoss meine erste Zigarette seit Tagen. Nach meinem unfreiwilligen Entzug kickte das Nikotin voll rein. Leider hatten sich auch meine Geschmacksnerven wieder sensibilisiert. Ich schloss die Augen, und Lichtpunkte tanzten hinter meinen Lidern, während ich unwillkürlich darauf horchte, ob noch immer Rufe aus dem Wald drangen, doch alles blieb still. Nur das entfernte Gelächter der Schüler, die ins Wasser sprangen oder geworfen wurden, drang an meine Ohren. Immer wieder schweiften meine Gedanken ab, schlugen sich in die Wälder und rekapitulierten meine Begegnung mit Rune. Er hatte so verängstigt ausgesehen, nahezu verstört. Wie ein aufgescheuchtes Tier vor der Flinte seines Jägers. Und nun sollten wir uns mit Anbruch der Dunkelheit genau in diesen Wald begeben und eine Party feiern. Es war vermutlich eine beschissene Idee gewesen, zuzusagen.

Wow, dachte ich. *In dir steckt also auch so eine Spießer-Hartlyn.*

Dabei war es letztendlich doch so einfach: Ob ich zu dieser Party ging oder nicht, machte keinen Unterschied, es würde Rune weder retten noch verdammen. Niemand würde Schaden nehmen. Außer mir, wenn ich nicht hinging, denn ich wäre diejenige, die den ganzen Spaß verpasste. Und Spaß hatte ich mir nach den letzten Tagen redlich verdient.

Kapitel 9

Eine mondlose Nacht verspricht Unheil, hatte meine Grandma immer gesagt, wenn sie die Vorhänge beiseitezog und dramatisch in die Nacht starrte. *Sperr alle Türen ab, Leah, damit es nicht unter den Ritzen hindurchkriecht.*

Wenigstens in diesem Punkt waren Mom und ich uns einig: Die Mutter meines Dads hatte nicht mehr alle Latten am Zaun. Doch in dieser Nacht, als wir wie körperlose Geister über die taunasse Wiese vor dem Schloss schlichen, fing ich beinahe an, meiner Grandma diese Prophezeiung abzunehmen.

Bei jedem Geräusch zuckte ich zusammen, doch es war keine Angst, die durch meine Adern strömte, sondern pure Aufregung. Das, was wir taten, verstieß gegen jede einzelne von Ms Bitterfields Regeln, und doch war es so einfach gewesen, sie zu brechen, als wolle man uns dazu herausfordern. Wenn es so leicht war, einem hoch gesicherten Internat für die Kinder reicher Menschen zu entfliehen, wie viel Anstrengung kostete es dann, den umgekehrten Weg zu nehmen und als Fremder einzudringen?

Reese schien meine Angespanntheit zu bemerken. Sie warf mir einen wissenden Blick zu und flüsterte: »Wir haben echt

Glück, dass Denise und ihr Freund heute ihre Date Night haben.«

Ich konnte sie unter dem Rascheln der vielen Füße, die über die Wiese stolperten, kaum verstehen. Rechts und links, vor und hinter uns bahnten sich die Schatten der anderen Schüler einen Weg bis zum Waldrand. »Glücklicherweise übernimmt sein Neffe Pepe die Nachtschicht. Der Gute ist mit ein paar Scheinen und der Aussicht auf ein Date leicht zu überzeugen, ein Auge zuzudrücken.«

»Dann hast du dich also für die ganze Oberstufe geopfert?«, fragte ich mit gesenkter Stimme.

Reese gab ein missbilligendes Geräusch von sich. »Ach was, *ich* doch nicht«, flüsterte sie zurück. »Pepe hat nur Augen für Ellie, aber die würde sich dummerweise lieber eine Glatze rasieren, als mit ihm an einem Cocktail für zwei zu nuckeln. Wir konnten sie gerade so dazu überreden, mit ihm eine Runde über das Internatsgelände zu drehen.«

Ich konnte mir nur zu gut vorstellen, wie Ellie missmutig am Seeufer entlangstapfte und ihren Verehrer reden ließ, bis sie genug von der Zutexterei hatte und die Sache einfach abbrach. Gleichzeitig fragte ich mich, von welcher Seite sie sich wohl gezeigt hätte, wäre es Wren gewesen, der sie um ein Date gebeten hätte. Auch wenn mir dieses Szenario nicht sehr realistisch erschien. Wren war der Typ Mensch, der sich ein Ziel setzte und keine Ablenkung duldete, solange er es verfolgte – und aktuell schien das seine Laufkarriere zu sein. Obwohl er zur Freundesgruppe gehörte, wirkte er immer ein wenig abwesend, als sei er mit den Gedanken woanders.

Ich fluchte, als ich mit meiner Netzstrumpfhose an einem Strauch hängen blieb. Mit Reese' rosafarbener Culotte wäre mir das sicher nicht passiert, aber lieber hätte ich mich zehnmal auf die Fresse gelegt, als wieder von Reese' Kleiderschrank abhängig zu sein. Natürlich hatte sie wieder versucht, mir irgendeinen Fummel anzudrehen, aber ich hatte auf meinem Lieblingsoutfit bestanden: einem schwarzen Jeansrock kombiniert mit Netzstrumpfhose und Pink-Floyd-T-Shirt.

Reese hatte sich für ein tief ausgeschnittenes Spitzentop und eine hauteng sitzende Jeans entschieden. Sie erinnerte mich ein wenig an die Mädels aus meiner Schule, die sich zum Weggehen ganz ähnlich angezogen hatten. Nur wirkte an Reese nichts gewollt, sondern mühelos kombiniert.

Ein Vibrieren in meiner Umhängetasche riss mich aus den Gedanken. Ich zog mein Handy heraus und sah, dass eine Nachricht von Jasper in der WhatsApp-Gruppe eingetrudelt war. Reese hatte mich nach dem Abendessen mit den Worten »Damit du auch alles mitkriegst« hinzugefügt.

Jasper: *Bin da. An eurer Stelle würde ich mir nicht zu viel Zeit lassen, das erste Fass ist schon angebrochen :)*

Sind auf dem Werjlk, schrieb ich, denn in diesem Moment stolperte ich über eine Kuhle im Boden.

Schon ein wenig vorgetrunken, Leah?, kam es augenblicklich zurück.

Schön wär's, antwortete ich.

Das wäre es wirklich gewesen. In besoffenem Zustand hätte ich den bedrohlichen Anblick des Walds ignorieren können. Noch war die Dunkelheit nicht vollends hereingebrochen, doch umso schwärzer wirkten die Schatten der Bäume, die wie spitze Zinnen vor uns aufragten.

»Wer ist noch mal auf die Idee gekommen, im Wald zu feiern?«, fragte ich und hasste mich für diesen verdächtig aufgeregten Unterton in meiner Stimme.

Reese schien ihn ebenfalls bemerkt zu haben und lachte leise. »Das ist Tradition«, sagte sie. »Wart's nur ab. Es lohnt sich, das versprech ich dir.«

Der Wald verschluckte uns. Erst als er so dicht war, dass nicht einmal mehr die leuchtenden Fenster des Schlosses hinter uns zu sehen waren, schalteten wir unsere Handytaschenlampen ein. Um mich herum erklang Knacken und Gekicher. Hin und wieder durchbrach ein Schrei die Nacht, wenn sich jemand einen Spaß erlaubte und einen Schüler oder eine Schülerin im Dunkeln von hinten packte. Die Geräusche gruben sich in meinen Magen, der vor Aufregung beinahe schmerzhaft kribbelte.

Ich folgte Reese, die sich zielsicher einen Weg durchs Unterholz bahnte. Hier, in der von Schatten durchzogenen Bläunis, verdickte sich die Zeit zu einem zähflüssigen Brei.

Doch schließlich ragte sie vor uns auf wie ein gigantischer Felsen, der von einem auf den anderen Moment aus dem Boden gewachsen war: eine Kapelle mit unzähligen zersplitterten Buntglasfenstern, deren Bilder durch das träge Leuchten dahinter zum Leben erwachten. Sie flackerten unheilvoll in der Schwärze des Waldes.

Ich hörte mich nach Luft schnappen. »Was … was ist das?«, fragte ich mit erstickter Stimme.

Reese drehte ihren Kopf, ihr Gesicht wirkte seltsam bleich im Licht der Taschenlampe. »Herzlich willkommen in der Kapelle von St Jude«, sagte sie feierlich.

Ich blieb stehen und sog mit offenem Mund das Bild auf, das sich uns bot.

»Beeindruckend, hm?«

»Kann man wohl sagen«, brachte ich hervor. Das aufgeregte Kribbeln war nun zu einem Schwarm hysterischer Glühwürmchen angeschwollen. »Ist die Kapelle auch das Werk unseres Schlossherrn?«

»Nein«, sagte Reese, »St Jude hat schon ein paar Jahre mehr auf dem Buckel als Elm Castle. Sie stammt wohl noch aus der Gründerzeit. Wenn man sich ein wenig im Wald umsieht, findet man leicht ein paar Ruinen von verfallenen Hütten.«

»Umsehen, hm?«, murmelte ich. »Na, wenn die Bitterfield das wüsste.«

Reese lachte und zog mich weiter, in Richtung der schweren Holztür, die ein Stück offen stand, weil immer neue Schattengestalten ins Innere der Kapelle schlüpften. Mit jedem Schritt wurden die Geräusche lauter. Lärm, Gelächter und Stimmengewirr vermischten sich mit den Klängen dumpfer Musik.

Schon als ich den ersten Fuß in die Kapelle setzte, spürte ich, dass Reese recht hatte: Die Kapelle besaß eine ganz andere Ausstrahlung als das vor weniger als hundert Jahren errichtete Elm Castle. Vielleicht lag es an den vielen Geschichten, die sich über die Jahrhunderte an diesem Ort ereignet haben mussten. Vielleicht aber auch an all den Lichtern, deren Flackern sich über den alten Stein ergoss. Jemand hatte Gaslampen und Teelichter in der Kapelle aufgestellt, deren Flammen die Schatten lebendig machten und eine verzauberte Atmosphäre erzeugten. Nur der leichte Geruch nach Bier, der sich unter den Kiefernduft mischte, erinnerte mich daran, dass das hier eine Schulparty war, keine magische Initiation.

»Verstehst du jetzt, warum niemand auf diesen Abend verzichten möchte?« Reese' Augen glänzten im Schein der Kerzen, als sie sich umsah und alles in sich aufzusaugen schien. Die Kapelle war bereits gut gefüllt: Aufgeregt durcheinanderredende Grüppchen hatten sich auf den Überresten der alten Kirchenbänke niedergelassen, die jemand an die Seiten geschoben hatte, oder tummelten sich in der freigeräumten Mitte, die später ohne Frage als Tanzfläche dienen würde. Obwohl das Kirchenschiff nicht besonders groß war, wuchs das Dach beeindruckend hoch in den Himmel hinauf. So hoch, dass der Schein der Lichter nicht bis an die Decke gelangte, sondern sich irgendwo in der Schwärze verlor.

»Ja«, hauchte ich. »Diesen Spaß hätte ich auch um keinen Preis verpassen wollen.«

Aus einer Gruppe schälte sich eine Gestalt heraus. Ihr Haar schimmerte im Schein der Flammen rötlich braun, als sie auf uns zusteuerte. Ich erkannte ihn, bevor sich sein Gesicht mit dem selbstsicheren Grinsen von der Dunkelheit abhob.

»Leah«, sagte Jasper und musterte mich von oben bis unten. »Du siehst heute schon deutlich mehr nach dir selbst aus.«

»Danke«, entgegnete ich und versuchte trotz der Genugtuung möglichst cool zu klingen. Wenigstens einer erkannte, dass mein Inneres und mein Äußeres endlich übereinstimmten. »Ich frage mich nur, wie du das beurteilen kannst«, sagte ich. »Du kennst mich bisher nur in verschwitzten Sportklamotten und in Reese' Sachen.«

»Ich muss dich vorher nicht in diesem Outfit gesehen haben, um sagen zu können, dass es dir hervorragend steht«, erwiderte Jasper mit einem leichten Lächeln. Dann zuckte sein Blick zu Reese. »Du siehst natürlich auch fantastisch aus, Mareesa.«

»Ja, ja.« Reese verdrehte die Augen. »Red nur weiter. Ich fühle mich jetzt schon wie das fünfte Rad am Wagen.«

Mir wurde heiß. Vor Verlegenheit, doch vor allem aus Wut auf mich selbst, weil ich spürte, dass mein Körper auf Jaspers Worte reagierte. Meine Haut kribbelte, als liefen kleine Insekten darüber, und meine Wangen glühten wie Herdplatten. Dabei bestand kein Grund, sich wie Bella aus *Twilight* aufzuführen, nur weil mir irgend so ein Casanova ein Kompliment gemacht hatte.

»Ich glaube, Jasper testet an uns seinen Charme«, sagte ich und stellte zufrieden fest, dass meine Stimme nicht verlegen, sondern vor allem spöttisch klang. »Vermutlich wärmt er sich nur auf, um sicherzugehen, dass die Mädchen heute Abend auf ihn anspringen.«

»Aber, Leah.« Jasper hob die Augenbrauen, als könne er kein Wässerchen trüben. »Wie soll ich mich denn auf die anderen Mädchen konzentrieren, wenn ich schon bei euch abblitze?«

»So seid ihr Jungs also«, sagte ich. »Wenn Frauen ein gewisses Selbstbewusstsein mitbringen, machen sie euch Angst.«

»Ich glaube, die einzige Frau, die mir jemals Angst gemacht hat, warst du.« Jasper beugte sich nur ein paar Millimeter zu mir herab, was reichte, um seinen Duft wahrzunehmen. Keine Ahnung, was es war, bestimmt so was Abgespacetes wie Kiefernholz und Eisenspäne, oder was auch immer man heute in die Parfüms mischte, doch es roch verdammt gut. Letztendlich war es jedoch sein jungenhaftes Lächeln, das mich aus dem Konzept brachte. »Als du auf Hartlyn losgegangen bist, hast du mich ziemlich erschreckt«, raunte er. »Ich war mir sicher, gleich wrestlst du sie nieder.«

Ich atmete tief ein, um meiner Empörung Luft zu machen, doch bevor ich auch nur einen Ton herausbrachte, schritt Reese ein. »Okay, genug!« Sie schob Jasper beiseite, was angesichts ihrer geringen Größe ziemlich lustig aussah. »Ich will einen Drink und mich nicht von so einer Hohlbirne wie dir zutexten lassen. Wo geht's lang?«

»Wenn ihr hier wartet, hol ich Getränke. Und die anderen«, sagte Jasper und schien nicht beleidigt. Wahrscheinlich nannte Reese ihn schon seit der Junior High so.

Wir teilten ihm unsere Wünsche mit: für mich ein Bier, für Reese eine Cola mit Wodka. Jaspers Grinsen nach zu urteilen, würde es eher ein Wodka mit Cola werden.

Als er uns den Rücken zuwandte und im Getümmel verschwand, sagte Reese trocken: »Der hat ja einen ganz schönen Narren an dir gefressen.«

Ich verdrehte die Augen. »Komm schon. Ich bin das spannende neue Objekt. Natürlich findet er mich momentan interessant. Wie du bereits gesagt hast: Die Auswahl bei euch ist extrem limitiert.«

Reese schüttelte den Kopf. »Der reißt sich ja beinahe ein Bein aus für dich.«

»Ich dachte, er ist zu jedem so nett?«

»Ja, schon. Aber hör dir doch mal an, was er da für einen Quatsch von sich gibt. *Leah*«, äffte sie seine dunkle Stimme nach. *»Du siehst natürlich auch fantastisch aus, Mareesa.«*

Als bei mir der Groschen fiel, breitete sich auf meinem Gesicht ein Lächeln aus. »So läuft also der Hase. Er wollte früher mal was von dir, und jetzt ärgerst du dich, dass er mit einer anderen flirtet.«

Vehement schüttelte Reese den Kopf. »Quatsch. Ich bin froh, wenn es jemanden gibt, für den er sich interessiert.«

»Aber?« Ich hob die Augenbrauen und feixte.

»Okay«, gab sie zu und musste lachen. »Vielleicht wurmt es mich ein bisschen, dass er dich behandelt, als wärst du seine persönliche Grunge Queen. In der sechsten Klasse war ich unsterblich in ihn verliebt, und er hat mich immer nur wie seinen besten Kumpel behandelt. Im Grunde hat er das mit den meisten Mädchen so gemacht. Und jetzt kommst du, und er startet peinliche Flirtversuche.«

Ich spürte ein nervöses Ziehen in mir. Irgendwie mochte ich seine peinlichen Flirtversuche. Aber wollte ich überhaupt, dass er mit mir flirtete?

Nach der Sache mit Brice hatte ich nicht geglaubt, jemals wieder zu romantischen Gefühlen in der Lage zu sein. Oder überhaupt zu irgendwelchen Gefühlen. Es war, als hätte diese eine Nacht sie einfach abgetötet. Warum spürte ich dann dieses freudige, zarte Flattern in mir, wenn Jasper mich ansah?

»Das legt sich wieder«, sagte ich. »Er wird schnell erkennen, dass nette Kerle wie er und Mädchen wie ich einfach nicht zusammenpassen.«

Reese verdrehte die Augen und wandte sich ab. »Red dir das nur weiter ein. Ich geh mal eben pinkeln.«

»Wisch dich nicht aus Versehen mit einer Brennnessel ab«, sagte ich.

»Und *du* lass dich nicht auf Dummheiten mit Alkohol und Jungs ein, während ich weg bin«, erwiderte sie und stolzierte in ihrer engen Jeans davon, als sei sie auf dem Laufsteg und nicht auf dem Weg ins nächste Gebüsch.

Aus den Augenwinkeln sah ich einen blonden Haarschopf, der ihr aus der Kapelle folgte. Kein Zweifel, Magnus. Einen Moment lang überlegte ich, ob ich ihnen nachgehen sollte, doch ein anderer Haarschopf lenkte mich ab. Diesmal war er rot. Deutlich röter als Jaspers kastanienbraunes Haar. Mein Herz blieb für einen Moment stehen, dann fasste ich mich wieder.

»Hey, Hartlyn«, sagte ich und lächelte. »Ich wusste nicht, dass du auch kommst.«

In schlichten Jeans und einem unauffälligen T-Shirt hatte sie sich vor mir aufgebaut, und selbst bei der schlechten Beleuchtung konnte ich erkennen, dass sie vor Wut puterrot angelaufen war. Es konnte nicht Gutes bedeuten, dass Hartlyn, die Jahrgangssprecherin, Hartlyn, die Schulstreberin, auf dieser verbotenen Party auftauchte. Hartlyn, deren Bruder seit Tagen im Wald herumirrte.

»Spar dir deine falsche Freundlichkeit«, zischte sie.

Dann rammte sie mir einen Finger in die Brust, und ich schnappte vor Überraschung und Schmerz nach Luft.

»Hier feiert ihr also?«, pampte sie. »Während mein Bruder im Wald herumirrt, schüttet ihr euch hier die Birne voll?«

Ich wich zurück, doch sie ließ nicht von mir ab. Im Gegenteil, ihre Stimme wurde mit jedem Wort lauter.

»Macht es dir Spaß, Leah? Hast du eine schöne Zeit? Die Begegnung mit dem irren Jungen war nur eine kleine Lappalie für dich, nicht wahr?«

Der Druck ihres Zeigefingers verstärkte sich, doch es gelang mir, ihn wegzuschlagen. Ein paar umstehende Schüler bemerkten, dass etwas im Gange war, vielleicht weil die hohe Decke Hartlyns Stimme doppelt so laut durch die Kapelle hallen ließ, und drehten sich zu Hartlyn und mir um. Sie holte nach mir aus, doch ich packte ihre Hände. Erst jetzt begriff ich, dass sie betrunken war.

»Hör auf«, warnte ich sie, als sie weiterhin versuchte, um sich zu schlagen. »Ich verstehe, dass du sauer auf mich bist, aber du solltest wirklich nicht hier sein. Nicht nachdem du heute den ganzen Tag nach deinem Bruder gesucht hast.«

»Sag mir nicht, was ich zu tun und zu lassen habe, du Schlampe!«, schrie mir Hartlyn mitten ins Gesicht. Der einzige Grund, warum sie mir keine knallte, war, dass ich sie noch immer festhielt.

»Bitte, Hartlyn.« Ich gab mir alle Mühe, mich unter Kontrolle zu halten. Denn obwohl ich Mitleid mit Hartlyn hatte, spürte ich die altbekannte Wut in mir hochkriechen. »Bitte lass uns morgen drüber reden. Meinetwegen auch in Anwesenheit von Denise oder der Bitterfield. Ich wollte dir nichts Böses, ich dachte einfach nur, du solltest es nicht von mir erfahren.«

»Und von wem dann?« Ihre Stimme überschlug sich und schrillte wie eine Alarmglocke in meinen Ohren.

»Du bist betrunken«, sagte ich und kämpfte gegen ihre versuchten Hiebe an. »Das ist nicht der richtige Zeitpunkt.«

»Ach!«, brüllte sie. »Und du bist etwa nicht besoffen? Schau dich doch an mit deiner hässlichen Netzstrumpfhose, du siehst aus wie eine billige Nutte! Ich hab's gleich gewusst, als ich dich zum ersten Mal gesehen hab: Du bist ein Parasit!« Mit jedem Wort riss sie ihre Hände hoch, und ich hatte alle Mühe, sie weiter festzuhalten. »Ich seh doch, wie du dich gleich an die erstbesten Leute rangeschmissen hast. Schlimm genug, dass auch mein Cousin darunter ist.«

Nun war es totenstill. Selbst die Musik war abgedreht worden. Alle Augen richteten sich auf Hartlyn und mich.

Natürlich, mussten sie denken. *Wo die Neue auftaucht, gibt es immer nur Stress.*

Ich umklammerte die Handgelenke der weinenden Hartlyn, und obwohl ich mir keiner Schuld bewusst war, fühlte ich mich auf einmal wie der Bösewicht in dieser Geschichte. In die Menge kam Bewegung. Sie machte Platz für jemanden, der sich durch das Gedränge schob. Jasper.

»Hartlyn«, rief er. Sorge und Argwohn schwangen in seiner Stimme mit. »Was zur Hölle machst du hier?«

»Ich werde eure verdammte Scheißparty auffliegen lassen!«, brüllte Hartlyn. Die Worte verwischten zu einem beinahe unverständlichen Brei. »Ich werde dafür sorgen, dass ihr alle büßen werdet für das, was ihr Rune und mir antut!«

Ruckartig bewegte sie ihre Arme und befreite ihre Handgelenke aus meiner Umklammerung. Sie holte zum Schlag aus. Jasper eilte heran, um sie daran zu hindern, mir eine zu verpassen, doch ich brauchte ihn nicht. Ich packte Hartlyn mit aller Kraft am Arm, warf sie mir über die Schulter und brachte sie zu Fall. Es war nicht das erste Mal, dass ich so etwas tat. Doch es war das erste Mal, dass ich es nicht genoss. Ich spürte nichts als Bitterkeit in mir, als ich auf Hartlyn hinabsah. Sie krümmte sich als ein wimmerndes Bündel am Boden.

In der nächsten Sekunde kniete Jasper auch schon neben ihr und redete beruhigend auf sie ein, ehe er ihr half, sich aufzurichten. Dabei würdigte er mich keines Blickes, hielt Hartlyn nur beschützend im Arm, die unkontrolliert weinte und am ganzen Leib zitterte.

»Ihr elenden Schweine!«, jaulte sie nur immer wieder. »Das hat er nicht verdient.«

»Ich bring sie nach Hause«, sagte Jasper, seine Stimme hatte jegliche Farbe verloren.

Wie er da so stand und sämtliche Kraft mit einem Mal aus ihm herausgesickert zu sein schien, tat er mir entsetzlich leid. Doch ich wagte nicht, ihn zu berühren oder ihm anzubieten, sie zu begleiten. Neben Hartlyn wirkte nun auch Jasper so, als könne er auf meine Gesellschaft verzichten.

»In Ordnung«, sagte ich also nur. »Es tut mir leid.«

Doch das hörten Hartlyn und Jasper schon nicht mehr – sie waren längst in der Dunkelheit verschwunden. Und ich stand inmitten von glotzenden Teenagern und fühlte mich schrecklich allein.

Kapitel 10

Ich war nie der schüchterne, zurückhaltende Typ gewesen. Jeder, der das leugnete, war entweder senil oder hatte die falsche Leah Stirling auf Social Media gefunden. In diesem Moment jedoch wäre ich am liebsten im Erdboden versunken. Ich stand inmitten einer Party und wurde von sämtlichen Gästen angestarrt, als würde ich jeden Augenblick etwas Unglaubliches tun. Schleim spucken oder mich auf alle viere werfen und wegkrabbeln zum Beispiel. Und am liebsten hätte ich das auch getan – verschwinden. Doch ich wusste, dass das alles kaputt gemacht hätte: Nur Schuldige liefen davon. Also griff ich zur altbewährten Methode: Ich streckte den Rücken durch, setzte ein undurchdringliches Lächeln auf und tat so, als sei ich die Hausherrin, die ihre Gäste nur widerwillig duldete.

»Ist was?«, fragte ich laut in die Runde. »Hab ich was im Gesicht, oder warum glotzt ihr mich so an?«

Es half – wie immer. Nach und nach knickten die Leute ein und wandten sich wieder ihren Gesprächspartnern und Getränken zu. Mit einem Bier und einer Cola-Wodka-Mischung bewaffnet, verzog ich mich in eine leere Ecke. Dort kippte ich beides hinunter und ließ meinen Blick durch das Getümmel schweifen. Keine Reese. Keine Stiefgeschwister. Kein Wren. Ich war allein.

Ich schloss die Augen. Als ich sie wieder öffnete, war mein Blick weichgezeichnet – wie immer, wenn ich zu viel Alkohol auf einmal trank. Unwillkürlich fühlte ich mich an all die Abende erinnert, die mich letztendlich hierhergeführt hatten. Es fehlte nicht mehr viel, bis ich zu der Leah werden würde, der das Morgen egal war. Die auf der Welle ritt und letztendlich in ihr ertrank.

Ich beobachtete, wie meine Mitschüler immer lauter wurden, immer unbekümmerter. Die Musik schwoll an, die ersten Pärchen machten bereits rum. Ich überlegte gerade, ob ich mir einen weiteren Drink holen und Reese suchen sollte, da blieb mein Blick an jemandem hängen. Ich konnte das Gesicht durch die weit geöffnete Kapellentür sehen, als der Schein einer Laterne darüberhuschte. Ellie lungerte nur wenige Meter von mir entfernt in der Dunkelheit, der orangefarbene Punkt ihrer glühenden Zigarette tanzte um ihr Gesicht. Ihre Augen schimmerten wie dunkle Murmeln, als ich die Kapelle verließ und auf sie zutrat.

Auch sie hatte mich nun bemerkt. Sie fixierte mich, zog an ihrer Kippe und hielt den Rauch beeindruckend lange in ihren Lungen, ehe sie ihn durch die Nasenlöcher wieder ausstieß. Nichts ließ erkennen, ob sie mir gegenüber Abneigung oder Sympathie verspürte.

Einen Moment lang starrten wir uns an, dann sagte Ellie »Was für eine Show« und griff in die Tasche ihrer Jeansjacke, um eine Packung Zigaretten hervorzuholen. Auffordernd streckte sie sie mir entgegen. »Nimm schon.«

Dankend fummelte ich einen Stängel aus der Packung und entzündete ihn mit dem Feuerzeug, das sie mir wortlos reichte. Ich nahm einen Zug, hörte das Knistern der Glut, die sich in die Zigarette fraß, und sog den Rauch tief in meine Lungen. Dann stieß ich ihn mit geschlossenen Augen durch die Nase wieder aus.

»Besser?«, fragte Ellie.

Mit noch immer geschlossenen Augen nickte ich. »Du bist meine Rettung, weißt du das?«

»Ach wirklich? Eben noch sah es so aus, als könntest du dir selbst helfen.«

Ich öffnete die Augen und blickte Ellie wachsam an. War das Sarkasmus oder Misstrauen gewesen? Noch kannte ich Ellie zu schlecht, um sie lesen zu können. »Das ist das Resultat, wenn dich deine Mom jedes Jahr in einen Selbstverteidigungskurs steckt«, sagte ich.

»Ziemlich heftiger Kurs. Machst du das öfter? Andere Leute einfach über die Schulter werfen, meine ich?«

Auf einmal schmeckte die Zigarette schal, und der Rauch kratzte in meinem Hals. »Ich hatte nicht vor, Hartlyn aufs Kreuz zu legen«, sagte ich. »Aber wenn ich es nicht getan hätte, wären meine Augen jetzt blutige Höhlen.«

Ellie lächelte auf ihre kühle Estella-Art. Jede Zuckung ihrer Mundwinkel hatte die Macht eines Dolchstoßes. »Mit Hartlyn Griffith hast du dir die richtige Gegnerin ausgesucht«, sagte sie. »Sie ist so eine scheinheilige Kuh. Jetzt spielt sie die trauernde Schwester, dabei hat sie die ganze Schulzeit über nichts getan, als ihren Bruder fertigzumachen.« Sie äffte Hartlyns hohe Stimme nach. »*Wenn du so weitermachst, Rune, wirst du als Versager enden. Denk daran, wie enttäuscht Mom und Dad sein werden, wenn du mal wieder die Niete deines Jahrgangs bist. Sport und Musik reichen nicht, um erfolgreich zu sein. Das kannst du machen, wenn du deine Ziele erreicht hast.*« Ellie schüttelte den Kopf, sodass ihr die schwarzen Haare um die Schultern schlenkerten. »Dabei scheren sich ihre Scheißeltern einen Dreck um Rune.

Es würde mich nicht wundern, wenn sie die Bitterfield unter Druck setzen, die Polizei aus dem Spiel zu lassen, damit ihre Firma nicht ins Gerede kommt.«

Ellies Gesprächigkeit irritierte mich etwas, doch irgendetwas sagte mir, dass dieser plötzliche Gefühlsausbruch nichts mit der Griffith-Familie zu tun hatte. Vermutlich dachte sie an Wren, der sich bisher nicht hatte blicken lassen.

»Sind Hartlyns und Runes Eltern wirklich solche Arschlöcher?«, fragte ich. »Niemand lässt seinen Sohn einfach so im Stich, wenn er verletzt im Wald herumirrt.« Gleichzeitig zuckte mir der Gedanke durch den Kopf, dass die meisten Eltern ihre Kinder aufgegeben haben mussten, wenn sie sie in diesen Steinklotz verbannt hatten.

Ellie schien das Gleiche gedacht zu haben, denn ihre Mundwinkel zuckten spöttisch. »Ich weiß nicht viel über sie, außer dass sie ihre Kinder auf Elm Castle abgeladen haben und sogar über die Ferien hierlassen. Solange die Griffiths genug Geld zahlen, haben sie das Problem – und damit meine ich ihr eigen Fleisch und Blut – aus der Welt geschafft. Nur hat das Fleisch und Blut mit der Zeit einen gewaltigen Knacks bekommen.«

Erst als der Filter triefend nass war, bemerkte ich, dass ich die ganze Zeit nervös an meiner Zigarette genuckelt hatte. »Was willst du damit sagen?«, hakte ich nach.

Ellie gab ein bitteres Lachen von sich. »Na, guck dir Hartlyn doch mal an. Sie will immer noch nicht einsehen, dass sie noch so gute Noten haben oder zum fünften Mal Jahrgangssprecherin sein kann, ihre Eltern sich aber trotzdem nie für sie interessieren werden. Rune hat den weitaus besseren Weg gewählt.«

Ich runzelte die Stirn. Es dauerte einen Moment, bis ich begriff. »Du denkst, er tut nur so, als wäre er durchgedreht, damit seine Eltern auf ihn aufmerksam werden«, stellte ich fest.

»Liegt das nicht auf der Hand?« Ellie zuckte mit den Schultern. »Ich muss zugeben, so viel Einfallsreichtum hätte ich ihm selbst nicht zugetraut. Er hätte auch einfach ein paar Sechsen schreiben oder randalieren können, aber wahrscheinlich ist ihm klar, dass seine Eltern so ein Problem mit ein bisschen Geld an der richtigen Stelle lösen würden. Den Irren zu geben, ist deutlich effektiver.« Sie lachte auf. »Hat aber trotzdem nicht viel gebracht.«

Ich spürte ein aufgeregtes Kribbeln in meinen Eingeweiden. Hatte Rune mich womöglich nur benutzt, um vor mir den durchgedrehten Irren zu inszenieren? »Du bist sicher nicht die Einzige, die so denkt«, sagte ich, doch es war mehr eine Frage als eine Feststellung.

Ellie warf ihre Kippe zu Boden und zündete sich gleich darauf eine neue an. »Nein, ganz sicher nicht«, schnaubte sie und stieß einen Schwall Rauch aus. »Aber ich höre mich nicht nach Theorien um. Niemand möchte Hartlyn verletzen, deswegen halten sich alle zurück. Das Maul zerreißt man sich erst auf den Zimmern.«

Das konnte ich mir nur zu gut vorstellen. Meine nächste Frage stellte ich mit Bedacht und legte besonderen Wert darauf, sie beiläufig klingen zu lassen. »Und was ist mit Jasper? Hat er durch seine Familie auch einen Knacks davongetragen?«

Trotz ihrer eleganten Züge wirkte das Grinsen auf Ellies Gesicht dreckig. »Ach, Jasper. Der hat seinen eigenen Weg gefunden, mit der ganzen Sache umzugehen.«

Bevor ich nachfragen konnte, unterbrach uns ein Jaulen. Wir fuhren zusammen, und schon im nächsten Moment legte sich eine gewaltige Pranke auf Ellies Schulter. Sie gehörte einem gut gelaunten löwengleichen Kerl, der schon wieder dieses seltsame Jaulen ausstieß.

»Hey, Ellliiie! Eiskönigin!«

Ellie verzog keine Miene »Ähm. Hi.«

»Lust, unserem kleinen Zirkel von Glücksrittern beizuwohnen?« Der Typ senkte seine Stimme zu einem verschwörerischen Raunen, und seine blonden Surferlocken wuschelten ihm ins Gesicht. »Ihr beiden Mädels seid herzlich zur Tafelrunde eingeladen.«

»Hä?«, fragte Ellie und ließ ungeduldig die Hand mit der Zigarette sinken.

Das Lächeln des Typen verrutschte nicht um einen Millimeter. »Wir dachten, dieser Party würde ein bisschen Entspannung ganz guttun«, sagte er mit einem Seitenblick auf mich und zwinkerte. Ich zuckte nur entschuldigend die Achseln.

»Ach, sag das doch gleich.« Ellie verdrehte die Augen. »Wo geht's lang?«

Immer dem Geruch nach, wie wir feststellten. In der Apsis hinter dem Altar hatte sich eine kleine Gruppe äußerst entspannter Schüler zusammengeschart, die einen Joint herumwandern ließen. Löwenmähne stellte sich mir als Brutus III. vor.

»Der schreckliche Name meiner Vorfahren«, sagte er mit knirschenden Zähnen. »Als ob Brutus I. sich an den nachfolgenden Generationen dafür rächen wollte. Sag einfach Bruce zu mir.«

Ich grinste und schlug in seine ausgestreckte Hand ein. »Das mit den komplizierten Namen kenne ich, Bruce. Nenn mich Leah. Die Erste.«

Es dauerte nicht lange, da hatte mich Brutus III. mühelos in die Gruppe integriert, was zugegebenermaßen nicht besonders schwierig war, weil die Runde keine besonders hohen Ansprüche stellte und generell eher wenig Reaktionen auf ihre Außenwelt zeigte. Die meisten sahen aus, als hätten sie heute schon ein paar Bleche Hasch-Brownies verspeist. Als der Joint bei mir ankam, überlegte ich einen Moment, ob ich Nein sagen sollte. Es war nicht so, dass ich nicht wollte. Es war auch nicht so, dass es mein erster Joint gewesen wäre. Aber es gab eine Menge Gründe, die dagegensprachen. Die Grenze beispielsweise. Die Grenze zwischen mir und der ertrinkenden Leah. Trotzdem nahm ich einen kleinen Zug, und da das Zeug gut war, noch einen zweiten. Schließlich war der Abend bisher so verdammt enttäuschend, dass man ja ein wenig nachhelfen konnte.

Zwei, drei Runden später war mir schon gut geholfen worden. Ich war von einem Gefühl unendlicher Gelassenheit benebelt. Hin und wieder platzte ein Lachen aus mir heraus, ohne dass jemand etwas Witziges gesagt hätte, doch es schien niemanden zu stören. Voller Faszination beobachtete ich, wie Ellies sonst so kühles Gesicht einen seligen Ausdruck annahm, bevor sie ihre Augen schloss und sich im Takt der Musik wiegte. Sie sah aus, als befände sie sich in ihrer eigenen Welt.

»Lass uns tanzen«, sagte sie, ohne die Augen zu öffnen.

Das taten wir. Mittlerweile tanzten bestimmt fünfzig Schüler in der kleinen Kapelle. Ich stand in einem Meer aus zuckenden Gliedmaßen, wiegenden Körpern und eng aneinandergeschmiegten Pärchen. Doch keiner von ihnen konnte Ellie in den Schatten stellen, die mit der Musik zu verschmelzen schien. Geschmeidig wiegte sie sich zum wummernden Bass, und nichts und niemand kam ihr in die Quere. Es war, als sei eine unsichtbare Barriere um sie herum errichtet worden. Auf ihren Lippen lag ein Lächeln, das ich noch nie an ihr gesehen hatte. Zum ersten Mal wirkte sie vollkommen gelöst, als müsse sie sich nicht verstellen. Und das machte sie auf eine andere Art schön, als ich sie bisher kennengelernt hatte.

Ich war nicht die Einzige, die ihren Blick kaum von ihr lösen konnte. Wren stand an eine Wand gelehnt, einen Plastikbecher in der Hand, und blickte in die Menge der sich wiegenden Körper – geradewegs in Ellies Richtung. Er wirkte beinahe weggetreten, wie er sie so beobachtete. Dann zuckte er zusammen, als hätte er sich bei etwas Verbotenem ertappt, wandte sich ab und bahnte sich seinen Weg zur Tür. Und auch ich wachte langsam auf.

Die Kapelle war von Rauch und Schweiß und Kerzenqualm durchtränkt. Zuvor hatte ich die schlechte Luft kaum bemerkt, doch nun wurde sie mir überdeutlich bewusst, und mich packte der Schwindel. Schwerfällig schlängelte ich mich zwischen den tanzenden Leibern hindurch, stellte meinen halb leeren Bierbecher auf dem Boden ab und steuerte auf den Eingang der Kapelle zu. Wie eine Schlafwandlerin lief ich an den kleinen Rauchergruppen vorbei, die sich draußen versammelt hatten. Alles, worauf ich mich konzentrieren konnte, war die Dunkelheit zwischen den Bäumen, die mir in diesem Moment wie die Erlösung schlechthin erschien. Ein leises Stimmchen sagte mir, dass es bestimmt keine gute Idee war, bekifft und betrunken in den Wald hineinzutaumeln. Doch die Geräusche und Gerüche der Party waren mir einfach zu viel. Jeder Reiz erreichte mich um das Zehnfache verstärkt, und gleichzeitig fühlten sich mein Kopf und meine Glieder wie in Watte gepackt an. Ich lief, schwankte, schlich, taumelte über den Waldboden wie ein Matrose über ein kenterndes Schiff. Wie lange das so ging, konnte ich nicht sagen. Alles, was ich mitbekam, war, dass ich ungefähr ein halbes Dutzend knutschender Paare aufschreckte, die sich wohl in den Wald zurückgezogen hatten, um allein zu sein. Bei dem Gedanken daran, bei welchen Handlungen ich sie wohl unterbrochen hatte, musste ich grinsen, doch in diesem Moment kippte der Rausch, und eine so heftige Übelkeit übermannte mich, dass ich blindlings auf das nächste Gebüsch zustürzte und mich übergab. Es dauerte einige atemlose Augenblicke, bis ich nur noch Speichel spuckte und schließlich ganz von meinem beblätterten Opfer abließ.

Um dem Gestank zu entfliehen, lehnte ich mich einige Meter entfernt an einen Baum, ließ mich an ihm hinabgleiten, bis ich auf dem Boden saß, und schloss die Augen. Hinter meinen Lidern wartete keine Schwärze, sondern mein Versagen. Mom hatte recht gehabt, als sie mich hierhergebracht hatte. Sie hatte erkannt, dass ich selbst mein schlimmster Feind war.

Ich kramte gerade in meiner Umhängetasche, um einen Notfallanruf bei Junis zu starten, als ich es hörte. Ein seltsames Stöhnen. Sofort stockte ich in meiner Bewegung und hielt den Atem an. Was zur Hölle war das? Mein Blick tastete durch die Dunkelheit, die nur von den flackernden Schatten der Kapelle durchbrochen wurde, doch ich konnte niemanden erkennen. Nicht einmal die Schemen eines Tiers, das durch das dichte Unterholz huschte. Hatte ich mir das Geräusch etwa nur eingebildet?

Nein, da war es wieder. Eindeutig ein Stöhnen. Das Stöhnen einer Frau. Endlich erkannte ich auch, woher es kam. Nur wenige Meter von mir entfernt pressten sich zwei Silhouetten gegen den Stamm eines Baums. Was sie taten, war mehr als eindeutig.

»Ich … sollte … langsam zurück«, brachte Reese zwischen zwei Küssen hervor. »Leah fragt sich sicher schon, wo ich bin.«

Oh ja, das fragt sich Leah.

»Komm schon. Wahrscheinlich macht sie gerade irgendwo mit Jasper rum oder liefert sich ein Wettsaufen. Sie amüsiert sich bestimmt auch ohne dich prächtig.«

Es überraschte mich nicht, Magnus' Stimme zu hören. Leise und gedämpft, aber außerordentlich gut zu verstehen in der Stille des Waldes. Wieder küssten sie sich, zumindest klang es so. Schließlich sah ich die kleinere Silhouette den Kopf zur Seite drehen.

»Ich muss wirklich los. Es war ohnehin keine gute Idee …«

Reese machte Anstalten, sich zu entfernen, doch Magnus fasste sie am Handgelenk. »Was ist falsch daran, Reese?«

»Das weißt du genau. Ich hasse mich dafür, dass ich heute nachgegeben habe.«

»Es wird wieder passieren, das weißt du.«

Reese' Stimme klang eiskalt, als sie ihm antwortete. »Nicht, wenn ich jetzt die Reißleine ziehe.«

Magnus stieß ein verständnisloses Schnauben aus. Als er wieder sprach, konnte ich deutlich hören, dass seine Worte ein wenig unkontrolliert aus seinem Mund kamen. Er hatte getrunken. Ordentlich. »Immer wieder führen wir die gleiche Diskussion. Und immer wieder lässt du dich auf mich ein. Du willst dich gar nicht entscheiden, oder? Für dich bin ich nur eine Ablenkung, bis du dieses Scheißinternat endlich verlassen und aufs College gehen kannst.«

»Das sagt genau der Richtige!«, zischte Reese. Sie zerrte an Magnus' Arm, um sich zu befreien. »Wer treibt es denn mit jeder, die willig ist, sich von dem schönen Magnus Lindquist betatschen zu lassen?«

Ich hörte, wie Magnus' Faust den Baum traf, an dem er und Reese noch vor wenigen Momenten rumgemacht hatten. »Sag das noch mal, Reese«, sagte er gefährlich langsam.

Ein Ast knackte. Synchron mit Magnus und Reese zuckte ich zusammen. Das war nicht aus meiner Richtung gekommen. Entweder hatten Reese und Magnus noch andere Zuschauer, oder ein Fuchs schlich auf der Suche nach Beute umher.

»Was war das?«, fragte Reese. In ihre Stimme hatte sich ein panischer Unterton geschlichen.

»Nichts«, knurrte Magnus. »Wahrscheinlich nur ein Besoffener.«

Doch Reese klang weiterhin misstrauisch. »Ich weiß nicht. Ich glaube eher, da erlaubt sich jemand einen Spaß mit uns. Vielleicht sitzt da ein Perverser und schaut uns schon die ganze Zeit zu?«

Ähm …

»Als ob. Wieso sollte jemand hier draußen herumlungern, wenn dort drinnen die Party des Jahres steigt?«

Ich hätte ihnen gleich mehrere Gründe nennen können.

»Keine Ahnung«, sagte Reese und schaffte es endlich, ihr Handgelenk aus Magnus' Umklammerung zu befreien, »aber ich verschwinde jetzt.«

Eilig lief sie in Richtung der Kapelle und war schon nach wenigen Augenblicken nicht mehr von den dunklen Schatten der Bäume zu unterscheiden. Magnus stand noch eine Weile da. Er schwankte kurz und stierte misstrauisch in die Dunkelheit, aber schließlich stieß er ein tiefes Seufzen aus und machte sich ebenso wie Reese auf den Rückweg.

Ich war allein. Unschlüssig rappelte ich mich auf und trat von einem Fuß auf den anderen. Ich konnte ihnen unmöglich hinterherrennen, ohne mich zu verraten. Trotzdem wollte ich nicht länger an diesem Ort bleiben. Es war verdammt gruselig hier. Außerdem hatte das Knacken wieder eingesetzt. Und diesmal konnte ich es eindeutig als Schritte identifizieren, die sich durch das Unterholz wälzten.

Okay, es war definitiv an der Zeit, abzuhauen! Am liebsten wäre ich in einen zügigen Trab verfallen, aber das ließen mein kreiselnder Kopf und mein in Mitleidenschaft gezogener Magen nicht zu. Mir blieb nichts anderes übrig, als einen Schritt vor den anderen zu setzen und zu hoffen, dass meine Stirn keine Bekanntschaft mit einem tief hängenden Ast machte. Während ich vorantaumelte, lauschte ich auf das Knacken, das näher kam.

Bestimmt noch jemand, der die Büsche gewässert hat, versuchte ich mir einzureden.

Die Kapelle leuchtete verheißungsvoll zwischen den Bäumen hervor. Es waren bestimmt nur noch hundert Meter, und ich hätte sie erreicht – doch ein erneutes Geräusch rammte mir seine eiserne Faust in die Brust und zermalmte meine verzweifelten Beruhigungsversuche unter sich.

Ein Atmen. Viel zu laut. Hinter mir. So nah, dass ich glaubte, einen warmen Lufthauch in meinem Nacken zu spüren. Ich drehte mich um. Doch der Schrei, der aus mir herausbrach, wurde von einer großen Hand erstickt.

Kapitel 11

»Meine Damen und Herren, ich bin froh, Sie so frisch und munter wiederzusehen.«

Ms Evergreens Stimme schnitt wie ein Messer durch mein Trommelfell. Ihr Lächeln, ihre makellose Bluse, der perfekt aufgetragene Lippenstift, alles verhöhnte mich. Es kam mir vor, als habe sie sich heute mit Absicht besonders grell angezogen, um meinen schmerzenden Kopf mit noch mehr Reizen zu foltern. Ihr Blick wanderte über die Reihen aus Einzeltischen, doch auch ohne das schadenfrohe Funkeln in ihren Augen wusste ich, welchen Anblick wir boten. Obwohl wir uns den Dreck der letzten Nacht vom Körper gewaschen, unsere Zähne mehrmals geputzt und Deo aufgetragen hatten, erfüllte ein bitter-säuerlicher Gestank die Luft, und unsere blassen Gesichter boten den tiefblauen Schatten unter unseren Augen eine besonders schöne Leinwand.

Reese, am Tisch neben mir, gab sich alle Mühe, einen auf merksamen Gesichtsausdruck aufzusetzen, doch ihre Lider fielen immer wieder zu. Ellie vegetierte zu meiner anderen Seite vor sich hin. Hinter mir hörte ich das leise Stöhnen von Magnus. Nur Wren, dessen breiter Rücken mir die Sicht auf alles vor ihm versperrte, wirkte frisch und munter. Wie ich ihn einschätzte, hatte dieser Streber bereits einen Fünfzehn-Kilometer-Lauf hinter sich.

Als Ms Evergreen sich der Tafel zuwandte, um die Themen dieses Schulhalbjahrs anzuschreiben, wippten ihre braunen Locken schadenfroh. Dankbar, wenigstens für ein paar Augenblicke nicht so tun zu müssen, als gehörte ich zu den Lebenden, legte ich mein Kinn auf die verschränkten Hände und ließ meinen Blick durchs Klassenzimmer schweifen. Als meine Augen Jasper streiften, machte mein Herz einen kleinen Satz.

Wie er dort so saß, den Oberkörper lustlos über die Tischplatte gebeugt, das Haar unordentlich in seinem Gesicht, kam es mir vor, als habe er eine unsichtbare Kuppel um sich herum aufgezogen. Seit gestern hatte er mit keinem von uns mehr gesprochen. Dabei musste ich so dringend mit ihm darüber reden, was passiert war.

Unwillkürlich wanderten meine Gedanken zurück. Sie schlichen sich aus dem Schloss, pirschten über die Wiese und huschten ins dichte Unterholz des Waldes. Und dann war da auf einmal wieder diese Hand, die auf meinem Mund lag und mir die Luft abpresste, während ich die leuchtende Kapelle verheißungsvoll zwischen den Zweigen flackern sah.

Einen Moment lang war da nur Panik gewesen. Würde ich wirklich wenige Meter von meinen Klassenkameraden entfernt ersticken? Dann der einzig helle Gedanke in einem Wust aus Emotionen: Kämpfen oder zugrunde gehen. Also krallte ich meine Finger in die riesige Hand auf meinem Mund, schrie und biss und kreischte, versuchte mit meinen Zähnen genug Fleisch zu erwischen, um meinen Angreifer in die Flucht zu schlagen.

Ich schmeckte säuerliche Haut, meine eigene Spucke, spürte, wie meine Kehle von meinen ungehörten Schreien brannte. Doch da lockerte sich der Griff bereits und gab meine Nase frei.

Sofort rang ich gierig nach Luft, doch es war keine Erleichterung, die mich durchströmte. Es war die blanke Furcht, dass er mir auch dieses Zugeständnis wieder nehmen würde. Und dass ich womöglich Skylar Averys Entführer in die Arme gelaufen war.

Ein penetranter Gestank brachte meine Nasenflügel zum Zittern: der Geruch nach einem ungewaschenen Körper und ungeputzten Zähnen. Blut, Schweiß und Urin. Mein Angreifer roch wie ein Tier.

In diesem Moment realisierte ich, wer mich in seinen Fängen hielt.

Als Rune mich zu sich umdrehte und die Hand von meinem Mund nahm, stockte mein Herz. Er sah noch schlimmer aus als bei unserer letzten Begegnung. Sein Haar starrte vor Dreck, und vertrocknete Blätterreste hatten sich darin verfangen. Das Blut, das ihm gestern noch über das Gesicht gelaufen war, war mittlerweile geronnen und hatte sich als dunkle Kruste auf seiner Haut niedergelassen. Darin klebte eine zermatschte Fliege.

Mein Herz überschlug sich beinahe vor Angst. Rune starrte auf mich hinab und atmete schwer, als müsse er sich zusammenreißen, mir nicht wehzutun. Seine Nasenflügel blähten sich wie die Nüstern eines verängstigten Pferdes. Dabei war er es, der mich in seiner Gewalt hatte, nicht andersrum.

»Rune«, flüsterte ich, doch sofort packte er mich wie ein Schraubstock an den Schultern.

»Nicht«, stieß er hervor. »Leise.«

Seine Stimme war nicht viel mehr als ein raues Kratzen, aber ich konnte die Panik darin hören. Er sah sich nach allen Seiten um. Zwischen den Baumstämmen zeichnete sich ein seichter Schleier ab. Nebel. Als wäre das alles nicht schon gruselig genug gewesen. Rune starrte schwer atmend in die Dunkelheit.

»Rune«, wiederholte ich leise, während der Puls in meinen

Ohren rauschte. »Alle machen sich schreckliche Sorgen um dich. Vor allem Hartlyn.«

Der Name seiner Schwester schien etwas in ihm auszulösen. Wieder blähten sich seine Nasenflügel, und ein Zucken ging durch seinen Körper, doch noch immer war sein Blick in die von Nebelschwaden durchzogene Finsternis gerichtet.

»Bitte, Rune«, brachte ich hervor, kämpfte mit den Worten in meinem Kopf, die sich nicht so formen wollten, wie ich es mir wünschte. Mein Gehirn war wie benebelt, das schwummrige Gefühl von eben machte sich wieder bemerkbar. Fuck. Ich hätte wirklich Nein sagen sollen, als Brutus den zweiten Joint rumgehen ließ.

»Deine … Hartlyn hat schreckliche Angst um dich. Bitte komm mit zur Kapelle. Du brauchst Hilfe.«

Rune wandte seinen Blick wieder mir zu. Er starrte mich an, als fiele es ihm schwer, meine Sprache zu verstehen. Hörte er mir zu? Nahm er mich überhaupt wahr? Sein Blick schien durch mich hindurchzugehen.

»Bitte«, sagte ich wieder, »lass mich Hilfe holen. Lass mich dich zu deiner Schwester bringen.«

Er reagierte nicht, sah nur weiter auf mich herab, seine schweren Pranken um meine Schultern geklammert. Nichts würde sich ändern, wenn ich nicht auf volles Risiko ging. Also hob ich meine Hände, legte sie auf seine und löste sie dann sanft von meinem Körper. Er ließ es geschehen wie ein Kind, dem man die Schnürsenkel band. Einen Moment lang hielt ich seine Hände noch in meinen, dann legte ich sie neben seinem Körper ab. Schlaff fielen sie an ihm herab.

Ohne ihn aus den Augen zu lassen, trat ich einen Schritt zurück. Dann noch einen.

»Alles wird gut«, flüsterte ich.

Noch einen Schritt.

»Warte hier.« Meine Stimme zitterte, während ich mich rückwärtslaufend immer weiter nach hinten schob. »Ich bin gleich wieder da. Es wird alles gut.«

Jeden Moment konnte ich stolpern, hinfallen, wehrlos vor ihm auf dem Boden liegen.

Jetzt! Ich drehte mich um und preschte los. Doch im nächsten Moment war da dieser Schmerz. Runes Nägel, die sich in mein Handgelenk bohrten und mich mit erschreckender Kraft zurückzogen.

Ich wimmerte, starrte flehentlich hinauf in sein schnaufendes Gesicht.

»Tu mir nichts!«, stieß ich hervor. Seine Konturen verschwammen vor meinen Augen. Ohne dass ich es bemerkt hatte, hatte ich angefangen zu weinen. Doch Rune beachtete mich nicht. Er keuchte und presste sich die freie Hand gegen die Schläfe.

»Es ist zu spät! Sie kommen.« Er sagte das mit einer Gewissheit, die mir die Gänsehaut auf Arme und Beine trieb.

»*Wer* kommt?«, schrie ich.

Runes gewaltiger Brustkorb hob und senkte sich hektisch, er blickte sich um, zerrte mich mit sich, während er vor unsichtbaren Angreifern zurückwich. Wie ein winselnder Hund zog er den Kopf ein, doch sein Griff lockerte sich nicht.

»Die Nebelfrauen«, wimmerte er. »Siehst du sie nicht? Sie kommen.«

Ein Schaudern lief meinen Rücken hinab, eiskalt wie der Tod. Mein Kopf wusste, dass Rune vollkommen durchgeknallt war, doch seine Panik steckte meinen Körper an wie ein Flächenbrand. Die Nebelwand zwischen den Bäumen war mittlerweile zu einer weißen Mauer geworden, aus der sich einzelne Tentakel hervorwanden, als wollten sie nach uns greifen. Der Dunst kroch über den Boden auf uns zu, hüllte die Wurzeln der Bäume in eine fließende Decke. Bildete ich mir das nur ein, oder war das ein bleiches Gesicht gewesen, das hinter den Schwaden waberte?

Rune stieß Laute aus, die Keuchen und Jaulen zugleich waren, sein Blick zuckte immer wieder zu meinem Gesicht. »Du siehst sie nicht!«, brüllte er. »Aber sie sind fast hier!« Er rüttelte an meinen Armen, mein ganzer Körper wurde hin und her geworfen.

»Lass das«, heulte ich. »Bitte hör auf damit!«

Doch er hörte nicht auf. Rüttelte nur weiter, schrie mich an. Widerwillige Tränen aus Schmerz, Wut und Angst rannen über mein Gesicht, und mein Blick verschwamm, genau wie meine Wahrnehmung. Und dann ging ich mit einem gewaltigen Krachen zu Boden. Einen Moment fürchtete ich, Runes schwerer Körper würde auf meinem landen. Doch dann hörte ich es. Ein Ächzen. Und die Stimme eines anderen Jungen. Er redete beruhigend auf Rune ein, der noch immer wie ein Besessener schrie. Dann Schläge. Stöhnen.

Jasper.

Ich lag auf dem Rücken, starrte in die dunklen Baumwipfel, während die kühle Nachtluft meine Haut umspülte, und war nicht einmal dazu in der Lage, mich aufzusetzen. Jede Sekunde erwartete ich, dass er wiederkommen würde, dass er mich mitten in den Nebel hineinzerren und in den Wald verschleppen würde.

Und dann kniete auf einmal Jasper neben mir, starrte entsetzt auf mich herab.

Leah! Leah, geht es dir …

»Leah!« Ich schrak auf. Ms Evergreen hatte sich vor meinem Tisch aufgebaut. Ihr Blick tastete halb amüsiert, halb verärgert über mein Gesicht. »Geht es dir gut? Du siehst aus, als würdest du gleich auf der Tischplatte einnicken. Und etwas grün bist du auch.«

»Ja«, stammelte ich und räusperte mich. »Ja. Hab nur schlecht geschlafen.«

»Na, wenn dem so ist …« Ms Evergreen zuckte die Schultern und wandte sich wieder zu ihrem Pult um. »Die halbe Klasse scheint von dieser mysteriösen Schlaflosigkeit betroffen. Vielleicht sollten wir mal eure Zimmer überprüfen, ob sie auch wirklich Feng-Shui-gerecht eingerichtet sind.« Dann fuhr sie unbeirrt mit ihren Ausführungen zu Jahreszielen und Lernfortschritten fort. Und meine Gedanken schweiften sofort wieder ab. Zu Jasper. Während ich über meine schmerzenden Handgelenke rieb, betrachtete ich sein Gesicht.

War das der Junge, den ich kennengelernt hatte – der mit dem schelmischen Funkeln in den Augen und den linkischen Annäherungsversuchen? War das der Junge, der mir so behutsam aufgeholfen hatte, dass ich glaubte, mein Herz müsse gleich zerspringen?

Seine Unterarme lugten aus den umgekrempelten Ärmeln der Uniform hervor, und ich konnte sehen, wie sich seine Sehnen zusammenzogen, als er seine Hände zu Fäusten ballte. Ob er Schmerzen hatte?

Natürlich hat er Schmerzen, Leah! Rune ist bestimmt doppelt so schwer wie er.

Ich fühlte mich so verdammt schuldig. Und trotzdem war ich unglaublich erleichtert, dass Jasper noch einmal zurück zur Kapelle gekommen war und uns entdeckt hatte. Was passiert wäre, wenn niemand mir zu Hilfe geeilt wäre, wollte ich mir lieber nicht ausmalen.

Natürlich fehlte Hartlyn heute im Unterricht. Der Platz ganz vorn war leer. Bestimmt war sie bei ihrem Bruder. Jasper hatte ihn gestern, unter dem Vorwand, nachts noch mal auf die Suche gegangen zu sein, bei Denise und der Bitterfield abgeliefert.

Obwohl Ms Evergreen noch immer mit der Tafel beschäftigt war, schien sie instinktiv zu spüren, dass die Blicke der Schüler immer wieder zu Hartlyns leerem Platz wanderten. Mitten im Satz, den sie in geschnörkelter Schrift an die Tafel schrieb, wandte sie sich zu uns um.

»Bevor Gerüchte aufkommen«, sagte sie und legte die Kreide auf das Lehrerpult. »Es stimmt: Rune Griffith wurde gestern Nacht mit leichten Verletzungen aufgefunden. Es geht ihm den Umständen entsprechend gut. Dennoch möchten wir – das Kollegium und seine Familie – euch darum bitten, ihn in Ruhe zu lassen. Er braucht erst einmal alle Energie, um gesund zu werden.«

»Gesund werden?«, fragte ein Mädchen, das neben Hartlyns leerem Platz saß. Es war ihre Freundin mit den Korkenzieherlocken, die mich im Speisesaal zusammengestaucht hatte, nachdem ich Hartlyn den Saft über den Kopf geschüttet hatte. »Was hat er denn?«

Ms Evergreens ohnehin schon ernstes Gesicht wurde noch verschlossener. »Darüber darf ich keine Auskunft geben. Wenn es dir schlecht ginge, würdest du das doch auch nicht wollen, oder, Amber? Aber es ist nichts Schlimmes. Er wird wieder, da bin ich sicher.«

»Wie beruhigend«, entgegnete Amber mürrisch.

Damit war das Thema erledigt, und Ms Evergreen fuhr fort, auf die Inhalte des Fachs Englisch für dieses Schuljahr einzugehen. Sofort tauchte ich wieder in meine Gedankenwelt ab und blieb dort auch unbehelligt, bis mich ein brennender Blick in meinem Nacken zurück in die Realität holte.

Als ich mich unauffällig umdrehte, verkohlte ich mich beinahe an Carters sprühenden Augen. Anders als erwartet, wirkte sie nicht wütend oder angriffslustig. Vielmehr betrachtete sie mich wie ein interessantes Forschungsobjekt. Ich war zu müde, um mich auf ihr Psycho-Blickduell einzulassen, und wandte mich wieder um.

Von dort an zog der Unterricht wie im Vollrausch an mir vorbei. Vor dem Mittagessen verabschiedete ich mich von Reese und den anderen, um mir eine Aspirin aus dem Zimmer zu holen.

Als ich mein Zimmer wieder verließ, waren die Gänge wie üblich leer. Während ich meinen Schritten lauschte, die von den Wänden widerhallten, nippte ich an meiner Wasserflasche und fragte mich, ob Jasper sich wohl ebenfalls an unserem Tisch blicken lassen würde. Doch im Grunde kannte ich die Antwort bereits: So, wie er heute ausgesehen hatte, stand ihm der Sinn sicher nicht nach Small Talk.

Zur Ablenkung zückte ich mein Handy. Ich wollte Junis ein kurzes Update schicken und ihn fragen, wie er die ganze Sache sah, also bog ich, auf meinen Bildschirm konzentriert, um die nächste Ecke – und stieß mit jemandem zusammen. Erschrocken machte ich einen Satz zurück und hielt mir mit der freien Hand den schmerzenden Kopf.

»Wie gefällt es dir bei deiner neuen Mitbewohnerin, *Leah*?«

Carter Bonhams Mund war zu einem boshaften Grinsen verzogen. Bei ihrem Anblick schnürten sich meine Gedärme zu einer hübschen Schleife zusammen. Wenn es eine Person gab, die ich mit Kopfschmerzen des Todes nicht treffen wollte, dann war es meine dämliche Ex-Mitbewohnerin. Wieder fiel mir ihr giftiger Blick aus dem Unterricht ein. Bestimmt war es kein Zufall, dass wir hier aufeinanderprallten.

Trotzig reckte ich mein Kinn vor. Sie sollte nicht eine Sekunde lang denken, dass ich Angst vor ihr hatte.

»Was interessiert es dich, *Carter*? Sei doch einfach froh, dass du jetzt wieder allein in deiner sterilen Hölle wohnst.«

Carter strich sich mit einer katzenhaften Bewegung eine

Dread-Strähne hinters Ohr. Ihre sumpfgrünen Augen blinzelten nicht einmal, als sie den Kopf schräg legte und mich fixierte. »Bestimmt vermisst du mich schon«, schnurrte sie.

»Träum weiter.«

Ich wandte mich um und setzte mich in Bewegung, aber Carter dachte nicht daran, mich einfach gehen zu lassen.

»Reese ist nett, nicht wahr?«, rief sie mir hinterher. »Ein richtiger Sonnenschein. Du kannst froh sein, dass sie dich mit offenen Armen bei sich aufgenommen hat.«

Entnervt seufzend blieb ich stehen und drehte meinen Kopf in ihre Richtung.

»Carter, ich weiß nicht, wie ich es dir sagen soll. Oder doch, eigentlich weiß ich es ganz genau: Du solltest dir dringend professionelle Hilfe suchen. Bis es so weit ist, lass mich bitte in Ruhe, und glaub ja nicht, ich würde auch nur einen Furz auf deine giftigen Worte geben.«

»Oooh.« Carter seufzte, als habe ich ein lästiges Thema angesprochen. »Ich hoffe, du weißt, dass es nichts Persönliches ist. Du bist bestimmt in Ordnung, irgendwo ganz tief da drinnen. Aber ich kann dich einfach nicht in meinem Zimmer dulden, sorry.«

Mir entfuhr ein abfälliges Schnauben. »Und ich kann dich nicht in meiner *Nähe* dulden. Wenn du dich jetzt also freundlicherweise verpissen würdest.«

»Ich kann keine Mitbewohnerin haben«, sagte Carter nachdrücklich. Noch immer fixierten mich ihre grünen Mooraugen, doch diesmal sah ich nicht nur Spott in ihnen. Zum ersten Mal hatte ich das Gefühl, einen Hauch Wahrheit in ihren Worten zu hören. »Nicht dich und niemand anderen. Das will hier nur leider niemand verstehen. Also muss ich meine eigenen Maßnahmen ergreifen.«

Freudlos lachte ich auf. »*Maßnahmen*, so nennst du es also.

Ich würde es eher als kranke Drohungen und Psychospielchen bezeichnen oder als Grund für einen Schulverweis. Denkst du, ich habe nicht bemerkt, wie du nachts an meinem Bett gestanden hast?«

Um Carters Mundwinkel zuckte es spöttisch. »Sag nicht, du hast wach gelegen, weil du an mich denken musstest. Sorry, aber ich sag's dir lieber gleich: Du bist nicht mein Typ. Also, so gar nicht.«

»Fick dich, Carter.« Ich hatte genug. Mit großen wütenden Schritten eilte ich davon.

»Eine Sache noch, Leah!«, rief mir Carter hinterher. Am liebsten hätte ich mir wie ein Kind die Ohren zugehalten. »Nimm dich vor Reese in Acht. Verschwinde am besten so schnell wie möglich von hier. Sonst kann ich für deine Sicherheit nicht mehr garantieren.«

Bevor sie noch mehr Lügen verbreiten konnte, wirbelte ich um die nächste Ecke und ließ sie hinter mir zurück.

Kapitel 12

Carters Worte begleiteten mich die ganzen nächsten Tage. Sie verfolgten mich durch die Gänge des Schlosses, verspotteten mich, wenn ich mit Reese auf ihrem Bett lümmelte, und murmelten träge in meinen Gedanken, während ich mich auf den Unterricht zu konzentrieren versuchte.

Nimm dich vor Reese in Acht.

Jedes Mal, wenn ich in Reese' Gesicht blickte, überkam mich ein schlechtes Gewissen. So weit hatte Carter mich also gebracht. Obwohl ich nicht ein Wort ihrer listigen Einflüsterungen glaubte, ließen sie mich nicht los. Dabei lag auf der Hand, was Carter mit ihren Lügen bezweckte: Sie wollte mich gegen die einzige Person aufhetzen, der ich hier auch nur ansatzweise vertraute, und mich von den anderen isolieren. Sie ertrug es nicht, dass ich im Gegensatz zu ihr in der Lage war, zwischenmenschliche Beziehungen einzugehen. Dieses manipulative Miststück.

Verschwinde am besten so schnell wie möglich von hier.

Wenigstens mit dieser Warnung hatte sie recht. Nach allem, was passiert war, war es wohl das Beste, wenn ich diesen Ort so schnell wie möglich wieder verließ. Doch etwas hatte sich verändert. Während ich in den ersten Tagen auf Elm Castle danach gelechzt hatte, von hier wegzukommen, breitete sich nun ein anderes Gefühl als Angst oder Wut bei dem Gedanken in mir aus, das restliche Schuljahr hier zu verbringen: Neugierde.

Ich wollte wissen, was hier vor sich ging, wollte herausfinden, was mit Rune passiert war – und das Naheliegendste wäre wohl gewesen, mit ihm selbst darüber zu sprechen, doch da gab es ein kleines Problem: Niemand verriet uns, wo er sich aufhielt. Wir wussten nur so viel: Er war noch immer hier, und seine Eltern waren es ganz offensichtlich nicht. Er tat mir furchtbar leid. Fast so leid wie Hartlyn, die man nur noch energielos durch die Gänge schleichen sah. Meist war sie allein, nur hin und wieder war Amber bei ihr, die allerdings eher den Eindruck erweckte, als wolle sie sich über die Hausaufgaben und nicht über Hartlyns familiäre Probleme austauschen. Manchmal überlegte ich tatsächlich, mich beim Mittagessen einfach zu ihr zu setzen, doch jedes Mal, wenn mich Hartlyns verheulter, zorniger Blick traf, wurde mir klar, dass das keine gute Idee war. Vermutlich würde sie mich bei unserer nächsten Begegnung zerfleischen.

Was Jasper anging … den hatte ich seit unserem ersten Schultag kaum zu Gesicht bekommen, und mittlerweile war es Donnerstag. Im Unterricht starrte er teilnahmslos auf die Tischplatte, im Speisesaal ließ er sich nicht mehr blicken. Ich erwischte mich immer wieder dabei, wie ich das Chatfenster mit seinem Namen öffnete, doch bevor ich auch nur eine Begrüßung tippen konnte, schloss ich es wieder. Was sollte ich, das Mädchen, das er erst seit einer knappen Woche kannte, schon ausrichten können?

Reese war keine große Hilfe, um mich auf andere Gedanken zu bringen. Sie hockte die ganze Zeit an ihrem Schreibtisch und hackte wie eine Besessene auf ihrem Laptop herum, die Zunge zwischen den Lippen, einen konzentrierten Ausdruck in ihren blauen Augen. Aus ihren Kopfhörern drang leise Musik.

Mit ihrem geheimen Manuskript schien es gut voranzugehen. Anscheinend war sie endlich »in Stimmung«, wie sie es nannte. Ich kam mir dämlich vor, neben ihr auf dem Bett zu hocken und die ganze Zeit Serien zu bingen, während sie ihrer Leidenschaft nachging. Das erinnerte mich zu sehr an meinen Dad, der an meiner unmusikalischen Ader verzweifelt war. Ich hatte Musik immer geliebt – aber nicht genug, um den Gitarrenunterricht bei ihm zu ertragen. Auch die Ukulele, die ich nach Elm Castle mitgebracht hatte, war eher ein Erinnerungsstück für mich.

Und so verließ ich schließlich Reese' Zimmer, auf der Suche nach einer Ablenkung, die nichts mit Bildschirmen oder Gitarren zu tun hatte. Kurz erwog ich, noch einmal im Sportprogramm der Bitterfield zu blättern, doch den Gedanken verwarf ich gleich wieder. Das Einzige, was mich unter diesen Ommm-Klassen und Ballettkursen ansprach, war Wrens Laufgruppe. Nur leider verspürte ich nicht den Hauch des Verlangens, mit hochrotem Kopf hinter diesem wortkargen Eigenbrötler herzuhecheln, um mir dann anhören zu müssen, dass ich die Gruppenzeit runtergezogen hätte. Deswegen entschied ich mich für eine ungefährliche Variante: Ich beschloss, mir ein Buch aus der Bücherei auszuleihen. Vielleicht hatten sie ja *Die Tribute von Panem* da, es war höchste Zeit für ein Re-Read. Mittlerweile konnte ich mich immer besser mit Katniss identifizieren, die in der Arena ums Überleben kämpfte.

Als ich die schwere Tür zur Bibliothek öffnete, blieb mir beinahe die Luft weg. Ich hatte mit einem winzigen Zimmer gerechnet, gefüllt mit ein paar hässlichen Regalen und einem zahnlückenartigen Bücherbestand, doch stattdessen wurde ich vom Anblick meterhoher Bücherwände voller uralter Wälzer erschlagen. Goldenes Sonnenlicht fiel durch die Fenster und beleuchtete jedes Staubkorn, das in der Luft tanzte. Ich atmete den Duft Tausender alter Bücher ein und bekam augenblicklich eine Niesattacke. Eine Bibliothekarin, die gerade dabei war, einen Wagen voller Bücher zu verräumen, beäugte mich misstrauisch. Erst als ich ihr ein verschniefites Lächeln zuwarf, wandte sie den Blick wieder ab und fuhr mit ihrer Arbeit fort.

Ich machte einige Schritte in den Raum hinein und bahnte mir einen Weg durch die endlosen Regalreihen. Es gab unzählige Sektionen, deren Aufteilung sich mir auch nach dem Lesen der Beschilderungen nicht erschloss. Eine Ecke war mit Absperrband versehen, dahinter warteten halb verfallene Bücher in Glaskästen. Doch so spannend sie auch sein mochten – ich hielt Ausschau nach einem Schmöker von Colleen Hoover, einem Thriller von Simon Beckett oder irgendetwas anderem, was diesem Jahrhundert entsprang. Leider war das Modernste, das mir unter die Augen kam, eine vergilbte fünfzigteilige Enzyklopädie.

Die Bibliothek war nahezu ausgestorben. Nur ein paar vereinzelte Schüler beugten sich an kleinen Tischen über ihre Hausaufgaben. *Streber.* Das Schuljahr hatte doch gerade erst begonnen. Entweder saßen ihnen ihre Eltern im Nacken, oder sie strebten etwas Großes an. Wahrscheinlich war es ihr Traum, an irgendeiner Eliteuni angenommen zu werden. Harvard, Princeton, Yale … Ein mittelmäßiges College wie die University of North Carolina kam für sie sicher nicht infrage.

Grinsend bog ich in den nächsten Gang ab. *Yale.* Ich war schon froh, wenn ich es überhaupt schaffte, unter diesen Eliteschülern meinen Abschluss zu machen. Lässig fuhr ich mit den Fingerkuppen über die Reihen der in Stoff, Leinen und Papier eingeschlagenen Buchrücken und zog dabei eine dicke Linie in den Staub. Einem Impuls folgend, hielt ich inne, zog ein Exemplar von *Lienhard und Gertrud. Ein Buch für das Volk* aus dem Regal – und erstarrte. Denn durch die Lücke, die das Buch hinterließ, hatte ich nun freien Blick auf den gegenüberliegenden

Gang und den riesenhaften Jungen, der sich dort herumdrückte. Wren hatte mir den Rücken zugewandt, doch seine athletische Figur war unverkennbar. Mit seinen langen Fingern zog er ein Buch nach dem anderen aus dem Regal, blätterte jedes Exemplar in einem Schwung durch und stellte es dann wieder zurück. Was zur Hölle machte er da?

Verwundert trat ich näher an die Lücke und beobachtete ihn. Es sah nicht gerade aus, als recherchiere er für sein nächstes Referat. Dafür wirkte er viel zu nervös. Buch um Buch nahm er aus dem Regal und wischte eilig durch die Seiten. Schließlich stockte er, zog ein weiteres Buch heraus, das auf Höhe seines Kopfes einsortiert war, und warf einen kurzen Blick hinein – dann entfuhr ihm ein erleichtertes Aufseufzen. Er klappte es mit einem Ruck wieder zu, ließ es in seinen Rucksack gleiten und machte sich mit langen Schritten auf den Rückweg. Erst in diesem Moment realisierte ich, dass er dabei an mir vorbeikommen würde.

Shit! Mit klopfendem Herzen drehte ich mich um und vergrub die Nase in meinem wundervollen Exemplar von *Lienhard und Gertrud*. Schon waren da seine Schritte, die an meinem Gang vorbeihasteten.

Einige schreckliche Sekunden lang fürchtete ich, Wren würde mich aus den Augenwinkeln für Reese halten und auf einen Plausch stehen bleiben, doch da war er auch schon an mir vorbeigerauscht. Und meine Neugierde war entfacht. Was zur Hölle war das gewesen? Bisher hatte ich nicht den Eindruck gehabt, dass Wren sich für etwas anderes als seine Laufgruppe interessierte, schon gar nicht für Bücher. Eben hatte er zwar etwas zwischen den Seiten gesucht, doch mittlerweile dämmerte mir, dass es vermutlich keine Worte gewesen waren … Sobald die Tür hinter ihm ins Schloss gefallen war, eilte ich auf die Bibliothekarin zu, deren rot gefärbter Pony ihr bis auf die Brille fiel. Aus der Entfernung hatte ich sie jünger geschätzt, doch sie war bestimmt schon Ende sechzig.

»Ma'am«, sagte ich, »könnten Sie mir kurz helfen? Ich ... ähm ... habe gestern Nachmittag ein Buch gesehen, das ich mir unbedingt ausleihen wollte. Jetzt ist es weg, und ich kann mich nicht mehr an den Titel erinnern. Vielleicht bringt es etwas, wenn ich Ihnen die Stelle zeige, an der es vorher gestanden hat?«

Die Resignation im Gesicht der Bibliothekarin war unbezahlbar, anscheinend war ich nicht die Erste mit derart kreativen Bitten. Ich zeigte ihr, wo sich die Lücke befand. Sie studierte eingehend die Bezifferungen der Buchrücken, dann schrieb sie sich eine Kennzahl auf und schlurfte mit mir zu einem Kastencomputer, der so aussah, als entstamme er im Gegensatz zum Schloss wirklich dem Mittelalter. Nach nur vier Vertippern drückte die Bibliothekarin endlich auf Enter.

»*Märchen und Sagen in und um Aurora*«, murmelte sie. »Seltsam.«

»Was ist daran seltsam?«, fragte ich.

»Nicht mehr und nicht weniger als die Tatsache, dass dieses Exemplar schon seit über zwei Jahren als vermisst gemeldet ist.«

Das war in der Tat bemerkenswert. Man machte nicht jeden Tag die Bekanntschaft mit einem Phantombuch.

Kapitel 13

Nach meinen Recherchen der letzten Stunde stand ich vor einem neuen Rätsel: Das Buch mit dem unglaublich prägnanten Titel *Märchen und Sagen in und um Aurora* existierte schlichtweg nicht. Ich fand es weder bei Amazon noch bei eBay noch auf einer der antiquarischen Websites, die ich durchforstete.

»Verdammt«, murmelte ich, während ich die zweiunddreißigste Seite der Google-Suchergebnisse anklickte. »Verdammte Scheiße.«

Mittlerweile war ich bei ominösen Immobilienangeboten angelangt. Ich schloss den Browser mit den gefühlt hundert offenen Tabs und ließ mich mit einem Seufzen in die Kissen sinken. Frustrierend, so fühlte es sich an. Dabei hätte es mich nicht wundern sollen, dass ich nichts fand: Laut der Bibliothekarin war das Buch hundertfünfzig Jahre älter als das Internet. Zwar war die Ausgabe, die wir suchten, eine Neuauflage von 2001, aber die war wohl nur in einer so kleinen Stückzahl gedruckt worden, dass die Chance, ein Exemplar zu finden, gegen null ging. Schließlich klappte ich den Laptop zu. Wenn ein Buch nicht gefunden werden wollte, dann wollte es nicht gefunden werden.

Eine Weile lauschte ich dem Klappern von Reese' Tastatur, dann setzte ich meine Kopfhörer auf und begann ein paar Löcher in meiner Lieblingsjeans zu flicken. Als ich nach knapp anderthalb Folgen meines Lieblingspodcasts bemerkte, dass aus Reese' Ecke eine Bewegung kam, sah ich von meinem Nähzeug auf und beobachtete, wie sie sich ächzend reckte und streckte. Sie drehte sich in ihrem Stuhl herum, gähnte herzhaft und blinzelte mich mit tränenden Augen an. »Ich bin wieder unter den Lebenden.«

»Für eine Tote hattest du aber ganz schön wilde Zuckungen an der Tastatur.« Ich grinste, hatte jedoch im gleichen Moment wieder Carters Stimme im Ohr, die mir einflüsterte, mich vor Reese in Acht zu nehmen.

Sei still!, dachte ich und nahm grimmig die Kopfhörer ab. Das fehlte mir noch: dass Carter meine Freundschaften schon im Keim erstickte, indem sie unaufhörlich Misstrauen säte. Um mir das Teufelchen auf der Schulter nicht anmerken zu lassen, setzte ich erneut ein Lächeln auf und lenkte das Thema auf etwas, womit Carter sicher nichts zu tun hatte.

»Sag mal, Reese, gibt es in Aurora eigentlich einen Buchladen?«

Reese zog eine Augenbraue hoch und deutete auf ihr übervolles Bücherregal. »Denkst du, ich hätte auf diesem Internat überlebt, wenn nicht?«

»Sieht so aus, als würde der Ort eine Wirtschaftskrise durchlaufen, wenn du deinen Abschluss hast«, sagte ich anerkennend.

Sie lächelte. »Könnte gut sein. Aber vor allem werde *ich* am Boden zerstört sein, wenn ich nicht mehr jedes Wochenende im *Books and Beans* stöbern kann. Es gibt dort den besten Kaffee, und man findet garantiert immer das richtige Buch.« Beim Erzählen fuchtelte sie mit den Händen umher und wirkte mit einem Mal gar nicht mehr müde.

»Nimmst du mich mal mit?«, fragte ich. *Märchen und Sagen in und um Aurora* – wenn dieses Buch nicht in der namensgebenden Stadt zu finden war, dann wusste ich auch nicht weiter.

Reese zwinkerte mir zu und knackte mit den Fingern, um sie sogleich hinter ihrem Kopf zu verschränken. »Dich weihe ich selbstverständlich gern in die geheimsten Geheimtipps ein. Wenn du willst, können wir uns auf dem Weg zum Speisesaal gleich für den Bus am Samstag eintragen.«

Begeistert nickte ich. Noch vor wenigen Tagen hatte ich geglaubt, das schrecklichste Schuljahr meines Lebens vor mir zu haben, doch nun fühlte es sich an, als würde ich langsam meinen Platz in diesem Internat finden. Ich war noch weit davon entfernt, mein Leben in den Griff zu kriegen oder Elm Castle mein neues Zuhause zu nennen, doch es war schon lange nicht mehr vorgekommen, dass ich mich auf die kommenden Tage freute. Ich vermisste meine Freunde, und Junis vermisste ich am allermeisten, aber an ihn zu denken hieß auch, an die schrecklichen Dinge erinnert zu werden, die in meiner Heimatstadt passiert waren. Vielleicht hatte ich mich in den letzten Tagen deswegen kaum bei ihm gemeldet.

»Wie läuft es mit deinem Manuskript?«, fragte ich Reese, nachdem wir ein paar Brote vom Abendbuffet geklaubt und uns ans Ufer des Sees gesetzt hatten. Wir ließen uns von den Mücken stechen und beobachteten, wie die Sonne immer weiter am Himmel hinabsank.

»Gut«, antwortete Reese und starrte auf den See, in dem sich das Grün der Ulme spiegelte. »Es tut mir leid, dass ich geistig ein wenig abwesend bin. Ich schreibe gerade wie im Rausch, das hatte ich schon lange nicht mehr.«

»Ich finde es cool, wenn man ein Hobby hat, das einen alles um sich herum vergessen lässt«, sagte ich und warf einen Kieselstein ins Wasser. »Du glaubst nicht, wie gern ich mal was von dir lesen würde. Aber du bleibst vermutlich dabei, dass ich nie auch nur einen Schnipsel davon zu Gesicht bekomme?«

Reese schüttelte den Kopf und rang sich ein Lächeln ab. Sie wirkte irgendwie … bedrückt.

»Aber, Reese! Wie soll ich denn herausfinden, dass der nächste große Bestseller von dir ist, wenn du unter Pseudonym veröffentlichst?«

»Niemand wird jemals auch nur eine Seite davon lesen«, sagte Reese, den Blick immer noch starr auf den See geheftet. »Ich glaube, du würdest nicht einmal verstehen, was dort überhaupt steht.«

Ich hob die Augenbrauen. »Ich weiß, ich bin nicht so schlau wie ihr Elitefuzzis, aber ich kann wirklich lesen.«

Sie lachte auf, wurde aber sofort wieder ernst. »Es ist eher eine Bewältigungsstrategie. Ich schreibe mir nur ein paar Sachen von der Seele.«

»Eine Autobiografie?«

Es dauerte einige Sekunden, bis sie antwortete, als habe sie erst überlegen müssen, ob sie so viel von sich preisgeben wolle. »Eine Art fragmentarischer Roman.« Ihr Blick verschleierte sich, als tauche sie in eine andere Welt ab. »Er ist sehr düster. Ich schreibe schon seit über einem Jahr daran.«

»Er muss unglaublich viele Seiten haben, wenn du so schnell schreibst, wie du es momentan tust.«

»Nein …« Sie senkte den Blick. »Ich schreibe ihn immer wieder. So lange, bis er wirklich gut ist. Bis er eins zu eins mit den Bildern in meinem Kopf übereinstimmt.«

Verwundert riss ich die Augen auf. »Geht das überhaupt? Ich meine, Ideen und Vorstellungen verändern sich doch andauernd. Was ist, wenn du einfach nur Angst hast, ein neues Projekt zu beginnen, und deswegen so perfektionistisch an deinem aktuellen Buch rumkrittelst?«

Reese schüttelte den Kopf. »Die Bilder sind immer die gleichen.« Sie klaubte ihre Sonnenbrille und ihr Buch vom Boden auf. »Wir sehen uns später, ja? Ellie bombardiert mich schon seit einer Stunde mit Links für irgendwelche Kleider.«

»Kleider?«

Reese klopfte sich hektisch das Gras von der Hose. »Für das Sommerfest. Sie dreht ziemlich am Rad deswegen.«

Ich öffnete den Mund, um Reese anzubieten, ihr und Ellie bei der Kleiderwahl behilflich zu sein oder zumindest seelischen Beistand zu leisten, doch da hatte sie mir bereits ein verkniffenes Lächeln zugeworfen und die Hand gehoben.

»Bis später, Leah. Wir sehen uns auf dem Zimmer, ja?«

Ohne meine Antwort abzuwarten, eilte sie auch schon davon.

Am nächsten Tag lehnte ich im Beisein von Reese mit geschlossenen Augen an der Wand vor dem Klassenzimmer und wartete darauf, dass Ms Evergreen uns mit ihrer Anwesenheit beehrte. Fälschlicherweise hatte ich angenommen, dass das Aufstehen am Morgen einfacher wäre, wenn die Klassenräume nur wenige Hundert Meter entfernt lagen. Aber da hatte ich mich geirrt. Aufstehen, insbesondere kurz vor dem Wochenende, war eine Tortur – egal ob eine Busfahrt oder ein fünfminütiger Fußmarsch zum Klassenzimmer anstand. Die Zeit hatte noch nicht einmal für einen Kaffee gereicht.

Unauffällig hielt ich Ausschau nach Jasper, doch er war nirgends zu sehen. Es hätte mich nicht gewundert, wenn er heute gar nicht erst kommen würde, so schlecht, wie er die letzten Tage ausgesehen hatte. Auch von Ellie fehlte jede Spur. Vermutlich rauchte sie vor dem Unterricht noch schnell eine. Nur Wren und Magnus lungerten zusammen mit ein paar anderen gut aussehenden Kerlen in perfekt sitzender Uniform vor dem

Klassenraum herum. Wie sie so nebeneinanderstanden, sahen sie ein wenig aus wie eine gönnerhafte Dandy-Gruppe.

Wren war der Einzige von ihnen, der nicht mit goldenem Löffel im Mund geboren worden war. Hätte ich nicht gewusst, dass er wie ich aus einer mittelständischen Familie stammte, wäre ich davon ausgegangen, dass der Glanz des Geldes seiner Eltern auf ihn abgefärbt hatte. Denn genau wie Magnus und seine Freunde strahlte Wren ein unerschütterliches Selbstbewusstsein aus, wie es normalerweise nur Geldadel tat. Außerdem sah er verflucht gut aus. Mit seinen langen, sehnigen Gliedmaßen, dem ebenmäßigen Gesicht und seiner perfekten Haut hätte er ebenso ein Model sein können.

Als Reese meinen entrückten Blick bemerkte, zupfte sie mich am Ärmel. »Das muss ja wirklich schlimm sein mit deiner Kaffeesucht. Du starrst jetzt schon seit fünf Minuten durch die Gegend.«

Ich warf ihr ein müdes Lächeln zu. »Ich stimme mich nur schon mal auf den Unterricht ein.«

Reese gab ein kurzes Schnauben von sich und tätschelte mir die Schulter. »Wer sagt's denn, du hast dich hier in Windeseile eingelebt.«

»Guten Morgen, alle miteinander!«

Wir zuckten zusammen, als Ms Evergreen mit einem fröhlich klimpernden Schlüssel heraneilte, um den Klassenraum aufzuschließen. Ein grünes Seidentuch umwehte ihre Schultern und gab ihr zusammen mit den rot geschminkten Lippen das Aussehen einer übermotivierten Theaterlehrerin.

»Meine Lieben«, sagte sie, nachdem sie uns ins Klassenzimmer gescheucht hatte, »ich habe frohe Kunde: Die ganze nächste Woche seid ihr von meinen langweiligen Vorträgen befreit. Stattdessen ...«, sie zog einen Stoß Papier aus ihrer Tasche und platzierte einen Stapel vergilbter Bücher obendrauf, »... steht eine Projektarbeit in Dreierteams an. Selbstverständlich wird ausgelost.«

Ein kollektives Stöhnen ging durch die Klasse. Ich war zu entsetzt, um auch nur einen Laut von mir zu geben.

Als habe Ms Evergreen nur auf diese Reaktion gewartet, wedelte sie lächelnd mit den Händen. »Wusste ich es doch, dass mein Vorschlag auf allgemeine Begeisterung stößt. Na, dann wartet mal, bis ihr die Themen hört.«

Sie wandte sich um und begann etwas an die Tafel zu schreiben. Als sie schließlich den Blick auf ihre schnörkeligen Buchstaben freigab, stellte sich heraus, dass es sich um eine Liste handelte, die aus Klassikern der amerikanischen und der europäischen Literatur bestand, auch ein paar modernere Werke waren darunter.

»In diesen Büchern«, sagte Ms Evergreen, »geht es um Dekadenz. Um den Verfall des Menschen. Ich möchte, dass ihr in euren Gruppen herausarbeitet, wie die Autoren diesen Verfall kreieren. Auf welche Aspekte ihr euch konzentriert, ist euch überlassen, aber natürlich stehe ich zur Verfügung, falls ihr gar nicht weiterkommt. Außerdem habe ich da ein paar interessante Websites und Literaturhinweise …«

Sie machte sich daran, das Smartboard hochzufahren, und stellte uns schließlich mithilfe einer bebilderten Powerpoint-Präsentation die einzelnen Titel vor.

»Keine Sorge«, sagte sie. »Das alles steht auch noch mal auf dem Handout, das ihr von mir bekommt. Vielleicht habt ihr ja schon ein oder zwei Favoriten für euch entdeckt.«

Nur mit Mühe konnte ich mir ein Schnauben verkneifen. Sie nannte es Favoriten, ich nannte es das kleinste Übel.

»Wenn ihr euch dann in euren Gruppen zusammengefunden habt, sprecht ihr euch miteinander ab und entscheidet, welches Buch ihr in eurer Projektarbeit behandeln wollt«, fuhr

Ms Evergreen fort. »Wenn es noch nicht vergriffen ist, tragt ihr euch vorn in die Liste ein.«

Gerade als Ms Evergreen eine Tasse mit Losen zum Zusammenstellen der Gruppen herumgehen ließ, platzten Ellie und Jasper in den Klassenraum. Sie murmelten eine unverständliche Entschuldigung, bevor sie sich unter Ms Evergreens strengem Blick auf ihre Plätze sinken ließen. Als Ellie an meinem Tisch vorbeilief, zog sie eine Fahne aus kaltem Rauch hinter sich her. Doch meine volle Aufmerksamkeit galt Jasper, der heute schon deutlich besser aussah als die letzten Tage. Seine Haut bekam allmählich wieder Farbe, und auch seine Bewegungen besaßen deutlich mehr Schwung.

»Leah!«

Ich schreckte auf. Reese beugte sich zu mir herüber und taxierte mich mit gerunzelter Stirn.

»Wärst du wohl so freundlich, mir die Lostasse rüberzureichen? Sie steht seit einer halben Minute vor dir.«

Hastig kam ich ihrer Aufforderung nach, fischte einen Zettel aus der Tasse und dröselte ihn auf.

»Team Edward«, las ich mit hochgezogenen Augenbrauen. Sollte ich das nun lustig oder widerlich finden?

Sofort wandte ich mich zu Reese um, in der irrationalen Hoffnung, sie könnte ebenfalls ein Mitglied des *Twilight*-Clubs sein. Doch sie schüttelte nur bedauernd den Kopf.

»Team Robin Sparkles«, sagte sie. »Meine Güte. Ms Evergreen verschlingt für eine Englischlehrerin ganz schön viele Unterhaltungssendungen.«

Schon bald schallten die Rufe meiner Mitschüler durch das Klassenzimmer.

»Team Obamacare«, riefen gleich zwei Stimmen auf einmal.

»Team Bertie-Botts-Bohnen.«

»Team Tragt-eure-Unterwäsche-bitte-nur-ein-Mal.«

»Hach«, seufzte Ms Evergreen. »Es geht doch nichts darüber, seinen Schülern subtil die richtigen Werte zu vermitteln.«

Schon bald wuselten meine Mitschüler durcheinander. Auch Reese erhob sich mit einem bedauernden Lächeln und machte sich auf den Weg zu ihrer Gruppe, die aus Amber und einem mir unbekannten Mädchen bestand. Ich sah dabei zu, wie sich alle nach und nach in ihren Teams zusammenfanden, und blickte mich nach den letzten Hinterbliebenen um. Doch da war niemand. Kein suchend ausgestreckter Kopf, keine zaghaften Team-Edward-Rufe. Alle hatten sich bereits in Dreiergrüppchen zusammengefunden. Alle außer mir. Und …

Nein. Verdammte Scheiße, das konnte doch nicht wahr sein! Voller Entsetzen starrte ich Carter an, die als Letzte allein an ihrem Platz saß. Und Carter starrte nicht minder entsetzt zurück.

Ms Evergreen warf uns ein entschuldigendes Lächeln zu. »Die Rechnung geht leider nicht ganz auf. Aber keine Sorge: Ich erwarte nicht, dass ihr den gleichen Umfang an Seiten abgebt wie die anderen Teams.«

Das beruhigte mich kein bisschen. Um genau zu sein, glaubte ich nicht einmal daran, dass aus dieser Zusammenarbeit auch nur eine lesbare Seite hervorgehen würde.

»Ich glaube, E.T.A. Hoffmanns *Sandmann* würde gut zu euch passen«, fuhr Ms Evergreen fort, obwohl Carter und ich kein Wort herausgebracht hatten. »Wir können das nach dem Unterricht auch noch mal in Ruhe besprechen.«

Keine von uns wollte. Sofort nach Ende des Unterrichts, der zum Glück nur aus Organisatorischem und einem kurzen Vortrag Ms Evergreens zum Thema bestanden hatte, rafften Carter und ich unsere Sachen zusammen und stürmten zur Tür. Doch ehe ich mich hindurchdrängeln konnte, pfiff mich Ms Evergreen zurück.

»Annabelle … ähm, Leah, warte mal.«

Am liebsten wäre ich einfach rausgerannt. Stattdessen folgte ich Ms Evergreen in eine stille Ecke des Klassenraums. »Ja?«, presste ich hervor.

»Leah«, sagte Ms Evergreen wieder und lächelte. Dabei sah sie aus wie die freundliche, coole Tante, die ich mir immer gewünscht hatte. »Ich weiß, Carter ist kein einfacher Mensch. Sie hat sehr viel durchgemacht, und das hat ihr eine harte Schale verliehen. Aber ich bin mir sicher, dass ihr das hinbekommen werdet. Ich glaube sogar, dass es euch beiden guttun wird. Es ist wichtig, hin und wieder auch einmal einen Blick hinter die Fassade eines Menschen zu werfen.«

Dass ich nicht lachte. »Wir sollen hinter unsere Fassaden schauen? Mit einer *Projektarbeit*?«

Die Lachfältchen um ihre Augen vertieften sich. »Ich müsst ja nicht beste Freundinnen werden, aber ich glaube, wenn jemand mit Carter zurechtkommt, dann du. Die anderen hatten Jahre, um sich ihre Vorurteile zu bilden, und du bist so erfrischend anders. Behalte dir das bei.«

Trotz der Schmeicheleien konnte ich nicht verhindern, dass sich Bitterkeit in meine Stimme schlich. »Das Einzige, was Carter und ich gemeinsam haben, ist die Tatsache, dass wir nicht auf diese Schule gehören.«

»Da sei dir mal nicht so sicher.« Ms Evergreen zwinkerte. »Diese Mauern könnten schon seit einigen Jahrzehnten mal wieder frischen Wind vertragen. Und um ehrlich zu sein …«, sie beugte sich vor, sodass nur ich sie hören konnte, »… langweilen mich diese Musterschüler.«

Kapitel 14

Ich wachte auf. Schweißgebadet und mit klopfendem Herzen. Vor meinem inneren Auge sah ich noch immer die Discolichter flackern. Grün, Gelb, Blau, Violett, ein Farbenmeer für meinen Albtraum. Da war laute Musik gewesen, aber auch Brice' wispernde Stimme.

Bist du bereit für eine vollkommen neue Erfahrung, Leah?

Das war ich. Ich hatte getanzt und geschrien, mit jedem Lied steigerte sich die Geschwindigkeit. Ich war vollkommen außer Atem, und Schweiß strömte über meine Haut, doch ich konnte nicht aufhören zu tanzen. Meine Füße machten einfach weiter. Also machte ich es auch. Nach einer schieren Unendlichkeit torkelte ich nur noch, weinte, wimmerte, bettelte darum, endlich aufhören zu dürfen. Aber das Tempo steigerte sich nur. Es fand kein Ende. Dachte ich. Doch dann war der Traum mit einem entsetzlichen Knall auf der Tanzfläche zerschellt.

Mir war so schlecht.

Nur ein Albtraum, sagte ich mir. Doch das war eine Lüge. In Wahrheit war das alles so passiert. Alles meine Schuld. Alles meine verfluchte Dummheit. Es wäre nie auf diese Weise eskaliert, hätte ich damals Nein gesagt. Das Schlimmste jedoch war, dass ich noch immer diese Sehnsucht fühlte. Diese Sehnsucht nach *mehr*. Ich vermisste es. So sehr, dass es mich innerlich auffraß.

Heiße Tränen rannen meine Wangen hinab, während ich verzweifelt versuchte, den Traum abzuschütteln. Das Zimmer war leer, Reese musste gerade im Bad sein. Zum Glück, denn ich hasste nichts mehr, als mir vor anderen Menschen eine Blöße zu geben. Ich nahm einige tiefe Atemzüge, bevor ich mir die Tränen vom Gesicht wischte, die Zehen auf dem Boden aufsetzte und in den Tiefen meines Nachtschränkchens zu wühlen begann. Da war sie. Zerknittert und zerbröselt, aber sie würde ihren Zweck erfüllen. Ich wog die unförmige selbst gedrehte Zigarette in meiner Hand, die ich vor ein paar Tagen in einer alten Hose gefunden hatte, und klemmte sie zwischen Mittel- und Zeigefinger.

Aus meinem vorigen Leben, wie ich es mittlerweile nannte, besaß ich noch ein altes Feuerzeug. Ich lehnte mich so weit wie möglich aus dem Fenster, ließ die kleine Flamme aufzüngeln und hielt sie an die Zigarette, bis ihr Ende orangefarben glühte.

Zitternd inhalierte ich. Schon nach wenigen Zügen spürte ich, wie das Nikotin meine Nerven ein wenig beruhigte, auch wenn der Tabak nach all der Zeit ziemlich fade schmeckte. Da ich nur noch selten rauchte, haute die Wirkung voll rein, und mir wurde auf eine schöne Weise schwindlig. Mom hatte meinen Tabak und alles andere im Klo heruntergespült, nachdem sie meine Sachen durchwühlt hatte, und mich als Süchtige beschimpft. Wie immer hatte sie nichts begriffen. Ich war nicht süchtig. Ich wollte nur leben.

Als Reese mit nassen Haaren ins Zimmer kam, ließ ich die Kippe wie eine heiße Kartoffel in die Tiefe fallen.

»Was auch immer du da tust«, sagte Reese, »du solltest dich beeilen. Der Bus fährt in einer Dreiviertelstunde.«

Wir beschlossen, uns ein stressiges Hinunterschlingen im Speisesaal zu ersparen und stattdessen in Aurora zu frühstücken. Schnell machte ich mich auf den Weg unter die warme Dusche, wusch mir den Schweiß vom Körper, massierte Conditioner in meine Haare und rasierte mir sogar die Beine. Danach schlüpfte ich in ein kurzes schwarzes Top mit geradem Ausschnitt und in eine löchrige Jeans, um mir abschließend noch einen Lidstrich zu ziehen und Kajal unter die Wasserlinie zu setzen.

Zwei Minuten später zogen wir knallend die Tür hinter uns zu und eilten los. Gerade in dem Moment, als der Bus mit knirschenden Reifen einfuhr, kamen wir auf dem mit Kies bedeckten Vorplatz an. Dutzende Schüler aus allen Jahrgangsstufen tummelten sich vor dem Eingangsportal und berieten, welche Geschäfte sie als Erstes stürmen sollten. Jasper war nicht darunter. Enttäuschung stieg in mir auf, doch ich drängte sie schnell beiseite.

Mach dich nicht lächerlich, Leah, sagte ich mir. *Du hast vielleicht drei Mal mit dem Typen gesprochen.*

Als sich die Türen zischend öffneten, stiegen Reese und ich als zwei der Ersten ein. Dafür sorgte mein böser Ellenbogen. Der Busfahrer hatte das Radio eingeschaltet, ein fröhlicher Popsong dudelte durch die Sitzreihen und vermischte sich mit dem Schnattern der Schüler. Als auch ich langsam in Ausflugsstimmung geriet, war der Bus rappelvoll und bereit zum Losfahren. Doch ehe die Türen schließen konnten, drängte sich noch eine Person hindurch und ließ sich auf den freien Platz hinter uns fallen.

»Hi, Ellie«, sagte Reese unbeeindruckt. »Das war ja wieder mal auf den letzten Drücker.«

Ellie warf uns ein ironisches Lächeln zu und strich sich die langen schwarzen Haare hinter die Ohren. »Eigentlich wollte ich heute einen Wellnesstag machen«, sagte sie. »Ausnutzen, dass du weg bist und mich nicht ständig mit deiner guten Laune nervst, Reese. Aber die Kleidersuche für das Sommerfest hat mich nicht losgelassen.« Sie grunzte und lehnte ihren Kopf gegen die Scheibe. »Wenn man sich so durchs Internet klickt, könnte man meinen, in dieser Saison stehen die Leute auf den Trend *Scheiße*. Ich kann nur hoffen, dass mich das *Talita's* wieder mal rettet.«

Die Fahrt nach Aurora verging wie im Flug. Das fröhliche Geplänkel zwischen Ellie und Reese war ansteckend, wobei genau genommen nur Reese plänkelte und Ellie irgendwelche missmutigen Erwiderungen grummelte. Nach einer halben Stunde brach die dichte Walddecke auf und gab Ausblick auf eine von Feldern umgebene Landstraße, und nach einer weiteren halben Stunde hatten wir unser Ziel schließlich erreicht.

Aurora erinnerte mich an eine dieser Küstenstädte, in die wir in den Urlaub gefahren waren, als ich noch ein Kind gewesen war. Möwenschreie über den Dächern und der Duft nach Meer in jeder Gasse. Dabei gab es hier weder Meer noch Möwen, doch es lag diese magische Stimmung in der Luft, die man nur hat, wenn man vollkommen ausgedörrt aus einem Auto steigt und sich nach nichts mehr als einer ordentlichen Pause und einem Eimer voll Eistee sehnt. Vor vielen Jahren hatte es solche Urlaube für mich tatsächlich gegeben. Als ich noch nicht mal zur Schule ging, um genau zu sein. Mom, Dad und ich hatten uns ins Auto gequetscht und waren mitten in der Nacht losgefahren, doch niemand hatte sich beklagt, denn wir alle wussten, was uns erwartete: entspannte Spaziergänge an der Strandpromenade, riesige Eiskugeln in Waffeln mit Schokorand, Sandburgenbauen am Wasser und vor allem Zeit mit der Familie. Noch heute glaubte ich, dass wir wie die perfekte Vorzeigefamilie ausgesehen haben mussten. Wir waren eine wirklich schöne Illusion gewesen.

Beim Anblick der gemütlichen Gassen mit den vielen kleinen Läden überkam mich ein süßer Schmerz. Einen Moment lang musste ich innehalten, weil mich das Déjà-vu beinahe überwältigte, doch als sich Reese bei mir unterhakte und Ellie an ihren anderen Arm nahm, zogen meine Gedanken schließlich weiter.

Reese lenkte uns geradewegs auf ein gemütliches kleines Café zu, aus dem der Geruch nach Kaffee wie ein verheißungsvolles Versprechen drang. Genießerisch verdrehte ich die Augen.

»Bitte sag mir, dass die vernünftige Pancakes haben.«

Die hatten sie. Sogar außergewöhnlich vernünftige. Ich wählte die *Pancakes Vegana*, zu denen es klein geschnittenes Obst und ein Kännchen mit Ahornsirup gab. Ellie entschied sich für ein in Schokolade getränktes Waffel-Menü, und Reese brütete lange über der Karte, bevor sie eine ekelhafte Kombination aus Pancakes mit eingebratenen Marshmallows bestellte. Grinsend leerte ich den Ahornsirup über meinem beeindruckenden Turm aus Pancakes aus. Das Essen im Internat war wirklich nicht zu verachten, aber nichts ging über eine ordentliche Kalorienbombe, in der sich ganz sicher kein gesundes Dinkelmehl versteckte.

Ellie saß Reese und mir gegenüber. Die Sonne schien ihr direkt ins Gesicht, und sie blinzelte mit zusammengekniffenen Augen zu uns herüber. »Es ist echt verdammt gruselig, wie ähnlich ihr euch seht«, sagte sie, nachdem sie eine Zeit lang missmutig in der Gegend umhergestarrt hatte. In ihrer Stimme lag eine Mischung aus Abneigung und Bewunderung. »Wenn ich euch nicht kennen würde, würde ich glauben, ihr seid Schwestern. Vielleicht sogar zweieiige Zwillinge.«

Ich stieß ein Schnauben aus. »Vielleicht ist Reese ja meine verschollene Cousine?«

»Ach so?«, sagte Reese und hob gespielt überrascht die Augenbrauen. »*Du* bist also die Tochter von Tante Babsi?«

Ich musste lachen. »Tante Babsi ist definitiv *nicht* meine Mutter. Aber vielleicht weißt du ja nicht alles über *deine* Mom.« Ich senkte verschwörerisch die Stimme. »Meine Mutter und ihre Schwester haben schon seit Jahren keinen Kontakt mehr – ich habe meine Tante nicht einmal kennengelernt. Da kann so ein kleines unbedeutendes Detail wie eine Cousine, die mir zum Verwechseln ähnlich sieht, schon mal untergehen.«

Reese grinste, doch ihr Lächeln wirkte seltsam versteinert. »Apropos Verwandte«, lenkte sie das Thema um. »Wo ist eigentlich dein Bruder, Ellie?«

Ellie verdrehte die Augen. »Keine Ahnung. Er hat irgendwas von einem Jungstag gefaselt. Wahrscheinlich sitzen sie gerade vor der PlayStation und schieben sich eine Tonne Chips nach der anderen rein.«

»Wie gut, dass wir im Gegensatz zu ihnen eine gewisse Selbstbeherrschung haben«, sagte ich und zeigte auf unsere leer gefressenen Teller.

Wir bezahlten und schlenderten dann durch die Gassen. Hin und wieder machten wir an kleinen Geschäften halt. In einem kleinen Souvenirladen erstand ich eine Postkarte und beschrieb sie noch vor Ort.

Grüße. Deine unerwünschte Tochter

»Wow«, sagte Reese, als sie mir über die Schulter schaute. »Das sind ja ganz schön eisige Worte.«

»Geht doch nichts darüber, sich einmal gehörig Luft zu machen«, erwiderte ich und bezahlte Karte und Porto.

»Vielleicht sollten es Hartlyn und Rune auch mal so probieren«, sagte Ellie trocken. *»Liebe Mom, lieber Dad, schickt uns bitte psychologische Hilfe, ihr Arschlöcher.«*

»Ellie«, murmelte Reese. »Hör auf, so über sie zu reden.«

»Stimmt's etwa nicht?«, gab Ellie zurück. »Ist ja nicht so, als wäre mit Rune alles in bester Ordnung.«

»Wie war er denn früher?«, fragte ich.

Reese seufzte. »Rune war schon immer ein netter Kerl, aber wir hatten nie besonders viel mit ihm zu tun, er ist ja eine Stufe über uns. Ich weiß nicht viel von ihm. Eigentlich nur, dass Hartlyn immer enttäuscht über seine schlechten Noten war und er früher Mitglied in einer Band war.«

»In einer Band?«, fragte ich überrascht. »Welches Instrument spielt er denn?«

»So ziemlich jedes, das Saiten hat«, sagte Ellie. »Er ist wirklich gut, wenn man den Gerüchten so glaubt. Oder den Schwärmereien der Mädchen aus den unteren Jahrgängen, für die er aber nie einen Blick übrighatte.« Ellie grinste. »Er war immer vollkommen fixiert auf seine Musik.«

»Und wo sind die anderen Bandmitglieder?«

Ellie zuckte mit den Achseln. »Die haben ihren Abschluss gemacht und den armen Runie allein zurückgelassen.«

Der nächste Laden, den wir betraten, war das *Talita's*. Es bestand aus einem winzigen vollgestopften Raum voller Secondhandklamotten, und obwohl ich Shoppen normalerweise hasste, erwischte ich mich dabei, wie ich mich voller Begeisterung durch die Stangen wühlte, auf der Suche nach dem nächsten großen Schatz. Als die Ladentür beim Verlassen mit einem Bimmeln wieder hinter uns zuschlug, waren wir alle glücklich. Selbst ich war fündig geworden und hatte ein schwarzes Trägerkleid mit tiefem Rückenausschnitt erstanden.

»Und wo ist jetzt der Buchladen deines Vertrauens?«, fragte ich Reese. Ich musste mehreren Eis schleckenden Kindern ausweichen, so voll war es in der Einkaufsmeile.

Reese lächelte. »Geduld. Der liegt in der hinterletzten Ecke. Klappern wir erst mal ein paar Läden ab, bevor …«

Reese hielt in der Bewegung inne. Ich folgte ihrem Blick – und musste schmunzeln. Magnus stand in einem seiner üblichen extravaganten Hemden vor einer Gelateria und prostete uns grinsend mit einer Eiswaffel zu.

»Reeese!«, rief er so laut, dass sich eine ganze japanische Touristengruppe zu ihm umdrehte.

Neben unserem Schweden stand Wren und wirkte, als sei es ihm todpeinlich, mit Magnus gesehen zu werden.

»Wie kommen die denn hierher?«, murmelte ich.

»Jasper hat ein Auto«, sagte Ellie und zwirbelte nervös an einer dunklen Haarsträhne.

»Ja? Und wo ist dann Jasper?«

»Keine Sorge, meine Liebe«, sagte Reese und tätschelte mir die Schulter. »Er verleiht sein Auto nie. Er muss also ebenfalls in Aurora sein.«

»Ich mache mir keine Sorgen! Ich stelle nur berechtigte Fragen.«

Ich ignorierte Reese' und Ellies feixende Blicke und starrte grimmig in Richtung der Jungs. Schon schlenderte Magnus mit einem einnehmenden Grinsen zu uns herüber. Wren zockelte lustlos hinter ihm her.

»Mein Lieblingszwilling«, sagte Magnus und legte einen Arm um Reese, während er mir freundschaftlich zuzwinkerte. Reese schob ihn sofort beiseite, konnte sich aber ein Lächeln nicht verkneifen. »Verzieh dich, Magnus. Wir hatten gerade so viel Spaß, bevor ihr gekommen seid.«

»O-ho.« Er hob die Augenbrauen. »Nehmt ihr irgendwelche Substanzen, von denen wir nichts wissen? Anders kann ich es mir nicht erklären, wie ihr so eine schreckliche Tätigkeit wie Shoppen als spaßig bezeichnen könnt.«

Reese verdrehte die Augen.

»Wo ist eigentlich Jasper?«, fragte sie und warf mir einen vielsagenden Blick zu, den ich gekonnt ignorierte. »Und warum lässt er euch überhaupt ohne Aufsichtsperson frei herumrennen?«

»Der hat noch was zu erledigen«, sagte Magnus. »Wahrscheinlich kauft er wieder irgendwelche Sachen im Trödelladen, die kein Schwein braucht.« Er wandte sich an Wren. »Erinnerst du dich noch an den ausgestopften Wildschweinkopf letztes Jahr, den Denise natürlich direkt konfisziert hat? Bestimmt kommt er gleich mit den dazugehörigen Frischlingen um die Ecke.«

»Hm«, sagte Wren.

»Typisch Jasper.« Reese stemmte die Arme in die Hüfte und schnalzte tadelnd. »Ich wünschte, seine Faszination für Vergangenes würde sich auf Geschichtsbücher beschränken. Leah, er hat für seinen Müll einen eigenen Kellerraum bekommen, ist das zu fassen?«

»Was?« Ich kapierte gar nichts mehr.

»Jasper sammelt so altes Zeug«, half mir Ellie auf die Sprünge. »Und damit meine ich nicht nur irgendwelche Nippesfiguren oder Briefmarken oder so. Seine Eltern haben die Schule bezahlt, damit sie ihm ein altes Kellerabteil freiräumen. Und da modern jetzt uralte Möbel und eklige Büsten vor sich hin, bis Jasper seinen Abschluss macht.«

Ich war sprachlos. Wieder einmal hatte ich vergessen, wie viele Nullstellen mehr die Eltern meiner Freunde auf dem Konto hatten. »Ich … weiß nicht, ob ich das creepy oder cool finden soll«, brachte ich hervor.

»Diese Frage stellen wir uns auch schon seit Jahren«, sagte Magnus und tätschelte mir mitleidig die Schulter. »Wie wär's, wenn ihr mit uns essen geht, bevor euer Bus fährt? In einer halben Stunde treffen wir uns mit Jasper in der Pizzeria Tesoro. Er wird sich sicher freuen, euch zu sehen.«

Das bezweifelte ich. Schließlich hätte er sich einfach auf dem Internat zu uns gesellen können, wenn er gewollt hätte.

»Wolltet ihr nicht noch zum Buchladen?«, fragte Ellie an Reese und mich gewandt.

Ich konnte den Kampf auf Reese' Gesicht beobachten, ehe sie schließlich sagte: »Ja. Aber ich bin da ohnehin jede Woche, ich kann also auch mal darauf verzichten.« Sie warf Magnus einen flüchtigen Blick zu. »Natürlich nur, wenn sie im Tesoro Knoblauchbrot haben.«

»Das beste der Stadt«, sagte Magnus und grinste sie an.

Reese wandte sich mit einem zerknirschten Lächeln an mich. »Tut mir leid, Leah, gegen Knoblauchbrot komme ich nicht an. Nächste Woche löse ich mein Versprechen ein.«

»Geht ihr nur essen«, winkte ich ab. »Ich bin eh noch satt von meinen Pancakes. Ich mache es mir im *Books and Beans* mit einem Kaffee gemütlich.«

Mein Herz klopfte, als könne Wren allein durch die Erwähnung eines Buchladens auf die Idee kommen, dass ich ihn in der Bibliothek beobachtet hatte. Es war lächerlich, wie aufgeregt ich war, schließlich jagte ich mit neunundneunzigprozentiger Wahrscheinlichkeit einer falschen Spur nach.

Auf Reese' Gesicht zeigte sich Erleichterung. »Wenn du dich beeilst, schaffst du es noch zum Nachtisch«, sagte sie. »Oder auf einen Absacker.«

Ich lächelte. »Klingt verlockend. Ich schreibe euch dann einfach, wie die Lage ist.«

Die anderen verabschiedeten sich von mir, während ich mich eilig davonmachte und der Route auf Google Maps folgte. Noch knapp drei Stunden, bis der Bus fuhr. Eigentlich genug Zeit. Aber ich wusste aus Erfahrung, dass ich sie in einem Buchladen gut und gern mal aus den Augen verlor.

Ich hetzte durch die Einkaufspassage und folgte der Route auf dem Display in eine schmale Nebengasse. Hier reihten sich die kleinen Läden wie Schuhkartons aneinander, jedes Schaufenster versprühte seinen ganz eigenen Charme. Eingequetscht zwischen einer Änderungsschneiderei und einem Schuhladen, fand ich schließlich das *Books and Beans*. Es machte seinem Namen alle Ehre. Das Schaufenster wimmelte von bunt eingeschlagenen Büchern, zur Deko ausgeschütteten Kaffeebohnen und feinen Teeservices, bei denen kein Teil zum anderen passte.

Als ich eintrat und die Ladenglocke bimmelte, wehte mir der milde Duft von Kaffee entgegen. Zwei kleine Stufen führten zu einem höher gelegenen Verkaufsraum, der nur etwa viermal so groß war wie unser Internatszimmer. Der Verkaufstresen, auf den ich geradewegs zulief, fungierte gleichzeitig als Kaffeeausschank, aus einer Glasvitrine lächelten mich saftige Brownies an. Das Wichtigste jedoch besaß keinen festen Platz – es war schlichtweg überall: Bücher. In Regalen, auf Sesseln, auf Fensterbänken, in Vitrinen und in Schränken. Reese hatte recht, der Laden war der Hammer.

Sofort traf mich der freundliche Blick einer älteren Dame, deren schwarzes Haar ihr lang über den Rücken fiel. Sie stand hinter dem Tresen, eine Lesebrille auf der Nasenspitze, als habe sie soeben noch in einem Buch geschmökert. Ich lächelte sie an und entschuldigte mich im Voraus für meine befremdliche Titelsuche.

»Den *Sandmann* müsste ich leider bestellen«, murmelte die Dame und kniff die Augen zusammen, um die Schrift auf dem Bildschirm besser erkennen zu können. »Aber von *Märchen und Sagen in und um Aurora*« – ein verschmitzter Ausdruck trat in ihre Augen – »hätten wir tatsächlich noch ein Exemplar da. Schon ewig. Ich hatte immer die Hoffnung, dass mal jemand kommt, der sich dafür interessiert.«

Wenn das kein Zufall war. Ich musste grinsen. »Vielleicht hat es genau auf mich gewartet.«

»Ziemlich sicher.«

Ein Schwall schwarzer Haare fegte an mir vorbei, als die Buchhändlerin hinter dem Tresen hervorkam, um mir beim Suchen zu helfen. Vor sich hin murmelnd, lief sie von Regal zu Regal und schimpfte mit sich selbst.

»Hm, entweder ein Fehlbestand«, sagte sie, »oder ich habe beim Einsortieren wieder mal geschlafen. Vielleicht versuchen wir es mal an einem der Tische …«

»Suchen Sie das hier?«

Erschrocken fuhr ich herum und schnappte nach Luft. Vor einem der hintersten Regale stand Jasper. Und hielt mir eine Ausgabe von *Märchen und Sagen in und um Aurora* entgegen.

Kapitel 15

Mein Mund klappte auf und wieder zu, während ich mich fragte, wie ich Jasper die ganze Zeit hatte übersehen können. Mein Herz klopfte beinahe schmerzhaft, und ich taxierte Jaspers feixendes Gesicht, dessen Sommersprossen heute ganz besonders charmant zur Geltung kamen. Er sah gut aus, viel besser als in den letzten Tagen. Seine Augen blitzten vor Vergnügen, als er den Schrecken in meinem Gesicht bemerkte.

»Hier, junge Dame.«

Mit einer leichten Verbeugung überreichte er mir das Buch. Sofort umklammerte ich es mit beiden Händen, als könne er es mir in der nächsten Sekunde wieder entreißen.

»Was machst *du* denn hier?«, presste ich hervor.

Jasper zwinkerte. »Das Gleiche könnte ich dich fragen. Solltest du nicht bei Reese und Ellie sein?«

Woher wusste er das denn schon wieder? Die Buchhändlerin blickte irritiert zwischen uns hin und her. Bevor es noch peinlicher werden konnte, drängte ich zur Kasse.

»War ich auch«, sagte ich, während ich die Dollarnoten auf den Tisch legte. »Aber dann hat mir Knoblauchbrot den Rang abgelaufen.«

Jasper schüttelte missbilligend den Kopf. »Verräterinnen.«

Das entlockte mir ein kleines Grinsen. »Ganz eventuell habe aber auch ich sie für die Aussicht auf einen guten Kaffee betrogen. Möchtest du einen?«

Nachdem ich uns auf einen Coffee to go eingeladen hatte, schlenderten wir gemütlich durch die kleinen Nebengassen abseits der großen Einkaufsstraße.

»Ich muss sagen, mit Ihnen hätte ich hier nicht gerechnet, Ms Stirling«, sagte Jasper und stupste mich sanft an, um mir ein Lächeln zuzuwerfen.

Ich konnte nicht anders, als es zu erwidern. Auch wenn es mich fürchterlich nervte, da die Stelle, an der er mich berührt hatte, nun wie verrückt kribbelte. »Hier in Aurora oder im *Books and Beans*?«

»Beides.«

»Ich muss zugeben, ich war auch ein wenig überrascht über Ihr Auftauchen, Mr Griffith«, sagte ich. »Vor allem darüber, dass Sie ausgerechnet *mein Buch* in den Händen hatten. Schicksal oder Absicht?«

»Schicksal natürlich«, grinste er.

Skeptisch funkelte ich ihn an.

»Nein, im Ernst.« Sein Grinsen verblasste, aber der amüsierte Ausdruck in seinen Augen blieb. »Eigentlich habe ich nur in der Ecke *Heimat und Region* gestöbert, weil die Jungs und ich ein Wochenende lang wandern gehen wollen. Und als du den Titel des Buches genannt hast, stand es direkt vor meiner Nase.«

Ich verstärkte den Griff um meine Tasche, in der das Buch sanft vor sich hin schaukelte. Ich mochte Jasper, aber ich war nicht so blöd, ihm zu vertrauen.

»Und warum ausgerechnet dieses Buch?«, fragte Jasper mit gerunzelter Stirn. »Nimm's mir nicht übel, aber du siehst nicht aus wie jemand, der stapelweise alte Bücher wälzt.«

Ich warf ihm ein ironisches Lächeln zu. »Tja, falsch gedacht, Jasper Griffith. Welch bessere Möglichkeit gibt es, sein neues Zuhause kennenzulernen, als sich ein wenig über seine Geschichte zu informieren?«

Jasper schnaubte. »Oh, da gibt es weitaus effektivere Wege, als sich veraltete Märchenbücher einzuverleiben.«

»Kommt darauf an, welcher Aspekt einen am meisten interessiert.«

»Wie meinst du das?«

Ich nahm einen großen Schluck von meinem Kaffee und ließ mir so ein wenig länger als nötig Zeit mit der Antwort. »Eigentlich wollte ich nur herausfinden, ob es ein paar Geschichten zu unserem Wald gibt«, sagte ich. »Schüler, die sich verirren, schön und gut, aber ich glaube nicht, dass das der Grund ist, warum wir den Wald nicht betreten dürfen. Ich wette, die Bitterfield ist eine dieser abergläubigen Tanten, die bei Neumond nackt zwischen die Bäume rennen und Rituale mit toten Tieren durchführen.«

Noch während ich die Worte aussprach, wurde mir klar, mit wem ich da gerade eigentlich Witze über gruselige Wälder machte, und als ich einen Blick zur Seite warf, wirkte Jaspers Gesicht tatsächlich verschlossener.

»Oh nein«, presste ich hervor. »Tut mir leid. Ich wollte nicht …«

»Ist schon gut«, unterbrach mich Jasper und warf mir ein schmales Lächeln zu. »Ich bin derjenige, der sich bei dir entschuldigen müsste. Mein verfluchter Cousin hat dich angegriffen. Gleich *zwei Mal.* Und ich konnte nicht verhindern, dass er dich so zugerichtet hat.«

»Zugerichtet?« Irritiert blinzelte ich ihn an. »Jasper, ich habe nur ein paar blaue Flecken. Es ist alles gut. Rune kann nichts dafür.«

»Ich weiß. Trotzdem mache ich mir Vorwürfe.«

»Ist das der Grund, warum du dich von uns anderen zurückgezogen hast?«

Er schüttelte den Kopf. Dann nickte er. »Auch. Mich macht vor allem fertig, dass ich euch zur Party angestachelt habe, während Rune im Wald umhergeirrt ist. Und du musstest dafür bezahlen.«

»Mach dir um mich keine Gedanken«, sagte ich. »Erst mal ist es wichtig, dass es Rune besser geht. Und Hartlyn.«

Prompt schob sich vor mein inneres Auge das Bild der weinenden, auf dem Waldboden zusammengesackten Hartlyn, und mich überrollte das schlechte Gewissen. Ich schluckte schwer. »Wie geht es ihr eigentlich?«, fragte ich leise.

Jasper zuckte mit den Schultern. »Ich weiß es nicht. Sie redet kaum noch mit mir.«

Ich konnte mir nur zu gut vorstellen, dass Hartlyn Jasper für das ganze Unglück verantwortlich machte. Genau wie er sich selbst.

»Das mit dem Sauersein hält sie bestimmt nicht lange aus«, sagte ich und lächelte schwach. »Irgendjemandem muss sie doch davon erzählen, wenn sie mal wieder eins der mathematischen Probleme der Menschheit gelöst hat.«

Jasper sagte nichts, aber sein Gesichtsausdruck entspannte sich ein wenig.

Ich warf einen Blick auf meine Armbanduhr. »Wenn du nicht riskieren willst, dass Magnus vor Hunger durchdreht, solltest du jetzt los. Du bist seit einer Viertelstunde mit den anderen zum Pizzaessen verabredet.«

Doch statt seine Schritte zu beschleunigen, tat Jasper genau das Gegenteil und blieb stehen. Er sah mich an. Gott, wie schön konnte ein Mensch sein? Dieses Funkeln in seinem Blick. Diese entspannt-verpeilte Art, wie er vor mir stand. Und sein Lächeln, das allein mir galt, trieb mich beinahe in den Wahnsinn.

»Ich weiß nicht, wie es dir geht, Leah.« Seine Stimme war nicht mehr als ein verschwörerisches Murmeln. »Aber ich habe gerade mehr Lust, mit einem Kaffee durch die Straßen zu schlendern, als mich mit den anderen um das letzte Pizzastück zu schlagen.«

Ich konnte den Blick nicht von ihm lösen, konnte mich noch nicht einmal bewegen. »Geht mir auch so«, hörte ich mich sagen.

Jasper lächelte, in seinen grauen Augen verfing sich das Licht der Sonne und brachte sie zum Leuchten. Der Bann wurde erst gebrochen, als er sein Handy zückte und wenige Augenblicke später mein eigenes Smartphone in der Tasche vibrierte. »Ich habe ihnen geschrieben, dass sie nicht auf uns zu warten brauchen«, sagte er und setzte sich wieder in Gang. Schelmisch nippte er an seinem Kaffee.

»Du weißt schon, was sie jetzt denken, oder?«

»Was denn?« Jasper klang zu unschuldig, um ahnungslos zu sein.

Ich schnaubte. »Sie zerreißen sich jetzt das Maul darüber, dass es so geplant war. Ich kapsle mich von der Gruppe ab, um *allein* zum Buchladen zu gehen. Und dort treffe ich ganz zufällig dich? Das würde ich mir ja selbst nicht glauben.«

Jasper grinste und sah nicht im Geringsten so aus, als würde es ihn stören. »Ich mir auch nicht.«

Mittlerweile hatten wir wieder die Einkaufsmeile erreicht. Sie war nun deutlich leerer als zuvor, auch wenn die Läden noch immer gut besucht waren. Rentner saßen in Straßencafés und ließen sich die Sonne ins Gesicht scheinen, Familien schlenderten an den Geschäften vorbei, Paare traten mit vollen Einkaufstüten den Rückzug an. Es war ein herrlicher Nachmittag, und ich schlenderte neben einem gut aussehenden, witzigen Kerl her, der mich irgendwie in Verlegenheit brachte.

Jasper riss mich aus meinen Gedanken. »Lust auf ein Eis?«

Erst jetzt bemerkte ich, dass wir an einer langen Schlange vorbeiliefen, die sich vor der Gelateria gebildet hatte. Jasper hatte beinahe schüchtern geklungen, als er mich gefragt hatte. So kannte ich ihn ja gar nicht. Ich musste lächeln.

»Gerade nicht. Aber ich lade dich die Tage mal auf ein Wassereis vom Schulkiosk ein, wenn du willst.«

»Du lehnst das beste Eis Auroras für ein Wassereis vom Hausmeister ab?!«

»Mr Whelk lagert es bestimmt schon seit Jahrzehnten in seiner Kühltruhe«, gab ich zu. »Aber ich glaube, genau deshalb ist es so lecker. Ich liebe dieses Zeug.«

Jasper lächelte, und die sanften Grübchen in seinen Wangen vertieften sich. »Normalerweise würde ich dich für verrückt erklären, aber ich sehe mal davon ab, denn so charmant wurde ich noch nie um ein Date gebeten.«

Mir entwich ein entrüstetes Schnauben. »Keine Unterstellungen, Jasper Griffith. Das war nur eine Einladung auf ein unschuldiges Wassereis.«

»War nur Spaß. Wenn, dann würde ohnehin ich dich auf ein Date bitten.«

Seine Dreistigkeit, seine Selbstsicherheit … er war unausstehlich. Und unwiderstehlich. »Ah, einer von der alten Schule«, spottete ich. »Dann muss ich mir Apfelbäckchen schminken und auf einem Bein stehend seufzen, wenn wir uns küssen?« *Oh Mann.* Gerade waren wir noch bei hypothetischen Dates gewesen, und ich redete schon vom Küssen? Ich konnte nur beten, dass er diese Bemerkung überhört hatte.

Zu meiner Erleichterung schüttelte Jasper den Kopf. »Darum geht es mir nicht. Meinetwegen kannst du auch auf beiden Beinen stehen und mich auf den Armen tragen, wenn dir das besser gefällt.«

Ups. Anscheinend doch nicht überhört.

Jasper zog schelmisch eine Augenbraue nach oben. »Ich will es mir nur nicht nehmen lassen, dass sich meine Mitschüler richtig das Maul zerreißen, wenn ich mich zum ersten Mal mit einem Mädchen treffe. Also auf diese Weise.«

»Zum ersten Mal? Du hast dich noch nie mit einem Mädchen verabredet?«

Jasper schüttelte grinsend den Kopf.

»Nun«, ich schloss kurz die Augen, um mich ein wenig zu sammeln, »selbst ich habe davon gehört, dass du der Traum aller schlaflosen Nächte bist. Jetzt weiß ich immerhin, wie du das machst.« Schon eine Sekunde darauf wünschte ich mir, ich hätte es nicht gesagt, denn ein selbstgefälliger Ausdruck trat auf sein Gesicht.

»Ach so? Bin ich auch der Traum deiner schlaflosen Nächte?«

Ich rammte ihm den Ellenbogen in die Seite. »Sei bloß still.«

Er sagte tatsächlich nichts mehr, grinste aber noch immer vor sich hin. *Idiot.*

»Darf ich dich was fragen?«, sagte ich schließlich. Mittlerweile hatten wir das Ende der Einkaufsstraße beinahe erreicht. Doch ich hätte noch meilenweit mit ihm laufen können.

»Sicher.«

Ich zögerte. »Warum bist du mit Wren befreundet?«

»Das ist eine seltsame Frage.«

»Ich weiß. Ich habe nur öfter drüber nachgedacht. Ihr seid so unterschiedlich. Und Wren … keine Ahnung. Er scheint nie wirklich Spaß in der Gruppe zu haben.«

»Ich weiß, er kommt am Anfang etwas rau rüber. Aber er kann seine Gefühle einfach nicht so gut zeigen. Er war nicht immer so, weißt du? Die Sache mit Skylar vor zwei Jahren hat ihn ganz schön mitgenommen.«

Skylar, das Mädchen, das nachts aus ihrem Zimmer entführt worden war. Zurückgeblieben waren nur Carter und Erdspuren am Boden. Was hatte Wren mit ihr zu tun gehabt? Ich spürte ein kaltes Kribbeln durch meinen Körper fahren.

»Warum?«, fragte ich. »War er mit ihr befreundet?«

Jasper blieb vor dem Schaufenster eines Geschäfts stehen und starrte hinein. Als ich mich neben ihn stellte, traf mich sein ernster Blick im Glas. »Sie waren ein Paar.«

Mein Herz begann aufgeregt zu klopfen. »Ein Paar?«, echote ich.

»Erst seit ein paar Wochen«, fuhr Jasper fort, »aber jeder konnte sehen, wie ernst es ihnen war. Ich glaube, ich habe Wren in seinem ganzen Leben noch nie so glücklich gesehen. Er war ein richtig verliebter Idiot. Nie hat er so oft sein Lauftraining geschwänzt wie zu dieser Zeit.«

Jasper drehte sich zu mir und sah mir nun direkt in die Augen. »Um genau zu sein, war ihm das Training damals scheißegal. Erst seitdem Skylar verschwunden ist, läuft er wie verbissen jeden Tag durch den Wald.« Nun wurde seine Stimme leiser, nahezu verletzlich. »Manchmal glaube ich, dass er das nur tut, weil er insgeheim noch immer darauf hofft, irgendeinen Hinweis auf ihr Verschwinden zu finden. Oder«, jetzt lachte er bitter auf, »dass sie einfach eines Tages aus dem Gebüsch springt und ›Hier bin ich!‹ schreit.«

Ich bemühte mich um Fassung, doch »Scheiße« war das Einzige, was ich herausbrachte.

»Ja, scheiße«, bestätigte Jasper.

Mit einem Mal tat mir Wren unendlich leid. Die ganze Zeit hatte ich ihn für ein Arschloch gehalten, weil er so distanziert und abweisend war. Ich biss die Zähne zusammen. Wahrscheinlich stand es mir nicht zu, einfach aufzutauchen und eine Frage nach der anderen zu stellen, immer weiter in der Wunde herumzubohren – doch ich konnte nicht anders.

»Ihr habt gesagt, Wren ist der Einzige, dem Carter vertraut.

Liegt das daran, dass beide eine besondere Beziehung zu Skylar hatten?«

Jasper zuckte mit den Schultern. »Zumindest nehme ich das an. Er ist der Einzige, den Carter nicht ansieht, als wolle sie ihn in der Luft zerreißen.«

Die Nachmittagssonne verfing sich in Jaspers Fuchshaar, und ich musste mich zwingen, ihn nicht die ganze Zeit anzustarren. Doch es war bereits zu spät: Er bemerkte meinen Blick und lächelte mich an – und so zuckten wir synchron zusammen, als von der gegenüberliegenden Straßenseite ein markerschütternder Schrei erklang.

Wir fuhren herum und starrten in wohlbekannte Gesichter. Auf einer erhöhten Veranda saßen Reese, Magnus, Ellie und Wren und grinsten uns unverhohlen an. Nun, zumindest die ersten drei grinsten.

Na toll, dachte ich, während mir von Kopf bis Fuß siedend heiß wurde. Wenn sie bis jetzt noch nicht überzeugt waren, dass zwischen uns etwas lief, dann waren sie es spätestens jetzt.

Jasper und ich sahen uns hilflos an, bevor wir die Stufen der Veranda emporstiegen und auf den voll beladenen Tisch zusteuerten. Die rot-weiß karierte Tischdecke war von Pizzakrümeln nur so übersät, und das Licht, das sich in den mit Rotwein gefüllten Gläsern verfing, warf tanzende Schatten auf die Gesichter unserer Freunde.

»Das ist also der Grund, warum es ausgerechnet dieses Restaurant sein musste«, flüsterte ich Jasper zu. »Ihr besauft euch hier!«

Jasper grinste. »Solange das Trinkgeld stimmt, macht Pino keine Probleme.«

Reese' gerötete Wangen und auch die Art, wie sie uns ungeniert anstarrte, waren Hinweis genug, dass sie bereits etwas tiefer ins Glas geschaut hatte.

»Ach, wer ist denn da?«, flötete sie, als Jasper und ich durch den Bogen traten, auf dem groß und breit BENVENUTI stand.

Jasper und ich warfen uns einen Blick zu, und obwohl ein Lächeln an seinen Mundwinkeln zupfte, konnte ich erkennen, dass ihm die Situation genauso wenig behagte wie mir.

»Wir sind's«, sagte ich plump und ließ mich auf den freien Platz neben Ellie sinken.

Jasper nahm neben mir Platz. Die ganze Gruppe hatte ihre Blicke nun auf uns gerichtet.

»Und? Was habt ihr so gemacht?« Magnus warf uns ein zweideutiges Zwinkern zu.

»Ich war im Buchladen«, sagte ich.

»Ich auch«, sagte Jasper. »Und da sind wir uns halt begegnet.«

»So ein *Zufall*«, sagte Reese und fixierte mich eindringlich.

Ich schwieg, obwohl ich ihr am liebsten einen ähnlichen Spruch reingedrückt hätte, der auf ihr seltsames Verhältnis mit Magnus anspielte.

Der Kellner kam und wollte Jaspers und meine Bestellung aufnehmen. Ich hatte mein gesamtes Bargeld bereits im *Talita's* und im *Books and Beans* verprasst, und auch auf meinem Konto sah es nicht besonders rosig aus. Also bestellte ich lediglich ein mit Käse überbackenes Pizzabrot und den billigsten Wein von der Karte. Niemand fragte nach meinem Ausweis.

»Hilf mir mal bei der Auswahl, Leah«, sagte Jasper und schob mir die aufgeschlagene Karte hin. »Ich kann mich einfach nicht entscheiden.«

»So?«, sagte ich. »Und warum huscht dein Blick dann immer wieder zu dem Bild von der Pizza Hawaii?« Ich wusste ganz genau, was er da gerade versuchte.

»Ich bestelle mir immer zwei Pizzen«, erklärte Jasper. »Meine Lieblingspizza – Pizza Hawaii – und dann immer noch eine zweite, um etwas Neues auszuprobieren.«

Ich nickte amüsiert. »Nice try, Jasper.«

»Keine Ahnung, was du mir da gerade unterstellst.«

Ich bemerkte, dass der Kellner ungeduldig von einem Bein aufs andere trat. Kein Wunder, die Terrasse war brechend voll, und ein Rentnerpärchen starrte wütend zu ihm herüber. »Bezahlen, bitte«, rief die Dame nun schon zum wiederholten Mal. Also erbarmte ich mich.

»Nun gut«, seufzte ich. »Dann nimm einfach eine kleine Quattro Formaggi, die schmeckt *dir* bestimmt.«

Ich warf ihm einen Blick zu, der keinen Zweifel daran ließ, dass ich sein Spiel durchschaut hatte – er bestellte eindeutig für mich mit, damit ich nicht den ganzen Abend lang an meinem Pizzabrot knabbern musste –, aber Jasper blickte unschuldig wie ein Lamm. Als unsere Getränke kamen – ein Glas Cola für Jasper, der ja noch fahren musste, und das Glas Billigwein für mich –, stießen wir mit den anderen an. Ich nahm einen Schluck und schloss die Augen. Der säuerlich-süße Geschmack passte perfekt zu diesem Tag, er verströmte einen Duft nach Sommer und Entspannung. Es war lange her, dass ich auf diese Weise zufrieden gewesen war. Dass es mir gereicht hatte, zu reden, zu lachen, mit Freunden herumzuhängen. Zum ersten Mal seit langer Zeit fühlte ich mich von innen heraus glücklich, weil es etwas gab, was mich erfüllte. Nicht weil ich alles betäubt hatte, was mich unglücklich machte.

Auf der Rückfahrt diskutierten Ellie und Reese aufgeregt über das Sommerfest und ihre Pläne für das restliche Schuljahr, in die sie mich wie selbstverständlich mit einbezogen. Und während ich aus dem Busfenster heraus der Sonne beim Untergehen zusah, wurde mir bewusst, dass ich selbst dann nicht mehr von Elm Castle hätte weggehen können, wenn meine Mom noch in dieser Nacht mit quietschenden Reifen vor den Toren des Schlosses gehalten hätte.

Kapitel 16

Der nächste Tag begann mit Regen. Schon beim Aufwachen hörte ich ihn gegen das Fenster prasseln. Einen Moment ließ ich die Augen geschlossen und lauschte den Schauern, die vom Wind gegen die Schlossmauern gepresst wurden, bevor ich mich aus dem Bett hievte und das Fenster öffnete. Sofort wehte eine Bö frischer Luft ins Zimmer, und einzelne Tropfen ließen sich auf meiner Haut nieder. Ich liebte Regentage. Wenn die Luft so sauber und frisch war und ich ohne schlechtes Gewissen drinnen bleiben und es mir mit einem Buch und Leckereien gemütlich machen konnte. Zum Glück hatte ich gestern noch einen meiner Lieblingscomics in Reese' Regal entdeckt und ihn mir gleich ausgeliehen.

Reese war nicht da, doch das wunderte mich nicht. Sie bekam öfter mal einen Lagerkoller und wechselte an einen anderen Platz, um an ihrem Manuskript weiterzuschreiben. Ich fragte mich nur, wie sie jetzt schon wieder unterwegs sein konnte. Gestern Nacht hatte sie bis mindestens vier Uhr auf ihrem Laptop herumgetippt – da hatte ich gerade meinen Serienmarathon beendet und dem Herabfallen meiner Lider nachgegeben. Jetzt war es kurz nach elf, das Frühstück längst vorüber und Reese schon wieder auf Achse. Manchmal kam es mir vor, als würde sie zu einer anderen Person, sobald sie die Word-Datei öffnete. Dann wurden ihre Augen glasig, und sie war kaum noch ansprechbar. Und wenn sie schließlich doch mal antwortete, dann kamen die Worte so mechanisch aus ihrem Mund, als seien sie ihr einprogrammiert worden.

Gedankenverloren raffte ich meine Sachen zusammen und ging in die Waschräume, um eine ausgiebige Dusche zu nehmen. Zurück im Zimmer, schlüpfte ich in eine Jogginghose, ein Metallica-T-Shirt und einen weiten Cardigan. Dann ließ ich mich wieder auf mein ungemachtes Bett fallen und betrachtete unschlüssig meine Tasche. Es befand sich noch immer da drin. *Märchen und Sagen in und um Aurora*, das Buch, um das so ein Geheimnis gemacht wurde. Wahrscheinlich machte ich mich lächerlich und hatte mein knappes Geld unnütz zum Fenster hinausgeworfen. Wrens seltsames Verhalten ließ sich bestimmt auf eine vernünftige Weise erklären. Aber warum hatte ich dann das Gefühl, dass noch viel mehr dahintersteckte?

Um nicht den ganzen Tag mit unproduktiven Grübeleien zu verschwenden, machte ich mich kurzerhand mit einem Schokoriegel und dem Buch auf den Weg in die Bibliothek. Wenn ich der Sache schon nachgehen wollte, wieso nicht am Schauplatz des Geschehens?

Dort angekommen, registrierte ich, dass ich nicht die Einzige mit dem Vorhaben war, den regnerischen Sonntagmorgen mit einem Buch zu verbringen. Der Wind heulte vor den Fenstern und schloss jegliche Outdoor-Aktivitäten aus. Einige Tische waren bereits belegt, einer von ihnen von Reese und ihrem Laptop.

»Guten Morgen«, flüsterte ich im Vorbeigehen.

Geistesabwesend nickte sie, beugte sich aber weiter über ihren Bildschirm.

Ich lief ein paar Reihen weiter, setzte mich an einen freien Tisch, zog das Buch aus meiner Tasche und ließ die Hände über den abgewetzten Einband gleiten. Es sah auf angenehme Weise abgegriffen aus, als sei es über die Jahre durch viele, viele Hände gegangen. Auf dem Einband war in goldener Tiefprägung ein dichter Wald zu sehen. Davor stand ein Paar, das sich an den Händen hielt und im Begriff schien, ihn zu betreten.

Ein Ast klatschte gegen das Bibliotheksfenster, und ich zuckte zusammen. Wütend auf mich selbst schüttelte ich den Kopf. Kein Grund, Gespenster zu sehen, nur weil ich gleich Rotkäppchen in der Elm-Castle-Version lesen würde. Entschlossen klappte ich den Einband auf und blieb beim Inhaltsverzeichnis kleben. Fein säuberlich waren die einzelnen Geschichten aufgelistet, und ich überflog die Titel.

Peter, der Augenstecher

Wie ein ganzes Dorf zu Tode kam

Die Geburt des Nachtmanns

Eine ganz schön düstere Lektüre, wie mir schien. Gut so, dann würde ich mich beim Lesen wenigstens nicht langweilen. Ich begann durch das Buch zu blättern. Die Seiten wurden von schwarzen Illustrationen geziert, die aussahen, als habe sie ein Künstler mit sehr dunkler Vorstellung von Ästhetik gezeichnet. Sie zeigten nicht nur blutige Morde, schwarze Wölfe und schmerzverzerrte Grimassen, sondern auch eine mir sehr bekannte Gegend. Immer wieder tauchte der Wald, der auch das Schloss umgab, als Schauplatz des Geschehens auf. Räuberbanden, Ruinenbewohner und Nachtmahre hatten sich in seinem Herzen eingenistet, um wehrlose Menschen ins Verderben zu reißen.

Als ich beinahe die letzte Seite erreicht hatte, stockte ich über einer weiteren Abbildung. Ich blinzelte. Täuschte ich mich? Projizierte ich meine Ängste in dieses Bild hinein? Doch da waren sie, gräuliche Schraffuren auf vergilbtem Papier. Schattenhafte Gestalten, die mit der Nachtluft zu verschwimmen schienen. Nur ihre weißen Gewänder verhinderten, dass sie vollkommen in der Schwärze verschwanden. Die Frauen reckten sich ekstatisch dem Vollmond entgegen, als wollten sie ihn zu sich nach unten locken. Doch der Mond blieb eisern am schwarzen Nachthimmel kleben und ließ sein Licht auf ein prächtiges Herrenhaus fallen, dessen Mauern verhalten durch die Äste des Waldes schimmerten.

Mit fahrigen Bewegungen blätterte ich ein paar Seiten zurück, um den Titel des Märchens zu erfahren, der dort in einfacher Serifenschrift stand.

Die Blutbraut

Mein Herz klopfte wie wild, als ich zu lesen begann. Und mit jeder Zeile wurde mir kälter, als hielte mich ein Wesen aus dem Sagenbuch in seiner kühlen Umarmung. Zitternd griff ich in meine Tasche und holte einen Bleistift hervor, um mir Notizen an den Rand zu schreiben, Fragen, die mir während des Lesens durch den Kopf schossen. Und um einzelne Worte zu unterstreichen. Immer und immer wieder.

»Ich hätte nicht gedacht, dass aus dir mal noch eine Musterschülerin wird, Annabelle.«

Erschrocken fuhr ich herum. Diese schnippische Stimme kannte ich doch. Und tatsächlich, vor mir stand Hartlyn und schaute aus ihren hellen Augen kalt auf mich herab. Reflexartig schlug ich das Buch zu und stützte mich darauf ab, um zu ihr aufzusehen. Warum fühlte es sich an, als sei ich bei etwas Verbotenem erwischt worden?

»Hartlyn«, sagte ich. »Du hast mich zu Tode erschreckt.«

»Das war möglicherweise meine Absicht«, erwiderte Hartlyn und starrte mich so widerwillig an, als überlege sie, ob ihre Sache den Preis, mit mir zu reden, wirklich wert war. Sie sah verdammt fertig aus. Ihre Haut hatte jegliche Farbe verloren, und die Haare hingen stumpf an ihren Wangen hinab. Das Schlimmste jedoch war die neue Kälte in ihren Augen. Und mir wurde klar: Wenn ich heute Nacht ruhig schlafen wollte, musste ich das mit ihr unbedingt ins Lot bringen.

»Wie wär's, wenn ich dich auf einen Kaffee …«, setzte ich an, doch Hartlyn unterbrach mich mitten im Satz.

»Es geht um etwas Schulisches.«

Aua. Ich rettete die Situation mit einem ironischen Lächeln. »Brauchst du etwa Nachhilfestunden von mir?«

Hartlyn ließ sich nicht einmal dazu herab, die Augen zu verdrehen. »Möglicherweise ist dir nicht entgangen, dass ich letzte Woche gefehlt habe«, sagte sie und setzte eilig hinzu: »Was natürlich nicht heißt, dass ich nicht gelernt habe. Aber ab morgen bin ich wieder im Unterricht dabei.«

»Freut mich zu hören«, sagte ich. »Brauchst du irgendwelche Unterlagen von mir?« Wenn dem so war, musste ich erst einmal schauen, dass ich alle zusammenbekam.

»Nein«, sagte Hartlyn und verzog das Gesicht. »Ms Evergreen hat mir alle Unterlagen bereitgestellt, aber danke. Warum ich mit dir sprechen will …« Sie sah zur Decke, als müsse sie erst all ihre Nerven zusammenkratzen. »Ich bin ab morgen in deiner Projektgruppe. Ihr wart das einzige Zweierteam. Natürlich wollte ich in eine andere Gruppe, aber Ms Evergreen ist leider sehr konsequent und hat mir klargemacht, dass ich mit euch vorliebnehmen muss.«

Fassungslos starrte ich sie an. »Du weißt schon, dass Carter auch in der Gruppe ist, oder?«

»Wie bereits gesagt: Ich habe keine Wahl«, fuhr mich Hartlyn an. Dann schloss sie kurz die Augen, als bemerke sie erst jetzt, dass wir uns in einer Bibliothek befanden, und setzte leiser hinzu: »Ich will, dass wir ein gutes Team sind. Das ist essenziell, wenn wir eine hervorragende Arbeit abliefern wollen. Wie du dir sicher denken kannst, lege ich sehr viel Wert auf meine Noten.«

Ach was. »Von meiner Seite aus ist alles entspannt«, sagte ich. »Dann auf gute Zusammenarbeit.«

Hartlyn nickte. Sie hätte gehen können, ohne dass es unhöflich gewesen wäre, stand aber weiter vor mir. In den letzten Tagen hatte ich sie kaum zu Gesicht bekommen, aber wenn doch, dann war sie fast immer allein gewesen.

»Willst du dich zu mir setzen?«, fragte ich. »Ich ... ähm lese hier gerade an etwas, kann mich aber kaum konzentrieren.« Hastig stopfte ich die *Märchen* in meine Tasche und ersetzte sie durch das *W.i.t.c.h.*-Magazin aus Reese' Regal, das ich irgendwo am Boden meiner Tasche fand.

Ich bemerkte Hartlyns Zögern. Sie sah aus, als fechte sie einen inneren Kampf mit sich aus: ihre Abneigung gegen mich versus den Wunsch, nicht allein zu sein. »In Ordnung«, sagte sie schließlich, ließ sich steif auf den Stuhl neben mir sinken und legte ein Buch auf den Tisch. *»Der Sandmann«*, erklärte sie, ohne mich anzusehen. »Ich habe gestern schon reingelesen, vielleicht komme ich heute noch durch.«

Einige Minuten lasen wir schweigend nebeneinander. Immer wieder flogen meine Augen über die Sprechblasen des Comics, doch ich konnte mich kaum konzentrieren – eine tiefe Unruhe hatte von mir Besitz ergriffen.

Lag es an der *Blutbraut*? Oder am schlechten Gewissen gegenüber Hartlyn?

Ein paar Augenblicke lang versuchte ich noch so auszusehen, als wäre ich in den Comic vertieft, dann hielt ich es nicht mehr aus. »Hör zu«, sagte ich.

Hartlyn sah mit einem Stirnrunzeln auf. »Was?«

Ich seufzte und senkte den Blick, dann zwang ich mich,

Hartlyn direkt in die Augen zu sehen. »Ich möchte mich bei dir entschuldigen. Dass ich dir den Saft über den Kopf gegossen habe, ist das eine. Aber viel schlimmer ist, dass ich dir nicht von meiner Begegnung mit Rune erzählt habe. Und dass ich dich im Wald auf den Boden geworfen habe, als du eindeutig nicht zurechnungsfähig warst. Ich war ein ziemlicher Arsch, als es dir schlecht ging.«

Hartlyns Gesicht war noch immer eine ausdruckslose Maske. Doch schließlich seufzte sie. »Ich will nicht schönreden, was du getan hast, Annabelle«, sagte sie, »aber ich muss mich auch bei dir entschuldigen.«

Überrascht riss ich die Augen auf. »Was?«

Sie nickte widerwillig. »Ich hatte mich in dieser Nacht einfach nicht unter Kontrolle«, sagte sie mit gepresster Stimme. »Ich habe getrunken, bis ich genug Mut gefasst hatte, euch in den Wald hinein zu folgen. Und je weiter ich gelaufen bin, desto wütender wurde ich …«

»Das kann doch jedem mal passieren«, sagte ich. »Wenn ich jedes Mal einen Penny bekommen hätte, wenn ich betrunken irgendwelche peinlichen Sachen gemacht habe, dann wäre ich nun nicht mehr reich, weil ich das Geld bereits für irgendeinen unnötigen Kram aus dem Fenster geworfen hätte. Aber du weißt, was ich meine.«

»Nein«, unterbrach mich Hartlyn harsch. »Das ist was anderes. Ich bin keine, die sich andauernd abschießt, um mit irgendwelchen Typen Sex …«

»Hey!«, ermahnte ich sie. »Ich auch nicht. Und selbst wenn. Ich dachte, du hast Slutshaming nicht nötig.«

»Du verstehst nicht!« Hartlyn klang ungehalten, auch wenn sie ihre Stimme nun bemüht gesenkt hielt. »Wenn ich mich im Griff gehabt hätte, wäre das mit Rune und dir nicht passiert. Weil ich ihn als Erste gefunden hätte. Dann hätte er dich nicht angegriffen, weil ich ihn längst nach Hause zurückgebracht hätte.«

»Nein, Hartlyn.« Ich schüttelte den Kopf. »So wäre es ganz sicher nicht gekommen. Rune war nicht bei Sinnen. Du kannst froh sein, dass du ihm nicht nachts allein im Wald begegnet bist. Wahrscheinlich hätte er dich nicht einmal erkannt.«

»Natürlich hätte er das!«, fuhr sie mich an.

Darauf erwiderte ich nichts. Es hatte keinen Zweck, sie vom Gegenteil überzeugen zu wollen.

»Weißt du was?«, sagte ich und schlug energisch den Comic zu. »Lass uns eine Runde rausgehen. Hier drinnen ist es mir zu stickig.«

Hartlyn war so damit beschäftigt, ihre Gefühle wieder in den Griff zu kriegen, dass sie widerstandslos ihr Zeug zusammenpackte und mir nach draußen folgte.

Keine von uns verlor ein Wort, bis wir den See erreicht hatten. Obwohl es noch immer nieselte, war die Luft warm. Schon nach wenigen Minuten kringelten sich meine Haare noch stärker als ohnehin schon. Vereinzelte Sonnenstrahlen brachen sich einen Weg durch die dichte Wolkendecke, und irgendwo ganz weit entfernt grollte ein Donner.

»Meine Eltern«, setzte Hartlyn schließlich mit tonloser Stimme an. »Sie haben für Rune den besten Psychiater aus Aurora engagiert.«

Pause. Ich ließ ihr Zeit, sich zu sammeln. Es musste sie eine riesige Überwindung kosten, mit mir darüber zu sprechen.

»Sie zahlen ihm so viel«, fuhr sie schließlich fort, »dass er seine Praxis einen ganzen Monat lang nachmittags schließen kann und immer noch mehr verdient als üblich. Er fährt jeden Tag aus Aurora hierher und kümmert sich um Rune.«

Ich sagte nichts und lauschte nur unseren knirschenden Schritten auf dem steinigen Uferweg.

»Ich wünschte, sie hätten ihn nicht geholt«, presste Hartlyn mit überraschender Härte in ihrer Stimme hervor. »Er ist nutzlos. Und ein elender, geldgieriger Schleimer. Aber lieber geben meine Eltern ein Vermögen für einen Psychiater aus, als sich selbst auf den Weg hierher zu machen oder Rune nach Hause zu holen.« Ihre Stimme zitterte vor Wut. »Seit unserer Geburt haben sie uns zu irgendwelchen Au-pairs abgeschoben. Danach kamen wir auf eine Ganztagsschule und dann aufs Internat. Ich dachte immer, Rune kommt damit viel besser klar als ich. Dabei hat er sich die ganze Zeit in seine Musik geflüchtet. So wie sich Jasper mit seinem Grinsen vor der ganzen Welt verschanzt und immer mehr Trödel anhäuft. Unsere Familie ist kaputt.«

»Hat das einen bestimmten Grund?«, fragte ich vorsichtig. Ich war mir nur allzu bewusst, dass ein falsches Wort die Türen für immer verschließen konnte.

Hartlyn setzte ein schmutziges, freudloses Grinsen auf. Es wirkte nahezu obszön in ihrem sonst so beherrschten Gesicht. »Wo soll ich anfangen?«, fragte sie bitter. »Vielleicht bei der Tatsache, dass unsere Eltern Workaholics sind und sich eigentlich nie Kinder gewünscht haben? Es steckt nichts Außergewöhnliches dahinter, Annabelle. Rune, Jasper und ich wurden einfach in Familien hineingeboren, die ihre Kinder mehr oder weniger aus praktischen Gründen bekommen haben. Jasper soll das Unternehmen seines Vaters übernehmen, und für Rune und mich war das auch vorgesehen. Nur haben sie mittlerweile gemerkt, dass wir nicht für das harte Business gemacht sind. Seitdem behandeln sie uns wie eine nutzlose Anschaffung. Eine Fehlinvestition.«

Sie blieb stehen und starrte auf den See, in dem sich die Krone der gebeugten Ulme spiegelte. »Rune war immer der Einzige, auf den ich mich verlassen konnte – auch wenn ich ihn oft genug für seine lasche Lebenseinstellung gerügt habe. Vielleicht wollte ich es deswegen so lange nicht sehen. Dass er diese Probleme hat. Ich bin beinahe froh drum, dass es jetzt endlich herausgekommen ist.«

Eine einsame Träne rann ihre Wange hinab, und wieder erklang ein dunkles Grollen aus den Weiten des grauen Himmels. Sie tat mir so leid, dass ich sie am liebsten in den Arm genommen hätte. Nur mein schlechtes Gewissen hielt mich davon ab. Noch vor wenigen Minuten hatte ich mich bei Hartlyn dafür entschuldigt, dass ich ihr meinen Zusammenstoß mit Rune verschwiegen hatte. Und jetzt hielt ich schon wieder Informationen von ihr fern. Wahrscheinlich würde sie mich für verrückt erklären, wenn ich ihr von meiner Entdeckung in *Märchen aus Sagen in und um Aurora* erzählte.

Die Nebelfrauen. Siehst du sie nicht? Sie kommen.

Womöglich redete Hartlyns Bruder doch nicht so wirr, wie wir alle angenommen hatten.

»Hartlyn«, setzte ich an, doch sie unterbrach mich.

»Genug«, sagte sie. »Ich habe dir mehr erzählt, als ich sollte.«

Ich öffnete den Mund, um etwas zu erwidern, doch in diesem Moment krachte ein ohrenbetäubender Donner über uns, und die Schleusen des Himmels öffneten sich. Hartlyn und ich rannten, bis wir das Vordach des Eingangs erreicht hatten. Die ganze Zeit über hielt ich die Tasche mit dem Buch eng an meinen Körper gepresst, damit es keinen Schaden nahm. Prustend kamen wir unter dem Vordach zum Stehen. Unsere Haare trieften, und ich musste mir einige Strähnen aus den Augen wischen, um in Hartlyns Gesicht blicken zu können. Ihre hellen Augen wirkten durch den grauen Hintergrund der Wolken noch intensiver. Mittlerweile war da wieder diese Distanz zwischen uns, noch größer als zuvor in der Bibliothek. Misstrauen und Angst huschten über Hartlyns Gesicht.

»Damit wir uns nicht missverstehen«, sagte sie, »dieses Gespräch hat nie stattgefunden. Wenn du auch nur ein Wort sagst, wirst du es bitter bereuen, jemals auch nur einen Fuß in Elm Castle gesetzt zu haben. Haben wir uns verstanden?«

Regen lief aus ihren Haaren über ihr Gesicht, und einen Moment lang war ich mir nicht sicher, ob sie nicht vielleicht weinte. Schweigend starrten wir uns an.

»Verstanden«, sagte ich schließlich.

Sofort drehte sich Hartlyn um und verschwand im Inneren des Schlosses. Ich hingegen blieb noch einige Minuten draußen und blinzelte fassungslos in das wütende Gewitter.

Der restliche Tag zog an mir vorbei, ohne dass ich weiter in der *Blutbraut* lesen konnte. Nach dem Gewitterspaziergang mit Hartlyn hatte ich mich in mein Zimmer zurückziehen wollen, doch Reese hatte dort bereits auf mich gewartet. Sie hatte ihre Bibliothekssession frühzeitig beendet und verspürte nun das dringende Bedürfnis nach schlechten Tanzfilmen. Ich hatte zwar keine Lust, konnte ihr den Wunsch aber schlecht abschlagen, nachdem wir uns über die letzten Tage zu Serien-Buddys gemausert hatten. Also wickelte ich mich in eine Decke, warf mich neben Reese aufs Bett und sah Channing Tatum dabei zu, wie er andauernd Gründe fand, um seinen Oberkörper zu entblößen – doch während er und seine Heinis über den Bildschirm zappelten, konnte ich an nichts anderes denken als daran, endlich weiterzulesen.

Nicht anders erging es mir beim Abendessen, als ich sogar während Jaspers lebhaftem Geplänkel mehrere Male gedanklich wegdriftete. Und auch danach traute ich mich nicht, das Buch wieder hervorzuholen, aus Angst, Reese könnte Fragen stellen, wenn sie es sah. Schließlich wollte ich mich nicht lächerlich machen.

Weißt du, Reese, ich glaube, Rune hat Geister gesehen. Echte

Geister, meine ich. Und Wren hängt da irgendwie mit drin. Wie, kann ich dir aber noch nicht sagen.

Weil ich diese und ähnliche Dialoge in meinem Kopf führte, fiel es mir ziemlich schwer, einzuschlafen. Und als ich es dann doch tat, träumte ich. Doch es war nicht derselbe Traum wie sonst. Diesmal gab es keine flackernden Discolichter, kein unsägliches Verlangen, nicht einmal meine schreiende Mom.

Diesmal waren da nur sie und ich.

Ich war barfuß und rannte über den unebenen Waldboden. Meine Sohlen bluteten, doch ich konnte nicht stehen bleiben, denn *sie* waren hinter mir her. Ihre bleichen Gesichter schälten sich aus dem Nebel hinter mir, und ihre kalten Schwaden streiften mich, obwohl ich um mein Leben rannte und sie nur langsam durch die Nacht zu schweben schienen. Dort, wo ihre Hände aus Nebel mich berührten, durchfuhr mich eine bodenlose Kälte. Obwohl ich vor Panik beinahe starb, spürte ich, dass mein Herz immer schwächer schlug. Doch es würde nicht stehen bleiben, das wusste ich – nicht, bevor die Nebelfrau mit dem Dolch mich erreicht hatte.

Ihre boshaften Augen bohrten sich in meinen Nacken, während ich japsend vor ihr davonstolperte. Ihr Flüstern breitete sich in meinem Kopf aus, schwoll zu ohrenbetäubender Lautstärke an.

Du bist schuld, Leah, zischte sie. *Schuld an dem, was deiner Mutter passiert ist. Du wirst büßen für das, was du getan hast. Wir holen uns immer nur die verdorbenen Mädchen.*

Ich schrie und rannte weiter, doch eine Wurzel brachte mich zu Fall. Zitternd lag ich am Boden und musste mit ansehen, wie sie sich mit einem bösen Grinsen über mich beugte. Sie holte aus, ihr Dolch blitzte unter dem Vollmond – doch bevor sie mich erwischen konnte, schreckte ich auf und lag schwer atmend in meinem Bett.

Reese' weiße Haut leuchtete hell im Mondlicht, als ich mich zur Seite drehte. Sie schlief tief und fest. Ich dagegen wusste, dass ich in dieser Nacht kein Auge mehr zutun würde, denn meine Vergangenheit hatte mir die Finger um den Hals gelegt und drückte mir nun die Luft ab.

Endlich begriff ich, was ich schon vor langer Zeit hätte begreifen sollen: Alles, was in meiner Heimatstadt passiert war, war meine Schuld. Ich hatte es mir nur nicht eingestanden, weil es so viel leichter war, die Last der Verantwortung von mir zu schieben, als sie mein ganzes Leben lang zu tragen.

Ich war schuld an dem, was Mom passiert war. Ich allein.

Meine Brust wurde ganz schwer.

Tu etwas!, schrie mich der Teil von mir an, der nicht wollte, dass ich litt. Der es nicht ertrug, wenn mein Selbstbewusstsein ins Wanken geriet. *Du musst dich jetzt zusammenreißen, Selbstmitleid bringt gar nichts!*

Schließlich gab ich nach. Und tat das Einzige, was mir in diesem Zustand helfen würde: mich mit etwas noch Schlimmerem beschäftigen als mit mir selbst. Also tapste ich durch das dunkle Zimmer zu meiner Tasche, holte das düstere Märchenbuch hervor und begann im Schein meiner Handytaschenlampe zu lesen.

Kapitel 17

Die Blutbraut

Es mag niemanden verwundern, dass ein Wald, so finster, dass man selbst bei Tage seine Hand kaum vor Augen sehen kann, von wahrhaft düsteren Kreaturen bewohnt ist. Einst lebte ein Junker in einem Herrenhaus in den Tiefen des Waldes. Er regierte mit eiserner Hand und scheute nicht davor zurück, Blut fließen zu lassen. Schmerzensschreie gellten über sein Land, wann immer ihn danach gelüstete, doch nie musste er sich verantworten, denn der Großvogt des Landes war alt und blind und vertraute dem listigen Junker.

Dieser besaß eine bildschöne Frau und eine liebreizende Tochter, welche ihm beide mit Haut und Haar verfallen waren. Der Junker liebte seine Frau, doch seine Tochter liebte er noch mehr. Er konnte sich kaum sattsehen an ihr. Nicht an den roten Apfelbäckchen, nicht an dem goldenen Haar oder an ihrer perlmuttglänzenden Haut.

»Mein Augapfel«, nannte er sie, wann immer er ihr zärtlich über die Wange strich. »Mein Herz.«

Doch auch die Gattin des Junkers bemerkte, wie ihr Gemahl die gemeinsame Tochter betrachtete. Voller Abscheu sprach sie ihn darauf an.

»Warum sollte ich nur mit dir vorliebnehmen, Weib?«, fragte er sie daraufhin. »Dein Geld bringt's mir, doch deines Leibes bin ich längst überdrüssig.«

Noch am selben Abend schrieb die Junkersgattin ihrem heimlichen Geliebten einen Brief, in dem sie ihn anflehte, gemeinsam mit ihr zu fliehen. Sie wusste, dass ihre Tochter sie niemals begleiten, ja sogar einen Verrat in ihrem Verhalten sehen würde, aus diesem Grunde erzählte sie ihr nichts. Und so plante die Junkersfrau leise und unter Tränen, bis alles bereitstand und sie vollen Willens war, ihre Familie zu verlassen.

Doch noch in der Nacht ihrer Flucht, als die Kutsche in der Dunkelheit des Waldes heranrollte und der Geliebte in ihrem Inneren auf sie wartete, verstarb die Herrin des Hauses an einer unerklärlichen Krankheit, die außerdem die Hälfte der Bevölkerung dahinraffte. Man munkelte, der Junker habe die alte Zauberin, die in einer Schlucht inmitten des Waldes hauste, aufgesucht und ihr das Leben seines nächsten Kindes versprochen, wenn diese ihm ein wirksames Mittel gebe, um seine Frau auf einem unauffälligen Wege zu töten. Doch dies raunte man sich nur im Dunkeln zu, denn jeder hatte Angst, seinen Kopf zu verlieren.

Nach einem Jahr der Trauer um ihre verstorbenen Familienmitglieder, Nachbarn und Freunde kleideten sich die Menschen wieder in bunte Farben, und auch die Gerüchte, dass der Junker erneut zu ehelichen gedenke, wurden immer lauter.

»Nun ist es so weit«, sagten die Leute. »Unser Schlächter ehelicht seine eigene Tochter.«

Und schon wenige Tage darauf wurde es überall verkündet. Es sollte ein wahres Freudenfest werden, denn die Menschen aus dem Volk wurden dazu aufgefordert, ihre schönen jungen Töchter ans Herrenhaus zu schicken. Man versprach ihnen die Aussicht auf eine Heirat mit Edelmännern und im geringsten Fall saftige Kartoffeln zum Verzehr und fruchtbare Samen zur Saat. Als die Töchter am

Tage der Hochzeit am Herrenhaus eintrafen, wurden sie von allen Seiten begutachtet, und schließlich wählte der Junker die zwanzig schönsten von ihnen aus, welche ihn in den großen Festsaal begleiten durften. Die anderen mussten auf dem Hof warten, bis das frisch vermählte Brautpaar auf den Balkon hinaustrat, um sich von ihnen bejubeln zu lassen.

Doch als es schließlich so weit war, sahen die Leute keine Braut, sondern eine Blutbraut. Der einst weiße Schleier der Junkerstochter war nun dunkelrot, und ihre Schleppe triefte so sehr vor Blut, dass es auf die Frauen im Innenhof herabregnete. Es war das Blut der zwanzig schönen Mädchen, die der Junker zu seinem Feste eingeladen hatte. Statt ihnen gedünstete Kartöffelchen und zartes Rebhuhn zu servieren, hatte er sich ihres Fleisches bedient und ihnen ein Messer des goldenen Tafelbestecks in ihre jungen Hälse gerammt. Daraufhin hatte er ihnen die kleinen Herzen aus der Brust geschnitten, um jedes einzelne in ein hölzernes Kästchen zu sperren. Denn dies war der Preis, den die Waldhexe von ihm verlangt hatte: Die zwanzig schönsten Mädchen des Landes sollten ihr nach ihrem Tode auf immer als Dienerinnen zur Seite stehen. Auf ihrem Blut sollte getanzt und noch ein letztes Mal gefeiert werden, denn eine Bluthochzeit ist nie nur die Hochzeit des Bräutigams und der Braut, sondern auch die Vermählung der unglückseligen Mädchen mit dem Tod. Und so zwang der Vogt die übrigen Mädchen zu tanzen, bis sie vor Erschöpfung zusammenbrachen, und schickte sie danach ohne die versprochenen Gaben zurück zu ihren Eltern.

Als die Nacht heraneilte, fuhr die Hexe mit ihrem Karren heran und lud die leblosen Körper der Mädchen auf. Nachdem die Arbeit getan war, verschwand sie mit ihrem Gespann wieder in den Tiefen des Waldes. Unter dem zwielichtigen Schein des Vollmonds badete sie die toten Leiber, befreite ihre Haut von Schmutz und hauchte einem Mädchen nach dem anderen neues Leben ein. Doch es war ein verfluchtes Leben, denn die Mädchen hatten jede Erinnerung an ihr früheres Dasein verloren, um der Hexe von nun an bedingungslos zu dienen.

Seit jener Zeit streichen die ermordeten Mädchen in einem Delirium aus Wachen und Träumen umher, wandern mal als Nebel, mal in Menschengestalt durch die Wälder, bis der Ruf der Hexe sie zu sich lockt. Doch wann immer der Vollmond scheint und sein Licht wie flüssiges Silber auf die Wipfel der Bäume fließt, erinnern sich die Geister der ermordeten Mädchen an das Unrecht, das ihnen angetan wurde, und ein unersättlicher Zorn erfüllt ihr Nebelherz. Auf der Suche nach der Tochter des Junkers durchstreifen die Dienerinnen der Hexe die Wälder, um sie in ihr dunkles Reich zu verschleppen und sie für die Taten ihres Vaters und Ehemannes zu bestrafen.

Habt acht, liebe Leute, haltet eure Töchter im Haus, sobald sich das bleiche Gesicht des Vollmondes zeigt. Denn ist eure Tochter von ähnlichem Liebreiz wie die des Junkers und besitzt an ihrem Herzen auch nur einen dunklen Fleck, dann ist es um sie geschehen. Die Nebelfrauen töten eine um die andere Vollmondnacht und vergessen es doch wieder. Denn ihr Zorn ist unersättlich, und ihre Seelen sind auf ewig verdammt.

Ich ließ das Buch sinken und atmete tief durch. Mein Herz klopfte mir bis zum Hals, und meine Finger zitterten wie Espenlaub, dabei wusste ich, dass es albern war, mich vor Aufregung beinahe einzuscheißen. Das hier war nur ein Märchen, eine dumme Gruselgeschichte, die man früher den Kindern erzählt hatte, damit sie sich auch schön vom Wald fernhielten und nebenbei lernten, dass Inzest eine ganz blöde Idee war.

Außerdem ließ der Volksdichter – wer auch immer der Typ gewesen war – seine Figuren aus unerfindlichen Gründen ziemlich unlogisch agieren. Der dämliche Vogt nahm lieber den Umweg über zwanzig Mädchenleichen, als seiner Frau kurz und knackig einen Dolch ins Herz zu stoßen, und die Nebelfrauen machten Jagd auf seine Tochter statt auf den perversen Typen selbst – was ja mal wieder ein klarer Fall von Slutshaming war.

Und doch wurde ich trotz der verqueren Logik des Märchens meine Gänsehaut nicht los. Nicht nur, dass Rune fürchterliche Angst vor diesen Schauergestalten im Nebelgewand gehabt hatte, auch das Verschwinden von Carters Mitbewohnerin erinnerte an die Erzählung der *Blutbraut*. Skylar war mitten in der Nacht aus ihrem Bett entführt worden, und nicht einmal Carter hatte es mitbekommen. Als wäre sie auf Nebelhänden fortgetragen worden …

Sei nicht albern, Leah, schalt ich mich sofort und ballte die Hände um meine Bettdecke zu Fäusten. Laut Jasper war der ganze Boden voller erdiger Fußabdrücke gewesen. Diese Nebelfrauen waren ja wohl kaum im Tarnanzug und mit Schlammstiefeln hier reingestapft.

Und trotzdem flüsterten die letzten Zeilen des Märchens unaufhörlich in meinem Kopf, obwohl ich das Buch längst zugeschlagen hatte.

Denn ist eure Tochter von ähnlichem Liebreiz wie die des Junkers und besitzt an ihrem Herzen auch nur einen dunklen Fleck, dann ist es um sie geschehen … Ob Skylar wohl ein von schwarzen Flecken besprenkeltes Herz besessen hatte, so wie ich?

Wütend schüttelte ich den Kopf. Natürlich war Skylar Avery *nicht* von irgendwelchen geisterhaften Wesen entführt worden. Aber die seltsam auffälligen Parallelen zu der Geschichte ließen mich nicht mehr los. Es musste einen Grund haben, warum Wren ausgerechnet dieses Buch aus dem Regal gezogen hatte.

Langsam sickerte die Müdigkeit in mein Gehirn zurück. Meine Lider wurden schwer, und ich spürte, wie meine Gedanken langsam wegknickten. Nur einer nicht. Ich musste unbedingt herausfinden, wann genau Skylar eigentlich verschwunden war. Dann könnte ich recherchieren, ob an diesem Tag zufälligerweise Vollmond gewesen war …

Montage waren von Natur aus schlimm. Doch sie erreichten ein vollkommen neues Level, wenn sie auch noch mit einer Projektarbeit begannen. Ms Evergreen verkündete, dass wir bis zum Ende der Woche Zeit hatten, unsere literaturbezogene Arbeit zum Thema Verfall fertigzustellen, und schickte uns gleich darauf in unsere Projektgruppen.

»Gehen wir in die Bibliothek«, schlug Hartlyn vor, nachdem sie sich mit steifer Miene vor Carter und mir positioniert hatte. »Ich kann nur arbeiten, wenn um mich herum eine gewisse Arbeitsatmosphäre herrscht.«

Carter und ich trotteten ihr hinterher, doch am Ende kamen nur Hartlyn und ich in der Bibliothek an. Irgendwie hatte Carter es unterwegs fertiggebracht, unbemerkt zu verschwinden. Hartlyn quittierte diesen Missstand lediglich mit einem Schnauben, bevor sie sich in die Arbeit stürzte.

»Ähm, ich mach mal Background-Recherche«, murmelte ich und rief den Wikipedia-Artikel zum Buch auf, um mir die Inhaltsangabe durchzulesen. Natürlich hatte ich noch keine Zeile gelesen. Wie auch – schließlich sollte mein Exemplar des Buches erst heute per Post eintreffen.

Hastig flogen meine Augen über den Artikel.

In E.T.A. Hoffmanns *Sandmann* ging es um einen Studenten namens Nathanael, der dem Wahnsinn verfiel, weil er glaubte, in einem Händler den gruseligen Sandmann zu erkennen, der unartigen Kindern die Augen ausriss. Der gute Nate steigerte sich immer mehr in seine Fantasie hinein und verliebte sich nebenbei in eine menschengroße Puppe, ehe er schlussendlich Suizid beging.

Das war ja mal eine wahnsinnig erbauliche Geschichte.

Um die Stimmung ein wenig aufzulockern, versuchte ich hin und wieder, Hartlyn in ein Gespräch zu verwickeln, doch sie blockte selbst bei Themen, die die Gruppenarbeit betrafen, ab. Und so zog sich die Zeit wie Kaugummi in die Länge. Als der Schultag endete, war ich todmüde und schlecht gelaunt. Fertig mit der Welt, ließ ich mich aufs Bett fallen und blätterte ein wenig im *Sandmann* herum, den ich eben in Denise' Büro abgeholt hatte. Ich hatte keinen Bock, laufen zu gehen, und musste mein Gewissen irgendwie besänftigen. Keine Ahnung, was passiert war, aber in letzter Zeit ließ ich meine guten Gewohnheiten schleifen. Seit ich auf Elm Castle ein bisschen Fuß gefasst hatte, hielt sich mein Bewegungsdrang in Grenzen, und außerdem vergaß ich ständig, auf Junis' Nachrichten zu antworten. Wahrscheinlich lag es daran, dass hier so viel los war, aber ich fühlte mich trotzdem mies. Er sollte nicht denken, ich hätte ihn vergessen.

Schon nach wenigen Seiten erwischte ich mich dabei, wie mir das Kinn auf die Brust sackte. Der Plot war ja wirklich spannend, aber hätte sich dieser Hoffmann nicht eine andere Umsetzung als den Briefroman aussuchen können?

Glücklicherweise unterbrach das Öffnen der Tür meinen Leidensweg. »Hey«, sagte ich erfreut und lächelte Reese an, die mit erschöpftem Gesichtsausdruck ins Zimmer trat.

»Hey«, erwiderte Reese. Stöhnend legte sie ihre Tasche ab, holte den Laptop daraus hervor und positionierte ihn auf dem Schreibtisch. »Dieser Tag war die Hölle. Erst die Gruppenarbeit, dann Italienisch bei Ms Bianci, und dann kam es mir beim Schreiben so vor, als würde ich mich durch Morast wühlen.«

Ich grinste. »Ich hätte schwören können, die Gruppenarbeit hätte bei allen außer uns im Bikini am See stattgefunden.«

»Bei allen außer bei euch *und* uns«, korrigierte Reese und

verdrehte die Augen. »Amber ist beinahe genauso schlimm wie Hartlyn. Lief es bei dir ein bisschen besser?«

Ich berichtete in knappen Worten von den letzten Stunden.

»Keine Ahnung, ob ich dir gratulieren oder dich bemitleiden soll, dass Carter einfach abgehauen ist«, sagte Reese und unterdrückte nur mit Mühe ein Lachen.

Ich seufzte. »Ach, hör auf. Die blöde Kuh kann mich mal.«

Reese warf sich in gemütlichere Klamotten und wackelte mit den Augenbrauen. »Was hältst du von einem Mädelsabend mit Netflix und Gesichtsmaske zur Entspannung?«

»Kannst du Gedanken lesen?«, fragte ich.

Reese grinste. »Dann ab in den Pyjama, und überleg dir schon mal, welchen Film du gucken willst.«

Widerstandslos kam ich ihrer Aufforderung nach. Wenige Minuten später beugten wir uns über die Waschbecken des Gemeinschaftsbads zum Spiegel hin, um uns Reese' in Aurora erworbene Masken ins Gesicht zu schmieren. Das Zeug fühlte sich nach teurer, wirksamer Chemie an. Kichernd wich Reese aus, als ich ihr einen rosafarbenen Klecks auf ihre perfekte weiß getünchte Nase klatschen wollte.

Genau in dem Moment kam Hartlyn mit ihren Duschsachen herein. Einen kurzen Moment erstarrte sie. Dann sagte sie merkwürdig steif »Hi« und sah dabei nur mich an.

Ich lächelte sie an. »Hey, Hartlyn.«

Sofort wandte sie den Blick wieder ab und verschwand in der Dusche. Reese runzelte die Stirn und sagte nichts. Dennoch konnte ich spüren, dass die Stimmung gekippt war.

Die Falte zwischen Reese' Brauen blieb, während wir die erste Packung M&M's vernichteten, und verschwand auch nicht, als wir auf ihrem Bett sitzend *Gone Girl* inhalierten. Hin und wieder warf ich ihr einen prüfenden Blick zu, doch sie starrte stur geradeaus.

»Alles in Ordnung mit dir?«, fragte ich.

Zuerst reagierte Reese nicht, dann warf sie mir ein wenig überzeugendes Lächeln zu. »Na klar.«

»Komm schon«, sagte ich. »Was ist los?«

Einen Moment lang sträubte sie sich noch, dann seufzte sie und stellte den Film auf Stopp. »Ich habe dich gestern gesehen«, sagte sie.

»Ach ja?«, fragte ich. »Meinst du hier im Zimmer, in der Bibliothek oder beim Essen?«

»Du weißt genau, wie ich das meine«, sagte Reese rüde. »Ich habe dich dabei gesehen, wie du mit Hartlyn die Bibliothek verlassen hast. Und Ellie hat beim Rauchen beobachtet, wie ihr zum See gegangen seid. Was zur Hölle hast du mit dieser Strebertussi zu schaffen?«

Einen Moment lang war ich zu irritiert, um zu antworten. Dann runzelte ich die Stirn. »Nichts. Wir haben nur geredet. Es kann ja nicht schaden, sich mit Hartlyn gut zu stellen, wenn wir diese Woche bei der Gruppenarbeit zusammenhocken. Mit Carter kann ich das ja vergessen.«

»Und dafür unternimmst du gleich einen romantischen Seespaziergang mit ihr?«

Fassungslos starrte ich sie an. »Meine Güte, Reese, wo liegt da bitte das Problem? Ist sie eine Aussätzige, oder warum darf ich mich nicht mit ihr unterhalten?«

»Das hat niemand gesagt«, rechtfertigte sich Reese. Nervös zupfte sie an ihrer Pyjamahose.

»Nun, eigentlich hast du mir doch gerade genau das mitzuteilen versucht.«

Einen Moment lang herrschte Stille zwischen uns. »Du kennst sie nicht«, sagte Reese schließlich. »Ihre ganze Schullaufbahn über war sie dieses kleine versessene Biest, das sich um nichts anderes geschert hat als um ihre Noten. Ihren Bruder hat sie andauernd fertiggemacht, weil er sich lieber mit seiner Musik beschäftigt hat und sich Freunde gesucht hat, statt sich wie sie von allen anderen zu isolieren. Für uns war sie sich ja immer zu fein.«

»Komisch«, sagte ich. »Seit wann bist du so eine glühende Rune-Verteidigerin? Ich dachte, ihr hattet nie besonders viel mit ihm zu tun.«

»Man muss nicht Best Friends mit jemandem sein, um Mitleid mit ihm zu haben«, gab Reese zurück.

»Ich soll mich also von Hartlyn distanzieren, nur weil sie in der Vergangenheit ein paar Streits mit ihrem Bruder hatte? Deswegen soll ich sie ausgrenzen?«

»Niemand grenzt sie aus!« Reese war mit einem Mal ganz laut. »Das wollte sie doch selbst so. Sie ist genauso ein Freak wie Carter, fühlt sich als etwas Besseres. Du musst kein Mitleid mit Hartlyn haben. Sie will es nicht. Also hör auf, sie zu deinem persönlichen Projekt zu machen.«

Langsam spürte ich, wie ich wütend wurde. Meine Maske bröckelte an den Stellen, an denen ich meine Stirn in steile Falten zog. »Ich mache Hartlyn nicht zu meinem *persönlichen Projekt,* Reese«, sagte ich und bemühte mich um einen ruhigen Ton. »Ich versuche mich nicht mal mit ihr anzufreunden. Aber was zur Hölle soll daran falsch sein, sich einfach mal nett zu verhalten?«

Reese wandte schnaubend den Kopf ab.

»Außerdem glaube ich nicht, dass Hartlyn das aus purer Bosheit tut«, fuhr ich fort. »Schau sie dir doch mal an, sie versteckt sich hinter ihren guten Noten und hat ganz offensichtlich Probleme, mit Menschen zu kommunizieren.«

»Ach, und du bist die Einzige, die sie durchschaut? Wenn du wüsstest, was sie sich schon alles geleistet hat …«

»Ich glaube, wir alle können froh sein, wenn uns unsere Altlasten nicht ständig vorgehalten werden«, sagte ich ruhig, obwohl in mir ein brennender Schmerz aufjaulte. Wenn Reese schon mit Hartlyn so streng ins Gericht ging, was würde sie erst sagen, wenn sie von *meiner* Vergangenheit erfuhr? »Ich verstehe einfach nicht, warum du dich so aufregst«, wiederholte ich. »Ich will nur mit ihr klarkommen, mehr nicht.«

Reese seufzte und schüttelte den Kopf. »Ich sehe schon, du lässt dir da nicht reinreden.«

»Richtig.«

»Okay, aber merk dir meine Worte: Mit Hartlyn stimmt was nicht. Genauso wie mit ihrem Bruder.«

Es missfiel mir, dass Reese so schlecht über Hartlyn und Rune redete. Ich sah ein, dass sich die beiden alles andere als integrierten, aber es war doch offensichtlich, wie sehr sie unter ihrer familiären Situation litten.

Ich sah auf und blickte Reese direkt in die Augen. »Sagst du das Gleiche etwa auch über Jasper?«

Reese' Gesicht nahm einen ungläubigen Ausdruck an. »Jasper? Nein. Der hat die ganze Liebenswürdigkeit seiner Familie abbekommen.«

Wenn Reese wüsste, dass sein Lächeln nur ein Schutzschild war und er in Wahrheit genauso Schaden genommen hatte wie Hartlyn und Rune.

Dennoch zwang ich mich, mich nicht auf Reese' Argumentationsgrundlage einzulassen. Hinter ihrem seltsamen Verhalten steckte doch noch mehr – und ich glaubte zu wissen, was. »Reese«, setzte ich zögerlich an, »momentan scheint es dir nicht besonders gut zu gehen. Du schreibst nur noch, die ganze Zeit verschanzt du dich hinter deinem Laptop. Und dann rastest du auch noch aus, nur weil ich mich ein Mal mit Hartlyn unterhalte. Kann es sein, dass du momentan einfach nicht besonders gut drauf bist wegen … Magnus?«

»Wegen Magnus?«, echote Reese.

»Ja, ähm.« Der Moment der Wahrheit über die Szene im Wald war gekommen. »Ich habe mitbekommen, dass ihr …«

Reese sprang auf. »Ich weiß nicht, wie es dir geht, aber ich gehe mir jetzt die Maske vom Gesicht waschen. Das Zeug juckt wie Sau.« Im nächsten Moment hatte sie auch schon das Zimmer verlassen.

Ratlos starrte ich ihr hinterher.

Kapitel 18

Der Speisesaal verschwamm vor meinen Augen. Alles, was ich klar und deutlich erkennen konnte, war die dampfende Kaffeetasse vor meiner Nase. Es war die dritte, und mein Blick wurde wie magisch von ihr angezogen.

Dass ich rechtzeitig vor dem Unterrichtsbeginn noch etwas in den Magen bekam, hatte ich allein Reese zu verdanken. Mit militärischer Unerbittlichkeit hatte sie mich zum Duschen und Zähneputzen angetrieben und mir sogar die Schuluniform zugeknöpft, weil ich es mit meinem schlaftrunkenen Hirn kaum hinbekommen hatte. Der Streit von gestern Abend stand nach wie vor zwischen uns, doch jede von uns tat, als wäre nichts gewesen. Besser gesagt: Reese tat so. Ich hatte ein paarmal versucht, die Sache anzusprechen, doch sie hatte immer einen Vorwand gefunden, um möglichst schnell das Thema zu wechseln. Irgendwann hatte ich es aufgegeben – wenn sie nicht mit mir sprechen wollte, konnte ich nichts tun.

Trotzdem war ich Reese dankbar, dass sie mich heute Morgen vor dem Zuspätkommen bewahrt hatte. In der letzten Nacht hatte ich schon wieder von den Nebelfrauen geträumt und war aus dem Schlaf aufgeschreckt. Danach hatte ich nicht mehr einschlafen können, weil mein Gedankenkarussell fröhliche Runden gedreht hatte. In dem verzweifelten Versuch, meine Augen zum Zufallen und meine Grübeleien zum Stillstand zu bringen, war ich sogar so weit gegangen, im blöden *Sandmann* zu schmökern, und hatte diesen grausigen Briefroman doch tatsächlich bis zum Morgengrauen durchgekriegt. Hartlyn würde stolz auf mich sein, wenn sie davon erfuhr.

»Hey!«

Ich schrak auf, als Jasper sich auf einen Stuhl neben mir fallen ließ und sein randvolles Tablett auf dem Tisch abstellte.

»Hey«, erwiderte ich und versuchte mich an einem Lächeln, das gehörig misslang.

»Lange Nacht gehabt, hm?«

»Kann man wohl sagen. Meine Englisch-Lektüre war so unglaublich spannend, dass ich einfach nicht aufhören konnte zu lesen.«

»Streberin.« Jasper grinste mich an, doch schon im nächsten Moment wurde sein Lächeln ein wenig unsicher. Ich mochte es, wenn er mich auf diese Weise ansah. »Ich tu dir mal einen Gefallen«, sagte er, »denn eigentlich solltest *du* mich das fragen. Aber das Wetter ist heute einfach zu schön und der Himmel zu blau: Hast du Lust, heute Nachmittag mit mir ein Wassereis essen zu gehen?«

Ich hob die Augenbrauen. »Du möchtest also unser Nicht-Date auf heute legen?«

»Wieso Nicht-Date? Jetzt hab ich dich doch gefragt.«

»Das ist gemogelt«, schnaubte ich. »Da hättest du dir schon selbst was ausdenken müssen, immerhin war das *mein* Vorschlag.«

»Seit wann sind die Regeln so streng?«, fragte Jasper. »Außerdem habe *ich* es erst zu einem Date gemacht, indem ich auf unserer Abmachung beharrt habe.«

Ich seufzte gespielt, konnte mir aber ein Lächeln nicht verkneifen. »Ich sehe schon, das mit uns ist komplizierter, als hier eine vernünftige Pizza aufzutreiben. Aber gut, du hast gewonnen. Für ein Wassereis bin ich immer zu haben, ob Date oder nicht.«

»Es *ist* ein Date.«

»Interessiert mich und mein Wassereis nicht.«

Wir grinsten uns an, und ich spürte, wie sich Röte in meine Wangen kämpfte. *Verdammt.* Vielleicht sollte ich husten und vortäuschen, mich verschluckt zu haben, um die Gesichtsfarbe zu rechtfertigen.

»Dann also nach dem Unterricht?«, sagte ich.

Er nickte. »Ich hol dich gegen fünf bei dir ab.«

»Wow, da fühle ich mich gleich wie in einem Highschool-Film. Muss ich ein Prom-Kleid tragen?«

»Bloß nicht«, winkte Jasper ab, und die Lachfalten um seine Augen vertieften sich. »Ich glaube, so etwas hebt sich schon Reese für ihr nächstes Date auf.«

Ich musste schmunzeln. Genau in diesem Moment spürte ich einen Blick in meinem Nacken und sah mich reflexartig um. Meine Augen trafen direkt auf die von Reese. Sie stand bei der Tablettausgabe, die Augenbrauen misstrauisch zusammengezogen. Als sie bemerkte, dass sie meine Aufmerksamkeit erregt hatte, warf sie Magnus ein betont strahlendes Lächeln zu und hakte sich bei ihm unter, um mit ihm aus dem Speisesaal zu spazieren. Langsam dämmerte mir, dass nicht Reese diejenige war, die auf ihr Herz achtgeben musste.

»Annabelle«, sagte Hartlyn und schlug mit einem Stift auf die Tischplatte vor mir, sodass ich erschrocken auffuhr. Irgendwie musste ich wohl auf dem Tisch in der Bibliothek eingepennt sein.

»Ja?«, grunzte ich.

»Ich weiß nicht, ob ich mich missverständlich ausgedrückt habe, aber ich sage es gern noch mal: Ich kann keine schlechten Noten gebrauchen und du sicher noch weniger. Also bring dich bitte in unsere *Gruppen*arbeit ein, oder ich muss Ms Evergreen berichten, dass du dich alles andere als kooperativ zeigst.«

Gestern Abend noch hatte ich Hartlyn vor Reese verteidigt, und nun war sie wieder so sehr Hartlyn, dass ich sie am liebsten mit meinen müden Fingern erwürgt hätte. Einen Moment lang überlegte ich, es Carter gleichzutun und einfach zu verschwinden, sobald Ms Evergreen außer Sichtweite war, doch dann schlug ich seufzend mein Exemplar vom *Sandmann* auf.

»Wo waren wir stehen geblieben?«

»Ich wollte gerade mit dir diskutieren, wann und wodurch sich Nathanaels Wahnvorstellungen zum ersten Mal zeigen.«

»Ach so, ja.« Ich tat so, als würde ich die ersten Seiten konzentriert nach passenden Passagen durchforsten.

Hartlyn seufzte. »Hattest du heute schon einen Kaffee?«

»Mehrere«, sagte ich mit einem kraftlosen Lächeln. »Hat nicht geholfen. Mittlerweile bin ich wohl immun.«

»Komisch, dass dir noch keiner deiner Freunde was Stärkeres angeboten hat«, sagte Hartlyn schnippisch und schlug so vehement die nächste Seite im Buch auf, dass ein paar ihrer Haare durch den Lufthauch hochgewirbelt wurden.

»Ähm, wie soll ich das jetzt verstehen?«, fragte ich.

Hartlyn schnaubte. »Ach, vergiss es. Machen wir lieber weiter. Wenn diese verdammte Carter doch nur …«

»Hartlyn«, unterbrach ich sie. »Jetzt rück schon raus damit. Auf kryptische Bemerkungen kann ich echt verzichten.«

»Vergiss es«, wiederholte sie und vergrub ihre Nase tief im Buch. »Du kannst froh sein, wenn du mit dem Zeug nicht in Berührung kommst.«

»Gut, Hartlyn«, flötete ich. »Du bist nicht zu einem vernünftigen Gespräch in der Lage, dann bin ich auch nicht für die Projektarbeit zu gebrauchen.«

»Mir egal, Annabelle. Die Arbeit wird ohnehin besser, wenn ich sie allein schreibe.«

Einen Moment blieb mir vor Empörung die Luft weg. Dann krampfte ich die Hände zu Fäusten und schenkte Hartlyn ein süßliches Lächeln. »Niemand hat gesagt, dass ich nicht mitarbeite. Ich mache es nur auf meine Weise.«

»Auf deine Weise?«, echote Hartlyn. »Du schreibst also in der Stunde vor der Abgabe irgendeinen Müll zusammen?«

»Oh nein.« Ich verschränkte die Arme. »Ich liebe es, mich intensiv mit dem Text zu befassen. Nur konzentriere ich mich auf andere Aspekte, vielleicht sogar auf Szenen, die gar nicht vorkommen.« Ich erhob meine Stimme und zitierte meine zukünftige Textpassage: »Die romantische Sexszene in der Grotte ist eine der Schlüsselszenen des Verfalls. Der aufragende Phallus wird in vielen Religionen …«

»Genug«, knurrte Hartlyn. »Hör sofort auf damit.«

»Nur wenn du mir verrätst, was du mit dieser seltsamen Bemerkung eben gemeint hast.«

Einen Moment sah es aus, als wolle mich Hartlyn mit ihrer Ausgabe vom *Sandmann* erschlagen, dann jedoch beugte sie sich zu mir. »Jemand aus deiner Gruppe dealt, und zwar nicht nur mit Gras. Wenn du weißt, wie du mit ihm in Kontakt trittst, kriegst du alles, was dein kleines drogensüchtiges Herz begehrt.«

Mir stockte der Atem. *Dein kleines drogensüchtiges Herz …* Beinahe hätte ich geglaubt, sie wüsste über meine Vergangenheit Bescheid, doch im nächsten Moment wurde mir klar, dass sie das nur so vor sich hin gesagt hatte.

»Red doch keinen Unsinn«, brachte ich hervor und gab mir alle Mühe, dabei ruhig zu klingen.

Hartlyn schnaubte abfällig. »Jeder weiß es, hör dich doch mal um. Es ist allgemein bekannt, dass sich die Leute an deinem Tisch ein bisschen was dazuverdienen.«

Ich schüttelte den Kopf. »Das macht doch keinen Sinn«, sagte ich. »Sie sind alle steinreich.«

Hartlyn warf mir einen bedeutsamen Blick zu. »Alle?«

Sofort schob sich das Bild von Wren in der Bibliothek vor meine Augen. *Alle?* Hartlyn hatte recht. Nicht jeder hier hatte die nötige Kohle. Ich zum Beispiel. Oder Wren. Konnte es sein, dass er mit Drogen dealte? Vielleicht war etwas in dem Buch in der Bibliothek versteckt gewesen – womöglich Geld? Das würde allerdings bedeuten, dass ich mit meinen Recherchen zu *Märchen und Sagen in und um Aurora* auf dem Holzweg war …

Hartlyn musste mir meine nachdenkliche Miene angesehen haben, sie rückte ein wenig näher an mich heran. »Machst du dir Sorgen, dass einer deiner Freunde Fünftklässler für ein bisschen Geld mit Chemikalien vollpumpt?«

Genervt stieß ich die Luft aus. »Was ist bitte dein Problem, Hartlyn? Gut, ich bin selbst schuld, dass ich mir unbedingt deine Geschichten anhören wollte. Aber ich lasse mir ganz sicher nicht erzählen, dass meine Freunde mit Drogen dealen.« Das hätte ich doch spüren müssen, diesen Typ Mensch kannte ich schließlich zur Genüge.

Hartlyn lächelte freudlos. »Dann stell dich auf eine Reihe von Enttäuschungen ein.«

Irritiert schüttelte ich den Kopf. »Du magst sie wirklich nicht, oder?«

»Nein«, sagte Hartlyn. Ihre Augen blickten kalt. »Aber das hat damit nichts zu tun.«

»Ach ja?« Ich spürte, wie Wut in mir aufstieg. Was wusste Hartlyn schon. Sie lebte in ihrer kleinen, überkorrekten Welt, und alles andere war für sie automatisch verwerflich und schlecht. Wann merkte sie endlich, dass ein Einserzeugnis keine Garantie für ein glückliches Leben war? »Kann es vielleicht sein, dass du ein paar Gerüchte für bare Münze nimmst und ungefiltert weiterverbreitest?«, fuhr ich sie lauter an, als ich es beabsichtigt hatte.

Hartlyn zuckte jedoch nicht einmal mit der Wimper. »Ich hätte nicht gedacht, dass dich das so mitnimmt. Du bist doch auch nicht gerade ein Kind von Traurigkeit.«

Ihr letzter Satz traf mich hart. Härter, als sie es wahrscheinlich gewollt hatte. Ich schloss die Augen und atmete mehrere Male tief ein und aus, doch die Wut überrollte mich bereits und machte einen klaren Gedanken unmöglich. Das Bild von Hartlyn, die ich über meine Schulter auf den Waldboden warf, blitzte vor meinen Augen auf, und ich wollte es wieder tun, nur mit Genugtuung diesmal und mehrmals, immer wieder …

»Lass uns nicht mehr darüber reden«, brachte ich schließlich hervor, meine Stimme nur noch ein raues Raspeln. »Wir sind Gruppenarbeitspartnerinnen, mehr nicht. Also machen wir unsere Arbeit.«

Kapitel 19

»Bist du dir sicher, dass ich dir nicht doch den Overall leihen soll?« Reese stützte das Kinn in die Hand und betrachtete mich mit zusammengezogenen Augenbrauen von oben bis unten.

Ich trug eine kurze Latzhose aus ausgewaschenem schwarzem Jeansstoff und darunter ein Top mit *Guns N' Roses*-Aufdruck. Meine Haare hatte ich zu einem Messy Bun hochgenommen und meine Augen mit dem obligatorischen schwarzen Lidstrich und einer Spur Kajal umrahmt.

Ratlos blickte ich Reese an. »Wieso? Sehe ich aus wie eine dieser Vogelscheuchen-Attrappen, die sie im Herbst auf den Kürbisfeldern aufstellen?«

Reese schenkte mir ein halbherziges Lächeln und erhob sich vom Bett. Seit gestern Abend und unserem dämlichen Streit über Hartlyn war die Stimmung zwischen uns angespannt.

Prüfend umrundete sie mich wie eine Kuh beim Schlachter. »Quatsch«, sagte sie und zupfte an meinem Shirt herum. »Das ist eben dein Style.«

»Du meinst, ich mag es halt, mich hässlich anzuziehen?«

Reese seufzte und strich mir liebevoll eine Strähne aus dem Gesicht, die sich aus dem Messy Bun gelöst hatte. »Ich wollte dir nur helfen. Jasper ist aus den Komplimenten gar nicht mehr rausgekommen, als ich den Overall getragen habe.« Sie hielt mir ein buntes Ding mit tiefem Ausschnitt vor die Nase. Sexy, aber alltagstauglich. Und definitiv nichts für mich.

»Ja, als *du* ihn getragen hast«, erwiderte ich. »Wäre doch supercreepy, wenn ich in einem Teil auftauche, das er an dir richtig scharf fand.«

Zum ungefähr tausendsten Mal wünschte ich mir, ich hätte Reese nichts von Jaspers und meinem Date erzählt.

»War ja nur ein Vorschlag«, gab Reese hörbar beleidigt zurück. »Wahrscheinlich wird er dich auch ohne mein Zutun vergöttern. Wie immer.«

»Übertreib doch nicht immer«, sagte ich. »Es kann gut sein, dass Jasper nach diesem Treffen nichts mehr von mir wissen will – oder dass ich herausfinde, was der wirkliche Grund ist, warum er bisher noch kein Date hatte.«

Reese ließ sich nur zu einem Zucken ihrer Mundwinkel hinreißen, und irgendwie verletzte es mich, dass die Leichtigkeit vom Anfang verschwunden war.

Bevor sie etwas erwidern konnte, klopfte es an der Tür. Sofort pochte mein Herz wie wild gegen meine Brust, und meine Atmung verschnellerte sich. *Es ist nur Jasper*, ermahnte ich mich. *Kein Grund, auszuflippen.* Doch mein Körper kapierte das nicht und flippte aus. Als ich die Tür öffnete und Jaspers verlegen grinsendes Gesicht dahinter zum Vorschein kam, wurde es sogar noch schlimmer. Dabei sah er ganz normal aus. Jeans, T-Shirt, Sneakers. Und doch verfing sich mein Blick an einem kleinen Detail. Ich war so verdutzt, dass ich mich nicht einmal schämte, ihm direkt auf seinen Oberkörper zu starren. *Rock 'n' Roll will never die* stand in kleinen grauen Buchstaben auf seinem T-Shirt. So unauffällig, dass man sie kaum bemerkte.

»*Hey Hey, My My* von Neil Young?«, fragte ich und gab mir

Mühe, nicht so aufgekratzt zu klingen, wie ich mich fühlte. Ich liebte dieses Lied. Mein Vater und ich hatten es früher immer zusammen gehört.

Jasper schien verwirrt. »Muss ich Angst kriegen? Bisher dachten immer alle unter vierzig, das wäre der Spruch eines abgehalfterten Modelabels.« Er schmunzelte, als ich empört den Kopf schüttelte. »Mein Bruder hat mir das T-Shirt geschenkt«, erklärte er. »Wie eigentlich fast alles in meinem Kleiderschrank. Er ist Leiter eines kleinen Modelabels, und ich bin immer sein Testkaninchen.«

Unwillkürlich musste ich lächeln. Am liebsten hätte ich erwidert, dass ich mir sein T-Shirt gern einmal ausleihen würde, konnte mich aber gerade noch zurückhalten.

»Wollen wir?«, fragte er und streckte mir einen dampfenden Becher entgegen.

Erst jetzt bemerkte ich, dass er die wiederverwendbaren Kaffeebecher aus dem *Books and Beans* in seinen Händen hielt. Er hatte meinen Re-Cup im Auto mitgenommen, weil meine Tasche bereits aus allen Nähten geplatzt war.

Er ist gut, dachte ich. *Das kann unmöglich sein erstes Date sein.*

»Du kannst Gedanken lesen«, sagte ich und griff nach dem Becher.

Er zwinkerte. »Gedanken nicht, nur die dunklen Schatten unter deinen Augen.«

»Wahnsinn. Vielleicht bin ich durch deine Hilfe sogar zu ein paar zusammenhängenden Sätzen in der Lage.«

Bevor ich noch mehr beeindrucktes Zeug von mir geben konnte, wandte ich mich um und warf Reese ein vorsichtiges Lächeln zu. »Bis später, Reese. Sehen wir uns heute Abend?«

»Mal sehen. Kann sein, dass ich bei Ellie bin.«

Ich versuchte den Stich zu ignorieren, der mich bei ihren Worten durchfuhr.

»In Ordnung«, erwiderte ich matt.

Dann zog ich die Tür hinter mir zu – und schon waren wir allein: Jasper und ich auf dem Korridor. Wir sahen uns an. In seinen Augen konnte ich Belustigung, aber auch Unsicherheit lesen. Ich selbst sah vermutlich nicht anders aus.

»Da sind wir also«, sagte ich und blickte zu ihm auf.

»Ja, da sind wir.« Um seine Mundwinkel zuckte es. »Seltsam, oder?«

»Mehr als das«, sagte ich. »Fehlt nur noch, dass man uns zusammen sieht und mein guter Ruf zerstört wird.«

»Wieso *dein* Ruf?«

»Du bist viel zu nett für mich, Jasper. Später heißt es, ich hätte mich nur mit dir getroffen, um dich zu Date-entjungfern und dann mit gebrochener Ehre zurückzulassen.«

»Ich hätte also doch auf meine Freunde hören sollen.« Jasper verzog den Mund zu einem ironischen Lächeln, dann blickte er sich um. »Lass uns verschwinden. Dass Reese Bescheid weiß und alles bis ins kleinste Detail ausbreiten wird, ist schon schlimm genug, aber ich kann nicht riskieren, dass uns auch noch meine Cousine auf frischer Tat ertappt.«

Am Kiosk erstanden wir zwei Wassereis für jeweils fünfzig Cent, dann traten wir hinaus in die flirrende Nachmittagshitze. Es war so schwül, dass ich mehrmals blinzeln musste, bevor sich mein Blick klärte. Erst jetzt erkannte ich, dass einiges los war. Ganze Horden jüngerer Schüler knieten im Gras, bemalten Transparente und bastelten Lampions.

»Scheint so, als wären die Vorbereitungen für das Sommerfest bereits in vollem Gange«, bemerkte ich und verhedderte mich in der Girlande eines Sechstklässlers. Was für ein Aufriss. Alle waren ganz aufgeregt, dabei sollte das Fest doch erst am Samstag steigen.

Jasper warf mir ein schiefes Grinsen zu und half mir, meine

Füße aus dem Girlandengeflecht zu entheddern, ehe wir unseren Weg fortsetzten.

»Alle hier sind ganz wild drauf«, sagte er. »Vor allem die Küken hier auf der Schule. Dabei ist das Ganze eigentlich nichts anderes als eine Versammlung auf der Wiese, zu der noch ein bisschen Musik läuft.«

»Gibt es denn kein Essen?«, fragte ich alarmiert.

»Wo denkst du hin?« Jasper grinste. »Natürlich. Das ist doch das Beste an der Sache. Es gibt alkoholfreie Bowle und Unmengen an Häppchen und Kuchen, teilweise sogar von der Bitterfield höchstpersönlich gebacken. Man sieht es ihr nicht an, aber sie macht die besten Blaubeermuffins, die ich je in meinem Leben gegessen habe.«

Beinahe fiel mir die Kinnlade runter. Die Bitterfield und Blaubeermuffins? Ich konnte mir nicht vorstellen, dass unsere Direktorin etwas Süßeres zu sich nahm als ein Blättchen After-Eight-Schokolade und einen ordentlichen Kräuterling hinterher. Als ich das Funkeln in Jaspers Augen bemerkte, musste ich schmunzeln. Obwohl er über das Sommerfest sprach, als wäre es keine große Sache, hörte ich ihm an, dass er sich mindestens genauso sehr darauf freute wie die Fünftklässler.

»Und am Abend rockt die Bitterfield wahrscheinlich die Tanzfläche, hm?«, hakte ich nach. »Wie jeder Erwachsene jenseits der vierzig, der sich mal ein Gläschen Sekt genehmigt hat und auf einmal ganz craaazy wird.«

Jasper imitierte abgehackte Robotermoves, und ich verschluckte mich vor Lachen an meinem Wassereis.

»Warte erst mal, bis du Ms Evergreen siehst. Sie tanzt wie eine exzentrische Wahrsagerin.« Er hob die Arme und fuchtelte damit herum, als müsse er einen Schleier zur Seite wischen, der ihm die Sicht auf eine Welt hinter der unseren versperrte.

»Wenn ich meine Ukulele hier hätte, könnte ich dich musikalisch begleiten«, neckte ich ihn und knuffte ihn im Gehen in die Seite.

Überrascht hob Jasper die Augenbrauen. »Ich wusste gar nicht, dass du ein Instrument spielst.«

»Tu ich auch nicht«, sagte ich. »Dafür besitze ich eins: eine uralte, verstimmte Ukulele, auf der ich genau vier Lieder spielen kann. Funfact: Sie haben alle die gleichen Akkorde.«

»Ich kann dir einen Gig auf dem Sommerfest organisieren«, schlug Jasper vor. »Das Lehrerzimmer würde sich in seinen begeisterten Dance-Moves sicher übertreffen.«

Angeekelt verzog ich den Mund. »Nee, danke. Ich kann gut darauf verzichten, Denise und ihren Privatdetektiv-Freund auf der Tanzfläche zu meinen musikalischen Ergüssen rummachen zu sehen.«

Mittlerweile hatten Jasper und ich beinahe den See erreicht. Von seinen Ufern drang das ausgelassene Gejohle planschender Schüler herüber.

Eine Weile liefen wir schweigend nebeneinanderher, zufrieden mit der Sonne und mit uns, doch gleichzeitig war da dieses ungeduldige Kribbeln in meinem Bauch. Ich wusste, diese Frage gehörte nicht hierher, und schon gar nicht auf ein erstes Date, aber ich konnte mich einfach nicht zurückhalten.

»Du und Reese … lief da mal was?«, fragte ich zögerlich, während es in meinem Magen unheilvoll rumorte.

»Wie kommst du denn darauf?« In Jaspers Stimmung schwang ein klein wenig Überraschung mit.

Ich zuckte die Schultern. »Keine Ahnung. War nur so ein Gefühl.«

Nach einem weiteren Moment der Stille fragte er leise: »Denkst du, ich habe es zuerst bei Reese versucht, bin abgeblitzt und probiere jetzt mein Glück bei dir, weil ihr euch so ähnlich seht?«

»Quatsch«, sagte ich, spürte dabei aber, dass er einen Nerv getroffen hatte.

»Leah«, sagte er, seine Stimme eindringlich und sanft. »Zwischen mir und Reese lief nie etwas. Aus dem einfachen Grund, dass sie einfach nicht mein Typ ist. Du hingegen …« Er seufzte. »Irgendwie mochte ich dich von Anfang an. Ich kann dir nicht sagen, wieso, aber von dem Moment an, als ich gesehen habe, wie du meiner Cousine den Saft über den Kopf geschüttet hast, wusste ich, dass ich dich näher kennenlernen will.«

Mir wurde heiß. Verdammt heiß. Mit aller Macht kämpfte ich gegen die aufsteigende Röte an. Ich hasste es, was er mit mir tat. Hasste es, wie er meinen Willen brach. Mit Jasper wäre ich sogar lachend über eine Blumenwiese gelaufen, wenn sich die Gelegenheit ergeben hätte.

»Das ist ein seltsamer Moment der Erkenntnis«, brachte ich schließlich hervor.

»Alles ist seltsam mit dir.«

»Na, vielen Dank auch«, knurrte ich und wandte den Kopf ab, damit er mein widerwilliges Lächeln nicht sah. Glücklicherweise war Jasper viel zu sehr damit beschäftigt, sein Wassereis vor dem Herunterschmelzen zu retten, um mich weiter mit Sätzen zu bombardieren, mit denen ich nicht umgehen konnte.

»Vermisst du deinen Bruder?«, fragte ich schließlich, um das Thema zu wechseln. Mittlerweile hatten wir einen Großteil der jauchzenden Meute hinter uns gelassen und steuerten auf den verlasseneren Teil des Seeufers zu, an dem die einsame Ulme stand und alles zu beobachten schien.

Jasper zuckte mit den Schultern. »Er ist der einzige Bruder, den ich habe, und er ist cool. Also ja. Ich wünschte, er wäre nicht so viel älter als ich, dann hätten wir ein paar gemeinsame Jahre in der Schule gehabt. Aber er ist schon von zu Hause ausgezogen, als ich gerade mal in die Mittelstufe kam.«

»Wo lebt er denn mittlerweile?«

»In New York. In einer WG in Brooklyn. Etwas anderes kann man sich mit einem normalen Budget heutzutage kaum leisten.«

»Ich dachte, ihr seid …«

»… reich? Meine Eltern, ja. Aber sie haben sich mit meinem Bruder zerstritten. Er sollte später die Führung ihres Unternehmens übernehmen, doch er hat sich geweigert. Jetzt ist er fünfundzwanzig und macht sein eigenes Business.«

Ich pfiff durch die Zähne. »Das nenne ich ambitioniert.«

Jasper warf mir ein gequältes Lächeln zu. »Er war schon immer ein Unternehmergeist. Meine Eltern finden es natürlich lächerlich, dass er ausgerechnet im fairen Textildruck tätig ist. Sie selbst sind im Pharmageschäft unterwegs. Da springt deutlich mehr Kohle raus, als wenn man teure T-Shirts auf den Markt bringt, die zwar cruelty-free sind, aber nicht die breite Masse ansprechen.«

Ich spürte, dass wir über ein sehr sensibles Thema sprachen, und machte nicht den Fehler, es für selbstverständlich zu nehmen, dass er sich mir öffnete. Er kannte mich kaum. Und dennoch redete er mit mir über seine familiären Verhältnisse.

Ich wählte meine nächsten Worte mit Bedacht. »Und nun möchten deine Eltern bestimmt, dass du an seiner Stelle das Unternehmen übernimmst, nicht wahr?«

Kaum merklich verspannten sich seine Schultern. »Das ist der Plan. Erst das Studium an einer Eliteuni, dann die Einführung als Junior Partner, und irgendwann, wenn sie in Frührente gehen, bin ich derjenige, der allein auf der Firma festsitzt. Es sei denn, ich komme dem Traum meiner Eltern nach und suche mir eine Frau, die aus der gleichen Branche kommt und mich tatkräftig unterstützt.«

»Wow«, sagte ich. »Das klingt echt schrecklich. Sowohl für dich als auch für die arme Frau.«

Er schnaubte amüsiert. »Na, vielen Dank aber auch.« Wir schwiegen eine Weile, ehe Jasper schließlich sagte: »Ich würde so eine Frau gar nicht wollen. Und so ein Leben im Grunde auch nicht.«

»Wirst du es ihnen eines Tages sagen?«

»Was?«

»Dass du keinen Bock auf ihr Unternehmen hast.«

Jasper zuckte mit den Schultern. »Ich glaube, darüber mache ich mir erst Gedanken, wenn ich meinen Studiengang auswählen muss.«

»Das ist nicht mehr lange hin.«

»Ich weiß.« Seine Miene verdüsterte sich.

»Was würdest du denn studieren, angenommen, du würdest dich gegen das Unternehmen deiner Eltern entscheiden?«

Zum ersten Mal, seit wir dieses Thema angeschnitten hatten, schlich sich ein kleines Lächeln auf seine Lippen. »Am liebsten Kunstgeschichte«, sagte er. In seiner Stimme lag so viel Sehnsucht, dass es mir ins Herz schnitt. »Ich weiß, es klingt irgendwie verstrahlt, aber wenn ich Gegenstände aus früheren Jahrhunderten in die Finger kriege, dann vergesse ich die Zeit um mich herum. Dabei ist es egal, ob es sich um altes Porzellan oder um mottenzerfressene Theaterkostüme handelt. Wenn ich Blut geleckt habe, dann untersuche ich das Objekt so lange, bis es mir all seine Geschichten erzählt hat, und durchwühle das Internet, bis keine Lücke mehr offen ist.«

»Du hast eine Leidenschaft«, sagte ich, »darauf kannst du stolz sein. Manche Leute suchen ihr Leben lang, bis sie ihre finden. Und nachdem Reese mir erzählt hat, dass du immer mit neuem unbrauchbaren Kram ankommst, stand für mich gleich fest, dass das nicht einfach nur ein kleines Hobby ist.«

Sein Blick wurde schelmisch. »*Unbrauchbaren Kram*, so hat sie es genannt?«

»Nein, so habe *ich* es genannt.«

»Du suchst heute Stress, Annabelle Leanne Stirling, kann das sein?« Er deutete mit einem Kopfnicken in Richtung See.

»Keine Wasserschlachten«, warnte ich ihn. »Das ist zu sehr Klischee.«

»Glaubst du nicht, ein kleines bisschen Klischee könnte dir ganz guttun?«

»Jasper!« Ich hob die Hände, um ihn abzuwehren, doch da knurrte er schon auf, packte mich und schmiss mich über seine Schulter. Ich konnte nichts anderes tun als schreien, als er mit mir auf das Wasser zustürmte. Kurz vor dem Ufer hielt er abrupt inne. »Das wagst du nicht«, zischte ich.

»Wollen wir wetten?« Provozierend langsam zog er mir die kleine Umhängetasche, in der sich mein Handy und mein Portemonnaie befanden, von der Schulter und warf sie achtlos hinter sich auf den Boden. Mein Atem stockte.

»Jasper …«

Doch da war es schon zu spät. Mit einem gewaltigen Satz sprang er in den See und zog mich mit sich unter Wasser.

Kapitel 20

Einen Moment lang sah ich nichts als graue Bläschen, die sich ihren Weg zur Wasseroberfläche bahnten – dann zogen mich zwei starke Arme wieder auf die Beine. Prustend wischte ich mir die Haare aus dem Gesicht, bevor ich zu Jasper herumschnellte und ihn anfunkelte. Er war von oben bis unten nass und grinste so breit, dass ich ihm am liebsten in die Eier getreten hätte. Stattdessen schubste ich ihn, sodass er rückwärts wieder ins Wasser klatschte, und stampfte gen Ufer.

Hinter mir hörte ich, wie er wieder auftauchte und in Lachen ausbrach. Gleich darauf seine ausholenden, ungeschickten Schritte. »Leah, warte doch!«

Ich drehte mich nicht mal um.

»Leah! Hey, es war nicht so gemeint!«

Er klang fast ein bisschen ängstlich, wie süß. Doch ich lief stur weiter, immer geradeaus. Zumindest bis ich das knöcheltiefe Wasser am Ufer erreicht hatte. Dann bückte ich mich und vergrub meine Hände im Schlick.

»Was machst du da?«, fragte Jasper alarmiert.

Ich antwortete nicht, wühlte nur noch tiefer im Ufersand herum.

»Leah …«

Das Platschen seiner Schritte wurde immer lauter. Gleich hätte er mich erreicht. Doch erst im letzten Moment drehte ich mich mit einem zuckersüßen Lächeln zu ihm um.

»Merk dir eins, Jasper Griffith: Das hier ist kein verdammter Teenie-Highschool-Film.« Dann schleuderte ich ihm die Matschbombe mitten ins Gesicht.

Das Bild seiner erschrocken geweiteten Augen, die sich unter einer dicken Schicht aus Matsch öffneten, war göttlich. Der Schlamm troff aus seinem Haar bis auf sein ohnehin schon vollkommen durchnässtes Neil-Young-T-Shirt und hinterließ unschöne Schlieren an seinem Hals. Ungläubig strich er mit seiner Hand darüber. Es sah fast ein wenig putzig aus, wie er mit einer ordentlichen Ladung Schlick im Mund dastand und noch immer nicht zu begreifen schien.

»Ich wette, nach dieser Schlammpackung hast du die schönste Haut von uns allen«, zwitscherte ich und wich gleichzeitig ein paar Schritte zurück. Ich konnte spüren, wie es unter der Schicht aus Matsch zu brodeln begann.

»Annabelle Leanne Stirling«, knurrte Jasper.

In meiner Kehle stieg ein unaufhaltsames Glucksen auf, wie immer, wenn mich die Vorahnung befiel, dass ich dem Kommenden nicht ausweichen konnte. Ohne mich aus den Augen zu lassen, wischte sich Jasper über sein Gesicht, dann setzte er sich langsam, ganz langsam in Bewegung. Ich wich weiter zurück, dabei wagte ich es nicht, nach hinten zu sehen. Ich stolperte, musste noch mehr lachen, rappelte mich auf. Jaspers Mund hatte sich zu einem feixenden Grinsen verzogen.

»Glaubst du wirklich, du kommst damit durch?«

Noch einmal zog ich meinen Fuß zurück und spürte auf einmal feuchtes Ufergras unter meinen Fersen. Halleluja, es war bald geschafft. Nur noch wenige Schritte …

»Bisher sieht es doch ganz gut aus«, entgegnete ich.

»Red dir das nur ein.« Jaspers Stimme hatte einen schmeichelnden Ton angenommen. »Du kannst mir nicht entkommen.«

»Ich muss«, sagte ich, während nun auch mein zweiter Fuß das Wasser verließ und Halme meine Zehenspitzen kitzelten. »Wie soll ich denn sonst der ganzen Schule erzählen, dass ich dich Date-entjungfert habe?«

In diesem Moment preschte Jasper vor und packte mich. Ich schrie, versuchte lachend, mich zu wehren, doch er zog mich mit sich ins Wasser. Von da an folgte ein erbitterter Kampf, bei dem wir uns mit Wasser bespritzten, untertauchten und bedauerlicherweise ziemlich viel Körperkontakt hatten. Schon nach wenigen Minuten schmerzten meine Mundwinkel vom ganzen Kichern.

Ich wusste nicht, wie viel Zeit vergangen war, aber irgendwann lagen wir keuchend im Wasser und spielten Toter Mann.

»Ich gebe nicht auf«, sagte ich, meine Stimme seltsam laut, nun da meine Ohren unter Wasser lagen. »Aber Waffenstillstand wäre nur fair.«

»Sehe ich auch so«, drang Jaspers Stimme wie durch Watte zu mir durch. Und obwohl ich ihn nicht einmal sah, klopfte mein Herz in einem unsinnigen Moment von Glück.

»Gut.« Ich lächelte zum blauen Himmel hinauf. »Und als Zeichen deines guten Willens lieferst du mir morgen pünktlich vor Schulbeginn meinen Kaffee.«

Plötzlich tauchte Jaspers Gesicht über meinem auf, und ich erschrak so sehr, dass ich Wasser schluckte und lachen musste. Um nicht aus Versehen zu ertrinken, hielt ich mich beim Aufstehen an ihm fest und berührte ihn auch weiterhin, als ich längst aufrecht vor ihm stand.

»Leah, der Kaffee beim Frühstück ist gratis«, sagte Jasper,

machte jedoch ebenfalls keinen Schritt zurück. In seinen Augen blitzte es, ich konnte meinen Blick kaum von ihnen lassen.

»Es geht ums Prinzip«, sagte ich schwach und reckte das Kinn. Jaspers Mundwinkel zuckten, und sein Blick wanderte über meine schlammverschmierte Haut.

Mein Herz wummerte wie verrückt. Da war sein schönes Gesicht, das immer näher kam, und ich wollte ihn zu mir heranziehen …

Da ließ ein gellender Schrei uns zusammenfahren. Ein halbes Dutzend Fünftklässler stürzte sich wie eine Horde wilder Wasserbüffel in den See und machte dabei so viel Lärm, dass auch der magischste Moment unter ihrem Gekreische zerschellt wäre.

Wir grinsten uns verlegen an, und kurz fuhr Jasper mir mit dem Finger über die dreckige Wange.

»Du bist wunderschön«, sagte er leise. Er schmunzelte, doch seine Augen blieben ernst.

Ich war zu sehr von seinem Blick gefangen, als dass ich etwas hätte erwidern können. Da war nur mein laut wummernder Puls und die Gewissheit, dass ich diesen Jungen auf keinen Fall ziehen lassen durfte.

»Du auch, Fuchshaar«, murmelte ich und strich ihm durch die vom Seewasser rot schimmernden Haare.

So hätten wir vielleicht verharrt, wäre um uns herum nicht die wilde Wasserschlacht der Fünftklässler ausgebrochen. Wir traten den Rückweg zum Ufer an, jeder für sich, doch dicht nebeneinander.

Wir lagen in der Sonne und trockneten im gelblich verfärbten Gras vor uns hin. Keiner von uns hatte sein T-Shirt ausgezogen, obwohl uns hier, in einem der abgelegeneren Winkel, sicher niemand gesehen hätte. Ja, ich wollte ihn berühren, und ja, ich wollte wissen, wie er unter diesem T-Shirt aussah und wie es sich anfühlte, über seine nackte Haut zu streichen. Aber dieser Moment war auch ohne all das … perfekt. Wir lachten, drehten unsere Gesichter manchmal blinzelnd zum Himmel, manchmal einander zu. Dann bewunderte ich seine Sommersprossen und sein unbeschwertes Lachen, konnte mich gar nicht daran sattsehen. Keine Ahnung, worüber wir redeten, aber die Zeit flog vorbei, und die unbarmherzig brennende Sonne wurde langsam schwächer.

Irgendwann setzte ich mich auf und ließ meinen Blick über den See und das restliche Ufer gleiten. Die Fünftklässler waren längst verschwunden, niemand war mehr hier, niemand außer mir und Jasper. Mir wurde langsam kalt in meinen halb nassen Klamotten, doch ich wollte diesen Moment nicht enden lassen, wollte ihn noch weiter in die Länge ziehen, um Jasper noch einen Augenblick für mich zu haben, ihn nicht mit anderen teilen zu müssen. Doch als ich den Blick nach rechts wandte, zu dem Teil des Seeufers, der fast vollständig zugewachsen war, begriff ich, dass es dafür längst zu spät war.

Nur wenige Meter von uns entfernt hatte sich Ellie niedergelassen. Trotz der Entfernung und der Büsche, die wohl verhindert hatten, dass sie uns gesehen hatte, konnte ich erkennen, dass sie geheult hatte.

Ich wandte mich zu Jasper um, der noch immer auf dem Rücken lag und zufrieden die Augen geschlossen hatte.

»Sag mal, Jasper …«, murmelte ich leise, darauf bedacht, Ellie nicht aufzuschrecken.

»Wie kann es sein, dass du so unglaublich gut aussiehst? Weißt du, Leah, das ist so …«

Ich verpasste ihm einen kleinen Schlag, sodass er grinsend die Augen aufschlug, hielt mir dann einen Finger vor den Mund und deutete in Ellies Richtung. Neugierig richtete Jasper sich auf, doch seine Miene verlor alle Fröhlichkeit, als sein Blick auf Ellie fiel, die gerade dabei war, sich mit verheulten Augen eine Zigarette anzuzünden.

»Scheiße. Es hat sie wirklich ordentlich erwischt.«

»Erwischt?«, fragte ich und warf einen unsicheren Blick in Ellies Richtung. Ob wir zu ihr gehen sollten? Aber vermutlich würde sie uns nur den Kopf abreißen, so, wie ich sie kannte.

Jasper seufzte. Einen Moment zögerte er, dann gab er sich einen Ruck. »Sie hat sich einen Korb bei Wren eingefangen«, erklärte er.

Ich runzelte die Stirn. »Moment mal. Wie das?«

Jasper zuckte mit den Schultern. »Ich kenne keine Details. Aber was mir so zu Ohren gekommen ist, hatten er und Ellie heute eine kleine Auseinandersetzung.« Er verzog seinen Mund zu einem gequälten Lächeln, ehe er ernster fortfuhr: »Ellie war davon überzeugt, dass es auf der Party im Wald zwischen ihnen gefunkt hatte. Und das hat sie Wren auch so gesagt, nachdem er ihre Einladung zum Picknicken abgelehnt hat.«

Picknicken. Eine Unternehmung, so rosarot, dass sie null zu Ellie passte. Meine Güte, es musste sie ja echt verdammt erwischt haben.

»Und Wren hat ihr daraufhin zu verstehen gegeben, dass er nicht so fühlt wie sie?«, fragte ich und verzog mein Gesicht zu einem schmerzverzerrten Ausdruck.

Jasper nickte nur und stieß die Luft aus.

Scheiße. Ellie konnte einem richtig leidtun. Es war schon schmerzhaft genug, einen normalen Korb reingewürgt zu bekommen. Aber einen im eigenen Freundeskreis und auch noch auf einem Internat – das war noch zehnmal schlimmer. Schließlich musste man sich jeden Tag sehen.

»Vielleicht ist es ganz gut, dass sie es vor dem Sommerfest erfahren hat«, brachte ich hervor. »Nichts ist schlimmer, als einen Korb auf einer Party zu bekommen, wenn alle anderen knutschen.«

Jasper nickte langsam. »Sie tut mir leid«, sagte er. »Aber es kommt nicht überraschend. Wren ist kaum noch in der Lage, Bindungen einzugehen. Seit Skylar verschwunden ist, ist er nicht mehr derselbe.« Er senkte den Kopf. »Manchmal fühlt es sich an, als hätte ich in der Nacht, als Skylar verschwand, auch meinen besten Freund verloren.«

Gefühllos. Merkwürdig kalt. So hatte ich Lawrence McAllister kennengelernt. Was, wenn Drogen zu nehmen der einzige Weg war, seine Leere zu füllen? Und das Zeug auch noch zu verticken, um seine laufenden Kosten zu decken?

»Ich habe da etwas gehört«, begann ich vorsichtig. »Dass jemand auf Elm Castle mit Drogen dealt. Und ich habe Wren in einer seltsamen Situation in der Bibliothek ertappt, als … ähm … er etwas gesucht hat. Was anderes als ein Buch.«

Jasper wurde bleich. »Nein«, sagte er, seine Stimme plötzlich hart. »Das musst du irgendwie falsch verstanden haben. Wren würde niemals Drogen nehmen. Schau ihn dir doch an, er ist besessen von seinem Sport. Er trinkt noch nicht einmal Kaffee.«

Verteidigend hob ich die Hände. »Ich kenne ihn nicht so gut wie du. Aber die Situation kam mir seltsam vor. Und als ich gehört habe, dass auf Elm Castle Drogen rumgehen …«

»Von wem?« Jaspers Blick war auf einmal schneidend scharf. »Von meiner Cousine, stimmt's?«

Ich wandte den Blick ab. »Sie hat damit nichts zu tun«, sagte ich leise.

Er schnaubte, sein Blick schien sich in meine Haut zu brennen. »Wer denn sonst? Niemand außer Hartlyn würde einen derartigen Unsinn verbreiten.«

Unsinn. Endlich erwiderte ich seinen Blick. Ich hatte Angst, dass er die Lüge darin erkannte, und gleichzeitig wollte ich wissen, ob er die Wahrheit sagte.

»Also ist das alles nur ein Gerücht?«, fragte ich und starrte in seine grauen Augen, die mir mit einem Mal so undurchdringlich schienen.

Jasper runzelte die Stirn und sah dann zur Seite. »Nein, es stimmt schon. Es weiß nur keiner, wer die Drogen eigentlich vertickt.« Kurz schloss er die Augen, als müsse er sich sammeln. »Ich … habe auch hin und wieder etwas von ihm oder ihr gekauft«, sagte er. »Partydrogen, harmloses Zeug.«

Ich wusste nicht, was ich sagen sollte. Etwa, dass er sich vor mir nicht zu rechtfertigen brauchte, weil meine Drogenlaufbahn mit Sicherheit schlimmer gewesen war?

Jasper räusperte sich. Es sah seltsam aus, wie er dort im Gras saß, mit ernstem, schuldbewusstem Gesichtsausdruck und halb getrockneten Klamotten. »Trotzdem weiß ich nicht, wer er ist«, sagte er langsam. »Oder sie. Der Dealer hat sein eigenes System, um die Ware zu vertreiben.«

»Und dieses System sieht nicht zufälligerweise so aus, dass er oder sie Drogen in Büchern der Bibliothek versteckt?« Meine Worte klangen schärfer als beabsichtigt.

Jasper biss die Zähne zusammen, als bereite ihm mein Ton körperlichen Schmerz. »Es gibt eine Nummer. Dort schreibst du hin, was du willst und wie viel. Dann nennt er dir einen Preis und das Buch in der Bibliothek, in dem du das Geld hinterlegen sollst. Wenn das Geld da ist, nennt er dir den Ort, an dem du deine Ware findest. Das kann die Bibliothek sein, aber auch irgendein Spülkasten.«

Verdammt. Bis eben war das noch eine hirnrissige Theorie gewesen, und jetzt bestätigte er sie mir sogar. Ich wusste nicht, ob ich aufgeregt oder enttäuscht sein sollte, versuchte meine Gedanken zu einem sinnvollen Satz zu ordnen.

»Hat ihm denn nie jemand aufgelauert?«, presste ich schließlich hervor.

»Es haben schon einige versucht«, sagte Jasper zerknirscht. »Wer steht denn nicht auf Gratisdrogen? Aber bisher ist es niemandem gelungen. Der Dealer ist auch nicht so blöd, alte Verstecke für neue Lieferungen zu verwenden, die haben wir natürlich auch längst ausgekundschaftet.«

»Du weißt schon, was es heißt, dass ich Wren dabei beobachtet habe, wie er eins der Bücher mitgehen ließ? Entweder konsumiert er Drogen, oder …«

Jasper schüttelte den Kopf. »Vertrau mir einfach«, sagte er. »Er macht so was nicht.«

Ich war hin- und hergerissen. War es diese Sache wirklich wert, den Nachmittag mit Jasper zu verderben?

»Okay«, sagte ich leise und versuchte mich an einem zaghaften Lächeln. »Ich vertraue dir. Aber nur, weil du es bist.«

Er lächelte zurück. »So hatte ich mir unser Nicht-Date nicht vorgestellt«, sagte er leise.

»So schlammbeschmiert?« Ich betete, dass er nicht hörte, wie atemlos ich klang.

»Nein, so schön.«

Ich stöhnte, konnte ein Grinsen jedoch nicht unterdrücken. »Ich kotze gleich, wenn du noch mehr so romantisches Zeug sagst.«

»Dann wäre unser Date endlich perfekt.« Jasper kicherte und fuhr sich durch sein Fuchshaar. Er sah auf eine hinreißende Art zufrieden mit sich aus. Ich konnte kaum meinen Blick abwenden. Schließlich tat ich es doch und registrierte, dass Ellie verschwunden war. Ob sie uns wohl bemerkt hatte? Bei dem Gedanken, dass sie uns beim Rumalbern beobachtet haben könnte, überkam mich ein unangenehmes Gefühl. Allmählich fröstelte ich in meiner klammen Latzhose, die Sonne sank immer tiefer.

»Komm, ich zeig dir was.« Jasper rappelte sich ächzend auf und streckte mir seine Hand entgegen.

Misstrauisch sah ich zu ihm hoch. »Sollten wir uns nicht vorher umziehen?«

Er schüttelte den Kopf, und als ich meine Hand in seine legte, um mich hochziehen zu lassen, strich er sanft mit dem Daumen über meine Handinnenfläche. »Vertrau mir. Ich hoffe nur, du hast keine Stauballergie.«

Es war lustig mit Jasper. Leicht. Kichernd huschten wir durch einen Nebeneingang in den südlichen Teil des Schlosses, in dem sich auch der Abstieg in die Kellerabteile befand. Ich erwartete, dass Jasper mich in ein kaltes, zugemülltes Kellerverlies führen würde. Doch als er mir die schwere Eisentür zu seinem Refugium aufhielt, fand ich mich in einer anderen Welt wieder. Jaspers Kellerabteil sah aus wie ein verrückter Antiquitätenladen. Und wir verirrten uns geradewegs in ihm.

Die Härchen an meinen Armen stellten sich auf, als ein Pelzkragen meine Haut im Vorübergehen streifte. Gleichzeitig spürte ich ein Kitzeln an meiner Nase, weil eine gewaltige Pfauenfeder an einem Hut über mein Gesicht strich. Es roch ein wenig modrig hier drin, nach Staub und nach Vergangenheit.

»Und das alles hast du über wie viele Schuljahre angeschleppt?«, fragte ich und sah mich mit großen Augen um.

Der Raum war vollgestopft mit allen möglichen Dingen. In der rechten Hälfte des Kellerabteils befanden sich mehrere Reihen aus Kleiderstangen, die mit Mänteln, Uniformen und altmodischen Frauenkleidern behängt waren. Dahinter folgten Regale mit Videokassetten und Truhen sowie diverse Sekretäre, auf denen sich Service, Schreibsets und vergilbte Spielekartons häuften. Von dort aus ging es nahtlos in ein Labyrinth aus Möbeln über, durch das wir uns gerade schlängelten.

»Fünf«, sagte Jasper leise und schob im Laufen einen gigantischen Blumentopf zur Seite. »Gefällt es dir nicht?«

»Doch«, beeilte ich mich zu sagen. »Ich liebe es!« Und es stimmte.

Obwohl die schirmverhangenen Lampen nur schummriges Licht abwarfen, sah ich, dass Jasper vor Freude rot anlief. Hastig deutete er auf einen papierenen Sichtschutz, der in eine Ecke gequetscht stand.

»Hier kannst du dich umziehen, um deine nassen Klamotten loszuwerden. Warte kurz, ich mache mich auf die Suche nach etwas, das dir passen könnte.«

Oh. Er hatte hier unten also tatsächlich Sachen in meiner Größe?

»Bitte kein Kleid mit Schnürung!«, rief ich ihm hinterher, doch da war er schon in seinem Labyrinth verschwunden. Nur noch sein verhaltenes Lachen drang zu mir herüber. Ich ahnte Böses.

Wenige Minuten später trat ich in Leinenhemd und Bügelhose aus der Umkleidekabine und sah aus wie ein verdammter Prinzregent. Doch Jasper lachte mich nicht aus. Stattdessen spürte ich Überraschung in seinem Blick und beinahe so etwas wie … Bewunderung. Ich wollte ihn gerade zu einem Duell mit den zwei Regenschirmen auffordern, die unweit von uns in einer Vase standen, da war er selbst auch schon hinter dem Paravent verschwunden. Als er sich nach einigem Fluchen und Ächzen wieder blicken ließ, kreischte ich vor Lachen. Er hatte sich in ein rosarotes Prinzessinnenkleid gequetscht und wackelte aufreizend mit den Hüften. Zwar kannte ich durchaus Jungs, die Kleider trugen, aber Jasper hatte sich ausstaffiert, als wäre er Marie-Antoinette höchstpersönlich. Wir ließen unsere Kleider, wie sie waren, und liefen weiter ins Labyrinth hinein, dabei tastete Jasper ganz selbstverständlich nach meiner Hand.

Alles in mir war ganz kribbelig, ich fühlte mich wie auf einer Expedition.

Irgendwann kamen wir zu einer Art Lichtung, um die herum Regale zu einem Viereck geordnet waren. In ihrer Mitte, auf einer Treppe bestehend aus Büchern, stand ein gewaltiger Ohrensessel. Von dort aus hatte man bestimmt den perfekten Überblick über Jaspers Antiquitätenreich.

»Scheiße.«

Ich lachte auf, eilte die Stufen hinauf und ließ mich in den Ohrensessel fallen, um Jasper mit einem königlichen Blick zu bedenken. Sein Gesicht lag halb im Schatten, denn er hatte mehrere schummrige Lampen angeknipst, die dem Ganzen eine geheimnisvolle Atmosphäre einhauchten.

»Und die Leute vom Internat erlauben dir wirklich, all dieses Zeug zu behalten?«, fragte ich und machte eine ausladende Bewegung über das Reich zu meinen Füßen.

Jasper antwortete nicht. Langsam trat er näher und lächelte zu mir herauf. »Ich nenne es mein Gruselkabinett«, sagte er. »Und du sitzt gerade auf meinem Thron.« Mit jedem Wort stieg er weiter zu mir herauf, bis seine Hände die Lehnen des Sessels berührten und er sich über mich beugte. Sein Atem streifte meine Wange, und ein aufgeregtes Kribbeln breitete sich in mir aus.

»Mir gefällt es ganz gut hier«, brachte ich hervor. »Vielleicht bin ich einfach zum Herrschen geboren.«

Ich betrachtete Jaspers leicht geöffnete Lippen, seine ruhigen, belustigten Augen, sein verstrubbeltes Haar. Er gefiel mir. Mehr als das. Ich wollte ihn. Nicht nur als Zeitvertreib. Man konnte über seine Sammelangewohnheit sagen, was man wollte, aber jemanden wie ihn hatte ich noch nie getroffen.

Sein Gesicht näherte sich meinem. Ich schloss die Augen – und kreischte auf, weil Jasper mich packte und vom Sessel wirbelte. Ehe ich begriff, wie mir geschah, stand ich auf wackeligen Beinen und sah Jasper an, der es sich selbstgefällig in seinem Sessel bequem gemacht hatte. Das Prinzessinnenkleid verlieh ihm durchaus etwas Eindrucksvolles.

»Mein Königreich, meine Regeln«, sagte er und grinste, doch in seinen Augen lag ein sanfter Ausdruck.

Dann erhob er sich und kam auf mich zu. Mein Atem stockte. Ich wollte ihm ausweichen, schließlich hatte er mich wieder einmal gelinkt, doch er griff nach meinen Händen und zog mich sachte an sich.

»Weißt du, dass du das erste Mädchen bist, dem ich das hier zeige?«, murmelte er. »Bei dir habe ich einfach das Gefühl, dass du auch dann nicht wegläufst, wenn ich dir mein chaotisches Gerümpelherz zeige.«

Ich lachte auf. »Ich habe auch ein Gerümpelherz. Vor mir musst du keine Angst haben.«

»Habe ich aber manchmal, Leah. Ich kann nie sagen, was du gerade denkst. Du bist wie ein Buch mit sieben Siegeln für mich.«

Daran hatte ich auch jahrelang gearbeitet. Dass niemand in mich hineinsehen konnte. Damit niemand mir jemals wieder so wehtat.

Ich legte Jasper eine Hand an die Wange und sah in seine Augen. Sie waren grau. Grau wie Taubenfedern. Seine Lippen hingegen waren rosig.

»Jasper«, flüsterte ich, »ich habe keine Ahnung, ob das hier gut gehen wird. Aber ich würde mich hassen, wenn ich es nicht versuchen würde.«

Dann zog ich ihn zu mir und küsste ihn. Und er küsste zurück. Ruhig, vorsichtig, als hätten wir beide gewusst, dass es irgendwann passieren musste. Ich spürte seine Hände an meiner Taille, während seine Zunge langsam zwischen meine Lippen drang, und als sich unser Kuss vertiefte, entwich mir ein Stöhnen. Ich vergrub meine Finger in seinen Haaren, und er hob mich mit Leichtigkeit hoch, um mich näher bei sich zu haben. Im nächsten Moment stolperte er auch schon rückwärts. Wir lachten, als er sich ungeschickt in den Sessel fallen ließ. Einen Augenblick lang hielten wir inne. Ich saß auf seinem Schoß, und unsere Gesichter waren zum ersten Mal auf Augenhöhe.

Mit einem Lächeln strich ich ihm die verstrubbelten Haare aus dem Gesicht. »Wie gefällt dir dein erstes richtiges Date?«, fragte ich.

Jasper spiegelte meine Geste und ließ eine meiner halb getrockneten Haarsträhnen zwischen seinen Fingern entlanggleiten. »Ich weiß nicht, wie es dir geht«, sagte er. »Aber ich glaube, es wird mein letztes erstes Date für sehr lange Zeit sein.«

»Weil du es so grauenhaft fandest?«

Er schüttelte den Kopf. In seiner rechten Wange bildete sich ein Grübchen. »Weil ich nicht glaube, dass mir jemals wieder ein Mädchen so gefallen wird wie du.«

Dann küsste er mich wieder. Und mein Gerümpelherz klopfte.

Kapitel 21

»Ihr wurdet gesehen …«

Irritiert blickte ich von meinem Laptop auf, der unter der Sommerhitze vor sich hin schmorte. Hartlyn redete mit mir? Und zwar nicht über den *Sandmann*? Womit hatte ich das nur verdient?

Es war Donnerstag, und meine Projektarbeitspartnerin und ich saßen heute ausnahmsweise mal draußen. Nachdem wir den gestrigen Tag schweigend in der Bibliothek verbracht hatten – natürlich ohne Carter, die sich die ganze Woche nicht bei uns hatte blicken lassen –, hatte ich heute auf Frischluft und Vitamin D bestanden. Nun saßen Hartlyn und ich an einem der Holztische, die überall auf dem Gelände verteilt waren, und die im Zenit stehende Mittagssonne machte es nahezu unmöglich, etwas auf dem Laptopbildschirm zu erkennen.

Ich stützte den Kopf in die Hände, zog meine Sonnenbrille ein Stückchen nach unten und blinzelte zu Hartlyn herüber. Dabei musste ich anerkennend feststellen, dass sie bereits jetzt einen ordentlichen Sonnenbrand hatte, obwohl sie sich erst vor einer knappen Stunde mit Lichtschutzfaktor 50 eingeschmiert hatte.

»Hättest du die Freundlichkeit, mich aufzuklären, worüber du sprichst?«, fragte ich und lächelte träge zu ihr hinüber. »Wer wurde bei was gesehen?«

Hartlyn seufzte und tippte genervt mit dem Kuli auf ihrem Block herum. »Du und Jasper«, sagte sie angeekelt. »Amber hat euch dabei beobachtet, wie ihr halb nackt im See rumgemacht habt.«

Sofort fiel mir das Lächeln aus den Mundwinkeln. *Scheiße.* Wenn dieses Biest von Amber uns schon ohne Schwierigkeiten bespitzeln konnte, wer hatte uns dann noch gesehen? War Ellie vielleicht doch nicht so ahnungslos gewesen, wie ich angenommen hatte?

»So, hat sie das?«, knurrte ich. »Jetzt weiß ich immerhin, wer hier den ganzen Gossip verbreitet. Was deine tolle Freundin behauptet, stimmt nicht. Jasper und ich haben uns nur eine Wasserschlacht geliefert, mehr nicht.«

Hartlyn zuckte pikiert mit den Schultern. »Na, wenn du das sagst. Ich liefere mir auch andauernd mit allen möglichen Leuten *Wasserschlachten.*«

Die Vorstellung von Hartlyn, wie sie mit nassen Haaren im Wasser herumspritzte, war so absurd, dass ich lachen musste. Jasper hingegen, dem das Wasser vom Gesicht herabperlte … Seit vorgestern nutzten meine Gedanken jede Gelegenheit, um zu ihm zurückzukehren. Zu der Kabbelei im See, dem Besuch im Gruselkabinett, dem Kuss … Ich musste grinsen. Es war ein sehr langer Kuss gewesen. Und ein sehr, sehr schöner … Wenn da nur nicht Reese' verletzter Blick gewesen wäre, als ich von meinem Date nach Hause gekommen war.

»Hallo!« Hartlyn schnippte vor meinem Gesicht. »Sind wir noch da? Die Abgabe rückt immer näher, falls du das vergessen hast.«

Ich seufzte. »Ja, ja, keine Sorge. Ich bin ganz Ohr und kann es kaum erwarten, meine Seele in den kommenden Stunden dem *Sandmann* zu verschreiben.«

Hartlyn schnaubte und sagte nichts mehr. Doch wenige Wimpernschläge später begann sie erneut, mit dem Kuli auf ihrem Block herumzutippen. Eine Zeit lang hielt ich es aus, dann konnte ich es einfach nicht mehr hören.

»Jetzt rück schon mit der Sprache raus. Was ist los, Heart?«

Hartlyn blinzelte gegen das Sonnenlicht und beobachtete eine Gruppe Achtklässler, die freudig Gartenstühle lackierten. Die Vorbereitungen für das Sommerfest übermorgen waren in vollem Gange.

»Du solltest auf dich aufpassen.«

Entnervt stieß ich die Luft aus. »Wenn du auf diese Drogengeschichte anspielst, keine Sorge. Ich verspüre nicht das Bedürfnis, mir irgendwas reinzuballern.«

»Das meinte ich nicht, Leah«, sagte sie leise.

Überrascht hielt ich inne. Es war das erste Mal, dass sie mich nicht Annabelle nannte.

»Jasper ist ein netter Kerl, aber er befindet sich in schlechter Gesellschaft.«

»Was genau willst du mir damit sagen?«, fragte ich härter als beabsichtigt. Ein kalter Schauder lief mir den Rücken hinab. Erst Carter, die mich vor Reese warnte, nun Hartlyn, die meine ganze Clique offensichtlich verabscheute.

Hartlyn legte ihren Stift zur Seite und sah mir direkt in die Augen. »Ich traue ihnen nicht. Sie geben sich so sympathisch, offen, unsagbar cool. Aber das sind sie nicht. Vor zwei Jahren haben sie das Gerücht verbreitet, mein Bruder hätte etwas mit Skylars Verschwinden zu tun.«

Ich runzelte die Stirn. »Wieso sollten sie …«

»Sie brauchten einen Sündenbock«, unterbrach mich Hartlyn.

Ihre Worte brachten mein Herz unangenehm zum Flattern, und mir wurde auf einmal ganz flau. Langsam schüttelte ich den Kopf, aber Hartlyn redete schon weiter.

»Rune hatte sich damals ein wenig mit Magnus und den anderen angefreundet und war hin und wieder mit ihnen unterwegs. Dabei war nicht zu übersehen, dass er sich nur wegen Skylar mit ihnen herumtrieb.«

Mir klappte der Mund auf. »Er war in Skylar verliebt?«

Hartlyn fixierte mich mit eisigen Augen. »Ich weiß es nicht, und es spielt auch keine Rolle. Letztendlich zählt nur, welche Gerüchte verbreitet wurden, und im Flurfunk ging dieses Getratsche schon länger rum. Wenige Tage nach Skylars Verschwinden hieß es dann plötzlich, Rune habe etwas mit ihr angestellt. Und die Quelle dieses Gerüchts lässt sich eindeutig auf deine Freunde zurückverfolgen.«

»Warum sollten sie so etwas behaupten?«

Hartlyn sah mich eindringlich, beinahe wütend an. »Weil sie selbst etwas mit Skylars Verschwinden zu tun haben.«

»Das ist doch absurd«, presste ich hervor.

»Ach ja? Genauso absurd wie die Tatsache, dass Rune von einem auf den anderen Tag vollkommen durchdreht und im Wald verschwindet?«

Ich schüttelte den Kopf. »Komm schon, Hartlyn, das ist doch Wahnsinn. Du beschuldigst gerade deine Mitschüler, einen Mord zu vertuschen.«

Hartlyn wandte sich schnaubend ab. »Lass dir eines gesagt sein, Annabelle: Du kennst diese Leute nicht.«

»Ach, aber du?«

Hartlyn funkelte mich an. »Weißt du was? Vergiss einfach, was ich gesagt habe. Sie haben dich längst um den Finger gewickelt. Dabei dachte ich tatsächlich, du hättest dir die Qualität bewahrt, die Dinge zu hinterfragen.«

Ihre Worte machten mich unglaublich wütend. Ich sollte ihr also jeden Scheiß abnehmen, wenn sie sich alle paar Tage dazu herabließ, mit mir zu reden, aber wenn ich ihre Behauptungen anzweifelte, war ich auf einmal ein folgsames Schaf? Kurzerhand stützte ich die Hände auf den Tisch und beugte mich zu Hartlyn hinüber. »Du willst, dass ich dir glaube?«

Hartlyn verengte die Augen und fixierte mich ebenso eindringlich wie ich sie. Sie nickte kaum merklich.

»Gut«, sagte ich. »Dann bring mich zu Rune.«

Mit zitternden Knien wartete ich darauf, dass sich die Tür endlich öffnete.

Gleich würde ich ihn wiedersehen. Den Jungen, der mich im Wald angegriffen hatte. Rune.

Hartlyn war nun schon seit einer ganzen Weile in seinem Krankenzimmer verschwunden, und allmählich kam es mir vor, als ließe sie mich absichtlich zappeln. Ungeduldig klammerte ich mich an den kleinen Koffer, den ich aus meinem Zimmer mitgenommen hatte. Meine Hände waren so feucht, dass der Henkel vor Schweiß glänzte.

Als Hartlyn ihren Kopf aus der Tür streckte, machte mein Herz einen kleinen Satz.

»Du kannst jetzt reinkommen.« Mit wummerndem Puls folgte ich ihr in Runes Krankenzimmer.

Das Erste, was mir auffiel, war die spartanische Inneneinrichtung. Die einzigen Farbkleckse waren das kubistische Bild gegenüber dem Fenster und Runes rotes Haar. Er saß gebeugt in seinem cremefarbenen Krankenbett, die Augen merkwürdig stumpf. Als würde er uns gar nicht zur Kenntnis nehmen. Nicht zum ersten Mal kam mir der Gedanke, dass er auf einem Trip hängen geblieben sein könnte. Das Bild seiner manisch aufgerissenen Augen im Wald ging mir nicht aus dem Kopf.

»Hi, Rune«, sagte ich. Meine Stimme zitterte etwas.

Zögerlich näherte ich mich dem Bett und blieb mit zwei Metern Abstand davor stehen. Näher traute ich mich nicht heran, denn sein Anblick ging mir bis in die Knochen. Im Wald hatte er verwildert ausgesehen, blutig, schmutzig, auf eine reine Form des Wahns reduziert. Doch die Apathie, mit der sein Blick nun durch den Raum streifte, war noch erschreckender. Dunkelviolette Schatten lagen unter seinen Augen, und seine Haut war so durchsichtig, dass blaue Adern darunter hervorschimmerten. Sie waren jedoch nichts gegen seine Nase, die in unheilvollen Farben angelaufen war.

»Dr. Montgomery gibt ihm neben den Antidepressiva auch starke Schlafmittel, aber er erholt sich nur langsam«, erklang Hartlyns müde Stimme in meinem Rücken.

Für mich sah es nicht so aus, als würde sich Rune auch nur ansatzweise erholen. Im Gegenteil. Ich hatte noch nie einen Menschen gesehen, dem es schlechter ging.

Hier stand ich nun und hatte sämtliche Entschlossenheit verloren. Noch vor wenigen Minuten hatte ich gedacht, vielleicht sei so etwas wie eine normale Unterhaltung möglich, aber nun glaubte ich nicht einmal, dass Rune mich überhaupt wahrnahm. Und so starrte ich ihn an, obwohl ich wusste, dass es unhöflich war, und versuchte noch etwas von dem Jungen aus dem Wald in ihm wiederzuerkennen. Bevor ich wieder sprechen konnte, musste ich mehrere Male schlucken.

»Vielleicht erinnerst du dich nicht an mich«, sagte ich leise und versuchte Runes Blick mit meinem festzuhalten. Er entglitt mir wie Nebel zwischen den Fingern. »Wir sind uns schon zweimal begegnet, im Wald. Du hast mir einen gehörigen Schrecken eingejagt.«

Rune schaute nicht einmal in meine Richtung. Dafür spürte ich Hartlyns wütenden Blick in meinem Rücken. Vermutlich gefiel es ihr ganz und gar nicht, dass ich ihren Bruder auf die Geschehnisse im Wald ansprach.

»Jedenfalls«, ich zögerte und fummelte am Reißverschluss meiner Tasche, »habe ich dir etwas mitgebracht.«

Das leise Summen von Saiten erklang, als die Ukulele gegen den Deckel des Koffers stieß und ich sie vorsichtig herausholte. Bildete ich mir das nur ein, oder blickten Runes Augen ein bisschen klarer?

Zaghaft lächelte ich. »Ich habe gehört, dass Musik deine große Leidenschaft ist. Da dachte ich mir, dass es dir hier drin ohne Instrument wahrscheinlich ein bisschen zu langweilig ist.«

Probehalber schlug ich meine vier Standardakkorde an und versuchte herauszuhören, ob sich das Instrument verstimmt hatte. Tatsächlich hörte es sich irgendwie schräg an, aber woran genau das lag, konnte ich nicht sagen. Also streckte ich Rune die Ukulele nur seufzend entgegen.

Einen Moment lang glaubte ich, er würde einfach durch mich hindurchsehen. Doch dann fokussierte sich sein Blick, und langsam, ganz langsam, streckte er die Hände nach dem Instrument aus. Ich schwitzte, als ich es ihm übergab, denn jeden Moment konnte er vorschnellen und mich packen. Wieder. Doch das tat er nicht. Stattdessen nahm er die Ukulele ganz vorsichtig entgegen und betrachtete sie bedächtig, beinahe zärtlich. Als einer seiner breiten Finger den Instrumentenhals entlangglitt und den ersten Ton anstimmte, klang der so klar und kontrolliert wie noch keiner, den ich jemals erzeugt hatte.

Ich ließ mich langsam auf einen Stuhl neben dem Bett gleiten und sah ihm dabei zu, wie er scheinbar zusammenhanglos Töne anschlug und immer wieder an den Stimmwirbeln drehte.

»Die Ukulele ist von meinem Dad«, sagte ich schließlich. »Er hat sie mir geschenkt. Wenn du willst, lasse ich sie dir hier. Ich kann im Moment sowieso nichts damit anfangen.«

Rune reagierte nicht, zupfte nur weiter an den Saiten. Ratlos drehte ich mich zu Hartlyn um. Sie sah mich müde an, als hätte sie keine Kraft mehr, sich zu verstellen. Und auf einmal erschien es mir nur nachvollziehbar, dass sie sich lieber mit Verschwörungstheorien zu Skylars Verschwinden ablenkte, als sich dem Schmerz ihres Bruders auszusetzen. Das hier war nur schwer auszuhalten.

Eine Weile beobachteten wir Rune, wie er auf der Ukulele klimperte. Schließlich legte er das Instrument zur Seite, und über sein Gesicht huschte ein qualvoller Ausdruck.

Na toll, Leah, dachte ich. *Du hast es geschafft, einen Jungen, der ohnehin schon am Boden ist, noch trauriger zu machen.*

Ich warf einen hilflosen Blick in Hartlyns Richtung, doch sie hatte sich abgewandt, als könne sie Runes Anblick nicht länger ertragen. Ich rutschte mit dem Stuhl näher an sein Bett. Meine Stimme war leise, als ich einen erneuten Versuch wagte, mit ihm zu sprechen.

»Du hast dich an etwas erinnert, nicht wahr?«

Rune antwortete nicht, starrte nur mit müden Augen auf sein weißes Bettlaken.

»Manchmal geht es mir auch so, wenn ich Musik höre«, sagte ich. »Oder wenn ich einen Duft rieche oder etwas sehe, das ich mit einem bestimmten Ereignis verbinde. Dann werde ich sofort in die Zeit zurückversetzt. Und es fühlt sich so an, als würde ich diesen Moment wieder erleben.«

Kurz schloss ich die Augen und atmete tief aus, bevor ich ihm wieder in sein stummes Gesicht blickte.

»Ich gebe es nicht gerne zu«, sagte ich. »Aber mein Vater hat meine Mutter und mich verlassen, als ich noch ein Kind war. Seitdem habe ich nie wieder etwas von ihm gehört. Diese Ukulele erinnert mich an ihn. Wenn du willst, kannst du sie behalten.«

»Annabelle, das musst du nicht«, erklang Hartlyns Stimme im Hintergrund.

»Doch, muss ich«, sagte ich leise, ohne mich umzudrehen.

Ich hatte die Erinnerung jahrelang wie einen schweren Koffer mit mir herumgetragen, ohne ihn jemals aufzumachen. Nun spürte ich, wie seine Schnallen zuckten. Um zum ersten Mal sah ich ihnen nur dabei zu, statt sie, wie sonst immer, hinabzudrücken und wieder fest zu verschließen.

»Ich will mit alldem eigentlich nur abschließen«, hörte ich mich wie durch Watte sagen. Zu Rune, zu Hartlyn, wer wusste das schon. Ich hatte die Wucht der Erinnerung, der Bilder unterschätzt. Hatte vergessen, wie schlimm sich so etwas Simples wie ein Familienzusammenbruch anfühlen konnte. Nun spürte ich wieder, wie die Steine unseres Hauses einstürzten.

Mein Vater war Musiker gewesen. Einer, der zwischen Brotjob und Familie verzweifelt versuchte, seine Karriere als Songwriter anzuheizen. Am Anfang hatte es noch geheißen: »Nur ein paar Monate. Nicht mehr lange, dann habe ich den großen Durchbruch geschafft.« Aber der Durchbruch kam nie. »Bald«, erzählte er mir, als ich drei war, dann fünf, dann sieben. Die Jahre verstrichen. Und irgendwann wurde er in seinem Brotjob befördert. Von da an trug er jeden Tag Hemden, wenn er zur Arbeit ging, und kam abends mit gebeugten Schultern und einer immer tiefer werdenden Falte zwischen den Augenbrauen zurück. Er sagte nichts, aber seine Augen sprachen für ihn: Warum habe ich mich nicht gegen eine Familie entschieden?, fragten sie mich. Warum habe ich deine Mutter nicht verlassen, bevor sie schwanger wurde?

Er war kein schlechter Dad gewesen. Er hatte mir die Liebe zur Musik vermittelt, war wild mit mir zu den Songs der Rolling Stones herumgesprungen und hatte mir *Stairway to Heaven* auf der Blockflöte beigebracht. Eines Tages nach der Arbeit stand er mit einem kleinen Koffer in der Tür. Er hatte mir eine Ukulele aus dem Musikladen ein paar Straßen weiter mitgebracht, und ich war mir sicher, dass ich ihn noch nie so stolz gesehen hatte wie in diesem Moment, als ich als Siebenjährige an dem kleinen Saiteninstrument herumzupfte und ein altes Nirvana-T-Shirt von ihm über meinen knubbeligen Knien trug.

Mein Vater war wirklich kein schlechter Dad. Er war der beste Dad der Welt gewesen, bis er sich dazu entschieden hatte, gar keiner mehr zu sein.

Eine Träne rann meine Wange hinab, schnell wischte ich sie weg. Doch eine zweite kam. Ich zog die Nase hoch und schloss die Augen, dann wandte ich mich wieder um, sah Rune ins Gesicht. Ich war hier, weil ich eine Mission zu erfüllen hatte: Runes Vertrauen gewinnen.

»Ich habe ein paar Fragen an dich, Rune. Ich möchte herausfinden, was mit Skylar Avery passiert ist. Und ich hoffe, du kannst mir helfen.«

Zuerst glaubte ich, keinerlei Reaktion auf seinen ausdruckslosen Zügen zu erkennen. Doch dann sah ich, wie sich seine Pupillen weiteten und seine Augen immer größer wurden.

»Erinnerst du dich an sie?«

»Natürlich erinnert er sich«, fauchte Hartlyn.

Ich beachtete sie nicht. »Sie ist jetzt seit zwei Jahren verschwunden, und ich habe den Verdacht, dass alles irgendwie miteinander zusammenhängt. Skylars Verschwinden, diese Drogengeschichten, dass du unbedingt im Wald verschwinden wolltest, Rune, und …« Ich schluckte hart. Dann ließ ich die Bombe platzen. »Und die Nebelfrauen.«

Rune stieß ein ängstliches Röcheln aus. Auf einmal wirkte er wieder genauso groß und massig wie bei unserer Begegnung im Wald. Vorsichtshalber zog ich meinen Stuhl ein paar Zentimeter zurück, doch in Runes Körper kam ebenfalls Bewegung.

Er begann unruhig hin und her zu rutschen, sah sich nach allen Seiten um und stieß ein heftiges Keuchen aus.

»Alles ist gut, Rune. Alles ist gut.« Vorsichtig hob ich die Hände.

Doch nichts war gut. Hartlyn sprang auf und rannte zu Runes Bett. Sie warf mir einen bitterbösen Blick zu, während sie Rune zu beruhigen versuchte. Doch es klappte nur mäßig. Er schnappte nach Luft und öffnete immer wieder den Mund, als wolle er etwas sagen.

»Hör auf, so einen Unsinn zu erzählen!«, zischte Hartlyn. »Er ist labil. Und du musst ihn nicht auch noch mit seinen eigenen Wahnvorstellungen füttern.«

Sie hatte recht. Vermutlich hatte ich gerade die Resultate tagelanger Therapie zunichtegemacht. Und trotzdem. Ich war die Einzige, die wusste, dass nicht alles, was Rune von sich gab, ein Konstrukt seines Gehirns war. Das Buch, das Wren aus der Bibliothek hatte mitgehen lassen, enthielt eine Geschichte über genau die sagenumwobenen Wesen, vor denen Rune sich so sehr fürchtete. Und Skylar war unter mysteriösen Umständen mitten in der Nacht aus ihrem Zimmer verschwunden. Als hätte man sie auf Nebelhänden davongetragen.

»Skylar.« Runes Stimme war nicht mehr als ein qualvolles Stöhnen.

»Was ist mit Skylar?«

Mein Atem beschleunigte sich, und mein Herz begann wie wild zu klopfen. Doch Rune machte keine Anstalten, noch etwas zu sagen. Er stieß eine Art panisches Röhren aus und begann heftig zu schnauben. Hartlyn hatte alle Mühe, ihn auf dem Bett zu behalten.

»Geh jetzt, Annabelle«, brachte sie hervor. »Wenn Rune sich nicht gleich beruhigt, rufe ich die Schwester.«

Wäre ich ein vernünftigerer Mensch gewesen, hätte ich auf

Hartlyn gehört. Ich wäre respektvoll zurückgewichen, wäre aus der Tür gelaufen und hätte die Schulkrankenschwester gesucht. Oder gleich den Notfallknopf gedrückt. Doch dafür war es längst zu spät. Ich hatte Witterung aufgenommen.

»Was ist mit Skylar passiert?«, fragte ich Rune eindringlich. »Hat ihr jemand etwas getan? Hast du etwas gesehen?«

In diesem Moment riss sich Rune von seiner Schwester los, die erschrocken kreischte, und sprang auf. Augenblicklich wurde mir klar, dass ich einen Fehler begangen hatte. Rune wog mehr als Hartlyn und ich zusammen. Er war riesig. Und wenn er Panik bekam, schlug er wild um sich. Langsam, so langsam, wie es mir möglich war, erhob ich mich von meinem Stuhl. Ich wollte Richtung Tür zurückweichen, doch Runes tränenverschleierter Blick hatte bereits den meinen gefunden, und schon stand er vor mir. Seine Lungen pfiffen wie die eines Pferdes, das zu lange gerannt war. Doch er tat nichts anderes, als mir in die Augen zu sehen. Ich konnte mich nicht von seinen lösen.

»Skylar ist tot«, stieß er aus. »Sie haben sie geholt. Die Nebelfrauen. Sie haben sie geholt.«

Mir wurde kalt. Ich wusste nicht, ob es an der Vorstellung lag, dass rachesinnende Hexendienerinnen Skylar entführt und getötet haben sollten, oder an der Erkenntnis, dass Rune wirklich daran glaubte. In seinem Kopf existierten die Nebelfrauen.

»Was hast du gesehen?«, presste ich hervor.

Runes Pupillen schienen seine Augen zu verschlucken. Einen Moment lang bewegten sich seine Lippen, schienen stumm nach Worten zu suchen, während seine Lider wie Sensen niederfuhren, dann brach er in hemmungsloses Schluchzen aus. Seine gewaltigen Schultern krümmten sich, und ich war versucht, ihm den Rücken zu tätscheln, doch ich wusste nicht, wie er auf Berührungen reagieren würde. Erst da bemerkte ich, dass er etwas fest mit seiner Hand umklammerte. Hatte er das schon die ganze Zeit getan? Nein, das konnte nicht sein, er hatte doch eben noch Ukulele gespielt.

»Was hast du da?«, fragte ich.

Er wandte sich ab, als wollte er das, was er da hielt, vor mir beschützen.

»Komm schon«, sagte ich. »Ich nehme es dir nicht weg. Du darfst es behalten, genau wie die Ukulele.«

Der Anblick des weinenden Riesen, der Angst davor hatte, dass ich ihm etwas wegnahm, rührte mich seltsam. *Wie ein Kind*, dachte ich. *Wie ein kleines Kind.* Sachte berührte ich ihn am Arm. Rune zuckte kurz zusammen, doch ansonsten blieb er ruhig.

»Bitte«, sagte ich mit Nachdruck. »Du würdest mir sehr helfen.«

Hartlyn schien genau wie ich den Atem anzuhalten, als Rune sich langsam zu mir umdrehte. Seine roten Wimpern waren tränennass, doch er sah mir direkt in die Augen. Wie ein schuldbewusster Junge, der seiner Mutter eine geklaute Murmel zeigte. Langsam öffnete er seine riesige Handfläche. Hinter mir hörte ich Hartlyn nach Luft schnappen. In Runes Hand lag ein silbernes, leicht erdiges Medaillon. Zu meiner Überraschung nahm er es an der Schnur und hielt es wie ein Pendel vor mich hin. Ich streckte die Hand danach aus – doch auf einmal war da Hartlyn und stieß mich von ihm weg.

»Lass das«, zischte sie mich an. »Behalte deine dreckigen Finger bei dir.«

Ich war so perplex, dass ich es einfach geschehen ließ und zurücktaumelte. Erst als ich mich wieder gefangen hatte, fiel mein Blick erneut auf das Medaillon. Und in diesem Moment wurde mein Verlangen nach der Wahrheit so groß, dass es mir vollkommen egal war, ob ich Hartlyns Gefühle mit Füßen trat. Ich rammte Hartlyn mit meiner Schulter, sodass sie zur Seite trudelte, und griff nach dem Medaillon. Widerstandslos ließ Rune es sich aus der Hand reißen, und bevor Hartlyn danach grapschen konnte, drehte ich mich um und hielt es über meinen Kopf.

»Nein!« Hartlyn schrie und zog an meinen Armen.

»Bitte, Hartlyn«, zischte ich. Ich versuchte, das Medaillon zu öffnen, doch der Verschluss war so klein, dass es selbst dann schwierig gewesen wäre, ihn zu betätigen, wenn keine aufgebrachte Hartlyn an meinen Armen gezerrt hätte.

Und doch – nach einem schier endlosen Moment, der nur aus Runes tränennassen Augen, Hartlyns Geschrei und einer dauerhaft läutenden Sirene in meinem Kopf zu bestehen schien – klappte es auf.

Wrens lächelndes Gesicht blickte mir von einem winzigen, oval zugeschnittenen Foto entgegen. Er schaute mich so strahlend und glücklich an, wie ich ihn in all der Zeit auf Elm Castle noch nicht gesehen hatte. Ich wollte etwas sagen, wollte Rune fragen, was das zu bedeuten hatte. Doch kein Wort verließ meinen Mund. Denn im nächsten Moment traf mich auch schon Hartlyns schallende Ohrfeige.

»Wie kannst du es wagen?«, brüllte sie mich an und entriss mir Runes Medaillon. »Was zur Hölle fällt dir ein, so mit meinem kranken Bruder umzugehen?« Sie packte mich am Arm. »Verschwinde.«

»Hartlyn«, sagte ich und presste mir die freie Hand an die Wange, die nun immer stärker brannte. »Du weißt, was das eben war.«

»Raus hier!«, schrie Hartlyn. Ihre Stimme überschlug sich. Mit erstaunlicher Kraft packte sie mich nun auch mit der anderen Hand und zog mich zur Tür. »Nie wieder lasse ich mich von dir blenden, du miese kleine Schlange!«

Im nächsten Moment stand ich auf dem Gang. Mit leeren Händen, dafür aber mit bohrenden Fragen in meinem Bauch.

Kapitel 22

Bäuchlings und mit meinem Laptop vor der Nase lag ich auf dem Bett und nutzte die wertvollen Minuten, in denen ich sturmfrei hatte. Es war später Nachmittag, doch Reese hatte um diese Uhrzeit noch Italienisch, genau wie Jasper, der im selben Kurs saß. Bis er und ich in einer Stunde verabredet waren, wollte ich noch mal im Fall Skylar Avery recherchieren. Schließlich hatte ich vor ein paar Stunden ihr Medaillon in den Händen gehalten – nachdem ich Wrens Bild gesehen hatte, bestand daran ja wohl kein Zweifel mehr. Die Frage war nur, wie Rune in den Besitz des Medaillons gekommen war. Hatte er es Skylar gewaltsam abgenommen, oder war es eher so, dass er es bei einem seiner Ausflüge in den Wald gefunden hatte? Die Erde, die sich daran befunden hatte, schloss beides nicht aus …

Gott, mir wurde schlecht. Nun konnte ich wirklich nicht mehr so tun, als würde mich die ganze Sache nichts angehen. Ich würde die digitale Jagd nach Skylar Avery hier und jetzt beginnen.

Ich öffnete mehrere Tabs, klickte mich durch die Seiten und stieß schließlich auf ein stillgelegtes Twitterprofil, dessen Chronik von Abschiedsbriefen nur so überflutet war. Manche sprachen von Tod, obwohl nie eine Leiche gefunden worden war, andere riefen dazu auf, die Augen nach ihr offen zu halten. Ich scrollte durch die Texte – von emotionsgeladenen Posts bis zum knappen *R.I.P.* war alles dabei –, entdeckte aber keinen Nutzer, dessen Name mir bekannt vorkam. Die meisten schienen Internetbekanntschaften von Skylar gewesen zu sein. Ihre Profile wiesen darauf hin, dass sie in den gleichen Fotografie-Foren unterwegs waren wie Skylar. Eine von ihnen, blinky303, schien ganz besonders mitgenommen. Sie schrieb, sie habe nächtelang durchgeweint, nachdem sie erfahren hatte, dass Skylar vermisst werde. Auf gut Glück sendete ich ihr eine Nachricht, in der ich so tat, als wäre ich eine alte Freundin von Skylar. Nach nur einer Minute stand *Gelesen* darunter, doch auch eine halbe Stunde später hatte ich keine Antwort von ihr.

Irgendwann hatte ich mich durch den Wust aus Trauerbekundungen gekämpft und drang in das digitale Leben Skylar Averys ein. Sie schien ihr Twitterprofil nur sporadisch genutzt zu haben. Alle paar Wochen hatte sie irgendwelche Songlinks geteilt, die zwei- oder dreimal gelikt worden waren. Abgesehen von ihrem Profilbild gab es keine Fotos. Sie folgte über 400 Accounts, von denen die meisten irgendwelche Kunstschaffenden waren, schien aber – wenn überhaupt – mit den Leuten nur über den Privatchat zu kommunizieren. Als ich schließlich so weit nach unten gescrollt hatte, dass nichts mehr kam, schloss ich das Suchfenster mit einem Seufzer.

Google spuckte mir ein paar Zeitungsartikel aus. Ein Foto von Skylar zusammen mit einer Beschreibung ihrer Kleidung wurden abgebildet, darunter stand, bei Hinweisen solle man sich bei der örtlichen Polizei oder der angegebenen Telefonnummer melden. Über Skylars Eltern fand ich nichts heraus, ebenso wenig über ihr Privatleben. Warum war das Netz so still? Man hätte doch meinen können, dass sich in Zeiten des Internets ganze Websites allein ihrer Suche widmeten. Fahrig überflog ich jeden einzelnen Artikel, doch es waren immer die gleichen Stichworte, die genannt wurden. Skylar Avery. Fünfzehn Jahre alt. Verschwunden. Man geht von einem Verbrechen aus. Schließlich stieß ich auf einen Artikel, der ein Detail erwähnte, das keiner der anderen wiedergegeben hatte.

Die fünfzehnjährige Schülerin Skylar Avery verschwand in der Nacht vom 23. auf den 24. August, nachdem auf dem Eliteinternat Elm Castle das alljährliche Sommerfest ausgerichtet worden war.

Moment, Sommerfest?! Skylar war am Abend des Events verschwunden, das in zwei Tagen wieder stattfinden sollte? Meine Hände auf der Tastatur begannen zu zittern. Vielleicht war es nur ein dämlicher Zufall, dass Skylar ausgerechnet in dieser Nacht verschwunden war.

Ich war so aufgeregt, dass ich mich mehrere Male vertippte, als ich das Datum des Sommerfests zusammen mit dem Stichwort »Mondkalender« in die Suchleiste eingab. Und Jackpot. Es war Vollmond gewesen, als Skylar verschwand. Was eigentlich total irrelevant war. Schließlich gab es so etwas wie Nebelfrauen nicht. Und dennoch …

Ich beschloss, den neuen Informationen erst einmal keine allzu große Bedeutung beizumessen. Schließlich spekulierte ich gerade nur. Aber ich brauchte Fakten, Beweise, irgendwas Handfestes. Also suchte ich weiter.

Es gab Hunderte von Instagram-Nutzerinnen, die Skylar Avery hießen, doch die meisten wiesen nicht einmal entfernte Ähnlichkeit mit der gesuchten Skylar auf. Schließlich änderte ich die Taktik und durchsuchte Ellies und Reese' Abonnenten, scrollte mich durch eine unendlich lange Liste aus Namen und Bildchen, ehe ich sie schließlich fand. Als ich Skylars Profilbild erkannte – das gleiche wie bei Twitter –, machte mein Herz einen kleinen Sprung. Und als ich draufklickte, stellte ich noch erfreuter fest, dass ihr Profil öffentlich war. Anscheinend hatte niemand nach ihrem Verschwinden einen Gedanken daran verschwendet, Skylars Account zu löschen. Sie nannte sich *Little_Moth* – passend zu ihren Bildern, die dunkel und clean gehalten waren und in denen ein Hauch düsterer Romantik zu lesen war. Die meisten Uploads waren Schwarz-Weiß-Fotografien, die Motive scheinbar zusammenhanglos ausgewählt. Ein Blumentopf, von einem Stein zersplittert. Ein Strauß Weidenkätzchen. Das Profil dreckiger Chucks. Doch auch vereinzelte Selfies ließen sich finden. Ich klickte ein Bild an, auf dem sie sich verhalten lächelnd von der Kamera abwandte. Trotz ihrer Schönheit schien sie eher zu der schüchternen Sorte gehört zu haben. Ihr fehlte die Leichtigkeit, die andere Menschen selbst dann versprühten, wenn sie nur auf farbigen Pixeln zu erkennen waren. Doch letztendlich war auch das wieder nur meine subjektive Wahrnehmung, Spekulation.

Auf gut Glück scrollte ich durch die Bilder und Kommentare. Es war nichts Besonderes dabei. Vereinzelte Komplimente von ein paar Usern, die mir nichts sagten, und die obligatorischen Spam-Kommentare. Ich seufzte – und stockte. Auf einem der neueren Bilder, einer Schwarz-Weiß-Aufnahme ihrer Schlüsselbeine, trug sie einen Schmuckgegenstand, der mir sehr bekannt vorkam. Ich schnappte nach Luft und zoomte näher heran. Eindeutig – es war das Medaillon, das mir Rune entgegengestreckt hatte. Es gab also keinen Zweifel mehr. Rune Griffith besaß Skylar Averys Medaillon.

Sollte ich jemandem davon erzählen? Ms Bitterfield? Runes Psychiater? Jasper? Doch mir wurde übel bei dem Gedanken, dass Jasper erfuhr, wie ich seinen Cousin in Bedrängnis gebracht hatte. Und außerdem – sollte ich nicht besser warten, bis ich handfeste Beweise hatte?

Ich seufzte und stützte einen kurzen Moment lang den Kopf

in meine Hand, bevor ich meine Recherchen fortführte. Ich klickte auf das nächste Bild, nur um wieder zu erstarren. Gleich der erste Kommentar grinste mir in seiner fiesen Hässlichkeit entgegen. Dort stand nur ein einzelnes Wort.

SCHLAMPE.

Ein kalter Schauder überfuhr mich und zog eine breite Spur aus Gänsehaut über meine Arme. Mein Blick verengte sich, wie durch einen Tunnel las ich den Kommentar noch einmal. Und wieder und wieder. Schließlich scrollte ich wie im Fieberwahn ein Bild weiter nach oben. Es war die Schwarz-Weiß-Fotografie eines männlichen Handrückens. Der gleiche Account hatte seinen ganzen Hass entladen.

HURE. Brenn in der Hölle, du Hexe.

Je näher ich den neuesten Bildern kam, desto mehr häuften sich die Kommentare. Alle waren voller Abscheu, Verachtung, brennender Wut. Und alle waren von der gleichen Nutzerin verfasst worden.

Ellie_andthemachine

Einen Moment lang schloss ich die Augen. Das Schlimmste war nicht die Welle aus Hass, die über Skylar hereingebrochen war. Sondern dass es mich nicht überraschte, dass Ellie diese Beleidigungen verfasst hatte. Vor meine Augen schob sich das Bild von der verheulten Ellie, die am See saß und rauchte. Sie liebte Wren. Anscheinend hatte sie es schon damals getan – und Skylar dafür gehasst, dass sie es war, die Wrens Herz erobert hatte. Warum hatte Ellie die Kommentare stehen lassen? Hatte sie keine Angst gehabt, dass die Polizei sie verdächtigte?

Noch einmal klickte ich mich durch die Bilder und schrieb auf, wann die Hasskommentare veröffentlicht worden waren. Sie umfassten nur eine kurze Zeitspanne weniger Wochen. Vor fast genau zwei Jahren. Kurz vor Skylars Verschwinden.

Kurzerhand klickte ich auf Ellies Profil und scrollte nach

unten, doch die neuesten Bilder waren vor etwa einem Jahr hochgeladen worden. Als hätte sie alles andere davor gelöscht. Ich begann in den Bildern zu stöbern, auf denen sie von Freunden markiert worden war. Auf einem der älteren waren Ellie und Wren eng umschlungen inmitten einer Gruppe zu sehen. Ellies glattes schwarzes Haar fiel über seine Brust. Sie hatte ihren Kopf zutraulich an seine Schulter geschmiegt, seine Arme umschlangen ihre Taille. Ich kniff die Augen zusammen. Das da sah ganz und gar nicht freundschaftlich aus. Eher, als wären sie ein Paar … Das Datum des Fotos lag nur wenige Wochen vor Skylars Verschwinden. Moment – hieß das etwa, Skylar war mit Wren zusammengekommen, als oder kurz nachdem er etwas mit Ellie gehabt hatte, und hatte ihr somit aus Ellies Sicht den Freund ausgespannt?

Mein Atem beschleunigte sich. Scheiße! Das würde auch erklären, warum Ellie unter Skylars Bildern derartig ausgerastet war. Aber warum hatte Jasper am See nichts davon erzählt?

Ich betrachtete das Bild genauer. Es war seltsam, Ellie und Wren so zu sehen, denn sie sahen nicht aus wie Ellie und Wren. Auf dem Foto lächelten sie breit in die Kamera. Sorglos. Glücklich. Sie pressten ihre Taillen eng aneinander, nicht ein Millimeter hatte zwischen ihnen Platz.

Ein Klopfen an der Tür ließ mich zusammenzucken. Sofort schloss ich den Laptop und sprang so schnell vom Bett, dass mir schwindelig wurde. Als ich die Tür öffnete, leuchtete mir Jaspers breites Grinsen entgegen. Ich schnappte mir seine Hand und zog ihn hinter mir her durch den Gang.

»Lass uns ein wenig spazieren gehen«, sagte ich und gab ihm einen flüchtigen Kuss auf die Wange. Erst da fiel mir auf, dass ich mich verhielt, als wären wir bereits zusammen. Sofort ließ ich seine Hand los und tat so, als wäre nichts gewesen.

»Alles gut?«, fragte Jasper.

Ich warf ihm ein flüchtiges Lächeln zu. »Tut mir leid. Heute sitze ich irgendwie auf glühenden Kohlen.«

Und wie. Es war, als schlüge mein Herz im Rhythmus der immer gleichen Frage.

Was-ist. Mit-Sky. Lar-A. Ve-ry. Pas-siert?

Meine Füße passten sich diesem Mantra automatisch an, als eilten sie zielgerichtet der Auflösung entgegen. Jasper kam kaum hinter mir her, so eilig hatte ich es auf einmal, raus an die frische Luft zu kommen. Ich spürte seine Verunsicherung, und es zerriss mir das Herz, aber ich konnte meine Nervosität nicht zügeln.

»Du sagst mir aber, wenn du … na ja, erst mal ruhiger machen willst?«, setzte er schließlich an. »Wenn dir das gestern zu schnell ging, kann ich das absolut verstehen. Ich hatte nicht die Absicht, dich beim ersten Nicht-Date zu küssen, auch wenn ich es natürlich genossen habe …«

Ich brachte ihn zum Schweigen, indem ich mich umdrehte und nach seinem Handgelenk griff. »Ich finde, wir haben genau das richtige Tempo«, sagte ich und spürte, dass es sich richtig anfühlte.

Seine Schultern entspannten sich ein wenig, doch noch immer lag sein wachsamer Blick auf mir.

»Heute ist einfach viel Seltsames passiert«, sagte ich. »Vieles, über das ich ein wenig nachdenken muss.«

»Willst du darüber reden?«

Ich grinste schwach. »Keine Sorge, du hast noch nicht das Level erreicht, auf dem du meine Sorgen anhören musst.«

»Da wäre ich aber gerne schon«, sagte Jasper. Seine Stimme war leise und ehrlich.

Womit hatte ich es verdient, in diesem gottverlassenen Internat so einem Kerl zu begegnen? Nach alldem, was ich getan hatte?

Keine Sorge, Leah, flüsterte eine kleine gemeine Stimme in mir. *Er wird schon noch früh genug merken, was für ein emotionaler Krüppel du bist.*

»Lass uns heute einfach Spaß haben«, sagte ich und streichelte seine Handinnenfläche. »Vielleicht erzähl ich dir in den nächsten Tagen, wenn ich meine Gedanken ein wenig ordnen konnte, was los war.«

»In Ordnung.« Jasper beugte sich zu mir herunter und strich mir eine Haarsträhne aus dem Gesicht. Er gab mir einen sanften Kuss, leicht wie eine Schneeflocke. Am liebsten hätte ich ihn noch näher zu mir herangezogen, doch schon im nächsten Moment hatte er sich von mir gelöst und grinste. »Mit mir kann man gut Spaß haben.«

Kapitel 23

In einem Paralleluniversum, in dem das Analysieren von Gedichten eine Rolle für unsere Zukunft spielte, glitt Ms Evergreens Blick bedauernd von Carter zu mir.

»So wie es aussieht, hat sich Hartlyn etwas eingefangen«, sagte sie und verzog das Gesicht. »Ich hoffe, ihr seid mit eurer literaturbezogenen Aufgabe weit genug vorangekommen, um den Rest allein fertig zu machen.«

Es war Freitag, der letzte Tag der Gruppenarbeit, und ich fühlte mich, als wolle mir Ms Evergreen mit ihrer Hiobsbotschaft den Rest geben. Nicht nur, dass sich mein schlechtes Gewissen gegenüber Hartlyn schon wieder meldete, auch der Druck, die verdammte Projektarbeit alleine fertig schreiben zu müssen, lastete auf meinen Schultern. Schließlich wussten alle außer Ms Evergreen ganz genau, dass Carter keinen Finger krumm machte. Ich warf Carter einen giftigen Blick zu.

»Was denkst du?«, fragte ich sie provokant. »Schaffen wir das zu zweit?«

Carter zuckte nur mit den Schultern und kritzelte weiter in ihrem Notizbuch herum. Vermutlich kalkulierte sie gerade die Dosen eines Gifttranks.

Ms Evergreen lächelte ein wenig zu strahlend. »Das schafft ihr schon. Wenn nicht, sagt ihr mir einfach Bescheid, und ihr bekommt einen halben Tag Aufschub.«

Damit ich mir auch noch meine Freizeit versaute, oder was?

Ich murmelte ein Dankeschön und folgte den übrigen Nachzüglern, die sofort nach rechts in Richtung Foyer abbogen, aus dem Klassenraum. Fröhliches Lachen hallte durch die Gänge. Wahrscheinlich waren alle längst fertig mit ihren Projektarbeiten und machten sich nun einen schönen Tag am See. Ich hingegen … Ich seufzte.

Eiligen Schrittes brachte ich Abstand zwischen mich und den Klassenraum und machte mir nicht die Mühe, mich noch einmal nach Carter umzusehen. Glücklicherweise hatten Hartlyn und ich unsere Texte in der Cloud gespeichert, sodass jede von uns auf die aktuelle Version der Projektarbeit zugreifen konnte. Im Grunde gab es nicht mehr allzu viel zu tun. An manchen Stellen mussten Unklarheiten oder Lücken ausgebessert werden, und ein Fazit fehlte auch noch, aber das würde ich auch allein schaffen. Vermutlich sogar schneller als Hartlyn mit ihrem elenden Perfektionismus.

»Hey! Warte mal.«

Eine Stimme in meinem Rücken ließ mich herumfahren.

Oh nein. Das nicht auch noch. *Carter.*

»Was ist?«, motzte ich. »Hast du dich in der Richtung geirrt, oder willst du nur überprüfen, ob ich auch hart genug für deine Noten arbeite?«

Carter entblößte eine Reihe perfekter Zähne, als sie sich mir mit langsamen Schritten näherte. Der Drang, zurückzuweichen, wurde mit jeder Sekunde größer.

»Mir ist da was zu Ohren gekommen«, sagte sie. »Angeblich stellst du Nachforschungen zum Verschwinden meiner ehemaligen Mitbewohnerin an.«

Sie klang nicht wütend, doch der lauernde Unterton in ihrer Stimme jagte mir einen Schauder über den Rücken.

»Wer behauptet denn so etwas?«, fragte ich barsch und machte ein paar Schritte zurück. Was nichts nützte, denn Carter schloss weiter zu mir auf.

Wieder lächelte sie ihr gruseliges Lächeln. »Das kann dir verdammt noch mal egal sein.« Im nächsten Moment hatte sie mich auch schon am Handgelenk gepackt und zog mich hinter sich her.

»Lass mich los, du Spinnerin«, zischte ich und zog an ihrem Arm, doch es nützte nichts – ihr Griff war fest wie Stahlketten. Ohne Umschweife zerrte sie mich in einen leeren Klassenraum, schlug die Tür hinter sich zu und versperrte mir den Weg Richtung Ausgang.

»Was soll das?«, brüllte ich und funkelte sie an. »Bist du noch ganz dicht?«

Carter wirkte seltsam ruhig. »Ich habe eine Frage an dich«, sagte sie.

»Und die hättest du mir nicht einfach beim Frühstück stellen können?!«

»Nein. Du sitzt am Rattentisch.«

Ich stieß ein freudloses Lachen aus. Dieses Mädchen war doch vollkommen verblendet. Genau wie Hartlyn vermutete sie den Feind unter meinen Freunden.

»Stell deine Frage und dann sprich mich nie wieder an«, spuckte ich ihr entgegen.

Carter lehnte sich mit dem Rücken gegen die Tür. Wahrscheinlich, um mir den Weg zu verstellen, doch ihre Glieder wirkten seltsam schlaff. Nun blickte sie mich geradeheraus an. »Wer ist deiner Meinung nach für Skylars Verschwinden verantwortlich, *Leah*?«

Mir blieb die Spucke weg. Glaubte sie allen Ernstes, ich würde ihr jetzt den Entführer präsentieren? Was zur Hölle wollte sie von mir?

»Keine Ahnung, Carter«, sagte ich mit bemüht beherrschter Stimme. »Und ich werde dir auch ganz sicher nicht dabei behilflich sein, einen Sündenbock zu finden.«

Carter legte den Kopf schief. »Du denkst, ich will irgendjemanden einfach so beschuldigen, ja?«

Sie trat näher und achtete dabei penibel darauf, weiterhin den Weg zur Tür zu versperren. Unwillkürlich wich ich zurück. Mein gesamter Körper schrie, dass Carter eine Bedrohung darstellte.

»Nein, Annabelle Leanne Stirling. Ich sammle nur Beweise.«

»Beweise wofür?«

Carter sah auf. Ihre grünen Augen lagen still wie Seen. »Beweise für Skylars Tod«, sagte sie. Und dann, noch leiser, so leise, dass ich es beinahe nicht verstand: »Beweise für meine Unschuld.«

Einige Momente lang starrte ich Carter einfach nur an. Dann platzte es aus mir heraus. »Was?!«

Carter fixierte mich eindringlich. »Hast du dich nie gefragt, warum ich tunlichst vermeiden wollte, dass du bei mir einziehst?«

Bitter lachte ich auf. »*Tunlichst vermeiden* – so nennst du das? Du hast mich mit einem Messer bedroht und schikaniert!«

Bei der Erinnerung, wie ich im Handtuch auf dem Flur gestanden und gegen Carters Tür gehämmert hatte, wurde mir sofort wieder heiß vor Wut – doch ein einziger Blick in Carters Gesicht genügte, um sie schlagartig verpuffen zu lassen. Sie sah müde aus.

»Ich mach's kurz«, sagte sie und wischte sich über die Augen. »Ich schlafwandle.«

Ich öffnete die Lippen, wollte etwas sagen, doch da fuhr Carter bereits fort. »Schon seit meiner Kindheit. Das lässt sich nicht heilen, aber normalerweise kann man es durch eine geregelte Schlafroutine abmildern.« Fahrig schob sie sich ein paar Dreads hinter die Ohren, die sofort wieder zurückschnellten. »*In normalen Fällen.* Aber nicht bei mir. Mein Körper macht, was er will, egal wie penibel ich meine Schlafenszeiten einhalte.«

Sie schluckte, und zum ersten Mal fielen mir die dunklen Schatten unter ihren Augen auf. Violett zeichneten sie sich unter ihrer tiefbraunen Haut ab.

»Je älter ich wurde, desto schlimmer wurde es auch. Nicht nur, was die Häufigkeit angeht, sondern auch die Orte, an denen ich aufwachte.«

Allmählich dämmerte mir, was passiert war. Carters Drohungen, ihre Bekundung, sie *könne* keine Mitbewohnerin haben – sie hatte ihr Geheimnis für sich behalten wollen.

»Du erzählst mir das nicht, weil du dich für dein Verhalten entschuldigen willst, oder?«

Ärgerlich schüttelte Carter den Kopf. »Ich finde keine Ruhe mehr«, presste sie hervor. »Seit zwei Jahren nicht. Und ich finde keine Antworten, obwohl ich so dringend danach suche.«

Skylar. Sie sprach über *sie.*

»Du musst mir versprechen, dass du das, was ich dir gleich erzähle, niemandem verrätst. Ansonsten können wir das Ganze an dieser Stelle beenden. Dann muss ich alleine weitermachen.«

»Warum willst du ausgerechnet mit mir sprechen?«

Ihre Stimme nahm einen resignierten Ton an. »Weil du die Einzige bist, die sich noch für Skylar interessiert. Und weil du direkt an der Quelle sitzt.«

An der Quelle. Mir entfuhr ein bitteres Schnauben. Sie glaubte also genau wie Hartlyn, dass meine Freunde in die Sache verwickelt waren.

Ich kämpfte mit mir. Kämpfte gegen meine verdammte Neugierde – doch wie immer verlor ich gegen sie. »Meinetwegen«, knurrte ich. »Ich sage nichts.«

Der erleichterte Ausdruck auf Carters Gesicht erschreckte mich ein wenig. Seufzend ließ sie sich an der Tür bis zum Boden hinabsinken und stützte mit angezogenen Beinen den Kopf in die Hände. Weil ich mir dämlich vorkam, auf sie hinabzustarren, ließ ich mich ebenfalls auf den Boden sinken und ignorierte, dass meine schwarze Schuluniform dabei großzügig Staub aufsammelte.

»Also?« Ungeduldig malte ich Muster in die Staubschicht am Boden. Vielleicht verschwendete ich hier nur wertvolle Zeit, die ich in die Projektarbeit hätte stecken können.

»Du weißt, dass Skylar in der Nacht des Sommerfests verschwunden ist, oder?« Sofort begann mein Herz wie wild zu klopfen. Ich hatte also recht gehabt: Dieses kleine Detail war wichtig. Ich wollte den Mund öffnen, um etwas zu sagen, doch da fuhr Carter bereits fort. »Das wird im Nachhinein allzu gern vergessen – sowohl von den Lehrern als auch von den Schülern. Ihre liebste Version der Geschichte besteht darin, dass ein Irrer aus dem Wald ins Schloss eingedrungen ist und Skylar mit sich in den Wald verschleppt hat. Schließlich gab es diese schlammigen Fußspuren vor ihrem Bett. Dabei weiß jeder Schüler auf diesem verfluchten Internat, dass Skylar in jener Nacht gar nicht auf unserem Zimmer gewesen sein *kann*.«

Nun brannten ihre Augen wie ein Waldfeuer.

»Das eigentliche Sommerfest endet um zweiundzwanzig Uhr«, zischte sie. »Das inoffizielle im Morgengrauen.«

Meine Lippen öffneten sich vor Überraschung. Das *inoffizielle* Sommerfest. Hatte ich im Ernst geglaubt, dass alle sich nur auf dieses Fest freuten, weil sie scharf auf Muffins und alkoholfreie Bowle waren? Auf einmal kam ich mir entsetzlich naiv vor.

Carter verzog spöttisch den Mund. »Richtig, Leah. Es gibt

noch eine zweite Party. Im Wald. Deutlich kleiner als die Feier zum Schuljahresbeginn in der Kapelle, nur für exklusive Kreise sozusagen. Und dreimal darfst du raten, wer diejenigen sind, die sie ausrichten.«

Ich wusste ganz genau, wen sie meinte. Doch ich wollte ihr nicht die Genugtuung geben, es auszusprechen.

»Es wird dich vermutlich überraschen, aber Skylar und ich waren damals auch zu der geheimen Party im Wald eingeladen«, spottete Carter. »Rune war da. Reese. Jasper natürlich, schließlich war er einer der Gastgeber. Keiner deiner tollen Freunde hat gefehlt.«

Als sie Jasper erwähnte, zuckte ich zusammen. Stimmte es, was Carter mir erzählte? Durfte ich ihr überhaupt vertrauen? Schließlich hätte ich es doch sicher erfahren, wenn mein Beinahefreund in zwei Tagen ein rauschendes Fest schmiss!

»Ich hatte von Anfang an ein verdammt beschissenes Gefühl bei der ganzen Sache«, fuhr Carter fort. »Aber ich konnte Skylar schlecht allein in die Höhle des Löwen lassen. Auch … auch wenn wir uns schon vor der Party gestritten hatten. Es gab genug Alkohol und Gras für ein ganzes Festival. Und jede Menge anderer Drogen. Ich habe mich mehr bedient, als mir guttat. Aber mit irgendwas musste ich mich ja beschäftigen, schließlich hing Skylar nur mit Wren rum und hatte keinen Blick für mich übrig. Irgendwann habe ich gemerkt, dass es wohl doch ein bisschen zu viel war. Ich weiß nur noch, dass ich die halbe Nacht durch den Wald geirrt und irgendwann im Gebüsch eingeschlafen bin.«

Meine Eingeweide zogen sich vor Aufregung zusammen. Ich ahnte, worauf es hinauslief.

Carter stierte mit wütender Miene durch mich hindurch. »Am nächsten Morgen bin ich in meinem Bett aufgewacht. Ich dachte, ich hätte alles nur geträumt. Da habe ich die Schlammspuren am Boden gesehen – sie stammten von meinen Schuhen. In dem Moment wurde mir klar, dass das Ganze stattgefunden hatte. Dass ich schlafgewandelt und durch den tiefen Morast zurückgewandert sein musste. Ich wollte mich bei Skylar für die ganze Unordnung entschuldigen. Aber … sie war nicht da. Nicht einmal ihr Bett war angerührt.«

Carters Stimme kippte, und sie wischte sich ärgerlich übers Gesicht. Waren das Tränen in ihren Augen? »Natürlich bin ich sofort zu Wren gerannt und habe an seine Zimmertür geklopft«, sprach sie umso harscher weiter. »Vielleicht hatte Skylar bei ihm gepennt, dachte ich. Aber er war genauso erschrocken wie ich. Wir haben uns bei allen durchgeklopft, aber niemand hatte etwas von Skylar gesehen oder gehört.«

Die ganze Zeit über hatte ich gedacht, Skylar wäre aus ihrem Zimmer gekidnappt worden, dabei war sie die ganze Nacht mit einer Horde anderer Schüler im Wald herumgerannt. Die Maske aus Sarkasmus und Boshaftigkeit, die Carter sonst immer zur Schau trug, war längst von ihr abgefallen. Da war nur noch blankes Leid, das ihr Gesicht ganz nackt und jung erscheinen ließ.

»Natürlich haben Wren und ich uns danach sofort auf den Weg in den Wald gemacht«, presste sie mit zitternder Stimme hervor. »Wir haben Skylars Namen gerufen, uns die Seele aus dem Leib geschrien, aber es kam keine Antwort. Also beschlossen wir, die Schulleitung zu informieren.«

Sie stieß ein freudloses Lachen aus. »Aber als ich in mein Zimmer zurückkam, hatte bereits irgendjemand Alarm geschlagen, und ein halbes Dutzend Lehrer begutachtete die Schlammspuren am Boden, die von meinen Schuhen stammten.«

»Und trotzdem hast du nichts gesagt?«, fragte ich.

Carter schüttelte den Kopf, Tränen rannen ihr über die Wangen. Auch ihr Atem wurde schwerer. »Ich wünschte, ich hätte alles dafür getan, dass Skylar wiedergefunden wird. Aber stattdessen habe ich alle angelogen. Es war meine Schuld, dass die Polizei von falschen Tatsachen ausgehen musste.«

Sie schniefte, dann reckte sie das Kinn und sah mich aus tränenverschleierten Augen direkt an. »Und das ist durch nichts zu entschuldigen. Ich … hatte nur solche Angst. Als ich aus dem Wald zurückkam, bin ich von ein paar Leuten abgefangen worden, die von Skylars Verschwinden gehört hatten. Sie haben mich beschworen, nichts von der Party zu verraten. Anscheinend hatten alle Angst vor den Reaktionen von Mommy und Daddy. Damals konnte ich sie noch verstehen. Wenn meine Eltern erfahren hätten, dass ich Schulregeln verletzt hatte und dabei auch noch Skylar verloren gegangen war, hätten sie mich sofort vom Internat genommen. Auch deswegen habe ich der Polizei erzählt, Skylar und ich wären an diesem Abend auf unserem Zimmer geblieben und ich wäre eingeschlafen, als sie noch irgendwas an ihrem Schreibtisch machte.«

Sie stieß einen Laut aus, der halb Heulen, halb Lachen war. »Ich dachte, sie würden Alarm schlagen, Suchtrupps organisieren, was weiß ich … Ich war mir sicher, sie würden den Wald durchsuchen. Aber alles ging viel zu langsam. Sie haben auf den Anruf eines Entführers gewartet oder auf eine Nachricht von Skylar, die Bescheid gibt, dass sie abgehauen ist. Man hat viel zu spät angefangen, den Wald zu durchsuchen, und sich voll auf die Fußspuren konzentriert. Ich war kurz davor, ihnen die Wahrheit zu erzählen. Doch stattdessen habe ich panisch meine Schuhe entsorgt und die Fresse gehalten.« Carter schluchzte. »Die anderen haben jeden Tag Druck gemacht, nichts zu verraten. Selbst Wren haben sie dazu gebracht, nichts zu sagen.«

Während sie gesprochen hatte, war Carter noch weiter in sich zusammengesackt. Sie hielt ihren Kopf tief gesenkt.

»Aber das war noch immer nicht das Schlimmste, oder?«, fragte ich. Ich wartete auf die erlösenden Worte, die sie dazu gebracht hatten, mich in diesen Klassenraum zu drängen.

Carter schüttelte den Kopf. »Skylar und ich haben uns am Abend der Party gestritten«, flüsterte sie. »Natürlich ging es wieder um Wren und seine dämlichen Freunde. Ich fühlte mich vernachlässigt und habe ihr vorgeworfen, dass sie sich verändert hat. Und irgendwann ist unser Streit derart eskaliert, dass ich ihr eiskalt auf den Kopf zu gesagt habe, ich könne es von ganzem Herzen nachvollziehen, dass Ellie sie für diese Schlampennummer hasste.« Ihr entfuhr ein gequältes Keuchen. »Ich war so unglaublich wütend. Und sie auch. Wir haben uns aus vollem Halse angeschrien, es war das erste Mal überhaupt. Wir haben uns nie vertragen.«

Oh, scheiße. Ich spürte, wie mir die Tränen in die Augen stiegen. Wenn ich mir vorstellte, das Gleiche wäre mir mit Junis passiert …

»Du kannst dir vorstellen, worauf ich hinauswill«, sagte Carter mit belegter Stimme.

Das konnte ich. Leider.

»Wenn ich schlafe, dann ist es, als ergreife jemand anders von meinem Körper Besitz. Als würden meine moralischen Schranken verschwinden, sobald ich nur die Augen zumache. Skylar war die Einzige auf diesem Internat, die von meiner Krankheit wusste, und sie hat mich so akzeptiert, wie ich war. Aber auch sie fand es alles andere als lustig, als sie eines Morgens aus dem Fenster sah und ihr MacBook zerschmettert auf dem Rasen vorfand.« Carter schluchzte auf. »Es war nicht das einzige Mal, dass irgendwas passierte, nachdem wir uns gestritten hatten. Und an dem Tag, an dem sie verschwand, haben wir uns so gefetzt wie noch nie in unserem Leben. Ich war voll auf Drogen. Ein bisschen Pep nur, aber es hat echt reingehauen. Ich hatte wahnsinnige Halluzinationen, vielleicht weil ich schon so viel getrunken hatte.«

Sie musste kurz pausieren, um mehrmals zu schlucken, doch schon kurz darauf hatte sie ihre Stimme wieder unter Kontrolle. »Seit dieser Nacht frage ich mich jeden verdammten Tag, ob ich die Grenze überschritten habe. Ob etwas aus mir ausgebrochen ist. Aber sosehr ich mich bemühe, ich habe keine Erinnerung, was passiert ist, nachdem ich mich mitten im Wald schlafen gelegt hatte.«

Ich klappte den Mund auf. Schloss ihn wieder. Suchte nach Worten. Fragte mich, ob sie sich das alles nur ausgedacht haben konnte. Und kam schließlich zu dem Schluss, dass die Story selbst für Carter zu durchgeknallt war.

»Verstehst du jetzt, warum ich wissen muss, was du herausgefunden hast?«, fragte Carter. Sie klang unendlich müde. »Vielleicht habe ich meine beste Freundin getötet. Vielleicht quäle ich mich auch für die Taten eines anderen. Ich halte es ohne Gewissheit einfach nicht mehr aus.«

Ich wollte etwas erwidern, irgendetwas sagen, doch meine Worte blieben mir im Halse stecken. Und so saßen wir inmitten der Stille eines leeren Klassenraums, und nur das Ticken der Wanduhr erinnerte mich daran, dass es dort draußen eine Welt gab, in der die Zeit ganz normal weiterlief. Carter hatte den Kopf an die Tür gelehnt und hielt die Augen geschlossen. Es sah aus, als sei alle Kraft aus ihr herausgeflossen.

»Ich weiß nicht, ob ich dir helfen kann«, sagte ich leise. »Im Grunde weiß ich nicht mehr als du. Ich habe so gut wie nichts herausgefunden.«

Carter öffnete nicht einmal die Augen, als sie antwortete. »So gut wie nichts ist immer noch mehr als das, was ich weiß«, sagte sie matt. »Ich verlange nicht von dir, dass du all deine Erkenntnisse mit mir teilst. Aber ich möchte, dass du es dir überlegst.«

Ein Teil von mir wollte Carter zu der lang ersehnten Gewissheit verhelfen. Ein anderer würde es niemals übers Herz bringen, Hartlyn noch einen weiteren Stoß zu versetzen, indem ich Carter brühwarm die Geschehnisse in Runes Krankenzimmer unterbreitete. Auch mein Verdacht, dass Wren etwas mit den herumgehenden Drogen zu tun hatte, konnte leicht zur Verleumdung werden, wenn dieses Gerücht die Runde machte. Carter tat mir zwar leid – jedoch nicht leid genug, um zu vergessen, wie sie mich die letzten Wochen behandelt hatte.

»Ich weiß deine Ehrlichkeit zu schätzen«, sagte ich deshalb, »aber ich muss nachdenken. Das ist erst einmal viel zu verdauen.«

Carter nickte knapp. »In Ordnung.«

»Aber davor möchte ich, dass du mir noch eine Frage beantwortest«, sagte ich und spürte ein aufgeregtes Kribbeln in mir aufsteigen. Dieser eine Gedanke spukte mir schon seit Tagen im Kopf herum. Endlich hatte ich die Gelegenheit, ihn auszusprechen, ohne mich für eine Verrückte zu halten. Oder für eine Verräterin. »Was sollte deine seltsame Warnung letztens? Warum soll ich mich vor Reese in Acht nehmen?«

Mein Herz schlug heftig gegen meine Brust, während ich auf die Antwort wartete. Doch Carter rappelte sich auf und klopfte sich den Staub von der Kleidung, als wäre nichts passiert. Es erschreckte mich, wie sie sich von einer Sekunde auf die andere zurück in die kalte, gefasste Version ihrer selbst verwandelte.

»Reese hat dir weisgemacht, du seist ihr zufällig auf dem Gang über den Weg gelaufen, als ich dich ausgesperrt habe, nicht wahr?« Sie wandte sich zur Tür, ließ mich aber nicht aus den Augen. »Das ist eine Lüge. Schon Wochen vor deiner Ankunft hat sie von dir gesprochen.«

Der Schreck zog mir die Organe zusammen. »Sie hat mit dir über mich geredet?«

Carter grinste dreckig. »Mit mir? Glaubst du das wirklich? Nein, ich habe sie dabei belauscht, wie sie deinen Namen vor sich hin gemurmelt hat, während sie auf ihren Laptop eingehackt hat.«

Schlagartig wurde mir so kalt, dass ich mir die Arme um den Körper schlingen musste. »Das kann nicht sein.«

Carter bedachte mich mit einem kühlen Blick. »Glaubst du, ich denke mir das Ganze nur aus?«

Erst nickte ich, dann schüttelte ich den Kopf. »Keine Ahnung. Aber das ist doch unmöglich! Sie hat bestimmt nur Namen für ihre Romanfiguren gebrainstormt, und einer von ihnen klang zufällig so ähnlich wie meiner.«

Carter warf mir ein höhnisches Lächeln zu. »Wenn du das glauben willst, lasse ich dir den Frieden.«

Am liebsten hätte ich etwas gegen die Wand geschmettert. Vor Verwirrung, vor Wut, vor Hilflosigkeit.

»Hör zu«, brachte ich nur mit bemühter Beherrschung hervor. »Ich habe wirklich Respekt davor, dass du mir deine Version der Geschichte anvertraut hast. Aber das bedeutet nicht, dass ich dir auf einmal alles glaube. Es würde mich nicht einmal wundern, wenn du dir die Sache mit Reese nur ausgedacht hast, um uns gegeneinander aufzuhetzen.«

Carter sah nun wieder genauso gelangweilt und gruselig aus wie sonst. »Mach nur so weiter, Annabelle«, sagte sie und wandte sich ab. »Dann wirst du vielleicht noch eine von ihnen.«

Kapitel 24

Obwohl es gerade einmal zwei Uhr nachmittags war, lag bereits Partystimmung in der Luft. Die verdammten Projektarbeiten waren endlich Geschichte – ich hatte Ms Evergreen unsere in der letzten Sekunde auf den Tisch geknallt –, und der Samstag des Sommerfests war angebrochen.

Schon das Frühstück war das reinste Vorglühen gewesen – mit einer Wagenladung Kaffee und gezuckerten Cornflakes hatten wir uns hochgeputscht, während wir aus den Fenstern des Speisesaals dabei zusahen, wie die Bitterfield ganze Scharen von Sophomores über den Rasen scheuchte. In der Dreiviertelstunde, die Reese, Ellie, Magnus, Jasper und ich im Speisesaal verbrachten, verwandelte sich die Rasenfläche in ein buntes Chaos, sogar ein Zelt für das Buffet wurde aufgestellt. Reese und Jasper kamen aus dem Grinsen nicht mehr heraus und neckten sich gegenseitig, als könnten sie es gar nicht abwarten, die Muffins der Bitterfield in sich reinzustopfen. Aber ich wusste es nun besser.

Carters Worte spukten mir noch immer im Kopf herum. Genau genommen gab es kaum einen Atemzug, in dem ich nicht über das nachdachte, was sie gesagt hatte. Und ganz besonders schlimm wurde es, wenn ich Reese ansah. Reese, die meinen Namen gekannt hatte, noch bevor wir uns über den Weg gelaufen waren. Reese, die sich in letzter Zeit äußerst seltsam verhielt. Nur heute nicht. Sie schien mir sogar ganz besonders gnädig gestimmt, immer wieder berührte sie mich am Arm und lachte über einen meiner Witze. Doch es wirkte nicht natürlich, sondern ziemlich überdreht.

Mir war klar, dass ich auf dem Sommerfest die Augen offen halten musste – um Beweise und Worte zu sammeln, irgendetwas, das mich in meiner Suche nach der Wahrheit weiterbrachte. Doch um ehrlich zu sein, wollte ich einfach nur mal abschalten. Nach dem Stress der Projektarbeit und all den Anschuldigungen von Hartlyn und Carter gegenüber meinen Freunden musste ich mein grübelndes Gehirn für ein paar Stunden gegen Sonne und Leichtigkeit eintauschen. Wer konnte schon denken, wenn sich der ganze Kopf wie ein von Nägeln durchbohrtes Brett anfühlte?

Von Wren war bisher noch nicht mal ein Laufschuh zu sehen gewesen, was mich nicht sonderlich wunderte – am Jahrestag des Verschwindens seiner Freundin hatte er sicherlich Besseres zu tun, als mit uns einen auf Party zu machen. Niemand sprach es an, trotzdem sah ich Ellies Blick immer wieder erwartungsvoll zur Tür huschen.

Vielleicht war ihre Enttäuschung, als wir den Speisesaal verließen, der Grund, weswegen wir danach sofort mit dem Wodka anfingen. Zu dritt drängten wir uns vor dem Spiegel in Reese' Kleiderschrank, stießen uns spielerisch mit den Hüften zur Seite und schminkten uns, während meine Oasis-Playlist so laut lief, dass ich schon tanzte, als ich mir einen Lidstrich zog. Was würde Junis nur sagen, wenn er mich jetzt sehen könnte – mit meinen neuen Freundinnen, die mit jedem Wort und jeder Handlung neues Misstrauen aufkeimen ließen?

Egal, ich wollte nicht darüber nachdenken, ich wollte einfach nur dieses Gefühl festhalten, dieses Gefühl, das einem kleine Sprengkörper in den Bauch setzte, sodass ständig ein Lachen aus einem herausplatzte.

Wir drehten die Playlist lauter, öffneten unsere Tür sperrangelweit und erklärten den Korridor der Elftklässlerinnen damit zur Partymeile. Angelockt von der lauten Musik, streckte eine Mitschülerin nach der anderen ihren Kopf aus dem Zimmer, bis keines mehr verschlossen war und lautes Stimmengewirr über den Gang hallte. Versteckt hinter der Kleiderschranktür, tranken wir unsere Shots aus Ellies geheimem Wodkavorrat, während vor den Waschräumen ein Catwalk entstand, bei dem Unentschlossene ihre potenziellen Outfits vorführen konnten. In der Nähe des Treppenhauses lieferten sich ein paar Mädels einen Dance Battle, der mehr aus Lachen als aus Tanzen bestand. Und zwischenzeitlich hätte ich schwören können, Amber halb nackt über den Flur rennen gesehen zu haben.

Inmitten des Getümmels wäre mir beinahe entgangen, dass Hartlyn mit einem Stapel Schulbücher durch die Menge huschte. Seit dem Vorfall in Runes Krankenzimmer hatte ich sie nicht gesprochen, und nun überkam mich schlagartig das schlechte Gewissen. Wieder einmal machte ich Party, während sie litt. Eine Sekunde lang zögerte ich, dann eilte ich ihr hinterher. Zumindest versuchte ich es. Angelockt von den lauten Geräuschen, hatten sich nun auch einige Jungs aus unserer Jahrgangsstufe unter die Feierwütigen gemischt und verstopften den Gang zusätzlich. Ich versuchte, mich zwischen ihnen hindurchzuquetschen, trat auf fremde Füße und bekam hin und wieder einen Ellenbogen in die Seite, während sich Hartlyns roter Haarschopf immer weiter entfernte. Gerade bog Hartlyn ins Treppenhaus ab. Auch ich hatte das Ende des Ganges beinahe erreicht und setzte schon zum Endspurt an – da schlang sich mir ein Arm um die Taille und wirbelte mich herum.

»Was auch immer das hier ist«, raunte Jasper in mein Ohr, »ich glaube, ich will geschminkte Fünftklässler und die Bitterfield im Partydress nicht dagegen eintauschen.«

Ich warf einen letzten Blick in Hartlyns Richtung, dann knuffte ich Jasper in die Seite. »Wer hat euch denn eingeladen? Könnt ihr euch auch nicht entscheiden, was ihr anziehen sollt?«

Er zog mich näher an sich, ohne auf die Blicke zu achten, die uns zugeworfen wurden. »Eins kann ich dir sagen«, murmelte er. »Dein Kleid steht dir außergewöhnlich gut. Niemand außer dir kann Sarkasmus tragen.«

Ich warf ihm ein ironisches Lächeln zu und deutete auf sein T-Shirt, auf dem *Eez-eh* stand. »Und niemand außer dir Kasabian.«

Wir grinsten uns in dem dämlich glücklichen Wissen an, dass wir den gleichen Musikgeschmack teilten, dann löste ich mich langsam von ihm. »Vielleicht ist es noch zu früh, um die Gerüchteküche anzuheizen. Nicht dass sie nicht schon am Überkochen wäre.«

»Schade, dabei macht es so Spaß.«

Ich schmunzelte und drückte ihm meinen Zeigefinger in die Brust. »Nun rück schon raus mit der Sprache: Was macht ihr hier?«

Jasper grinste. »Magnus hat uns angestiftet. Du kannst dir vermutlich denken, wieso.«

Reese' Kreischen war Antwort genug. Magnus hatte sie sich triumphierend grinsend über seine Schulter geworfen und trug sie nun in unser gemeinsames Zimmer. Er war wieder mal der Einzige im Hemd. Heute war es bordeauxrot.

»Ist er wirklich so ein Player?«, fragte ich.

Jasper hob überrascht die Augenbrauen. »Da scheint dir ja was zu Ohren gekommen zu sein.«

»Reese hat da so etwas angedeutet.«

»Ach so? Tja … Eigentlich hat sie da nicht unrecht. Magnus hat sich ordentlich herumgetrieben. Allerdings nur, weil er die Frau, die er seit Jahren liebt, nicht haben kann.«

Ich verschluckte mich fast. »Wenn das keine Wendung ist.«

Jasper nickte bedächtig. »Schon als wir in die Middleschool eingeschult wurden, hatte er nur Augen für Reese. Sie hat ihn aber immer wieder abblitzen lassen.«

Bevor ich zu einer Antwort ansetzen konnte, durchschnitt eine laute Stimme das Geschnatter. Jasper und ich fuhren herum – genau wie alle anderen Schüler. Dort, wo der Gang ins Treppenhaus mündete, stand Denise, die Arme in ihre schmale Taille gestemmt.

»Schluss jetzt, Leute!«, rief sie. »Was denkt ihr eigentlich, was ihr hier macht? Wenn ihr schon feiert, dann lasst uns andere wenigstens daran teilhaben.«

Denise scheuchte uns wie eine Schar Gänse nach draußen auf die Rasenfläche. Girlanden und Lampions hingen über den vielen Tischen und Bänken, die größtenteils noch unbesetzt waren. Die meisten Schüler tummelten sich an den Attraktionsständen der Fünftklässler, warfen dem noch nicht eröffneten Buffet sehnsüchtige Blicke zu oder verschwanden auffällig unauffällig in Richtung See. Die Lehrer hatten sich an den wenigen Stehtischen zusammengeschart und schlürften Bowle. Abgesehen von der knallenden Sonne, die mich schon jetzt zum Schwitzen brachte, erweckte die gesamte Szenerie einen sehr angenehmen Eindruck.

Unser Jahrgang schwappte wie eine Welle über den Rasen und mischte sich unter die Leute, verwandelte das gediegene Fest in eine gut gelaunte Party. Jemand überredete den DJ, die Musik lauter zu stellen, und sofort strömten wir auf die Tanzfläche. Der Rausch aus Farben und Musik wurde erst unterbrochen, als ein lautes Quietschen erklang. Die Bitterfield stand auf einer improvisierten Bühne aus Paletten und Holzkisten und klopfte auf ihr Mikro. Nach einer kurzen, aber langweiligen Begrüßung verkündete sie: »Um drei Uhr beginnt der Talentwettbewerb. Anmelden könnt ihr euch noch eine halbe Stunde lang, danach sind die Tore geschlossen. Also los, los!«

Zu unserem Leidwesen kamen Jasper und Magnus ihrer Aufforderung nach. Mit einem fetten Grinsen schlenderten sie nach ihrer Anmeldung zu uns zurück und schwenkten zwei große Aufkleber mit der Nummer 16.

»Na toll«, stöhnte Reese. »Müssen wir uns jetzt fünfzehn Performances ansehen, bis wir euch zwei Blödheinis dabei bewundern können, wie ihr euch auf der Bühne blamiert?«

Die Zeit bis zu ihrem Auftritt vertrieben wir uns am See und tranken Bowle, die wir mit einem Schluck Hochprozentigem verfeinert hatten. Die Musik wehte leise zu uns herüber. Hin und wieder schloss ich die Augen, ließ mir die Sonne ins Gesicht scheinen und lehnte mich an Jasper. Seine Haut an meiner hatte einen seltsamen Effekt auf mich. Einerseits fühlte ich mich wie elektrisiert, andererseits wunderbar ruhig. Es machte süchtig. Mittlerweile war es mir sogar egal, dass die anderen sahen, wie nahe wir uns waren.

Bildete ich mir das ein, oder brannte Reese' Blick auf meiner Haut? Wann immer ich blinzelte, sah sie schnell weg. Und dann klangen mir Carters Worte wieder im Ohr. Carters Worte, die mich vor ihr warnten.

Erst als es Zeit für Magnus' und Jaspers Auftritt war, bequemten wir uns zurück. Vor der Bühne drückte sich mittlerweile eine kleine Menschenansammlung herum und beobachtete, wie sich ein Junge abmühte, seine Arme und Beine zu entheddern. Als es ihm schließlich gelang, klang der Applaus eher erleichtert als begeistert.

»Sind gleich wieder da«, sagte Jasper und gab mir einen Kuss auf den Nacken, dann verschwand er mit Magnus im Schloss. Dass er seine Zuneigung so offen zur Schau stellte, brachte mich noch immer vollkommen aus dem Konzept. Genau wie Reese. Sie warf uns einen seltsamen Blick zu und verschwand dann im Getümmel.

Wenige Minuten später wurden Magnus und Jasper angekündigt – und zwei Damen im Rentenalter traten auf die Bühne. Erst war es still, dann ging wieherndes Gelächter durch die Menge. Magnus und Jasper waren in altmodische, matronenhafte Kleider gehüllt. An ihren Ohren baumelten Ohrclips mit riesigen Steinen, die von den gewaltigen Hüten auf ihren Köpfen beinahe in den Schatten gestellt wurden. Und ihr übertriebenes Make-up war … gewöhnungsbedürftig.

Dorthin sind sie also verschwunden, dachte ich. *Sie haben Jaspers Gruselkabinett geplündert.*

»Guten Tag«, säuselte Magnus mit verstellter Stimme. »Was für ein entzückendes Publikum wir heute haben, ganz reizend.«

»Das sagst du jedes Mal, Georgia«, fuhr Jasper ihm affektiert über den Mund. »Dabei sind es meistens ignorante Kunstverkenner, die es vollkommen in Ordnung finden, über alte Damen zu lachen, nur weil sie selbst noch jung und knackig sind. Aber wartet nur ab, die Runzeln am Arsch kommen schneller, als ihr denkt.«

Vereinzeltes Johlen drang aus dem Publikum, es strömten immer mehr Leute herbei. In der Ecke der Lehrer dagegen diskutierte man angeregt. Vermutlich entsprachen Jasper und Magnus nicht ihren Vorstellungen von Bildungsprogramm.

»Warum sind wir überhaupt auf einer Bühne, Gillian?«

»Und warum liegt hier Stroh?«

Jaspers und Magnus' Auftritt erntete ausufernden Applaus.

Noch in seinem Kostüm zog mich Jasper in seine Arme und küsste mich. Seine Lippen auf meinen, seine Arme um meinen

Körper geschlungen. Ich fühlte mich warm und glücklich, so zufrieden und geborgen wie schon lange nicht mehr. Als ich blinzelte, war das Erste, was ich sah, ein extravaganter Ohrclip, und ich musste so lachen, dass unser Kuss unterbrochen wurde. Auch Jasper grinste und fuhr mir durchs Haar. Seine Berührung ging mir unter die Haut, trotzdem nahm ich nun langsam unsere Außenwelt wieder wahr. Und damit auch die Blicke, die uns von allen Seiten zugeworfen wurden.

»Die Tratschmäuler der Schule sollen also *auf diese Weise* erfahren, dass wir was miteinander haben?«, fragte ich und deutete an ihm hinab.

»Du bist jetzt mit mir zusammen, Annabelle Leanne Stirling«, flüsterte Jasper und biss zärtlich in mein Ohrläppchen. »Du wirst niemals einen normalen Auftritt mit mir haben.«

Ich schlang die Arme um seinen Nacken und blickte zu ihm hoch. »Dafür mag ich Sie, Gillian. Genau dafür.«

Noch etwa eine Stunde verbrachten wir mit Magnus, Ellie und ein paar Leuten aus unserer Klasse – Reese war aus unerfindlichen Gründen nicht mehr aufgetaucht – und verputzten die Blaubeermuffins, die Gillian und Georgia mit ihrem Auftritt gewonnen hatten, dann verzogen Jasper und ich uns so unauffällig wie möglich und schlenderten in Richtung des Schlosses, das sich dunkel gegen den dämmrigen Himmel abzeichnete. Die ersten Lampions waren bereits angezündet worden. Vereinzelte Schülergruppen saßen auf dem Rasen, und die Tanzfläche wurde nur noch von Lehrern bevölkert, deren etwas zu lautes Lachen davon zeugte, dass sie auch nicht mehr ganz nüchtern waren.

»Nie hätte ich gedacht, dass es auf diesem verfluchten Schloss so schön sein könnte«, murmelte ich und verkniff mir ein Lächeln. Ich lehnte mich mit dem Rücken gegen die Schlossmauer und blickte zu Jasper auf.

Er stützte eine Hand über mir ab. »Was ist, Leah? Du wirkst, als würdest du irgendetwas aushecken.«

Sachte schüttelte ich den Kopf. »Darf man nicht einfach mal glücklich sein?«

»Du doch nicht.«

Ich verpasste ihm einen leichten Schlag gegen den Oberarm. »Als alte Dame mochte ich dich irgendwie lieber.«

Trotzdem war ich froh, dass er sich seiner Kostümierung mittlerweile entledigt hatte. Langsam beugte er sich zu mir herab. Ich spürte seinen Atem auf meinen Lippen, fühlte sein geflüstertes »Ich mag dich unwahrscheinlich, Leah« auf meiner Haut. Er roch so gut. Besser als jeder Kerl, mit dem ich jemals etwas gehabt hatte. Wie automatisch reckte sich ihm mein Körper entgegen, dann trafen unsere Lippen aufeinander. Und die Welt verschwand.

Ich wusste nicht, wie lange wir schon abgetaucht waren, aber irgendwann lösten wir uns voneinander. Nur noch seine Hände hielt ich in meinen. Mir war klar, dass ich Jasper mittlerweile zu nahe war, um ihn genauso hinters Licht zu führen wie alle anderen.

»Jasper«, begann ich vorsichtig. »Ich muss dich etwas fragen. Denkst du … denkst du, dein Cousin könnte etwas mit Skylars Verschwinden zu tun haben?«

»Ach, hier seid ihr!«

Wir fuhren herum. Da stand Reese, die Arme in die Hüften gestützt. Ihr Blick schien uns nahezu zu verglühen.

»Versteckt ihr euch vor uns?«, fragte sie, und ein provozierender Unterton schwang in ihrer Stimme mit.

Jasper löste seine Hände aus meinen und hatte wie immer eine amüsierte Miene aufgesetzt. »Möglicherweise«, sagte er und grinste mir zu. Nichts ließ darauf schließen, dass meine Frage ihn verunsichert hatte. Oder dass er sie überhaupt gehört hatte. Ich wagte es nicht, zurückzulächeln. Irgendetwas stimmte mit Reese nicht. Ich spürte ihre unterdrückte Wut.

»Was ist?«, fragte sie. »Schiebt ihr noch schnell einen Quickie, oder kommt ihr jetzt mit?«

»Wohin?«, fragte ich.

Reese wandte sich um, ohne uns eines weiteren Blickes zu würdigen. »Wohin? In den Wald natürlich.«

Kapitel 25

Die ganze Situation hatte etwas Absurdes. Voll beladen schlugen wir uns in die Tiefen des Waldes durch. In der Luft flirrte die gleiche aufgeladene Stimmung wie in der Nacht der Schuljahresbeginnparty in der Kapelle – eine Mischung aus Nervosität, Vorfreude und dunklen Vorahnungen.

Dieses Mal jedoch irrten wir nicht im Dunkeln zwischen den Stämmen der meterhohen Kiefern umher, sondern wanderten zusammen mit dem letzten Licht des Tages über den unebenen Waldboden.

Magnus und Jasper transportierten die schweren Güter wie den Alkohol, Reese und ich schleppten Snacks und Decken, und Ellie plagte sich mit einem riesigen Wanderrucksack ab. In Kombination mit ihrem tief ausgeschnittenen roten Kleid bot sie einen grotesken Anblick.

Worauf habe ich mich da nur eingelassen?, dachte ich, während mir der Schweiß den Rücken hinablief. Carter und ihre kryptischen Andeutungen waren nicht gerade hilfreich gewesen, um mich auf diesen Abend vorzubereiten. Alles, was ich wusste, war, dass es in der Nacht von Skylars Verschwinden Drogen *en masse* gegeben hatte.

Neben mir hörte ich Reese' angestrengtes Keuchen. Ich warf ihr ein gequältes Lächeln zu. »Wäre es nicht langsam an der Zeit, mir zu verraten, was heute Abend passiert?«, fragte ich sie. Meine Worte sollten amüsiert klingen, doch ich konnte die Anspannung in meiner Stimme selbst hören.

Reese warf mir einen wenig freundlichen Blick zu. »Wart's ab«, gab sie knapp zurück und beschleunigte ihre Schritte.

Einen Moment lang war ich versucht, sie ziehen zu lassen, doch dann packte mich die Frustration. »Komm schon, Reese«, rief ich ihr nach. »Was habe ich dir getan?«

Widerwillig wandte sie sich um. »Nichts«, pfefferte sie zurück. »Du hast mir nichts getan. Ich muss einfach lernen zu akzeptieren, dass deine Zeit limitiert ist. Jetzt ist Jasper deine Nummer eins, so ist das eben.«

Und da fiel er, der Groschen. Für Reese musste es aussehen, als hätte ich sie nur als Sprungbrett für einen Neuanfang benutzt, um sie gleich darauf durch den Schönling der Schule zu ersetzen.

»Reese«, setzte ich an, »ich wollte dir nicht das Gefühl geben, dass du mir nicht wichtig bist. Ich bin keine von denen, die ihre Freunde links liegen lassen, sobald sie was mit einem Typen anfangen.«

Reese' Blick durchbohrte mich noch immer. Wie kam sie nur darauf, dass ich sie für Jasper fallen ließe? Nur weil wir uns eben von den anderen zurückgezogen hatten?

»Weißt du, Leah – du musst dir keine Sorgen um mich machen. *Ich* bin nicht diejenige, die am Ende alleine dastehen wird. Im Gegensatz zu dir habe ich nämlich noch weitere Freunde.«

Hatte sie das gerade wirklich gesagt? Mein Herz setzte einen Schlag aus, dann schlug es weiter, schmerzhaft, holprig, als hätte Reese mit ihren Worten eine Nadel mitten reingerammt. Perplex öffnete ich meinen Mund, um etwas zu erwidern, doch bevor ich ihr meine Antwort entgegenschleudern konnte, beschleunigte Reese ihre Schritte und schloss zu Ellie auf.

Ungläubig starrte ich ihr hinterher. In meinem Magen breitete sich ein ungutes Gefühl aus und fraß mich munter von innen her auf. Hatte ich etwas falsch gemacht, oder reagierte sie nur über?

Am liebsten wäre ich auf der Stelle umgekehrt und hätte mich in meinem Bett vergraben, doch dafür war es mittlerweile wohl zu spät. Wir waren schon zu tief in den Wald hineingelaufen, als dass ich den Rückweg alleine hätte finden können. Außerdem hätte mein Abgang wie ein Schuldeingeständnis ausgesehen. Am liebsten wäre ich nun zu Jasper gelaufen, um mit ihm zu reden, das schlimme Gefühl, das sich in mir ausgebreitet hatte, wegzulachen, aber nach Reese' Vorwürfen kam mir das wie eine ziemlich dumme Idee vor. Also trottete ich wie ein trauriger Esel hinter den anderen her.

Nach einer gefühlten Ewigkeit erreichten wir eine kleine Lichtung, die kaum größer als ein Klassenzimmer war. Wie auf ein geheimes Kommando hin ließen alle ihre Taschen fallen. Neugierig blickte ich mich um. Die Lichtung war so rund, als hätte ein Riese seine Zigarette inmitten des Waldes ausgedrückt. Die Bäume standen dunkel und still, zeichneten sich gegen das letzte Licht der Dämmerung ab. Beinahe kam es mir vor, als beobachteten sie uns. Als Jasper neben mich trat, blickte ich fragend zu ihm auf.

»Warum ausgerechnet dieser Ort?«, wollte ich wissen. »Versteh mich nicht falsch, die Lichtung besitzt Flair, aber … na ja …«

»Die Kapelle war geiler?«

»Die Kapelle war geiler.«

»Nun …« Jasper grinste. »Auch dieser Ort hat eine ganz besondere Energie, wenn du es so nennen willst. Man erzählt sich, einst stand genau an dieser Stelle ein altehrwürdiges Herrenhaus.«

»Und wo ist es jetzt?«

»Tja, gute Frage. Manche sagen, es verschwand eines Nachts wie von Zauberhand. Andere behaupten, es habe nie existiert. Ich wiederum glaube, wir alle waren bisher einfach zu dämlich, um den richtigen Ort zu finden. Und bis wir den gefunden haben, versuche ich einfach, mir Version eins schmackhaft zu machen.«

»Klingt sehr … mysteriös.«

Jasper zog mich an sich und gab mir einen Kuss auf den Scheitel. »Ist es auch. Aber wart's ab. Ich verspreche dir, im Laufe des Abends wirst du es verstehen.«

Am liebsten hätte ich die Augen an seiner Brust geschlossen, für eine Weile vergessen, was für ein Chaos in meinem Leben tobte – doch da vibrierte es in seiner Hosentasche. Jasper löste sich von mir und warf einen Blick auf sein Handy. »Wren kommt bald nach und bringt die anderen mit.«

Wren kam auch?! Vor Überraschung blieb mir glatt die Luft weg. Warum tat er sich das an – wollte er wirklich noch mal das Verschwinden seiner Freundin rekapitulieren? Doch je länger ich darüber nachdachte, desto klarer wurde mir, dass dieser Abend verdammt lukrativ für seine kleinen Geschäfte sein musste. Irgendwo mussten die Drogen ja herkommen, von denen Carter gesprochen hatte.

Ich räusperte mich, um meine Aufregung zu verbergen, und krächzte: »Welche anderen?«

Jasper grinste. »Dachtest du, wir feiern hier allein? Das wäre mir zwar auch sehr recht«, er fuhr mir mit dem Daumen zärtlich über die Wange und ließ ein warmes Kribbeln auf meiner Haut zurück, »aber zu fünft können wir unser Vorhaben leider nicht durchziehen.«

»Jetzt rück schon raus mit der Sprache: Was ist das hier?«

»Das«, Jasper hob eine Augenbraue, »ist eine Überraschung. Nach deiner aktuellen Lektüre müsste sie dir außergewöhnlich gut gefallen.«

Ich öffnete den Mund, um ihm zu sagen, dass ich in letzter Zeit weiß Gott genug Überraschungen hatte, doch Ellies lautes Jaulen durchbrach dieses Vorhaben. Beim Versuch, mehrere Kerzen nacheinander anzustecken, hatte ihr Kleid Feuer gefangen. Sofort eilte Magnus ihr zu Hilfe und erstickte die Flammen unter einer Decke.

»Alles okay?«, fragte er Ellie eindringlich.

Sie nickte nur knapp, rappelte sich auf und begann wie wild an ihrem Kleid herumzuschrubben. Sie wirkte nervös, was vermutlich daran lag, dass Wren jede Minute auftauchen konnte.

Auch ich wurde immer aufgeregter. Mit etwas Glück würde ich Wren heute Abend dabei erwischen, wie er Drogen an Minderjährige vertickte. Nicht dass ich es mir wünschte. Aber wenn ich es mit eigenen Augen sah, hätte ich wenigstens eine Erklärung für eines von vielen, vielen Mysterien.

Nachdenklich beobachtete ich Jasper und Magnus dabei, wie sie einen Kreis aus Steinen errichteten und in dessen Mitte ein Lagerfeuer entfachten. Es dauerte nicht lange, bis die ersten Flammen dem Himmel entgegenzüngelten und die Schatten des Waldes zum Leben erweckten. Ich lehnte mich an einen Baum, ließ meinen Blick über die Szenerie schweifen und stellte verwundert fest, dass ich trotz alldem glücklich war. Als hinter mir ein Knacken ertönte, fuhr ich zusammen.

»Ich wusste gar nicht, dass du so schreckhaft bist.« Zwei warme Hände legten sich um meine Taille, und Jaspers Lachen kitzelte mein Ohr. Obwohl ich noch immer in Habachtstellung war, entspannte ich mich langsam unter seiner Berührung. »Keine Angst, Leah, das sind nur die anderen.«

Halbherzig versuchte ich, nach ihm zu treten. »Ich habe keine Angst.«

Doch auf Jaspers Gesicht hatte sich bereits ein Anflug von Bedauern geschlichen.

»Machst du dir Gedanken wegen meines Cousins?«, fragte er. Sein Blick verdüsterte sich, und einen Moment lang schien es mir, als sei er an einem ganz anderen Ort. »Das musst du nicht, Leah. Rune wird kein weiteres Mal ausbrechen können. Dafür haben sie gesorgt.«

Ich kämpfte mit mir. Kämpfte gegen mein verfluchtes Mundwerk. Doch schließlich platzte es aus mir heraus. »Ich weiß«, sagte ich. »Ich war bei ihm.«

Obwohl ich ihn nur leicht berührte, spürte ich, wie sich seine Muskeln verkrampften. »Du warst bei ihm«, wiederholte er, als müsste er den Sinn meiner Worte erst begreifen. »Wieso?«

Augenblicklich bereute ich es, Jasper nicht in einem anderen Moment damit konfrontiert zu haben. Wie zur Bestätigung wurden das Trampeln und das Knacken im Hintergrund lauter. Als ich mich umdrehte, erkannte ich, wie sich mehrere Gestalten mit grell leuchtenden Handys aus der Dunkelheit schälten. Sofort brach lautes Begrüßungsgejohle aus.

Ich schluckte, bemüht, die richtigen Worte zu finden, und drehte mich wieder in Jaspers Richtung. »Ich wollte einfach sehen, wie es Rune geht, nach allem, was er durchgemacht hat.« Noch während ich sprach, merkte ich, wie unglaublich falsch diese Ausrede klang.

Und ich war nicht die Einzige. Eine steile Falte zog sich zwischen Jaspers Augenbrauen. »Du kannst mir nicht erzählen, dass du Rune freiwillig besucht hast, nachdem er dich zweimal attackiert hat«, sagte er, und das Misstrauen färbte seine Stimme ganz dunkel.

»Er hat mich nur *einmal* angegriffen«, korrigierte ich ihn, als würde das alles ändern. »Das Mal davor hat er mich nur … erschreckt. Ich wollte mir einfach ein Bild von der Lage machen, als ich zu ihm gegangen bin. Ich musste wissen, womit du und Hartlyn zu kämpfen habt.«

Doch meine Worte ließen seine Gesichtszüge nur noch härter wirken. Seine Stimme nahm einen Ton an, den ich noch gar nicht kannte. »Lass das mal unsere Sorge sein, Leah. Es reicht mir schon, dass Rune am Durchdrehen ist, aber ich will mir nicht auch noch Gedanken darum machen müssen, dass er dich wieder belästigen könnte.«

»Komm schon, Jasper. Es kann nichts passieren. Er steht jetzt unter psychiatrischer Betreuung.«

»Was weißt *du* schon?« Die Worte kamen so scharf aus seinem Mund, dass ich zusammenzuckte. Jasper bemerkte es und mäßigte seinen Ton. Trotzdem war nicht zu überhören, dass er unter gefährlicher Spannung stand. »Rune wird sich nicht von einem auf den anderen Tag erholen. Er ist krank, Leah, wirklich krank. Ich möchte nicht, dass du dich da einmischst.«

»Es tut mir leid, wenn ich zu weit gegangen bin«, sagte ich mit bemüht gefasster Stimme. »Aber verstehst du nicht, dass ich mich vergewissern musste?«

»Vergewissern? Worüber?«

»Dass es ihm gut geht. Dass er mir nichts mehr antun kann. Dass er nicht der gruselige Mann ist, den sich meine Fantasie nach diesen Begegnungen zwangsläufig ausgemalt hat. Ich habe mich einfach gefragt, wie … wie er so werden konnte, wie er heute ist.«

»Glaub mir, das fragen wir uns alle.«

Ohne ein weiteres Wort wandte sich Jasper um und stiefelte zurück zum Feuer.

Scheiße.

Nun hatte ich auch noch Jasper vergrault. Wenn es ihn schon

so aufregte, dass ich seinen Cousin besucht hatte, was würde er dann sagen, wenn er von der Sache mit dem Medaillon erfuhr? Früher oder später würde mich Hartlyn verpetzen …

Erst Magnus' Auftauchen riss mich aus meinen grüblerischen Gedanken. Mit leicht benebeltem Grinsen reichte er mir einen roten Plastikbecher. »Für dich habe ich eine stärkere Mischung angefertigt. Du siehst so niedergeschlagen aus, dass ich zu härteren Mitteln greifen musste.«

Ich nahm einen winzigen Schluck und verzog das Gesicht. »Das sind wahrlich harte Mittel.«

»Nach diesem Becher sieht die Welt schon ganz anders aus. Alles klar bei dir und Jasper?«

»Ja. Ich denke schon. Nur eine kleine Reiberei.«

Magnus' Blick zeigte, dass er mir nicht ganz glaubte. »Weißt du«, sagte er, diesmal in deutlich ernsterem Ton, »Jasper zeigt es nicht offen, aber er schleppt einen Lkw voller Sorgen mit sich herum. In seiner Familie ist in der Vergangenheit ganz schön viel Scheiße passiert. Er reißt Witze, gibt immer den Entertainer, sammelt Unmengen von Schrott … Genau das ist seine Masche: Ablenkung, Ablenkung, Ablenkung. Damit er seine eigenen Gedanken nicht hören muss.«

Obwohl ich wusste, dass Magnus gekifft hatte – seine großen schwarzen Pupillen waren nicht zu übersehen –, konnte ich nicht ignorieren, dass in seinen Worten nichts als die Wahrheit steckte. Mit einem Mal war ich unglaublich müde.

»Denkst du, er erzählt mir eines Tages davon? Von den Sachen, die er erlebt hat, meine ich?«, fragte ich Magnus. Meine Stimme zitterte gefährlich, und ich nippte an dem Drink, um meine aufgewirbelten Emotionen zu verschleiern.

Magnus legte mir eine seiner perfekt geformten Hände auf die Schulter. »Es ist nicht zu übersehen, wie sehr er dich mag«, sagte er und lächelte mich aufmunternd an. »Und ich muss es wissen, denn ich kenne diesen Kerl schon so lange, dass er nichts mehr vor mir verstecken kann. Bestimmt erzählt er dir alles, wenn er sich bereit dafür fühlt.«

Warum war mir die ganze Zeit entgangen, was für ein netter Kerl Magnus eigentlich war? Am liebsten hätte ich ihn in die Arme genommen und gedrückt. Stattdessen rammte ich ihm einen Splitter in sein Herz. »Magnus … was ist das zwischen dir und Reese?«

Magnus riss überrascht die Augen auf.

»Ich habe euch gesehen«, gab ich zu. »Bei der Party. Ich wollte es nicht, aber ihr habt in der Nähe meines Kotzeimers rumgemacht.«

Magnus blickte zur Seite, doch ich sah den Schmerz in seinem Gesicht. »Es ist kompliziert«, murmelte er. »Manchmal steht sie nachts vor meiner Tür, weil sie nicht alleine schlafen kann, und an anderen Tagen tut sie beinahe so, als würden wir uns nicht kennen. Langsam beginne ich zu glauben, dass ich nur eine Ablenkung für sie bin.«

Wieder überkam mich der Drang, ihn einfach in den Arm zu nehmen. Er wirkte so hilflos, dass es mir im Herzen wehtat. Gleichzeitig hatte ich eine düstere Vorahnung, dass er sich beide Beine ausreißen konnte und Reese ihn trotzdem nicht erhören würde.

»Ich wünschte, ich könnte dir helfen«, sagte ich, »aber ich fürchte, das Einzige, was wirklich etwas bringt, ist ein klärendes Gespräch.«

»Dieses klärende Gespräch hatten wir schon. Mehrmals. Aber sie blockt immer ab.«

Normalerweise hätte ich Magnus nun geraten, sich von Reese zu distanzieren. Aber verdammt, sie würde mich einen Kopf kürzer machen, wenn sie erfuhr, dass ich mich in ihre Beziehungs- oder Nichtbeziehungsangelegenheiten einmischte.

»Schau doch einfach ein paar Liebesfilme«, sagte ich schließlich und zwinkerte. »Danach hast du bestimmt ein paar Ideen mehr, wie du das mit Reese hinkriegst. Schon mal die gute alte Getto-blaster-Methode probiert?«

Magnus und ich grinsten uns an. Dann stießen wir mit den Bechern gegeneinander, und ich kippte den ganzen Inhalt auf einmal hinunter. Nach den beschissenen Gesprächen mit Reese und Jasper hatte ich mir das verdient, redete ich mir ein. Nicht nur ein Mal wanderten Magnus und ich zu den Getränkekisten. Es war, als hätten wir ein stummes Einverständnis getroffen, uns diesen Abend schönzutrinken.

»Sag mal, warum trägst du eigentlich immer diese Hemden?«, fragte ich Magnus, als die Welt durch den Alkohol bereits ein bisschen weicher wurde. »Musst du dich auch auf eine Geschäftsführerrolle vorbereiten, oder was?«

Magnus schüttelte den Kopf und grinste, doch es hatte etwas Leidendes. »Neurodermitis. Die meiste Zeit habe ich es ganz gut im Griff, aber manchmal zerkratze ich mir meine Arme und …« Er verzog gequält den Mund. »Ich mag es nicht, wenn andere das sehen. Gemeine Kinder von früher und so.«

Ich fragte mich, ob so etwas wie rote Striemen Magnus Lindquist überhaupt entstellen konnten. Aber vermutlich saßen die Beleidigungen von früher zu tief, als dass er sie einfach hätte vergessen können. Auch ich konnte mich noch an so manche Gemeinheit erinnern, die man mir in der Primary School zugeflüstert hatte. *Dein Dad hat dich wohl nicht lieb genug, wenn er einfach so weggegangen ist …*

Das Ziehen von damals war sofort zurück, und als ich in Magnus' Gesicht blickte, merkte ich, dass es ihm nicht anders ging. Ich legte ihm eine Hand auf den Arm und lächelte. »Selbst mit kratertiefen Kratzern wirst du immer der Schönste von uns sein, Model-Boy.«

Doch Magnus starrte nur abwesend ins Feuer, ein eingefrorenes Lächeln auf den Lippen.

Während ich auf Jaspers angekündigte Überraschung wartete, nippte ich an meinem Getränk und beobachtete die übrigen Schüler, deren Silhouetten sich gegen das Feuer abzeichneten.

Erst ein laut klirrendes Geräusch riss mich wieder aus meinen Gedanken. Jasper stand vor dem Feuer, in der einen Hand eine leere Bierflasche, in der anderen einen Getränkeöffner, mit dem er gegen das Glas schlug. Jeder auf der Lichtung hielt augenblicklich inne.

»Es ist so weit«, sagte Magnus neben mir.

»*Was* ist so weit?«

»Das Spiel beginnt.«

»Welches Spiel?«, fragte ich perplex.

Er fasste mich grinsend am Ellenbogen. »Lass dich einfach überraschen. Ich verspreche, du wirst den Spaß deines Lebens haben.«

Schon wieder ein Versprechen für diesen Abend, von dem ich keine Hoffnung hatte, dass es eingelöst würde. Widerwillig folgte ich Magnus zum Feuer und ließ mich mit den anderen im Kreis um die Flammen nieder. Mittlerweile war es geisterhaft still geworden. Lediglich ein Kichern durchbrach hin und wieder die Ruhe des Waldes. Alle Augen waren auf Jasper gerichtet, auch meine. Als Jasper schließlich seine Stimme erhob, lief mir ein kalter Schauder über den Rücken. Sie klang fremd und verheißend zugleich. Wie die Stimme eines düsteren Märchenerzählers.

»Wir haben uns heute hier versammelt, um die Nacht des Blutvergießens zu feiern«, raunte er. Das Licht flackerte über seinen Mund, der sich zu einem kalten Lächeln verzog. »Willkommen bei der Blutnacht der Nebelfrauen.«

Kapitel 26

Jasper hatte mich angelogen. *Wieder einmal.* Nicht nur, was die Umstände von Skylars Verschwinden anging, sondern auch in Bezug auf das Märchenbuch. Er hatte mir weismachen wollen, es sei ihm im *Books and Beans* nur zufällig in die Hände gefallen. Doch das konnte ich ja nun wohl ausschließen.

Ein Spiel. All die Geschehnisse der letzten Wochen waren nichts weiter als ein Spiel – und ich verstand seine Regeln nicht. Würde ich ihnen ebenso wie Skylar zum Opfer fallen?

Mein Blick fiel auf Jasper. Sein Gesicht mit den freundlichen Grübchen und den vielen Sommersprossen. Den rotbraunen verwuschelten Haaren. Jasper, dessen Lächeln mein Herz zum Stolpern brachte. Seine Haut wirkte unter dem Licht der Flammen unmenschlich glatt. Er sah aus wie ein ganz anderer Mensch. Und er klang auch so.

»Letzte Chance, zu verschwinden«, sagte er. »Wer jetzt bleibt, ist dabei.«

Nicht einer der Anwesenden erhob sich. Ich konnte sehen, wie sich Reese und Ellie auf der anderen Seite des Feuers bedeutungsschwangere Blicke zuwarfen. Und auch Magnus tippte nervös mit den Fingern gegen sein Knie.

»Niemand?« Jasper ließ seinen Blick langsam durch die Runde gleiten. Als er bei mir ankam, durchfuhr mich ein heftiger Stromschlag. Das Grau seiner Augen lag tief im Schatten, und doch hatte ich das Gefühl, er durchbohre mich mit der Intensität seines Blickes. Als wolle er sagen: *Was ist mit dir, Leah? Wirst du uns verraten?*

Trotzig reckte ich das Kinn und starrte zurück. Unsere Blicke verkeilten sich ineinander, und ich hatte das Gefühl, gleich würden wir uns aneinander verbrennen – doch da drehte er den Kopf und klatschte in die Hände.

»Wenn das so ist«, verkündete er heiter, »fangen wir an!«

Es war, als habe er eine besondere Energie losgetreten. Alle Augen waren wie gebannt auf Jasper gerichtet.

Der erhob nun seine Stimme. Sie hallte seltsam laut in der Stille des Waldes. »Wir alle kennen die Sage. Sie geistert seit Jahren als Gruselgeschichte durch unsere Zimmer. Einst lebte ein Vogt auf diesem Land. Er hatte ein Auge auf seine eigene Tochter geworfen.«

Mein Blick glitt zu Reese. Der Schein des Feuers schimmerte in ihrem blonden Haar und erweckte es wie Flammen zum Leben, doch ihre Augen waren in völlige Finsternis getaucht. Was war nur zwischen uns passiert?

Ich sah, wie sie sich zu Brutus III. hinüberlehnte und über einen seiner Witze lachte. Sie warf den Kopf in den Nacken, ihre Haut glänzte rötlich im Feuerschein. Vor ein paar Tagen wäre das noch ich gewesen, die neben ihr gesessen hätte. Die mit ihr gelacht hätte. Doch nun behandelte sie mich wie eine Aussätzige, und ich konnte nichts, rein gar nichts dagegen tun. Dabei hatte ich wirklich geglaubt, wir wären Freundinnen geworden.

»Nur bei Vollmond«, raunte Jasper nun und riss mich damit aus meinen Gedanken, »erlangen die Geister der jungen Frauen die Erinnerung an ihr früheres Leben zurück und sinnen nach

Rache. Dann streifen sie durch die Wälder, auf der Suche nach der Tochter des Vogts. So manches Mädchen ist ihnen bereits zum Opfer gefallen.«

»Buh!«, machte Magnus, und einige Leute im Kreis zuckten zusammen. Im nächsten Moment brach erleichtertes Gelächter aus. Mir hingegen wurde schlecht. Spiel hin oder her, das hier war obszön. Vor genau zwei Jahren war an dieser Stelle ein Mädchen verschwunden. Und Jasper spielte dieses Ereignis unterschwellig als Gruselfaktor aus.

»In dieser Nacht sagen wir den Nebelfrauen den Kampf an«, verkündete Jasper mit lauter Stimme und deutete hoch zum Himmel, von dem der Vollmond blass auf uns herableuchtete. Genau wie in der Nacht, in der Skylar verschwand. »Nachdem wir die erste Schulwoche nur knapp überlebt haben, sind einige von uns bestimmt richtig scharf drauf, sich beim Umlegen von gruseligen Schreckgestalten ein wenig abzureagieren. Selbstverständlich nicht unbewaffnet – sicher ist sicher.«

Während aufgeregtes Stimmengewirr aufbrandete, kramte Jasper in einer Tasche zu seinen Füßen und hielt schließlich triumphierend mehrere Gegenstände in die Höhe. Erst als ich die Augen zusammenkniff, konnte ich erkennen, was er dort im Schein der Flammen präsentierte: kleine Fläschchen, in denen eine undefinierbare Flüssigkeit schwappte.

»Wir haben Zaubertränke«, rief er, dann tauschte er die Fläschchen gegen einen Dolch aus. »Wir haben Waffen.« Beunruhigtes Gemurmel ging durch die Runde. »Und vor allem« – jetzt zwinkerte Jasper und ließ den Dolch sinken – »haben wir jede Menge Zeug, das euren Charakter umbringen kann.«

»Umbringen?«, erklang die Stimme eines Mädchens.

Jasper lächelte. »Natürlich nur im Spiel. Und nicht *ihr* müsst dran glauben, sondern nur die Figur, die euch zugeteilt wird. Womit wir nun bei den Spielregeln wären.«

Wieder griff Jasper in die Tasche und beförderte einen kleinen Karton hervor. Zufrieden klopfte er mit dem Finger darauf. »Jeder von euch wird gleich eine Karte ziehen. Schützt sie vor den Blicken eurer Nachbarn und posaunt unter keinen Umständen den Inhalt eurer Karte hinaus. Darauf steht nämlich eure Rollenbeschreibung, und keiner darf wissen, wer ihr seid.«

»Wieso?« Brutus III. knibbelte gedankenverloren an seiner Dreiviertelhose herum. »Neue Datenschutzbestimmung?«

Jasper lächelte nachsichtig. »So in der Art. Du behältst deine Rolle das ganze Spiel über. Und wenn herauskommt, wer du bist, bist du schneller tot, als du dir deinen nächsten Joint bauen kannst.«

Brutus starrte ungläubig auf seine Hände. Nach unserer gemeinsamen Glücksritter-Runde in der Kapelle konnte ich bestätigen, dass er wirklich *sehr* schnell bauen konnte.

»Jede Rolle hat eine oder mehrere bestimmte Aufgaben und Ziele, die sie im Laufe des Spiels natürlich verfolgt«, fuhr Jasper fort. »Dafür stehen ihr bestimmte Fähigkeiten und Waffen zur Verfügung, die von Charakter zu Charakter variieren. Wenn ihr lernt, sie richtig einzusetzen, überlebt ihr länger. In diesem Spiel geht es aber nicht darum, als Einzelner zu überleben, sondern als Gattung. Es heißt: Die Hexe und ihre Nebelfrauen gegen die Dorfbewohner.«

Am liebsten hätte ich aufgelacht. Dieses Spiel klang wie eine kranke Adaption der *Werwölfe vom Düsterwald*. Ich warf einen fragenden Blick in Magnus' Richtung, doch dieser schien bereits unter Strom zu stehen. Seine Augen klebten erwartungsvoll an Jasper.

Reihum ließ Jasper jeden von uns eine Karte aus dem Deck ziehen, das er uns wie einen Fächer präsentierte. Als er bei mir angekommen war, achtete ich sorgsam darauf, ihn nicht zu berühren und ihm nicht in die Augen zu sehen. Jeder Kontakt mit ihm hätte mich nur noch mehr verwirrt. Also konzentrierte ich meine volle Aufmerksamkeit auf die Karte und bewunderte sie im schimmernden Halbdunkel des nächtlichen Waldes. Jemand hatte sie liebevoll aus Karton geschnitten, ganzflächig dunkelgrün angemalt und die Rückseite mit filigranen weißlinigen Rankenmustern verziert. Als ich sie umdrehte, blickte mir die Zeichnung eines bleichen Mädchengesichts entgegen, das halb hinter einem roten Schleier verborgen war. Nachdenklich starrte ich auf die Überschrift meiner Karte. *Die Tochter des Vogts.* Wenn das kein gutes Omen war. Noch eine Weile betrachtete ich die Zeichnung, dann widmete ich mich der Rollenbeschreibung unter dem Porträt.

Deine Aufgabe ist es, den Vogt mit deinem Leben zu schützen, stand dort. *Finde heraus, welcher Spieler die Rolle deines Vaters verkörpert, und vereinige dich mit ihm. Gemeinsam könnt ihr dem ersten Angriff der Nebelfrauen trotzen. Beim zweiten Mal jedoch wirst du dich für deinen Vater opfern.*

Vereinige dich mit ihm, dachte ich, *na super.* Hoffentlich reichte auch ein einfacher Handschlag.

Missmutig ließ ich die Karte sinken und blickte in die Runde. Ellie war gerade dabei, sich ihre Charakterkarte in den Ausschnitt zu stopfen, und Brutus III. sah aus, als rechnete er jeden Augenblick damit, überfallen zu werden, wenn er seine Karte nicht eng genug bei sich hielt. Reese dagegen starrte nur ausdruckslos nach unten, als lese sie ihre Rollenbeschreibung ohne jede Emotion.

Ein Knacken aus der Dunkelheit ließ uns zusammenfahren. Im nächsten Moment brach Wren aus dem Gebüsch, und erleichterte Lacher erklangen. Er schnaufte wild.

»Bin … gerannt … sorry. Hatte noch was zu erledigen.« Kurz zuckte Wrens Blick zu Ellie am Feuer, doch die gab sich alle Mühe, ihn zu ignorieren. Ich hingegen glotzte wie ein Mondkalb. Wie hatte mir nur entgehen können, dass ausgerechnet Wren – mein Hauptverdächtiger für den Posten des Drogenbarons – fehlte?

Jasper sprang auf und schlug Wren kameradschaftlich auf die Schulter. »Gerade rechtzeitig, mein Freund. Nun, da wir einen Spielleiter brauchen.«

Beinahe hätte ich mich an meiner eigenen Spucke verschluckt. Warum ausgerechnet Wren? Der bekam doch normalerweise kaum den Mund auf.

Ungläubig beobachtete ich, wie Wren zu uns ans Feuer trat. Es brauchte nur eine Bewegung seiner Hand, um alle wieder zur Ruhe zu bringen. Als sich auch der Letzte auf dem Waldboden niedergelassen hatte, blickte er in die Runde. »Schließ die Augen«, befahl er.

Sofort spürte ich, wie ein Kribbeln durch meinen Körper lief. Wrens Stimme klang so anders als sonst. Voller. Kälter.

»Stell dir vor, wir befinden uns in einem Dorf«, begann er. »In einem Dorf, das vor nicht allzu langer Zeit an ebendiesem Ort existiert hat. Stell dir vor, wie dein Leben dort ausgesehen hätte. Vielleicht bist du ein Schmied und machst gute Geschäfte. Vielleicht hast du einen Mann oder eine Frau. Kinder. Vielleicht bist du glücklich. Doch all das könnte dir schon heute Nacht wieder genommen werden – denn die Hexe des Waldes, der euer Dorf umgibt, ist unberechenbar. Geboren in der tiefsten Finsternis, erträgt sie weder Glück noch Liebe. Euer Glück. Eure Liebe. Außerdem neidet sie eurem Dorf seinen Reichtum. Lange Zeit hat sie sich im Hintergrund gehalten. Doch seit der Vogt seinen Bund mit ihr geschlossen hat und zwanzig eurer Töchter zu Dienerinnen der Hexe wurden, hat sie eine Grenze überschritten – und nun ist das Morden ihr Wasser am Morgen und ihr Bett in der Nacht. Um euch alles zu nehmen, was ihr habt, scheut sie nicht einmal davor zurück, kleine Kinder auszuweiden.« Er machte eine bedeutungsvolle Pause, und obwohl ich es nicht wollte, spürte ich, wie ein Schaudern mich erfasste. »Lange habt ihr versucht, euch aus allem herauszuhalten. Den Zorn der Hexe nicht unnötig zu provozieren. Doch das ist nun nicht mehr möglich – denn wenn ihr sie nicht aufhaltet, wird sie euch abschlachten wie Schweine. Es ist an der Zeit, euer Schicksal selbst zu bestimmen. Und deswegen zieht nun eine Karte.«

Eine Karte? Wer sollte eine Karte ziehen? Neugierig blinzelte ich und hoffte, dass ich nicht erwischt wurde. Doch Wren wandte mir den Rücken zu. Er lief langsam im Kreis, bis er sich schließlich zu Reese hinabbeugte, die erschrocken die Augen aufriss. Wren hielt ihr einen Stapel Karten vor die Nase, und nach einem Zögern zog Reese eine Karte aus der Mitte. Schnell schloss ich die Augen wieder, bevor man mich ertappte.

»Lies sie vor, Reese«, verlangte Wren.

Ich hörte, wie Reese sich räusperte. Dann erklang ihre Stimme, seltsam dünn. »Die Jagd hat begonnen«, las sie vor. »Blut fordert Blut. Der Durst der Hexe und ihrer Dienerinnen ist unersättlich. Heute Nacht scheint der Vollmond vom Himmel, und die Nebelfrauen streifen auf der Suche nach der Tochter des Vogts durch das Umland. Doch ausgerechnet an diesem Abend ist ein kleines Kind vom Spielen nicht nach Hause zurückgekehrt. Fackeln werden angezündet, um im Wald nach ihm zu suchen.« Sie machte eine Pause. »Um die Dörfler im Wald und alle, die zurückgeblieben sind, zu schützen, hat der Dorfälteste einen Trank gebraut, der diejenigen, die ihn trinken, unsichtbar macht. Leider reicht der Trank nicht für alle. Jeder Zweite in der Runde darf ihn kosten.«

Auf Wrens Befehl hin öffnete ich zusammen mit den anderen Spielern die Augen. Die Härchen auf meinen Armen und Beinen stellten sich auf. Wren reichte Reese eines der filigranen

Fläschchen, die Jasper uns gezeigt hatte. Bei seinem Anblick überkam mich ein ungutes Gefühl.

»Trink«, sagte Wren. »Du bist die Erste.«

Einige Sekunden lang beäugte Reese die kleine Flasche, bevor sie sie entkorkte und einen entschlossenen Schluck nahm. Dann übergab sie sie an Ellie, die neben ihr saß, diese wiederum überreichte sie einem blonden Mädchen, das in meinen Spanischkurs ging. Sie nippte, ohne zu zögern, an dem Getränk.

»Was ist das?«, wisperte ich in Magnus' Richtung. In meinem Magen breitete sich ein unbehagliches Kribbeln aus.

Magnus starrte sehnsüchtig in Richtung der Flasche. Wobei ich mir nicht ganz sicher war, ob er nicht vielleicht doch eher Reese anglotzte. »Na, ein Zaubertrank«, murmelte er.

Frustriert stöhnte ich auf. »Nein, wirklich. Ist das Alkohol?«

»Denkst du, wir würden um ein bisschen Wodka so einen Aufstand machen?«

Mir schwante Böses. »Du meinst …?«

Magnus zwinkerte mir zu. »Das hier ist eine besondere Nacht, Leah. Ich verspreche dir, du wirst sie nicht vergessen. Lass dich einfach darauf ein.«

Hilflos beobachtete ich, wie die Flasche im Kreis weiterwanderte, Magnus übersprang und in meinen Händen landete. Angewidert verzog ich den Mund und schnüffelte an der Flaschenöffnung. Der beißend süße Gestank von Energydrink strömte mir entgegen. Doch da war noch etwas anderes. Etwas, dessen Geruch ich nicht identifizieren konnte …

»Was ist da drin?«, fragte ich laut in die Runde.

Sofort ging ein entnervtes Stöhnen über die Lichtung. Natürlich, schließlich war ich die Spielverderberin, die den Zauber des Abends mit einem Satz zerstörte.

»Komm schon«, drängte Brutus III. »Stell dich nicht so an. Du siehst doch, bisher ist niemand umgekippt.«

Bisher.

»Sorry, Brutus, aber wenn du nach diesem Kriterium dein Gras aussuchst, rauche ich keinen mehr mit dir«, knurrte ich und ballte die Fäuste. »Das eben war eine ganz normale Frage: Was zur Hölle ist in der Flasche?«

»Limonade, was sonst, Schätzchen? Aber pass auf, da ist echt viel Zucker drin.«

Ein paar Leute kicherten.

»Lasst sie«, erklang Jaspers klare Stimme und durchbrach das spöttische Gemurmel im Hintergrund. »Ein symbolischer Wodka-Zaubertrank tut's auch. Komm, Brutus, hol ihr einen.«

Obwohl ich vorgehabt hatte, Jasper die kalte Schulter zu zeigen, ertappte ich mich dabei, wie ich einen erleichterten Seufzer ausstieß und dankbar in seine Richtung blinzelte.

»Leah, da ist nichts Schlimmes in der Flasche«, schaltete sich nun Reese ein. »Dir wird nur ein wenig warm, und du bekommst blendende Laune. Ich weiß, du bist es gewöhnt, dass man für dich eine Extrawurst macht …«

Heiße Wut loderte in mir auf, doch ich zwang mich, meine Stimme einigermaßen ruhig zu halten. »Das hat *nichts* mit einer Extrawurst zu tun. Wenn wir wieder im Schloss sind, erzähle ich dir gerne in Ruhe, warum ich von harten Drogen nichts mehr wissen will.« Ich war so sehr damit beschäftigt, meine Emotionen unter Kontrolle zu bringen, dass ich nur am Rande registrierte, wie Magnus mir die Flasche aus den Fingern wand und interessiert daran schnüffelte.

»Harte Drogen«, spottete Brutus III. »Das in der Flasche ist seichtes Zeug, vollkommen ungefährlich. Mach dir keine Sorgen, wir passen schon auf dich auf.«

»Es reicht!«, fuhr Jasper dazwischen. »Wenn sie nicht will, dann will sie nicht.«

»Sonderbehandlung für die Frau vom Boss, war ja klar.« Ich

kannte die Stimme nicht, aber wer auch immer die Worte ausgesprochen hatte, traf bei mir einen Nerv.

»Gib schon her«, raunzte ich.

Ich riss Magnus das verkorkte Gefäß aus den Händen. Noch einen Moment lang starrte ich missmutig auf die schwappende Flüssigkeit in seinem Inneren – dann setzte ich die Lippen an und nippte leicht, ganz leicht, am Flaschenhals. Ein süßlich-intensiver Geschmack strömte auf meine Zunge.

Sofort machte sich ein warmes Gefühl in mir breit. Es war viel zu fordernd, um natürlich zu sein. Viel zu … süß. Ich biss die Zähne zusammen und kämpfte gegen die synthetische Euphorie an, die sich meiner bemächtigte. Wie klebriger Sirup durchflutete die Droge meine Gedanken, machte mich träge, entspannt. Und gleichzeitig war da diese Begeisterung, die in mir aufwallte. Es fühlte sich so gut an. So befreiend. Als würde die Hülle, die ich um mein Herz errichtet hatte, entzweiknacken.

Ich wusste, es war falsch. Ich wusste, ich musste klar bleiben. Mein Kopf … ich musste einen kühlen Kopf bewahren! Doch das warme orange Licht des Feuers und die feierliche Stimmung in der Runde taten ihr Übriges. Noch einen Moment lang kämpfte ich – kämpfte lange genug, um mich vor mir selbst nicht in Grund und Boden schämen zu müssen –, dann ließ ich mich mitten in das süßlich-warme Gefühl hineinfallen.

Ich schloss die Augen und badete darin. Als ich sie wieder öffnete, grinste ich Magnus an wie ein Kind, das einen Lolli im Süßwarenladen gestohlen hatte. Und Magnus grinste mindestens doppelt so breit zurück. Reese und Ellie waren nur noch verschwommene Silhouetten hinter dem Feuer, nicht richtig da.

Von nun an zog das Spiel in einem raschen Tempo an mir vorbei. Es war, als betrachtete ich einen Film im Schnelldurchlauf und schaltete nur bei einzelnen Szenen auf normale Geschwindigkeit. Ich sah Wren, wie er zwischen uns umherwanderte und in schier willkürlicher Reihenfolge Karten ziehen ließ. Ich sah geschlossene Augen, hörte unterdrücktes Lachen. Ängstliches Wimmern, wenn die Nebelfrauen zuschlugen und es jeden von uns treffen konnte. Ich roch verbrannte Kräuter, als die Hexe einen tödlichen Giftnebel braute. Hörte Stoff reißen, als eines der Mädchen von einer düsteren Kreatur zerfetzt wurde. Oder hatte ich mir das nur eingebildet? Bei jeder neuen Karte beschleunigte sich mein Atem, und mein Herz hämmerte schmerzhaft gegen meine Brust.

Die Fülle an Szenarien war nahezu unerschöpflich. In der einen Runde überfielen wilde Hunde das Dorf und schleiften ein junges Mädchen mit sich in den Wald – als sich herausstellte, dass Brutus III. dieses Mädchen gewesen war, brach lautes Gelächter in der Runde aus, und er zog sich unter mehreren Verbeugungen aus dem Kreis zurück. Denn so lautete die Regel: Wer tot war, hatte im Kreis nichts mehr zu suchen.

In einer anderen Runde veranstaltete der Vogt einen Ball. Mir als seiner Tochter war ein Blick auf seine wahre Gestalt vergönnt, denn wir würden zusammenspielen müssen, um ein weiteres Opfer für die Hexe auswählen zu können. Als ich die Augen öffnete, blinzelte mir Jasper entgegen. Bei seinem Anblick spürte ich, wie heißes Verlangen in mir aufstieg. Die verwirrenden Gefühle vor dem Spiel waren vergessen, jetzt gab es nur noch ihn und mich: den Vogt und seine Blutbraut. In Jaspers Augen konnte ich sehen, dass es ihm genauso ging – ein erwartungsvolles Funkeln lag in seinem Blick. Wären die anderen nicht gewesen, wären wir übereinander hergefallen. Stattdessen jedoch schlossen wir, wie es der Spielleiter verlangte, erneut unsere Augen – und wären beinahe einem Komplott der Dorfleute zum Opfer gefallen, hätte sich nicht eine der Mägde für uns geopfert. Die gesamte Runde trank auf das verhinderte Attentat. Das Fläschchen wanderte erneut umher, diesmal durfte jeder einen Schluck nehmen. Das warme Gefühl in meinem Inneren hatte mich vollkommen in Beschlag genommen. Ich achtete nicht einmal darauf, wer als Nächstes vorlas.

»Der Vogt fordert die Treue seiner Untertanen«, las derjenige. »Er fordert den fünften Spieler zur Rechten des letzten Toten auf, ihm den Treueschwur zu leisten. Nimm den Dolch, Spieler, und schneide dir in die Hand. Bist du eine Nebelfrau, stirbst du. Weigerst du dich, stirbst du. Öffnet die Augen, um Zeugen zu werden.«

Zuerst war Stille, dann wanderten alle Augen zu Magnus. Der grinste. »Natürlich, Herr Vogt. Dürfte ich vorher noch ein Schlückchen nehmen, damit mein Körper genug Blut produzieren kann?«

Schrilles Gekicher erklang. Reese grinste und warf ihm im hohen Bogen das Fläschchen hinüber.

Auch Jasper lachte. »Aber nur einen kleinen Schluck, Magnus. Nimm dir ein Beispiel an Leah.«

Aus meinem Bauch brach sich ein grelles Lachen. Ich lachte und lachte und konnte gar nicht mehr aufhören damit. Mein verschwommener Blick fuhr zu Magnus, der aussah, als könne er nicht mehr richtig unterscheiden, welcher Körperteil sein Arm und welcher seine Hand war. Prüfend setzte er die Klinge an, zog die Augenbrauen zusammen, positionierte sie neu. Irgendetwas an diesem Anblick kam mir falsch vor, aber es war zu lustig, zu faszinierend, um ernsthafte Einwände zu erheben.

»Soll ich es machen?«, bot ich an.

Magnus schüttelte den Kopf. »Ich muss meine Treue schwören, nicht du.«

Wieder setzte er diesen konzentrierten Blick auf, dann zog er die Klinge über seine Handfläche. Sofort floss eine Welle aus Rot über seine Finger. Es sah wunderschön aus. Wie ein Pancake, der von weinrotem Ahornsirup überschwemmt wurde.

»Hat gar nicht wehgetan«, stellte Magnus überrascht fest. Blut tropfte auf seine Jeans. Im nächsten Moment hielt Magnus meinen Cardigan in der Hand. Ich wusste nicht, wie er da rangekommen war. Vermutlich hatte ich ihn ausgezogen und ihm gegeben. Wie ein Schwamm sog er das Blut auf. Magnus verzog nicht einmal das Gesicht.

»Das ist echt tief«, sagte ich ohne einen Funken Sorge in der Stimme. Dann band ich die Ärmel des Cardigans zu einer festen Schleife um seine Hand und warf das blutige Messer zurück zu Wren.

»Bist du verrückt?«, fauchte der. »Du hättest mir beinahe mein Auge ausgestochen!«

»Dann hättest auch du deine Treue geschworen«, kreischte Ellie. »Aber das hast du ja damals schon dieser dummen Skylar.«

Ich kicherte. Kicherte lauthals los. Ellie war so lustig.

In den nächsten Runden starben die Spieler wie Fliegen. Die Dörfler hatten ein altes Relikt ihrer Vorfahren – einen Holzpflock – gefunden, mit dem sie eine Nebelfrau nach der anderen eliminierten. Aus Rache braute die Hexe die Schwarze Pest in ihrem Kessel und tötete den gesamten Nachwuchs des Dorfes.

Nach einer weiteren abgeschlossenen Runde verkündete Wren: »Die erste Spielphase ist beendet. Kommt ein wenig zu Kräften, esst und trinkt etwas, dann geht es weiter mit Phase zwei.«

Ich rappelte mich auf und hielt mit verwischtem Blick Ausschau nach Jasper, doch er war nirgends zu sehen. Also heftete ich mich an Magnus. Der warf mir aus einem der Proviantkörbe eine ganze Packung Snickers zu, die wir in gieriger Übereinkunft zusammen verschlangen. An einen Baumstamm gelehnt, beobachtete ich, wie die Zeit sich stauchte und zog. Keine Ahnung, wie lange wir schon spielten, und es war mir auch egal.

Alles, was ich wusste, war, dass da eine Gier in mir war. Ich gierte nach mehr von diesem Gefühl. Ich musste Jasper finden. Aber mein Kopf fühlte sich an wie ein schwankendes Schiff, und Magnus redete ohne Punkt und Komma auf mich ein.

Erst als Wren die zweite Spielphase einläutete, sah ich Jasper wieder. Er unterhielt sich mit einem der Jungs am Feuer und verstummte erst, als Wren seine Stimme erhob.

»Die Regeln der zweiten Phase sind einfach«, sagte er. »Rennt. Die Nebelfrauen greifen das Dorf an, um jeden Einzelnen von euch zu vernichten. Da ihr die Identität der anderen nicht kennt, dürft ihr niemandem trauen. Werdet ihr geschnappt, seid ihr automatisch tot und werdet zurück zum Feuer gebracht. Habt ihr jedoch eine Pille bei euch, seid ihr noch einmal dem Tod entkommen. Greift in die Taschen eurer Hosen und Jacken. Spürt ihr etwas?«

Ich tastete an mir herab. An meiner kleinen Umhängetasche war niemand gewesen, da war ich mir sicher. Und da ich nur ein Kleid trug und Magnus meinen Cardigan gegeben hatte, gab es keine andere Möglichkeit, eine Pille zu verstecken, es sei denn, ich wollte in meiner Unterhose herumwühlen. Der Gedanke brachte mich zum Kichern. Kurz darauf spürte ich einen Lufthauch in meinem Nacken. Ohne mich umzudrehen, wusste ich, dass es Jasper war. Flüchtig nahm er meine Hand und ließ etwas hineinfallen. Die Pille. Mich überkam ein unmenschliches Verlangen, Jasper zu küssen. Ich drehte mich um – doch da war er schon wieder weg.

»Gebt sie der Nebelfrau, damit ist sie fürs Erste außer Gefecht gesetzt«, erklärte Wren, während ich die Pille in meine Tasche gleiten ließ.

Selbst unter meinem warmen Mantel aus Emotionen spürte ich, dass etwas an diesem Satz falsch war. Doch mein Herz klopfte zu laut, um mir weiter darüber Gedanken zu machen.

Vor Aufregung, vor Freude. Denn wir sollten in nur wenigen Sekunden losrennen.

Ich brachte mich in Position, aufgeregt, voller Vorfreude auf das, was kommen würde. Jeden Muskel in meinem Körper zu spüren, das Brennen meiner Lungen, das Gefühl von Freiheit und Kraft. Und als Wren mit einem lauten Schrei das Signal zum Start gab, rannte ich um mein Leben. Ich bekam mich kaum noch ein vor Lachen. Ich rannte in die Schwärze der Bäume, nur das Licht meines Handys leuchtete mir. Ich hörte Kreischen, ich hörte Gelächter und Schreie. Meine Beine flogen über den Waldboden, beflügelt von Panik und Freude. Sie würden mich niemals kriegen. Vielleicht würde ich im Wald verloren gehen.

Erst als ich keine Lichter mehr sah und keine Geräusche mehr hörte, drosselte ich mein Tempo. Ich schaltete die Taschenlampe aus und ließ mein Handy in der Umhängetasche verschwinden. Das Licht des durch die Äste spähenden Vollmonds war hell genug, um nicht bei jedem zweiten Schritt hinzufallen. Sehnsüchtig starrte ich zu ihm hinauf und wünschte mir Jasper herbei.

Schreie drangen zu mir herüber, doch sie waren viel zu weit weg, um ihnen Beachtung zu schenken. Irgendwo dahinten tasteten Lichtkegel über den Boden. Auch sie konnten mir nicht gefährlich werden. Ganz im Gegensatz zu den gesenkten Stimmen, die erschreckend nah neben mir erklangen. Sie waren gedämpft. Dennoch erkannte ich sie.

So leise wie möglich schlich ich mich näher heran. Auf einmal hatte ich Angst, mich mit jedem knackenden Ästchen unter meinen Füßen zu verraten. Schließlich presste ich mich an einen dicken Baumstamm und spähte dahinter hervor.

Kein Zweifel. Sie waren es. Sie standen im Dunkeln, aber ich erkannte sie an ihren Stimmen, die mit jedem Satz hitziger wurden, und an den unverwechselbaren Silhouetten ihrer Körper. Kurz überlegte ich, vorzutreten und mich zu offenbaren – doch genau in diesem Moment zog die kleinere Gestalt die größere zu sich heran und presste ihr den Mund auf die Lippen.

Mein Herz brach, als ich sah, wie Reese Jasper küsste.

Kapitel 27

Ich keuchte, konnte mir in letzter Sekunde aber noch die Hand vor den Mund schlagen, bevor ich mich verriet. Reese' und Jaspers schattenhafte Gestalten pressten sich eng aneinander und verschmolzen zu einer einzigen. Sie passten so perfekt zusammen, dass es mir einen scharfkantigen Splitter mitten in die Brust trieb.

Scheiße, dachte der Teil von mir, der am liebsten hysterisch losgelacht hätte. *Wieso suchen die sich eigentlich immer meine Verstecke zum Rummachen aus?*

Ich war kurz davor, mich zu erkennen zu geben – doch bevor ich auch nur einen Schritt hinter dem Baumstamm hervor machen konnte, stieß Jasper Reese mit einem ungläubigen Keuchen von sich.

»Was –«, stotterte er, während er zurückstolperte. »Reese, lass das. Das ist das Dope.«

Die Erleichterung durchflutete mich wie ein Tsunami aus Emotionen. Jasper hatte mich nicht betrogen! Ihn hatte dieser Kuss genauso sehr überrascht wie mich. Auf einmal fühlte ich mich beinahe wieder nüchtern. Vielleicht war es der Zorn, der alle beduselnden, rosa färbenden Substanzen beiseitedrängte.

Denn nun, da Reese' Stimme erklang, wollte ich ihr am liebsten eine pfeffern. Die ganze Zeit über hatte sie mir das Gefühl gegeben, etwas Falsches zu tun, und nun zog sie ernsthaft *diese* Nummer ab?

Alles in mir drängte darauf, ihr ordentlich die Meinung zu geigen – doch mein Verlangen nach der Wahrheit hielt mich davon ab. Die ganze Zeit hatte Reese mich mit falschen Ausreden abgespeist. Nun war endgültig Schluss damit.

»Bitte«, hörte ich sie Jasper anflehen. »Bitte mach es nicht wieder kaputt. Nicht noch einmal.«

Noch einmal?! Was zur Hölle …

»Das ist eine ganz schlechte Idee«, entgegnete Jasper. Er klang erstaunlich ernst. »Am besten, du gehst zurück zum Feuer. Einer der anderen begleitet dich bestimmt zurück zum Schloss. Morgen wirst du froh sein, dass wir nicht weiter gegangen sind.«

Einen Moment sah es aus, als würde Reese unter Jaspers Worten einknicken. Dann jedoch stieß sie ein wütendes Schnauben aus und baute sich vor Jasper auf.

»Komm schon«, spie sie. »Niemand nimmt dir diese Nummer noch ab! Du kannst jetzt aufhören mit dem Schauspiel.«

Jasper hob defensiv die Hände. »Ich weiß nicht, was du meinst.«

»Ach nein?« Reese' Stimme klang so schrill wie eine verrostete Schulglocke. »Hast du dir schon mal angesehen, wie deine neue Freundin aussieht? Es muss dir wahnsinnigen Spaß gemacht haben, mich zu provozieren! Wie geschmacklos kann man eigentlich sein?«

Jasper schüttelte den Kopf. Es wirkte beinahe hilflos.

»Ich weiß nicht, was du von mir willst, Reese. Wenn es um irgendwelche Streitigkeiten zwischen euch geht, dann …«

»SAG MAL, BIST DU DUMM?!«

Ironischerweise fragte ich mich das gerade auch. Über mich selbst. Wie blind hatte ich eigentlich sein können? Dabei war es all die Zeit so offensichtlich gewesen: Reese war sauer auf mich, weil ich ihr den Jungen, den sie liebte, weggenommen hatte. Und Magnus hatte sie nur benutzt, um Jasper eifersüchtig zu machen.

Reese stand nun so bedrohlich nah bei Jasper, dass es mir kalt den Rücken hinabrieselte. Die Wut schien ihren gesamten Körper unter Strom zu setzen.

»Du weißt ganz genau, was ich meine!«, brüllte sie. »Der einzige Grund, warum du dich mit dieser billigen Kopie von mir eingelassen hast, ist, dass du mich eifersüchtig machen wolltest! Wäre sie nicht so eine schwarz gekleidete Vogelscheuche, hätte ich dir das Theater vielleicht sogar abgenommen.«

Reese' Worte raubten mir für einige schmerzhafte Sekunden den Atem. So also hatte sie die ganze Zeit über mich gedacht?

Jasper schien ebenso desillusioniert. »*Das* glaubst du also: dass ich Leah nur was vorspiele, um *dich* rumzukriegen? Ist dir nie der Gedanke gekommen, dass es mir nicht um das Aussehen geht, wenn ich mich mit einem Mädchen einlasse?«

Reese stieß ein verächtliches Schnauben aus. »Du redest dir also wirklich ein, dass sie dir gefällt? Jasper, mach die Augen auf, du bist blind! Sie ist nur eine Ablenkung, damit du dir deine Gefühle nicht eingestehen musst. Es gab immer nur *dich und mich*!«

»Nein, Reese.« Jaspers Stimme klang unendlich müde. »Es tut mir leid. Aber das hast nur du so empfunden.«

»Du lügst!«, spie Reese aus.

»Das würde ich nie.«

Reese zuckte vor, als wollte sie ihn schlagen, doch dann fiel sie wie eine Marionette in sich zusammen. »Warum quälst du mich so? Warum …« Ein Schluchzer schnitt ihr den Satz ab.

»Es tut mir leid«, wiederholte Jasper. »Aber ich bin mit Leah zusammen. Ich mag sie wirklich. Sehr. Und ich glaube, ihr geht es ähnlich.«

Reese zog die Nase hoch, und ein lauernder Ton schlich sich in ihre Stimme. »Wie süß. Aber wird eure große Liebe auch überdauern, wenn sie dein kleines Geheimnis erfährt? Ich glaube nämlich nicht, dass sie besonders scharf darauf wäre, mit einem …«

»Hör auf damit!«, fuhr Jasper sie an. »Wenn ich falsche Signale gesendet habe, tut es mir leid.«

»Falsche Signale?« Reese brach in irrsinniges Lachen aus. »So nennst du das also, was vor zwei Jahren zwischen uns passiert ist? Du küsst also alle deine Freunde? Gehst du Wren auch unter den BH?«

Mir wurde leicht schwindlig. Jasper und Reese … Etwa in der Nacht, als Skylar …

»Lass uns nicht mehr darüber sprechen«, durchbrach Jaspers Stimme meine Gedanken. »Es hat mir nichts bedeutet, und es ist eine Ewigkeit her. Außerdem waren wir zugedröhnt. Punkt. Wir stehen hier schon viel zu lange rum. Besser, wir gehen zurück zu den anderen.«

Jasper wandte sich um und verschwand zwischen den Bäumen. Reese dagegen blieb noch einige Augenblicke stehen. Sie trat schluchzend gegen einen morschen Baumstamm, ehe sie Jasper in die Dunkelheit folgte.

Ich blieb reglos hinter meinem Baum stehen und spürte, wie auch der Rest meiner Energie in den Boden sickerte.

Es brauchte einige tiefe Atemzüge, bis ich mir die wütenden Tränen aus den Augen wischte, mich umdrehte – und beinahe einen Herzinfarkt erlitt.

»Scheiße!«, schrie ich.

Direkt vor mir stand eine Frau. Sie trug ein weißes Brautkleid, ihr Gesicht und die Haare hatten die Farbe von Schnee.

Hörst du sie nicht? Sie kommen …

Die Nebelfrau grinste mich dreckig an. »Hab ich dich«, gurrte sie. Und mein Herz beruhigte sich allmählich.

Verflucht noch mal, wann hatte Ellie die Zeit gehabt, sich so zu kostümieren? War sie etwa in Jaspers Gruselkabinett eingebrochen? Oder hatte er seinen Kostümfundus mit in den Wald geschleppt? Das würde zumindest erklären, warum die Spielenden während meines Rauschs optisch immer mehr mit ihren Rollen verschmolzen waren …

Ellie sah mich mit großen, lauernden Augen an, dann packte sie mich grob am Saum meines Kleids. »Du bist tot«, erklärte sie mir lallend und zog mich mit ruppigen Bewegungen hinter sich her. Nach allem, was ich gerade beobachtet hatte, hatte ich keine Kraft, mich zu wehren.

»Toll«, sagte ich ohne jede Euphorie. »Was jetzt? Komme ich in so ein Gefängnis aus Kreidestrichen wie beim Schulhof-Fangen?«

Ellie grunzte. »*Jetzt* liefere ich dich bei Jasper ab. Oder nein«, sie schien fieberhaft zu überlegen, »vielleicht gehen wir einfach gleich zu Wren, und du sagst ihm, dass ich die ganze Zeit recht hatte. Und dass er ein Schwanz ist, der am liebsten tote Mädchen vögelt. Das wissen wir doch alle. Nur keiner spricht es aus. Du hingegen nimmst kein Blatt vor den Mund, oder, Leah?«

Na bravo, eine beduselte Ellie. Auf ihr Wren-Gejammer konnte ich getrost verzichten. Und auch ihre anderen Pläne klangen für mich alles andere als berauschend. Sollten mich doch alle mit ihrem Scheiß in Ruhe lassen.

Kurzerhand tat ich das Einzige, womit ich Ellie loswerden konnte: Ich kramte in meiner Tasche und beförderte die kleine Pille hervor, die Jasper mir in die Hand gedrückt hatte.

»Hier«, sagte ich und hielt sie ihr hin. »Ich schätze, damit kannst du Gnade walten lassen, oder?«

Einen Moment lang blickte Ellie verdutzt auf meine Handfläche. Dann schnappte sie sich die Tablette und rannte zwischen die Bäume. Okay, das war leicht gewesen.

Langsam setzte ich mich wieder in Bewegung, lief automatisch in Richtung des Feuers, obwohl ich nach Reese' Verrat unter keinen Umständen dorthin zurückwollte. Aber was blieb mir schon für eine Wahl? Die Wirkung der Droge hatte nicht nur nachgelassen, sie hatte sich ins absolute Gegenteil verkehrt. Statt Euphorie war da nur noch Resignation. Ich kannte das schon. Nach einem Hoch folgte das Tief – einer der vielen Gründe, warum ich von Drogen eigentlich nichts mehr wissen wollte. *Eigentlich.* Dieses Wort war mir heute Abend zum Verhängnis geworden.

Ich blieb stehen. Starrte eine schiere Ewigkeit in den Wald, ehe die erste Träne meine Wange hinunterlief. Dann eine zweite. Und schließlich krampfte sich mein Körper zusammen, und ich heulte so heftig, dass ich mich an einem Baum festhalten musste, um nicht umzufallen. Auch das kannte ich. Diese Heulattacken, die so heftig und kurz waren wie Regenschauer. Sie taten so gut, obwohl ich jedes Mal fürchtete, in ihnen zu ertrinken. Ich konnte noch nicht einmal sagen, warum ich weinte. Dabei gab es so viele Gründe: Reese' Verrat, Jaspers Lügen, dass ich ein schlechter Mensch war … Aber ich fühlte einfach nur Leere.

Irgendwann wischte ich mir die Tränen aus dem Gesicht und kramte in meinem Inneren nach einem letzten Fetzen der alten Leah.

Reiß dich zusammen, sagte ich mir. *Gib dir vor den anderen keine Blöße. Und schon gar nicht vor Reese.* Dann lief ich weiter.

Nach einer gefühlten Ewigkeit erreichte ich das Feuer. Mittlerweile war es so stark heruntergebrannt, dass nur noch vereinzelte Flämmchen an den verkohlten Ästen nagten. War das Spiel etwa vorbei?

Ich blickte mich um, doch niemand sah so aus, als würde es noch irgendjemanden interessieren, wer gewonnen oder wer verloren hatte. Und vermutlich konnte man dieses Spiel auch nicht gewinnen – am Ende des Rausches war sowieso alles egal.

Glücklicherweise beachtete man mich kaum, jeder war mit sich selbst beschäftigt. Die meisten hingen kraftlos in der Gegend herum und blickten apathisch ins Leere. Dazwischen sprangen ein paar aufgedrehte Lurche umher, die alle mit ihrem wirren Gelaber nervten. Dass wir Übrigen bis vor wenigen Minuten ebenso gewesen waren, machte die Sache nicht besser.

Als ich Jaspers matte Stimme hörte, durchfuhr mich ein Energiestoß. »Lasst uns zusammenpacken«, forderte er den Haufen Zombies auf. »Wenn wir morgen einen Totalausfall erleiden, fällt das auf.« Obwohl ich Jasper nicht ansah, spürte ich, wie sein Blick mein Gesicht streifte. Schnell wandte ich mich ab und schlug eine andere Richtung ein. Hielt Ausschau nach jemandem, mit dem ich mich stattdessen *dringend* unterhalten musste. Und tatsächlich kam genau in diesem Moment Wren auf mich zugeeilt, dem es ganz genauso zu gehen schien. Er lief mir mit großen Schritten aus Richtung der Feuerstelle entgegen und blieb direkt vor mir stehen.

»Ich muss mit dir reden«, raunte er und starrte aus dunklen Augen auf mich herab.

»Keine Lust«, erwiderte ich. »Damit du es weißt: Du bist nur mein Alibi. Mach einfach ein paar Lachgeräusche, das reicht schon, um alle anderen fernzuhalten.«

»Bitte.« Seine Stimme war eindringlich. »Es ist wichtig.«

Ein redseliger Wren hatte mir gerade noch gefehlt. Ich wollte einfach nur ins Bett. Vergessen, was heute Nacht passiert war. Vor wenigen Stunden hätte ich noch danach gelechzt, dass Wren mir seine Geheimnisse anvertraute, doch nun wünschte ich mir nichts sehnlicher, als diesen ganzen Scheiß hinter mir zu lassen.

»Warum ausgerechnet jetzt?«, wollte ich wissen.

Wren sah zuerst nach links, dann nach rechts, als müsse er sich vergewissern, dass uns niemand belauschte. Aus eigener Erfahrung konnte ich sagen, dass das gar nicht so unwahrscheinlich war.

»Die Situation spitzt sich langsam zu«, presste er schließlich hervor. »Ich kann nicht mehr so tun, als würde ich das alles gutheißen.«

Lange taxierte ich ihn. Den Captain des Laufteams, den besten Freund von Jasper. Hatte ich ihn falsch eingeschätzt?

»Warum ausgerechnet jetzt?«, wiederholte ich.

Wrens Augen zuckten umher. Er wirkte nervös. »Ellie war eben hier«, setzte er an – doch bevor er weiterreden konnte, schlug ihm eine Hand auf die Schulter.

»Ach, hier habt ihr euch versteckt«, sagte Jasper und grinste uns an, doch das Lächeln erreichte seine Augen nicht. »Geht es dir gut, Leah? Du siehst blass aus.«

Ich nickte. »Bin nur müde. Ich muss in mein Bett.«

Hoffentlich würde er mein wortkarges Verhalten auf das Drogentief schieben. Zwar hatte ich keinen Grund, sauer auf ihn zu sein – schließlich hatte er sich vor Reese klar für mich positioniert –, andererseits wuchs mein Misstrauen ihm gegenüber stetig. Reese hatte von seinem *kleinen Geheimnis* gesprochen. Und wenn ich auf etwas gar keine Lust mehr hatte, dann war es Geheimniskrämerei.

Ich wehrte mich nicht, als Jasper einen Arm um mich schlang und mich an seinen warmen Körper drückte. Auch nicht, als er sein Gesicht an meinen Hals presste und einen zarten Kuss daraufhauchte, der mich beinahe vergessen ließ, dass ich innerlich auf Sicherheitsabstand gehen wollte. Einen Moment lang verharrten wir so, dann blickte Jasper mit einem Lächeln wieder auf und wandte sich Wren zu.

»Hast du die Sache mit Ellie bereinigt?«, fragte er ihn.

Wren zuckte mit undurchdringlicher Miene die Schultern. »Ich glaube nicht, dass man da heute Abend noch etwas bereinigen kann. Sie hat mich angeschrien und ist dann davongestürmt. Vollkommen zugedröhnt. Die Sache diskutiere ich lieber nüchtern mit ihr aus.«

Wieder schraubte sich mein Puls trotz des Drogentiefs nach oben. »Was ist denn passiert?«, fragte ich.

Wren wandte den Blick ab, doch mir entging nicht, dass er kurz zu Jasper hinüberschielte. Als wolle er mich darauf aufmerksam machen, dass er mir in seiner Gegenwart nur einen begrenzten Teil der Wahrheit erzählen konnte.

»Vor ein paar Minuten war Ellie hier und hat sich neben mich ans Feuer gesetzt«, sagte er. Wow, Ellie musste nach unserer Begegnung verdammt schnell unterwegs gewesen sein, wenn sie es noch vor mir hierhergeschafft hatte. »Als sie mich … ähm … angefasst und mir irgendwas von der wahren Liebe vorgesäuselt hat, habe ich ihre Hand weggenommen und ihr klar zu verstehen gegeben, dass es ein für alle Mal vorbei ist. Da ist sie vollkommen ausgerastet.«

Shit. Bei dem Gedanken, dass meine Pille Ellie vermutlich den letzten Rest gegeben hatte, wurde mir schlagartig übel. Wie hatte ich nur so arschig sein und der ohnehin nicht mehr ganz zurechnungsfähigen Ellie diese ominöse Tablette aushändigen können?

»Vermutlich war es keine so gute Idee, euch nach dem Breakdown vor ein paar Tagen schon wieder aufeinander loszulassen«, bemerkte Jasper.

»Oder eine *Blutnacht* zu veranstalten, zwei Jahre nachdem Skylar verschwunden ist«, zischte Wren. Sein Nervenkostüm schien durch den Vorfall mit Ellie deutlich dünner geworden zu sein.

Wren und Jasper lieferten sich ein stummes Blickduell. Dann wandte Jasper den Kopf ab. »Es tut mir leid, was passiert ist. Ich hoffe, das weißt du.«

Wren antwortete nicht.

»Lass uns morgen in Ruhe drüber reden«, schlug Jasper vor. »Nüchtern.«

»Ich *bin* nüchtern.« Wren klang abfällig, nahezu angewidert.

»Ich schlage vor, dass wir zusammenpacken und verschwinden. Ich bin müde.« Jasper streckte die Hand nach mir aus. »Leah, kommst du?«

»Gleich«, sagte ich. »Geh schon mal vor.«

Ich wartete, bis er verschwunden war, dann murmelte ich in Wrens Richtung: »Was wolltest du mir eben sagen?«

Langsam näherte sich Wren mir, beugte sich gerade so weit zu mir herab, dass es keine Aufmerksamkeit auf sich ziehen würde. Dann flüsterte er so leise, dass ich es kaum verstand: »Ellie hat mir erzählt, dass sie dich dabei gesehen hat, wie du Reese und Jasper belauscht hast, aber sie war zu dicht, um irgendwas vom Gespräch zu verstehen. Ich muss wissen, was sie gesagt haben. Ich muss wissen, wem ich noch trauen kann.«

Bevor er weitersprechen konnte, wurde Wren mit einem gewaltigen Ruck nach hinten gerissen. Erschrocken keuchte ich auf. Magnus hatte Wren am Kragen gepackt und funkelte ihn zornig an. Mit dem blutigen Cardigan um seine Hand sah er aus wie ein geistesgestörter Axtmörder.

»Wo ist Ellie?«, zischte er.

»Ganz ruhig.« Wren hob die Hände. »Jetzt erklär mir erst mal, wie du auf die Idee kommst, dass ich das wissen könnte.«

Magnus verstärkte seinen Griff nur noch und knurrte beinahe. »Ich hab dich mit ihr streiten sehen! Seitdem ist sie wie vom Erdboden verschluckt und reagiert auf keine Nachrichten. Also frage ich dich noch ein letztes Mal: *Wo ist sie hingelaufen, nachdem du sie wieder einmal verletzt hast?!*«

Doch weder Wren noch ich hatten eine Antwort darauf.

Unsere Rufe durchbrachen die friedliche Stille der Nacht. Unzählige Lichtkegel tasteten über den von Moos, Wurzeln und Ästen überzogenen Waldboden, brachen sich ihren Weg durch das dichte Geäst. Hin und wieder erklang ein aufgeregtes Rascheln, huschte der dunkle Schatten eines Tiers an uns vorbei. Den Bewohnern des Kiefernwaldes musste es vorkommen, als veranstalteten wir eine Treibjagd.

Hinter jeder Erderhebung glaubte ich, Ellies leblosen Körper liegen zu sehen. Eine Drogenleiche, deren Herz den Kampf gegen den Rausch verloren hatte. Und deren Tod allein meine Schuld wäre. Denn ich hatte ihr diese Pille gegeben, ohne zu wissen, was sie überhaupt enthielt.

In den Rufen der anderen hörte ich dieselbe Angst, die in meinem Inneren tobte. Niemand, wirklich niemand konnte ein totes Mädchen in seinem Lebenslauf gebrauchen – nicht noch eines. Gemeinsam bildeten wir eine wandelnde Linie, um das Suchgebiet möglichst umfangreich abzudecken.

Magnus' Keuchen mischte sich unter die Namensschreie und das Rascheln unserer Schritte. Er lief ein paar Meter zu meiner Rechten und schrie am lautesten von allen. Vielleicht weil der Schmerz in seiner Hand ihn dazu trieb. Vielleicht weil seine verdammte Stiefschwester im Wald verschwunden war.

Zu meiner anderen Seite brüllte sich ausgerechnet Reese die Seele aus dem Leib. Seltsamerweise erfüllte mich ihr Anblick nicht mit Wut, lediglich mit Müdigkeit. War unsere Freundschaft von Anfang an eine Lüge gewesen? Hatte sie sich hinter meinem Rücken das Maul über mich zerrissen?

Ich war so tief in meinen Gedanken versunken, dass ich erst bemerkte, dass Reese sich mir näherte, als sie mich beinahe erreicht hatte. Starr blickte ich zu Boden und folgte dem Lichtkegel meiner Handytaschenlampe, um ihr bloß nicht ins Gesicht sehen zu müssen.

»Ich … ich weiß nicht, was wir tun sollen, wenn wir sie nicht finden«, flüsterte sie.

Das Gleiche, was ihr getan habt, als Skylar verschwand, hätte ich am liebsten geantwortet.

Endlich rang ich mich dazu durch, sie anzusehen. In ihr blasses, besorgtes Gesicht zu blicken, das so sehr nach meiner Reese aussah und nichts mit dem Mädchen gemein hatte, das Jasper unter den Bäumen getroffen hatte. Ich hatte einen kalten Gesichtsausdruck aufsetzen wollen, doch die Trauer überspülte mich wie eine Flutwelle.

Schnell blickte ich in eine andere Richtung, bevor Reese darauf aufmerksam wurde. Doch meine Stimme brach. »Warum hast du mich belogen, Reese?«

Es vergingen einige Sekunden, bevor sie antwortete. »Ich verstehe nicht, was du meinst.«

Natürlich nicht.

Müde blieb ich stehen, die Hand mit meinem Handy hing schlaff an mir herab. »Ich weiß, es gibt jetzt Wichtigeres als meine kleine verletzte Seele. Aber verdammt, Reese, wie soll ich jetzt noch so tun, als wüsste ich von nichts? Warum hast du mir nicht einfach gesagt, dass du was von Jasper willst? Ich hätte doch niemals was mit ihm angefangen, wenn ich das gewusst hätte!«

Ich spürte, wie es in Reese zu arbeiten begann. Als ich zu ihr hinüberblickte, sah ich, dass ihre Lippen sich bewegten, als suche sie fieberhaft nach den richtigen Worten. Schließlich fand sie sie. »Wer hat dir das erzählt?«

Ihre Finger zuckten nervös, als wollten sie nach meinen Schultern greifen und an mir rütteln.

»Du. Du allein«, gab ich zurück. »Ich wollte euch nicht belauschen. Ihr habt euch einfach das gleiche Versteck ausgesucht wie ich.«

Reese schluckte. Da war keine Wut auf ihrem Gesicht, vielmehr schien es, als führte sie eine Schadensanalyse durch.

»Wie viel hast du noch gehört?«, fragte sie.

»Nur den Teil, in dem es um eure … Freundschaft ging«, log ich.

»Erzähl mir keinen Scheiß.«

Ihre Worte trafen mich wie Messerstiche. Und meine Wut wurde entfacht.

»Ich und Scheiß erzählen?«, fuhr ich sie an. »Hörst du dir eigentlich selbst zu? Im Gegensatz zu dir spreche ich Konflikte offen an. *Du* bist diejenige, die die ganze Zeit ihr Maul nicht aufbekommen hat und mich nun auch noch vor Jasper schlechtmacht. Ich dachte wirklich, wir wären Freundinnen. Aber wie es aussieht, bin ich für dich nur *eine billige Kopie* von dir.«

Reese stieß die Luft aus, als wäre ich nur ein weiteres lästiges Problem, mit dem sie sich herumschlagen musste. »So ist es nicht«, sagte sie. »Ich dachte wirklich, ich könnte mit dir befreundet sein.«

»Ach, und jetzt geht das nicht mehr? Nur wegen einer beschissenen Jungsgeschichte?«

Reese' Miene versteinerte unter meinen Worten. Ihr Gesicht wirkte mit einem Mal so glatt wie Marmor. »Es liegt nicht nur an Jasper«, sagte sie. »Du und ich – das war von Anfang an zum Scheitern verurteilt. Ich wollte dich wirklich kennenlernen, weißt du? Aber jetzt muss ich wohl oder übel einsehen, dass es einfach nicht funktioniert.«

»Das ist nicht dein Ernst.« Fassungslos starrte ich sie an. Die

Wut, vermengt mit meiner Hilflosigkeit, riss mich beinahe von den Füßen. »Was zur Hölle habe ich dir getan, dass du mich jetzt auf einmal fallen lässt?«

Reese bedachte mich mit einem langen Blick. Dann wandte sie sich ab und stiefelte weiter.

»Reese!«, schrie ich und eilte ihr hinterher. Das Licht meines Handys zitterte über den Waldboden. Ich war noch lange nicht fertig mit ihr! Doch Reese antwortete nicht, lief nur stumm vor mir her und suchte verbissen den Waldboden ab. Schließlich erreichte ich sie und riss sie an der Schulter herum. »Was. Habe. Ich. Dir. Getan?«

Reese' Mundwinkel zuckten. Die nächsten Worte spuckte sie mir mit einer solchen Verachtung entgegen, dass es mir kalt den Rücken hinablief. »Was du getan hast? Du hast mir mein verdammtes Leben weggenommen, Schlampe.«

Dann stürmte sie davon und ließ mich zurück. Schwankend, aus dem Gleichgewicht gebracht. Enttäuscht.

Ich brauchte einige Momente, um mich zu sammeln. Um nach Luft zu schnappen und wieder und wieder durchzuspielen, was da gerade passiert war. Am liebsten hätte ich mit der nackten Faust gegen den nächsten Baum geschlagen. Doch ich sah nichts. Meine Taschenlampe beleuchtete den Waldboden, doch ich war blind. Vielleicht weil Tränen mir die Sicht verschleierten.

Da ließ mich ein lauter Schrei zusammenfahren.

»Wir haben sie! Ellie ist hier!«

Der Ruf war aus nächstcr Nähc gckommcn, halb blind cil te ich in die richtige Richtung. Da waren sie, dunkle Silhouetten hinter unerträglich hellem Licht. Und im Zentrum des gleißenden Kegels: Ellie. Als ich mir unauffällig die Tränen aus den Augen gewischt hatte, erkannte ich das volle Ausmaß des Grauens. Ellies Kleid war verschmutzt, ihr Nebelfrauen-Make-up verwischt, und die weiße Perücke hatte sich von ihrem Kopf gelöst. Verständnislos starrte sie zu Reese hinauf, die sich über die beugte und beruhigend auf sie einredete. Da war nichts mehr von der überheblichen Eiskönigin an ihr.

Nun begann sie laut zu weinen, und Schlieren zogen sich durch die weiße Schminke.

»Ich kann nicht mehr«, jaulte sie, ihre Finger gruben sich klauenartig in den Waldboden. »Ich kann so nicht mehr leben. Ich will, dass mich jemand bestraft. Ich will, dass man mich zur Rechenschaft zieht!«

Kapitel 28

Als ich am nächsten Morgen die Augen aufschlug, wünschte ich mir, ich wäre in der Nacht gestorben. Es war neun Uhr dreißig, mein Wecker klingelte, und nach knapp vier Stunden Schlaf war ein unsichtbarer Lastwagen auf meiner Brust umgekippt, der meine Rippen unter sich einquetschte. Ich konnte kaum atmen.

Das ist nur in deinem Kopf, sagte ich mir. *Einatmen, ausatmen. Du kennst das, das sind die fehlenden Endorphine.*

Doch ein Blick in Richtung des Bettes mir gegenüber machte alles nur noch schlimmer. Dort lag Reese und schlief, ungeachtet des Weckerklingelns. Ihr Mund war leicht geöffnet, und vertrocknete Kiefernnadeln hatten sich in ihrem blonden Haar verfangen. Sie sah aus wie das Mädchen, das mich selbstlos bei sich aufgenommen hatte. Dabei war alles anders. Ich war anders.

Ich schloss die Augen, eine einsame Träne rann meine Wange hinab. Ich wusste, es war das Tief, das unmittelbar nach dem Drogenhoch folgte.

Das ist nur Chemie, Leah.

Doch es fühlte sich so verdammt real an. Am liebsten hätte

ich mich für immer in diesem Bett verkrochen, mir das ganze Zeug aus dem Körper geheult – doch das ging nicht. Denn letzte Nacht waren nicht alle von uns unbemerkt zurück ins Schloss gelangt. Ausgerechnet Ms Evergreen hatte uns erwischt. Sie besaß offenbar einen leichten Schlaf sowie die Angewohnheit, im Nachthemd mit einer Tasse warmer Milch durch das Schloss zu wandern. Wir waren ihr direkt in die Arme gelaufen. Zumindest ein Teil von uns. Ellie, Magnus und Reese sowie ein paar andere waren unbemerkt in ihre Zimmer entwischt.

Jasper dagegen … Er hatte sich in Windeseile eine plausible Story über eine kleine, aber feine Party am See für Ms Evergreen ausgedacht. Doch in ihren Augen war deutlich zu sehen gewesen, dass sie ihm nur begrenzt glaubte.

»Ich überlege mir noch, welche Konsequenzen das für euch haben wird«, hatte sie erklärt, während sie barfuß und mit wirren Korkenzieherlocken vor uns stand. »Ich weiß eine Feier durchaus zu schätzen. Aber das hier ist ein grober Vertrauensmissbrauch. Morgen um Punkt zehn steht ihr in der Eingangshalle, oder ich sorge dafür, dass Direktorin Bitterfield euch in hohem Bogen rausschmeißt.«

Einen Moment lang überlegte ich, einfach liegen zu bleiben, die Strafarbeit zu ignorieren und meinen Rauswurf zu riskieren, doch die Aussicht, mit Reese reden zu müssen, trieb mich schließlich unter die Dusche. Es fühlte sich an, als prasselten Hagelkörner auf mich herab. Ich schäumte meine Haare mehrmals ein, schrubbte mir den Schmutz von der Haut und das Make-up vom Gesicht. Ich wollte nicht mehr das Mädchen sein, das ich gestern Abend gewesen war.

Nachdem ich mich trocken gerubbelt hatte, lief ich zurück ins Zimmer und zog mich um, dann packte ich mir mein Schreibzeug und mein Handy und verschwand zurück auf den Flur. Dort ließ ich mich an der Wand hinab auf den kalten

Steinboden gleiten. Alles war mir lieber, als weiterhin mit Reese in einem Zimmer zu bleiben.

Ich platzierte den losen Zettel auf meinen Knien, zückte den Kuli und begann zu schreiben: *Wir wurden zu Strafarbeiten verdonnert, deswegen weiß ich nicht, wie lange ich heute unterwegs sein werde. Aber ich muss mit dir reden. Hiermit nehme ich dein Angebot offiziell an.*

Schnell kritzelte ich noch meine Handynummer darunter, dann schob ich den Zettel unter Carters Tür hindurch. Einige Atemzüge lang starrte ich auf die Stelle, wo der Zettel gelegen hatte, dann wollte ich mich umdrehen. Doch in diesem Moment öffnete sich die Tür, und Carter lehnte sich in einem übergroßen T-Shirt an den Türrahmen.

»Du siehst scheiße aus«, sagte sie.

»Ich weiß.«

»Du hast es dir also überlegt?«

Ich nickte. Müde, aber entschlossen. »Ich kann das nicht mehr alleine machen. Langsam werde ich verrückt.«

So wie du.

Carter machte einen Schritt zur Seite. Sie sah seltsam jung aus mit ihren nackten Beinen und den knubbeligen Knien. Nun sah ich auch, dass sie noch mindestens ein zweites Tattoo besaß: Eine Spinne tanzte mit Hut und Spazierstock ihren Knöchel hinauf. »Komm rein, Bells.«

»Bells?«

»Nun, da wir Verbündete sind, bin ich ja wohl verpflichtet, dir einen hässlichen Spitznamen zu geben.«

»Träum weiter, Carter. Ich muss noch was erledigen. Hast du heute Abend Zeit?«

»Da muss ich erst nachsehen. Ich kann mich vor lauter Verabredungen nicht retten.«

Mir entfuhr ein gereiztes Schnauben. Langsam spürte ich,

wie die altbekannte Aggression auf Carter meine Lebensgeister zurückbrachte. »Schreib mir einfach, und ich komme vorbei, sobald das heute geschafft ist.«

»In Ordnung.«

Die Tür fiel vor meiner Nase ins Schloss. Das war wohl Carters Art, »Tschüs« zu sagen.

»Keine Müdigkeit vorschützen, Leah!«, rief Ms Evergreen. »Du hast seit zehn Minuten nichts mehr gefunden. Steck dein hübsches Köpfchen doch noch einmal unter Wasser!«

Ich konnte mich gerade noch zurückhalten, meine pitschnasse Faust zu heben und meiner Klassenlehrerin den Mittelfinger entgegenzustrecken.

Ms Evergreen fläzte sich selbstzufrieden in ihrem Liegestuhl am Ufer, ein orangefarbenes Bandana hielt ihre wilden Locken zurück. Wachsam beobachtete sie das Treiben im See und genoss ihre Machtposition sichtlich. Mittlerweile waren meine Haare, mein Gesicht, mein gesamter Körper voll von sumpfigem Uferschlamm – ich musste stinken wie ein mit Kot werfender Schimpanse. Meine Haut juckte, und die Taucherbrille lief ständig mit Wasser voll. Zusammen mit der gnadenlos knallenden Sonne gab mir das Quaken der Frösche den Rest. Konnten die nicht wenigstens für ein paar Minuten ihr glibbriges Maul halten?

Lustlos warf ich die Verpackung eines Wassereises in den schwarzen Eimer am Ufer. Ms Evergreen wollte, dass ich mich mehr ins Zeug legte? Konnte sie haben. Beim Abtauchen streckte ich ihr meinen Arsch entgegen. Grünliches Wasser umgab mich. Obwohl meine Taucherbrille schon wieder volllief, ließ ich meinen Blick umherschweifen auf der Suche nach einem Bonbonpapier oder Joghurtbecher, der Ms Evergreen für die nächsten zehn Minuten hoffentlich zufriedenstellen würde.

Doch nicht einmal eine lahme Plastikgabel zeigte sich. Innerlich fluchend schob ich mich tiefer in den See hinein. Abgesehen davon, dass das Wasser leicht nach alkalischen Giftstoffen schmeckte, war es eigentlich ganz schön hier unten – hier hielten sie wenigstens alle ihre Klappe. Neben dem dumpfen Schwappen in meinen Ohren drangen die leisen Stimmen meiner Mitschüler zu mir durch. Normalerweise hätte eine Horde Teenager in Badekleidung Wasserschlachten und Gekreische bedeutet – doch nach der letzten Nacht war es schon ein Wunder, dass niemand von uns aus Erschöpfung im See ertrank.

Oh, war das etwa eine Plastiktüte gewesen? Überrascht von meinem eigenen Ehrgeiz, streckte ich die Hand aus und jagte dem schimmernden Müllstück hinterher – nur um in der nächsten Sekunde mit dem Kopf gegen etwas Festes zu stoßen. Erschrocken fuhr ich an die Oberfläche und verschluckte mich beinahe an einer Mischung aus meiner eigenen Spucke und dem brackigen Seewasser. Als sich mein Blick klärte, erkannte ich, welches Hindernis sich mir in den Weg gestellt hatte: ein wohldefinierter, leicht gebräunter Bauch. Mit zusammengebissenen Zähnen ließ ich meinen Blick nach oben gleiten und richtete mich auf wackeligen Beinen auf.

Jasper lächelte mich an. »Das mit dem Matsch in den Haaren scheint zur Gewohnheit zu werden.«

Mein Herz begann wie wild zu klopfen. Zum einen, weil ich augenblicklich an unsere Schlacht im See zurückdenken musste und sich bei der bittersüßen Erinnerung alles in mir zusammenzog. Zum anderen, weil ich Jasper nach gestern Nacht gern noch ein wenig länger aus dem Weg gegangen wäre.

»Harhar.« Ich zog eine Grimasse und strich mir durch das triefend nasse Haar. Vermutlich sah Wiedersehensfreude anders aus.

»Alles gut?« Jaspers Stimme war sanft, doch der vorsichtig

tastende Unterton zeigte mir, dass auch er spürte, dass etwas nicht stimmte.

Ich versuchte mich an einem schwachen, aber nichtssagenden Lächeln. »Ich bin ein bisschen müde. Und um ehrlich zu sein, hätte ich den Sonntag durchaus anders verbringen können.«

Zerknirscht fuhr er sich mit der Hand durch die rotbraunen Haare, die ebenso wie meine von Algen und Schlamm durchsetzt waren. »Tut mir leid, Leah. Es ist so ziemlich alles schiefgegangen, was schiefgehen konnte.«

»Hey, ihr beiden!«, rief Ms Evergreen vom Ufer. »Nicht lang schnacken, Kopf ins Wasser, wie man so schön sagt!«

Ich sah mich kurz um und warf ihr ein beschwichtigendes Winken zu, dann senkte ich meine Stimme zu einem gereizten Murmeln.

»Wundert dich das, Jasper? Du hast eine Gruppe Jugendlicher mit einer Wagenladung Drogen im Wald herumrennen lassen. Was hast du erwartet? Dass wir uns alle angeregt über Kant und Hegel unterhalten, oder was?«

Sein Blick zuckte nervös nach rechts und links, dann beugte er sich ein wenig tiefer zu mir herab. »Ich kann verstehen, dass dich die Situation gestern Abend verunsichert hat. Aber der Stoff, den wir mitgenommen haben, ist lupenrein und so niedrig dosiert, dass selbst ein Kleinkind keinen Schaden davongetragen hätte. Jeder, der an der *Blutnacht* teilgenommen hat, wusste, worauf er sich einlässt. Seit mein Bruder auf dieser Schule war, ist die Party Tradition. Nicht ein Schüler hat sich in all den Jahren auch nur einen Kratzer geholt.«

Ich lachte freudlos auf. »Wenn's denn nur Kratzer wären. Es ist nicht einmal vierundzwanzig Stunden her, und du hast Ellies Zusammenbruch und Magnus' Handverletzung schon vergessen. Ach, und war da nicht ein Mädchen, das vor zwei Jahren verschwunden ist?«

Jasper erstarrte, dann blinzelte er und sagte: »Skylars Verschwinden hat nichts mit der Blutnacht zu tun. Dass sie danach nicht wiedergekommen ist, ist einfach nur ein grausames Zusammenspiel aus Zufällen. Und was Ellie angeht: Sie kennt ihre Grenzen und hat sie mutwillig überschritten. Wahrscheinlich wollte sie nach der Sache mit Wren einfach nichts mehr fühlen.«

Wieder rief Ms Evergreen vom Ufer, doch ich beachtete sie nicht. Etwas in mir zwickte. Und brannte. Meine Gereiztheit, verschuldet durch den Schlafmangel und das Drogentief und all die verdammten Lügen, sprudelte wie giftige Galle meine Kehle hinauf. »Ach so? Du willst mir also ernsthaft erzählen, dass Skylar auch ohne diese Party, ohne die Drogen und ohne das Spiel nachts in den Wald gelaufen wäre, um allen mit ihrem Abflug den Mittelfinger zu zeigen? Klingt plausibel.«

In Jaspers Stirn grub sich eine steile Falte. »Skylar hat kaum etwas genommen. Sie war längst nüchtern, als wir uns auf den Weg zurück zum Schloss gemacht haben.«

»Sie ist also in vollem Bewusstsein davongerannt? Oder ist sie etwa doch von einem Verrückten aus den Wäldern entführt worden, wie du mir am ersten Tag weismachen wolltest?«

Jasper sah zur Seite, als löste die Erinnerung an seine offensichtliche Lüge Schmerzen in ihm aus.

»Keine Ahnung, Leah, wirklich. Sie ist auf dem Rückweg verschwunden. Da war ich noch mit Wren und den anderen am Feuer und habe aufgeräumt.«

»Erzähl mir nicht, du hättest keinen Verdacht.« Kalt funkelte ich ihn an. »Na los, du hast doch sicher eine Theorie.«

Jasper seufzte, seine Miene wirkte gequält. »Nein, habe ich nicht. Weil Verdächtigungen nichts bringen.«

Jaspers gesamter Körper war zum Zerreißen gespannt. So hatte ich ihn noch nie gesehen. Normalerweise machte er den Eindruck, als könne er selbst die größte Katastrophe mit einem

Schulterzucken wegstecken, als würde ihn nichts aus der Bahn werfen. Doch nun sah ich es: Er hatte Angst. Mich beschlich das Gefühl, dass ich der Wahrheit gefährlich nah gekommen war.

»Wenn du etwas weißt, musst du es mir sagen«, flehte ich. »Bitte, Jasper.« Das Wasser lief noch immer aus meinen Haaren, einzelne Tropfen rannen über mein Gesicht. Trotz der sengenden Sonne war mir auf einmal unglaublich kalt.

Als Jasper den Kopf schüttelte, erkannte ich die Qual in seinen Augen. Er wandte den Blick ab. »Bitte lass uns später reden«, brachte er schließlich hervor. »Egal was ich jetzt sage, es wird das Falsche sein. Du hast dir bereits deine Meinung gebildet.«

Ich hielt ihn nicht auf, als er sich umwandte und ans andere Ende des Sees kraulte. Dazu hatte ich keine Kraft mehr.

»Wie schön!«, rief Ms Evergreen vom Ufer aus. »Nun, da du dein Pläuschchen mit Mr Griffith beendet hast, kannst du doch bestimmt mit Turbopower nach Müll suchen.«

Ich wandte mich ab und schlug mit wutverzerrtem Gesicht die Faust ins Wasser. Verdammte Scheiße, die konnten mich alle mal am Arsch lecken.

Mittlerweile fast trocken, dafür aber nach Seetang miefend, machte ich mich auf den Weg zurück in mein Zimmer. Während ich keuchend das Treppenhaus hinaufstieg, betete ich, dass Reese ausgeflogen war, um irgendwo an ihrem Roman weiterzuschreiben.

Alles, was ich wollte, war, saubere Klamotten aus meinem Koffer zu klauben, um anschließend zu duschen und danach Carter aufzusuchen. Gemeinsam würden wir Pläne für unser weiteres Vorgehen schmieden. Gott, das klang so falsch. Carter Bonham und ich ein Team, dass ich nicht lachte.

Obwohl ich sämtliche Illusionen verloren hatte, dass die

gestrigen Vorfälle nur ein riesiges Missverständnis gewesen waren, war da eine leise Stimme in mir, die mich bekniete, Reese noch eine Chance zu geben. Aus Eifersucht sagte man eine Menge hässlicher Sachen, tat Dinge, die man später bereute.

Bereits auf dem Gang merkte ich, dass irgendetwas nicht stimmte. Unsere Zimmertür stand sperrangelweit offen, und aufgeregte Stimmen drangen heraus. In meinem Magen bildete sich ein schmerzhafter Knoten.

Vorsichtig näherte ich mich der Tür und trat schließlich hindurch. Augenblicklich verstummte das Geschnatter und machte einer durchdringenden Stille Platz. Als hätten sie nur auf mich gewartet, starrte mir eine Gruppe Mädchen entgegen. In ihren Blicken lag das blanke Misstrauen. Mich überkam das dumpfe Gefühl, dass ich kurz davor war, gelyncht zu werden. Zwischen ihnen befand sich Reese. Zusammen mit ein paar anderen hockte sie am Boden, als suche sie einen verlorenen Ohrring. Als sich unsere Blicke trafen, sprühte mir abgrundtiefer Hass entgegen, und ich zuckte zusammen, als hätte ich mich an ihr verbrannt.

»Ich weiß nicht, ob ich jemals in meinem Leben so enttäuscht worden bin.« Reese' Stimme zitterte vor Empörung. Sie ballte die Fäuste, und ich sah, wie sich Tränen in ihren Augen sammelten. Was hatte ich ihr getan? Ging es immer noch um gestern?

»Was soll das hier?«, fragte ich. »Warum diese Versammlung in unserem Zimmer?«

»Das ist nicht mehr *dein* Zimmer«, zischte ein Mädchen aus unserer Klasse, mit dem ich bisher noch kein Wort gesprochen hatte.

»Um genau zu sein, war es das noch nie«, fügte Amber gehässig hinzu. »Schließlich wohnst du offiziell bei unserem Freak, nicht wahr?«

Ich war zu überrascht, um etwas zu erwidern. Woher kam

auf einmal diese Feindseligkeit? Solidarität unter Frauen war ja etwas Schönes, aber wenn es in Mobbing umschlug, nur weil Jasper mich bevorzugte, war das einfach nur allerunterste Schublade. Bevor ich meinem Unmut Luft machen konnte, erklangen Schritte auf dem Gang. Sofort nahmen die Mädchen eine geradere Haltung ein und wischten die wütenden Zornesfurchen auf ihren Gesichtern mit falscher Betroffenheit weg.

Im nächsten Moment stand Ms Bitterfield zusammen mit Denise im Türrahmen. Sie machte einen kurzen, aber unmissverständlichen Fingerzeig. »Raus.«

Die Mädchen erhoben sich widerstandslos und drückten sich an uns vorbei aus der Tür. Amber ließ es sich nicht nehmen, mich dabei anzurempeln.

Nun, da der Raum deutlich leerer war, erkannte ich endlich, was vor Reese ausgebreitet auf dem Boden lag. Scherben. Eine Menge Scherben. Und dazwischen einige Gegenstände.

»Ich wollte das nicht.« Wieder zitterte Reese' Stimme, diesmal jedoch weinerlich. Nach dem hasserfüllten Blick, den sie mir noch vor wenigen Augenblicken zugeworfen hatte, war es so offensichtlich, dass sie das alles nur spielte.

»Was wolltest du nicht?«, säuselte Denise mit ihrer einfühlsamen Pädagoginnenstimme. Eilig drängte sie sich an mir vorbei, kniete sich neben Reese auf den Boden und legte ihr eine Hand auf den Rücken.

Reese stieß einen Schluchzer aus und tat, als müsse sie sich erst beruhigen, bevor sie schließlich den Blick hob. »Ich … ich bin gegen die Schatulle auf Annabelles Schreibtisch gestoßen, und sie … sie ist auf den Boden gefallen und zersplittert. Es war ein Unfall. Ein dummer Unfall. Ich wünschte, er wäre nie passiert.«

»*Annabelles* Schreibtisch?«, pikierte sich Denise.

»Annabelle wohnt hier«, gab Reese mit matter Stimme zu.

»Ich habe ihr angeboten, hier vorübergehend unterzukommen. Sie und Carter kamen gar nicht miteinander klar, und, na ja … ich wollte einfach nett sein.«

»Sprich weiter«, forderte die Bitterfield Reese auf. Sie klang dabei deutlich weniger sanft als Denise.

Reese schluckte. »Als ich die Scherben aufsammeln wollte, ist mir aufgefallen, dass die Gegenstände, die sich in der Schatulle befunden haben, Annabelle gar nicht gehören konnten. Weil … nun ja, ich kenne sie. Manche davon gehören sogar mir.«

Mein Herz krampfte sich zusammen. Vor wenigen Minuten hatte ich noch mit dem Gedanken gespielt, mich mit Reese zu versöhnen! Und nun das.

Anklagend öffnete Reese ihre Handfläche und streckte sie der Bitterfield entgegen. »Diesen Ring haben mir meine Eltern zu meinem siebzehnten Geburtstag geschenkt«, presste sie hervor. »Ich dachte, ich hätte ihn verloren. Dabei war er die ganze Zeit hier. Hier im Zimmer.«

»Ich …« Ich klappte den Mund auf. Klappte ihn auf, um Reese anzuschreien, sie der Lüge zu bezichtigen, der Bitterfield und Denise die Augen zu öffnen. Doch alles, was herauskam, war ein einziger lahmer Satz. »Ich besitze keine verdammte Schatulle.«

Die Bitterfield betrat den Raum und bückte sich steif wie eine Kleiderpuppe. Allein beim Zusehen bekam ich einen Hexenschuss. Schweigend schob sie die Gegenstände im Scherbenmeer hin und her. »Was ist mit den anderen Mädchen?«, fragte sie Reese. In ihrer Stimme lag Missfallen. »Warum waren sie hier?«

Reese straffte die Schultern. »Es sind ja auch ihre Sachen, die Annabelle hier wie eine Elster gehortet hat.«

Annabelle. Erst jetzt fiel mir auf, dass sie mich so nannte. Ich kniff die Augen zusammen, um Beherrschung bemüht. »Das kann gar nicht sein«, presste ich hervor. »Von den meisten kenne ich noch nicht mal die Namen. Warum sollten sie mich in ihr Zimmer lassen?«

Reese schnaubte. »Du weißt ganz genau, dass fast keine von uns ihre Tür abschließt, wenn sie duschen geht! Außerdem war sehr wohl etwas von einer Person dabei, mit der du in näherem Kontakt stehst.« Achtlos ließ sie ihren heiß geliebten Ring fallen und pickte stattdessen ein goldenes Kärtchen vom Boden. Sie streckte es mir so weit entgegen, dass ich die geprägte Schrift darauf lesen konnte.

»Was ist d…?« Meine Stimme versagte bei der letzten Silbe.

»Das«, Reese richtete sich auf und kam mir so weit entgegen, dass unsere Gesichter nur noch eine Handbreit voneinander entfernt waren, »ist Hartlyn Griffiths Kreditkarte. Du scheinst ein feines Näschen dafür zu haben, wer auf diesem Internat die richtig fette Kohle hat.«

»Schluss jetzt mit diesem Verhör!«, fuhr die Bitterfield dazwischen. Sie richtete sich auf und zog Reese mit einer bestimmten Bewegung die Kreditkarte aus den Fingern. »Sie, Ms Whitcraft, werden sich nun von hier entfernen, damit wir in Ruhe unsere Arbeit machen können. Und du, Denise, sei bitte so freundlich und konfisziere die Gegenstände einschließlich der Scherben. Und gib den übrigen Betroffenen Bescheid, dass sie ihre Besitztümer in einem angemessenen Zeitraum wiederbekommen. Ich möchte mich nun mit Ms Stirling unter vier Augen unterhalten.«

Kapitel 29

Während ich unter der Dusche stand, heulte ich mir die Augen aus dem Kopf. Zitternd presste ich mir die Faust vor den Mund, um meine Schluchzer zu dämpfen. Niemand sollte mich hören. Niemand sollte glauben, sie hätten mich mit ihrem Auftritt in Reese' Zimmer aus der Fassung gebracht.

Doch das hatten sie. Mehr als das. Es fühlte sich an, als wäre ich in tausend Splitter zerbrochen und wischte nun zwischen den Scherben umher, um nach meiner neuen Wahrheit zu suchen. Doch wie sollte ich das anstellen, wenn sich doch alles im Nachhinein als Lüge herausstellte? Reese hatte mich verraten. Die Bitterfield drohte mit internen Ermittlungen. Vielleicht sogar mit der Polizei. Und Jasper …

Erneut entfuhr mir ein Schluchzen, diesmal hallte es laut durch die Waschräume. Jasper wollte nach unserem Streit im See vermutlich nichts mehr mit mir zu tun haben.

Irgendwann, nachdem meine Haut ganz schrumpelig geworden und all meine Tränen im Abfluss hinuntergespült worden waren, trat ich aus der Dusche. Ich trocknete mich ab, streifte mir meine Kleidung über und schlich zurück zu meinem neuen alten Zimmer, in das ich sofort nach meinem Gespräch mit der Bitterfield umquartiert worden war. Carter hatte mir geholfen, meine Sachen rüberzutragen, während Reese in einem der Nachbarzimmer laut über mich lästerte. Sie hatte mich nicht verurteilt, mir nicht mal einen *Ich hab's dir doch gesagt*-Blick zugeworfen, sondern nur in grimmiger Entschlossenheit meine Reisetasche gepackt. Es war ein stilles Bündnis, das wir geschlossen hatten, doch in diesem Moment bedeutete es mir alles.

Als ich die Tür zu unserem gemeinsamen Zimmer öffnete, blickten mir Carters grüne Augen über den Rand ihres Notizbuchs entgegen. Sie lag auf dem Bett, eine ganze Ansammlung dunkler Stifte vor sich, und hörte selbst dann nicht auf zu zeichnen, als sich unsere Blicke für einige Sekunden trafen. Nachdem ich die Tür hinter mir geschlossen hatte, trat ich näher, um mir ihr Kunstwerk anzusehen – doch bevor ich genauere Details erkennen konnte, schlug sie mir das Buch vor der Nase zu und funkelte mich an.

»Schon mal was von Privatsphäre gehört?«, raunzte sie.

Ich wandte mich ab und machte mich daran, mein Duschzeug in der noch immer unausgepackten Reisetasche zu verstauen.

»War das auf deinem Bild gerade die Bitterfield als Hell's Angel? Hätte nicht gedacht, dass ihr das so gut stehen würde.«

Carter schwieg. Das tat sie gern und oft, wenn sie sich nicht gerade über etwas aufregte. Allmählich erinnerte sie mich wieder an den Psycho, dem ich an meinem ersten Tag auf Elm Castle begegnet war.

»Du bist gut«, sagte ich dennoch, ohne sie anzusehen. »Also, richtig gut.«

»Muss ich ja auch sein«, murmelte Carter vom Bett aus.

»Ach ja, und wieso?«

»Nach meinem Abschluss in diesem Irrenhaus mache ich eine Ausbildung zur Tätowiererin.«

Wow. So etwas kam auf einem Eliteinternat sicherlich nicht oft vor. Was Carters Eltern dazu sagten, wollte ich lieber nicht wissen.

Ächzend rappelte ich mich auf und drehte mich zu ihr um. »Weißt du schon, in welchem Studio?«

Über Carters Gesicht huschte ein flüchtiges Lächeln. »Es gibt für mich nur *ein* Studio. Dieses und kein anderes. Sie bilden aus, aber die Konkurrenz ist groß. Deswegen darf ich nicht schlafen.«

»Angenommen, ich mache mal einen Termin bei dir aus: Muss ich Angst haben, dass du mir irgendwas Superhässliches auf den Arsch tätowierst? ’nen Nacktmull oder so?«

»Das kommt darauf an, ob …«

Es klopfte an der Tür. Augenblicklich versteifte ich mich. *Wer ist das?,* fragte ich Carter mit meinen Augen, doch mein Mund war mit einem Mal staubtrocken. Es war eine Schande, wie leicht sie es geschafft hatten, mich kleinzukriegen.

Carter sprang vom Bett auf und lief zur Tür. Als sie sie öffnete, schnappte ich nach Luft. Ich hatte mit jedem gerechnet – Reese, Denise, der Polizei –, aber sicher nicht mit Wren. Er schlüpfte erstaunlich geschmeidig durch die Tür und ließ sie hinter sich zufallen.

»Was willst du hier?« Mein Brustkorb zog sich zusammen. Ich hatte geglaubt, wenigstens im Zimmer der unausstehlichen Carter meine Ruhe zu haben. Nervös beobachtete ich, wie Wren nicht minder unruhig von einem Bein aufs andere trat.

Doch Carter war es, die schließlich sprach. »*Ich* habe ihn eingeladen«, stellte sie klar und verschränkte die Arme. »Da du mir ohnehin berichten wolltest, was du zu Skylars Verschwinden herausgefunden hast, war es leichter, ihn gleich dazuzuholen.«

Verwirrt und zugleich verärgert runzelte ich die Stirn. »Die

Rede war immer nur von dir und mir. Ich weiß nicht, warum ich auch nur irgendwas sagen sollte, solange *er* dabei ist.«

»Das musst du auch nicht, wenn du nicht willst.« Wren, der noch immer vollkommen deplatziert vor der Tür stand, hob beschwichtigend die Hände. Er wirkte zerknirscht. »Aber davor solltest du vielleicht wissen, wie ich zu der ganzen Sache stehe.«

»Dafür wäre ich sehr dankbar.« Die Worte kamen kälter aus meinem Mund, als ich beabsichtigt hatte.

Seufzend ließ sich Wren auf Carters Bett sinken, stützte die Ellenbogen auf seine Knie und ließ den Kopf hängen. »Ich schätze, du bist nicht gerade mein größter Fan.«

»Nun ja.« Ich verschränkte die Arme. »Ich würde lügen, wenn ich behaupten würde, ich wäre deinem sprühenden Charme erlegen.«

Wren ließ sich zu einem schmalen Lächeln hinreißen. »Vielleicht hätte ich mir ein wenig mehr Mühe geben sollen, aber um ehrlich zu sein, warst du mir die meiste Zeit ziemlich egal.«

»Bis zu dem Zeitpunkt, an dem du herausgefunden hast, dass ich herumschnüffle.«

»Falsch. Schon früher. Als ich bemerkt habe, dass du dich immer mehr in die Gruppe integrierst.«

Ich ließ mich auf mein Bett sinken. »Ich verstehe das alles nicht. Deine gesamte Rolle in diesem Spiel, um genau zu sein. Warum sitzen wir hier?«

Wren hob seinen Blick, und der resignierte Ausdruck in seinen Augen ließ mich schaudern. »All die Jahre habe ich mich zusammengerissen. Ich habe mit ihnen zusammen gegessen, habe über ihre Witze gelacht und sogar das Verschwinden meiner eigenen Freundin totgeschwiegen. Nur um herauszufinden, was mit ihr passiert ist.«

In meinem Gehirn begann es zu rattern. »Du … du willst sagen …«

»… dass Wren und ich nur noch auf diesem Internat sind, um unseren Seelenfrieden zu finden«, unterbrach mich Carter rüde. »Warum, glaubst du, lassen wir uns noch immer in diesem Steinhaufen einkerkern?«

Endlich ergab alles einen Sinn. Wrens Unbehagen im Beisein der anderen. Seine Teilnahme an der *Blutnacht der Nebelfrauen* trotz des Verlusts seiner Freundin bei ebendiesem Spiel. Sein striktes Ablehnen sämtlicher Suchtmittel.

»Eins verstehe ich nicht«, brachte ich, um Beherrschung bemüht, hervor. »Warum braucht ihr mich? Wren, du bist seit Jahren mit ihnen befreundet. Sie vertrauen dir. Warum sollte ausgerechnet ich etwas aus ihnen herauskitzeln können?«

Wrens Blick verdüsterte sich. »Es ist, als hätte die Nacht nie existiert. Sie schweigen sie tot. Reese, Jasper, Magnus, Ellie … sie alle tun so, als habe sich dieses Unglück niemals ereignet. Außerdem vertrauen sie mir nicht mehr.«

Verwunderung flackerte in mir auf. »Sie vertrauen dir nicht mehr?«, fragte ich. »Wieso?«

»Weil sie mitbekommen haben, dass ich ihnen hinterhergeschnüffelt habe. Ich wollte herausfinden, wer von ihnen mit Drogen dealt.«

Vor Schreck und Überraschung zog sich alles in mir zusammen.

»Du?«, stotterte ich, »ich dachte …«, doch Wren fuhr unbeirrt fort.

»Die Drogen, die Geschehnisse von vor zwei Jahren – ich glaube, das alles hängt irgendwie miteinander zusammen. Deswegen wollte ich die Identität des Dealers aufdecken.«

Wren. Die ganze Zeit hatte ich gedacht, er würde auf Elm Castle die Drogen verticken, um sein Taschengeld ein wenig aufzustocken. Doch da hatte ich mich ja gehörig getäuscht, wie es aussah.

Allmählich beruhigte sich mein Herzschlag wieder.

»Wie bist du es angegangen?«, fragte ich und kniff die Augen zusammen. »Nach allem, was ich gehört habe, ist es noch niemandem gelungen, den Dealer auf frischer Tat zu ertappen.«

Wren lächelte schwach. »Mir auch nicht. Ich habe eine kleine Bestellung per Chat aufgegeben und wollte ihm in der Bibliothek auflauern, um ihn beim Hinterlegen der Ware zu erwischen – doch er ist mir durch die Lappen gegangen. Ich dachte, vielleicht hab ich am falschen Ort auf ihn gewartet. Doch am nächsten Tag bekam ich eine WhatsApp mit der Regalnummer, unter der sich meine Bestellung befinden sollte. Ich musste alle Bücher darin durchsuchen, bevor ich schließlich das richtige gefunden habe. In meinem Zimmer habe ich festgestellt, dass es sich dabei um *Märchen und Sagen in und um Aurora* handelte – und dass sich zusammen mit dem Hasch ein Zettel im Hohlraum des Buches befand. *Lass es lieber*, stand darauf.«

Ich schluckte. Das also hatte ich gesehen, als ich Wren in der Bibliothek beobachtet hatte. Wenn er die Wahrheit sagte. Aber warum sollte er noch lügen?

Mein Blick sprang zwischen Wren und Carter hin und her. »Okay. Noch mal zusammengefasst: Du hängst nur noch mit Reese und den anderen ab, um herauszufinden, ob einer von ihnen was mit Skylars Verschwinden zu tun hat. Deswegen warst du vermutlich auch bei der *Blutnacht*. Aber warum bist du an diesem Abend so spät gekommen?«

Wren wich meinem Blick aus, als wäre es ihm peinlich, dann schüttelte er den Kopf. »Ich hatte einfach nur Schiss. Mir war immer klar, dass ich noch einmal an der *Blutnacht* teilnehmen muss – um mich an ein weiteres Detail zu erinnern, das Ganze noch mal zu rekonstruieren. Oder zumindest, um etwas aus den ganzen zugedröhnten Leuten herauszukriegen, die auch damals dabei waren. Aber an diesem Abend dachte ich, ich kann's einfach nicht. Ich hab mich erst im letzten Moment zusammengerissen.«

Ich atmete aus und spürte, wie meine Brust noch ein bisschen schwerer wurde. Es musste so verdammt hart für Wren gewesen sein, an diesem Abend aufzutauchen und den Spielleiter zu mimen.

»Okay«, sagte ich schließlich. »Dann haltet euch mal fest, was für ein kranker Scheiß mir in den letzten Wochen passiert ist.«

Und dann erzählte ich. Erzählte ihnen von dem seltsamen Vorfall in Runes Krankenzimmer und Hartlyns Andeutungen, unseren Freundeskreis betreffend. Von den Hasskommentaren, die Ellie unter Skylars Instagram-Bildern hinterlassen hatte. Von dem Gespräch zwischen Jasper und Reese im Wald. Und dass ich so dumm gewesen war, sie direkt darauf anzusprechen.

»Du hast zu viel mitbekommen, was du nicht hören solltest, und jetzt wollen sie dich aus dem Weg räumen«, stellte Carter nüchtern fest. »Deswegen deine Inszenierung als Diebin.«

»Ich fürchte, das ist ihnen gelungen«, knurrte ich. »Wir sollten die Tage zählen, die ich noch auf Elm Castle verbringen darf.«

Carter verdrehte die Augen. »So selbstmitleidig hätte ich dich nicht eingeschätzt, *Bells*. Streng lieber dein kleines blondes Köpfchen an, damit wir die Zeit bis zu deinem Abflug noch ausreichend nutzen können.«

»Du verlässt dich ganz schön darauf, dass ich die ganze Arbeit mache!«, fauchte ich. »Vielleicht wird es mal Zeit, dass du auch einen Teil dazu beiträgst.«

»Hey.« Wren hob beschwichtigend die Hände, doch in seiner Stimme lag drängende Unruhe. »Wir sind kurz davor, die Wahrheit herauszufinden. Das spüre ich einfach. Unter keinen Umständen dürfen wir jetzt aufgeben.«

»Also, was ist der Plan?«, fragte ich.

»Wir müssen an neue Informationen kommen«, sagte Wren.

»Und wie?« Carter hob die Hände. »Vorher war Leah unser Trumpf, aber jetzt will niemand mehr etwas mit ihr zu tun haben. Mit mir sowieso nicht. Der Einzige, dem sie noch trauen, bist du, Wren.«

»Hast du mir nicht zugehört?« Wren runzelte verärgert die Stirn. »Sie wissen, dass ich dem Dealer auf der Spur bin. Seit meinem Fund in der Bibliothek besteht kein Zweifel mehr daran.«

Eine seltsame Gewissheit überkam mich. »Du weißt, wer es ist, oder? Der Dealer, meine ich.«

Wren senkte den Kopf. »Ich habe seine Handschrift erkannt. Er hat sich noch nicht mal die Mühe gegeben, sie zu verstellen.«

Mein Herz klopfte schmerzhaft gegen meine Rippen.

Bitte. Bitte, sag es nicht.

Die Sekunden bis zu Wrens Antwort verstrichen unendlich langsam.

»Es tut mir leid, Leah. Die Schrift gehörte Jasper.«

Bevor ich begreifen konnte, was er da gerade gesagt hatte, öffnete sich die Zimmertür. Denise streckte ihren Kopf hinein und lächelte uns grimmig an. »Ab dem heutigen Tag gibt es regelmäßige Zimmerkontrollen wie bei kleinen Babys«, sagte sie. »Ab mit dir in dein Bett, Lawrence, bevor ich auf die Idee komme, Direktorin Bitterfield zu melden, dass du dich nach achtzehn Uhr im Mädchentrakt aufhältst.«

Wren erhob sich wortlos von Carters Bett. »Wir reden morgen«, sagte er und bedachte uns mit einem dunklen Blick. »Schlaft gut.«

Dann zog Denise die Tür hinter ihnen beiden zu. Und sperrte mich mit meinen Gedanken ein. Meinen Gedanken zu Jasper. Und dem, was er getan hatte. Doch Carter ließ mir keine Zeit, um über meinem Liebeskummer zu brüten.

»Es bleibt uns nichts anderes übrig«, murmelte sie. »Wir brechen bei ihnen ein. Irgendwo müssen sie ihre kleinen schmutzigen Geheimnisse doch versteckt haben.«

»Und wie willst du das schaffen?« Ich wandte den Blick ab, damit sie die Tränen in meinen Augen nicht sah. *Jasper.* Er hatte gesagt, dass es *Jaspers* Handschrift gewesen war. »Nach Reese' Aktion heute lauern sie doch nur darauf, mich auf frischer Tat zu ertappen. Außerdem: Denkst du wirklich, sie verstecken ihre blutigen Messer und Beweisfotos in ihren Nachttischschubladen?«

Carter sah auf. »Jeder versteckt etwas. Man muss nur herausfinden, an welchem Ort sie sich sicher fühlen.«

Sicher fühlen.

Ich schnappte nach Luft und starrte Carter trotz der Tränenschlieren auf meinen Wangen aufgeregt an. »Reese! Sie hat diesen gigantischen Schreibtisch, den ihr Vater ihr zum Geburtstag geschenkt hat. Der ist perfekt, um etwas in ihm zu verstecken.«

Auf Carters Gesicht hatte sich ein grimmiges Lächeln gestohlen. »Sehr gut. Dann fangen wir bei unserem Goldpüppchen an. Morgen beim Frühstück schlagen wir zu.«

Kapitel 30

Ich hatte wirklich gedacht, ich würde es aushalten. Doch als die Nacht kam, loderte der Schmerz so unerträglich heiß auf, als hätte ihn jemand mit einer Leuchtfackel angesteckt.

Wenn es stimmte, was Wren vermutete, wenn Jasper der Dealer war … dann musste ich wohl oder übel einsehen, dass meine Menschenkenntnis vollkommen am Arsch war. Ich hatte Jasper für einen guten Menschen gehalten, für jemanden, der mich durch seine aufgeschlossene Art zu einer besseren Version meiner selbst machte. Doch nun zeigte sich, dass er seine hässlichen Seiten nur gekonnt verborgen hatte und dass der Jasper in meinem Kopf nichts mit dem wirklichen Jasper gemein hatte. Es gab nichts, womit ich sein Verhalten hätte rechtfertigen können.

Wütend heulte ich in mein Kissen. Noch vor wenigen Wochen war ein Drogen vertickender, gut aussehender Kerl die Erfüllung all meiner romantischen Vorstellungen gewesen. Nun jedoch sah ich nur noch das Entsetzen in den Augen meiner Mutter und mein eigenes, schmerzverzerrtes Spiegelbild vor mir, wenn ich an mein altes Leben zurückdachte. Ich war bereit gewesen, einen Neuanfang zu wagen. Hier auf Elm Castle. Doch dieser Traum war geplatzt wie eine Seifenblase.

Alles, was mich durchhalten ließ, war die Erwartung des nächsten Tages.

Ich machte die Augen zu. *Morgen*, dachte ich.

Als ich sie wieder aufschlug, war es hell. Sonnenstrahlen schlugen sich ihren Weg durch Carters Pflanzendschungel. Carter selbst lag in ihrem Bett, das Gesicht unter ihren Dreads vergraben.

»Hör auf, mich anzustarren«, knurrte es darunter. »Du hast mich die ganze Nacht mit deinem Geheule wach gehalten, jetzt hab wenigstens den Anstand, mich in Ruhe aufwachen zu lassen.«

Ich schnaufte. »Das war nur eine reine Vorsichtsmaßnahme, damit du gar nicht erst in Versuchung kommst, schlafzuwandeln.«

»Na sicher. Das mit unserem Jasper scheint dich ja echt mitzunehmen.«

»Ich bin nur müde. Das war ein bisschen zu viel die letzten Tage.«

»Deinetwegen bin ich auch müde, danke dafür. Wie spät ist es?«

Ich warf einen Blick auf mein Handy. »Sechs Uhr dreißig.«

»Dann haben wir keine Zeit mehr zu verlieren. Zieh dich an. Ich beobachte deine liebe Reese ja bereits seit Jahren dabei, wie sie sich um Punkt sieben auf den Weg zum Frühstück macht. Ist das so eine Art Zwang von ihr?«

Ich ignorierte ihre Frage und setzte mich auf. »Toll, dann stehen wir um 7.01 Uhr vor Reese' Tür und kommen trotzdem nicht rein. Ich musste der Bitterfield ja meinen Schlüssel aushändigen, schon vergessen?«

»Darüber mach dir mal keine Gedanken.«

Carter streckte ihre nackten Beine aus dem Bett und schob sich die Haare aus dem Gesicht. Dann griff sie nach der Gießkanne neben ihrer Lieblingsmonstera und tapste auf den Gang. Als sie wiederkam, war die Kanne so voll, dass sie beinahe überschwappte, und Carter begann in aller Seelenruhe, ihre Pflanzen zu wässern. Benommen sah ich ihr dabei zu. Ich spürte mit jeder Faser meines Körpers, dass ich noch keinen Kaffee zu mir genommen hatte.

»Und wie machen wir es?«, fragte ich und quälte mich in Zeitlupe in meine Schuluniform. Warum fühlte es sich so an, als hätte ich über Nacht die Gelenke einer Achtzigjährigen entwickelt?

Carter warf mir einen spöttischen Blick zu. »Auf die einfache Art. Ich verschaffe dir Zugang zu Reese' Zimmer, und du suchst nach irgendwelchen Sachen, die sie belasten könnten. Ich halte währenddessen Wache.«

»Ist das nicht ein bisschen auffällig, wenn du vor Reese' Zimmer rumlungerst?«

Sie verdrehte die Augen und schnaubte. »Wir telefonieren. Hast du Kopfhörer? Ich postiere mich irgendwo auf dem Weg zwischen Speisesaal und unserem Korridor und geb dir rechtzeitig Bescheid, sobald sie vom Frühstück zurückkommt.«

»Als Kind zu viel *Kim Possible* geguckt?«

»Hast du etwa eine bessere Idee?«

Sobald ich mir die Müdigkeit aus dem Gesicht gewaschen, meine Haare in Ordnung gebracht und Carter sich wenigstens eine Hose angezogen hatte, ging es los. Mit halb geöffneter Tür lauerten wir auf die perfekte Gelegenheit, um zuzuschlagen. Wie Carter es vorausgesagt hatte, sahen wir durch den Spalt unserer Tür, wie Reese um Punkt sieben Uhr zum Frühstück aufbrach. Auch die anderen Türen öffneten sich nach und nach, und fröhliches Geschnatter schallte durch den Gang. Als die Gespräche abgeflaut waren, warteten wir noch zwei atemlose Minuten, ehe wir uns auf den Gang stahlen.

»Es geht ganz schnell«, beruhigte mich Carter, als wir vor Reese' Tür angelangt waren. »Die Schlösser hier sind alt. Reese' Tür wäre nicht die erste, die ich hier geknackt hätte.«

Ich warf Blicke zu allen Seiten, während Carter mit einer Stiftmine, einem Stück Draht und einer Haarklammer im Türschloss herumstocherte.

»Das ist doch lächerlich«, zischte ich nervös.

Doch plötzlich machte es Klick, und Carter richtete sich mit einem triumphierenden Grinsen auf. »Hereinspaziert.«

Das ließ ich mir nicht noch mal sagen. Ich warf Carter einen letzten warnenden Blick zu, dann schloss ich so leise wie möglich die Tür hinter mir. Mein Herz flatterte, während ich mich in meinem ehemaligen Zimmer umblickte. Natürlich sah alles noch genauso aus wie gestern, abgesehen davon, dass meine Klamotten weg waren.

Sofort fiel mein Blick auf den massiven Schreibtisch. Reese' Heiligtum bestand aus echtem Kirschholz und besaß mehrere Schubladen, die allesamt mit Schlössern versehen waren. Mit ein paar Schritten war ich bei ihm angelangt und rüttelte an den Griffen. Doch jede einzelne Schublade war verschlossen.

Ich fluchte und wühlte in meinen Locken herum, doch von einer Haarnadel keine Spur. Wütend verpasste ich dem Schreibtisch einen Tritt und konzentrierte mich dann auf Reese' Laptop, der wie eine Einladung mitten auf der großen Tischplatte platziert war. Mit zitternden Fingern klappte ich ihn auf. Erneut wurden meine Hoffnungen enttäuscht, als ein kleines Textfeld aufblinkte und mich aufforderte, das Passwort einzugeben. Um keine Zeit zu verlieren, tippte ich wie eine Irre drauflos und versuchte es mit allem Möglichen: Schriftstellerin, Jasper, IloveJasper, IhateLeah, ihrer Lieblingsserie, dem *Books & Beans* … doch nichts funktionierte. Als ich kurz davor war aufzugeben, überkam mich ein seltsamer Gedanke. Auf einmal waren da Carters Worte in meinem Kopf: … *wie sie deinen Namen vor sich hin gemurmelt hat …*

Kurzerhand tippte ich *Annabelle Leanne Stirling* in das Textfeld ein – und war drin. *Fuck!* Meine Hände schwitzten, als ich über das Mousepad fuhr. Auf dem Desktop befanden sich nicht besonders viele Ordner. Einer für die Schule, ein anderer für Unibewerbungen, noch ein weiterer für Musik und Videos. Leider kein einziger namens *Meine Geheimnisse.* Und doch hatte ich das Gefühl, auf der richtigen Spur zu sein. Irgendetwas war seltsam an Reese' Bildschirmhintergrund … Er war reinblau, die gelben Ordner hoben sich farbkräftig von ihm ab. Doch dort, in der rechten oberen Ecke … Bingo! Aufgrund seiner Farbe hatte ich ihn nicht sofort gesehen. Reese hatte ihm das gleiche Blau verliehen wie ihrem Hintergrund. Seltsamerweise trug er keinen Namen. Wie war das überhaupt möglich? Mein Atem ging schnell und flach, als ich ihn anklickte. Wieder wurde ich nach einem Passwort gefragt. Wieder war mein eigener Name die Lösung. Nun sah ich mich einem einzelnen Word-Dokument gegenüber. War das etwa das geheimnisvolle Manuskript, an dem Reese Tag und Nacht schrieb?

Nur langsam, furchtbar langsam lud die Datei. Dann poppte sie auf, und ich stürzte mich mit den Augen darauf wie eine Verdurstende auf die letzte Wasserpfütze. Was ich las, raubte mir den Atem. Und brach einen Splitter aus meinem kleinen schwarzen Herzen.

Willkommen, du miese kleine Ratte.

Willkommen am einzigen Ort, den du dir lieber nicht ausgesucht hättest. Vielleicht gratulierst du dir noch, weil du zwischen all den Felsen und Wäldern endlich so etwas wie Zivilisation gefunden hast. Aber leider muss ich dich enttäuschen. Auch wenn alles danach aussieht, mit seinen netten kleinen Zimmern, den majestätisch auf-

ragenden Zinnen und dem glatt spiegelnden See, wirst du hier keine Erholung finden.

Dieser Ort ist wie eine fleischfressende Pflanze: verlockend schön und absolut tödlich. Wenn du dich hier erst einmal niedergelassen hast, ist es schon zu spät. Schnapp – und die Falle geht zu. Schnapp – und das Opfer stirbt einen langsamen, qualvollen Tod. Mach dir keine Illusionen: Die Falle wurde längst ausgelöst. Nur dass du es wahrscheinlich erst merkst, wenn es schon zu spät ist.

Vermutlich denkst du, du kannst dich hier nun in aller Ruhe einnisten, deine schmutzigen kleinen Nagerhände nach allem ausstrecken, was eigentlich uns gehört: unseren Freundschaften, unseren Ritualen, unseren Geheimnissen. Dabei weißt du noch gar nicht, was es heißt, eine von uns zu sein. Und wenn du es wüsstest, würdest du sofort deine Koffer packen und für immer verschwinden.

Aber das wird nicht passieren. Du wirst dich hier schnell einleben, das verspreche ich dir. Elm Castle findet immer einen Weg, seine Bewohner in den Abgrund zu ziehen.

Ein lautes Geräusch ließ mich zusammenzucken. Beinahe hätte ich den Laptop vom Schreibtisch gefegt, konnte ihn aber gerade noch vor dem Herunterfallen retten. Erst nach einigen verwirrten Sekunden begriff ich, dass das Klingeln aus meinen Kopfhörern gekommen war. Fahrig warf ich einen Blick auf das Display meines Handys. Carter, natürlich. Das war unser vereinbartes Zeichen, dass Reese in wenigen Augenblicken hier aufschlagen würde. Schnell drückte ich sie weg und blickte mich hektisch im Raum um.

Was nun?

Einerseits war ich so knapp davor, von Reese entdeckt zu werden, andererseits: Warum machte ich mir überhaupt die Mühe, hier einzubrechen, wenn ich ohne Beweise wieder ging? Ich musste weiterlesen! Irgendwelche Anzeichen finden, dass

Carter, Wren und ich auf der richtigen Spur waren. Vielleicht war Reese einfach nur ein hinterlistiges Biest, das krasse Eifersuchtsprobleme hatte. Doch nach dem, was ich bereits gelesen hatte, spürte ich, dass da noch so viel mehr war. Schon nach den ersten Worten hatte ich gewusst, dass dieser Text von mir handelte. *Miese kleine Ratte.* So sah sie mich also. Reese musste die Worte kurz nach meiner Ankunft auf Elm Castle geschrieben haben, doch die Abneigung, ja der Hass, der in jeder Zeile zu spüren war, war so groß, dass er über Wochen, wenn nicht sogar Monate gewachsen sein musste. Sie hatte also bereits von meiner Existenz gewusst, noch ehe ich einen Fuß auf Elm Castle gesetzt hatte. Ganz so, wie Carter es behauptet hatte.

Beeil dich, rief alles in mir. *Hau ab!* Doch meine Augen verselbstständigten sich. Sie flogen über den nächsten Absatz, sogen begierig jedes weitere Wort in sich auf.

Seit ich denken kann, serviert Mom den Geburtstagskuchen mit einem beschwipsten Schlenker. Sie nutzt jeden feierlichen Anlass dazu, ein Glas Sekt zu trinken und sich dann, erheitert über ihre eigene Tollpatschigkeit, den Tag zu versüßen.

Erwachsene nehmen sich oft viel zu ernst, *sagt sie immer,* und feiern tut man ohnehin viel zu selten.

An meinem letzten Geburtstag jedoch war der Schlenker ein gewaltiger Ruck, und die ganze Torte landete auf meinem bonbonfarbenen Kleid. Ich fand es nicht schlimm, lachte sogar. Bis ich sah, dass Mom heulend inmitten des Wohnzimmers stand und jede einzelne Faser an ihr zitterte.

»Mom!«, rief ich entsetzt und richtete mich auf. Die Torte klatschte wie ein zerplatzter Schädel aufs Parkett. »Was ist los?«

Zuerst wollte sie sich nicht von mir in den Arm nehmen lassen, doch schließlich standen wir dort, eng umschlungen, zwischen uns eine Schicht aus Buttercremetorte, garniert mit salzigen Tränen. Sie war nicht mehr ansprechbar, reagierte nicht mehr auf meine Fragen. Sie stammelte nur noch. Stammelte immer wieder dieselben Worte. Wie froh sie sei, mich zur Tochter zu haben. Wie sehr sie mich liebte. Dass sie niemand anderen als Dad und mich brauchte. Auch ohne den Alkohol in ihrem Atem hätten ihre Worte nach Lüge geschmeckt.

Danach schloss sie sich in ihr Zimmer ein. Und kam monatelang nicht mehr heraus. Wenn sie es doch mal tat, blickte ich in das Gesicht einer Fremden. Ihr sonst so akkurat frisiertes Haar war mit einem Mal dünn und strähnig. Die spitzen Wangenknochen vom Kummer ganz weichgewaschen. Und ihre Augen blickten leer, als wohnte niemand mehr hinter ihnen. Seitdem ist sie nicht wiedergekommen. Und das ist allein deine Schuld.

Du und ich – wir wissen beide, dass etwas zerbrochen ist, auch wenn du keinen blassen Schimmer hast, warum alles kaputtgeht, was du anfasst. Jeder Rückschlag macht dich stärker. Ich hingegen fühle mich, als breche mit jeder Minute ein weiteres Stück aus mir heraus. Ich dachte, wenn ich dich treffe, werde ich wieder ganz. Doch das Gegenteil ist passiert: Mein Verfall hat sich beschleunigt. Zeitgleich zu existieren, ist unmöglich, ohne aneinander kaputtzugehen. Ich habe es wirklich versucht. Ich dachte, ich könnte dich lieben. Doch dann hast du angefangen, dich meiner Kontrolle zu entziehen. Und mir alles wegzunehmen.

Das Schlimmste jedoch ist, dass du ohne mich leben kannst. Dass du mich nicht brauchst, während ich nach deiner Aufmerksamkeit lechze. Ich bin an diesem Schreibtisch gefangen, schreibe immer und immer wieder auf, was ich zu verdrängen versuche, schreibe über dich und meine doch mich.

Ich bin die Falsche. Und die ganze Welt kann es sehen.

Erneut klingelte mein Telefon. Es riss mich aus dem Sog aus Buchstaben, messerscharfen Worten und wild klopfendem Herzen. Diesmal ging ich dran.

»Sag bitte nicht, dass du immer noch da drin bist«, zischte Carters Stimme aus meinen Kopfhörern, während ich fieberhaft überlegte, wie ich weiter vorgehen sollte. Den Laptop schließen und ausschalten? Ihn mitnehmen? Auf Reese' Ankunft warten und sie mit meinen Entdeckungen konfrontieren?

»Wie wahrscheinlich ist es, dass ich es hier noch rechtzeitig rausschaffe?«

»Wenn Reese nicht gerade die Pinkelpause ihres Lebens einlegt, dann mehr als gering.«

»In Ordnung.« Ich legte auf. Es blieb keine Zeit, um durchzuatmen. Ich war so vertieft in den Text gewesen, dass ich sogar vergessen hatte, Fotos zu machen. Mit zitternden Fingern öffnete ich die Kamera-App, tippte auf den Auslöser, doch ein Foto nach dem anderen verwackelte. *Scheiße.* Nichts als ein streifiger Bildschirm mit unleserlichem Text waren zu erkennen. Bevor ich noch mehr Zeit verlor, gab ich auf. In Windeseile schloss ich die Datei, fuhr den Laptop herunter und schlug ihn so fest zu, als habe er nach meiner Hand geschnappt. Noch einmal drehte ich mich um mich selbst, vergewisserte mich, dass ich nichts vergessen hatte, dann stürzte ich zur Tür. Mein Herz klopfte, als wolle es in Tausende Splitter zerspringen, während ich die Klinke so langsam hinunterdrückte, dass sich jeder Augenblick wie ein halbes Leben anfühlte. Schließlich öffnete ich die Tür einen winzig kleinen Spaltbreit und spähte mit einem Auge hindurch.

Nichts. Niemand war zu sehen. Aus der Ferne drang leises Gelächter herüber.

Blitzartig wand ich mich durch die Tür und zog sie leise hinter mir zu. Mein Atem flatterte, und ein ungläubiges Lachen kämpfte sich in mir hoch. Ich konnte mein Glück kaum fassen. Sollte es wirklich so einfach gewesen sein, in Reese' Zimmer einzubrechen?

Das Kichern blieb mir jedoch im Halse stecken. Zwei blaue Augen blinzelten mich aus einem Türspalt mir gegenüber an.

Verdammt!

Ohne nachzudenken, lief ich auf Hartlyn zu, die aussah, als wollte sie mir die Tür am liebsten vor der Nase zuschlagen. Und trotzdem tat sie es nicht. Als ich mich ihr näherte, sah sie mich nur mit großen Augen an.

»Hartlyn«, flüsterte ich. »Bitte hör mir zu. Ich weiß, sie haben deine Kreditkarte bei mir gefunden. Aber ich war das nicht! Ich schwöre dir bei allem, was mir heilig ist, dass ich niemanden in diesem Schloss beklaut habe. Irgendjemand will mir das unterschieben!«

Ich wusste, dass ich mich anhörte wie eine dieser Kleinkriminellen, die logen, dass sich die Balken bogen. Meine Hoffnungen, dass Hartlyn mir glaubte, waren am Nullpunkt. Doch –

»Ich weiß«, sagte Hartlyn. Dann schloss sie die Tür, und ihr blasses Gesicht verschwand.

Kapitel 31

Alle hielten Abstand zu mir. Im Klassenzimmer, auf dem Gang, selbst in den Gemeinschaftstoiletten – niemand wagte es, mich auch nur anzusehen. Im Unterricht hatten sie sogar ihre Tische von mir weggerückt, um nicht in meiner Nähe sitzen zu müssen. Und Reese hatte sich demonstrativ ans andere Ende des Raumes gesetzt.

Immer wieder holte ich mein Handy hervor und starrte auf die eine Nachricht, die ich kurz vor Unterrichtsbeginn an Carter geschickt hatte.

Erzähle dir heute Abend alles im Zimmer.

Sie war wie ein Versprechen, ein Hoffnungsschimmer, auch wenn Carter mir nicht einmal geantwortet hatte. Nach meiner Suchaktion war keine Zeit mehr gewesen, um Carter auf den neuesten Stand zu bringen, ohne gemeinsam zu spät zum Unterricht zu kommen. Und wenn es etwas gab, das unter das Credo *unauffällig* fiel, war es sicher nicht das.

Nachdem ich den Vormittagsunterricht hinter mich gebracht hatte, sah ich Carter hinterher, die gerade im Gang verschwand. Wir hatten beschlossen, in der Öffentlichkeit auf Abstand zu gehen. Schließlich wusste jeder, dass wir nicht gerade die besten Freundinnen waren, und niemand sollte Verdacht schöpfen, dass wir auf ein gemeinsames Ziel hinarbeiteten. Carter blieb Carter, und ich blieb … allein. Wir waren reine Zweckverbündete.

Auch Wren hielt sich von mir fern. Ich beobachtete ihn dabei, wie er mit Jasper und den anderen zu Mittag aß und sich mäßig interessiert an den Gesprächen beteiligte. Carter hatte sich missmutig an einem Tisch niedergelassen, der von einer Schar Fünftklässler bevölkert war, und Hartlyn saß zusammen mit Amber an einem der hinteren Tische abseits der Fenster. Ich biss die Zähne zusammen und machte mich gemeinsam mit meinem Tablett auf Tischsuche. Nur ein Drittel davon war von den Vertretern meines eigenen Jahrgangs besetzt, doch ich machte mir keine Illusionen, dass die Gerüchte über mich nicht schon zu den unteren Klassenstufen durchgesickert waren.

Ohne aufzusehen, ließ ich mich schließlich an einem Tisch nieder, an dem mit piepsigen Stimmen über die letzte Klassenarbeit debattiert wurde. Doch selbst diese Streber-Hobbits hatten nur verächtliche Blicke für mich übrig. Unter ihren biestigen kleinen Augen zwang ich mir einen um den anderen Löffel Chili sin Carne in den Magen und hätte mein Mittagessen am liebsten sofort wieder ausgekotzt. Als mir das Schweigen um mich herum zu laut wurde, erhob ich mich – um im nächsten Moment beinahe auf die Fresse zu fliegen. Einer der Jungs am Tisch hatte mir tatsächlich ein Bein gestellt. In diesem Moment brannten bei mir die Sicherungen durch.

»Du mieser kleiner Pisser!«, brüllte ich den Milchbubi an, der unter seinem dunklen Gelhaar ein ängstliches Gesicht machte. »Zuck nur noch ein Mal mit dem kleinen Zeh, und du wirst dir wünschen, du hättest lieber deine Hausaufgaben gemacht. Aber nur zu, Denise freut sich sicher, wenn noch so ein niedlicher heulender Fratz ankommt, den sie trösten kann!«

Ich knallte ihm mein Tablett auf seinen noch halb vollen Teller, genoss den Anblick, wie er zusammenschrak, und verließ erhobenen Hauptes den Speisesaal. Unauffällig bleiben hin oder her, ich musste mir nicht alles gefallen lassen!

Ich drückte mir die Schultasche enger an den Körper und drängte mich energisch zwischen den mir entgegenkommenden Schülern hindurch. Ich wollte einfach nur weg von hier.

»Leah! Leah, warte doch!«

Auch *das* noch. Ich kannte diese Stimme.

Doch natürlich blieb ich nicht stehen, um auf Jasper zu warten, sondern schlug schnurstracks den Weg nach draußen ein. Was leider die falsche Entscheidung war, denn auf der offenen Rasenfläche holten Jaspers lange Beine schnell auf.

»Leah!«

»Verpiss dich!«, knurrte ich über meine Schulter. »Verpiss dich einfach, bevor ich mich vergesse.«

Ich beschleunigte meine Schritte, fiel beinahe in einen Trab. Jasper war nur noch wenige Meter entfernt.

»Leah, ich glaube nicht, dass du es warst. Du bist keine Diebin, das weiß ich!«

Abrupt hielt ich inne und fuhr mit wirbelnden Haaren zu ihm herum. »So, du hältst mich also für unschuldig?«, schrie ich. »Weißt du was, Jasper – dann bist du sogar noch schlimmer als all die anderen. Denn das heißt, du hältst dich nur von mir fern, um deinen guten Ruf nicht zu gefährden!« Ich schnaufte und wollte meinen Marsch fortsetzen, doch Jasper griff nach meinem Arm.

»Ich habe es erst viel zu spät mitbekommen«, beteuerte er. »Um genau zu sein, habe ich erst beim Mittagessen davon erfahren. Und dann … na ja … dann bist du auch schon auf diesen Jungen losgegangen.«

Aus Jaspers Mund klang es, als sei ich aus heiterem Himmel ausgerastet. Das machte mich nur umso wütender. »Du bist also fröhlich pfeifend und blind durch die Gegend gerannt, ohne mitzubekommen, dass sich die ganze Schule das Maul über mich zerreißt? Sag mal, in welcher Welt lebst du eigentlich?«

Gequält verzog er das Gesicht. »Ich war mit meinen Gedanken woanders. Wirklich, du musst mir glauben …«

Sein Blick war warm und mitfühlend, er tastete über mein Gesicht.

Nicht weich werden, Leah!

Doch das war leichter gesagt als getan. Schließlich war es *Jasper*, der mich ansah.

Sein Gesicht näherte sich gefährlich dem meinen. Wie sehr ich ihn vermisste, trotz allem. Wie sehr ich mir wünschte, wir könnten glücklich zusammen sein. Als ich seine Lippen schmeckte, drückte ich mich gierig an ihn – doch bereits im nächsten Atemzug stieß ich ihn von mir.

»Das geht nicht mehr!« Beschämt presste ich mir die Hände auf die Lippen, als könne ich den Kuss auf diese Weise wieder rückgängig machen.

»Leah, bitte.« Jasper fuhr sich verzweifelt durchs Haar. »Sag mir, was ich tun soll.«

»Es ist zu spät. Du hättest anders reagieren müssen.«

Auf einmal war ich entsetzlich müde. »Du hättest zu mir halten müssen. Stattdessen hast du dich auf Reese' Seite geschlagen. War das deine Rache für unseren Streit gestern?«

Perplex schüttelte Jasper den Kopf. »Es gibt keine Rache. Und es gibt auch keine Seiten.«

»Für die gesamte Schule gibt es die schon«, fuhr ich ihn an. »Und jetzt entschuldige mich bitte, ich will meinen Geografiekurs nicht verpassen.«

Meinen Geografiekurs mit Reese.

»Lass uns schwänzen.« Jasper klang verzweifelt. »Lass uns über alles reden.«

Ich stemmte die Hände in die Hüften. »Gut. Dann lass uns doch auch gleich über Skylar, deinen Cousin und deine lukrativen Geschäfte im Drogenbusiness sprechen.«

Sein hoffnungsvoller Blick fiel sofort in sich zusammen und wich einem ungläubigen Ausdruck. Die Karten lagen nun offen auf dem Tisch.

»Was …?« Er stockte, bevor er erneut ansetzte. »Leah, das ist doch verrückt.«

Ich verschränkte die Arme. »Richtig, genau das wollt ihr mich glauben lassen. Und es hat lange Zeit funktioniert. Du kannst deinen Freunden ausrichten, dass das ab jetzt vorbei ist.«

Jasper blickte hilflos über seine Schulter und dann wieder zurück zu mir. »Wann begreifst du endlich, dass du hier die Einzige bist, die hinter jeder Ecke einen vertuschten Skandal vermutet? Hier ist nichts, Leah.«

Ich betrachtete ihn kalt. »Du hast deine Seite eben doch gewählt.«

Dann ließ ich ihn stehen und machte mich auf den Weg zu meinem Geografiekurs, wo ich neben Mr Harris' bösen Blicken wegen meines Zuspätkommens auch noch das Getuschel meiner Kursmitglieder ertragen musste. Ich versuchte es auszublenden, indem ich stur auf die schmutzig weiße Wand neben der Tafel starrte, als könne sie mich im nächsten Moment in sich hineinziehen und verschlucken.

Am Abend bekam ich endlich Gelegenheit, Carter von meinen Entdeckungen in Reese' Zimmer zu berichten.

»Reese schreibt irgendwelche Geschichten über euch beide?«, spottete sie. »Bist du dir sicher, dass sie in Jasper verliebt ist und nicht in dich?«

Beunruhigt kaute ich an der Innenseite meiner Wange. »Du hättest es lesen müssen, Carter, das war absolut irre. Ich bin mir beinahe zu hundert Prozent sicher, dass sie mich mit der *miesen kleinen Ratte* meinte.«

Carter gab ein unzufriedenes Geräusch von sich. »Das hört sich an, als wäre es nur eine Frage der Zeit, bis sie dir das nächste Verbrechen andichtet, um dich von hier wegzuekeln. Wir müssen an aussagekräftigere Informationen kommen. Dein Gedächtnisprotokoll zu Reese' literarischen Ergüssen bringt uns nicht gerade weiter.«

Mein Herz pochte schmerzhaft gegen meine Brust. »Ich weiß nicht, wie lange ich das noch durchhalte«, gab ich schließlich zu.

Carter lächelte grimmig. »Keine Sorge, Leah, es wird nicht mehr lange dauern. Dafür sorgen wir.«

Kapitel 32

Auch der nächste Tag wurde nicht besser. Oder der übernächste. Mittlerweile machten sie sich nicht mal mehr die Mühe, leise zu sprechen, wenn sie über mich redeten. Sobald ich das Klassenzimmer betrat, richteten sich alle Blicke auf mich. Der neueste Trend war, panisch seine Taschen zu durchwühlen, sobald ich auftauchte. »Noch alles da?«, rief dann jemand, und alle brachen in Gelächter aus, als wäre dieser Joke nicht schon komplett ausgelutscht.

Ich versuchte mich zusammenzureißen, gab mir alle Mühe, nicht wieder auszurasten. Denn das wollten sie ja schließlich: eine Show. Trotzdem war es das Schwerste, was ich jemals getan hatte – mit gesenktem Kopf an meinem Platz sitzen zu bleiben, während meine Mitschüler über mich herzogen und Reese und Ellie in der WhatsApp-Gruppe damit weitermachten.

Sie kickten mich nicht raus, nannten nicht mal meinen Namen, aber jede Nachricht, jede allgemeine Bemerkung zu *gewissen falschen Schlangen* war ein Stachel in meinem Fleisch. Magnus, Wren und Jasper schrieben nicht ein einziges Wort zu meiner Verteidigung. Und das tat sogar noch mehr weh als Reese' gemeine Kommentare. Trotzdem verließ ich die Gruppe nicht. Vielleicht würde ihnen noch etwas rausrutschen, das mir später helfen würde.

Ich hatte Hoffnung, dennoch hielt ich es kaum noch aus. Nirgendwo war Ruhe, vor allem nicht in meinem Kopf. Und so kam es, dass ich wieder laufen ging. Ich hatte es vernachlässigt, links liegen gelassen, immer weiter nach hinten geschoben, als es mir gut ging. Doch nun, da ich in einer noch miserableren Verfassung war als bei meiner Ankunft auf Elm Castle, spürte ich, wie dringend ich es brauchte. An meine körperlichen Grenzen zu geraten, hielt mich davon ab, an all die Dinge zu denken, die mich umbrachten.

Seither drehte ich Tag für Tag im Morgengrauen meine Runden. Das hatte nicht nur den Vorteil, dass ich bereits vor Stundenbeginn zu ausgepowert war, um mich auf einen Streit einzulassen, sondern auch, dass die Duschräume noch leer und sauber waren, wenn ich von meinem morgendlichen Lauf zurückkam.

Auch an diesem Morgen zog ich meinen Powerlauf durch und haute mich gleich nach einer erfrischenden Dusche aufs Bett. Carter schlummerte noch friedlich vor sich hin, ihr Wecker würde erst eine Viertelstunde vor Unterrichtsbeginn klingeln – so gut kannte ich sie mittlerweile. Die Zeit, bis sie aufwachte, nutzte ich, um mir als Frühstücksersatz einen Energieriegel reinzuziehen – ich mied den Speisesaal mittlerweile, so gut es ging – und noch eine Runde mit Junis zu chatten. In den letzten Tagen hatte ich mich ungefähr Tausend Mal bei ihm entschuldigt, dass ich ihn so hängen gelassen hatte. Es hatte ganz schön lange gedauert, bis er sich wieder dazu herabließ, mit mir zu schreiben. Und, Gott, wie froh ich darüber war, dass er es nun wieder tat. Ich hatte ihn vermisst.

Seitdem ich Junis auf den neuesten Stand gebracht hatte, war er beinahe noch wilder darauf, den Fall um Skylar Avery zu lösen, als ich. Er hatte mittlerweile fast jeden Bewohner des Schlosses als Verdächtigen durch. Selbst Ms Evergreen.

Vielleicht hat sie sich in Skylar verliebt …, schrieb er gerade. *Gib's zu, die Gute ist einfach viel zu nett, um unschuldig zu sein.*

Genau, und dann hat Skylar ganz schlecht auf das Liebesgeständnis reagiert, und Ms Evergreen musste sie leider töten, antwortete ich sarkastisch und wandte mich dann wieder meinem Laptop zu. Morgens brauchte Junis immer ein wenig länger, um zu antworten. Die Lücken zwischen seinen Nachrichten nutzte ich, um noch ein wenig in den Tiefen des Internets zu wühlen. Diesmal begnügte ich mich nicht damit, ausschließlich Skylars Profile zu filzen, sondern nahm den gesamten Jahrgang unter die Lupe, indem ich Instagram, Facebook, TikTok und sogar die dämliche Schulwebsite durchforstete.

Ich war gerade dabei, mich gelangweilt durch die Fotos des Sommerfests vor zwei Jahren zu klicken, als mein Blick an einem Detail hängen blieb. Zwischen den Schülern und Lehrern, die sich mit gut gefüllten Papptellern und -bechern auf dem Rasen vor dem Schloss tummelten, erkannte ich zwei Gesichter: Jasper und Magnus. Sie waren nur im Hintergrund zu sehen, doch anhand der Pranke, die Magnus Jasper auf die Schulter legte, war zu erkennen, dass sie wohl ein ernsteres Gespräch führten. Jasper duckte sich nahezu unter seinem Freund weg. Seltsam – so hatte ich die beiden noch nie gesehen. Auf mich hatten sie immer wie ein Herz und eine Seele gewirkt. Jasper, der immer Fröhliche, und Magnus, der leicht verpeilte Womanizer. Aber so, wie sie sich gerade ansahen, wirkte es nahezu … geschäftlich. Auf dem nächsten Foto kam Magnus direkt auf die Kamera zugerannt. Sein Blick wirkte gehetzt, unruhig – als habe er etwas Dringendes zu erledigen. Vielleicht bildete ich mir das alles auch nur ein, interpretierte zu viel rein, aber mein aufgeregtes Bauchkribbeln wollte nicht enden.

Was hatte das nur zu bedeuten?

Vorsichtshalber speicherte ich die beiden Bilder, bevor ich weiterskippte. Doch danach kamen nur ein paar dämliche Aufnahmen von irgendwelchen Schulprojekten. Debattierveranstaltungen, Bastelwettbewerbe, Sporttage. Und schließlich Fotos von Schülern in Theaterkostümen, die *Romeo und Julia* aufführten. Ich erkannte Reese, Jasper, Magnus und Ellie, wie sie stark geschminkt auf der Bühne performten. Ausgerechnet Reese spielte die Julia und Jasper den Romeo, und obwohl ich es nicht wollte, bekam ich bei ihrem Anblick als eng umschlungenes Paar Bauchschmerzen. Schnell klickte ich weiter und stockte bei einer Aufnahme des Publikums. Moment, konnte das wirklich sein? Ich bewegte mein Gesicht so nah an den Bildschirm, dass meine Nase ihn beinahe berührte. Dort, inmitten der Menge, leicht erkennbar an seinem flammend roten Haar, saß Rune mit vor Entsetzen aufgerissenen Augen. Er sah aus, als habe er ein Gespenst gesehen. Trotzdem war da nichts von dieser panischen Angst, die ich im Wald in seinen Augen gesehen hatte. War er da etwa noch normal gewesen? Wenn es so etwas wie *normal* überhaupt gab? Aber was hatte ihn dann dazu gebracht, so verstört zu gucken?

Da ich vom bloßen Anschauen keine Antworten finden würde, speicherte ich auch dieses Bild, ehe ich aufgeregt weiterklickte. Es folgten wenig interessante Aufnahmen vom Stück, ehe Bilder von einem Umtrunk in der Aula auftauchten. Anscheinend die After-Party. Nächstes Bild: Im Hintergrund war zu sehen, wie eine große rothaarige Gestalt eine deutlich kleinere mit blonden Haaren zur Seite zog. Rune und Reese. Moment mal – was hatten die beiden miteinander zu tun gehabt? Ich versuchte heranzuzoomen, doch leider war die Bildqualität einfach nur grauenhaft. Wahrscheinlich hatte der Fotograf in diesem Moment irgendwie gewackelt, oder es war zu dämmrig gewesen. Ich konnte noch nicht einmal sehen, welchen Gesichtsausdruck sie darauf hatten. Scheiße, das war so frustrierend. Vielleicht konnte ich ja jemanden auftreiben, der sich ein wenig mit Bildverbesserung auskannte.

Ich klickte weiter, doch danach folgten nur irgendwelche verstörenden Fotos, auf denen die Bitterfield und Ms Evergreen Arm in Arm mit geröteten Sektwangen posierten. Mich beschlich das Gefühl, irgendetwas übersehen zu haben.

Kurzerhand ging ich zurück und sah mir jedes einzelne Theaterfoto noch einmal genauer an, doch ich konnte nichts Auffälliges entdecken – bis ich zu einem Bild von Magnus kam, der gerade dabei war, einen Monolog auf der Bühne zu halten. Selbst die dicke Theaterschminke konnte die Kratzspuren an seinem Hals nicht überdecken. Magnus hatte also nicht gelogen, als er mir verraten hatte, warum er ständig diese Hemden trug. Seine Neurodermitis musste zu der Zeit wirklich besonders heftig gewütet haben. Sagte man nicht immer, bei Stress wurden solche Leiden stärker?

Ohne nachzudenken, leitete ich die Bilder an Junis weiter. Sollte er doch zusammen mit mir rätseln.

Bevor ich weiterforschen konnte, riss mich verschlafenes Gemurmel aus meinen Gedanken. Carter richtete sich mit verquollenen Augen in ihrem Bett auf und blinzelte zu mir herüber.

»Alter«, murmelte sie. »Hör mal auf, schon so früh am Morgen produktiv zu sein.«

»Guten Morgen«, erwiderte ich zuckersüß und verdrehte ob ihrer üblichen Liebenswürdigkeit die Augen. Nachdem sie einigermaßen wach geworden war, teilte ich Carter meine neuesten Entdeckungen mit.

»Denkst du, das hat irgendwas zu bedeuten – dass Rune mit Reese reden wollte, meine ich?«

Carter zuckte unzufrieden mit den Schultern. »Vielleicht.

Vielleicht aber auch nicht. Kann ja sein, dass er sie nur beglückwünschen wollte, weil er von ihrem Schauspiel so geblendet war. Auch wenn ich das bezweifle.«

»Ich auch«, murmelte ich. »Wäre es nicht möglich, dass Reese' Schauspiel ihn auf irgendwas gebracht hat?«

Carter knirschte unruhig mit den Zähnen. »Wie gesagt: vielleicht. Diese Fotos beweisen gar nichts. Sie stützen nur den Verdacht, dass mit deinen Ex-Freunden etwas ganz und gar im Argen liegt.«

Ich seufzte. »Und wie machen wir jetzt weiter? Wir müssen doch irgendwie an brauchbare Beweise kommen. Langsam zieht sich die Schlinge um meinen Hals immer enger – die Bitterfield hat mir gestern verkündet, dass der Elternrat auf das Einschalten der Polizei drängt. Bald haben die mich von der Schule gekickt!«

Carter schüttelte den Kopf. »Es bringt uns jetzt gar nichts, in Panik zu verfallen. Wir machen weiter nach Plan. Beim Psychopüppchen sind wir bereits eingebrochen, jetzt ist dein Drogen vertickender Lover dran.«

»Was schwebt dir vor?«, knurrte ich. »Soll ich ihn etwa verführen?«

»So ähnlich.«

Empört schnappte ich nach Luft. »Dir ist schon klar, dass ich mich auf kein weiteres Treffen mit ihm einlasse? Ich will diesen Typen nie wiedersehen!«

»Ach, aber hochkant von der Schule fliegen und diese Ärsche mit allem davonkommen lassen, das willst du?«

Eine Weile funkelten wir uns stumm an, bevor Carter schließlich wieder das Wort ergriff. »Hör zu«, sagte sie beschwichtigend. »Es wäre nur für kurz. Ein kleines Date zur Ablenkung, damit ich mich in Ruhe mit dem Türschloss seines Gruselkabinetts unterhalten kann.«

Warum hatte ich ihr nur von meinem Verdacht erzählt, Jasper könnte etwas in seinem Kellerabteil haben? Am liebsten hätte ich alles, was mit Jasper zu tun hatte, aus meinem Gedächtnis verbannt. Es tat einfach zu weh.

Als Carter meinen wenig begeisterten Blick bemerkte, fügte sie hinzu: »Komm schon. Am Ende trage ich das Risiko. Außerdem hat die Aktion bei Reese doch bewiesen, dass sie ihre geheimsten Gedanken nicht in einer Dose im Wald verscharren, sondern ganz nah bei sich haben.«

Ich war immer noch nicht überzeugt und verschränkte die Arme. Trotzdem hatte ich keinen besseren Vorschlag in petto. Und irgendwie war ich froh, dass ausnahmsweise nicht ich die Entscheidung treffen musste. Man sah ja, wo mich das hingeführt hatte.

Carter ließ sich neben mich aufs Bett fallen und griff sich mein Handy vom Nachttisch. »Wir schreiben dem lieben Mr Griffith jetzt eine Nachricht, in der wir ihn um ein Treffen bitten.«

Mir lief es eiskalt den Rücken hinab. »Und was soll da drinstehen?«

»Am besten so was wie *Willst du Sex?* oder *Lass uns zocken.*«

»Danke, Carter. Freut mich, dass auch du dich geschlechterstereotypischer Klischees bedienst. Schreib am besten noch etwas von Autos und Bärten rein.«

Doch Carter hörte mir schon nicht mehr zu, sie hatte längst begonnen zu tippen. Ich versuchte ihr das Handy aus der Hand zu reißen, doch sie entwand sich mir und verdeckte mir die Sicht mit ihren Dreads. Als sie mir das Handy zurückreichte, schnappte ich entsetzt nach Luft. Die Nachricht war bereits abgeschickt! Eilig flogen meine Augen über die wenigen Worte.

Wenn du willst, dass das mit uns noch eine Chance kriegt, treff mich heute nach der Schule. Keine Geheimnisse, keine Vorwürfe. Nur zuhören und reden.

»Klingt, als wärst du in einem früheren Leben Paartherapeutin gewesen.«

»Bitte.« Sie schnaubte. »In meinem früheren Leben war ich Barbarossa.«

»Ja, sicher«, gab ich zurück. »Es ist sehr viel wahrscheinlicher, dass du irgendeine Ehefrau warst, die Prügel bekommen hat, wenn sie sich geweigert hat, Kind Nummer fünf herauszupressen oder Socken zu stopfen.«

»Sprichst du aus Erfahrung?« Carter sprang auf und schnappte sich ihre Duschtasche. »Ich würde mich ja wahnsinnig gern weiter mit dir unterhalten, aber meine Blase läuft über. Arrivederci.« Mit diesen Worten spazierte sie aus der Tür.

Ich schloss den Chat mit Jasper und warf mein Handy neben mich, doch bereits eine Sekunde später piepte es.

Junis: *Hm, sieht höchst verdächtig aus. Aber natürlich könnten die Fotos niemals als Beweismittel durchgehen. Rune, wie er Reese zur Seite zieht – bloß Beifallsbekundung. Jasper und Magnus auf dem Sommerfest – zwei Freunde unter sich. Aber Magnus auf der Bühne … Hell, der Gute sieht aus, als wäre er voll zugedröhnt.*

Leah: *Wie kommst du denn jetzt darauf?*

Junis: *Na, guck dir doch die Kratzer an seinem Hals an. Ich hab rangezoomt – die Haut schlägt Blasen und wird an manchen Stellen sogar etwas dunkler. Wie bei nem Heroin-Junkie. Und dieser Blick – der ist ja voll drauf.*

Leah: *Der hat Neurodermitis, hat er mir in der Blutnacht erzählt. Und das mit dem Blick nennt sich schauspielern.*

Junis: *Erstens: Wen auf diesem Internat hältst du bitte noch für vertrauenswürdig? Und zweitens: Nach allem, was du mir von diesem Typen erzählt hast, scheint er ziemlich auf Suchtmittel abzufahren. Guck dir doch das Bild vom Sommerfest an. Sieht beinahe aus, als würde er Jasper um Gratisdrogen anbetteln.*

Einen kurzen Moment lang stockte mein Herz. Dann meldete sich wieder die Skepsis.

Leah: *Magnus hat das nicht nötig, der ist reich. Er kriegt Taschengeld in Höhe unserer Monatsmiete!*

Junis: *Und was ist, wenn Jasper seinem Freund nichts mehr geben wollte, weil er gesehen hat, wie Magnus sich zugrunde richtet?*

Meine Brust krampfte sich schmerzhaft zusammen. Magnus – ein Junkie? Das war doch absurd! Ich hätte es doch bemerken müssen. Gerade ich, nach all meinen Erfahrungen!

Ja, flüsterte ein kleines Stimmchen in mir. *Und was hast du aus der ganzen Sache gelernt? Junkies lügen und schauspielern verflucht gut, damit sie möglichst lange unauffällig bleiben …*

Leah: *Okay, mal angenommen, Magnus wäre ein Heroin-Junkie. Wie soll uns das jetzt weiterbringen? Ich habe das Gefühl, wir drehen uns im Kreis.*

Frustriert atmete ich durch und wollte das Handy schon beiseitelegen legen – da stockte ich. Die ganze Zeit sprachen wir davon, dass wir keine Beweise oder konkreten Anhaltspunkte hatten – dabei war das völliger Bullshit!

> Leah: *Skylars Medaillon! Wir müssen es der Polizei übergeben, damit sie es zur Rechtsmedizin schicken und nach DNA und so nem Zeug suchen! Vielleicht findet sich ja auch noch ein Hautschüppchen von ihrem Mörder daran … So unwahrscheinlich es nach zwei Jahren auch ist.*

Wieso hatte ich nicht schon vorher daran gedacht? Wobei – eigentlich wusste ich ganz genau, warum ich diese Möglichkeit bisher noch nicht in Betracht gezogen hatte. Schließlich hatte ich Rune nach Hartlyns Vertrauensvorschuss im Krankenzimmer nicht ans Messer liefern wollen. Damals war es mir noch ziemlich realistisch vorgekommen, dass Rune Skylar im Wahn umgebracht haben könnte. Doch mittlerweile glaubte ich nicht mehr daran. Rune schien zu diesem Zeitpunkt noch topfit im Kopf gewesen zu sein, und nur weil er in Skylar verliebt gewesen war, war das noch lange kein Grund, ihn zu verdächtigen. Vermutlich war er irgendwann, lange nach Skylars Verschwinden, auf einem Drogentrip hängen geblieben, der ihm in Dauerschleife Horrorszenarien mit Nebelfrauen und toten Skylars vorspielte.

Entschlossen krallte ich die Finger in meine Bettdecke. Ich würde es jetzt durchziehen. Ich würde das Medaillon der Polizei überreichen. Jetzt musste ich mir nur noch etwas einfallen lassen, wie ich es Hartlyn wieder abschwatzen konnte …

Ich tippte das WhatsApp-Icon an, um nachzusehen, warum Junis so lange zum Antworten brauchte – und das Blut gefror mir in den Adern.

Nein, jaulte alles in mir. *Nein nein nein nein nein! Dumme Leah! Hirnamputierte Leah! Wie blöd kann man sein?*

Die beiden Nachrichten, die ich an Junis hatte schicken wollen, waren irgendwie in der Gruppe mit Reese und den anderen gelandet. Der Chat war nur zwei Zeilen unter dem mit Junis gewesen. Vermutlich hatte ich, in Gedanken an meine Ex-Freunde, automatisch daraufgeklickt, weil Reese und Ellie ihn den ganzen Tag über mit Gemeinheiten gefüttert hatten.

Meine Finger zitterten, und ich fluchte wild in dem Versuch, sie zu löschen, dabei wusste ich, dass es keinen Sinn mehr hatte. Der Status der Nachrichten war unmissverständlich: *Gesehen von allen.* Und dann, nur eine Sekunde später, ploppte eine Benachrichtigung in Blau auf: *Du wurdest aus der Gruppe entfernt.*

Kapitel 33

Während des ganzen Schultags war ich so nervös, dass ich die Sprüche meiner Mitschüler kaum mitbekam. Zum einen, weil Carter stinksauer auf mich war und mich, nachdem ich ihr alles gebeichtet hatte, ganz schön zusammengeschissen hatte. Zum anderen, weil sich die Blicke von Reese, Magnus und Ellie in meinen Nacken brannten und ich noch immer auf eine Antwort von Jasper wartete. Nicht dass ich so scharf darauf gewesen wäre, ihn wiederzusehen. Aber wenn wir Beweise finden wollten, ehe ich von der Schule flog, musste das bald passieren!

Immer wieder warf ich heimlich Blicke auf mein Handy, doch erst als Ms Evergreen damit drohte, es einzuziehen, ließ ich es in meine Tasche gleiten.

Nach dem Unterricht hielt sie mich zurück. »Leah. Du weißt schon, dass du *so kurz* davorstehst, von der Schule zu fliegen? Wir geben uns wirklich alle Mühe, die Vorfälle aufzuklären – aber wenn du dich auch im Unterricht weiter so gehen lässt, weiß ich nicht, ob ich dich noch länger verteidigen kann.«

»Komisch«, erwiderte ich. »Ich hatte bisher nicht den Eindruck, dass man sich wirklich darum bemüht, Licht ins Dunkel zu bringen.«

»Da täusch dich mal nicht. Die letzten Tage wurden einige Schüler zu den Vorfällen befragt.«

Am liebsten hätte ich aufgeschnaubt. Ich konnte mir nur zu gut vorstellen, was diese *Schüler* erzählten.

»In Ordnung«, sagte ich, um das unangenehme Gespräch zu beenden. »Ich mache keine Dummheiten.«

Doch bereits eine halbe Stunde später brach ich mein Wort. Als ich gerade dabei war, eine schlecht gezeichnete Karikatur meiner selbst als diebische Elster vom Schwarzen Brett zu klauben, piepte mein Handy. Es war Jasper.

Jasper: *Heute Abend um 22 Uhr im Gruselkabinett. Keine Sorge wegen Denise. Ich sorge dafür, dass uns niemand stört.*

Mein Atem ging flach und schnell. Es wurde ernst. *Scheiße, scheiße, scheiße.*

Mit zitternden Fingern ließ ich mein Handy in die Tasche gleiten, dann rannte ich hoch in mein Zimmer. Ich musste unbedingt mit Carter reden!

»Ich habe noch nie von einer offensichtlicheren Falle gehört«, sagte Carter, nachdem ich ihr Jaspers Nachricht vor die Nase gehalten hatte. »Er hätte dich auch einfach auf einen Kaffee einladen können! Wie zur Hölle sollst du dich um zehn Uhr abends hier rausschleichen? Seit ihr nach der *Blutnacht* erwischt wurdet, führt Denise zwischen einundzwanzig und zweiundzwanzig Uhr ihre verdammten Zimmerkontrollen durch.«

Ich biss die Zähne zusammen. »In seiner Nachricht steht: *Ich sorge dafür, dass uns niemand stört.* Vielleicht hat er einen Weg gefunden, Denise abzulenken?«

Carter schnaubte. »So bestechlich, wie Denise' Sicherheitskerl ist, würde es mich nicht wundern, wenn auch sie ihr Taschengeld hin und wieder aufstockt. Geh nicht dorthin, Leah. Es bringt ohnehin nichts, wenn er dich an den Ort einlädt, den ich eigentlich durchsuchen wollte! Soll ich jetzt etwa in sein

Zimmer einbrechen, in dem sein Mitbewohner Magnus schön auf mich wartet?«

»Ich muss zu dem Treffen, Carter! Es ist unsere letzte Möglichkeit, etwas zu erfahren. Wenn das so weitergeht, bin ich spätestens in einer Woche hier weg. Außerdem, meintest du nicht, dass es am wahrscheinlichsten ist, dass sie ihre Geheimnisse ganz nah bei sich aufbewahren? Warum also nicht in seinem Zimmer?«

»Sie wissen nun Bescheid, dass du sie konkret verdächtigst und dass es nur noch eine Frage der Zeit ist, bis du mit anderen über deine Theorien sprechen wirst. Glaubst du nicht, Jasper kriegt auch Muffensausen?«

»Ich weiß, Carter, ich weiß. Aber wir brauchen *Beweise*. Nicht nur zu Jaspers Drogenhandel, sondern nun auch dringend zu Magnus – und die beiden teilen sich nun mal ein Zimmer. Mit Jaspers und meinem Date hätten wir zumindest schon mal eine Person aus dem Raum. Für Magnus müssen wir uns eben noch ein Ablenkungsmanöver einfallen lassen.«

»Du weißt schon, dass ich dir dieses Mal keine Rückendeckung geben kann?« Carter sah mich mit hochgezogenen Brauen an. Ihr Blick war ernst, doch hinter ihren Pupillen sah ich, dass sie es genauso gerafft hatte wie ich: Wenn wir nicht jetzt handelten, dann nie.

Ich versuchte eine gefasste Miene zu bewahren, doch das Herz schlug mir bis zum Hals. »Was schlägst du vor?«

Die Gänge des Schlosses lagen dunkel und verlassen da, als ich wie eine Spinne durch sie hindurchhuschte. Es war kurz vor zehn, und aus manchen Zimmern war gedämpftes Tuscheln und Kichern zu hören, doch hinter den meisten Türen war es ruhig. Als ich das Treppenhaus erreichte, wurden die Geräusche meiner Mitschülerinnen schlagartig verschluckt. Da waren nur noch meine hallenden Schritte, die zaghaft Stufe um Stufe nahmen, und mein Atem, der viel zu laut in meinen Ohren klang. Bei jeder Biegung hielt ich die Luft an, aus Angst, jemand könnte mir auflauern – und jedes Mal stieß ich sie erleichtert wieder aus. Es fühlte sich wie eine Ewigkeit an, bis ich den untersten Treppenabsatz erreicht hatte. Erst jetzt, da ich Richtung Südflügel lief, wagte ich es, in das Headset meiner Kopfhörer zu flüstern.

»Carter … wie ist der Stand?« Es dauerte einige Atemzüge, bis ein lautes Klacken erklang und Carter sich schließlich meldete.

»Ich bin drin! Wren hat es geschafft, Magnus aus seinem Zimmer zu locken. Sie treffen sich genau jetzt. Meine diebischen kleinen Hände haben also freie Bahn.«

Erleichtert stieß ich den Atem aus, während mein Herz in meiner Brust flatterte.

»Super«, flüsterte ich. »Aber lass dir nicht zu lange Zeit, ja? Und gib dir Mühe, nichts zu verrücken. Man soll uns am Ende nicht vorwerfen, *wir* wären die Kriminellen. Schließlich wollen wir Beweise gegen sie finden und nicht selbst angeklagt werden.«

»Jaaaa, Mami.« Ich hörte geradezu, wie Carter die Augen verdrehte. »Wo soll ich anfangen – bei deinem Jasper oder bei Magnus? Du glaubst es nicht, dein Kerl hat tatsächlich eine Kuckucksuhr bei sich hängen!«

»Er ist nicht *mein* Kerl!«, zischte ich. »Nicht mehr. Ich würde sagen, beginn bei Magnus, über den wissen wir noch fast nichts. Wenn du bei ihm nichts findest, mach einfach stichprobenartig bei Jasper weiter. Und fotografier alles Verdächtige ab.«

»Leah, hör auf, mir meinen Job zu erklären.«

Ich hörte, wie Carter eine Schublade aufzog und Papier raschelte.

»Bei dir so weit alles klar?«, fragte sie. »Schon den Schlossgeist gesehen?«

»Carter …«

»Was, hast du etwa Muffensausen?«

Und wie. Aber das würde ich ihr sicher nicht auf die Nase binden. Einige Momente lang war es ruhig am anderen Ende der Leitung, und ich nutzte die Geräusche ihres Gekrames, um meinen Herzschlag zu beruhigen. Hier in den Gängen war es schon verdammt gruselig. Wie würde es dann erst in Jaspers Gruselkabinett werden …?

Als ein lautes Ratschen erklang und Carter einen Fluch ausstieß, zuckte ich zusammen.

»Heilige Scheiße«, flüsterte Carter, »du hattest recht! Magnus ist ein verdammter Fixer. Ich habe hier gerade sein Etui gefunden. Das sieht aus, als wäre es aus der Junkie-Kollektion von Yves Saint Laurent. Spritze, Nadeln, Gurt, Löffel, Feuerzeug und Stoff – alles da. Der haut sich regelmäßig was in die Venen, so viel ist sicher.«

Mir wurde schlecht. Es zu vermuten und es zu wissen, war irgendwie noch mal eine ganz andere Sache.

»Wo hast du es gefunden?«, presste ich hervor.

»In seinem Nachtschrank. Als wäre es ein ganz normaler Alltagsgegenstand. Scheiße noch mal!«

»Leg es zurück«, flüsterte ich. »Und such weiter. Vielleicht gibt es irgendwo Notizen. Oder irgendwas anderes, das ihn in Bezug auf Skylar belasten könnte.«

»Liebes Tagebuch«, säuselte Carter aus der Leitung. »Heute habe ich meine Mitschülerin umgebracht. Niemand darf je davon erfahren. Niemand außer dir.«

Ich verdrehte die Augen. Mittlerweile war ich beinahe an meinem Ziel angelangt. Nur noch wenige Meter, und ich stünde vor der Treppe, die hinab ins Kellergewölbe führte. Zu Jaspers Gruselkabinett. Gänsehaut floss über meine Arme und Beine, und ich spürte, wie mir das Blut aus den Wangen wich. Jetzt wurde es ernst.

»Carter«, flüsterte ich, »ich gehe da jetzt rein. Ich werde dich also nicht mehr hören können. Denk dran: Du kannst dich nicht zu hundert Prozent darauf verlassen, dass Wren dich vorwarnt – Magnus könnte jeden Augenblick zurückkommen, also lass dir nicht allzu viel Zeit. Wenn alles gut geht, habe ich mit Jasper eine halbe Stunde, bevor er merkt, dass ich nicht unser Liebescomeback im Sinn habe. Viel Glück!«

»Dir auch, halt die Ohren steif. Ich höre alles mit, dir kann also nichts passieren.«

Ich atmete tief aus. Das hoffte ich.

»Carter?«

»Ja?«

»Danke. Wirklich.«

Carter antwortete nicht. Was so was von typisch war. Vermutlich war ihr mein Gefühlsausbruch peinlich. Doch schließlich atmete sie hörbar aus und sagte: »Schon gut. Eine Hand wäscht die andere und so.«

Ich ließ die Kopfhörer in die Tasche meines Hoodies gleiten, ohne die Verbindung zu unterbrechen, und begann den Abstieg ins Kellergewölbe. Mit jeder Stufe wurde es kälter um mich herum, und auch die Dunkelheit schien intensiver zu werden. Dort, wo die Lampen schummrige Lichtkegel warfen, tanzten dickflockige Staubkörner und ließen es aussehen, als rieselte Asche auf mich hinab. Mein Atem klang überlaut in meinen Ohren, doch ich zwang mich, nicht in Panik zu verfallen.

Einfach einen Schritt vor den anderen. Eine Stufe. Dann noch eine.

Und schließlich gab es keine mehr. Ich stand in dem langen Kellergang, in dem ich bereits mit Jasper gewesen war. Und obwohl es an jenem sonnigen Nachmittag hier unten genauso dunkel gewesen war wie jetzt in der Nacht, wirkte nun alles bedrohlich. Vielleicht war mir damals nicht aufgefallen, wie gruselig es hier unten war, weil wir kaum den Blick voneinander hatten wenden können.

Nun schweifte meiner durch das staubige Halbdunkel. Rechts und links des Ganges gingen unzählige Abteiltüren ab, in meiner Fantasie wohnte hinter jeder von ihnen eine abscheuliche Kreatur. Am liebsten wäre ich die Treppe in Windeseile wieder nach oben geflitzt, doch ich riss mich zusammen und lief mit zögerlichen Schritten in den Gang hinein, der so dämmerig war, dass ich noch nicht einmal sehen konnte, wo er endete. Meine Sinne waren bis aufs Äußerste gespannt, und meine Haut kribbelte, als würde eine ganze Ameisenkolonie darüberlaufen. Mein Körper hatte recht damit, so zu reagieren. Jasper war nicht zu vertrauen.

Schließlich erreichte ich Abteil Nummer 39, Jaspers Gruselkabinett. Die schwere Eisentür war mit einem Stopper am Zufallen gehindert worden, Jasper war also schon da. Mein Herz setzte bei diesem Gedanken einen kurzen Schlag aus. Verdammt, ich hatte Schiss.

Um mir gar nicht erst die Gelegenheit zu geben, wie ein ängstlicher Hase davonzurennen, schlüpfte ich kurzerhand durch die Tür – und zuckte zusammen, als sie mit einem lauten Rums ins Schloss fiel. Der Stopper hatte sich gelöst, doch ich wagte es nicht, die Klinke hinabzudrücken, um zu prüfen, ob ich eingeschlossen war. Denn ich wusste ganz genau: Wenn ich diesen Punkt erst mal erreichte, würde ich rennen und nicht mehr damit aufhören, ehe ich in meinem Zimmer war.

Stattdessen drehte ich mich also um und stand Auge in Auge mit einer Welt, in der Ängste und Träume gleichermaßen zum Leben erwachten. Angeknipste Schirmlampen schwebten wie Quallen über dem Meer aus Gerümpel. Sie hingen von der Decke, standen auf Kommoden und warfen tiefe Schatten auf die Gesichter verstaubter Büsten. Eilig floh ich vor ihren ausdruckslosen Augenhöhlen in die Gänge, spürte meine Haare sich aufstellen, wo Stoffe, Felle und Blicke aus Glasaugen meine Haut streiften. Ich wollte es hinter mich bringen. Wollte Jasper endlich gegenübertreten. Einerseits, weil ein winzig kleiner Teil von mir mit ihm sprechen, ihn berühren wollte. Andererseits, weil ich Abschied nehmen musste. Abschied von Jasper und von meiner Vorstellung von ihm. Zum Glück hörte ich ihn bereits im Herzen des Labyrinths herumwerkeln. Ich würde ihn also nicht lange suchen müssen. Was er wohl gerade tat? Hoffentlich glaubte er nicht, dass wir wieder auf seinem Thron enden würden, wo wir …

Mein Handy vibrierte, eine Nachricht war eingegangen. Reflexartig zog ich es aus meiner Tasche, warf einen Blick auf den Bildschirm – und spürte, wie sich die Härchen auf jedem Millimeter meiner Haut aufstellten.

Die Verbindung zu Carter war abgebrochen. Wie zur Hölle hatte das nur passieren können?!

Mein Blick flog zu den Balken am oberen Bildschirmrand – nur noch einer da. Eigentlich hätte das reichen müssen, um weiterzutelefonieren, zumal ich ja auch gerade eine Nachricht bekommen hatte. Fieberhaft überlegte ich, während mein Daumen über dem Display schwebte. Bestimmt war die Verbindung hier unten instabil. Oder sie hatte aufgelegt … Aber warum hätte sie das tun sollen? War sie etwa von Magnus überrascht worden?

Ich wischte zur Schnellanzeige der Nachricht, vielleicht erklärte sie sich ja darin. Doch es war nicht Carter, die mir geschrieben hatte, sondern Jasper.

Tut mir leid, Leah, ich muss absagen. Bitte glaub mir, wenn ich sage, dass es ein Notfall ist. Wir holen das nach, okay?

Moment. Wenn Jasper nicht hier war, wer zur Hölle war dann …

In diesem Moment sah ich es. Sah, wie sich das kalkweiße Gesicht einer Frau hinter dem nächsten Regal hervorschob. Ihre Lippen waren blau, blau wie die einer Toten, und sie waren zu einem grausamen Lächeln verzogen.

Nein, das konnte doch nicht … Das musste ich mir doch einbilden!

Mein Herz überschlug sich beinahe vor Panik.

Vielleicht war ich ja wahnsinnig. Aber warum hörte ich dann das Rascheln ihres Kleides, spürte ihren starren Blick, roch ihr schweres, moschusartiges Parfüm, das sich wie der Pesttod um mich wickelte?

Ich wollte rennen, schreien, flüchten, doch mein Körper war zu Eis erstarrt. Meine Beine waren steife Bretter und meine Kehle wie ausgedörrt, während die Nebelfrau in einem Albtraum aus elfenbeinfarbenem Tüll auf mich zuschwebte. Sie streckte ihre Hände nach mir aus, als wolle sie mich in eine tödliche Umarmung ziehen – doch in diesem Moment löste sich der Atem, der sich die ganze Zeit in meiner Brust gestaut hatte, und meine Lebensgeister erwachten von Neuem.

Ich wirbelte auf dem Absatz herum und rannte los. Richtung Ausgang, durch das Labyrinth aus Kleiderstangen und Plunder, das mich jederzeit verraten konnte. Jedes Mal, wenn ich mich umdrehte, sah ich das maskenartige Gesicht der Nebelfrau hinter der nächsten Ecke auftauchen. Sie kannte sich hier aus, das spürte ich, denn sie trieb mich mit der Bestimmtheit einer Jägerin vor sich her, während ich über niedrige Kommoden sprang und der Stoff alter Mäntel mir ins Gesicht peitschte. Doch ich widersetzte mich, nahm Umwege, warf Kleiderständer um, quetschte mich durch die engsten Lücken, um sie in die Irre zu leiten.

Und es klappte, denn schließlich war sie da: die Tür! Meine Tür zur Freiheit! Nur noch wenige Schritte, und ich hätte sie erreicht. Ich kratzte meine letzten Kräfte zusammen, beschleunigte, stob zwischen zwei Schränken hervor, die Hand nach der Klinke ausgestreckt und …

Eine dunkle Gestalt trat mir in den Weg und packte mich um die Taille. Die Löcheraugen hinter einer Hockeymaske verschlangen mich, während ich schrie und um mich trat.

»Tut mir leid«, sagte eine Stimme, die mir trotz des hohlen Klangs seltsam vertraut vorkam. »Der Club der Mitwisser ist bereits voll.«

Dann spürte ich, wie sich eine Nadel in meinen Hals senkte.

Ich fiel …

Kapitel 34

Die meisten Leute unseres Jahrgangs fuhren zum Feiern nach Asheville, der Hauptstadt North Carolinas, denn sie befand sich nur eine Dreiviertelstunde mit dem Auto entfernt. Junis und ich besaßen ebenfalls das Equipment, um als Minderjährige Eintritt in die Clubs zu erlangen – gefälschte Ausweise und verboten freizügige Outfits –, doch wir hielten nichts von diesen Schickimicki-Clubs, in denen man Pumps trug und Cocktails schlürfte. Wir träumten davon, etwas zu spüren. Etwas Wahres, Rohes. Etwas, das unser Blut zum Kochen brachte. Und schließlich fanden wir es ganz unverhofft in einer Seitenstraße unserer Kleinstadt, die noch viel verstaubter und traditioneller als der Rest der Südstaaten war.

Eigentlich hatten wir nur ganz unschuldig ins Kino gehen wollen – aber als wir aus dem stickigen Vorführungssaal an die lauwarme Abendluft getreten waren, hatte es uns nicht zurück zur Bushaltestelle gezogen. Stattdessen waren wir durch die Gassen flaniert, die wir so gut zu kennen geglaubt hatten, und hatten nicht mehr darauf geachtet, wo wir hinliefen. Schließlich fanden wir uns in einem uns vollkommen unbekannten Viertel wieder. Hier waren die Hausfassaden schmutzig weiß, ein von Regen und Abgasen verwaschenes Grau, durchzogen von Graffiti. In ihnen klafften Fenster, so schwarz und starr von Schmutz, dass hinter ihnen nichts anderes als Leere wohnen konnte. Und so fühlte ich mich auch auf einmal: leer. Hier war es leer und leise. Leise genug, um sie zu hören: die Musik. Ein verheißungsvolles Wummern aus Gitarren in Moll, vermischt mit dem Brummen eines durchdringenden Basses und einer Stimme, die so viel Sehnsucht in ihre Worte legte, dass sich mein Herz bei ihrem Klang zusammenkrampfte.

Wir folgten ihr, bis wir schließlich vor einer abgeranzten Bar namens Marshflower standen. Vor dem Eingang drückten sich vor allem männliche Besucher herum und rauchten.

»Ich mach das schon«, sagte ich zu Junis und fummelte eine Kippe aus meiner halb leeren Zigarettenpackung. »Lass mich einfach reden.«

Und so näherten wir uns einer Gruppe Typen, die aussahen, als hätten sie bereits einige Nächte durchgemacht. Sie hatten etwas Zerknittertes an sich, waren aber auf eine unkonventionelle Art gut aussehend. Einer von ihnen zog sofort meine Blicke auf sich. Er hatte raspelkurze Haare und ein markantes Gesicht mit durchdringenden, auffällig intensiven Augen. In seinem linken Nasenflügel saß ein Piercing.

Ich lächelte ihn direkt an. »Habt ihr Feuer für uns?«

Piercing ließ von seiner Zigarette ab und stieß weißen Qualm aus der Nase, während sein Blick spöttisch über meinen Körper tastete. »Na, na, dürft ihr überhaupt schon rauchen?«

Mein Lächeln wurde breiter, und ich trat so nah an ihn heran, dass ich nur die Hand hätte ausstrecken müssen, um ihm über seine kurzen Stoppeln zu fahren. »Keine Ahnung – dürfen wir das, Opi?«

Er grinste und machte ebenfalls einen Schritt auf mich zu. Wir standen uns nun so nah gegenüber, dass ich seinen Atem auf meiner Haut spüren konnte.

Scheiße, war das heiß.

Ein Klicken erklang, und ich zuckte so überrascht zusammen, dass meine coole Fassade bröckelte. Piercing hatte sein Zippo aufschnappen lassen und hielt es mir direkt unter die Nase. »Touché«, murmelte er, während er meine Kippe entzündete, und sah mir dabei zu, wie ich den Rauch genüsslich inhalierte. Erst danach reichte er Junis, der sich vor Aufregung beinahe verschluckte, ebenfalls das Feuer.

»Was ist das für ein Club?«, fragte ich.

»Einer mit Alkohol und Musik«, sagte Piercing.

»Harhar. Ich mein's ernst – was läuft hier?«

Piercing hob die Augenbrauen und blickte prüfend auf mich herab. Dann ließ er seine Zigarette fallen und trat sie bestimmt am Boden aus. »Am besten, ihr seht es euch selbst an.«

»Leah«, setzte Junis an, »denkst du wirklich, wir sollten …« Doch ich ließ ihn nicht ausreden und zog ihn einfach hinter mir her.

Wir fielen nicht auf, als wir zusammen mit unseren neuen besten Freunden ins Innere des Clubs drängten. Es war voll und laut, und niemand kontrollierte unsere Ausweise. Wir warfen unsere Jacken in die vollgestopfte Garderobe und stiegen eine schier endlose Treppe hinab. Mit jedem Schritt wurde die Musik lauter und die Luft dichter. Und mein Herz pochte und drängte sich dem Beat entgegen, während Junis sich mit offenem Mund und unsicher tastendem Blick zu allen Seiten umsah.

Als wir das Ende der Treppe erreicht hatten, traten wir durch einen Vorhang direkt ins Herz der Musik hinein. Sie war so laut, dass ich sie auf meiner Haut spürte. Vielleicht waren meine Sinne auch deshalb so geschärft, weil das Dämmerlicht immer wieder von zuckenden Lichtreflexen durchbrochen wurde, die über die bereits gut gefüllte Tanzfläche sprangen. Oder der Geruch nach Bier, der von der speckig glänzenden Bar zu uns herüberschwappte, berauschte mich bereits.

Es dauerte nur wenige Augenblicke, da kam Piercing mit einem Tablett voller Gläser wieder, in denen goldener Whiskey schwappte.

»Ich hoffe, das ist der Dame genehm«, sagte er mit einem Grin-

sen, das in mir das Bedürfnis weckte, ihm eine runterzuhauen. Und gleichzeitig wollte ich nichts lieber, als ihn in eine dunkle Ecke zu ziehen und mich an ihn zu pressen.

Ich leerte den Whiskey in einem Zug, ohne ihn aus den Augen zu lassen. Die Gruppe rund um Piercing johlte und tat es mir gleich. Nur Piercing schüttelte missbilligend den Kopf.

»Banausen. Man muss Whiskey genießen. Das ist doch kein billiges Partygesöff.«

Ich legte den Kopf schräg und lächelte ihn an. »Dann hättest du mir ein Bier mitbringen sollen. Heute Abend will ich Spaß.«

»Wer sagt, dass Spaß und Genuss nicht Hand in Hand gehen können?«

Die Stunden zerflossen, und selbst Junis taute langsam auf. Womöglich lag es daran, dass die leeren Gläser um uns herum wie der Turm zu Babylon der Kellerdecke entgegenwuchsen.

Piercing stützte seine Hand an der Wand ab, gegen die ich mit dem Rücken gelehnt stand. »Du willst Spaß heute Abend, hast du gesagt?«

Schon ganz beduselt vom Alkohol, ahmte ich seine Bewegung nach und beugte mich zu ihm hinüber. Unsere Nasenspitzen waren nur noch wenige Zentimeter voneinander entfernt. Ein Song von Soundgarden lief, doch das nahm ich nur am Rande wahr. »Was schwebt dir denn vor?«, fragte ich und lächelte ihn herausfordernd an.

Einen Moment lang glaubte ich, er würde mich gleich küssen – doch dann griff er nach meiner Hand und zog mich hinter sich her in eine versteckte Nische. Dort trat er so nah an mich heran, dass nur noch wenige Zentimeter Platz zwischen unseren Körpern waren, und fummelte umständlich in seiner Hosentasche herum, ehe er ein Plastiktütchen hervorzog.

»Bist du aufgeschlossen … wie heißt du noch mal?«

»Leah.« Wie er hieß, war mir in diesem Moment egal. Es reichte mir, in seine wahnsinnig schönen Augen zu sehen.

»Bist du aufgeschlossen für bewusstseinserweiternde Erfahrungen, Leah?«

Ich starrte auf die kleinen Pillen, die er aus der Tüte in seine Hand geschüttelt hatte. Sie waren rund und bunt und besaßen allesamt kleine Einprägungen. Auf einer war ein Alienkopf, auf der anderen ein lächelnder Smiley zu sehen.

»Das … Ist das …?«

»Das, meine liebe Leah, ist dein Ticket zu einer vollkommen neuen Erfahrung. Auch genannt Ecstasy.«

Mein Denken setzte für ein paar Sekunden aus. Da war nur ein Gefühl. Eine seltsame Mischung aus Schuldbewusstsein, Aufregung und Trotz. Ach, Leah, *säuselte ein böses Stimmchen in mir,* du willst doch deine liebe Mama nicht enttäuschen. Na los, sag schön »Nein danke«, wie du es in der Schule gelernt hast, und kehr dem bösen Onkel den Rücken zu.

»Wie wirken sie?«, fragte ich zögerlich und blickte in seine Augen. Meine Sicht war vom Alkohol der letzten Stunden bereits leicht verschwommen.

Ein Lächeln erschien auf Piercings Gesicht, und er kam mit seinem Mund so nah an mein Ohr, dass es mir eine Gänsehaut über den Körper jagte. »Du hast das Gefühl, die ganze Welt zu lieben«, flüsterte er, »und dass sie dich zurückliebt. Wenn du Angst davor hast, solltest du die Finger von dem Zeug lassen. Aber mich hat es noch nie enttäuscht. Nie.«

Ich spürte, wie er etwas in meine Handfläche drückte. Als er sich von mir entfernte und ich sie öffnete, erkannte ich, dass es die Pille mit dem Smiley war.

»Mein Willkommensgeschenk an dich, Leah.«

Ehrfürchtig öffnete ich den Mund, schloss ihn wieder. »Kann … kann was passieren?«

Wie kindisch ich mich anhörte, wie naiv. Natürlich, es gab einen Grund, weswegen Drogen dieser Art verboten waren. Aber Alko-

hol war schließlich auch ein Suchtmittel, an dem jedes Jahr Tausende Menschen starben. Viel mehr als an den tatsächlich gefährlichen Drogen. *War es nicht wie mit allem: Die Dosis machte das Gift? Ich hatte ja nicht vor, Crystal Meth zu rauchen …*

»Nein«, murmelte Piercing in mein Ohr. Er war mir wieder so verdammt nah. »Behalt dir einfach deine gute Stimmung bei und krieg keine Panik. Hab Spaß. Schalt ab.« Er legte sich eine Pille auf seine ebenfalls gepiercte Zunge, streckte sie noch einmal in meine Richtung aus und sah mir in die Augen, während er sie schluckte. »Jetzt du«, sagte er.

In einem letzten Anflug schlechten Gewissens blickte ich mich nach Junis um. Meine Stimme der Vernunft. Doch er war nirgends zu sehen. Zögerlich legte ich mir den fröhlichen Smiley auf die Zunge, dann schloss ich den Mund – und schluckte.

Piercing tätschelte mir die Wange und nahm meine Hand, um mich mit sich zur Bar zu ziehen. »Na also. War doch gar nicht so schlimm.«

»Ich spüre nichts«, sagte ich. »Ist das normal?«

Er grinste. »Warte noch eine halbe Stunde.«

Und so warteten wir. Und tranken. Und irgendwann küsste mich Piercing. Er presste mich an die Wand, und ich presste mich gegen ihn. Ich wollte ihn. Auf einmal wollte ich ihn so sehr, dass es wehtat. Wie konnte man einen Menschen nur auf solch schmerzhafte Weise lieben? Seine weiche, verletzliche Haut, seine vollen Lippen, der Blick, mit dem er mich ansah … Ich fuhr ihm über die kurzen braunen Haare, strich ihm über die Wange, küsste jeden Zentimeter seines Gesichts.

»Bleib bei mir«, flüsterte ich.

Piercing vergrub seinen Kopf an meinem Hals. »Ich wusste, dir würde es gefallen«, murmelte er, dann saugte er mit den Lippen an meinem Hals, sodass ich aufstöhnte.

Das ist verrückt, *dachte ich.* Vollkommen hirnrissig. *Aber es fühlte sich einfach so gut an. Obwohl ich diesen Mann erst seit wenigen Stunden kannte, kam es mir so vor, als seien wir füreinander bestimmt. Nicht einen Atemzug wollte ich noch von ihm getrennt sein, nicht eine Sekunde ohne ihn verbringen.*

Wir bekamen Lust zu tanzen. Die Musik drang bis in meine Knochen, unsere Körper bewegten sich, als wollten sie die Leerstellen des jeweils anderen füllen. Noch nie hatte ich so etwas gefühlt. So eine Leichtigkeit, so eine Unbeschwertheit. Vollständigkeit. Wir schmiegten uns aneinander, gingen ganz in der Musik auf, lachten. Ich konnte nicht sagen, wann ein Song begann und der andere endete. Ich befand mich in einem Taumel aus Farben, Gerüchen und Gefühlen, der mich so überwältigte, dass ich vor lauter Glück am liebsten geheult hätte. Doch schließlich spürte ich, wie er langsam nachließ und Erschöpfung von meinem Körper Besitz ergriff. Ich bat Piercing darum, mir etwas zu trinken zu holen, doch er zog mich nur mit sich auf die Herrentoilette und sagte mir, ich solle aus dem Wasserhahn trinken.

»Ist günstiger.« Als ich wieder aufblickte, hielt er mir erneut eine Pille entgegen. Diesmal den Alien. »Wenn es noch mal Wirkung zeigen soll, müssen wir mehr nehmen«, sagte er. »Du willst doch, oder?«

Ich wollte. Diesmal legte ich mir anderthalb Pillen auf die Zunge.

Die Zeit dazwischen überbrückten wir mit einem neuen Drink, außerdem hielten wir Ausschau nach seinen Freunden und nach Junis. Als Junis sich schließlich wieder blicken ließ, wirkte er leicht benommen, aber höchst zufrieden. Ceiran, seine neue Flamme, ebenfalls. Keiner von uns sah einen Grund, diese Nacht vorzeitig zu beenden. Und deswegen blieben wir und tanzten, bis die Sonne aufging.

Bevor Junis und ich uns auf den Rückweg machten, speicherte Piercing seine Nummer in meinem Handy ein. So erfuhr ich auch endlich seinen richtigen Namen: Brice. Auf dem Weg zur Bushaltestelle musste ich ununterbrochen an ihn denken, obwohl sich jeder Schritt anfühlte, als habe man mir Gewichte an die Füße gebunden.

Kurz nickte ich auf einer der ekligen Sitzbänke im Wartehäuschen ein, dann kam der Bus, und ich pennte die ganze Fahrt über weiter. Nur dank Junis schaffte ich es an der richtigen Haltestelle raus. Eigentlich hätte er vier Stopps früher aussteigen müssen, doch er hatte es nicht übers Herz gebracht, mich meinem Untergang entgegenfahren zu sehen.

Zusammen schleppten wir uns zur Wohnung meiner Mutter, und Junis quartierte sich auf der Couch ein. Obwohl wir gegen Möbel polterten und Junis lautstark über meine unkoordinierten Bewegungen fluchte, blieben wir unbemerkt, denn Mom verbrachte das Wochenende wieder einmal bei ihrem neuen Freund. Seit sie ihn kennengelernt hatte, bekam ich sie kaum noch zu Gesicht. Normalerweise machte mich das wütend, doch an diesem Morgen war ich froh darüber, ihr nicht in die Arme zu laufen.

Ich hatte nicht einmal die Kraft, mich auszuziehen, ließ mich mitsamt meinen Bikerboots ins Bett fallen und sank wie ein Stein dem Meeresboden einer tiefen Bewusstlosigkeit entgegen.

Als ich wieder aufwachte, war die Welt grau und schwer. Auf meiner Brust saß ein riesiger Stein, der sich nicht weghusten ließ. Trübe Gedanken fraßen sich wie Maden in meine Gehirnwindungen, und das grelle Licht der Nachmittagssonne stach mir wie Messer in die Augen.

Ich stank. Oh Gott, und wie ich stank. Aus dem Mund, unter den Armen, überall. Ein Blick in den Spiegel brachte mich zum Heulen. Wie hässlich ich aussah mit dem verwischten Make-up und den zuckerbelegten Zähnen. Wie hässlich ich generell war. Wer wollte schon so ein Kindergesicht wie mich küssen? Wahrscheinlich hatte ich gestern einfach nur Glück gehabt, dass es so dunkel gewesen war, sonst hätte mich Brice niemals auch nur mit dem Arsch angeguckt!

Ich startete mehrere Anläufe, mich aufzuraffen und zu duschen – aber ich brachte nicht einmal die Kraft auf, mein Zimmer zu verlas-

sen. Laut weinend brach ich auf dem Bett zusammen und lockte damit Junis an, den ich mit meinem Geplärre aus dem Schlaf gerissen hatte. Junis, wie immer der allerliebste Mensch, den ich kannte, versuchte mich aufzumuntern. Er machte mir Frühstück, zwang mich, zu duschen und frische Klamotten anzuziehen, doch es half nichts. In einem fort heulte ich wie ein Schlosshund.

Junis erklärte mir, das seien die fehlenden Endorphine. Mein Körper hatte sie alle gestern Nacht verpulvert – dank der Pille, die sie zum Explodieren gebracht hatte wie ein partywütiges Kind eine volle Piñata. Trotzdem fühlte ich mich nicht besser. Denn die Gedanken, so schwer und trüb wie ein schwarzer See, waren noch immer da.

Erst am Abend, als Mom wiederkam, hatte ich mich wieder einigermaßen unter Kontrolle. Ich erklärte ihr, ich hätte mir etwas eingefangen, um eine Ausrede zu haben, das Bett nicht verlassen zu müssen. Sie glaubte mir, natürlich glaubte sie mir. Die einfachste Erklärung ist immer die angenehmste, nicht wahr?

Ich schwor mir, nie wieder etwas einzuwerfen. Nie wieder auch nur in die Nähe des Marshflower zu kommen. Und trotzdem schrieb ich Brice am nächsten Tag.

Von nun an trafen wir Brice und seine Freunde fast jedes Wochenende. Die meiste Zeit hingen wir im Marshflower herum, doch einmal nahmen sie uns in einen riesigen Club in Asheville mit, der so anders war und so viel aufregender als alles, was Junis und ich in unserem beschränkten Kleinstadtleben jemals zu Gesicht bekommen hatten. Strobolichter, Menschen in Ledermontur, Frauen mit Glatze und Männer mit Lippenstift. Ich liebte es. Liebte es, den unzähligen sich windenden Leibern auf der Tanzfläche zuzusehen. Und Junis, der sich mit seiner Vorliebe für Männer immer außen vor gefühlt hatte, liebte es noch mehr. An diesem Abend warf er seine erste Pille ein. Doch im Gegensatz zu mir vertrug er sie nicht sonderlich gut.

Sein Herz raste, als müsse es im nächsten Augenblick zerspringen, und er geriet in Panik. Ich verzog mich mit ihm in eine ruhige Ecke, bettete seinen Kopf in meine Arme und flößte ihm Wasser ein. Für diesen Abend ließ er die Finger von weiteren Pillen – doch beim nächsten Besuch im Marshflower wagte er es erneut, und dieses Mal klappte es. In dieser Nacht lernte ich Junis von einer ganz neuen Seite kennen. Ich liebte ihn, wie er war: schüchtern, ruhig, der beste Partner für tiefgründige Gespräche. Doch an diesem Abend war es, als breche etwas aus ihm heraus, was er lange hinter verschlossenen Türen versteckt gehalten hatte. Sobald die Pille ihre Wirkung zeigte, drehte er vollkommen auf. Wie ein außer Kontrolle geratener Flummi sprang er über die Tanzfläche, wurde laut, selbstbewusst und direkt. Er lachte. Und küsste Ceiran vor allen Anwesenden.

»Leah«, sagte er mir danach und weinte. »Ich war noch nie so sehr ich selbst.«

Und obwohl ich mich darüber freute, dass er sich endlich ausleben konnte, machte mir seine plötzliche Veränderung Angst. Immer öfter kam es vor, dass sich Junis auch außerhalb des Marshflower in diesen Kokon aus Leichtigkeit und Glück hüllte. In der Stadt, beim Musikhören, zu Hause. Sogar in der Schule. Doch auch wenn die Warnzeichen so offensichtlich waren, kämpfte ich meine Sorgen hinunter. Es gab schließlich genug Probleme, mit denen ich mich befassen musste. Meine Versetzungsschwierigkeiten zum Beispiel. Oder dass Mom immer öfter davon sprach, zu Dave nach Asheville zu ziehen. Das größte Problem von allen war jedoch meine Geldknappheit. Die Abende im Marshflower fraßen an meinem Portemonnaie wie Motten an vermoderten Kleidungsstücken – allein der Eintritt und die Getränke kosteten mehr, als ich im Monat zur Verfügung hatte. Aber seit Neuestem kam noch hinzu, dass Brice für das Zeug, das er uns anbot, Geld wollte. Das war mehr als nur gerecht, schließlich konnte er uns nicht auf Dauer durchfüttern – dennoch langte meine Kohle kaum für ein ganzes Wochenende im Club. Und trotzdem wollte ich mehr. Wollte mehr von diesem Gefühl. Wer war ich schließlich, wenn ich nicht mehr ins Marshflower ging? Die langweilige Leah, die einen kurzen Ausflug ins Nachtleben unternommen hatte? So wollte ich auf keinen Fall sein. Die Angst, wie meine Mutter zu werden, vom Vater des eigenen Kindes verlassen zu werden und dann ein unspektakuläres und unerfülltes Leben zu führen, war zu groß. Ich wollte nicht passiv sein. Wenn schon, dann wollte ich aktiv in mein Unglück rennen.

Und so vergriff ich mich, als all meine Reserven, Sparkonten und Hosentaschendollars aufgebraucht waren, das erste Mal an der Haushaltskasse in Moms Sockenschublade. Sie bestand aus einem Schuhkarton mit lauter zerknüllten kleinen Dollarscheinen, den man genau durchsuchen musste, um hin und wieder einen Zehner oder Zwanziger zu finden. Ich fand sie alle. Doch obwohl ich niemals mehr als zwei Scheine auf einmal mitnahm, wurde das Geld zusehends weniger. Um die Haushaltskasse wieder aufzufüllen, legte ich mir ein paar Jobs zu. Ich half den Kids von nebenan in Englisch und führte die Hunde ihrer Eltern aus. Ich schnitt Hecken und mähte Rasen. Einen Tag lang kellnerte ich sogar im abgeranzten Bistro nebenan. Doch das Geld reichte hinten und vorn nicht. Das, was ich verdiente, deckte gerade so die Ausgaben für meine Partypillen, und mein Taschengeld erlaubte mir die ständigen Busfahrten ins Stadtzentrum. Für den Rest musste wieder einmal die Haushaltskasse herhalten, und mir graute vor dem Tag, an dem Mom das rasante Schwinden ihres Geldes bemerkte. Was für ein Glück, dass sie dank ihres neuen Freundes auf Wolke sieben schwebte und nicht im Traum daran dachte, sich durch eine häusliche Inventur wieder auf den Boden der Tatsachen zu bringen.

Und so explodierten meine Glückshormone jedes Wochenende wie Silvesterraketen, während die Tiefs nach dem Rausch immer heftiger wurden. So heftig, dass ich manchmal stundenlang darüber fantasierte, aus meinem Zimmerfenster im sechsten Stock zu springen.

Aber das war es wert. So was von wert. Denn das Ecstasy war nicht der einzige Grund, weswegen ich jedes Wochenende ins Marshflower ging. Viel wichtiger als all das Zeug war Brice.

Er und ich – wir führten einen ewigen Tanz umeinander auf. Warfen wir uns etwas ein, stürzten wir uns aufeinander und konnten gar nicht genug voneinander kriegen, doch sobald die Wirkung nachließ, waren da nur noch seine Blicke, sein Grinsen, das gleichzeitig so eindringlich und distanziert war. Flüchtige Berührungen. Doch er ließ nie zu, dass wir außerhalb dieses Rauschs Nähe schufen. Und das schmerzte mich. Denn ich war bereits hoffnungslos in ihn verliebt. Meine Hoffnung wurde mit jedem Abend kleiner, den wir eng umschlungen auf der Tanzfläche verbrachten und dann wie Fremde auseinandergingen, und doch konnte ich nicht aufhören. Dafür nahm ich auch in Kauf, dass ich den Rest meines Wochenendes in tiefen Abgründen versank. Ich heulte mir die Augen aus dem Kopf, starrte kraftlos an die Decke, manchmal hatte ich über mehrere Stunden noch nicht einmal die Kraft, mich auf die Seite zu rollen. Das Ecstasy hatte seinen Preis. Es machte mich fertig, und doch machten mich die intensiven Gefühle süchtig.

Du hast noch nie so sehr gelebt, *sagte ich mir.* Zerdenk es nicht.

Auch an diesem Abend waren wir wieder auf dem Weg ins Marshflower. Als Junis und ich nach draußen traten, war es bereits stockdunkel. Es war kurz nach elf, und wir würden den vorletzten Bus in die Stadt nehmen, doch die Energydrinks und das Speed hatten gute Arbeit geleistet – wir waren hellwach und bereit für die Nacht. Nach all den Wochen des Büffelns, die mich vor dem Sitzenbleiben bewahrt hatten, wollte ich nichts anderes als feiern und abschalten. Es würde eine besondere Nacht werden – das wusste ich bereits, als ich mein geschminktes Gesicht zufrieden in der Spiegelung des Busfensters betrachtete. Und das Funkeln in Brice' Augen, als er Junis und mich in der Schlange vor dem Club bemerkte, gab mir recht. Er eilte zu uns herüber und zog mich in seine Arme, um mir liebevoll in den Nacken zu beißen. Mir entwich ein spitzes Quieken, doch am liebsten hätte ich geschnurrt. Sein herbes Parfüm stieg mir in die Nase und umschwärmte meine Sinne, doch noch viel intensiver spürte ich seinen Atem auf meiner Haut und die sanfte Berührung seiner Lippen, die federleicht über meinen Hals streiften, ohne ihn zu küssen.

»Hallo, Leah«, murmelte Brice, und seine Stimme trieb mir eine Gänsehaut über den Körper.

»Hi«, murmelte ich zurück und konnte mein Glück kaum fassen. Normalerweise dauerte es mindestens zwei Stunden, ehe wir uns so nahe kamen.

Immer wieder berührten wir uns. In der Schlange vor dem Club, beim Anstehen an der Garderobe, beim Bestellen an der Bar. Und schließlich – ich wusste nicht, ob es Zufall oder Brice' Absicht war – fanden wir uns in einer dunklen Ecke wieder. Einige atemlose Sekunden blickten wir uns in die Augen, überwältigt von der Schranke, die auf einmal nicht mehr da war – dann packte er mich und presste seine Lippen hungrig auf meine. Doch schon bald reichte uns das nicht mehr.

Brice legte zuerst mir eine Pille auf die Zunge und dann sich selbst. »Ich verspreche dir«, flüsterte er, »heute Nacht hast du den Spaß deines Lebens.«

Und er behielt recht. An diesem Abend fühlte es sich an, als käme mein wahres Wesen zum Vorschein. Ich war auf wenige, aber dafür umso intensivere Gefühle reduziert, hörte meine Gedanken langsam, aber laut wie ein Mantra in meinem Kopf. Alles, was ich wollte, war die Liebe dieses Mannes. Ich presste mich so eng an ihn, dass kein Millimeter uns mehr trennte. Nur noch die lästige Kleidung auf unserer Haut. Nur ein Wort. Ein Kuss.

»Komm mit«, flüsterte Brice schließlich in mein Ohr und tastete nach meinen Fingern.

Ich folgte ihm widerstandslos. Alles, was ich wollte, war, dass sich unsere Hände niemals voneinander lösten. Brice zog mich in den Gang, in dem die Toiletten lagen, blickte sich nach rechts und links um und stieß dann die Tür zum Männerklo auf. Nur am Rande bemerkte ich, dass uns Blicke folgten. Ich hörte Pinkelgeräusche, hörte Lachen. Dann das Knallen einer Klokabinentür, die laut an die Nebenwand schlug. Brice zog mich hinter sich her in die Kabine, verriegelte sie, und dann war da auch schon wieder sein Mund auf meinem.

Ich stöhnte. Ich konnte nur an das denken, was als Nächstes folgte. Schon nestelten seine Hände an meinem Hosenbund, und ich ließ ihn machen. Er schob mir die Jeans und meinen Slip hinunter, dann machte er sich an seinem eigenen Gürtel zu schaffen.

»Bist du bereit für eine vollkommen neue Erfahrung?«, raunte er, und ich wusste, dass er nicht den Sex an sich meinte. Sondern den Rausch und die Hingabe und das Sein ohne Hemmungen.

Ich gab einen ungeduldigen Laut von mir und drängte mich ihm entgegen. Doch er lachte nur und drehte mich um, dirigierte meine Hände an die Wand über der Toilette. Kurz darauf drang er mit einem Keuchen in mich ein. Ich konnte ein lautes Stöhnen nicht unterdrücken. Noch nie in meinem Leben hatte ich solch brennende Lust verspürt. Noch nie in meinem Leben so vollkommen gefühlt. Lag es an Brice oder dem Ecstasy? Es war mir egal, ich liebte beide.

Die Zeit verschwamm, während er in mich stieß. Da waren nur die bunten Lichter von der Tanzfläche, die durch die sich immer wieder öffnende Toilettentür zu uns hereindrangen, eine hohe Männerstimme, die etwas von Auferstehung sang, meine Lust und Brice. Und als er kam, machte mich sein Stöhnen so sehr an, dass ich ihm wenige Sekunden später folgte.

Erst auf dem Heimweg fiel mir auf, dass wir kein Kondom benutzt hatten.

Kapitel 35

Ich spürte, dass etwas nicht stimmte. Ich spürte es ganz genau. Da war ein Echo in mir. Es schmeckte so bitter wie die erste Zigarette nach einer wochenlangen Pause. Hatte ich geträumt? Ich konnte mich nicht erinnern. Alles, was ich wusste, war, dass meine Lider schwer wie Blei waren und dass irgendetwas an meinen Handgelenken und Fußknöcheln drückte. Vielleicht hatten sich meine Arme und Beine über Nacht im Bettzeug verheddert. Aber warum war mir dann so kalt? Und warum zur Hölle fühlte es sich an, als sei ich im *Sitzen* eingepennt?

In einem Anflug von Panik blinzelte ich, ließ es jedoch sofort wieder bleiben. Glassplitter explodierten hinter meiner Stirn, als wäre ich in eine kognitive Mine getreten. Wimmernd rollte ich meinen Kopf über die Seite nach vorn, um mein Kinn auf das Brustbein zu betten. Am liebsten hätte ich vor Schmerz geheult, doch etwas sagte mir, dass ich leise sein musste. *Gefahr*, dachte ich und spürte, wie eine Gänsehaut meine Arme und Beine hinaufwanderte.

In diesem Moment kam die Erinnerung zurück. Entsetzt riss ich die Augen auf – und starrte unter meiner Maske aus Schmerz in eine hämisch grinsende Fratze. Das Gesicht der

Nebelfrau war nur wenige Zentimeter von meinem entfernt, ich konnte jedes Detail ihrer Angst einflößenden Visage genau erkennen. Weiße, blutleere Haut. Irrsinnig starrende Augen. Scharfe, zum Grinsen verzogene Zähne.

In meiner Kehle staute sich ein Schrei. Doch er löste sich nicht, sondern verstopfte mir wie ein Korken den Hals.

Die Nebelfrau und ich starrten uns an. Tote Plastikpupillen in geweitete Iriden. Die Sekunden schnitten sich wie tiefe Schrammen in mein Fleisch – bis sich die Nebelfrau schließlich abwandte und aus meinem Sichtfeld verschwand. Gegen den Schmerz zwang ich meinen Blick, sich nach unten zu richten. Ich folgte der Nebelfrau mit den Augen und sah, wie die Schleppe ihres Kleides über Stufen aus Büchern schleifte. In diesem Moment begriff ich, wo ich mich befand.

Ich saß in einem Ohrensessel. Einem leicht erhöhten Thron, der auf seinem büchernen Podest über das Meer aus Plunder ragte. Meine Arme und Beine, selbst meine Körpermitte waren an ihm festgezurrt wie ein Paket auf dem Schlitten des Weihnachtsmanns. Es war Jaspers Thron. Und ich war nicht länger seine Königin. Ich war seine Gefangene.

Mein Herz zog sich so heftig zusammen, als wolle es sich selbst strangulieren, um dem bohrenden Schmerz, der mich bei dieser Erkenntnis überflutete, ein Ende zu setzen. Jasper hatte mich verraten. Nein, noch viel schlimmer: Er hatte mich *verkauft*. Für seine Geschäfte, sein mieses kleines Business. Denn wäre es etwas Persönliches gewesen, hätte er sich selbst dieser Sache angenommen. Stattdessen hatte er mich hinterrücks in eine Falle gelockt und diese blasse Verräterin für sich Wache schieben lassen.

Ich warf der Nebelfrau einen hasserfüllten Blick zu und rotzte auf den Boden. Zumindest hatte ich es vor, aber mein Mund war staubtrocken. Wann hatte ich das letzte Mal getrunken? Ich fühlte mich vollkommen ausgedörrt. Was hatten sie mir da nur gespritzt?!

Mein verschwommener Blick glitt durch das Halbdunkel des Raums. Über ein bronze schimmerndes Grammofon, das wie eine Blume aus dem Kellerboden wuchs. Einen Bonbonautomaten voller bunter Kugeln, die dort bestimmt schon seit dreißig Jahren vor sich hin gammelten. Und Regale, die aus allen Nähten platzten wie ein großes Kissen aus einer viel zu kleinen Hülle. Der Rest verlor sich im Dämmerlicht. Bei meinem Besuch mit Jasper war es mir hier drin vorgekommen wie in einem verwunschenen Antiquitätenladen. Nun jedoch drehte mir der Geruch nach Moder und Staub den Magen um.

Ein Knall brachte mein Herz zum Stolpern. Die schwere Metalltür zum Kellerabteil war ins Schloss gefallen. Mein Puls brachte mich beinahe um, während zielgerichtete Schritte sich ihren Weg durch die Regalreihen bahnten. Sie kamen immer näher. Schließlich bog eine schwarz gekleidete Gestalt um die Ecke. Beim Anblick der Hockeymaske schauderte ich. War er das etwa? War das Jasper? Oder steckte einer meiner anderen angeblichen Freunde unter dieser Verkleidung?

Der Maskierte warf der Nebelfrau in der Ecke einen langen, stummen Blick zu. Er trat neben sie und beugte sich zu ihr herunter, um leise mit ihr zu tuscheln. Ein Handydisplay leuchtete auf und ließ ihre Horrormasken noch gruseliger erscheinen als ohnehin schon. Doch mein Blick blieb an einem anderen Detail hängen. Als ich begriff, was meine Beobachtung bedeutete, kam der Maskierte schon auf mich zu.

Seine Schritte waren langsam, jedoch keinesfalls unsicher. Vielmehr wirkte es, als betrachte er mich wie eine interessante Wendung des Schicksals. Wie gern ich ihm ins Gesicht gesprungen wäre, wie gern ich ihm eine verpasst hätte. Doch ich war gefesselt, von oben bis unten verschnürt.

Und so musste ich ertragen, wie sich sein Gesicht dem meinen näherte. Ich konnte seinen Atem hinter der Maske hören, bildete mir sogar ein, ihn durch die Lücken in der Maske auf meine Haut fließen zu spüren. Es war unerträglich. Doch ich zwang mich, meinem Peiniger in die Augen zu sehen, den einzigen Teil von ihm, der nicht maskiert war. Und ihn anzulächeln.

»Hallo, Magnus.« Bevor er kapierte, wie ihm geschah, verpasste ich ihm die Kopfnuss seines Lebens.

Durch meinen Schädel krachte heftiger Schmerz, doch ich konnte nicht die Genugtuung zurückdrängen, als ich sah, wie Magnus mit einem Aufschrei zurückstolperte. Stöhnend hielt er sich das Gesicht. Seine Maske – offensichtlich nur ein Plastikimitat – war verrutscht.

»Wusste ich es«, flüsterte ich und blickte in sein schönes, makelloses Gesicht. Dann hinab auf seine Hand, um die noch immer ein dünner Verband gewickelt war. Das Handylicht hatte sein Weiß besonders schön zur Geltung gebracht. »Warum zur Hölle habe ich nur meinen Cardigan für dich geopfert?«

Wie in Zeitlupe ließ Magnus die Maske am Bändchen hinabgleiten und schließlich auf den Boden fallen. Dabei verzog er keine Miene. Als trüge er unter der Maske noch eine weitere. Er sah nicht erschrocken aus oder verzweifelt. Er sah nach gar nichts aus. Sein Gesicht war einfach kalt und glatt und … entschlossen.

Als sich im nächsten Moment ein strahlendes Lächeln auf seinen Zügen ausbreitete, zuckte ich zurück. Auf einmal sah er wieder aus wie der Magnus, den ich kannte. Nur irgendwie manischer.

In meinem Kopf meldete sich wieder dieser bohrende Schmerz, und Schwindel überwältigte mich für einige Sekunden. Ein Würgen entwich mir. Und in meinem Kopf drehte sich die Frage, wie Magnus hier sein konnte, wenn er sich doch eigentlich mit Wren traf.

»Aber, aber«, sagte Magnus. »Mein Anblick ist doch sicherlich kein Grund, sich zu übergeben.«

Ich konnte nichts antworten, kämpfte nur gegen den Brechreiz. Langsam flaute er ab, doch ich spürte ganz genau, dass das Betäubungsmittel, das sie mir verabreicht hatten, noch immer in meinen Venen wütete.

Magnus lächelte nachsichtig. »Tut mir leid, Leah. Normalerweise tut das Aufwachen nicht so weh. Aber du bist uns leider etwas ungünstig zusammengeklappt.«

Zusammengeklappt. Dieser Wichser!

Statt einer Beleidigung kam nur ein trockenes Keuchen aus meinem Mund.

»Ach, wie unhöflich von mir.«

Magnus verschwand kurz aus meinem Sichtfeld, dann erklang ein zischendes Geräusch, und er kam, den Inhalt einer Wasserflasche in einen Pappbecher gießend, wieder zu mir geschlendert.

Obwohl ich nicht übel Lust hatte, Magnus das Wasser ins Gesicht zu rotzen, ließ ich mir von ihm den Pappbecher an die Lippen führen und trank so hastig, dass mir das Wasser über das Kinn lief. Dabei hasste ich mich selbst aus tiefstem Herzen, weil ich schon jetzt sämtliche Selbstachtung über Bord warf.

Nachdem ich den Becher geleert hatte, betrachtete mich Magnus mit einem bedauernden Blick. »Es ist schade«, seufzte er. »Mir wäre es lieber gewesen, es hätte nicht so weit kommen müssen.«

»Was willst du von mir?«, presste ich hervor. Meine Augen tränten, mein Kinn war nass von Wasser und Spucke, doch ich ließ es mir nicht nehmen, ihn hasserfüllt anzufunkeln.

Magnus' Blick dagegen wurde weicher, beinahe sanft. »Zweierlei. Zum einen möchte ich, dass du mir verrätst, wie du Skylars Medaillon ausfindig gemacht hast.«

Damn. Das war nach meiner Pannen-Nachricht ja so was von klar gewesen.

»Und zum anderen«, er beugte sich vor, »will ich, dass du *verschwindest*.«

Ein freudloses Lachen brach sich seinen Weg durch meinen Hals. »Nichts leichter als das. Morgen haue ich ab, wenn du das Taxi bezahlst. Darf ich jetzt gehen?«

Magnus lächelte, die Fältchen um seine Augen vertieften sich. »Sorry, Leah, aber dafür ist es leider zu spät.«

Zu spät. Mein Herz begann hysterisch zu flattern.

»Du möchtest der Polizei also Skylars Medaillon übergeben?« Magnus lächelte. »Wenn du nichts dagegen hast, übernehme ich den Job gern für dich. Du hast doch schon genug um die Ohren mit der Rettung deiner Noten, da musst du dich nicht auch noch mit solchem Kram rumschlagen.«

In meinem Kopf ratterte es, fieberhaft suchte ich nach einem Ausweg, wie ich hier rauskam, ohne dass Magnus' *Zu spät* wahr wurde.

»Habt ihr es noch nicht gerafft?«, spottete ich. »Das war Absicht! Denkt ihr wirklich, ich bin so blöd und schicke euch *ganz aus Versehen* eine Nachricht mit dem entscheidenden Hinweis? Ich habe das Medaillon auf Skylars Instagram-Profil gesehen, und dann ist mir die Idee gekommen, euch in die Falle zu locken. In fünf Minuten steht die Polizei auf der Matte – ich würde euch vorschlagen, mich rechtzeitig loszubinden.«

Na bitte, ging doch. Mein Gehirn schien doch nicht ganz zu Matsch geworden zu sein. Warum lächelte Magnus dann nur noch breiter?

»Es ist faszinierend, wie mühelos du lügst. Aber leider nicht besonders überzeugend. Zufälligerweise weiß ich durch meine Verbindungen auf der Krankenstation ganz genau, dass das Medaillon in Besitz von Rune Griffith ist. *War*, entschuldige. Der Gute hat es mir gern überreicht, als ich ihn darum gebeten habe. Ich kann mich nur dafür bedanken, dass du uns darauf aufmerksam gemacht hast, dass wir dieses kleine Detail übersehen haben.« Er lachte, und ich hätte vor Wut am liebsten geheult.

»Warum bin ich dann hier?«, schrie ich. »Damit du dich an meiner Machtlosigkeit aufgeilen kannst, während die Dame dahinten sich vor Angst in ihr weißes Gewand pisst? Das ist doch einfach nur krank!«

Es war, als entluden sich all meine Verzweiflung und all meine Wut. Ich schrie und höhnte, dabei wollte ich nur weinen. Sie waren meine Freunde gewesen, verdammt! Zumindest hatten sie mich das glauben lassen.

»Ach, Leah.« Magnus zog sich einen Stuhl über die Bücherstufen zu mir herauf, um sich auf dem kleinen Plateau niederzulassen. »Ich mochte immer, dass du sagst, was du denkst. Aber das ist eben auch dein Fehler: Du hast deine Emotionen und dein Mundwerk nicht unter Kontrolle.« Er stützte die Hände auf die Knie und blickte mir direkt in die Augen. Ich wandte meinen Blick nur nicht ab, weil ich ihm die Genugtuung nicht gönnte.

»Fick dich, Magnus. Fick dich in dein perfekt gerundetes Knie.«

Er lächelte, doch dann wurde sein Blick schlagartig ernst. »Warum bist du auf diesem Internat, Leah?« Bevor ich ihm antworten konnte, dass ihn das einen feuchten Dreck anginge, fuhr er fort. »Versteh mich nicht falsch. Du wirkst nicht gerade dumm. Aber eben auch nicht wohlhabend oder begeistert von der Aussicht, am anderen Ende von North Carolina zur Schule zu gehen. Also: Was hast du hier zu suchen?«

Abfällig presste ich die Lippen zusammen und schenkte ihm den dunkelsten Blick, den ich im Repertoire hatte.

Er legte den Kopf schräg, als versuche er, sich in mich hineinzuversetzen. »Hat dich jemand geschickt, um hinter uns herzuschnüffeln? Hast du dich deswegen an uns rangeklettet?«

Mir entwich ein Lachen. Waren sie wirklich so wahnhaft, zu glauben, ich wäre eine Undercover-Agentin, die unter falschem Namen hier eingeschleust worden war, um sie auffliegen zu lassen? »Ihr seid doch nicht mehr ganz dicht«, spuckte ich ihm vor die Füße. »Wie paranoid kann man eigentlich sein?«

»Ich sag dir eins, Leah. Wir können das Ganze hier auf Augenhöhe machen. Ein bisschen quatschen, gemütlich plauschen. Und dann ist auch alles gut. Oder wir holen uns die Informationen, die wir brauchen, eben auf andere Weise. Kennst du schon Jaspers Jagdmessersammlung? Nein? Nun, das liegt daran, dass er sie illegal hier aufbewahrt – Waffen sind auf dem Internat nicht erlaubt. Wenn also eines verschwindet, weil es, sagen wir mal, mit Blut in Kontakt gekommen ist, wird das niemandem auffallen.«

Ich schluckte. Sagte mir, dass mich dieser Arsch nur einschüchtern wollte. Aber seine Strategie wirkte. Ein leichtes Zittern ging durch meinen Körper.

»Warum bist du auf diesem Internat?«, wiederholte Magnus, diesmal noch langsamer, eindringlicher. Als sei dies meine letzte Chance. Und vielleicht war sie das auch – womöglich würde ich nach dieser Nacht nicht mehr in der Lage sein zu sprechen.

Ich schloss die Augen. Und sprach es aus.

»Ich habe meine Mutter niedergeschlagen. Deswegen bin ich hier.«

Es war entsetzlich still im Kellerabteil. Nur das überlaute Ticken mehrerer mechanischer Uhren war zu hören. Dann lachte Magnus laut auf. »Verarsch mich nicht.«

»Ich verarsch dich nicht«, sagte ich und kniff die Augen zusammen, weil eine erneute Welle des Kopfschmerzes mich übermannte. »Ich habe meiner Mutter ins Gesicht geschlagen, und sie ist gestürzt. Ende der Geschichte.«

Magnus fixierte mich wie eine Schlange ihre Beute. »Und deswegen schickt sie dich auf ein sündhaft teures Internat, das sie sich kaum leisten kann? Verkauf mich nicht für dumm, Leah. Wir wissen beide, in dem Fall wärst du in eine Wohngemeinschaft für straffällige Jugendliche abgeschoben worden, so funktioniert das schließlich in Asi-Familien.«

»So war es aber«, zischte ich. »Tut mir leid, dass sich meine Erfahrungen nicht mit deinen Fernsehweisheiten decken.«

In der einen Sekunde noch lungerte Magnus lässig auf seinem Stuhl, in der anderen stand er schon vor mir, ungeschminkte Wut auf dem Gesicht. Ich spürte etwas an meinem Hals. Es war spitz. Und kalt. »Diesmal«, erklärte er mir mit gepresster Stimme, »ist kein harmloses Ketamin in der Spritze. Wenn ich dir das Zeug injiziere, erlebst du den Höllentrip deines Lebens, das versprech ich dir. Du kannst deinem Schicksal ganz einfach entgehen. Aber dafür musst du den Mund aufmachen. Also *sprich*!«

Das letzte Wort hatte er gebrüllt, und die Spitze der Nadel drang in die oberste Schicht meiner Haut ein. In meinen Augen sammelten sich Tränen. Noch nie in meinem Leben hatte ich mich so ausgeliefert gefühlt. Ketamin. Er hatte mir verdammt noch mal Ketamin gespritzt. Das Zeug injizierte man Menschen und Tieren, um sie in eine Narkose zu versetzen. Oder nahm es als kleine Kristalle, um high zu werden. Und jetzt wollte er mir noch etwas viel Schlimmeres injizieren. Etwas, von dem ich vielleicht nicht mehr aufwachte.

»Meine Mutter hat mich beim Klauen erwischt«, flüsterte ich, während mir die Tränen ungehemmt über das Gesicht liefen. »Ich habe mich an ihrer Haushaltskasse vergriffen.«

Und schon kamen sie hoch, die Erinnerungen, sie pressten sich bereits wie Säure gegen meine Netzhaut.

»Was wolltest du mit dem Geld?«, fragte Magnus. Er klang lauernd.

»Zum Arzt.«

»*Warum*, Leah?«

Ja, *warum, Leah*?

Träne um Träne rann meine Wangen hinab. Wenn ich die Worte erst einmal ausgesprochen hätte, würde ich sie nicht mehr zurücknehmen können. Aber vielleicht wollte ich das auch gar nicht mehr.

»Ich dachte, ich wäre schwanger.« Meine Stimme war rau vor Trauer. »Ich hatte mit einem Kerl geschlafen, als wir was genommen hatten, und dann blieb meine Periode aus. Ich habe einen Schwangerschaftstest gemacht, und der war negativ, aber irgendwie … brauchte ich Sicherheit.«

»Warum?«, fragte Magnus und zog die Spritze ein wenig zurück. »Stimmen die nicht normalerweise?«

»Keine Ahnung!« Ich war kurz vorm Durchdrehen, weil ich mich jetzt mit Magnus über meinen Zyklus unterhalten musste. Und weil er mir jederzeit das Zeug in den Hals jagen konnte, wenn ich etwas sagte, das ihm nicht gefiel. »Mein Körper hat sich so seltsam angefühlt, und ich hatte echt Panik. Deswegen habe ich alles Geld zusammengekratzt, das ich finden konnte, um zum Frauenarzt zu gehen. Aber Mom … sie hat mich erwischt. Als sie vor mir stand, in ihrem eigenen Schlafzimmer, mich angeschrien hat und von mir wissen wollte, wofür ich das Geld brauche … da bin ich ausgerastet. Ich hab einfach auf sie eingeschlagen.«

Vier Mal. Vier Mal war meine Hand auf ihren Wangenknochen geknallt.

Ich wimmerte, ertrank beinahe in meiner Schuld. Ich war

ein schlechter Mensch. Erst jetzt begriff ich richtig, was überhaupt passiert war.

»So hätte ich dich ja gar nicht eingeschätzt.« Magnus klang hämisch, aber auch ein wenig verunsichert. Als wäre er es gewohnt, Menschen auf den ersten Blick zu durchschauen.

»Ich war mitten im Down«, flüsterte ich und spürte noch immer, wie sich das kalte Metall der Nadel gegen meinen Hals drückte. »Es hat sich angefühlt, als wäre alles nichts mehr wert. Als sei das Leben ein dunkles, gefühlloses Computerspiel.«

»Ja«, sagte Magnus grimmig. Er ließ die Spritze endgültig sinken und blickte mich aus undurchdringlichen Augen an. »Diesen Teil des Vertrags kennen wir doch alle. Wie ging es weiter?«

Ich brauchte einige Momente, um durchzuatmen. Vor Erleichterung, dass die Gefahr vorerst abgewandt war. Und aus Angst, dass er mir das Zeug trotzdem ohne jede Vorwarnung spritzte. Erst nach einigen tiefen Atemzügen war ich in der Lage, weiterzusprechen.

»Ein paar Tage nach dieser Sache hat Mom mein Zimmer durchsucht und Ecstasy gefunden, zusammen mit ein bisschen Speed, Gras und Tabak. Daraufhin wollte sie ihre drogensüchtige, gewalttätige Tochter loswerden. Reicht das als Erklärung?«

Magnus musterte mich einen Moment mit schräg gelegtem Kopf. Dann sagte er schließlich: »Vorerst.«

Doch in meinem Inneren fing die ganze Geschichte gerade erst an, ins Rollen zu kommen. Ich hatte sie so lange verdrängt, die ganze Schuld auf Mom geschoben, um mich nicht mit meiner eigenen beschäftigen zu müssen. Denn ich schämte mich. Schämte mich so entsetzlich.

Ich hatte Mom geschlagen. Hatte sie *nieder*geschlagen. Meine verzweifelten Ohrfeigen gegen ihre Schläfe hatten sie ins Straucheln gebracht, doch es war der vierte Schlag, der sie schlussendlich zu Boden geschmettert hatte. Dort war sie liegen geblieben, reglos und mit halb offenen Augen. Einen Moment lang hatte ich tatsächlich geglaubt, sie wäre tot. Doch dann hatte sie so heftig die Luft eingesogen, dass mein Herz vor Schreck und Freude gegen meine Rippen gesprungen war. Erst in diesem Moment hatte ich realisiert, was ich getan hatte, und rief mit zitternden Fingern den Krankenwagen.

»*Es wird alles gut*«, hatte die Frau am Notruftelefon gesagt.

Doch es war nicht mehr gut geworden. Ein weißes Krankenhausbett, eine blau angelaufene Wange. Moms verletzte, fast ängstliche Blicke in meine Richtung. Die Härte, die dahinter zum Vorschein kam. Nichts davon war gut.

Zwei Wochen später verfrachtete Mom mich zusammen mit meinem Gepäck ins Auto. Und mitten auf dem Highway, unter dem Gejaule schlechter Countrysongs, drückte sie mir diese Broschüre in die Hand.

Willkommen auf Elm Castle, stand darauf.

Kapitel 36

»Habe ich mir etwa zu früh Sorgen gemacht?« Magnus ließ sich in seinen Stuhl zurücksinken, die Spritze noch immer locker zwischen seinen Fingern. »Möglicherweise hätte ich dich mit offeneren Armen empfangen sollen. Stell es dir vor, Leah: du und ich Geschäftspartner.« Ich hörte das Grinsen in seiner Stimme, und es jagte mir ein Schaudern über den Rücken.

Natürlich, dachte ich. *Es muss eine enorme Gewissenserleichterung sein, wenn das eigene Opfer ebenfalls Dreck am Stecken hat.*

»Träum weiter«, spuckte ich ihm entgegen. »Wir haben nichts gemeinsam. Im Gegensatz zu dir besitze ich so etwas wie ein Gewissen!«

Magnus warf mir ein herablassendes Lächeln zu. »Nenn es, wie du willst, Leah. Im Grunde läuft es doch nur auf das Gleiche hinaus: Du und ich, wir sind keine guten Menschen. Du kannst es leugnen und dich dein ganzes Leben lang unter der Last deiner Schuld ducken – oder du akzeptierst es und sorgst dafür, dass die kurze Zeit, die dir auf Erden gegeben ist, ein höllischer Spaß wird.«

»Ja, Magnus«, fauchte ich. »Ich habe gerade furchtbar viel Spaß. Ha, ha, ha, siehst du, wie ich lache vor lauter Freude?!«

Wieder dieses hässliche Lächeln auf Magnus' schönem Mund, es wirkte nahezu verklärt. Als blickte jemand anders durch seine Augen. Oder etwas anderes. Heroin? »Weißt du«, sagte er, »die Regeln sind ganz einfach: Jeder kümmert sich um seine eigenen Angelegenheiten. Solange du mir nicht in die Quere kommst, lass auch ich dich in Ruhe. Dummerweise hast du dich nicht an diese simple kleine Abmachung gehalten … und so leid es mir tut, jetzt ist die Party einfach für dich vorbei.«

Vorbei?

Magnus machte eine auffordernde Handbewegung über seine Schulter, ohne mich aus den Augen zu lassen. Mittlerweile war ich mir ganz sicher, dass er sich etwas eingeworfen hatte. »Hol das Besteck«, sagte er und meinte damit wohl die Nebelfrau.

Die bleiche Gestalt im Dämmerlicht erstarrte. Einen kurzen Moment lang wirkte es, als überlegte sie, Magnus' Befehl zu verweigern, doch schließlich verschwand sie in der Dunkelheit zwischen den Regalen.

Halt!, wollte ich ihr zuschreien. *Mach das nicht! Wir können doch über alles reden!* Aber kein einziger Ton verließ meine Kehle.

Magnus und ich waren nun allein.

»Aber jetzt kennt ihr doch mein Geheimnis«, brach es aus mir hervor. »Nehmt es als Pfand. Morgen früh bin ich weg, und ihr werdet nie wieder von mir hören!«

»Na sicher.« Magnus lehnte sich weiter auf seinem Stuhl zurück, wippte aber nervös mit dem Fuß. Seine Finger zitterten leicht. »Von dir nicht. Aber von den Bullen aus Aurora. Und von deinem Anwalt, nehme ich an.«

»Daran habe ich kein Interesse«, beteuerte ich. »Ich will einfach nur hier raus!«

Magnus verengte die Augen. »Und genau aus diesem Grund würdest du uns alles erzählen, was wir hören wollen. Denkst du, wir sind so dämlich und gehen das Risiko ein, von dir verraten zu werden?«

»Was habt ihr mit mir vor?«, fragte ich, meine Stimme zitterte. »Wollt ihr mich aus dem Weg räumen – genau wie Skylar?«

Da. Ich hatte es ausgesprochen. Zum ersten Mal klar den Verdacht geäußert, dass Magnus oder Jasper oder einer der anderen schuld an Skylars mysteriösem Abtauchen war. Es fühlte sich töricht und auf eine lebensmüde Weise gut an.

Magnus wandte sich ab. »Wann geht es endlich in deinen kleinen Kopf rein, Leah? Hier wird nicht getötet. Alles, was wir wollen, ist deine Verschwiegenheit.«

Mein Herz pochte unruhig gegen meinen Brustkorb. Seine Worte und die Tatsache, dass ich im Keller eines Schlosses an einen Sessel gefesselt war, passten nicht zusammen. Magnus konnte alles mit mir machen. Ich war ihm hilflos ausgeliefert.

Ein leises Klirren erklang, und die Fratze der Nebelfrau tauchte zwischen den Regalen wieder auf. Zwischen ihren behandschuhten Fingern trug sie ein Tablett. Von meiner erhöhten Position aus hatte ich keine Probleme zu erkennen, was sich darauf befand. Der Anblick ließ mir den kalten Angstschweiß ausbrechen.

Hol das Besteck.

Da lagen Spritzen. Und Nadeln, verpackt in Plastik. Ein Löffel, ein Feuerzeug, ein Venengurt. Tütchen und Ampullen. Desinfektionsspray. Mir wurde schlecht.

Hol das Besteck.

»Nein«, stieß ich aus, während die Nebelfrau mitsamt dem Spritzbesteck die Stufen hinaufstieg.

Aber alles in Magnus' Gesicht sagte »Doch«. Da war eine Entschlossenheit in seinen Zügen, die mir Angst machte. Todesangst. Auch wenn das, was ich fürchtete, nicht der Tod war – sondern ein Leben in der Deliriumhölle.

»Tut mir leid, Leah«, sagte Magnus und wandte den Kopf ab. »Wirklich, ich wollte nicht, dass es so ausgeht. Aber du wurdest gewarnt. Das hier hast du dir selbst zuzuschreiben.« Mit einem leisen Klirren legte er die alte Spritze auf dem Tischchen ab und beugte sich in Richtung der frischen Ampullen, die die Nebelfrau gerade herbeitrug.

Ich schrie, stemmte mich gegen meine Fesseln, doch nichts als brennende Tränen und wund gescheuerte Handgelenke waren das Ergebnis.

»Das bringt doch nichts«, sagte Magnus und setzte ein beruhigendes Lächeln auf. »Lehn dich einfach zurück – du kannst ohnehin nichts machen.« Die Nebelfrau stellte das Tablett scheppernd auf dem Kaffeetischchen neben Magnus ab und entfernte sich dann wieder in den hinteren Teil des Raums.

»Du Schwein«, brüllte ich. »Du widerlicher Dreckarsch! Das kannst du mir doch nicht antun! Ist es das wirklich wert?«

Magnus rang seufzend die Hände und griff von seinem Stuhl aus nach einer Spritze. Er betrachtete sie prüfend, bevor er sich schließlich für eine Nadel entschied. »Weißt du, Leah«, sagte er, während er die Nadel in die Spritze drehte, »es ist verflucht schwierig, ein funktionierendes Drogengeschäft aufrechtzuerhalten. Selbst wenn es nur so ein kleines ist wie an dieser Schule.«

Trotz meiner Panik hatte sich mein Gehirn noch nicht komplett verabschiedet. Ein Drogengeschäft *aufrechtzuerhalten*? Mittlerweile hatte ich mir schon ausgerechnet, dass hinter dem unbekannten Dealer mehr als eine Person stecken musste – doch bisher hatte ich angenommen, dass Jasper der Mastermind hinter alldem war. Es dauerte ein paar perplexe Sekunden, ehe ich meine Sprache wiederfand. »Ich … ich dachte, Jasper …«

Magnus schüttelte bedauernd den Kopf. »Sag nicht, dein kleines verliebtes Herz schöpft nun Hoffnung, dass das alles nur ein großes, großes Missverständnis war und Jasper nichts mit der ganzen Sache zu tun hat. Bitte nicht, Leah. Ich müsste es dir brechen.«

Ich schluckte. Hielt mit Mühe weitere Tränen zurück. Langsam musste ich doch leer geweint sein.

»Aber was … was tut er *dann*?«, presste ich hervor und schrak zusammen, als plötzlich die Nebelfrau aus dem Hintergrund heranrauschte. Sie krallte ihre Finger wütend in Magnus' Arm und schien ihn aus ihren Plastikaugen heraus totzustarren.

»Beruhig dich«, fuhr Magnus sie an. »Wenn wir mit unserem Ehrengast fertig sind, wird niemand auch nur ein Wort von dem Gebrabbel verstehen, das sie von sich gibt. Also gönn mir doch diesen kleinen Triumph.«

Anhand ihrer Körperhaltung konnte ich erkennen, dass sie ihm den ganz und gar nicht gönnte. Dennoch ließ sie von ihm ab. Ich versuchte zu begreifen, was Magnus gesagt hatte. Nicht nur den Teil mit Jasper, sondern vor allem die Sache mit dem, was er mit mir vorhatte. Mittlerweile machte ich mir keine Illusionen mehr: Sie würden mir das Gleiche antun wie Rune. Mich in den Wahnsinn treiben, indem sie mir Drogen verabreichten und mir ihre dunkelsten Fantasien einflüsterten. So viel hatte ich mir mittlerweile zusammenreimen können.

Magnus sah mir in die Augen, doch mir entging nicht, dass er die Nadel in eine Ampulle gestochen hatte und aus dieser nun durchsichtige Flüssigkeit in die Spritze sog. Ihr Anblick versetzte mich in blinde Panik. Ich begann zu schreien, mich gegen meine Fesseln zu stemmen.

»Weißt du«, murmelte Magnus, »Jasper ist ein kreativer Kopf. Er hat die *Blutnacht* zu dem gemacht, was sie heute ist. Früher war das Ganze nur eine langweilige Party, um ein bisschen Werbung für die Ware zu machen. Aber Jasper hat das Ganze revolutioniert, ein Abenteuer und einen Sehnsuchtsort daraus gemacht. Leider ist er nicht ganz so ambitioniert, was das Geschäftliche angeht. Gut, dass er mich hat. Ohne mich wäre das Ganze schon längst im Sande verlaufen.«

Wie großkotzig er daherredete, wie stolz. Er brüstete sich regelrecht mit seiner eigenen Genialität.

»Warum, Magnus?«, spie ich. »Du brauchst das Geld doch gar nicht.«

Magnus wiegte den Kopf hin und her. »Das ist richtig, ja. Die Kohle ist mir egal, mir geht es vielmehr um den … Kick. Weißt du, wie ermüdend ein vorherbestimmtes Leben ist?« Er lachte freudlos.

»Und Jasper?«, half ich ihm mit wild klopfendem Herzen auf die Sprünge. Wenn er nur redete, ein bisschen weiterredete, würde ich vielleicht einen Ausweg aus dem Ganzen hier finden. »Warum braucht *er* das Geld?«

»Sag nicht, er hat dir seine herzerwärmende Geschichte nicht erzählt – dass er nun als Firmenerbe für seine Eltern herhalten muss, weil sein Bruder den Abflug gemacht hat?«

Ich sagte nichts. Das schien er als Nein zu interpretieren.

»Nun, er hat Angst, dass seine Eltern ihn ebenfalls aus dem Testament streichen, wenn er sich weigert. Und das wird er.«

»Er hat davon gesprochen, dass er am liebsten Kunstgeschichte studieren würde«, flüsterte ich.

Magnus nickte zufrieden. »Nur dass sein Traum ganz schnell ein Ende finden würde, wenn seine Eltern ihm den Geldhahn zudrehen. Deswegen legt er sich seinen eigenen finanziellen Puffer zu.«

Es klirrte laut, und Magnus schnellte herum. Vor den Füßen der Nebelfrau lag eine in viele Hundert Teile zersplitterte Vase. Ihre Hände hatte sie zu Fäusten geballt. Als könnte sie es kaum ertragen, was Magnus hier alles ausplauderte.

»Nie vertraut sie mir«, seufzte Magnus und wandte sich wieder mir zu. »Aber sie hat ja recht: Ich zögere es nur weiter hinaus.«

»Komm mir bloß nicht zu nahe«, zischte ich. Meine Augen tränten, doch ich warf einen Blick in Richtung der Nebelfrau, flehte sie verzweifelt mit meinen Augen an.

Bitte, hilf mir. Bitte! Ich spüre doch, dass du es nicht willst!

Doch sie blieb wie festgefroren stehen.

»Wie könnt ihr nachts nur ruhig schlafen? Wie konnte Jasper …?«

Mir entfuhr ein Schluchzen.

Hör auf, Leah! Du musst nun stark sein.

Aber es war, als hätten mich sämtliche Kräfte verlassen.

»Du glaubst, er hat dir seine Gefühle nur vorgespielt?« Magnus lehnte sich mit auf die Knie gestützten Armen zu mir nach vorn und sah beinahe mitleidig aus. Unser Gespräch am Lagerfeuer schoss mir durch den Kopf. Wie er mich getröstet hatte. Wie er versucht hatte, mir Jaspers Verhalten zu erklären. Er hatte so echt und empathisch gewirkt. Beinahe wie jetzt. Vielleicht wollte er es gar nicht tun. Aber irgendetwas schien ihm einzuflüstern, dass er *musste.* Vielleicht der Stoff in seinen Venen. »Nein, Leah. Den armen Jasper hat es richtig erwischt. Zuerst rosarot und dann eiskalt. Du hast ihn ziemlich in die Bredouille gebracht, als du ihm eröffnet hast, dass du von seinen Nebentätigkeiten weißt.«

Am liebsten hätte ich mich vor Schmerz zusammengekrümmt.

Was hast du nur getan, Jasper …?

Mich verraten, das hatte er.

»Er ist kein bisschen besser als ihr«, sagte ich bitter. »Eigentlich ist er sogar der Schlimmste von euch. Er lässt euch die Drecksarbeit machen, weil er mir nicht in die Augen sehen kann. Und er hat mich in die Falle gelockt.«

»Du begreifst es noch immer nicht, oder?« Magnus stieß einen beinahe entnervten Seufzer aus. »Jasper wollte sich wirklich mit dir treffen und dir alles erklären. Aber leider hat er heute Abend einen Anruf bekommen. Aus dem Krankenhaus – sein Bruder hatte einen *schweren Unfall.*«

Langsam, Tröpfchen für Tröpfchen, sickerte die Wahrheit zu mir durch. Jasper wusste gar nicht, dass ich hier unten war. Er würde nicht kommen, um mich zu retten.

Magnus machte eine auffordernde Kopfbewegung in Richtung der Nebelfrau und erhob sich aus seinem Stuhl. »Wenn du mir assistieren würdest?«

»Ihr macht einen Fehler!« Meine Stimme klang erbärmlich. »Noch könnt ihr umkehren, noch ist es nicht zu spät!«

Doch Magnus war nun beinahe bei mir. »Doch, das ist es: zu spät. Halt einfach still, Leah, dann tut es weniger weh.«

Und dann waren er und das Monster in Weiß bei mir. Während Magnus meine Handgelenke festhielt, löste die Nebelfrau meine Fesseln. Ich schrie, zerrte, wehrte mich mit aller verbliebenen Kraft … doch auch mit zwei freien Händen hätte ich es nicht mit Magnus' durchtrainierten Armen aufnehmen können. Die Nebelfrau vertäute meine rechte Hand in einem ungesunden Winkel an der Lehne, die andere packte sie und zog sie zu sich heran, sodass meine Ellenbeuge nun durchgestreckt und entblößt vor ihnen lag.

Magnus beugte sich näher zu mir herunter, betrachtete die pochende violette Ader ein wenig zu lange, als dass sein Blick hätte klar sein können. Mein Arm zitterte vor Anstrengung, noch immer versuchte ich ihn wegzuziehen. Auch wenn mich nichts mehr retten konnte, sollten sie doch wissen, dass sie mich nicht gebrochen hatten.

Magnus positionierte die Nadel, sie drückte sich kalt gegen meinen Unterarm. Gleich würde sie meine Haut durchstoßen und – was danach passieren würde, wollte ich mir gar nicht erst vorstellen.

»Fick dich«, presste ich mit letzter Kraft hervor und starrte Magnus in die kalten blauen Augen.

Und Magnus starrte ohne jegliche Scham zurück. Ich spürte sie bereits, die Spitze der Nadel in den ersten Schichten meiner Haut, stellte mich auf den Schmerz ein, wenn sie sich in mein Fleisch bohrte … doch er kam nicht. Denn das Geräusch der ins Schloss fallenden Kellertür ließ uns alle zu Eis erstarren.

Kapitel 37

»Was zur Hölle«, stieß Magnus hervor, doch ich hörte es kaum, denn mein Herz schlug mir bis zum Hals.

Carter!, schrie alles in mir. Endlich! Sie musste Alarm geschlagen und Hilfe geholt haben. Vermutlich hatte sie tausendmal versucht, mich zu erreichen, und jetzt kam sie zu meiner Rettung geeilt. Vielleicht ging doch noch alles gut aus!

Im nächsten Moment preschte auch schon eine Gestalt um die Ecke und kam schwer atmend vor dem Podest aus Büchern zum Stehen. Mein Herz setzte einen Schlag aus.

Dort stand er – rot und erhitzt bis in die Spitzen seiner Fuchshaare: *Jasper*. Wie zur Hölle konnte er hier sein, wenn er doch eigentlich auf dem Weg ins Krankenhaus sein sollte?!

Seine Augen waren weit aufgerissen, und jeder Teil von ihm schien vor Aufregung zu beben. Einen Moment lang verharrte er, als müsse er den Anblick, der sich ihm bot, erst verarbeiten, dann stürmte er mit großen Schritten die Büchertreppe hinauf, packte Magnus an der Schulter und stieß ihn von mir weg.

Magnus war zu perplex, um zu reagieren. Er stolperte nach hinten, rückwärts die Stufen hinab. Die Spritze kam mit einem leisen Klirren auf dem Boden auf, während die Nebelfrau in

Schockstarre verfallen zu sein schien. Wie hypnotisiert starrte ich auf den kleinen Blutstropfen in meiner Armbeuge, den die Nadel hinterlassen hatte.

Jasper warf mir einen panischen Blick zu.

»Geht es dir gut, Leah?«, keuchte er, seine Stimme überschlug sich beinahe. Ich wollte etwas antworten, doch selbst das Atmen fühlte ich unglaublich schwer an. Erst nach einer gefühlten Ewigkeit brachte ich so etwas wie ein schwaches Nicken zustande. Sofort ließ Jasper seinen Blick wieder zu Magnus schnellen, der unterhalb der Büchertreppe an ein Regal gestützt sein Gleichgewicht wiedergefunden hatte und Jasper ungläubig anstarrte.

»Wie …«

Doch ehe Magnus seinen Satz beenden konnte, war Jasper auch schon bei ihm und packte ihn am Kragen. »Habt ihr den Verstand verloren?«, brüllte er Magnus an. »Was soll das hier?!«

»Beruhige dich«, würgte Magnus und klopfte beschwichtigend auf die Hände, die ihn in Schach hielten. »Alles ist gut. Das lässt sich ganz leicht erklären.«

Jasper zog ihn näher zu sich heran, sodass ihre Gesichter nur noch Zentimeter voneinander getrennt waren. Seine Stimme wurde mit jedem Wort lauter. »Du bist doch voll drauf. Weißt du eigentlich, was du hier tust? Mach Leah los, sofort!«

Er stieß Magnus nach hinten, sodass dieser gegen das Regal knallte. Doch Magnus brauchte nicht lange, um sich zu erholen: Nach einem kurzen Moment der Überraschung klopfte er sich lediglich den Staub von der Kleidung und schob sich an Jasper vorbei wie an einem aufdringlichen Straßenverkäufer.

»Tut mir leid, Jasper, aber dass wir deine Freundin bewegungsunfähig gemacht haben, dient nur zu unserer Sicherheit. Du müsstest es doch am besten wissen, sie kann einem ganz schön gefährlich werden, wenn man nicht aufpasst.«

Jaspers Kopf wurde, wenn das überhaupt möglich war, noch röter. Er war ein wenig kleiner als Magnus und nicht ganz so muskulös. Hatte er eine Chance, Magnus niederzuringen, wenn es darauf ankam – ihn und die Nebelfrau, wenn diese sich irgendwann wieder ihres Körpers besann?

Jasper schien den gleichen Gedanken gefasst zu haben, langsam wandte er sich zu der Nebelfrau um. »Du«, zischte er. »Du in der dämlichen Verkleidung. Geh weg von ihr!«

Die Nebelfrau rührte sich nicht. Jasper fixierte sie für den Bruchteil einer Sekunde, dann war er mit wenigen großen Schritten auf dem Bücherturm, packte die Nebelfrau am Tüllkleid und riss sie von mir weg. Nach unten, die Treppe hinab, um Abstand zwischen uns zu bringen.

Hinter der Maske quiekte es, als Jasper am Treppenabsatz begann, an ihrer Maske zu zerren.

»Hör auf damit!«, brüllte Magnus. »Jasper!«

Das Mädchen im Kostüm wand sich, versuchte sich auf den Boden zu werfen, umfasste das Latex mit beiden Händen – doch es nutzte nichts, Jasper war stärker. Beim zweiten Ruck löste sich ihre Maske vom Kopf, und ein Schwall blonder Haare kam zum Vorschein.

Ich schloss die Augen. Atmete tief durch. Öffnete sie wieder.

Es war Reese.

»Warum überrascht mich das nicht?«, sprach Jasper meine Gedanken aus.

»Ich …« Reese' Stimme war dünn, krächzend. Verzweifelt. »Es gab keinen anderen Ausweg, das musst du verstehen!«

Wie gern hätte ich sie angeschrien. Die zerbrochene Vase, die stummen Blicke – nichts davon hatte mir gegolten. Reese hatte lediglich sichergehen wollen, dass Magnus nicht zu viel über Jasper ausplauderte. Ich war ihr vollkommen egal.

Da waren keine Worte mehr in mir, nicht einmal mehr Wut.

Nur noch eine Frage, die brannte und wehtat und ein großes, leeres Loch aufriss: Warum? Warum tat sie mir das an?

Jasper hingegen hatte genug Wut für uns beide.

»Nur ein Wort«, knurrte er und packte Reese am Handgelenk, »und du wirst dir wünschen, nie geboren worden zu sein, Mareesa Whitcraft.«

Reese wurde unter seinen Worten nur noch kleiner. Sie blickte zu Boden, als müsse sie gleich losheulen.

»Was hättet ihr nur getan, wenn ich nicht ein seltsames Gefühl gehabt hätte und wieder umgekehrt wäre«, flüsterte Jasper, er zitterte vor Wut. »Ihr widert mich an!«

Hast du wirklich nicht geahnt, wie heimtückisch deine Freunde sind?, dachte ich und hätte heulen und lachen können zur selben Zeit. Magnus hatte recht: Jasper sah nur, was er sehen wollte. Aber das hier war nicht mehr zurechtzubiegen. Diese Situation war eindeutig.

Nur das Warum, das schwebte noch immer in der Luft. Drogen, natürlich. Aber warum machte Reese dabei mit? Warum hatte sie meinen Namen gemurmelt, noch bevor wir uns kannten? Und warum hasste sie mich so, sah mir so ähnlich …? War unser fast identisches Aussehen womöglich kein Zufall?

»Jasper.« Magnus hob beschwichtigend die Hände und trat langsam auf ihn zu. »Ich kann verstehen, dass du mit der Situation überfordert bist, aber das ist kein Grund, handgreiflich zu werden. Lass die arme Reese los!«

»Tu's nicht!« Endlich hatte ich meine Stimme wiedergefunden. »Nimm ihr das Handy ab und ruf die Polizei!«

Auf Jaspers Gesicht, das eben noch vor Wut verzogen gewesen war, breitete sich ein sanfterer Ausdruck aus. Die Sorge zerfurchte seine Stirn, obwohl er sich alle Mühe gab, auf mich ruhiger zu wirken. »Leah«, presste er hervor. Meinen Namen aus seinem Mund zu hören, tat weh. »Alles wird gut. Halt nur noch einen Augenblick aus, dann mache ich dir die Fesseln los und …«

Dann fiel sein Blick auf die Spritze am Boden. Einige Sekunden verharrte er dort, bevor er über meine nackte Armbeuge, über die ein einsamer Blutfaden lief, und über das Spritzbesteck auf dem Tablett hinüberwanderte zu Magnus, der im Halbschatten der Regale lauerte.

Schließlich begann Jasper zu keuchen. Er griff sich an die Kehle, als wäre ihm schlecht.

»Ihr wart das! Ihr habt Rune in den Wahnsinn getrieben.«

Einen Augenblick lang war es ganz still im Kellerabteil. Dann wandte Magnus den Blick ab, als könnte er es nicht länger ertragen, in Jaspers Gesicht zu sehen. »Bravo, Jasper. Du überraschst mich. Was hat dich dazu bewogen, die Augen aufzumachen?«

Jasper antwortete nicht. Er war ganz bleich geworden, seine Haltung hatte sich versteift, doch nach wie vor hielt er Reese' Handgelenk in der Umklammerung. Sie wehrte sich nicht mehr. Ihr Blick ging zu Boden, als betrachte sie ihre Schuhspitzen. Zusammen sahen die beiden aus wie ein in der Menge verloren gegangenes Geschwisterpaar. Traurig. Ratlos. Jeder für sich allein.

»Du hast ihm das angetan.« Obwohl Jasper nicht mehr brüllte, nicht mehr schrie, tobten Lavaströme hinter seiner hellen Haut und schwappten mit jedem Wort nach draußen. »All die Monate habe ich geglaubt, Rune hätte Skylars Verschwinden nicht verkraftet. Dabei hast *du* dafür gesorgt, dass er seinen Verstand verliert.«

Fast vier Meter klafften zwischen Jasper und mir, unüberwindbar wie eine Schlucht – und doch spürte ich seinen Schmerz, als wären wir durch ein unsichtbares Band miteinander verbunden.

Magnus lächelte wehmütig. »Du hast recht. Und dass du so lange nicht hinsehen wolltest, hat die Sache wirklich leichter gemacht.«

Wie er dort stand. Seine Körpersprache entspannt, der Ton seiner Stimme nahezu ungetrübt. Als hätte einer seiner besten Freunde nicht soeben herausgefunden, dass er jahrelang von ihm betrogen worden war. Welche von all den Versionen – der kumpelhafte, der gedrängte, der kalte Magnus – war die richtige? Was von dem, was er sagte, war gespielt? Und wusste er das selbst überhaupt?

Aus Reese' Richtung drang ein Wimmern. Sie wand sich wie ein Hund an der Leine, versuchte mit der freien Hand, Jaspers Griff um ihr Handgelenk zu lösen. Anscheinend hatte er den Druck in seiner Anspannung verstärkt. Doch er beachtete sie nicht, starrte nur weiterhin Magnus an, als könne er sich kaum noch zusammenreißen. Wie paralysiert beobachtete ich, wie Magnus sich mit der rechten Hand am linken Arm kratzte. Neurodermitis, hatte er am Lagerfeuer gesagt. Nun, da ich wusste, dass es sich um die Nebenwirkungen seines Drogenkonsums handelte, kam ich mir so entsetzlich naiv vor.

»Es stimmt.« Jaspers Stimme klang, als dränge sie geradewegs aus einem leeren Grab. »Irgendwie habe ich gewusst, dass du noch ganz andere Sachen drehst. Aber ich wollte es nicht wahrhaben.«

Sein ganzer Körper bebte. Es war nicht zu übersehen, wie sehr er mit sich kämpfte. Hinter seinen Augen schienen sich die Gedanken zu jagen.

Gleich würde die Situation eskalieren, das spürte ich mit jeder Faser meines Körpers. Aber das konnte ich nicht zulassen. Ich brauchte Jasper *bei Verstand*, wenn wir es hier rausschaffen wollten!

»Wie?«, schaltete ich mich ein und wandte meine volle Aufmerksamkeit Magnus zu, der mich interessiert musterte wie eine Katze die halb tote Maus zu ihren Pfoten. Sein Silberblick jagte mir einen Schauer über den Rücken. »Wie hast du es getan? Woran ist Rune zerbrochen?«

Die Kälte, die sich auf Magnus' ebenmäßigem Gesicht ausbreitete, tat mir in den Augen weh. Er war hässlich geworden, der Junge mit dem Porzellangesicht. Sein Augenlid zuckte, und immer wieder sah ich einen seiner Mundwinkel leicht entgleisen.

Statt mir zu antworten, wandte Magnus sich an Jasper.

»Ich nehme an, du willst auch wissen, wie wir Rune in diesen bedauernswerten Zustand versetzt haben?«

Jasper sagte nichts, starrte nur hasserfüllt in Magnus' Gesicht.

Dieser seufzte, als täte er uns gerade einen riesigen Gefallen. Am liebsten hätte ich ihm den Hals umgedreht.

Carter, betete ich. *Bitte beeil dich, damit ich es wahr machen kann!*

Doch ein kleines Stimmchen in mir flüsterte, dass Carter längst hier gewesen wäre, wenn sie noch dazu in der Lage wäre. Hatte Magnus sie auch aus dem Weg räumen lassen?

»Die Antwort ist so simpel wie genial«, sagte Magnus schlicht. »Drogen und Fantasien. Dein Cousin ist ziemlich gut auf unsere Therapie angesprungen, Jasper.«

Reese, die noch immer von Jasper festgehalten wurde, war ziemlich lange still gewesen, doch nun stieß sie ein aufgebrachtes Schnauben aus. »Dass du dich nicht schämst, Magnus«, ätzte sie. »Wenn man dir so zuhört, könnte man glauben, du hättest ein Meisterwerk vollbracht!«

Magnus lachte auf, es klang dreckig. »Ach, und auf einmal willst du nichts mehr davon wissen? *Du* warst doch diejenige, die die Feinarbeit gemacht hat. Sie hat Rune in seinem zugedröhnten Zustand Hirngespinste in den Kopf gepflanzt, Jasper, Hirngespinste, die ihn sein Leben lang verfolgen werden – ist das zu fassen? Glaubst du, dieses Kostüm trägt sie zum ersten Mal? Es ist gewissermaßen ihre Arbeitskleidung.«

»Ich wollte das nicht«, zischte Reese. »Du hast mich da mit reingezogen!«

»Genau wie in die Affäre mit mir, nicht wahr?«, höhnte Magnus. »Das sieht dir ähnlich, Reese, nie willst du Verantwortung übernehmen. Immer sind es die bösen anderen, die dich zu deinem Verhalten gedrängt haben. Unsere liebe Leah hat das auch, nicht wahr? Sie hat dich gewissermaßen zu deinem Handeln *gezwungen*. Wenn sie doch nur wüsste, dass du ihre –«

»Halt die Klappe!«, brüllte Reese. Ihre Haare schienen vor Hass Funken zu sprühen. Ich konnte sie nur anstarren, konnte nur an Magnus' Worte denken, die sich in meinem Kopf zu etwas zusammenfügten, das ich am liebsten nicht sehen wollte. *Wenn sie nur wüsste …*

Doch in diesem Moment war nicht wichtig, was Reese vor mir geheim hielt. Auch wenn ich an diesen Sessel gefesselt war, ging es hier nicht um mich.

»Was hast du Rune nur angetan?«, fragte ich Reese mit brüchiger Stimme.

Reese wandte den Kopf ab. Sie antwortete nicht. Selbst Magnus hielt ausnahmsweise mal den Mund.

Es war so still. Und da spürte ich auf einmal, wie eine einsame Träne über meine Wange lief. Dann eine zweite. Und schließlich rann ein ganzer Strom an Tränen über mein Gesicht. Sie brannten sich ätzend wie Säure durch die Schichten meiner Haut bis in mein Innerstes – denn ich trauerte. Trauerte um Rune, der nur ein Schatten seiner selbst war. Trauerte um Reese – nein, um meine Vorstellung von Reese –, in der ich eine Freundin, eine Verbündete gesehen hatte. Und ich trauerte um mich, weil ich erst jetzt, in meiner finstersten Stunde, die Wahrheit erkannte: Ich war genauso verblendet wie Jasper. Statt mich mit meinen eigenen Problemen auseinanderzusetzen, hatte ich mich auf die Jagd nach der Vergangenheit gemacht. Ich hatte im Dreck gewühlt, um ein Rätsel zu lösen, das zugewuchert von Unkraut irgendwo dort unter der Schlammschicht lag. Immer und immer wieder hatte ich mir dieselbe Frage gestellt: Was war mit Skylar Avery passiert? Erst jetzt, in diesem Moment, erkannte ich, dass die Antwort darauf im Grunde vollkommen egal war. Die einzige Frage, die sich noch stellte, lautete: Wie lange würde mir Jasper Reese und Magnus noch vom Hals halten können?

»Warum *du*, Reese?«, hörte ich Jaspers Stimme wie durch einen langen Tunnel zu mir herüberdringen, und mein Blick klärte sich allmählich. »Wie konntest du Rune nur so etwas antun?« Er hatte sie an den Schultern gepackt und begann nun, sie zu schütteln. Genauso wie Rune mich damals im Wald geschüttelt hatte. Es war zu viel, ich hielt den Anblick nicht mehr aus.

»Hör auf, Jasper!«, fauchte ich.

Sofort verharrte er in seinen Bewegungen und warf mir einen entschuldigenden Blick zu. Doch ich sah nicht ihn an – sondern blickte direkt in Reese' Augen, die meinen so sehr ähnelten. Zu sehr ähnelten. Mir war klar, dass Reese meine einzige Chance war.

»Bitte«, sagte ich eindringlich. »Ich bin kein guter Mensch. Genauso wenig wie du, Reese. Aber ich werde dir verzeihen. Eines Tages, mit etwas Abstand, werde ich dich vielleicht sogar verstehen können. Nur bitte … bitte gib auf. Lass mich frei.«

Einen Moment lang schimmerte etwas in ihren Augen, und ich glaubte beinahe, zu ihr durchgedrungen zu sein – dann verzog sich ihr Gesicht zu einer abfälligen Fratze. Sie hatte nun erstaunliche Ähnlichkeit mit der Nebelfrauenmaske, die zerknautscht vor ihr auf dem Boden lag.

»Ich brauche deine Absolution nicht«, stieß sie hervor, und es fühlte sich an, als stieße sie damit auch mich weg. »Ich brauche mein Leben zurück. Denkst du, das bekomme ich wieder, wenn ich im Knast sitze?«

Ihre Worte trafen mich wie Pfeile in die Brust. Im Grunde meines Herzens hatte ich gewusst, dass wir schon zu weit gegangen waren, um das hier noch stoppen zu können. Und trotzdem hatte ein kleiner, naiver Teil von mir geglaubt, dass die Verbindung zwischen Reese und mir noch existierte.

»Was ist danach passiert?« Jaspers Stimme zitterte, als könne er sich nur mit Mühe zusammenreißen. »Nachdem ihr Rune gefangen und gefoltert habt, ihm alles genommen habt. Wie konntet ihr mit eurer Schuld weiterleben?«

Magnus blickte zur Seite, doch für einen kurzen Moment konnte ich sehen, wie etwas Schweres, Trauriges in seinen Augen glänzte. »Schuldgefühle – wirklich, das interessiert dich, Jasper?«

Er stieß die Luft aus. »Danach war eigentlich alles gut«, gab er leise zu. »Aber hin und wieder musste ich nachhelfen, wenn Rune Anzeichen zeigte, dass er sich erinnerte. Ich habe es nicht gern getan, glaub mir, Jasper. Mir macht es keinen Spaß, verwirrte Jungen im Wald zusammenzuschlagen und ihnen was zu spritzen. Doch beim letzten Mal ist mir leider Leah dazwischengekommen – Rune ist mir entwischt und ihr direkt in die Arme gelaufen.«

Ein schwerer Stein versank in meinem Magen. Als ich in der Morgendämmerung auf Rune getroffen war, hatte ich geglaubt, die größte Gefahr ginge von dem rothaarigen Jungen mit dem blutverschmierten Gesicht aus. Dabei hatte Magnus nur wenige Bäume weiter mit seinem Spritzbesteck gelauert.

»Es war dein erster Tag auf Elm Castle.« Magnus sah mich beinahe nachdenklich an. »Ironie des Schicksals, könnte man meinen. Mittlerweile glaube ich jedoch, dass Rune Reese in dir wiedererkannt hat, Leah. Sein Gehirn muss ihre Stimme und dein Aussehen automatisch miteinander verknüpft haben. Wahrscheinlich hat er dich deswegen auch bei der Party in der Kapelle angefallen.« Er machte eine Pause, als müsse er über das Geschehen nachgrübeln. Dann fügte er mit einem kleinen Lächeln hinzu: »Oder Rune hat einfach den gleichen Frauengeschmack wie sein Cousin. Wer weiß schon, was er mit dir anstellen wollte, als er auf seine animalischen Gelüste reduziert …«

In diesem Moment verlor Jasper die Kontrolle. Er stieß einen wutentbrannten Schrei aus und stürzte sich auf Magnus. Dieser reagierte automatisch. Er schwang seine Faust wie ein lässiger Dandy seinen Spazierstock, als sei es das Natürlichste auf der Welt. Im nächsten Moment war ein sauberes Knacken zu hören, und Jaspers Nase brach unter seinen Knöcheln. Ich schrie, doch Magnus holte noch ein weiteres Mal aus und schlug Jasper nieder. Jasper sackte auf dem Boden zusammen. Wie paralysiert starrte ich auf seine leblosen Glieder. Keine Bewegung, kein Zucken. Er rührte sich nicht mehr. Es war vorbei.

Kapitel 38

Reese packte Jaspers Arme, Magnus die Beine, und als Jasper auf dem erbsengrünen Canapé mit den vergoldeten Stelzfüßen aufkam, knackte sein Rücken. Ich brüllte vor Angst, dass sie etwas an ihm kaputt gemacht haben könnten, flehte Reese und Magnus an, ihn in Ruhe zu lassen, doch sie beachteten mich nicht, wie ich dort oben, von meinem Bücherturm, auf sie herabschrie. In einer nahezu routinemäßigen Bewegung fühlte Magnus Jaspers Puls, bevor er Reese mit einem Nicken zu verstehen gab, dass sie seinen Hemdärmel hochziehen sollte. Als ich sah, was er vorhatte, fing ich an zu kreischen. Ich riss an meiner Fessel, bis sie mir unerträglich schmerzhaft ins Fleisch schnitt, und versuchte mit der freien Hand an den Knoten an der Sessellehne zu gelangen. Doch sosehr ich mich auch bemühte, ich kam einfach nicht dran.

»Lasst ihn in Ruhe!«, flehte ich, während Magnus die Spritze aufzog. »Bitte tut ihm das nicht auch noch an!«

Doch sie taten so, als hörten sie mich nicht. Reese' Gesichtsausdruck war kalt, als hätte sie sich von ihren Emotionen abgekapselt, um das hier durchstehen zu können. Sie hielt Magnus nicht auf, als er Jasper die durchsichtige Flüssigkeit injizierte.

»Ihr Schweine!«, jaulte ich und spürte die Tränen über mein Gesicht rinnen. »Dafür werdet ihr in der Hölle brennen!«

Magnus ließ die entleerte Spritze auf das Tablett fallen und fuhr zu mir herum. In bedrohlicher Geschwindigkeit eilte er die Stufen hinauf, direkt auf mich zu.

»Halt die Klappe!«, brüllte er. »Du hast kein Recht, seinetwegen zu heulen! Das alles ist deine Schuld – hättest du nicht geschnüffelt, würde es deinem geliebten Jasper nun blendend gehen.« Sein Gesicht näherte sich dem meinen. »Hier hört dich ohnehin niemand«, zischte er. »Also spar dir dein Theater.«

Ich blinzelte, versuchte, nicht in seine aufgerissenen blauen Augen zu sehen, in denen der Wahnsinn wohnte. Mein verschwommener Blick glitt zu Jasper, dessen blutverschmiertes, blasses Gesicht mittlerweile ganz friedlich aussah. Nur seine Beine zuckten noch ein wenig, als träumte er davon, zu laufen. Ich schloss die Augen. Bald wäre es vorbei. Sowohl mit ihm als auch mit mir. Wir würden einander vergessen, so wie wir alles vergessen würden, was nicht aus Schmerz und Dunkelheit bestand. Es würde uns nicht mehr geben. Zumindest nicht so wie jetzt.

»Sie werden kommen«, flüsterte ich, mehr zu mir als zu ihnen. »Carter und Wren werden kommen. Sie werden uns finden.«

Magnus warf einen Blick auf sein Handy.

»Tut mir leid, dich enttäuschen zu müssen, aber das werden sie nicht. Dafür haben wir gesorgt.«

»Was habt ihr mit ihnen gemacht?« Meine Stimme klang entsetzlich schrill.

Magnus lächelte. »Das überlasse ich mal deiner Fantasie. Wie alles andere von nun an.« Er packte mein Handgelenk und zog es nach vorn. Ich schrie auf und versuchte mich zu wehren, doch Reese eilte ihm bereits zu Hilfe. Während sie meinen freien Arm fixierte, sah ich ihr rechtes Augenlid zucken.

»Es tut mir leid«, flüsterte sie tonlos. »Aber es geht nicht anders.«

Magnus überließ es Reese, mich festzuhalten. Er schüttelte ein Pulver auf einen altmodisch aussehenden Löffel und hielt ein Feuerzeug darunter, um es zu erhitzen. Ich zitterte vor Angst, schwitzte, doch statt mich auf Magnus zu konzentrieren, sah ich Reese in die Augen und erkannte meine eigene blasse Spiegelung in ihnen. Meine Augen waren dunkle Löcher voller Angst, meine Haare fettige Strähnen. Sie hatte geschrieben, dass wir uns gegenseitig vernichten würden. Als wäre eine von uns zu viel. Aber warum? Weil ich ihr ihren Platz auf Elm Castle weggenommen hatte?

Wenn sie doch nur wüsste, hörte ich Magnus' Stimme in meinem Kopf. *Wenn sie doch nur wüsste, dass du ihre …*

Zahn um Zahn begannen sich die Räder in meinem Kopf ineinanderzuschieben. Sie stießen etwas an, das mir den Atem raubte und mich einen Moment schwindelig werden ließ. Doch noch war die Vorstellung zu groß, zu unfassbar, als dass ich sie auch nur in Worte hätte fassen können.

Aus den Augenwinkeln bemerkte ich, dass Magnus den mittlerweile verflüssigten Löffelinhalt in eine Spritze zog. Heroin, seine Lieblingsdroge. Damit würde er also den Anfang machen, um mich in die Hölle der Wahnvorstellungen zu stoßen. Wieder schnellte mein Blick zu Jasper. Und etwas in meiner Brust stach, als ich sah, wie eine seiner Hände bleich und leblos vom Canapé hinabhing. Was hatte Magnus ihm gegeben? Spielte es überhaupt eine Rolle, weil wir beide letztendlich am selben Punkt wieder rauskommen würden?

Reese' Griff um meinen Arm verstärkte sich, als Magnus auf mich zutrat, doch sie wandte nicht eine Sekunde den Blick von mir ab. Ich zischte und bäumte mich auf, doch ihre Fingernägel gruben sich erbarmungslos in meine Haut.

»Dafür wirst du büßen«, brachte ich mit verzerrter Stimme heraus.

Ihre blonden Locken, die ihr Gesicht selbst jetzt wie Rauschgoldhaar umgaben, waren mir so verhasst. Genau wie ihre veilchenblauen Augen. Der kleine, volle Mund. Mein Mund.

»Ich bin kein schlechter Mensch«, presste sie hervor. »Ich will einfach nur leben.«

»Das will ich auch!«, schrie ich sie an. Sie schüttelte langsam den Kopf und streckte meinen Arm durch, sodass die Vene in meiner Armbeuge blau vor ihr pulsierte.

»Das wirst du«, sagte sie. »Nur anders. Alles ist auf diesen Moment hinausgelaufen. Erst danach sind wir frei.«

Frei. Hatte sie sich danach verzehrt, mich auszulöschen, seit sie von mir erfahren hatte? Wollte sie mich vernichten, weil sie sich durch meine bloße Existenz bedroht fühlte? Meine bloße Existenz … Die Räder in meinem Kopf drehten sich schneller, stießen eine ganze Maschinerie an.

Ich wollte sie so vieles fragen, doch nun kam Magnus mit der Spritze heran, und sämtliche Gedanken Reese betreffend wurden aus meinem Gehirn gefegt. Wieder wand ich mich, schrie, doch eine Ohrfeige von Magnus ließ mich verstummen. Ich spürte das Brennen auf meiner Haut kaum, so taub fühlte sie sich an.

»Nicht lockerlassen«, befahl er Reese, ehe er mit der linken Hand ebenfalls nach meinem Arm griff und mit der anderen die Nadel auf meine Armbeuge zubewegte. Ich wimmerte. Nun gab es kein Entkommen mehr.

Gleich wäre alles vorbei. Ich schloss die Augen. Wartete auf die Nadel.

»Stopp! Bitte, Magnus.«

Ich riss die Augen auf. Mein Herz pochte, als wolle es mir den Brustkorb sprengen. Das war Reese' Stimme gewesen, halb geflüstert. Sie hatte eine Hand auf Magnus' Arm gelegt, um ihn aufzuhalten.

»Was ist?«, fragte Magnus. Zum ersten Mal glaubte ich, so etwas wie Nervosität in seiner Stimme zu hören.

»Das ist meine letzte Gelegenheit«, flüsterte Reese.

Ich starrte sie an, und ein kaltes Prickeln breitete sich auf meiner Haut aus.

Denn als ich ihr in die Augen sah, begriff ich: Reese hatte Magnus nicht aufgehalten, um mich zu retten. Sie wollte nur ein letztes Mal beichten, bevor es mit mir zu Ende ging.

Am liebsten hätte ich sie angebrüllt, dass ich nicht da war, um ihr verficktes Gewissen zu erleichtern. Doch ich wusste, dass jede Minute, die sie redete, wertvolle Zeit für mich bedeutete.

»Du hattest die ganze Zeit recht«, sagte sie nun leise. »Wir haben Skylar getötet.«

Mein Herz. Es schlug so laut und heftig, dass ich Reese' Worte kaum noch verstehen konnte.

»Es war ein Unfall«, flüsterte sie. »Wir wollten sie nicht umbringen. Es sollte nur ein Spaß sein. Eine Abreibung. Die hatte sie verdient. Aber wir hatten nie geplant, dass es derartig eskaliert.« Sie schluckte, als müsse sie die nächsten Worte nach oben würgen.

Auch ich war kurz davor, mich zu übergeben. Das Ketamin lag noch immer schwer in meinem Blut. Wie Blei, das sich durch meine Venen quetschte. Und meine Angst, gleich auf diesem Sessel zu verenden, tat ihr Übriges.

Jasper, dachte ich und blinzelte zu dem zusammengesackten Körper auf dem Canapé. *Wenn wir hier rauskommen, wenn wir hier gemeinsam rauskommen …*

»Es war einfach nur dreist, dass sie an jenem Abend aufgetaucht ist«, zischte Reese. »Damals vor zwei Jahren, als wir die *Blutnacht* gefeiert haben. Wren hat Ellie *während der Sommer-*

ferien für Skylar verlassen – per Chat! Es war so schrecklich demütigend für Ellie.«

»Müssen wir das wirklich noch einmal durchkauen?«, fragte Magnus und machte ein paar Schritte nach hinten, um nervös in das schummrige Gruselkabinett zu seinen Füßen zu blicken. Er wirkte angespannter, als ich ihn je erlebt hatte. Als hätte der Name seiner Stiefschwester ihn aus seiner Rolle gerissen.

Reese wischte sich über die Stirn und warf ihm einen resignierten Blick zu, sie wirkte erschöpft. Trotzdem konnte ich sehen, wie sich ihre Glieder langsam entspannten. Als sauge ihr Geständnis sämtliche Schuld aus ihr heraus.

»Als Wren und Skylar dann auch noch bei der *Blutnacht* auftauchten, sind Ellie die Nerven durchgegangen. Sie hat Wren im zugedröhnten Zustand eine Szene gemacht und sich wieder einmal einen Korb von ihm eingefangen. Das war der absolute Tiefpunkt.«

Eine einsame Träne lief ihre Wange hinab. Sie blinzelte und ließ meinen Arm los, um sich von mir abzuwenden. Als sie sich wieder zu mir umdrehte, setzte sie sich auf Magnus' frei gewordenen Stuhl, wo sie als ein kleines Häufchen Elend zusammensackte. Wie automatisch tastete meine freie Hand zu dem Knoten in meinem Rücken.

»Nach und nach haben sich alle auf den Rückweg gemacht. Nur Jasper, Wren und ein paar andere waren noch bei der Feuerstelle, um aufzuräumen. Skylar ist nicht bei ihnen geblieben, sondern hat sich auf die Suche nach Carter gemacht. Da haben Ellie und ich uns angesehen und wussten, dass wir das Gleiche dachten. *Wir helfen dir suchen*, habe ich zu Skylar gesagt. Bereitwillig ist sie uns zwischen die Bäume gefolgt.«

Reese krümmte sich zusammen, als bereite ihr die Erinnerung körperliche Schmerzen. Magnus dagegen war ganz steif geworden und fixierte irgendeinen Punkt an der Wand, als kostete es ihn alle Kraft, Reese zu Ende erzählen zu lassen. Die beiden waren zu sehr mit sich selbst beschäftigt, um zu bemerken, wie meine Fingernägel sich an dem grob gearbeiteten Seil zu schaffen machten.

»Ich war betrunken«, fuhr Reese fort. »Und ich spürte die Nachwirkungen der Drogen. Ich verpasste Skylar eine Ohrfeige nach der anderen, während Ellie sie in den Boden drückte. Dass sie sich kaum gewehrt hat, hat uns noch wütender gemacht. Und irgendwann ist es dann … eskaliert …«

In meinen Ohren rauschte es, und trotz der schrecklichen Dinge, die Reese mir gerade anvertraute, spürte ich eine heiße Welle von Triumph in mir aufwallen. Der Knoten in meinem Rücken lockerte sich langsam. Wenn sie noch ein paar Minuten weitersprach, könnte ich ihn bestimmt lösen …

»Ich habe sie beinahe bewusstlos geprügelt«, würgte Reese hervor. »Aber im letzten Moment hat Skylar sich aufgebäumt. Sie hat Ellie ins Gesicht gesagt, dass Wren sie niemals lieben wird. Niemals geliebt hat. Und da ist Ellie durchgedreht. Sie hat ihre Hände auf Skylars Gesicht gedrückt, sodass sie nicht mehr atmen konnte. Und ich habe einfach zugeschaut …«

Ein Schluchzer entwich Reese' Kehle, und sie krampfte zusammen, das Gesicht zu einer gequälten Grimasse verzogen. Unter normalen Umständen hätte ich vermutlich mehr gefühlt, mehr gelitten. Ich hätte getrauert um ein Mädchen, das ich nie kennengelernt hatte. Doch nun, da dieses verknotete, sich langsam lösende Seil mein einziger Hoffnungsschimmer war, war kein Platz mehr dafür. Ich zog und zog, zerrte, kratzte, in der verzweifelten Hoffnung, meine zweite Hand zu befreien und endlich eine Chance zu bekommen, diesem Wahnsinn zu entkommen.

»Der Rausch war erst vorbei, als sie sich nicht mehr gerührt hat«, flüsterte Reese. Das Haar hing ihr vor dem Gesicht, ihr

Körper war gebeugt wie der einer alten Frau. »Skylar lag da, bleich und schmal im Mondlicht, und hat nicht mehr geatmet. Wir wussten sofort, dass sie tot war.«

Meine Augen waren trocken. Trocken wie Bibelseiten. Ich konnte nicht mehr weinen. Und fühlen konnte ich auch nicht mehr viel. Neben diesem Hauch von Hoffnung spürte ich einfach nur Leere. Die gleiche Leere sah ich auch in Magnus' Gesicht. Das war es also, was hinter seiner Maske lag.

»Wir wollten sie wegschaffen, wollten sie … ach, was weiß ich, was wir wollten, wir standen unter Schock. Als es im Unterholz geknackt hat, sind wir aufgesprungen und weggerannt, weg, einfach nur weg, zurück ins Schloss. Wir haben uns schlafen gelegt, als wäre nichts passiert. Aber mitten in der Nacht hatte Ellie eine Panikattacke und hat sich Magnus anvertraut. Zusammen sind wir noch einmal in den Wald – aber Skylars Leiche war verschwunden.«

Ich hörte mich die Luft einziehen. Ein Teil von mir versuchte Reese noch immer das Gefühl zu geben, sie hätte meine volle Aufmerksamkeit, während der andere Teil hinter der Sessellehne um mein nacktes Überleben kämpfte. Und um Jaspers. »Glaubst du, sie war noch am Leben?«

»Nein«, stieß Reese so vehement aus, dass sie keinen Platz für Zweifel ließ. »Sie ist tot, da bin ich mir sicher. Jemand hat ihre Leiche verschwinden lassen. Mittlerweile glauben wir, dass es Rune war.«

»Rune?«, keuchte ich. »Warum sollte er …«

»Er war derjenige, der Ellie und mich in jener Nacht ertappt hat«, unterbrach mich Reese rüde. »Er hatte schon immer ein Auge auf Skylar geworfen, aber nie den Mut gefunden, es ihr zu sagen. Der verliebte Trottel wollte Skylar bei ihrer Suche unterstützen und ist ihr hinterhergelaufen. Er hat uns dabei beobachtet, wie wir sie getötet haben.«

Ich öffnete den Mund, doch es dauerte lange, bevor ich die richtigen Worte fand. Vielleicht, weil ich all meine Gedanken darauf verwendete, diesen verdammten Knoten aufzukriegen. »Daher also das Medaillon«, sagte ich rau. »Er hat es ihr abgenommen, nachdem ihr weggelaufen seid.« Das volle Ausmaß der Tragik drang erst jetzt zu mir durch. Ich begann unkontrolliert zu zittern. »Aber warum hat er dann zwei Jahre lang dichtgehalten? Warum habt ihr so lange gewartet, ehe ihr ihn zum Schweigen gebracht habt?«

»Weil er lange selbst nicht wusste, was er beobachtet hat«, fauchte Reese. »Für ihn war die Welt nur noch ein verschwommener Schleier. Vermutlich ist er am nächsten Tag mit dem Medaillon in der Tasche aufgewacht und hat sich selbst für den Mörder gehalten. Passenderweise hat Ellie wenige Tage nach Skylars Verschwinden das Gerücht gestreut, Rune könne etwas damit zu tun haben. Er war einfach perfekt für die Rolle des Sündenbocks.«

Sie atmete tief durch. Und auf meinen Armen bildete sich eine Gänsehaut, als ich spürte, wie sich die erste Schlaufe an meiner gefesselten Hand löste.

»Wir dachten, sein Gedächtnis wäre für immer beschädigt. Aber leider hat er sich dann wieder erinnert, bei einer Schultheateraufführung.« Sie gab ein freudloses Lachen von sich. »Ausgerechnet *Romeo und Julia*, und Jasper und ich hatten die Hauptrollen. Zusammen sind wir den Bühnentod gestorben. Als wir für den Abschlussapplaus zurück auf die Bühne getreten sind, habe ich in Runes weit geöffnete Augen geblickt. Da war ein solcher Hass in seinem Blick, dass es mir kalt den Rücken hinuntergelaufen ist. Nach der Vorstellung hat er mich in eine dunkle Ecke gezerrt und an den Schultern gegen die Wand gedrückt. Er hat mir gesagt, er könne sich jetzt wieder an alles erinnern, was in jener Nacht passiert ist. Und dass er Ellie und mich erkannt hat. Die Theatervorstellung hat irgendetwas in ihm getriggert.«

Mein Herz setzte aus. Das war er also, der Fehler, der Rune Griffiths Leben versaut hatte. Hätte er sich direkt an die Schulleitung oder an die Polizei gewendet, wäre er heute wohlauf.

Vielleicht würde ich es sein. Wenn ich nur schneller wäre. Wenn ich meine zweite Hand endlich freikriegte. Reese musste weiterreden, koste es, was es wolle.

Doch Reese brauchte keine Ermunterung.

»Natürlich habe ich alles abgestritten und ihn als Irren bezeichnet«, brachte sie hervor, »aber wir wussten, dass wir sofort handeln mussten, bevor Rune etwas ausquatschen konnte, sonst wären Ellie und ich im Gefängnis gelandet, und Magnus wäre aufgeflogen. Ellie haben wir rausgelassen. Sie ist sehr … impulsiv.«

»Also habt ihr Rune in Jaspers Gruselkabinett gelockt.«

Reese sah mich einen Moment lang stumm an. Dann nickte sie. Sie wirkte müde und erleichtert zugleich. Mein Puls dagegen beschleunigte sich, denn Magnus trat nun mit undurchdringlicher Miene aus dem Schatten hervor. Nein! Ich war noch nicht so weit! Noch hatte ich den Knoten nicht ganz gelöst, noch konnte ich mich nicht wehren!

Die Spritze in seiner Hand fing den matten Schein der Lampe über meinem Kopf auf. Meine Schonfrist war vorüber.

»Bist du jetzt zufrieden?«, fragte er Reese mit kalter Stimme.

Reese antwortete ihm nicht. Ihre Augen flackerten noch ein letztes Mal über mein Gesicht. Ihre Augen. Erst jetzt begriff ich, warum wir uns so ähnlich sahen, über eine zufällige Ähnlichkeit hinaus. Es war nicht das blonde Haar, nicht einmal die Farbe unserer Iriden. Sondern der Ausdruck, der in ihnen lag.

Zurückgewiesenheit.

Ich dachte an Dad. Und das letzte Teil sprang an seinen Platz.

Scheiße! Ich wollte etwas sagen, doch da wandte sich Reese ab, um Magnus das Feld zu überlassen. Nein, nicht jetzt, nicht jetzt, wo ich so nah dran war! Verzweifelt riss ich an meinen Fesseln, versuchte nicht mehr, es zu verstecken.

Magnus packte meinen Arm. Er klemmte ihn zwischen seinen Beinen ein, die bereits aufgezogene Spritze zwischen seinen Zähnen. Ich wimmerte, schrie unter Tränen, doch er lachte nur. Es gab nichts mehr, was ihn aufhalten würde, mich hier, an diesem Ort voll konservierter Erinnerungen, unter Drogen zu setzen und in den Wahnsinn zu treiben. Nichts mehr, außer …

Ich schnappte nach Luft, dachte daran, dass ich nichts mehr zu verlieren hatte. Und dann schrie ich. Schrie so laut, wie es meine Lungen hergaben: »Reese! *Mareesa Whitcraft!* Bist du wirklich so skrupellos, deine eigene Schwester zu opfern?«

Kapitel 39

Die Zeit stand still, und die Nadel tat es zum Glück auch.

Einige Sekunden lang war es ganz ruhig, und nur das leise Brummen eines Generators irgendwo in den Kellergewölben, vermischt mit dem Ticken der Uhren, war zu hören, dann brach Reese in hysterisches Gelächter aus. »Ich bin genauso wenig deine Schwester, wie ich dein Onkel bin, Annabelle Leanne Stirling«, spottete sie. Etwas in mir sackte zusammen. Ich hatte meine letzte Chance vertan. Dann jedoch verstummte Reese' Lachen auf einen Schlag, und die Stille danach jagte mir einen Schauder über den Rücken. »Ich bin nicht deine *Schwester*, Leah. Ich bin *du*.«

Ihre Worte schlugen in mir ein wie ein Meteorit. Mein Gehirn war nur noch eine funktionslose, wabbelige Masse. »Ich verstehe nicht«, hauchte ich. Neben mir erklang Magnus' leises, gemeines Lachen.

Wenn sie doch nur wüsste, hatte er gesagt. *Wenn sie doch nur wüsste, dass du ihre …*

So schadenfroh, wie er kicherte, wusste er sicher ganz genau, was Reese vor mir geheim hielt. Hatte er mich etwa mit Absicht auf die falsche Fährte gelockt?

»Natürlich verstehst du nicht.« Reese' Stimme war bitter. Sie betrachtete mich so hasserfüllt, als überlege sie, mir an Magnus' Stelle den Schuss zu setzen. Dann jedoch fasste sie einen Entschluss. »Mein Name ist nicht Mareesa Whitcraft«, sagte sie mit fester Stimme. »Ich heiße Annabelle Leanne Stirling. Und ich hole mir meinen Namen jetzt zurück.«

Nein, ist er nicht, wollte ich sagen, doch ich brachte nicht einmal ein Flüstern hervor. Ich war Reese und ihren Worten schonungslos ausgeliefert.

»Wir wurden im Krankenhaus vertauscht, meine liebe Leah, und es wurde erst viel zu spät bemerkt. Erst vor wenigen Monaten. Und meine eigene Mutter wollte mich nicht zurück.«

Es war wie ein Schlag ins Gesicht. Ich studierte das Gesicht des Mädchens, mit dem ich wochenlang zusammengewohnt hatte, ließ meinen Blick über ihren Mund gleiten, ihre Nase und die Sommersprossen drum herum. Auf einmal erinnerte sie mich gar nicht mehr an mich. Sondern an Mom. Sie sah haargenau so aus wie sie! Nur die braunen Augen, die fehlten ihr. Mir entwich ein Schluchzen. Reese hingegen war vollkommen versteinert.

»Zuerst wurde deine Mutter vom Krankenhaus kontaktiert. Dann von meinen Eltern. Sie ist nie ans Telefon gegangen – doch schließlich hat sie ihnen einen Brief geschrieben. Darin stand, sie wolle nichts durcheinanderbringen. Das Mädchen, das sie großgezogen habe, sei ihre Tochter, und sie liebe sie von ganzem Herzen. Sie bat meine Eltern, so zu tun, als wäre nichts passiert. Sie wollte mich nicht einmal treffen!« Reese atmete schwer. »Nachdem ich ihren Brief gefunden hatte, verstand ich endlich, warum sich meine Mutter seit Monaten so seltsam verhielt. Sie hatte depressive Schübe. An meinem Geburtstag ließ sie sich erst blicken, als sie so betrunken war, dass sie kaum noch stehen konnte. Mir wurde klar, dass sie dich vermisste.

Dass ich nicht reichte, um sie glücklich zu machen. Und dass meine leibliche Mutter dich so sehr liebte, dass sie mich nicht mehr brauchte.« Reese' Blick durchbohrte mich so voller Hass und Neid, dass mir ganz schwindelig wurde. Sie hatte mich eingeladen, in ihrem Zimmer zu wohnen, hatte mich unter ihre Fittiche genommen – und das alles in dem Wissen, dass ich die Tochter ihrer leiblichen Eltern war. Warum nur hatte sie sich das angetan?

»Seitdem hat sich dein Name in mich eingebrannt, denn es ist mein eigener. Annabelle Leanne Stirling. Ich hätte mich niemals Leah genannt. Ich wäre Anna gewesen oder Belle oder Annabelle. Ich wäre glücklich gewesen, ich selbst. Nun bin ich … ja, was bin ich?« Ihre Stimme versagte. »Ich wollte dich wirklich kennenlernen, Leah. Ich wollte wissen, wer du bist. Ich habe dich sogar gemocht, am Anfang. Bis du begonnen hast, mir auch noch den Rest wegzunehmen. Selbst Jasper. Er hat sofort erkannt, dass ich nur die Kopie bin und du das Original.«

»Aber das ist doch kompletter Quatsch«, flüsterte ich. »Hörst du dir überhaupt mal selbst zu? Du hast alles – wie kannst du mich da nur beneiden?«

Reese ballte die Fäuste, in ihren Wimpern hingen Tränen. »Du verstehst gar nichts. Ich bin kaputt, Leah, und du bist ganz. So einfach ist das.«

»Wir sind doch alle ein bisschen kaputt, Reese«, presste ich hervor. »Aber du wirst dich nicht reparieren können, indem du mich zerstörst.«

Reese schüttelte den Kopf. »Es hat keinen Zweck mehr. Du hast deine Nase in Sachen gesteckt, die dich nichts angehen. Ich kann dich nicht mehr retten.«

»Was ist mit unserer Verbindung?«, schob ich verzweifelt vor.

Reese lächelte bitter. »Die kappe ich jetzt. Dann gibt es nur noch mich.« Sie gab Magnus ein Zeichen. »Bring es zu Ende.

Ich will einfach nur, dass dieser Albtraum aufhört.« Magnus drückte die Spritze gegen meine Haut.

Das war's, dachte ich und spürte zu meiner Verwunderung Erleichterung in mir hochwallen. *Das war das Leben der falschen Annabelle Leanne Stirling.*

Die Nadel durchdrang meine Hautschichten. Gleich würde er kommen, der Schuss, der meinen Geist ins ewige Nirwana befördern würde. Ich schloss die Augen, wartete auf den Schwindel, auf die Schwärze – doch das Geräusch von zerschellendem Glas ließ sie mich wieder aufreißen.

Reese' und Magnus' Köpfe waren herumgeschnellt, ihre Körper drückten vollkommene Verwirrung aus. Ich dagegen starrte mit klopfendem Herzen auf den Boden, auf dem direkt vor ihren Füßen eine geleeartige Masse verspritzt war. Scherben lagen überall herum, und ein rot beschmierter Deckel war beinahe bis zu meinem Sessel geschlittert. Moment ... war das Marmelade?!

Reese wandte sich leicht zu mir um. Sie öffnete den Mund, als wolle sie etwas sagen. Doch in diesem Moment erklangen laute Schritte, und wir alle wandten den Kopf in deren Richtung. Die Schritte kamen aus der Dunkelheit zwischen den Regalen, aus der auch das Wurfgeschoss gekommen sein musste. Nun schälten sich die Konturen einer Person heraus. Als ich erkannte, um wen es sich handelte, ergriffen Ungläubigkeit und Hoffnung von mir Besitz.

Dort, zwischen dem Grammofon und der zersplitterten Vase, stand Carter, und ihre Hexenaugen funkelten.

»Upsi«, sagte sie und grinste ihr gruseligstes Grinsen. »Da ist mir doch glatt das Konfitüreglas aus den Fingern gerutscht.«

Dann stürmte sie direkt auf uns zu und schwang dabei mit bedrohlichen Hieben einen Cricketschläger, den sie irgendwo aus Jaspers Labyrinth gepflückt haben musste.

Für den Bruchteil einer Sekunde sahen Magnus und Reese

so aus, als wollten sie die Flucht ergreifen – dann jedoch packte Reese Magnus am Ärmel.

»Tu es! Es gibt jetzt kein Zurück mehr!«

Ich stöhnte, als Magnus die Spritze noch tiefer in mein Fleisch drückte. Ich bildete mir bereits ein, Wärme zu spüren, die sich auf eine süßlich schmerzhafte Weise durch meine Venen fraß. Dann wurde sein Körper mit einem gewaltigen Ruck nach hinten gerissen. Und mit ihm auch die Spritze, die in einem unsauberen Winkel aus meiner Haut gezogen wurde und klirrend zu Boden fiel.

Zuerst war da nur Schmerz und warmes Blut auf meinem Arm. Dann ein Flimmern. Und schließlich die Erkenntnis, dass ich jetzt auf keinen Fall zusammenklappen durfte.

Ich blinzelte einige hektische Sekunden lang, ehe ich erkannte, was sich da gerade vor meinen Augen abspielte: Magnus rollte stöhnend die Büchertreppe hinab, weil eine andere Person ihn in den Schwitzkasten genommen hatte. Und – mein Atem stockte … es war Wren! Er musste sich von hinten angeschlichen haben, während Carter meine beiden Entführer abgelenkt hatte.

Vor Erleichterung und Dankbarkeit hätte ich beinahe aufgeheult. Mit verschwommenem Blick beobachtete ich, dass Carter Reese mittlerweile beinahe erreicht hatte. Und ehe Reese begriff, wie ihr geschah, rammte Carter ihr auch schon den Cricketschläger in den Magen. Reese' Augen wurden ganz groß und rund. Sie stieß ein abgehacktes Ächzen aus und schien kurz davor, vor meinem Folterstuhl zusammenzubrechen. Ihre Beine gaben nach – doch im letzten Moment fing sie sich wieder und zog sich mit einem hasserfüllten Zischen an der Lehne meines Sessels hinauf.

In diesem Moment fielen mir meine lockeren Fesseln wieder ein, und ich begann erneut, an ihnen rumzureißen.

Reese hatte nur Augen für Carter.

»Du dumme Schlampe«, keuchte sie, während sie langsam aus meinem Blickfeld wankte und sich hinter meinem Sessel vor Carter in Sicherheit brachte. »Wie hast du es geschafft, Denise zu entkommen? Wo *ist* sie?«

Carter grinste raubtierhaft und schwang erneut den Schläger. »Eingesperrt in ihrem Büroschrank natürlich. Vermisst du sie?«

Denise? Ich verstand gar nichts.

Dafür wurde die Fessel an meiner Hand immer lockerer. Und vor meinen Augen begannen dunkle Flecken zu tanzen.

Carter machte einen Satz vor und hieb mit dem Cricketschläger nach Reese, doch diese wich aus. Im Hintergrund hörte ich Magnus stöhnen, als Wren ihm ein paar ordentliche Tritte verpasste. Möglicherweise hatte ich doch noch eine Chance, hier rauszukommen. Wenn ich nur schnell genug war. Schneller als Reese und Magnus. Und schneller als das Heroin, das sich möglicherweise schon in meinen Adern ausbreitete.

»Du bist Dreck«, wisperte Reese. »Abschaum, das bist du, Carter Bonham. Leute wie du und deine tote Schlampen-Mitbewohnerin geben sich nie mit dem zufrieden, was sie besitzen. Sie sind erst glücklich, wenn sie anderen wegnehmen, was ihnen gehört.«

Fuck, ich hatte es geschafft – meine zweite Hand war frei! Wie eine Wilde machte ich mich an den Fesseln zu schaffen, die meinen Bauch an den Sessel schnürten. Die Schlingen fielen wie Ringe zu Boden, als ich sie ausreichend gelockert hatte. Jetzt musste ich nur noch meine Beinfesseln lösen …

Sofort machte ich mich an der ersten zu schaffen. Im Vergleich zu der Schlinge an meinem Handgelenk war es ein Kinderspiel. Zum Glück war Reese viel zu sehr mit Carter beschäftigt, um zu merken, dass ihre Geisel dabei war, den Abflug zu machen.

»Ihr seht zwar aus wie wir, mit euren Markenklamotten, aber das ist nur ein Kostüm«, zischte sie, während sich das Seil an meinem rechten Knöchel löste. »In Wahrheit seid ihr hässliche Wölfe, die uns alles neiden. Ihr wollt uns kaputtmachen. Aber Skylar hat es nicht geschafft, und du wirst es auch nicht!«

Carter stieß ein Brüllen aus und schnellte auf Reese zu. Ihr Schläger zischte haarscharf an meinem eigenen Kopf vorbei, zielte geradewegs auf Reese' Schläfe – doch in diesem Moment krachten Magnus und Wren in einem wütenden Kampfknäuel gegen die Büchertreppe und lösten damit eine kleine Erschütterung aus. Carter stolperte und ließ ihren Cricketschläger fallen.

Darauf hatte Reese nur gewartet. Sie packte Carter am Kragen und funkelte ihr voller Abscheu ins Gesicht, ehe sie sie mit einem Stoß auf den Boden schmetterte. Carter fiel, und ihre Knochen knackten, als sie die Treppe hinabstürzte.

Nein! Ich gab ein Wutgeheul von mir und riss an meiner letzten Beinfessel. Ich musste Carter helfen und verdammt noch mal aufhören, so beschissen nutzlos zu sein.

In diesem Moment erklang ein lautes Krachen, und mein Blick fuhr nach unten. Magnus stieß Wrens Kopf auf den Boden. Über Wrens Stirn floss Blut, seine Augen waren weit aufgerissen. Magnus packte ihn am Kragen und schien kurz davor, es zu wiederholen. Ich wollte schreien, Magnus anflehen, aufzuhören. Stattdessen löste ich die letzte Fessel und erhob mich auf wackeligen Beinen. Beinahe wäre ich in der Konfitürematsche ausgerutscht, doch ich fing mich gerade rechtzeitig. Zittrig setzte ich meinen Weg fort. Und als ich mein Ziel erreichte, bückte ich mich, hob Carters Cricketschläger auf – und schleuderte ihn in Magnus' Richtung. Ein dumpfer Aufprall erklang, dann ein Stöhnen. Magnus hielt sich den Rücken und starrte ungläubig zu mir nach oben. Eigentlich hatte ich seinen Kopf treffen wollen, doch immerhin hatte er nun aufgehört, Wrens Stirn auf den Boden zu hämmern.

»Warte nur, du Psycho!«, brüllte ich und wankte in Richtung des Abstiegs. »Gleich komm ich runter und erwürg dich mit einem deiner beschissenen Hemden!«

Doch ich kam nicht weit. Denn da war immer noch Reese. In einer fließenden Bewegung hob sie die Spritze auf, die Magnus bei Wrens Angriff auf ihn hatte fallen lassen, und presste sie mir im nächsten Moment auch schon an den Hals. Mein Atem klang überlaut in meinen Ohren. Ich spürte, wie sich meine Hände hoben, von ganz allein. Als wollte mein Körper ohne mich kapitulieren. Denn gewinnen würde ich nicht mehr.

»Hör auf mit dem Scheiß!«, hörte ich Carters Stimme vom Ende der Büchertreppe. Sie klang ungewohnt ängstlich, panisch. »Tu ihr nichts, okay? Ich mach alles, was du willst, aber tu ihr nichts!«

Reese beachtete sie nicht, sondern trat so nah an mich heran, dass ihre Lippen beinahe meine Haut berührten. Als sie zu sprechen begann, stellten sich mir sämtliche Haare im Nacken auf.

»Weißt du, Leah«, raunte sie in mein Ohr, »vielleicht will deine Mom mich ja endlich kennenlernen, wenn du erst einmal weg bist. Vielleicht wird sie mich dann genauso lieben wie dich.«

»Nein«, krächzte ich. Es war der letzte Akt der Rebellion, den ich aufbringen konnte. »Sie wird dich niemals lieben, Reese. Du bist nicht ihre Tochter. Du hast nur zufällig ein paar Gene von ihr.« Reese rammte mir die Spritze in den Hals. Einen kurzen, schmerzhaften Moment fühlte ich mich so glücklich wie noch nie in meinem Leben. Dann wurde es schwarz um mich herum.

Kapitel 40

Als ich aufwachte, bestand die Welt aus Schmerz. Aus bleischweren Gliedern, Übelkeit und den braunen Augen meiner Mutter, die vor geweinten Tränen ganz rot waren. Es piepte. Von allen Seiten piepte es. Es sollte aufhören.

»Schalt das aus«, flüsterte ich. »Mach, dass es weggeht.«

Mom versuchte mich zu beruhigen, doch ihre zitternde Stimme versetzte mich nur noch in größere Panik. Ich schnappte nach Luft, röchelte, sah mich mit aufgerissenen Augen um. Weiß. Weiß. Überall Weiß. Und ein Bild an der Wand. Es zeigte ein Kornfeld und eine Frau im Kleid, die zwischen den Ähren hindurchspazierte. Ich hasste sie für ihre Unbeschwertheit.

»Aufhören!«, schrie ich. »Hör auf damit!«

Doch sie hörte nicht auf. Sie lief unentwegt über dieses beschissene Feld. Ihr dämliches blaues Kleid flatterte im Wind. Ich wollte das Bild von der Wand reißen und zertrümmern.

»Leah, beruhige dich«, hörte ich Moms vertraute Stimme durch die Hitze dringen, die meine Wut war.

Doch ich beruhigte mich nicht. Ich zappelte und versetzte Mom unbeabsichtigt einen Schlag ins Gesicht. Sie schrie. Das Piepen wurde lauter. Aufhören! Dann kamen sie, die Gestalten in Weiß. Weiße Gestalten im weißen Raum. In meinem Kopf war alles rot.

»Alles ist gut«, sagte eine Stimme, und dann wurde ich müde.

Nichts ist gut, wollte ich sagen. *Du weißt gar nichts, gar nichts weißt du. Erhäng dich doch an deinem beschissenen Kittel.* Aber bevor ich auch nur die Lippen öffnen konnte, war ich schon weggedämmert.

Das nächste Aufschrecken war wie ein Sprung ins kalte Wasser. Auf einen Schlag war ich wach und wusste alles wieder. Bilder tanzten vor meinen Augen wie Teile eines Mobiles. Büsten im Schummerlicht, deren Augen mich verfolgten. Carters aufgerissener Mund, als sie sich am Fuße der Büchertreppe zusammenkrümmte. Eine schlaffe Hand, die bleich und verletzlich über einer Sofalehne hing. Jaspers Hand. Oh Gott, Jasper! Mein Herz schlug wie wild, und meine Gedanken liefen Amok. Ging es ihm gut? War er heil aus dem Gruselkabinett herausgekommen? Würde man ihn jetzt verhaften? Aber was wäre dann mit seinem Traum, Kunstgeschichte zu studieren?

Ruhig, sagte ich mir, *beruhige dich, Leah! Du hast gerade weitaus größere Probleme als die Zukunft deines Ex-Freundes.*

Ich nahm einen zitternden Atemzug und setzte mich ruckartig auf. Fehler. Die Sterne tanzten vor meinen Augen. Erst nachdem sie sich langsam beruhigt hatten, drehte ich meinen Kopf vorsichtig nach rechts. Dort saß sie, Mom, und sah mindestens so verängstigt aus wie ein Reh im Scheinwerferlicht.

»Es tut mir leid«, sagte ich. Nein, *krächzte* ich. Was war mit meiner Stimme passiert? Sie klang, als habe ein sadistischer Chirurg an meinen Stimmbändern herumgeschnippelt. Und ich hätte es verdient. Ich war eine schlechte Tochter.

Falsch, korrigierte ich mich. Ich war nicht ihre Tochter. Ich war lediglich das Mädchen, das sie aufgezogen hatte.

»Schhht.« Mom fasste mich sanft an den Schultern und drückte mich zurück in die Kissen. Ich wollte Widerstand leisten, doch mein Körper war nach dem kurzen Adrenalinkick bereits wieder so schwach, dass es mir nicht gelang. »Beruhige dich, Leah. Dir muss nichts leidtun. Das ist nicht deine Schuld.«

»Doch, ist es.« Mit Entsetzen registrierte ich, dass ich mich anhörte wie das dreijährige Kind, das ich einmal gewesen war. Fiebrig und verschwitzt im Bett, während Moms kühle Hand über meine Stirn strich. Wie sehr ich mich in diese Zeit zurückwünschte. Wie sehr ich bedauerte, sie und mich kaputtgemacht zu haben. »Ich wollte dich nicht schlagen, Mom«, beteuerte ich. »Das wollte ich nicht. Aber ich war zu schwach. Es tut mir so …«

»Schhht«, machte Mom wieder und strich mir die Tränen von den Wangen, was eine aussichtslose Sache war, weil sofort neue nachkamen. Ihr Lächeln sah so traurig aus, als sei sie kurz davor, selbst loszuheulen. Doch sie blieb stark, für mich. »Du bist seit zwei Tagen im Krankenhaus«, flüsterte sie. »Sie haben dich sofort nach Aurora geflogen, nachdem deine Freunde im Schloss Alarm geschlagen haben. Beinahe wäre es schlecht ausgegangen. Zuerst hieß es, geringe Überlebenschancen, dann Koma. Ich dachte …« Ihre Stimme brach. Kurz schloss sie die Augen, und nun kämpfte sich doch eine Träne darunter hervor. »Ich dachte, ich komme zu spät. Dass mein kleines Mädchen stirbt und ich nicht da bin. Einzig deinen beiden Freunden haben wir zu verdanken, dass du jetzt noch hier bist.«

»Carter und Wren.« Ich flüsterte ebenfalls. »Sie haben mich gerettet.«

Mom nickte und schniefte. »Sie haben diese verdammte Karnevalstruppe vermöbelt«, sagte sie und lachte dann unter Tränen auf, bevor das Lächeln aus ihrem Gesicht fiel und sie sich eine Hand auf den Mund presste.

»Mom.« Unbeholfen tätschelte ich ihre Hand. »Alles ist gut. Ich bin hier.«

Erst als ich es aussprach, registrierte ich, dass es wahr war. Ich hatte geglaubt zu sterben. Ich hatte geglaubt, tot zu sein. Doch ich war hier und lebte, und Skylar Avery würde endlich sterben können. Nun, da wir wussten, dass sie ohne jeden Zweifel tot war.

Keinen Augenblick lang machte ich mir die Illusion, dieses Wissen sei meinen professionellen Ermittlungen zu verdanken. Alles, was ich getan hatte, war, ohne Sinn und Verstand Dreck aufzuwühlen, um schlussendlich fast unter all dem Schlamm zu ersticken. Ich war so was von gescheitert.

Moms Augen glänzten verdächtig, sie sah mich an wie das Wertvollste auf der Welt, brachte aber keinen Ton heraus.

»Mom«, versuchte ich es wieder, aber schließlich versagte auch meine Stimme. Mehrere Male setzte ich an, etwas zu sagen, irgendetwas Witziges, irgendetwas Belangloses, etwas, was diese furchtbare Friedhofsstimmung endlich beendete, doch stattdessen spürte ich, wie sich in mir ein Schluchzen hinaufkämpfte. Vorher waren es stumme Tränen gewesen, die mir über das Gesicht gelaufen waren. Jetzt boxten sie mir in den Magen, wollten aus mir herausgeschrien werden.

Mom hielt meine Hand, während es mich in meinem Krankenbett schüttelte. Vor Schmerz, vor Trauer, doch vor allem vor Reue. Ich hatte keine Kraft mehr, um meine Schutzmauern hochzufahren. Es war, als rausche ein Fluss durch mich hindurch und risse alles mit, was nicht niet- und nagelfest war. Die letzten Ruinen meiner Barrikaden. Aber auch den Schmutz, der sich über die letzten Monate angesammelt hatte.

Nach einer Weile lächelte Mom mich zaghaft an und strich mir über das Haar. »Du solltest jetzt schlafen. Das war zu viel für dich, du bist noch lange nicht gesund.«

»Nein«, bat ich, obwohl ich spürte, wie die Müdigkeit an meinem Körper zehrte. »Du musst mir alles erzählen, was passiert ist.«

Einen Moment lang sah es so aus, als wolle sie mir widersprechen, dann seufzte sie und schüttelte meine Decke auf. »Du Sturkopf«, murmelte sie. »Das hast du von deinem Vater.«

Es war so absurd, dass sie das sagte.

»Dad«, sagte ich leise. »Ist er auch da?«

Mom schüttelte langsam und bedauernd den Kopf. »Ich habe ihn nicht erreicht. Du weißt, das hat nichts mit dir zu tun. Er ist einfach … Er lebt nicht wie wir. Guckt selten auf sein Handy.«

Es war das erste Mal seit sehr langer Zeit, dass sie über Dad sprach. Vorher hatte ich nicht einmal geahnt, dass sie seinen Aufenthaltsort kannte.

»Ihr habt … Kontakt?«, flüsterte ich.

Sie nickte. Schüttelte den Kopf. »Nicht wirklich. Aber meist kenne ich seine aktuelle Adresse. Wenn du möchtest …«

Ja!, wollte ich rufen. *Erzähl mir alles von ihm!* Und gleichzeitig war da dieses Gefühl. Keine Enttäuschung, keine Trauer, vielmehr fühlte es sich an wie … Resignation. Und Trotz.

Es hatte viele Momente in meinem Leben gegeben, in denen ich mich wertlos gefühlt hatte. In denen ich mich danach gesehnt hatte, dass Dad vorbeikam und mich mit sich nahm. Oder mir einfach nur eine Postkarte schrieb. Doch hier und jetzt, in meinem Krankenbett, wurde mir bewusst, dass ich seine Anerkennung nicht mehr wollte. Weil ich gelernt hatte, ohne sie zu leben. Und weil ich so viele andere gute Menschen kannte, die sich selbst dann um mich sorgten, wenn ich mich wie ein absolutes Arschloch verhielt.

»Das ist gerade nicht wichtig«, sagte ich und räusperte mich. »Gerade ist alles andere wichtiger.«

Mom setzte sich beinahe schüchtern auf den Stuhl neben meinem Bett. »Was willst du wissen?«, fragte sie leise. Ihr Blick war vorsichtig geworden, als warte sie auf einen Dolchstoß zwischen ihre Rippen und nicht auf eine Frage.

»Was ist mit Carter und Wren passiert?«, fragte ich. »Wie haben Magnus und Reese es geschafft, sie davon abzuhalten, mir zu helfen?«

Mom atmete tief durch.

»Anscheinend haben Magnus und … Reese damit gerechnet, dass dein Date mit Jasper nur ein Ablenkungsmanöver war. Deswegen haben sie Denise zu Magnus' Zimmer geschickt, um Carter dort auf frischer Tat zu ertappen. Was sie dann auch getan hat … Sie hat Carter in ihrem Büro festgehalten und ihr unterstellt, *sie* sei die Schlossdiebin, um für Magnus und Reese Zeit zu schinden. Sie wurde von den beiden bestochen, ist das zu fassen? Dabei hat sie bei unserer ersten Begegnung so kompetent gewirkt!«

Ja, das mit dem Schein konnte Denise wirklich gut. Vermutlich war sie die bestverdienende Angestellte auf Elm Castle gewesen – bis sie zusammen mit Magnus und Reese aufgeflogen war.

»Und wie hat Carter es dann doch noch geschafft zu fliehen?«

In Moms Gesicht zuckte es. »Nachdem Carter bemerkt hat, dass etwas mit Denise' Verhör nicht stimmte, wollte sie gehen, doch Denise hat sich ihr in den Weg gestellt, und es kam zu einer Rangelei. Dabei … ähm … ist Denise wohl irgendwie in ihrem Schrank gelandet.«

What?

»Und dann hat Carter deinen anderen Freund gerettet, Lawrence.«

»Wren«, sagte ich.

»Wren«, wiederholte Mom und lächelte. »Er war im Büro

des Internatsdetektivs eingeschlossen. Denise' Freund hatte wohl an dem Ort gewartet, an dem Wren sich mit Magnus treffen wollte. Carter hat das Schloss geknackt, und zusammen sind die beiden in den Keller gerannt. Wren hatte zum Glück einen Schlüssel. Wie es aussieht …«, Mom schluckte, »hat Jasper für jeden seiner engen Freunde einen anfertigen lassen. Auch für die anderen drei.«

Alles in meinem Inneren zog sich schmerzhaft zusammen.

»Jasper«, flüsterte ich. »Geht es ihm gut?«

Mom lächelte freudlos. »Soweit ich weiß, ist er mit einer leichten Gehirnerschütterung und einer gebrochenen Nase davongekommen. Also deutlich besser als du.«

Erleichterung flutete meinen Körper. Das war alles, was ich wissen musste. Jasper ging es gut.

»Es sah verdammt schlecht für deine Freunde aus, aber Gott sei Dank kam die Polizei noch rechtzeitig. Carter hatte sie informiert, bevor sie und Wren in den Keller gerannt sind. Man musste sofort einen Helikopter für dich rufen, weil Reese dir eine Überdosis verabreicht hat. Es hat nur so wenig gefehlt, und du wärst tatsächlich gestorben.« Ihre Stimme brach.

Und in mir wurde alles kalt. Ich wäre um ein Haar nicht nur zu einem Hirnzombie geworden, sondern komplett vom Erdboden getilgt worden. Ob Reese das wohl gewusst hatte, als sie mir die Spritze in den Hals gerammt hatte?

»Wo sind Reese und Magnus jetzt?«

Moms Blick huschte unruhig über das Bild mit dem Kornfeld an der Wand hin zur Zimmertür. »Zu Hause«, sagte sie schließlich. Leise und schnell, als könne ich die schlimme Nachricht darin überhören.

»Zu Hause?«, brauste ich auf. »Wie kann das sein?!«

»Beruhig dich.« Mom sah aus, als bekäme sie selbst gleich einen Herzkasper. »Sie wurden befragt und zusammen mit einem anderen Mädchen in Untersuchungshaft genommen, aber ihre Eltern haben sie auf Kaution freibekommen. Sie warten jetzt auf weitere Vernehmungen. Und auf ihren Prozess.«

Die nächste Frage brannte mir so sehr auf der Seele, dass keine Zeit zum Aufatmen blieb. »Das andere Mädchen, von dem du gesprochen hast, war das Ellie?«

Mom nickte. »Ich glaube, so hieß sie. Sie soll mit dem Verschwinden eines Mädchens vor zwei Jahren in Verbindung stehen.«

»Mit der *Ermordung*«, korrigierte ich Mom unwirscher als beabsichtigt. »Ellie hat ein Mädchen aus Eifersucht mit ihren eigenen Händen erstickt! Und Reese hat ihr dabei geholfen.«

Wieder zuckte Mom zusammen. »Reese«, sagte sie leise.

»Ja.« Meine Gesichtszüge fühlten sich an wie versteinert. »Wie ich auf bittere Weise herausfinden musste, ist das nicht ihr richtiger Name.«

Mom wurde bleich wie die Wand, und das Begreifen ließ ihre Augen groß werden.

»Sie hat es mir erzählt«, sagte ich knapp.

Mom schwieg eine lange Zeit. Sie starrte auf den Boden, und ich starrte an die Decke. Schließlich sagte sie: »Das ist alles meine Schuld. Ich hätte dich niemals auf dieses Internat schicken sollen.«

Nein, dachte ich. *Es ist niemandes Schuld. Nur das, was wir daraus gemacht haben – das ist unverzeihlich.*

Laut sagte ich: »Wusstest du, dass Reese hier zur Schule geht?«

Ich hörte, wie Moms lange blonde Haare über ihre Schultern strichen, als sie den Kopf schüttelte. »Ich hatte keinen blassen Schimmer«, sagte sie. »Dabei hätte ich es mir denken können. Phillis ist die Leiterin des angesehensten Eliteinternats der Südstaaten, und ich kenne Mareesas Eltern noch aus der

Schulzeit. Sie haben bestimmt hohe Ansprüche an die Bildung ihrer Tochter.«

»Phillis?«, fragte ich irritiert. Warum nannte sie die Bitterfield beim Vornamen?

Mom machte eine bedeutungsschwere Pause. »Annabelle …« Der Ton ihrer Stimme ließ mich Böses ahnen. Ich stellte mich auf das Schlimmste ein. »Direktorin Bitterfield ist meine Schwester. Phillis ist deine Tante.«

Badums.

Badums.

Badums.

Mein gleichmäßig schlagendes Herz lachte mich aus. »Verarsch mich nicht!«, platzte es schließlich aus mir heraus. »Dieser Roboter soll die Schwester sein, zu der du vor Jahren den Kontakt abgebrochen hast?«

Mom raufte sich die Haare. Sie sah aus, als mache sie sich und all die unausgesprochenen Geheimnisse dafür verantwortlich, dass ich nun in diesem Bett lag. Womit sie auf gewisse Weise vermutlich recht hatte. »Verstehst du jetzt, warum ich dich ausgerechnet nach Elm Castle geschickt habe?«, fragte sie. »Ich habe Phillis gebeten, dich dort aufzunehmen. Deswegen musstest du auch keine Aufnahmeprüfung ablegen. Für dich als ihre Nichte war die Unterbringung natürlich umsonst.«

»Du willst mir doch nicht ernsthaft erzählen, dass meine dämliche Tante genug Kohle hat, um ein Schloss zum Internat umzufunktionieren, während wir in einer langweiligen Wohnung in einem noch langweiligeren Vorort wohnen«, brauste ich auf. »Das ergibt doch keinen Sinn! Seit wann scheffeln sich Lehrkräfte zu Millionären?«

Mom wand sich unbehaglich. »Phillis hat sich das Geld nicht selbst erarbeitet. Es ist ihr sozusagen in die Wiege gelegt worden.«

»Könntest du bitte aufhören, in Rätseln zu sprechen?«

Mom atmete tief durch, dann sah sie mir fest in die Augen. »Meine Familie hat Geld. Und ich hatte es auch. Die Bitterfields sind seit Generationen Marktführer auf dem Gebiet der Nudelfertigsoßen. Erinnerst du dich: *Eccelente – Italienische Sonne in Gläsern?* Tja, das sind wir.«

Mir blieb der Mund offen stehen. Das Zeug hatte ich andauernd nach der Schule in mich reingeschaufelt. Ausgerechnet ich sollte der Abkömmling eines Passierte-Tomaten-Magnaten sein? Beinahe hätte ich hysterisch zu kichern begonnen.

»Aber als ich deinen Vater geheiratet habe, hat mich meine Familie enterbt«, fuhr Mom fort. »Sie hielten ihn für einen Taugenichts, der nur auf mein Vermögen aus war. Doch ich habe ihn genug geliebt, um auch ohne Geld mit ihm glücklich zu sein. Schade nur, dass das nicht auch auf ihn zugetroffen hat.« Sie lachte bitter auf. »Die Einzige aus meiner Familie, die den Kontakt nicht vollständig abgebrochen hat, war Phillis. Bis zu deiner Geburt – und auch noch ein paar Monate danach – hat sie mich finanziell unterstützt. Sie hat sogar ein Konto auf deinen Namen angelegt. Nach deinem Schulabschluss erhältst du Zugriff darauf, damit du die Collegegebühren bezahlen kannst.«

Mein Mund klappte abermals auf. Auf einmal erschien mir mein Leben in einem vollkommen anderen Licht. Ich hatte wohl doch besser nach Elm Castle gepasst, als ich die ganze Zeit über geglaubt hatte. Reese und ich kamen aus den gleichen versnobten Verhältnissen.

Bei diesem Gedanken traf es mich wie der Blitz. »Die Bitterfield … äh, Phillis … hat dir eine Geburt im Privatkrankenhaus organisiert, stimmt's?«, fragte ich aufgeregt.

»Ja«, bestätigte Mom leise. »Es war das gleiche Krankenhaus, in dem auch Reese' Mutter entbunden hat. Und irgendwie muss es beim Anlegen der Babyarmbänder zu einer Verwechslung gekommen sein. Vielleicht wollte uns auch jemand einen bösen Streich spielen, möglich ist alles. Aber weißt du was, Annabelle? Ich bin demjenigen nicht böse, der dafür verantwortlich ist. Denn nur so habe ich die Gelegenheit bekommen, deine Mutter zu werden.«

Ihre Stimme zitterte, und ich spürte, dass es sie unglaublich viel Kraft kostete, nicht wieder loszuweinen. Auch ich wäre am liebsten heulend in ihre Arme gefallen. Aber dafür war es noch nicht an der Zeit. Ich musste *alles* wissen.

»Wann hast du es erfahren?«, fragte ich und räusperte mich. »Seit wann weißt du, dass Reese und ich vertauscht wurden?«

»Seit einem Jahr«, sagte sie leise. »Das Krankenhaus hat alte Akten geprüft und entsorgt, und einer der Schwestern fielen Ungereimtheiten auf. Ich bin aus allen Wolken gefallen, als sie mich kontaktierte und mir dazu riet, einen Mutterschaftstest zu machen. Und dann trudelte auch schon ein Brief von den Whitcrafts ein. Jennifer schrieb, sie habe es schon immer irgendwie gewusst. Irgendwo, tief in sich drin, habe sie gefühlt, dass Mareesa nicht ihre Tochter sein konnte. Vermutlich sei das auch der Grund, weswegen sie und ihr Mann keine emotionale Bindung zu Mareesa hätten aufbauen können.«

Heilige Scheiße – das war harter Tobak. Obwohl sich alles in mir gegen dieses Gefühl sträubte, tat Reese mir auf einmal leid. Es musste schrecklich sein, wenn man von den eigenen Eltern das Gefühl vermittelt bekam, das falsche Kind zu sein.

»Als dann das Ergebnis des Gentests eintraf, fragte ich mich, wie ich die ganze Zeit so blind sein konnte. Ja, du und ich haben die gleiche Haarfarbe und eine ähnliche Gesichtsform, aber das war's dann auch schon mit der Ähnlichkeit.« Mit fahrigen Bewegungen holte sie ihr Smartphone aus der Jackentasche und begann darauf herumzuwischen. »Ich habe hier noch ein paar abfotografierte Bilder von früher drauf. Auch aus meiner Schulzeit … und von Jennifer. Sie sah in deinem Alter haargenau so aus wie du, es ist wirklich …«

»Ich will sie nicht sehen«, unterbrach ich sie. Meine Stimme zitterte. Ob vor Trauer oder Wut, konnte ich nicht sagen. »Wie konntest du mir nur verschweigen, dass ich nicht deine Tochter bin?«

»Aber das bist du doch.«

»Du weißt, was ich meine!«

Mom seufzte. Ich sah, dass sie mit den Tränen kämpfte. Aber in diesem Augenblick konnte ich kein Mitleid empfinden.

»Du warst nicht die Einzige, die an den Wochenenden ein Doppelleben geführt hat«, gab sie schließlich mit gesenktem Blick zu. »Ich war nicht jedes Wochenende bei Dave, wie ich dir erzählt habe. Ich war bei meinem Anwalt. Und ich habe die Eltern von Mareesa getroffen. Nachdem das Krankenhaus uns von der Verwechslung in Kenntnis gesetzt hatte, war für mich sofort klar, dass du niemals davon erfahren durftest. Ich hatte schon so vieles falsch gemacht in meinem Leben, aber dich wollte ich nicht auch noch verlieren.«

Mom lachte verzweifelt auf, und in mir zog sich alles zusammen. Während ich mir im Marshflower die Birne weggeschossen hatte, hatte sie also um mich gekämpft.

»Ich weiß, es war dumm«, fügte sie hinzu, als sie meinen Blick bemerkte. »Aber ich habe mir vorgestellt, wie du dich immer weiter von mir entfernst, wenn du davon erfährst. Deine Mutter … sie ist dir so entsetzlich ähnlich, Annabelle, innerlich wie äußerlich. Sie ist charmant, charismatisch … aber im Gegensatz zu dir hat sie von Anfang an gelernt, wie sie Personen für sich einnehmen kann, und das immer zu ihrem Vorteil ausgenutzt. Ich hatte Angst, dass sie dich mir wegnimmt, dass sie es irgendwie schafft, nicht nur deine wahre, sondern auch noch deine coolere Mutter zu sein. Zumal es in letzter Zeit nicht besonders gut zwischen uns lief …« Sie gab einen seltsamen Laut von sich, halb Lachen, halb Schluchzen, und stützte den Kopf in die Hände. »Und dann auch noch das Geld, all das Geld. Sie hätte dir so viel mehr bieten können.«

Mom schlug sich die Hand vor den Mund und begann bitterlich zu weinen. In mir kämpften die Gefühle. Trauer. Wut. Verwirrung. Erleichterung.

Schließlich streckte ich die Hand aus und legte sie sanft auf ihren Arm. Unter meinen Fingern spürte ich, wie ihr Körper zitterte. Mom, meine Mom. Wie hatte sie das all die Zeit nur mit sich herumschleppen können?

Ich richtete mich auf und schlang die Arme um sie, presste sie an mich. Und Mom umarmte mich ebenso verzweifelt zurück.

So hielten wir uns, bis sie sich beruhigt hatte und auch der Schmerz in meinem Inneren etwas abflaute. Ich fühlte mich seltsam ruhig in ihren Armen, die warm und weich waren und nach Geborgenheit rochen. Langsam ergriff die Müdigkeit von mir Besitz. Vielleicht lag es an dem Zeug, das mir durch den Tropf verabreicht wurde. Vielleicht auch an der Aufregung. Mit jedem Augenblick in Moms Armen wurde ich müder und müder.

»Ich weiß nicht, ob ich sie treffen will. Meine biologischen Eltern, meine ich«, murmelte ich, als ich meine Augen kaum noch offen halten konnte. »Ich glaube, sie sind schrecklich. Reese muss sich furchtbar ungeliebt gefühlt haben.«

»Mach dir darüber keine Gedanken«, sagte Mom leise. »Diese Entscheidung läuft dir nicht weg. Und es ist vollkommen okay, wenn du sie erst mal gar nicht treffen willst.«

Ich nickte und kämpfte darum, wenigstens noch für ein paar Augenblicke bei Bewusstsein zu bleiben. »Mom«, flüsterte ich, während die Dunkelheit mich sanft lockte und ich ihrem Ruf kaum noch widerstehen konnte.

»Ja, mein Mädchen?«

Ich schluckte, bevor sich die Worte für immer in meiner Bewusstlosigkeit verloren, und sagte mit letzter Kraft: »Ich muss noch mal zurück. Nach Elm Castle, mein ich.«

Kapitel 41

Drei Wochen später

Elm Castle ragte vor mir auf in all seiner unterkühlten Pracht. Die spitzen Zinnen des Schlosses wuchsen bis in den grauen Herbsthimmel hinein und hängten selbst die höchsten Kiefern ab, die sich scheu wie zurückgetriebene Wölfe im Hintergrund hielten. An anderen Orten hätte sich das Orange, Rot und Gelb der Laubbäume wie leuchtende Laternen vom Nebeldunst abgehoben, doch hier, wo nur stumme Nadelriesen hausten, vermischte sich ihr dunkles Grün mit der Allwetterpampe der anbrechenden dritten Jahreszeit.

Ein leises Seufzen brach aus meiner Brust. Sehnsüchtig, wehmütig. Nicht nur Mom, sondern auch Dave, Junis und seine Oma hatten mir davon abgeraten, jemals wieder auch nur einen Fuß auf das Internatsgelände zu setzen. Doch ich war wild entschlossen, mich meinen Geistern zu stellen. Wenigstens dieses eine Mal nicht wegzulaufen, wie ich es die ganzen letzten Monate getan hatte. Mit meinen Laufschuhen und mit meinem Herzen.

Der Kies knirschte unter meinen Füßen, als ich mich langsam, wie ein Astronaut im All, auf das Eingangsportal zubewegte. Ich hatte Mom gebeten, mich einen Moment allein zu lassen – mir Zeit zu geben, Abschiedsworte zu suchen für ein totes Gebäude, das weder Zeit noch Gesichter kannte. Zu meiner Überraschung hatte sie genickt, war jedoch nicht zurück ins Auto gestiegen, um sich in Aurora ein gemütliches Café zu suchen. Stattdessen hatte sie mir mitgeteilt, wo ich sie in den nächsten Stunden finden würde: im Büro der Direktorin.

»Wenn mir diese schreckliche Geschichte eins gezeigt hat, dann, dass wir auf unsere Lieben achtgeben sollen«, hatte sie mir gesagt. »Es ist an der Zeit, dass Phillis und ich uns aussprechen. Familienfehden und verletzter Stolz hin oder her, wir sind immer noch Schwestern, verdammt.«

Wenn auch eine von euch halb Roboter, halb Mensch ist, hatte ich gedacht und in mich hineingegrinst. Es fiel mir immer noch schwer zu glauben, dass diese Schachtel von Bitterfield wirklich meine Tante sein sollte. Und aus irgendeinem Grund bezweifelte ich auch, dass sie die Sorte von Tante war, die ihre Nichten und Neffen mit ausgefallenen Weihnachts- und Geburtstagsgeschenken verwöhnte.

Der Kiesparkplatz vor dem Schloss war, abgesehen von unserem roten Uraltauto und vereinzelten Lehrerfahrzeugen, vollkommen leer, und auch im Schloss verhielt es sich nicht anders. Keine Menschenseele war zu sehen. Kein Wunder, schließlich war später Vormittag und der Unterricht in vollem Gange. Dann würde ich eben bis zur Mittagspause warten müssen, um mich noch einmal bei Carter und Wren zu bedanken und mit ihnen über die anstehenden Gerichtsprozesse zu reden. Alles in mir kribbelte vor Nervosität und Vorfreude, sie endlich wiederzusehen. Denn obwohl wir die letzten Wochen gechattet und telefoniert hatten, war es doch etwas anderes, ihnen in echt gegenüberzutreten. Schließlich waren sie die Einzigen, die mich verstanden. Die genauso sehr gelitten hatten. Wenn nicht sogar noch mehr.

Während ich durch die leeren Gänge streifte, in denen hin und wieder gedämpftes Murmeln aus dem Lehrerzimmer oder den Klassenräumen zu hören war, schweiften meine Gedanken weiter. Zu Ms Evergreen, die mir einen langen Brief geschrieben hatte, in dem sie mir alles Gute für die Zukunft wünschte. Zu Denise und ihrem Freund, die sich für ihre Bestechlichkeit bald vor Gericht verantworten mussten. Und zu Jasper. Jasper, der Drogen an Minderjährige verkauft hatte und den ich dennoch nicht vergessen konnte. Es gab Nächte, da träumte ich, dass sie ihn totgeschlagen hatten. Dann sah ich sein Gesicht, sein blasses, lebloses Gesicht mit der zertrümmerten Nase und den blutüberströmten Wangen. Die Erleichterung, wenn ich aufwachte und feststellte, dass das alles nur ein Albtraum gewesen war, überwältigte mich jedes Mal von Neuem. Und manchmal saß ich dann im Bett und heulte mir die Augen aus dem Kopf, denn in diesen Momenten spürte ich sie wieder körperlich: die Angst, dass es auch ganz anders hätte ausgehen können.

Einmal war ich schwach geworden. Nachts um vier, als das ganze Haus schlief, hatte ich seine Nummer gewählt. Nur zwei Mal hatte es geläutet, dann war er drangegangen.

»Leah.« Seine Stimme hatte nicht atemlos geklungen, so wie ich es mir ausgemalt hatte. Sie war fest und wach und voller Bedauern gewesen. Ich hatte nichts erwidert, nur auf seinen ruhigen Atem am anderen Ende der Leitung gelauscht. Schließlich sagte er: »Ich wusste nicht, ob du mich sehen willst. Genauer gesagt war ich mir ziemlich sicher, dass du meinen Namen nie wieder hören willst. Deswegen habe ich dich nicht im Krankenhaus besucht. Aber ich habe alle nach dir ausgefragt. Wie es dir geht. Ob du gesund bist.«

Pause. Er schien auf eine Antwort zu warten. Doch ich hatte

keine. In meinem Kopf war alles leer, nur in meinem Bauch rumorten alle Tausend Gefühle, die ich für Jasper hatte. Zuneigung. Zärtlichkeit. Enttäuschung. Angst.

Komm, sag etwas, Leah.

Doch ich konnte nicht. Vielleicht spürte er das, denn er redete weiter, schneller diesmal, als sprudelten die Worte aus ihm heraus. »Der Anwalt meiner Eltern verhandelt im Moment mit der Richterin. Es sieht so aus, als würde ich mit Sozialstunden davonkommen. Dabei wünschte ich, sie würden mich einfach wegsperren. Ich hatte die Hoffnung, meine Eltern würden den Anwalt abziehen, als ich ihnen gesagt habe, dass ich nicht in ihr Unternehmen einsteige. Aber das haben sie leider nicht getan. Vielleicht ist es ihr großzügiges Abschiedsgeschenk. Aber ich will es nicht. Genauso wenig wie ihr Geld.«

Ich hörte, wie er schluckte.

»Ich werde es wiedergutmachen, Leah. Das verspreche ich. Nach dem Abschluss trage ich mich für ein Drogenpräventionsprogramm ein. Dann tingel ich von Schule zu Schule und erzähle unsere Geschichte.«

»Und danach?« Meine Stimme klang krächzend.

Zum ersten Mal hörte ich ihn lächeln. »Danach suche ich mir einen Nebenjob und studiere Kunstgeschichte.«

Ich spürte, dass er auf eine Reaktion wartete. Auf eine Bestätigung, dass ich sein Vorhaben guthieß. Doch ich konnte sie ihm nicht geben. »Viel Glück«, flüsterte ich nur. Dann hatte ich aufgelegt.

Ich lief durch den kahlen Gang, in dem die Sache mit Jasper ihren Anfang genommen hatte, und wartete heimlich darauf, ihn jeden Moment um die Ecke kommen zu sehen – in seiner perfekt sitzenden Uniform, das fuchsrote Haar verstrubbelt, so wie ich ihn an meinem ersten Tag kennengelernt hatte. Doch er ließ sich nicht blicken.

Intuitiv schlug ich den Weg zur Bibliothek ein. Hier würde ich mich verstecken, bis Wren und Carter Pause hatten. Doch ich hatte noch eine andere Mission. Das Buch mit dem altertümlichen Einband in meiner Hand – es musste endlich seinen Platz finden. Und ich musste es loswerden. Als ich die leere Bibliothek betrat, blickte mir die Bibliothekarin mit dem roten Pony entgegen. Bei meinem Anblick weiteten sich ihre Augen. Kein Zweifel, dass die Geschichte, in der ich leider die Hauptrolle spielte, durch das ganze Schloss gegeistert war. Ich ließ ihr keine Zeit, etwas zu sagen, sondern trat direkt auf sie zu und legte ihr meine Ausgabe von *Märchen und Sagen in und um Aurora* auf den Tresen.

»Gute Neuigkeiten«, sagte ich. »Das verschwundene Buch ist wiederaufgetaucht.«

Dann verschwand ich zwischen den Regalreihen, ehe sie mich aufhalten konnte, um zu fragen, was das Ganze eigentlich sollte. Wahllos pflückte ich Bücher aus den Regalen und stapelte sie auf meinem Arm. Ich hatte nicht wirklich vor, sie zu lesen, aber ihr Gewicht gab mir das Gefühl, mich an etwas festhalten zu können. Zielstrebig bog ich um die nächste Ecke – und blickte in ein Paar eisblauer Augen.

Sofort erstarrte ich in meinen Bewegungen. Hartlyn saß an einem der Fenstertische, einen Füller in ihrer tintenverkleckten Linken, vor ihr ein fleckiges Notizbuch.

In ihren Augen erkannte ich weder Schreck noch Verachtung, sondern nur eine tiefe Müdigkeit. Als hätte man ihr die Energie ausgesaugt.

Schließlich hielt ich die Stille nicht mehr aus und räusperte mich. »Ich bin nur kurz da. Wir holen meine Sachen.«

Hartlyn nickte. Sie trug einen gemusterten Strickpullover und sah darin aus wie eine Hogwartsschülerin auf Weihnachtsurlaub. Sie schlug ihr Notizbuch zu, schob den Stuhl zurück und richtete sich auf. Ihre Bewegungen wirkten kraftlos, schludrig. Als wäre ihr mittlerweile alles egal. In peinlicher Hilflosigkeit standen wir uns gegenüber.

»Wie geht es Rune?«, fragte ich schließlich.

»Schlecht.« Ihre Antwort kam schnell und hart. Als müsse sie das Wort von sich wegschleudern, ehe es sich in sie hineinbeißen konnte. Sie blickte zu Boden, nervös auf ihrer Unterlippe kauend. Dann sah sie wieder auf. »Schlecht. Aber besser. Seit Kurzem spielt er wieder richtig Ukulele.«

Vor Erleichterung stieß ich die Luft aus. Es gab Hoffnung. Hoffnung, dass Rune sich eines Tages erholen würde.

»Und dir?« Hartlyns Stimme klang hölzern.

»Schlecht«, sagte ich und lächelte. »Schlecht. Aber besser.«

Das rang ihr ein schwaches Zucken um die Mundwinkel ab. »Ich hätte nicht gedacht, dass du wiederkommst, Annabelle.«

»Ich musste«, erwiderte ich leise. »Ich konnte nicht anders. Das Schwierige ist nicht, von hier fernzubleiben, sondern Elm Castle wieder zu verlassen. Es fühlt sich an, als würde ich ein Zuhause aufgeben.«

Sie runzelte die Stirn.

»Ich weiß, es ist lächerlich«, setzte ich hinterher. »Ich war nur ein paar Wochen hier. Und es ist so viel Schlimmes passiert. Und trotzdem …«

»Ich verstehe dich«, unterbrach mich Hartlyn. »Elm Castle ist auch mein Zuhause. Es ist der Ort, an dem ich aufgewachsen bin. Trotz allem, was passiert ist, werde ich es hier vermissen.«

»Vermissen?«, echote ich. »Wechselst du die Schule?«

Hartlyn schüttelte abwesend den Kopf. Ihr Blick war glasig, und sie fuhr sich wie in Trance mit einer Hand über ihre stumpfen Haarsträhnen. »Kann ich dir was zeigen?«, fragte sie.

Was zur Hölle …, meldete sich ein Stimmchen in mir, doch ich spürte, wie ich nickte.

»Nimm deine Jacke mit«, forderte mich Hartlyn auf und fädelte sich schwerfällig in die Ärmel ihres Wollmantels, der über der Stuhllehne gehangen hatte.

»Du willst rausgehen?«

»Nein, Annabelle. Ich möchte im voll beheizten Schloss wie eine Polarforscherin herumlaufen. Natürlich will ich raus.«

Zum ersten Mal an diesem Tag erkannte ich einen Funken der alten Hartlyn in ihr wieder, und aus irgendeinem Grund machte mir das Mut. Ich legte meine Bücher achtlos auf Hartlyns Tisch und folgte ihr durch die verlassenen Gänge des Schlosses bis nach draußen.

Der Nebel war mittlerweile noch dichter geworden und hüllte das Schloss in feuchte Schwaden. Das nasse Gras unter unseren Füßen schmatzte, so vollgesogen war die Erde darunter. Man musste aufpassen, wo man hintrat, denn die Sicht war auf nur ein paar Meter beschränkt. Dennoch erkannte ich ohne Mühe, worauf wir zusteuerten.

»Hartlyn …«, setzte ich an, doch sie hob die Hand und blickte mich ernst an.

»Versprich mir, dass du mir dieses eine Mal vertraust«, sagte sie. »So wie ich dir vertraut habe, als ich dich zu meinem Bruder ließ.«

Ich wollte etwas erwidern, wollte ihr an den Kopf schleudern, dass ich ihr Vertrauen ja wohl gehörig missbraucht hatte – wer garantierte mir, dass sie nicht das Gleiche tat? Doch instinktiv spürte ich, dass etwas Wichtiges im Gange war. Dass Hartlyn kurz davor war, sich mir anzuvertrauen. Und so lief ich weiter schweigend neben ihr her. Am See vorbei, über dessen dunklem Spiegel die gebeugte Gestalt der Ulme hing, und in den Wald hinein, der uns mit seinem Maul aus Kiefernästen verschluckte.

Trotz der schlechten Sichtverhältnisse lief Hartlyn mit traumwandlerischer Sicherheit voran. Ich fragte mich, ob ihre gute Orientierung von den vielen Suchaktionen nach ihrem Bruder herrührte, doch ich wagte nicht zu fragen. Es war so still im Wald, dass sich jedes Wort wie ein Regelbruch angefühlt hätte. Und irgendwie war ich auch dankbar dafür, nicht reden zu müssen, denn ich hatte allerhand damit zu tun, die aufsteigenden Erinnerungen zu bekämpfen, die ich mit diesem Ort verband.

»Stopp!«

Ich schrak zusammen, als Hartlyn mich am Arm packte und zurückzerrte. Einen Moment lang hatte ich Angst, in eine Falle getappt, wieder einmal blindlings in mein Verderben gestolpert zu sein. Doch bevor ich auch nur auf die Idee kommen konnte, mich loszureißen, deutete Hartlyn auf den Boden. Nein, nicht auf den Boden. Denn der war auf einmal nicht mehr da. Meine Augen weiteten sich. Nur ein weiterer Schritt, und ich wäre in den Abgrund hineingestürzt. Mein Herz klopfte mir bis zum Hals.

Hartlyn hatte mich mittlerweile wieder losgelassen und blickte hinunter ins Nichts. »Diese Schlucht ist schon so manchem zum Verhängnis geworden«, sagte sie mit tonloser Stimme. »Man sieht sie nicht, bevor man nicht direkt davorsteht. Das macht sie so gefährlich.«

»Danke für diesen dramatischen Einschub«, fuhr ich sie an. Vertrauen hin oder her, langsam wurde ich wütend. »Könnten wir jetzt endlich umkehren, oder willst du deine tödliche Schweigemeditation noch ein bisschen länger fortsetzen?«

Statt einer Antwort ließ sich Hartlyn auf den Boden gleiten. Ihre Beine baumelten nun im Nichts. Einen kurzen Moment lang bekam ich Panik, sie würde sich abstoßen, doch sie blickte mich nur auffordernd an.

»Angst, Annabelle?«

Sie wusste, welchen Knopf sie bei mir drücken musste. Ich

ließ mich neben sie gleiten. Starrte hinab, ohne etwas zu sehen. Der Nebel machte es unmöglich, die Tiefe einzuschätzen. Ich fragte mich, wie lange ich fallen würde, wenn ich mich jetzt von der Kante abstieß.

»Ich war es.« Hartlyns Stimme riss mich aus meinen Gedanken.

»Was?«, fragte ich.

Hartlyn ließ sich Zeit, bevor sie wieder sprach, als müsse sie sich über die Bedeutung ihrer Worte erst klar werden. Dann jedoch fuhr sie mit festerer Stimme fort. »Ich war es. Nicht Estella und auch nicht Mareesa. Ich habe Skylar getötet.«

Hartlyns Geständnis raubte mir die Luft. Es fühlte sich an, als drückten tödliche Nebelhände meinen Hals zu. »Wie …«, stammelte ich. »Verdammt, *was sagst du da*?«

»Ich hätte es nicht getan, wenn ich nicht gemusst hätte«, presste Hartlyn hervor. Schnell, leise, die Worte quollen nahezu aus ihr heraus. »Zumindest habe ich das all die Jahre geglaubt – ich war der Überzeugung, richtig gehandelt zu haben. Bis du kamst. Bis du die Wahrheit aufgedeckt hast.«

Ich wollte nicht verstehen, was sie da sagte. Wollte nicht ein weiteres Wort hören. »Warum erzählst du mir das?«, flüsterte ich. »Gott, Hartlyn, warum tust du das? Hör sofort auf zu reden, ich werde nicht lügen können!«

Aber Hartlyn redete weiter. Ihre Stimme wurde immer schriller.

»Alles, was ich wollte, war, Rune zu beschützen. Ich bin doch seine Schwester, ich muss auf ihn aufpassen! Warum musste er sich nur Hals über Kopf in Skylar Avery verlieben?« Sie spuckte das letzte Wort aus wie eine verschimmelte Frucht. »Nur ihretwegen ist er damals zur *Blutnacht* gegangen. Ich hatte von Anfang an ein schlechtes Gefühl bei der Sache. Deswegen bin ich ihm gefolgt.«

Mein Magen zog sich unangenehm zusammen, und meine Zunge wog schwer wie Blei. Gleich würde sie es aussprechen.

»Es war weit nach Mitternacht. Die Ersten kamen mir bereits auf ihrem Rückweg entgegen. Sie waren vollkommen dicht, umso größer wurde meine Sorge um Rune. Ich habe mich beeilt – aber irgendwie habe ich es geschafft, mich auf dem Weg zu verirren. Es war so dunkel und still, da war keine einzige Menschenseele. Gerade als ich nach einem Rückweg zum Schloss suchen wollte, habe ich es gehört.« Sie schluckte und schloss die Augen. »Ein Schluchzen. Jemand weinte. Ich bin dem Geräusch gefolgt. Doch erst als ich beinahe vor ihm stand, begriff ich, dass es mein Bruder war, der dort neben Skylars leblosem Körper kniete.«

Nein, dachte ich. *Bitte lass es nicht so passiert sein, wie ich es befürchte.*

»Ich habe sofort gesehen, dass er nicht mehr zurechnungsfähig war. Und da habe ich eins und eins zusammengezählt. Es musste eskaliert sein. Vielleicht hatte er Skylar seine Liebe gestanden. Vielleicht hatte sie ihn ausgelacht. Vielleicht war er daraufhin so wütend geworden, dass er sie zum Schweigen hatte bringen wollen. Eigentlich war es mir egal, wie es passiert war. Alles, was ich wusste, war, dass mein Bruder Skylar etwas angetan hatte und dass es nicht mehr rückgängig zu machen war.« Hartlyns Stimme war nicht mehr als ein tonloses Flüstern. »Irgendwann ist er aufgestanden und davongetaumelt. Ich habe noch ein paar Augenblicke gewartet und bin dann zu Skylar geeilt. Wie ein totes Schneewittchen lag sie da. Aber sie war nicht tot. Als ich ihren Puls gefühlt habe, war da ein schwaches Pochen. Und gerade als ich überlegt habe, was ich mit ihr machen soll, flatterten ihre Lider, und sie kam langsam wieder zu sich.«

An der Art, wie sie nach Luft schnappte, hörte ich, dass es sie alle Kraft kostete, die nächsten Worte auszusprechen. Ich wollte sie aufhalten, aber ich konnte nicht. Ein Teil von mir wollte sie hören, die hässliche Wahrheit.

»In diesem Moment sind bei mir alle Sicherungen durchgebrannt. Ich konnte nicht zulassen, dass mein Bruder ins Gefängnis kam. Ich konnte nicht zulassen, dass meine Eltern ihn verstießen.« Sie keuchte, als bereite es ihr körperliche Schmerzen. Und vielleicht tat es das auch. Die Wahrheit brach sich Bahn, notfalls, indem sie ihr die Rippen sprengte. Es mussten drei Wochen voller Höllenqualen für sie gewesen sein, nachdem sie erfahren hatte, was wirklich passiert war.

»Skylar durfte niemals die Gelegenheit bekommen, ihre Geschichte zu erzählen«, flüsterte sie. »Deswegen nahm ich einen Stein, der in der Nähe lag … und schlug zu.« Ein Schluchzen brach aus ihr heraus, und sie presste sich eine Hand auf den Mund, die andere krallte sich in die Erde. Ihr sonst so beherrschtes Gesicht war rot und tränenüberströmt. Und auch ich hätte am liebsten geweint.

»Du musst nicht weiterreden«, sagte ich und versuchte, beruhigend zu klingen. Doch sie schüttelte den Kopf.

»Ich muss. Das bin ich ihr verdammt noch mal schuldig.« Sie schloss die Augen, zwang sich mit Gewalt, ihre Fassung zurückzugewinnen. »Ich schleifte ihre Leiche zur Schlucht und warf sie hinein, genau wie den Stein. Ich wusste, dass es nur eine Frage der Zeit war, bis ihr Körper wilden Tieren zum Opfer fallen würde. Ich war mir sicher, niemand würde sie finden. Die Schlucht ist so lang, dass es Tage braucht, um sie zu durchsuchen. Und die Zeit hatte die Polizei nicht. Sie haben sie oberflächlich durchleuchtet, doch sie hatten kein Team, das sie nach dort unten schicken konnten. Deswegen wurden ihre Knochen nie gefunden. Aber leider …«, sie atmete tief durch, »… gab es noch eine Zeugin. Irgendwann, nachdem ich Skylar über den Rand gestoßen hatte, merkte ich, dass ich beobachtet wurde. Es war Carter. Sie hat mich aus weiten, leeren Augen angestarrt, als wäre sie nicht ganz bei sich. Oder … als würde sie schlafwandeln.«

Nun kamen sie doch, die Tränen. Ungehindert rannen sie mir über die Wangen. Die Ironie der Geschichte machte mich fertig. All die Jahre hatte sich Carter verzweifelt gefragt, was mit ihrer besten Freundin passiert war. Dabei hatte sie live dabei zugesehen, wie ihre Leiche entsorgt wurde.

»Sie ist mir bis zum Schloss gefolgt«, sagte Hartlyn mit tonloser Stimme. »Ich konnte nichts gegen ihre Anwesenheit tun, ohne zu riskieren, dass sie aufwachte. Also ist sie mir die ganze Zeit wie ein stummer Rachegeist hinterhergelaufen. Ich hatte solche Angst, dass sie aufwachen oder sich eines Tages erinnern würde. Mir blieb nichts anderes übrig, als selbst zu verdrängen. Ich bin ins Schloss zurückgekehrt und habe geschwiegen. Habe dabei zugesehen, wie mein Bruder immer trauriger wurde und schließlich dem Wahnsinn verfiel. Ich habe geglaubt, es läge an seinen Schuldgefühlen. Bis …« Ihre Stimme versagte.

»Bis ich kam«, vollendete ich den Satz für sie und schniefte.

Sie nickte und stieß ein leises Wimmern aus.

»Ich erzähle dir das, weil ich nicht mehr kann.« Mit tränenverschleiertem Blick starrte sie so angestrengt in den Abgrund, dass ich Angst bekam, sie würde tatsächlich hineinspringen. Als ich sie am Arm packte, lächelte sie mich müde an. »Ich könnte dich einfach mit hinabziehen.«

»Tust du aber nicht.«

»Ich würde nicht darauf wetten. Schon mal was von erweitertem Suizid gehört?«

»Ja. Aber Hartlyn Griffith ist keine Selbstmörderin.«

Wieder lächelte sie auf eine Art, die mir Angst machte. »Nur eine Mörderin.«

Eine schier unendlich lange Zeit starrten wir auf unsere

baumelnden Füße, die unter dem Nebel wie blasse Abzüge ihrer selbst aussahen, doch nicht einen Atemzug lang ließ ich Hartlyn los. »Du bist kein schlechter Mensch, Hartlyn«, sagte ich irgendwann. »Bitte lass mich dir helfen.«

»Wie sollst *du* mir schon helfen?« Ihre Stimme klang müde, so unendlich müde.

»Zufälligerweise ist die Direktorin dieses Internats meine Tante«, erwiderte ich, »und Ms Evergreen hat von Anfang an geahnt, dass irgendetwas nicht stimmt. Ich werde die beiden bitten, zu deinen Gunsten für dich auszusagen.«

»Sie sollen die Ermittler anlügen?«

»Nein. Aber sie sollen dich als den Menschen beschreiben, der du bist. Nicht als die eiskalte Mörderin, sondern als ein Mädchen, das seinen Bruder beschützen wollte. Als eine vielversprechende Einserschülerin, die es noch weit bringen kann, wenn sie erst einmal für ihre Fehler gebüßt hat. Genau das werde ich auch tun. Mich für dich einsetzen, meine ich. Ich lasse dich nicht allein.«

Lange Zeit sagte Hartlyn nichts. Als ich mich ihr zuwandte, sah ich, dass stumme Tränen über ihre Wangen rannen.

»Vertraust du mir dieses Mal?«, fragte ich sanft.

Sie antwortete nicht. Starrte nur weiterhin in das Nebelmeer zu ihren Füßen.

»Heart?«, fragte ich besorgt.

Endlich sah sie mich an. Ihre tränenbenetzten Lippen bewegten sich stumm. Dann drückte sie die Hände in die Erde, als wolle sie sich abstoßen – und rappelte sich auf.

»Dieses eine Mal noch, Annabelle Leanne Stirling«, sagte sie und lächelte unter Tränen auf mich herab. »Dieses eine Mal.«

Epilog

Ich habe diesen Brief jetzt schon hundertmal geschrieben und wieder zerrissen. Doch irgendwann fiel mir auf, dass es nicht um den Inhalt geht, sondern darum, dass dich ein Lebenszeichen von mir erreicht. Trotzdem habe ich es immer weiter hinausgezögert – aus Angst, du könntest mir nicht antworten. Schließlich kennen wir uns nicht, wir teilen uns nur zufällig ein paar Gene. Und die Bekanntschaft zu deiner »Tochter« Leah.

Sie war bei mir, weißt du das? Sie saß mir im Besucherraum gegenüber und hat von ihrem Leben erzählt. Dass sie sich entschieden hat, bis zu ihrem Abschluss auf Elm Castle zu bleiben. Dass sie Soziale Arbeit studieren will und bei einer Organisation für Drogenprävention schon einen Fuß in der Tür hat. Und dass sie und Jasper unsere Geschichte an anderen Schulen als mahnendes Beispiel weiterverbreiten.

Allen scheint es gut zu gehen. Selbst ihrer Mitbewohnerin Carter, die einen Ausbildungsplatz im Tattoostudio bekommen hat. Und Wren staubt eine Goldmedaille nach der anderen ab.

Allen geht es gut. Nur mir nicht.

Ich spüre, dass Leah mir vieles verschweigt, wenn sie alle paar Wochen anruft. Zum Beispiel, dass sie wieder mit Jasper zusammen ist. Ich höre es am Ton ihrer Stimme, wenn sie von ihm erzählt – oder genau das vermeidet. Sie denkt vermutlich, ich drehe durch, wenn ich es erfahre, und vor ein paar Monaten wäre das auch so gewesen. Aber mittlerweile ist es mir egal. Wie fast alles.

Ich sollte Ellie vermissen. Sie hat sich nicht mehr bei mir gemeldet, seit sie wegen schwerer Körperverletzung verurteilt wurde. Ich sollte Magnus verfluchen, der mich in meinem Wahn bestärkt hat. Doch da ist nur Leere. Ich weiß, dass das nicht gut ist.

Meine Therapeutin hat mir geraten, alles aufzuschreiben. Dir zu schreiben. Und das tue ich nun, endlich. Es bringt nichts, meine Gefühle zu unterdrücken. Wenn die Jugendstrafanstalt einen Vorteil hat, dann den, dass man sich in einem Betonklotz hinter Stacheldrahtzaun vor der Außenwelt verschanzt, deswegen kann ich es sagen: Ich wünschte, ich hätte mein ganzes Leben lang die Gelegenheit gehabt, dich Mom nennen zu dürfen. Du musst enttäuscht von mir sein, sofern man von einer Fremden enttäuscht sein kann. Ich habe gelogen, betrogen, beinahe getötet. Ausgerechnet Leah. Ich will es wiedergutmachen. Ich will noch einmal von vorn anfangen. Und ich will dich bitten, Teil meines neuen Lebens zu sein.

Ich bin Mareesa, aber meine Freunde nennen mich Reese. Ich bin siebzehn Jahre alt, bald achtzehn, aber das weißt du ja. Ich mag den Sommer. Mich mag ich nicht. Ich will Schriftstellerin werden, deswegen schreibe ich an einem Buch. Meine Betreuer halten das für eine großartige Idee. Es wächst noch, das Buch. Aber ich habe bereits einen Namen: Night of Lies. *Und jetzt schreibe ich dir und hoffe, du schreibst mir zurück. Ich wünsche es mir so sehr.*

In all der Liebe, die man für eine Person empfinden kann, die man in seinen siebzehn Jahren noch nicht gesehen hat

Mareesa

Danke

Erst als ich angefangen habe, selbst zu schreiben, ist mir aufgefallen, wie interessant Danksagungen eigentlich sind. Sie erzählen nicht nur von den Menschen, die geholfen haben, das Buch entstehen und noch besser werden zu lassen, sondern auch, wie der Weg bis zum fertigen Manuskript aussah. Und meiner war steinig.

Nicht nur, dass *Night of Lies* erst mal wachsen, dann wieder schrumpfen, dann wieder zusammengestückelt werden wollte. Und das über zwei Jahre. Ich musste mich auch noch damit befassen, was ich eigentlich von meinem Leben und Autorinnensein möchte.

Mein Dank geht raus an Anne Schneider-Wendt und Monika Malessa, die mir dabei geholfen haben, es Stück für Stück herauszufinden – auch wenn dieser Weg noch lange nicht abgeschlossen ist.

An meinen Freund Damien, der mindestens genauso einsame Hobbys hat wie ich (okay, das klingt schräg – sagen wir einfach, er hängt genauso viel am Computer) und mit mir voller Begeisterung Vögel vom Balkon aus beobachtet.

An Micha und Klaus Gröner von der Literaturagentur erzähl:perspektive, die von Anfang an an das Buch und mich geglaubt haben. (Klaus, you did a good job!)

An Catharina Ochsner, die *Night of Lies* schon gelesen hat, als es noch ein riesiges Manuskript mit anderen Charakternamen und Handlungen war. (Ihr wollt wissen, wie Leah vorher hieß? Tja … da müsst ihr Catha irgendwie ausfindig machen …)

An den Moon Notes Verlag und die Verlagsgruppe Oetinger, die meinen Traum wahr gemacht und mich bei sich aufgenommen haben (ich kann's immer noch nicht fassen).

Und an meine Lektorin Isabella Clausing, die mir geholfen hat, dieses riesige Manuskript mit den vielen Wunden und Löchern wieder zusammenzuflicken und es noch so viel besser zu machen (du kriegst dein orangefarbenes Bandana wie Ms Evergreen – versprochen!).

Das Wichtigste – oder in diesem Fall: die Wichtigsten – kommen ganz zum Schluss. Und das seid ihr Leser*innen. Danke, danke, danke, dass ihr euch entschieden habt, ausgerechnet dieses Buch in die Hand zu nehmen. Danke, dass ihr die ersten Seiten gelesen habt und irgendwie hier rausgekommen seid. Danke, dass ihr Leah nach Elm Castle begleitet habt.

In einer Welt voller Geschichten ist es besonders schön zu wissen, dass auch die eigene gelesen wird.